Eisiger Ozean
Isgard
Elderland
merburg
OSTRICH
gen-
vald
Hain
der
Pyramiden
Birkehave
Alter Ban
Ban
Ostgard
Bashima
Silmao
Ringhuse
Nimmer-
meer
SUSAN
on Pandor
Krungan-
becken
Ban
RIEN
Dinganschlucht
Falgons
Haus
Sujim
Fungor
Der
Große Alte
(Gandim-zafaroth)
BAKUS
Bakor
Korallen-
klippe
dlichkeit
600 Meilen

Die Chroniken von Mirad
Das Wasser von Silmao

PROLOG
Die Chroniken von Mirad, 23. Buch, 1. Kapitel

Über Soodland zogen sich dunkle Wolken zusammen. Das Unheil näherte sich König Ergils Reich im Verborgenen und auf unterschiedlichen Pfaden. Wer nicht wachsam mit den Augen des Verstandes beobachtete, sondern sich vom Glanz des gerade errungenen Sieges blenden ließ, erlebte eine böse Überraschung. Es gab gute Gründe für die Unachtsamkeit der Menschen, die wir in den beiden vorangegangenen Büchern der *Chroniken* ausführlich dargelegt haben. Dessen ungeachtet ist es zum besseren Verständnis der nachfolgend geschilderten dramatischen Verwicklungen hilfreich, sich die Vorgeschichte kurz ins Gedächtnis zu rufen.

Ein Jahrzehnt der Dunkelheit unter Großkönig Wikander hatte fast jeden in Soodland zermürbt. Immer noch herrschte Lebensmittelknappheit im Reich. Das Volk lechzte nach etwas, das Hoffnung gab, und seine zwei jungen Herrscher schienen wie dazu geschaffen, diesen Durst zu stillen. Nach Ansicht vieler besaßen Ergil und sein Bruder Twikus alles, was einen Helden ausmachte.

Aufgewachsen als einfache Waldläufer im Großen Alten, waren sie ja in die Welt hinausgezogen, um die Schreckensherrschaft ihres Oheims zu beenden. Sie lernten ebenso den Gebrauch des gläsernen Schwertes *Zijjajim* wie auch der alten Gabe ihrer Vorväter. Zusammen mit ihren tapferen Gefährten, der »Gemeinschaft des Lichts«, reiften sie im Laufe einer abenteuerlichen Reise und bewährten sich in allerlei Gefahren. Zuletzt traten sie mutig Wikander entgegen und bezwangen ihn im Zweikampf. Es spricht für ihre edle Gesinnung, dass es ihnen vorrangig um das Wohl der Menschen ging. Sie wollten ihnen Frieden und Sicherheit zurückgeben. Trotzdem machten die Brüder mit dem Sieg über den Usurpator auch ihren Anspruch auf das eigene Erbe geltend. Die Zwillinge waren ja nicht nur Söhne zweier Völker, vielmehr wurden in ihnen die wohl edelsten königlichen Linien aus den Menschen und aus dem Geschlecht der Sirilim vereint.

Schon lange bevor ihre außergewöhnlichen Begabungen zutage getreten waren, hatte sich ihre einzigartige Natur in ihrem Wesen gezeigt. Beide Brüder teilten sich einen einzigen Körper, in ihrem Herzen spiegelten sich somit zwei unterschiedliche Persönlichkeiten, sie waren zwei Könige in *einem* König.

Bis Twikus in den eisigen Höhen des Kitora starb.

Zuvor hatte er, ungeachtet des Fluches, den er damit auf sich lud, eine kristallene Nadel in Magos' Herz gebohrt. Ergil wurde durch seinen Schildknappen Popi dem Tod entrissen, weil dieser ihm das »Wasser von Silmao« eingeflößt hatte, ein Leben spendendes Ginkgoelixier. Anfangs begriff er sein Überleben als Fluch, hatte er für die Vertreibung des dunklen Gottes vom Angesicht Mirads doch nach eigenem Dafürhalten einen zu hohen Preis bezahlt: Nicht nur Twikus, sondern auch Falgon, der geliebte Ziehvater, weilte nun im Haus der Toten. Damit zurechtzukommen, bedeutete für den jungen König eine schwere Prüfung. Er war der Schöngeist unter den beiden Brüdern, der eher Zaghafte, der Nachdenkliche.

Auf der Heimreise nach Soodland fand er kaum Gelegenheit, die zurückliegenden Schrecknisse zu verarbeiten, weil ihn unentwegt neue verwirrende Eindrücke in Atem hielten. Zum Teil stiegen diese als rätselhafte Botschaften aus seinem Innern auf. Während nämlich die Rauchwolke des Vulkans noch wie ein schwarzes Banner am südlichen Himmel hing, entdeckte er von Stunde zu Stunde mehr Spuren des Bruders im eigenen Wesen.

Als wären die Zwillinge miteinander verschmolzen, war ein Teil von Twikus' draufgängerischer Natur in den umsichtigen Ergil übergegangen. Doch wie bei einem Schwert, dessen Stahl durch die Vereinigung zweier Metalle elastischer und widerstandsfähiger wird, als es seine einzelnen Bestandteile je sein könnten, so war auch der neue Ergil mehr als lediglich die Summe zweier Personen.

Zum Wechselbad der Gefühle gesellten sich Entdeckungen und Erfahrungen, die ihn unentwegt in Staunen versetzten. Tusan, der Sohn des Herzogs von Bolk, hatte sein vereinigtes Heer aus Stromländern, Pandoriern, Yogobolesen und Salbacken zu den Oberläufen des Fendenspunds geführt. Dort wurden aus den grauen, trockenen Stämmen des abgestorbenen Sirilimwaldes Flöße gebaut, auf denen die Armee den Grünen Gürtel durchquerte. Am südlichen Eingang der Dinganschlucht bewunderte Ergil die Ruinen von Luria, der einst zweitgrößten Stadt im Reich der Sirilim. Die anmutig geschwungenen Formen der Bauwerke erinnerten ihn an einen Traum, den er und Twikus in der Nacht vor ihrem Abschied von der Sooderburg gehabt hatten. Darin sahen sie einen Palast, so strahlend hell wie der Turm aus Drachenbein, welcher über der soodländischen Königsfestung in den Himmel ragte.

Nach dem Erreichen bewohnter Gegenden begann sich die Geschichte vom Sieg der Zwillinge über Magos wie ein Lauffeuer zu verbreiten. Die Chronistin kann sich nicht ganz von der Schuld freisprechen, unfreiwillig dazu beigetragen zu haben, weil sie bei der ersten sich bietenden Möglichkeit Botenfalken an die im Herzland verstreuten Königshöfe geschickt hatte, um die Landesfürsten zum »Großen Rat der Sechs« nach Sooderburg einzuladen. So säumten bald Scharen jubelnder Menschen die Ufer des Fendenspunds. Mit jedem Tag öfter hörte man den Ruf: »Es lebe Ergil, es lebe der Großkönig des Sechserbunds!«

Nach wenigen Tagen wurde aus fast jeder Rast ein Fest.

Zahlreiche Schiffseigner stellten den Heimkehrern ihre Fahrzeuge zur Verfügung. Die Flöße wurden ausgemustert, auch deshalb, weil immer mehr Soldaten das Heer verließen, um auf dem Landweg nach Hause zu wandern. Doch es gab auch andere, die sich Ergil auf seiner Reise anschlossen. Aus Tarabant, der Hauptstadt von Yogobo, stieß König Yabun Balkasar I. zu ihm. Bei Ost-Blund bestieg Borst, der ehemalige Herrscher von Pandorien, Ergils Schiff. (Borsts Waffenmeister Torbas hatte an dem Harim-zedojim-Feldzug mit einer kleinen Heerschar teilgenommen.)

Im Herzogtum Bolk löste sich dann das vereinigte Heer vollends auf. Zuvor richtete der Hof zu Ehren der Sieger ein großes Fest aus, bei dem es auch ein Wiedersehen mit Kapitän Bombo und seinen Männern gab. Auf der *Seskwin*, dem Schoner des einstigen Flusspiraten, setzte der König von Soodland seine Reise fort, nun auch begleitet von Quondit Jimmar Herzog von Bolk, mit dessen Sohn Tusan ihn eine enge Freundschaft verband.

Der Einzug in die Sonnenstadt Seltensund geriet dann endgültig zum Triumphzug für Ergil. Selbst Stromlands König Hilko und dessen Vetter Hjalgord, die sich in der Vergangenheit ja nicht unbedingt zu den Erben Torlunds des Friedsamen bekannt hatten, erwiesen dem jungen Monarchen nun ihre Reverenz. Sie taten es wohl mit Zähneknirschen, weil das Volk dem Helden zujubelte. Insgeheim müssen sie schon zu dieser Zeit andere Pläne gehabt haben.

Hilko führte dringende Staatsangelegenheiten an, um sich vor der Reise nach Soodland zu drücken. Um seine Verweigerungshaltung in einem milderen Licht erscheinen zu lassen, berief er den Herzog von Bolk zu seinem Sonderbotschafter. Der gewitzte Qujibo werde mit seiner Erfahrung das Stromland im Großen Rat trefflich vertreten, erklärte Hilko, während er zugleich den Entscheidungsspielraum seines frisch ernannten Emissärs stark einengte. Trotz seiner Jugend hatte Ergil ein feines Gespür für vertrauenswürdige Ratgeber und solche Menschen, denen man besser mit Vorsicht begegnete. Obwohl er Hilko und seinen Vetter zur zweiten Gruppe zählte, machte er sich zu dieser Zeit keine Vorstellung vom Ausmaß ihrer Durchtriebenheit. Und er ahnte schon gar nicht, in welche bedrohliche Lage die beiden ihn und sein Reich bald bringen würden.

Von Neu-Seltensund aus stach Ergil mit seinen Begleitern in See, um wenig später in Sooderburg heimischen Boden zu betreten. Die Hauptstadt Soodlands, die ihren Namen dem uralten Palast ihrer Könige verdankt, hatte sich festlich herausgeputzt. Obwohl der lange harte Winter und der viel zu kühle Sommer manche Not über die Menschen gebracht hatte, hieß man den König überschwänglich willkommen. Immerhin hatte Ergil im Alter von gerade achtzehn Jahren einen Gott besiegt. Welches andere Land konnte schon einen solchen Monarchen vorweisen?

Die Nachricht vom Tod des soodländischen Waffenmeisters war den Heimkehrern schon vorausgeeilt. Sie hatte Ergils Ruhm eher noch gemehrt. Nach der schlichten Denkweise der einfachen Leute folgte das eine aus dem anderen: Wenn jemand einen Feind bezwungen hat, dem sogar der tapfere Falgon unterlegen war, dann muss der am Ende Überlebende unbesiegbar sein. Um das zarte Pflänzchen der gerade aufkeimenden Hoffnung nicht gleich wieder mit einem Staatstrauertag im Keim zu ersticken, ordnete der junge König eine stille Beisetzungszeremonie für seinen Ziehvater an. Das Haupt des Waffenmeisters wurde in der Königsgruft von Sooderburg zur letzten Ruhe gebettet. Mehr hatten die Waggs von ihm nicht übrig gelassen. Die mit Gemmen besetzte Lade, in der Falgons sterbliche Überreste Ergil ausgehändigt worden waren, wurde in eine Kammer tief unter der Festung eingeschlossen. Sie mit in Falgons Grab zu legen, hätte Ergil als immerwährende Verhöhnung des Verstorbenen empfunden.

Die Trauer um den Ziehvater bewahrte den König vor der berauschenden Fröhlichkeit, die während der Siegesfeiern um sich griff. Vielen sollte sie zum Verhängnis werden. Dabei war die Freude über den jungen Helden nicht mehr als Tünche über einem vom Einsturz bedrohten Gemäuer. Keiner wusste das besser als Ergil. Schon bei seiner Rückkehr in den Königspalast hatte er sich gefragt, warum es im Laufe seiner zweieinhalbmonatigen Heimreise nicht wärmer geworden war. Der Jahreszeit nach sollte es Hochsommer sein, indes schien der Schneeschmelze des Frühlings unmittelbar der Herbst zu folgen. Schon jetzt rechnete man mit einer erneuten Missernte. Eine schwere Hungersnot wäre unabwendbar. Waren die letzten unnatürlich harten Winter etwa gar keine Folge eines Fluches von Magos, dem »Herrn in den Eisigen Höhen«? Oder gab es da noch etwas anderes, das die Welt erkalten ließ? Twikus und Ergil hatten zwar großes Unheil von Mirad abgewendet, aber wenn es dem überlebenden Sirilimzwilling nicht gelänge, dieses Rätsel zu lösen und sein Volk satt zu machen, dann würde er dessen Ergebenheit schnell wieder verlieren. An eine Wahl zum Großkönig war unter solchen Umständen erst recht nicht zu denken.

Der Jubel und die Musik hallten noch durch die Gassen der Stadt, als über ihren Dächern im Palast die erste Sitzung des Großen Rats begann. Dieser tagte im »Saal des Bundes« an einem sechseckigen Tisch. Das mit kunstvollen Intarsien geschmückte Symbol der Gleichberechtigung aller Ratsmitglieder sollte bald zu einem Sinnbild der Zwietracht werden. Nur drei Königreiche waren durch ihre amtierenden Monarchen vertreten: Neben Ergil und Yabun Balkasar I. saß der kimorische König Helvik an der Tafel. Die Hälfte der Ratsmitglieder hatte zudem von der Möglichkeit Gebrauch gemacht, einen weiteren Vertrauten hinzuzuziehen: Hinter dem Herzog von Bolk stand der Stuhl seines Sohnes Tusan, Borst erhielt Rückendeckung durch seinen Waffenmeister Torbas und Ergil hatte die Chronistin in den Rat berufen. Um den strengen Regeln des Protokolls Genüge zu tun, gehörte der Sirilo Jazzar-fajim förmlich dem Gefolge Yabuns, des yogobolesischen Königs, an. Wie schon das Stromland, so war auch Ostrich lediglich durch einen Emissär vertreten, den Reichsgrafen von Birkehave. Pandorien hatte aus Protest gegen die Anwesenheit Borsts die Teilnahme an den Gesprächen ganz verweigert.

Weil Ergils Hofgeschichtsschreiberin über ein weit verzweigtes Netz von Gewährsleuten verfügte, war man in Soodland hinreichend über die Absichten der Quertreiber im Bilde. Offenbar sahen sich sowohl Entrin in Pandor wie auch Godebar in Ostgard schon auf dem Thron des Großkönigs. Obwohl sie damit zu Rivalen wurden, mehrten sich die Gerüchte von einem neuen Bündnis zwischen den beiden, dessen vordringliches Ziel in der Unterwerfung der übrigen Reiche des Herzlandes lag. Der Abgesandte aus Ostrich wies derlei Vorwürfe natürlich als »haltlose Spekulationen« brüsk zurück. Auf welche Seite sich das Stromland in diesem Machtgerangel schlagen würde, war ungewiss. Nur der Herzog von Bolk hatte Ergil schon vor Monaten seiner Unterstützung versichert.

Obwohl also hinreichend Anlass zur Sorge bestand, wirkte der junge König von Soodland bei den Beratungen abwesend. Sprach man ihn an, reagierte er oft nicht. Während der drohende Bruch des jahrhundertealten Bündnisses der sechs Reiche im Großen Rat ungestüm diskutiert wurde, saß er nur teilnahmslos an der Tafel und schwieg. Am achten Tag nach seiner Heimkehr stand er mitten in einer hitzigen Debatte über die Vermeidung eines Krieges mit der »Achse Pandorien-Ostrich« unvermittelt auf und verließ wortlos den Saal.

1

DER VERBORGENE PALAST

Es hatte an der Tür geklopft. Und Ergil war wie von der Brockenspinne gestochen in die Höhe gefahren. Dabei hatte er sich gerade erst auf der gepolsterten Bank niedergelassen. Innerlich aufgewühlt war er aus dem Großen Rat in seine Gemächer geflohen, um hier seine Gedanken zu ordnen. Ein frommer Wunsch, wie er nun einsehen musste. Irgendjemand am Hof hatte wohl die Order ausgegeben, den König unter keinen Umständen zur Ruhe kommen zu lassen.

»Ja?«, rief er, obwohl es sich eher wie ein barsches Nein anhörte. Die Antwort von draußen klang dumpf, aber unbeeindruckt.

»Ich bin es, Múria.«

Ergil ließ den Atem geräuschvoll durch die Nase entweichen. »Inimai!« Er kam sich vor, als hätte ihn seine Lehrmeisterin bei irgendetwas Verbotenem ertappt. Wollte sie ihn wegen der jähen Flucht aus dem Saal des Bundes zurechtweisen? Zuzutrauen wäre es ihr – niemand am Hof hatte weniger Hemmungen, den König zu maßregeln, als dessen einstige Amme.

»Darf ich hereinkommen?«, rief sie durch die Tür.

»Ich muss nachdenken«, entgegnete er missmutig und hoffte inbrünstig, sie damit vertreiben zu können. Er hätte es besser wissen sollen.

»Es geht um deine Mutter, nicht wahr?«

Ergil schluckte. Wie konnte Inimai das ahnen?

Die Tür schwang quietschend nach innen und gab den Blick

auf die Hofgeschichtsschreiberin frei. Sie trug ein langes nachtfarbenes Samtkleid mit einem silbern schimmernden Gürtel. Ein Ausdruck von Sorge lag wie eine dunkle Wolke auf ihrem selbst nach zweihundertsechsundzwanzig Jahren immer noch jugendlich schönen Gesicht. Ihre strahlend blauen Augen musterten Ergil eingehend, ehe sie fragte: »Muss ich von hier draußen mit dir sprechen?«

»Du würdest es glatt tun, nicht wahr?«

Sie lächelte. »Wenn es nötig ist.«

Er winkte sie mit einer fahrigen Geste herein.

Múria betrat das Gemach und schloss behutsam die Tür hinter sich. Aufrecht, ganz ohne die untertänige Verkrampftheit, die Ergil seinen Dienern vergeblich auszutreiben versuchte, näherte sie sich ihm. Dazu musste sie einen dicken Teppich überqueren und einige Sitzmöbel umrunden. Der König saß vor einem prasselnden Kaminfeuer. Den Weg ins Innere seines labyrinthischen Palastes fanden nur Eingeweihte und die sommerliche Wärme gehörte eindeutig nicht dazu. Die Geschichtsschreiberin ließ sich in einen Sessel sinken, der Ergils brokatbespannter Bank direkt gegenüber stand. Anstatt den Grund ihres Besuches zu nennen, widmete sie sich hingebungsvoll dem Ordnen ihres Kleides.

»Woher wusstest du, was mich beschäftigt?«, erkundigte er sich, weil ihr wissendes Lächeln ihm bald unerträglich wurde.

Sie entdeckte eine weitere Falte, die zu glätten sich lohnte, und antwortete beiläufig: »Ich kenne dich, mein Lieber.«

»Bin ich immer noch so leicht zu durchschauen?«

Endlich hob sie ihre Augen. Múria verfügte über ein Repertoire an Blicken, die Männerherzen zerstören oder dahinschmelzen lassen, die schmeicheln und Verachtung ausdrücken, die belohnen und bestrafen konnten. Im Moment sah sie Ergil wie eine ältere Schwester an, die sich anschickte, ihrem kleinen Bruder die Welt zu erklären. »Das war leicht, mein Lieber. Du hast mich nicht einmal während der endlosen Wochen, als wir im letzten Jahr den Grotwall überquerten, so viel über Vania gefragt wie in den letzten paar Tagen nach unserer Heimkehr. Was geht dir durch den Kopf, Ergil?«

»Ich muss immer wieder an die Begegnung mit Magos denken. Twikus und ich haben in dem schwarzen Eis des Kratersees Dinge gesehen und gehört, die uns fast in den Wahnsinn trieben.«

»Du meinst die Bilder vom Tod deiner Eltern?«

Er nickte. »Aber das war nicht alles. Magos hat uns gedroht. ›Ihr wollt also das Schicksal eures Vaters teilen‹, sagte er. Ich frage mich ständig, warum er mit keiner Silbe unsere Mutter erwähnt hat.«

Múria überlegte einen tiefen Atemzug lang, ehe sie antwortete: »Torlund war, so wie ihr Zwillinge, ein König. Und er hat sein Reich verloren. Vielleicht wollte der Gott euch darauf hinweisen.«

Ergil verzog das Gesicht. »Kann sein. Ich habe mir das auch immer wieder eingeredet, aber irgendetwas in mir gibt sich mit dieser Erklärung nicht zufrieden. Wusstest du, dass ich auf der Sooderburg so gut wie jede Nacht von Mutter träume? Das war schon so, bevor wir uns auf die Jagd nach Kaguan und dem schwarzen Schwert begeben haben.«

Múrias Blick wanderte über sein Gesicht. »Du hattest mir schon früher erzählt, sie sei dir bereits im Großen Alten in deinen Träumen erschienen. Wundert es dich, wenn das hier, wo sie dich zur Welt gebracht hat, umso häufiger geschieht? Du vermisst eben deine Mutter. Das ist normal.«

»Ist es auch normal, dass Twikus und ich im Großen Alten von einem Mädchen mit kupferfarbenem Haar geträumt haben?«

»Nun, ihr habt die Elvenprinzessin ja schon als Knaben zum ersten Mal …«

»Es war nicht Kira, die wir im Schlaf sahen, sondern *Nishigo*. Wenn wir von der Tochter des Mazars Jahre im Voraus wussten, könnte dann nicht auch das Traumbild von meiner Mutter mehr zu bedeuten haben? Vielleicht hat Magos nur vom Schicksal meines Vaters gesprochen, weil Königin Vania noch lebt.«

In Múrias Augen spiegelte sich Mitgefühl. »Ich möchte dir nicht wehtun, Ergil, aber du kannst dich nicht mehr erinnern, was damals hier geschehen ist. Wikander hat niemanden verschont …«

»Das stimmt nicht. Er hat Twikus und mich zwar zu seinen willenlosen Sklaven machen, aber uns nicht umbringen wollen. In dem See aus schwarzem Eis hat uns Magos das Ende meiner Eltern gezeigt. Zunächst war alles so, wie es überliefert ist, aber dann gab es plötzlich eine Abweichung.«

Múria runzelte die Stirn. »Davon hast du mir bisher nichts erzählt.«

»Nach dem Tod von Twikus und Falgon war ich viel zu durcheinander. Und später hatte ich so meine Zweifel, ob ich meinen Wahrnehmungen überhaupt trauen konnte. Alles hätte, so erschöpft wie Twikus und ich waren, nur eine Halluzination gewesen sein können. Oder nur Lug und Trug, von Magos kunstvoll ersonnen, um uns beide …«

»Du scheinst selbst nicht recht an diese bequemen Erklärungen zu glauben. Was genau hast du gesehen?«

Ergil atmete tief durch, um seiner Stimme Festigkeit zu verleihen. »Mutter wurde nicht die Kehle durchgeschnitten, wie Wikander es verbreiten ließ, sondern sie musste einen kristallenen Giftkelch leeren. Schaum trat vor ihren Mund. Dann brach sie zusammen.«

»Das hört sich alles so an, als habe Wikander ihr das gleiche Gapagift gegeben, das beinahe auch dich zugrunde gerichtet hätte.«

»Aber Mutter war eine Sirila. Ich bin zur Hälfte ein Mensch und habe trotzdem am eigenen Leib erfahren, wie das Blut des Alten Volkes mich vor Giften schützte.«

»Du meinst also wirklich, Vania könnte den Zusammenbruch nur vorgetäuscht haben und … noch leben?«

Der König nickte.

Múrias Blick schien mit einem Mal durch ihn hindurchzugehen. »Du könntest Recht haben. Magos hat auch Jazzar-fajim nicht ermordet, sondern nur mit einem Bann in dem Eisdom gebunden. Vielleicht hat er Wikander sogar verboten, deine Mutter umzubringen.«

»Das habe ich mir auch schon überlegt. Aber warum sollte er sie verschont haben?«

»Wegen der Weissagung. Es heißt, das Schicksal der Menschen und der Sirilim sei unlösbar miteinander verbunden. Wenn die einen verschwinden, werden auch die anderen untergehen. Vielleicht wollte Magos nicht Herrscher einer Welt werden, in der es keine Menschen und Sirilim mehr gab. Oder er brauchte die Völker, bis er wieder ganz erstarkt war.«

»Du meinst, wegen des verschollenen Geschlechts der Schmiedemeister, die ihm das Schwert *Schmerz* wiederherstellen sollten?«

»Möglicherweise sind die Bartarin nicht der einzige Grund, aber es könnte ein für Magos sehr gewichtiger gewesen sein, das Menschengeschlecht nicht vorzeitig auszulöschen. Wenn deine Vermutung allerdings stimmt, frage ich mich nur, wo Wikander deine Mutter versteckt haben könnte.«

»Vielleicht hat er sie überhaupt nicht fortgeschafft. Vielleicht ist sie immer noch hier.« Ergil breitete die Arme aus, als wolle er die ganze Festung in seine Vermutung einschließen.

»Hier?« Die Augen der Geschichtsschreiberin bewegten sich hin und her, während ihr Gesicht weiter dem König zugewandt blieb.

»Erinnerst du dich noch an den anderen Traum, den ich in der Nacht hatte, bevor wir uns auf die Suche nach dem schwarzen Schwert begeben haben? Ich sah anstelle der Sooderburg einen strahlenden Palast.«

Sie nickte. »Den alten Außenposten der Sirilim, von dem heute nur noch der Knochenturm steht. Hast du es darauf abgesehen, deine Meisterin besonders dumm aussehen zu lassen, oder warum sagst du nicht endlich, worauf du hinauswillst?«

»Entschuldige bitte, Inimai.« Ergil schüttelte den Kopf, als wäre er über sich selbst verärgert. »Twikus konnte zwar nicht meine Gedanken lesen, aber sie meistens erstaunlich genau erraten. Manchmal denke ich immer noch, das müsste bei anderen genauso sein. Was ich sagen wollte, ist eigentlich ganz einfach: Als wir mit der *Meerschaumkönigin* im Hafen von Sooderburg anlegten und ich am benachbarten Kai die *Silberginkgo* liegen sah, die Kapitän Smidgard für mich nach Soodland überführt hat, ist mir ein Licht aufgegangen. Seitdem habe ich mir immer wieder dieselbe Frage gestellt: Wenn das Volk der Weisen den Knochenpalast und eine ganze Schiffsflotte im Faltenwurf Mirads verstecken konnte, warum sollte nicht auch eine einzelne Sirila in der Zwischenwelt Zuflucht finden?«

Múria schluckte. »Ich bin mit dieser Facette der Alten Gabe nie sonderlich vertraut gewesen. Es kostet mich ja schon Mühe, ein paar Augenblicke weit in die Vergangenheit zu gehen. Deshalb habe ich die von dir erwähnte Möglichkeit wohl nie auch nur erwogen. Aber du hast Recht. Nicht von ungefähr hat manch abergläubischer Untertan die Königin für eine Hexe gehalten. Das ist genauso absurd, als würde einer alle Flötenspieler zu Zauberern erklären, nur weil er selbst unmusikalisch ist.«

Der König zupfte sich an der Unterlippe. »War meine Mutter stark genug, um in die Zwischenwelt zu entfliehen?«

Múria lachte leise. »Sieh *dich* an, mein Lieber! Dein Vater war ein Mensch. Trotzdem verleihen dir die von deiner Mutter ererbten Fähigkeiten mehr Macht, als die meisten reinblütigen Sirilim je besessen haben. Wenn du König Jazzar-sirils Schiff in der Zwischenwelt finden und in die unsrige bringen konntest, dann dürfte es Vania selbst in einem von Gift geschwächten Zustand noch geschafft haben, dorthin zu fliehen.«

»Das glaube ich auch. Und deshalb habe ich im Großen Rat auch keinen klaren Gedanken mehr fassen können und bin hierher geflüchtet. Ich muss endlich etwas *tun.*«

»Du willst dich auf die Suche nach deiner Mutter begeben?«

Der König ballte die Hände zu Fäusten und hieb sich damit auf die Oberschenkel. »Ja. Und wenn nötig, gehe ich sogar selbst in die Zwischenwelt, um sie von dort zurückzuholen.«

Das Gesicht der Geschichtsschreiberin verriet Besorgnis. Sie ließ sich viel Zeit, ehe sie mit sanfter Stimme antwortete: »Wenn ich dich so sprechen höre, kommt es mir vor, als rede der verwegene Twikus und nicht sein umsichtiger Bruder zu mir. Ich merke sehr wohl, wie entschlossen du bist, mein Lieber, und ich will dich bestimmt nicht von deinem Vorhaben abbringen, aber bitte bedenke: Dein Oheim hat Vania den Giftkelch vor mehr als *zwölf* Jahren zu trinken gegeben. So lange kann selbst die mächtigste Sirila dem Gapagift nicht standhalten. Wenn sie den Becher wirklich geleert hat, dann wirst du nur noch die sterblichen Überreste deiner Mutter finden.«

Ergil nickte mit düsterer Miene. »Selbst das wäre besser, als mich mein Leben lang von meinen Träumen narren zu lassen. Möglicherweise mache ich mir nur etwas vor, Inimai, aber ich werde nicht eher Ruhe finden, bis ich ihr Schicksal geklärt habe.« Sein Blick schweifte zum Kaminfeuer und seine Stimme wurde sehr leise. »Vielleicht kann ich ja an diesem Schicksal sogar etwas ändern.«

Er war zum »Neidableiter« geworden. So nannte der Volksmund jene Personen, auf die allerlei Missgunst niederblitzte, weil andere ihnen irgendetwas nicht gönnten. Da Popi ganz in seiner Rolle als Beschützer des Königs von Soodland aufging, schenkte er dem über ihn verbreiteten Spott indes kaum Beachtung. Manche sahen in ihm immer noch den ängstlichen kleinen Bauerntölpel aus Elderland, den Wikanders Rekrutenfänger zum Dienst gepresst hatten. Vor einem guten halben Jahr war er noch der Geringste unter den Palastwachen gewesen. Dann hatte ihn Ergil zu seinem Schildknappen gemacht und ihn mit auf eine Reise genommen, bei der es um nicht weniger als die Rettung der Welt ging. Zurückgekehrt war der schmächtige Recke als Ritter Popi von Goldanger. Aber einige der Daheimgebliebenen wollten ihn lieber als Popi den Hasenfuß im Gedächtnis behalten und reagierten demzufolge mit Unverständnis auf dessen erstaunliche Wandelung zum Edelmann.

Weder der König noch sein lebendiger Umhang Nisrah wussten genau, was in den eisigen Höhen des Kitoras vorgefallen war. Um wie viel weniger vermochten sich die Neider vorzustellen, mit welchem Heldenmut der zierliche Knappe seinen Herrn dem festen Griff des Todes entrissen hatte. Nur Popi allein kannte die Wahrheit und ihm war das Wohlergehen Ergils wichtiger als die Bewunderung irgendwelcher Neidhammel.

Damit sollte hinreichend erklärt sein, warum er spontan Unruhe verspürte, als er zum Saal des Bundes zurückkehrte und diesen verlassen vorfand. Eigentlich hatte er seinen Posten nur zur Verrichtung der Notdurft verlassen, war aber prompt dem Obersten der Palastwache in die Arme gelaufen. Weil man den »Schatten des Königs« selten allein antraf, nutzte Kommandant Timmerland die günstige Gelegenheit, um dem jungen Ritter wieder einmal den Kopf zurechtzurücken. Zu den Pflichten eines Gardisten gehöre nicht nur »das Faulenzen an der Seite des Monarchen«, sondern auch weniger Angenehmes wie das Wachestehen am Burgtor oder das Ölen von Waffen und Rüstungen. Weil Popi die Strafpredigt nicht widerspruchslos hinnahm, jede Gegenrede von Timmerland aber sofort als Angriff auf die militärische Tradition des Landes aufgefasst wurde, dehnte sich die Standpauke am Ende auf mehr als eine Stunde aus. Erst mit der nicht ganz präzisen Meldung, der König brauche ihn, und zwar jetzt, konnte sich Popi von seinem Vorgesetzten loseisen.

Entnervt traf er wieder vor dem Saal des Bundes ein und

machte die schon erwähnte beunruhigende Entdeckung. Einer der beiden Posten, die an der Tür Wache hielten, grinste unverschämt.

»Das hat ja gedauert. Habt Ihr ein ganzes Meer gepinkelt? Wäre besser gewesen, Ihr hättet es Euch verkniffen, Herr Popi, denn inzwischen ist Euch der König weggelaufen«, witzelte der andere Soldat in jener Mischung aus Spott und oberflächlicher Ehrerbietung, die sich etliche Kameraden gegenüber dem frisch gebackenen Ritter herausnahmen.

Popi überhörte geflissentlich die Spitze. »Hat jemand eine Ahnung, wo Seine Majestät hingegangen ist? Es sah doch so aus, als würde der Große Rat noch bis zum Abend tagen.«

Die Posten zuckten gleichgültig die Achseln, aber der Wortführer deutete mit einer Hand den Flur entlang. »Der König ist kurz nach Euch in Richtung seiner Gemächer davongerauscht, als hätte er den gleichen Druck auf der Blase verspürt wie Ihr vorhin. Wenig später ist ihm die Dame Múria gefolgt. Der Rest des Großen Rates löste sich dann auch bald auf.«

Der junge Ritter bedankte sich und folgte der Fährte seines Herrn.

Aus einem übersteigerten Sicherheitsbedürfnis heraus hatte Ergils Oheim das Hauptgebäude der Sooderburg entkernen und darin ein auf mehreren Ebenen angeordnetes Labyrinth einbauen lassen. Die wichtigsten Räumlichkeiten, darunter auch der Thronsaal und die Privatgemächer des Königs, lagen im Zentrum der verwirrenden Anlage. Popi konnte sich daher das ermüdende Hin und Her und Auf und Ab und Vor und Zurück, das selbst die nichtigsten Botengänge in dem steinernen Irrgarten zur Tortur machte, ersparen. Schon nach kurzer Zeit stand er vor der Tür des Königs und klopfte leise dagegen. Er durfte sich dem jungen Monarchen zu jeder Tages- und Nachtzeit nähern. Je nachdem, welche Rolle einer im Hofstaat einnahm, hielt er den Vertrauten des Königs daher für Ergils Adjutanten oder Kammerdiener oder persönlichen Ratgeber. Oder

Hofnarren. Popi selbst sah sich als Ergils Freund. Im Augenblick als etwas besorgter Freund.

Denn aus den Gemächern kam keine Antwort.

Der persönliche Ratgeber-Kammerdiener-Adjutant klopfte erneut.

Wieder drang nicht der geringste Laut aus der Zimmerflucht.

Zaghaft drückte Popi die Klinke herab und öffnete die Tür, gerade weit genug, um den Kopf durch den Spalt zu stecken. Obwohl Popi hierbei einige Vorsicht walten ließ, quietschte das Scharnier ganz vernehmlich, was, wie er wusste, nicht der Hofschlosserei als Nachlässigkeit anzulasten war. Vielmehr erfüllte das Geräusch die Funktion eines Alarms, um Einbrecher, Meuchelmörder und anderen unerwünschten Besuch anzumelden. Umso mehr war der junge Ritter überrascht, ja, er erschrak sogar, als er seinen Herrn in einer durchaus verfänglichen Situation ertappte. Manche Klatschbasen am Hof hätten wohl sogar das Wort »schockierend« nicht als übertrieben empfunden, um den sich Popi bietenden Anblick zu beschreiben.

Wer nur flüchtig hinsah, mochte tatsächlich an ein Schäferstündchen denken. Auf einer gepolsterten Bank, rechts neben dem Kamin, saßen in trauter Zweisamkeit der König und seine Geschichtsschreiberin. Sie hielten sich bei den Händen und schwiegen hingebungsvoll. Zum Glück gehörte Popi nicht zu den Höflingen, die mit Vorliebe aus derlei Missverständlichkeiten Staatsaffären zimmerten. Die beiden schmachteten sich nicht an, sondern hatten sich in eine gemeinsame Versunkenheit begeben, die Popi wenn schon nicht verständlich, so doch wenigstens vertraut war.

Wenn Ergil Zeit und Raum durchdrang, bewegte sich nur sein Geist durch den Faltenwurf der Welt. Múria und Nisrah stärkten ihn dabei, jeder auf seine Weise. Vom Nutzen des Weberknechts für den König besaß Popi nur eine vage Vorstellung. Immerhin hatte er mit dem lebenden Netz auf dem Kitora für kurze Zeit eine Zweckgemeinschaft gebildet und am eigenen

Leib zu spüren bekommen, wie es alle seine Sinne schärfte. Trotzdem war er froh gewesen, Nisrah wieder los zu sein. Das merkwürdige Geschöpf blieb für ihn ein großes Mysterium.

Anders die einstige Herrin der Seeigelwarte. Ergil nannte sie bisweilen seine »Wegbereiterin« und mit dieser Rolle konnte der einfach strukturierte Verstand des jungen Ritters sich leichter anfreunden. Múrias Weisheit galt als noch beachtlicher als ihre viel besungene Schönheit – und das wollte etwas heißen.

Äußerlich wirkte das Paar auf der Bank völlig teilnahmslos. Hätten die beiden sich zu einem amourösen Abenteuer in die königlichen Gemächer zurückgezogen, dann wären sie wohl schon beim ersten Quietschen der Tür aufgesprungen oder zumindest auf Abstand gegangen. Stattdessen verharrten sie nebeneinander, ihre Augen blieben geschlossen, Múrias Antlitz wirkte gelöst, das ihres Schülers eher angespannt.

Popi betrat den Raum. Dabei legte er dieselbe Behutsamkeit an den Tag, die man einem Schlafwandler gegenüber walten lässt, den man zwar beobachten, aber auf keinen Fall wecken darf. Leise schlich er sich zur nächstbesten Sitzgelegenheit, von der aus er sowohl die Tür als auch das Paar im Auge behalten konnte. Er würde über die beiden wachen, bis sie wieder ins Hier und Jetzt zurückkehrten. Das konnte eine Weile dauern. Als Ergil seinerzeit das Schiff des Sirilimkönigs wie aus dem Nichts in die Bucht von Silmao befördert hatte, war sein Geist mehrere Stunden auf Wanderschaft gewesen.

Der junge Ritter stützte sich mit beiden Händen auf die Armlehnen, um sich geräuschlos in den Sessel sinken zu lassen. Auf halbem Wege zwischen Stehen und Sitzen bemerkte er plötzlich eine Veränderung in Ergils Gesicht. Ein Ausdruck des Schreckens erschien darauf. Er zitterte am ganzen Körper.

Und dann begann er unsichtbar zu werden.

Sofort stand Popi wieder auf den Füßen. Einen Moment lang starrte er nur ungläubig auf das Paar. Beide hatten nach wie vor die Augen geschlossen, aber die Entspanntheit war aus

Múrias Miene gewichen. Die von ihr abgewandte Seite des Königs wurde zusehends durchsichtiger. Als er sich ungefähr zur Hälfte aufgelöst hatte, vergaß Popi alles, was er über Schlafwandler wusste, und eilte zu seinem Herrn. Er streckte die Hand aus, um ihn an der verbliebenen Schulter zu rütteln. Doch ehe er ihn berühren konnte, öffnete die Geschichtsschreiberin die Augen.

Múrias Blick war von einer strengen Kälte, die Popi einen bläulich roten Schauer bescherte und ihn förmlich erstarren ließ. Sie legte den Zeigefinger der freien Hand an ihre Lippen und formte mit ihnen ein lautloses *Pscht!*

Es sah aus, als würde die Sooderburg Stein für Stein abgetragen. In atemberaubender Geschwindigkeit schrumpften die Mauern und Gebäude vor Ergils innerem Auge bis auf die Fundamente zusammen. Zuletzt blieb nur noch die nackte Klippe übrig. Immer weiter reiste sein Geist durch die Äonen zurück. Eine Generation währte nur einen Herzschlag lang. Sommer und Winter flackerten vorüber wie die Sonnenscheibe hinter einem sich schnell drehenden Windrad.

Mit Múrias und Nisrahs Hilfe war es ihm ein Leichtes gewesen, die Gegenwart zu verlassen, um den nördlichen Außenposten der Sirilim in ferner Vergangenheit aufzuspüren. Mit etwas mehr Anstrengung hätte er es wohl auch ohne seine Meisterin geschafft, doch Ergil wollte sich nichts beweisen, er wollte nur seine Mutter finden.

Der Umstand, dass jeder Sirilo in die Welt und diese zugleich vollständig in ihn eingefaltet war, barg auch Schwierigkeiten. Eine bestimmte Person in den verwirrenden Verwerfungen aus Zeit und Raum aufzuspüren, war ohne Hilfen ebenso aussichtslos, wie einen Himmelskörper nur anhand des Namens am nächtlichen Firmament auszumachen. Wusste man jedoch, in welchem Sternbild er sich verbarg, dann nahmen die Erfolgsaussichten beträchtlich zu. Ganz ähnlich war es mit Ergils Gabe der Durchdringung. Er brauchte einen Anhaltspunkt – einen möglichst nahen Ort oder einen Gegenstand –, von dem aus er sich »weiterhangeln« konnte. Ersteres bot der Knochenturm auf der Sooderburg. Er war das Verbindungsglied zur Vergangenheit des Alten Volkes. Und durch ihn fand Ergil tatsächlich, was er vor einem halben Jahr schon einmal im Traum gesehen hatte: den Sirilimpalast.

So wie damals erstrahlten die aus Drachenbein erschaffenen Gebäude im Sonnenschein. Ergil bewunderte die fremdartigen Formen, während sein Geist wie ein Vogel über die Anlage hinwegschwebte. Alles wirkte wie natürlich gewachsene Gebilde, nirgends ließen sich scharfe Kanten und selten rechte Winkel ausmachen. Die meisten Bauwerke besaßen Kuppeln, einige der Dächer schmeichelten dem Auge aber auch mit sanft geschwungenen Firsten. Es gab runde Fenster und Türen mit Spitzbögen. Die Fassaden zierten aufgesetzte Ornamente, deren Verschlungenheit an die Luftwurzeln eines Bodhibaumes erinnerte und die trotzdem so ausgewogen und harmonisch wie Schneekristalle waren.

Zwischen den Mauern, die den oberen Teil der Klippe wie eine doppelte gezackte Krone umgaben, zählte Ergil gut zwei Dutzend Gebäude unterschiedlicher Größe. Die kleineren ähnelten runden oder vieleckigen Zelten. Ein sehr viel größeres ließ ihn hingegen an den schlanken, sich zu den Enden hin verjüngenden Rumpf einer Galeere denken. Am auffälligsten war jedoch eine monumentale, von einer Kuppel überragte Rotunde und natürlich der Schwindel erregend hohe Knochenturm. Gerade diesen sah Ergil nun mit anderen Augen.

Von Múria wusste er, dass die Sirilim sich in den Grünen Gürtel zurückgezogen hatten, nachdem die Menschen im Herzland immer zahlreicher geworden waren und mit ihrem Anspruch auf neuen Lebensraum den uralten Frieden bedrohten. Zwar hätten sich die Schönen durchaus zu verteidigen gewusst, aber jedes Blutvergießen war ihnen zuwider. So verschwanden sie allmählich aus den von Menschen besiedelten Landstrichen. Auch ihr Außenposten auf der Insel Soodland wurde aufgegeben.

Doch je länger Ergil jetzt den Palast seiner Ahnen bewunderte, desto stärker wurde in ihm die Überzeugung, dass dieser nicht für immer in der Zwischenwelt hatte verborgen bleiben sollen. Die Schicksale von Menschen und Sirilim waren untrennbar miteinander verbunden und die Erbauer des Knochenpalastes mussten das auch gewusst haben, weil die ältesten diesbezüglichen Weissagungen schon damals existiert hatten. Sie stammten aus der Zeit, als die beiden Geschlechter aus einem Geschwisterpaar hervorgegangen waren. Damals hatte ein Seher des Allmächtigen vorausgesagt, die zwei Völker würden in ferner Zukunft wieder zueinander finden. Offenbar, so vermutete Ergil, sollte an diesem fernen Tag auch der elfenbeinerne Palast der Sirilim wieder ins Hier und Jetzt zurückkehren. Wenn das stimmte, dann war der Knochenturm also nichts anderes als ein Signalmast, den die Sirilim für ihn, ihren ungeborenen Nachfahren, stehen gelassen hatten, damit er die Zeichen richtig deuten und das Verlorene wiederbringen konnte.

Die Vorstellung ließ Ergil einen Moment schwindeln und er musste sich zwingen, den eigentlichen Zweck seines Hierseins im Auge zu behalten. Er war nicht gekommen, um den Palast an seinen angestammten Platz zu holen, sondern um den Zufluchtsort seiner Mutter finden. Der erste Teil der Aufgabe war geschafft. Obwohl die Zwischenwelt sich in Raum und Zeit über den gesamten Faltenwurf des Universums erstreckte, hatte er das Versteck der Sirilim entdeckt. Jetzt musste er sich gleichsam daran festhalten, während er wieder in die Gegenwart zurückkam.

Glücklicherweise war er auch bei der Suche nach seiner Mutter nicht ganz auf sich allein gestellt. Ob Gegenstand oder Lebewesen, was einmal zueinander gehörte, das blieb im Gewebe des Universums mit unsichtbaren Fäden auch weiterhin verbunden. Deren Verlauf zu folgen, war eine Gabe, die nur wenige Geschöpfe besaßen. Abgesehen von Botenfalken zählten auch die Sirilim dazu. Ergil trug immer noch Vanias Satimkette um den Hals, die ihm sein Ziehvater Falgon einst im Großen Alten gegeben hatte. Seit jenem Tag hatte er das Gesicht seiner Mutter im Traum nicht länger von Nebelschwaden verhüllt, sondern ganz deutlich gesehen. Konnte es einen besseren Beweis dafür geben, dass er und Twikus schon damals unbewusst dem »Faden« gefolgt waren, der sich immer noch von dem Schmuckstück bis zu seiner ursprünglichen Besitzerin zog?

Das Zurückgleiten in die Gegenwart kam dem Absetzen eines schweren Gewichts gleich. Lediglich in den drei Dimensionen des Raumes zu suchen, sollte weniger kräftezehrend sein, machte sich Ergil Mut. Trotzdem nahm seine Anspannung zu. Wenn die Gefühle ihn nicht narrten und seine Mutter während des Falls der Sooderburg tatsächlich in den Knochenpalast geflohen war, dann konnte sie nicht mehr weit sein.

Der König ließ seinen Geist im Sturzflug auf den großen Kuppelbau niederfahren. Er durchstieß das gewölbte Dach, als wäre es nur eine Wolke. Das Innere der Rotunde war ein gigantischer Saal mit einem Durchmesser von gut dreihundert Fuß und einem Säulengang an der Außenseite. Reihum drang ein betörendes Licht durch die bunten Glasfüllungen der hohen schmalen Fenster. Das Kuppelgewölbe war mit prachtvollen Gemälden verziert, Darstellungen der Sirilim in einem grünen Pflanzenreich, auf Schiffen zu hoher See und bei der Inbesitznahme einer neuen Heimat. Verschlungene Ornamente schmückten sowohl die Wände bis hinauf zum Gebälk und auch den Fußboden. Dieser bestand aus vielfarbigen, glatt polierten Steinen. Auf einer weißen Alabasterscheibe im Zentrum schimmerte ein riesiges silbernes Ginkgoblatt.

Unwillkürlich musste Ergil an den roten Marmorboden im

Thronsaal der Sooderburg denken, wo bis vor kurzem Wikanders schwarzer Granitdrache eingelassen war. Jetzt befand sich dort eine verblüffend ähnliche Scheibe – nur fehlte das Ginkgoemblem.

Der wandernde Sinn des Königs setzte sich wieder in Bewegung. Die Rotunde mochte den Sirilim als ein Versammlungs- und Festsaal gedient haben, aber als Zufluchtsstätte für seine Mutter war sie gewiss zu groß. Er entsann sich wieder des auffälligen Gebäudes mit dem Grundriss eines Schiffsrumpfes. Ob sie dort Zuflucht gesucht hatte? Wenn er nur klar erkennen könnte, wohin ihn der unsichtbare »Faden« führte! Sein Gefühl sagte ihm, dass er dem ungewöhnlichen Langhaus einen Besuch abstatten sollte.

So durchstieß er die Mauer der Rotunde und schwebte wieder hinaus. Er folgte einem überdachten Wandelgang, der vom Rundbau zu dem Langhaus führte und genau dort endete, wo die bauchigen Mauern sich am weitesten nach außen wölbten. Ergil glitt durch das geschwungene Spitzdach ins Innere der »Galeere«.

Wie vermutet hatte er das Herz des Palastes gefunden. Dieses Wortbild beschreibt nur unzureichend, was Ergil sah. Er kannte das seltsame Labyrinth Wikanders, das noble, aber zweckmäßige Domizil des Herzogs von Bolk, den schwülstigen Prunk, in dem König Hilko die Geschicke des Stromlandes lenkte, die märchenhaften Anlagen des susanischen Mazars und die exotischen Zelt- und Kuppelbauten von Ostrich. Während man in der Architektur von Silmao und Ostgard noch gleichsam das Echo der Sirilim wahrnehmen konnte, hatten die weiter westlich gelegenen Länder sich schon unendlich weit von der Anmut der Formen entfernt, die Ergil hier in immer neuen Details wieder und wieder überraschte.

Das von außen wie ein schlankes Langschiff anmutende Gebäude erwies sich von innen als mehrstöckiges Gartenhaus. Ohne das Auge des Durchdringers konnte man in den hohen

Geschossen nirgendwo die Decke sehen, weil überall wuchernde Pflanzen die Sicht nach oben behinderten. Trotzdem fiel genügend Licht durch die Blätter hindurch, um alles in ein mildes Grün zu tauchen. Auch der Boden war keinesfalls eben, sondern bot sanft ansteigende Hügel, kleine Weiher, Wiesen und steile Felswände. In diese überdachte Parklandschaft waren, wie zufällig fallen gelassene Glasperlen, bunte Pavillons unterschiedlicher Größe eingestreut.

Wenn es dem zauberhaften Palast an etwas mangelte, dann waren es Ordnung und Übersichtlichkeit. Zweifellos konnte man an diesem Ort leicht vergessen, dass er nicht unter freiem Himmel lag, denn schon nach kurzer Zeit stellte sich bei Ergil ein Gefühl der Weite ein, die den Verstand vor ein Rätsel stellte, weil die empfundenen Dimensionen des Ganzen das zwar großzügige, aber doch begrenzte Maß des Gebäudes zu sprengen schienen. Während er seinen Geist unschlüssig durch die Vegetation schweifen ließ, wunderte er sich über die Stille. Nirgendwo bewegte sich ein Blatt. Zwar entdeckte er einige Insekten, aber auch diese wirkten wie erstarrt. War der Park etwa nur eine Illusion?

Gerne wäre er dem Geheimnis dieses Ortes auf den Grund gegangen, aber er hatte Wichtigeres zu erledigen. Erneut tastete er mit seinen Sirilimsinnen nach dem Ursprung jener hauchzarten unsichtbaren Verbindung, die bis zu der Satimkette an seinem Hals reichte. Unvermittelt durchblitzte eine Erinnerung sein Bewusstsein. Er sah die Bilder zweier Träume, die ihn hoch über die Insel Soodland geführt hatten. Zuerst schaute er zum Knochenpalast hinab und gleich darauf erschien die Sooderburg.

»Sie stehen am selben Ort«, flüsterte er, ohne zu wissen, ob die Worte tatsächlich über seine Lippen gekommen oder nur in seinem Geist erklungen waren. Die Bemerkung galt nicht etwa dem Palast als Ganzes, sondern nur dem Haupthaus. Sowohl der ungeschlachte Bau, der Wikanders Labyrinth barg, als auch die schiffsgleiche Schönheit der Sirilim ragten an derselben Stelle auf.

»Dann hat Mutter sich vielleicht gar nicht vom Fleck bewegt«, fügte Ergil hinzu, womit er die vier bekannteren Dimensionen des Universums – Höhe, Breite, Tiefe und Zeit – meinte. Mit einem Mal erschien ihm das große Rätsel um den Verbleib der Königin von Soodland gar nicht mehr so rätselhaft. Wikanders Gift dürfte sie geschwächt haben. Der kürzeste Weg, um sich vor seinem Zugriff zu retten, wäre für sie auch der leichteste gewesen. Sie musste lediglich durch eine Masche des großen Faltenwurfs in die Zwischenwelt hinüberschlüpfen, die ihre Vorväter als Refugium für den Knochenpalast gewählt hatten. Vielleicht war sie sogar schon früher einmal dort gewesen.

Zur Zeit ihrer Krönung hatten Ergil und Twikus den steinernen Irrgarten ihres Oheims einreißen und den Palast so wiederherstellen wollen, wie er in ihren Kindertagen gewesen war. Lange hatten sie sich in das Studium der alten Baupläne vertieft. Die ursprünglichen Gemächer von Torlund und Vania waren unweit der Zimmerflucht gewesen, die später Wikander für sich in Anspruch nahm. Ja, das Bett der Königin dürfte sogar ziemlich genau an derselben Stelle gestanden haben wie dasjenige Ergils.

Er versuchte sich zu orientieren, was in dem wuchernden Grün gar nicht so leicht war. Würde man das Langhaus gegen den Soodlandpalast austauschen, dann lägen die Gemächer seiner Eltern in einem tieferen Stockwerk. Also ließ er seinen suchenden Geist durch den Waldboden sinken und gelangte in einen anderen Park, der sichtlich gepflegter als jener im Obergeschoss wirkte. Ergil sah eine von Bäumen umstandene Wiese mit einigen runden Gebäuden darauf. Ein kleiner Bach schlängelte sich durch das Grün und bildete in der Mitte einen Teich. Vom Ufer führte eine geschwungene Brücke zu einer Insel, auf der ein silberner Pavillon stand. Er spiegelte sich,

Kopf stehend zwar, ansonsten aber makellos, in dem Weiher. Dessen Oberfläche war, ebenso wie die des Wasserlaufs, völlig unbewegt.

Ergil schwebte zu dem Gebäude auf der Insel und ließ sich zu dem Dach hinabsinken, dessen flache Kegelform ihn an einen susanischen Hut erinnerte. Der ganze Pavillon bestand aus einem kunstvollen Gitterwerk, das wie pures Satim glänzte. Zahlreiche Zwischenräume in den geschmiedeten Sirilimornamenten gestatteten Ergil den Blick ins Innere. Er gewahrte einen runden Diwan und auf diesem lag eine weibliche Gestalt.

Ergils Herz begann heftig zu schlagen. Hatte er sie gefunden? Einen Moment lang wagte er nicht, sich dem reglosen Körper zu nähern. Würde er überhaupt die Stärke haben, sich der Wahrheit zu stellen?

Zum Umkehren war es zu spät. Er musste sich Klarheit verschaffen. Langsam ließ er seinen Sinn durch das Gitterwerk sickern. Sobald es seinen Blick nicht mehr behinderte, fielen alle Zweifel von ihm ab.

Es war seine Mutter!

Die Königin von Soodland trug dasselbe duftige, knöchellange, vorne weit ausgeschnittene Kleid, das er im Kratersee des Kitoras gesehen hatte. Der silbrige Stoff, der ihren schlanken Körper sanft umschmeichelte, glitzerte, als wäre Sternenlicht in ihn eingewoben. Ihre blonden Locken waren wie ein Sonnenrad auf dem fliederfarbenen Kopfkissen ausgebreitet. Ergil spürte, als seien straffe Fäden zwischen seinem Geist und dem Rest seines Ichs gespannt, wie er am ganzen Leib zitterte, während er ihr blasses Antlitz auf sich wirken ließ. Es war unfassbar schön. Aber nicht das ließ ihn erbeben – schon unzählige Male hatte er diese Züge im Traum gesehen –, sondern die geöffneten grasgrünen Augen, die ihn direkt anzublicken schienen. Bange fragte er sich, ob es die Augen einer Toten waren.

Dabei wurde ihm bewusst, dass sie nicht atmete. Der Schreck

dieser Entdeckung schüttelte seine Gedanken wild durcheinander, als wäre sein Kopf ein Knobelbecher. Und er fürchtete sich vor dem, was ihm die Würfel zeigen würden. Trotzdem zwang er sich zur Ruhe. Er entsann sich der Starre, in die er nach dem Gapabiss im Hain der Pyramiden gefallen war, weil Múria ihm einen lähmenden Heiltrunk eingeflößt hatte. Aber seine Lungen waren davon nicht beeinträchtigt gewesen. Bei Vania hingegen … Ergils Zittern nahm zu. Wäre sie nur auf ähnliche Weise ruhig gestellt oder schliefe sie mit offenen Augen, dann müsste sich ihre Brust trotzdem heben und senken. Aber nichts an ihr bewegte sich. Auch die auffällige Art und Weise, wie sie auf dem runden Bett lag, ließ Ergil schaudern. Bisweilen wurden die Leichname Verstorbener auf ähnliche Weise aufgebahrt, damit die Angehörigen von ihnen Abschied nehmen und die Lieben in bester Erinnerung behalten konnten. Die sorgfältig ausgelegten Haare, die kunstvoll drapierten Falten des weiten Kleids …

Nein!, gebot er seinen rebellierenden Gefühlen Einhalt. Denk nach! Etwas stimmt nicht an diesem Bild. Der Palast war, abgesehen von seiner Mutter, verlassen. Niemand hätte sie so auf den Diwan betten können. Sie musste es aus eigener Kraft getan haben, weil sie hoffte, dass jemand sie so finden und aus den Zeichen die richtigen Schlüsse ziehen würde. Aber welche?

Wenn er sich ihr doch bemerkbar machen könnte! Es weilte ja nur sein forschender Sinn in dem Pavillon. Direkt über ihrem Gesicht zu schweben, in ihre strahlend grünen Augen zu blicken und trotzdem für sie unsichtbar zu sein, war für Ergil fast unerträglich. Und wenn er …?

Warum nicht?, dachte er. Was Mutter getan hat, das schaffe ich auch. Ich muss nur *leibhaftig* die Falte durchstoßen, die meine Welt von der ihren trennt. Wenn ich zu ihr gehe, kann ich sie mit meinen Händen berühren, sie küssen und umarmen. Ich wäre imstande, sie gründlich zu untersuchen und ihr, sofern sie noch lebt, vielleicht sogar zu helfen.

Noch nie hatte er einen solchen Wechsel gewagt. Doch wie ein Kind nicht üben muss, geboren zu werden, tat Ergil instinktiv das Richtige, um seinen Körper dem Geist folgen zu lassen. Es war, als zwänge er sich durch einen engen Türspalt. Trotz der Anstrengung hatte er binnen kurzem die Hälfte des Übertritts geschafft. Aber dann blieb er plötzlich stecken.

Einem normalen Menschen mag die Vorstellung, zwischen zwei Daseinsstufen festzuklemmen, absurd erscheinen. Aber Ergil war alles andere als normal. Einerseits spürte er deutlich das Nachlassen von Múrias Kraft, was ihn aber schlimmstenfalls behindert, jedoch kaum aufgehalten hätte. Schwerwiegender war eine andere, ganz und gar erschreckende Erkenntnis, die ihn wie ein Raubtier aus dem Hinterhalt seines Unterbewusstseins angefallen hatte: Nicht nur seine Mutter, sondern der ganze Knochenpalast war so starr wie die Gemälde an der Gewölbedecke der Rotunde. Selbst der Bachlauf vor dem Pavillon hatte wie eingefroren gewirkt.

Ohne sich in der Falte vor- oder zurückzubewegen, ließ Ergil seinen Blick durchs Innere des Pavillons schweifen. Dabei fielen ihm die hauchzarten Vorhänge auf. Einige waren wie von einem Luftzug gebauscht, bewegten sich aber nicht um Haaresbreite. Ein neuerlicher Schauer schüttelte ihn, als er sich über die Bedeutung seiner Beobachtung klar wurde: Nur noch ein halber Schritt und er wäre genauso erstarrt!

Anfangs hatte Vania seine ganze Aufmerksamkeit auf sich gezogen, doch jetzt durchdrang sein Sinn den vieleckigen Raum als Ganzes. Dabei entdeckte er ein rundes Tischchen links neben dem Diwan. Darauf lag ein Blatt aus feinem Pergament. Rasch ließ er seinen Sinn näher schweben. Die wenigen Zeilen der Nachricht waren mit schwarzer Tinte und erkennbar zittriger Hand geschrieben worden. Beim Lesen verschlug es ihm den Atem.

Lieber Ergil!

Du wunderst dich, mein Sohn, weil ich diesen Brief an dich und sonst niemand anderen richte. Mir fehlt die Muße, es dir zu erklären, denn ich schreibe dir diese Worte, während der Tod seine Hand nach mir ausstreckt. Um die Wirkung von Wikanders Gift zurückzuhalten, bin ich nach Bethgan geflohen. Hier, im »Haus des Gartens«, wo einst meine Ahnen wohnten, gleicht die Zeit einem Gletscher: Sie wirkt wie erstarrt, aber trotzdem schleppt sie sich langsam ins Tal der Vergänglichkeit. Würde ich jedoch in deine Welt zurückkehren, müsste ich in wenigen Augenblicken sterben. Deshalb lass mich hier liegen, bis du das Gegengift besorgt hast. Aber beeile dich! Mir bleibt nicht mehr viel …

Die Mitteilung endete in einer zuerst flacher werdenden, dann steil abfallenden Linie. Vania musste gespürt haben, dass ihr keine Zeit mehr für weitere Erklärungen blieb. So hatte sie wohl mit letzter Kraft das Pergament und sich selbst in jene Falte gerettet, die sie mit einem sich langsam ins Tal schiebenden Gletscher verglich.

Ergils Blick wandte sich wieder der Mutter zu, die wie aus Eis gemeißelt auf ihrem Diwan lag, und er fühlte einen kalten Schmerz in seinem Herzen. Jetzt begriff er, warum sich hier anscheinend nichts bewegte. Er hatte schon einmal, beim Aufspüren der *Silberginkgo*, des Schiffes von König Jazzar-siril, eine erstarrte Welt wie diese gesehen. So wie dort, wo die Sirilim ihre Flotte versteckt hatten, stand auch hier die Zeit beinahe still. Dadurch wurden alle natürlichen Prozesse aufgehalten: der Verfall, das Altern und sogar das Sterben.

Ja, die Königin von Soodland rang mit dem Tod, seit gut zwölf Jahren schon.

Ergil fühlte sich elend. Mit einem Mal schien keine Kraft mehr in ihm zu sein. Zeit, sich zurückzuziehen, dachte er. Vielleicht hatte Múria einen Rat für ihn. Oder zumindest ein Wort des Trostes. Er schickte sich an, *Bethgan,* das »Haus des Gartens«, zu verlassen.

Als er einen letzten Blick auf seine Mutter warf, bemerkte er in ihrer rechten Hand ein Glitzern. Sofort vergaß er seinen Rückzug und sah genauer hin. Ja, sie umklammerte tatsächlich einen Gegenstand, der fast völlig von den Falten ihres Kleides verdeckt war, weshalb er ihn zuvor aus der Höhe nicht hatte entdecken können. Im Geiste schwebte Ergil näher an das Funkeln heran – bis er es deutlich erkennen konnte.

Sie hielt den geschliffenen Kristallbecher fest, in dem sich das Gift befunden hatte!

Warum hatte sie ausgerechnet den Kelch in die Zwischenwelt mitgenommen? Lag die Antwort womöglich auf dem Grund desselben? Ergil konnte diesen nicht sehen, weil Vanias Hand, das silbrige Gewebe ihres Kleides und das dicke Glas ihm im Wege waren. Schnell durchdrang er von oben den duftigen Stoff. Und dann geriet sein Bewusstsein ins Taumeln.

Am Boden des Trinkgefäßes befand sich eine blaugrüne Flüssigkeit.

… bis du das Gegengift besorgt hast …

Jetzt erst verstand er die Worte im Brief seiner Mutter richtig. Nach Múrias Überzeugung hatte Wikander der Königin Gapagift verabreicht. Vania hatte wohl gerade genug davon getrunken, um Wikander mit ihrem Zusammenbruch zu überzeugen, und zugleich einen ausreichend großen Rest im Kelch gelassen, um einer erfahrenen Heilerin wie Múria die Untersuchung des Giftes und die Beschaffung eines Gegenmittels zu ermöglichen.

Ergils nächster Gedanke leuchtete klar wie mit flammender Tinte geschrieben in seinem Geist: Ich muss den Kelch mitnehmen! Schon umfasste er mit großer Behutsamkeit das durchscheinende Gefäß. Wenn er zu viel des Guten tat, würde er seiner Mutter die Hand ausreißen, war er zu zaghaft, konnte das Gift womöglich verschüttet werden. Nachdem er seinen Willen wie eine Faust um den Gegenstand geschlossen hatte, fiel ihm wieder der Brief ein. Es konnte nicht schaden, ihn ebenfalls mitzunehmen. Mit beiden Beutestücken zog sich Ergil rasch aus der Zwischenwelt zurück.

Das Knistern des Kaminfeuers drang an sein Ohr. Er spürte dessen Wärme und zugleich überfiel ihn eine große Müdigkeit. Seine Lider flackerten, als er die Augen aufschlug. Er zuckte zusammen, denn unmittelbar vor seiner Nase befand sich ein pickeliges schmales Gesicht, das ihn eingehend musterte. Es gehörte Popi und sah ziemlich besorgt aus.

»Und du meinst allen Ernstes, ich sei drei geschlagene Stunden im Knochenpalast gewesen? Es kam mir viel kürzer vor.« Ergil schüttelte ungläubig den Kopf. Er hätte schwören können, seine Gedanken purzelten immer noch wie Würfel durcheinander.

Popi breitete die Hände aus. »So war es aber. Ich kam ungefähr eine Stunde nach dir hierher, kurz bevor dein Zittern anfing und du durchsichtig wurdest. Das hörte dann zwar wieder auf, aber ich habe dir und der Dame Múria dann noch mindestens zwei geschlagene Stunden zugesehen.«

»Mit deiner Nase dicht vor der meinen.«

»Nein. Zwischendurch habe ich mich in dem Sessel da ausgeruht.« Der junge Ritter deutete auf das Sitzmöbel gegenüber der Bank.

Während die beiden miteinander sprachen, hatte sich Múria dem Studium von Vanias Brief gewidmet. Sie musste ihn inzwischen schon mindestens zehnmal gelesen haben. Jetzt murmelte sie, ohne von dem Pergament aufzublicken: »Hier steht, dass du in einer Falte warst, in der die Zeit nur so träge wie ein Gletscher dahinfließt. Zum Glück bist du nicht ganz hinübergegangen. Dann wärst du womöglich erst in ein paar Jahrhunderten wieder aufgetaucht.«

Ergil deutete fahrig auf das Pergament. »Was hältst du davon?«

»Ruhig Blut, junger Mann!«

»Du hast gut reden. Es ist ja nicht deine Mutter, die im Sterben liegt.«

»Aber meine beste Freundin.«

Er schluckte nur.

Sie streckte die Hand nach dem Kristallkelch aus. »Darf ich?«

Ergil gab ihn ihr.

Múria hielt das Trinkgefäß schräg vor das Kaminfeuer und blickte durch den sirupartigen Inhalt. Anschließend roch sie daran. Zuletzt nickte sie. »Die auffällige Färbung, der Mandelgeruch und die Symptome, die du in dem Kratersee und im silbernen Pavillon gesehen hast – alles passt. Wikander hat deiner Mutter tatsächlich Gapagift zu trinken gegeben.«

»Dann müssen wir die Warnung in ihrem Brief ernst nehmen?«

Sie nickte mit versteinerter Miene. »Sehr ernst, mein Lieber. Du darfst deine Mutter auf keinen Fall aus der Zwischenwelt zurückholen, bevor wir ein Gegengift zur Hand haben.«

»Dann mach dich bitte gleich an die Arbeit. Ich kann nicht zulassen, dass Mutter stirbt, jetzt, wo ich sie endlich gefunden habe.«

»Leider ist das nicht so einfach, Ergil. Deine Mutter hat …«

Seine Augen wurden groß und er keuchte: »Was soll das denn jetzt heißen? Du hast doch *mir* …«

»Die Situation im Hain der Pyramiden war ein wenig anders«, erkämpfte sie sich das Wort zurück. »Die Absonderungen aus den Giftdrüsen der Harpyienwesen lähmen zunächst nur den Geist des Opfers. In dieser frühen Phase ist das Gegenmittel, das ich dir verabreicht habe, sehr wirksam. Aber schon kurze Zeit später – oder bei entsprechender Dosierung – hätte das Gift dich von deinen Erinnerungen abgeschnitten. Auch das kennst du ja bereits.«

»Bis heute«, brummte er.

»Wenn«, fuhr Múria auffallend sachlich fort, »das Zeug allerdings in so großen Mengen eingenommen wird, wie es wohl deine Mutter tun musste, dann wird schon nach kurzer Zeit die Atmung gelähmt. Der Betreffende muss unweigerlich ersticken, es sei denn ...«

»Wikander hat ihr einen Dolch an den Hals gehalten. Wäre es nicht einfacher gewesen, sie damit zu töten, anstatt ein ziemlich seltenes Gift zu benutzen?«, zischte Ergil. Die Vorstellung, untätig auf den Tod seiner Mutter warten zu müssen, machte ihn rasend.

Múria ließ sich nicht aus der Fassung bringen. Gleichwohl klang ihre Stimme streng, als sie antwortete: »Wenn du mich ein einziges Mal ausreden lassen würdest, junger Mann, dann wüsstest du die Antwort längst.«

Er schnappte nach Luft. Mürrisch funkelte er Popi an, der ihm gegenübersaß, auf seiner Unterlippe herumkaute und dem Dialog gespannt lauschte. Ergil stieß einen tiefen Seufzer aus, ließ mit dem Atem auch die aufgestaute Wut entweichen und sagte leise: »Entschuldige, Inimai, aber mir graut vor dem Gedanken, Mutter zu verlieren, jetzt, nachdem ich sich endlich wiedergefunden habe.«

Sie legte ihm die Hand auf den Unterarm. »Ist schon gut. Ich wollte nur wiederholen, was wir schon vermutet haben: Möglicherweise bestand Wikanders Plan darin, zwar den *Willen* deiner Mutter abzutöten, sie selbst aber am Leben zu lassen. Er kann das Gapagift nur von Magos oder von dessen Schergen aus dem Harim-zedojim-Gebirge bekommen haben, vermutlich zusammen mit einem Gegenmittel. Letzteres hätte der Großkönig ihr wohl verabreicht, nachdem ihre Erinnerungen und ihr Geist von dem Gift zerstört worden wären.«

»Dann war er ein noch abscheulicheres Ungeheuer, als ich bis heute angenommen habe.«

Múria nickte abermals. Ihre Miene wurde noch düsterer. »Ich

fürchte nur, mein Lieber, ich kann nichts mehr für deine Mutter tun.«

Ergil schluckte. Eine kalte Faust schien sein Herz zusammenzupressen. Mit einem Ausdruck der Verzweiflung auf dem Gesicht flehte er sie an: »Aber du *musst* ihr helfen, Inimai! Ich kenne keine bessere Heilerin als dich.«

Zum ersten Mal seit ihrer Unterhaltung wich Múria seinem Blick aus. Ihre Stimme bebte, als sie erwiderte: »Wunder vermag auch ich nicht zu vollbringen.«

Ergil kannte seine Meisterin und ihre Beherrschtheit in allen Lebenslagen. Daher konnte er nachempfinden, wie schmerzvoll das Bewusstsein um die eigene Ohnmacht für sie sein musste. Sie und Vania waren einmal miteinander so vertraut gewesen wie Schwestern.

Seine Finger tasteten nach der leeren Phiole unter dem Hemd. Mazar Oramas III. hatte sie ihm und Twikus zum Dank für die Rettung Nishigos geschenkt. Zwar war das birnenförmige Kristallfläschchen mittlerweile leer, aber weil es einst das Wasser von Silmao geborgen hatte, dem er sein zweites Leben verdankte, hielt er es weiterhin in Ehren. War es nur ein rührseliges Gefühl, das ihn so handeln ließ, oder verbarg sich dahinter einmal mehr jene Weitsicht, die ihn schon so oft überrascht hatte? Er legte seine Hand auf diejenige Múrias und flüsterte: »Das Lebenselixier.«

Sie sah ihn fragend an.

»Der Extrakt aus dem Ginkgosaft, mit dem Popi mich auf dem Kitora gerettet hat«, präzisierte er und zog die Phiole an der Kette aus dem Halsausschnitt. »Könnte das Mittel, das hier drin war, nicht auch Mutter heilen?«

Múrias Miene schien alles Unglück der Welt auf sich zu ziehen. »Warum fragst du mich das, Ergil? Wir beide wissen, was Mazar Oramas gesagt hat. Der ganze Rest des Lebenselixiers war in dieser Phiole, die er dir schenkte. Und man kann auch kein neues mehr herstellen, weil der letzte Ginkgobaum im Palastgarten von Silmao keine Frucht mehr trägt. Somit ist es müßig, darüber zu reden, ob das Mittel Vania helfen könnte.«

»Das glaube ich nicht«, versetzte Ergil.

Múria sah ihn voller Mitleid an. »Weil du es nicht glauben willst.«

Sein Trotz drohte in Zorn umzuschlagen. »Womöglich übersiehst du etwas, Inimai. Mutter hat mich in ihrem Brief mit meinem *Namen* angesprochen. Woher wusste sie, dass ausgerechnet ich sie im Gartenhaus der Sirilim finden würde? Es hätte ja auch Twikus sein können, oder sonst jemand.«

»Du meinst, sie hat die Alte Gabe nicht nur für die Flucht in die Zwischenwelt benutzt?«

»Wäre das so abwegig? Als Mutter noch bei Kräften war, verfügte sie über große Macht.«

»Zweifellos. Doch der Zeit vorauszueilen ist selbst für eine Sirila wie sie nicht leicht. Gewiss, sie hätte nicht wahllos in den Falten der Zukunft nach Rettung Ausschau halten müssen. Immerhin sind die beiden Einzigen, die sie überhaupt hätten aufspüren können, ihre Söhne gewesen …«

»Und Jazzar-fajim, ihr Großoheim.«

»Was eher dafür spricht, dass sie sich lediglich von ihrem Muttersinn leiten ließ. Sie wusste, dass du der Findigere von euch beiden bist. Hätte sie in den Falten der Zukunft die Rückkehr ihres Großoheims auf die Sooderburg vorausgesehen, dann stände bestimmt sein Name auf dem Brief.«

»Weil er mehr Erfahrung mit der alten Gabe besitzt?«

»Allerdings.«

»Möglicherweise hatte sie ja Gründe, ihrem eigenen Sohn mehr zu vertrauen als dem Bruder ihres Großvaters.«

Múrias Augenbrauen zogen sich bedrohlich zusammen. »Was willst du damit andeuten, Ergil?«

Er schnaubte unwillig. »Gar nichts. Ich finde nur, diese Sache ist zu wichtig, um vorschnell aufzugeben. Es steht weit mehr auf dem Spiel als das Leben meiner Mutter.«

Sie lächelte schwach. »Die Worte eines besorgten Sohnes, der seinem Anliegen mehr Gewicht verleihen möchte.«

»Bist du in Bezug auf Jazzar-fajim nicht genauso befangen? Schließlich wart ihr beiden einmal miteinander verlobt.«

»Hüte deine Zunge, junger Mann!«

»Wirst du mir als Nächstes auch das Denken verbieten?«, fauchte Ergil. »Du musst dich doch auch schon gefragt haben, warum das Klima nach meinem Sieg über Magos kaum freundlicher wurde. Von Soodland strahlt weiterhin diese unerklärliche Kälte aus, die allmählich auch auf die anderen Reiche übergreift. Bald wird die ganze Welt unter Schnee und Eis begraben sein.«

»Und du nimmst an, das alles hängt mit dem Siechtum deiner Mutter zusammen?«

»Hast du eine bessere Erklärung?«

Sie zögerte. »Anfangs dachten wir, die Kälte gehe von Wikander aus. Dann gaben wir Magos die Schuld und jetzt …«

»Es könnte nach wie vor mit einem Fluch zusammenhängen, den der Herr in den Eisigen Höhen ausgesprochen hat, um die Menschheit zu unterwerfen, nachdem er das Schwert *Schmerz* zurückgewonnen hat. Und Mutter könnte davon gewusst oder es zumindest geahnt haben. Ihr Brief ist für mich jedenfalls Beweis genug, dass sie manches voraussehen konnte. Sie wusste um mein Kommen – Twikus oder Jazzar-fajim hat sie keine Briefe geschrieben. Und wenn sie dazu in der Lage war, dann muss die Frage erlaubt sein, ob sie mich überhaupt auf die Suche nach einem Heilmittel geschickt hätte, wenn ich am Ende sowieso scheitern würde? Stattdessen schreibt sie: ›Lass mich hier liegen, bis du das Gegengift *besorgt* hast.‹ Das klingt für mich nicht nach einer anstrengenden und am Ende vergeblichen Suche, sondern eher nach einem: ›Geh zum Pillendreher und hol mir etwas gegen meine Müdigkeit.‹ Könnte sie nicht vorausgesehen haben, dass ich das Elixier finden werde?«

»Du solltest besser auf deinen Verstand hören, mein Lieber,

anstatt auf dein Herz, das dir unentwegt einflüstert: ›Es kann nicht sein, was nicht sein darf.‹ Die *Wünsche* eines besorgten Sohnes allein werden Vania jedenfalls nicht retten.«

Ergil pumpte Luft in seine Lungen, weil er fürchtete, erneut die Beherrschung zu verlieren. Nach einer Weile zog er die Halskette mit dem Fläschchen über den Kopf und reichte sie Múria.

»Bitte fülle das Gift aus dem Kelch für mich da hinein.«

Sie sah ihn fragend an.

»Möglicherweise kann ich es jemand anderem zeigen, der ein Gegengift kennt«, erklärte er.

Wortlos nahm sie Kette und Phiole entgegen.

Der Blick des Königs wanderte zu Popi, auf dessen Gesicht ein Ausdruck kindlichen Staunens lag. Die Augen des jungen Ritters waren während des Gesprächs zwischen dem König und seiner Ratgeberin unermüdlich hin- und hergesprungen. Jetzt verharrten sie gespannt auf der Stelle.

»Kommst du mit mir nach Bjondal?«, fragte Ergil ihn unvermittelt.

Popi erschrak. »Ich?«

»Sonst sitzt mir ja wohl niemand gegenüber.«

»Wolltest du nicht eben noch deine Mutter retten?«

»Das möchte ich immer noch. Deshalb muss ich ja Tiko aufsuchen.«

»Den Schmied? Was hat der damit zu tun?«

Ergil stöhnte. »Er ist ein Bartarin.«

Das Unverständnis in Popis Miene reichte von einem Ohrläppchen zum anderen.

Múria verdrehte die Augen zur Decke. »Das Wasser von *Silmao,* kleiner Ritter, verdankt seinen Namen der susanischen Hauptstadt. Die Bartarin – mithin auch Tiko – stammen von dort. Deshalb will der König mit dir den vermutlich einzigen Mann in seinem Reich aufsuchen, der ihm über das Lebenselixier sagen kann, was er gerne hören möchte.«

»Ah!«, machte der kleine Ritter.

Die Geschichtsschreiberin wandte sich wieder Ergil zu. Ihre Miene war ernst. »Darf ich dich daran erinnern, dass du den Großen Rat einberufen hast, mein Lieber? Es liegt Krieg in der Luft. Entrin und Godebar schielen begehrlich auf den Thron des Großkönigs. Sie würden es sicher auch reizvoll finden, sich dein Reich einzuverleiben. Willst du in einer solchen Situation tatsächlich die Sooderburg verlassen, um nach einem *Lebenselixier* zu suchen, das es vielleicht gar nicht gibt?«

Er fuhr von der Bank hoch, als hätte ihn eine Nadel gestochen, und blickte ihr entschlossen ins Gesicht. »Mag sein, dass ich in letzter Zeit nicht besonders gut zugehört habe, während die Ratsherren um den Frieden rangen. Ich will auch nicht an ihrem guten Willen zweifeln, aber sie reden nur und reden und reden … Immerfort schieben sie Bedenken hin und her, ohne sich auf Taten zu einigen. Inimai, ich muss etwas *tun,* um meiner Mutter zu helfen.«

»Und was soll ich den Königen und Abgesandten sagen, wenn du im Rat durch Abwesenheit glänzt?«

»Bombo und seine Männer haben letztens mit der *Silberginkgo* eine Probefahrt gemacht und kommen leidlich mit dem Sirilimschiff zurecht. Ich bitte sie, mich über den Soodlandbelt zu bringen. Dann kann ich morgen früh wieder zurück sein.«

»Als wenn das Problem damit gelöst wäre! Was ist, wenn der junge Bartarin tatsächlich einen Ort in Susan kennt, wo noch ein Rest des Wundermittels existiert?«

»Dann werde ich sofort dorthin aufbrechen und es holen.«

»Das dachte ich mir. Twikus hat dir tatsächlich mehr hinterlassen als nur sein Geschick im Umgang mit Pfeil und Bogen. Früher hättest du es dir dreimal überlegt, dich in so ein Abenteuer zu stürzen.«

»Früher musste ich auch nicht um das Leben meiner Mutter bangen, Inimai. Alle Welt hat mir erzählt, dass sie tot ist.«

»Trotzdem solltest du dir deinen Entschluss noch einmal

überlegen, Ergil. Unsere Verbündeten mögen für dein Fortbleiben ja noch Verständnis aufbringen, aber Godebars Emissär könnte es dir als Missachtung des Großen Rats auslegen und deinen Ausschluss fordern.«

»Ich ernenne dich zu meiner Stellvertreterin.«

»Eine Frau?« Múria lachte trocken. »Du kennst die ostrichischen Paschas. Der Reichsgraf wird sich bedanken, wenn er dich so einfach aus dem Rennen werfen kann.«

»Dann musst du Zabans Antrag zuvorkommen.«

»Ach, und wie soll ich das tun?«

Ein listiges Lächeln umspielte Ergils Lippen. »Frag ihn doch mal, wie es kommt, dass Graf Waltran ganz ungehindert in Ostrich durch die Wälder streifen und mit seinem Grottenhund auf den König von Soodland Jagd machen konnte.«

»Er wird abstreiten, dass König Godebar davon wusste.«

»Dann steht ein Wort gegen das andere. Wir bezichtigen Pandorien und Ostrich einer Verschwörung gegen die soodländische Krone.«

»Das ist ein riskantes Spiel, mein Lieber. Vermutlich wird der Reichsgraf Zeter und Mordio schreien und empört den Saal des Bundes verlassen. Allerdings könnte dir Godebar den Vorfall als Einmischung in seine inneren Angelegenheiten auslegen und ihn zum Vorwand für eine Kriegserklärung nehmen.«

Die Miene des Königs ließ keine Regung erkennen. »Wenn er das tut, dann hätte er uns sowieso bald angegriffen. Ich vertraue dir, Inimai. Tu, was du tun musst, um einen Krieg zu vermeiden. Und ich werde tun, was ich kann, um das Leben meiner Mutter zu retten.«

2

DIE WIEDERKEHR

Selbst in den Tagen der lauen Sommernächte hatten die Strände zwischen Bjondal und dem Mondkap selten Besucher angelockt. Nun, in dieser mondlosen Finsternis, da die vom Schollenmeer einfallenden Winde jeden Spaziergang zu einer Qual gemacht hätten, waren sie wie ausgestorben.

Abgesehen von dem Schemen, der sich auf die Stadt zubewegte und dabei Ausschau nach einer ganz bestimmten Stelle in den Klippen hielt.

Kaguan schätzte die Einsamkeit. So konnte er ungestört seine Vorbereitungen treffen. Er hatte schon einmal diesen Küstenstrich besucht und sich vorsorglich nach einem Versteck für das schwarze Schwert umgesehen, um es sicher zu verwahren, bis er das Königreich von Ergil und Twikus ausspioniert hätte. Alles war dann anders gekommen. Man hatte ihn in Bjondal festgenommen und ins Haus der Verwahrung gesperrt. Allerdings nur für wenige Stunden. Nach seiner Flucht hatte die Kometenschlange Kingha für ihn die kristallene Klinge vom Grund des Meeres geholt und er konnte unbehelligt entkommen. Die Menschen waren so leicht auszutricksen.

Nur diese verfluchten Söhne der zwei Völker nicht.

Mit ihrer »Gemeinschaft des Lichts« hätten sie den großen Plan des Gebieters fast vereitelt, aber sie hatten, wie Kaguan nach dem Vulkanausbruch in ihrem Lager erlauschen konnte, für ihre Unverfrorenheit einen hohen Preis bezahlen müssen. Von den Sirilimzwillingen lebte nur noch einer. Es ist noch nichts verloren, machte sich der Chamäleone Mut – wie schon unzählige Male in unzähligen Nächten zuvor. Zwar hatte er mit der Niederlage auf dem Kitora und Magos' Vertreibung seine Macht über die vier Elemente eingebüßt, aber die den Menschen so weit überlegenen Fähigkeiten der Zoforoths besaß er immer noch. Und seine kleinen Helfer waren ja auch noch da. Sie hatten dem Herrn in den Eisigen Höhen schon einmal wertvolle Dienste geleistet, als er sich den stolzen Wikander gefügig machte. Innerlich lachte Kaguan. Die pelzigen Tierchen waren wirklich unwiderstehlich.

Selbst Zoforoths mit ihrer spinnenhaften Geduld und Ausdauer konnten freudige Erregung verspüren. Kaguan hatte in den letzten Monaten viele Entbehrungen hinnehmen müssen. Zuerst war er in das alte Tunnellabyrinth am Rande des Kitoras hinabgestiegen. Obwohl er beim Graben auf die Hilfe der Waggs verzichten musste, weil sie nach dem Vulkanausbruch den Fluch des Zweivölkersohns fürchteten, hatte er trotzdem die Bruchstücke des Schwertes *Schmerz* aus dunkler Tiefe geborgen und sich alsbald auf den Weg nach Norden gemacht, um nach dem einen zu suchen, der sie wieder zusammenfügen konnte. Ja, Magos hatte Mirad verlassen müssen, aber nicht für immer. Sobald das Kristallschwert neu geschmiedet war, würde sein treuester Diener ihn zurückrufen. Kaguan genoss die Anspannung kurz vor dem alles entscheidenden Beutezug. Bald sollte das Warten ein Ende haben. Diesmal würde der Gebieter seinen einzigen Zoforoth nicht davonschicken, sondern gemeinsam mit ihm die letzten Sirilim töten und ganz Mirad unterwerfen.

Kaguan blieb abrupt stehen. Endlich hatte er den waagerechten Spalt entdeckt, der nur bei Ebbe sichtbar war. Dahinter lag eine Höhle, die sich weit ins Innere der Klippen erstreckte und sehr tief in Mirads Herz hinabreichte. Er sah sich noch einmal um, konnte aber niemanden entdecken. Selbst wenn es unerwünschte Beobachter gäbe, dürften sie nicht mehr als einen Schemen gesehen haben – der jetzt unsichtbar wurde. Der Zoforoth huschte zu den Klippen und schlüpfte durch die Öffnung in seine neue Unterkunft. Hier konnte er ausruhen und was noch wichtiger war: Die beiden Bruchstücke des Schwertes *Schmerz* würden an diesem verborgenen Ort sicher sein, bis er den Willen des Einen gebrochen hatte, mit dessen Wissen er sie neu schmieden konnte.

Kaguan hatte den Tag in der Höhle verbracht, starr wie eine dunkle Statue seiner selbst sammelte er neue Kräfte. Als die Flut zum zweiten Mal zurückwich, verließ er sein Versteck. Bald würde es wieder stockfinster sein. Wie schon in der Nacht zuvor hatten sich Mond und Sterne hinter dichten Wolken versteckt.

Auf seinen langen, heuschreckenartigen Beinen durchquerte er einen Kiefernwald. Nach etwa drei Meilen tauchte über den Baumwipfeln die Stadtmauer von Bjondal auf. Vor einem halben Jahr hatte er seine Haut weiß färben müssen, um sich im Schnee unsichtbar zu machen. Den gleichen Effekt erzielte er jetzt mit ein paar schmutzigen grünbraunen Flecken auf seinen pechschwarzen Schuppen.

Auf halbem Weg zwischen Waldsaum und Steinwall vernahm er ein leises Klappern und blieb sofort stehen. Seine Sinne waren, ähnlich wie bei den Facettenaugen eines Insekts, auf zahlreiche Hautschuppen verteilt, weshalb er mit dem ganzen Körper sehen, hören, riechen und kleinste Wärmeunterschiede wahrnehmen konnte. So brauchte er sich nicht zu rühren, um sich einen umfassenden Überblick zu verschaffen.

Das Geräusch war von dem Wehrgang gekommen. Zwei Männer der Stadtwache patrouillierten auf der Mauer. Einer blieb stehen, hielt seine Fackel über den Rand und blickte direkt zu Kaguan hinab.

Der Zoforoth war sich seiner größten Schwäche bewusst. Er vermochte seine Haut augenblicklich umzufärben und mit einem beliebigen Muster zu überziehen, aber er konnte nicht verhindern, dass er einen Schatten warf. Das Feuer in der Hand des Wächters flackerte verräterisch über ihm.

»Wenn du nach hübschen Mädchen Ausschau halten willst, musst du auf der anderen Seite runtergucken«, frotzelte der Kamerad des aufmerksamen Posten.

»Ich könnte schwören, da unten eine Bewegung gesehen zu haben.«

Jetzt lugte auch der zweite Soldat über die Zinne. Nach kurzer Prüfung der Lage grunzte er: »Also, ich sehe nur einen knorrigen Baumstamm mit vier verdorrten Ästen.«

»Merkwürdig.«

»Was?«

»Ich könnte schwören, diesen Baum heute zum ersten Mal zu sehen.«

»Jetzt mach aber mal halblang, Winnebert. Wie soll der denn mit einem Mal dahin gekommen sein?«

»Was weiß ich! Normalerweise wachsen Bäume aus dem Boden.«

»Na, vielleicht ist der ja aus dem Wald herausspaziert, um dich zum Narren zu halten.«

»Willst du dich über mich lustig machen?«

»Käme mir nie in den Sinn. Können wir jetzt endlich unsere Runde beenden? Es ist gleich Mitternacht und der Wind pfeift durch meine Rüstung wie durch ein altes Gemäuer.«

»Ist ja schon gut«, brummte der Posten namens Winnebert. »Aber ich werde von meiner Beobachtung Meldung machen.«

Der andere schlug ihm die Hand auf den Harnisch, dass es nur so schepperte. »Tu dir keinen Zwang an. Bin schon auf das Gesicht des Hauptmanns gespannt, wenn du ihm von wandelnden Bäumen erzählst.«

Die zwei entfernten sich.

Sobald sie außer Sichtweite waren, begann sich der vertrocknete Stamm zu bewegen, unten teilte er sich in zwei Beine und seine vier Äste wurden wieder zu Armen. Lautlos legte Kaguan das letzte Stück bis zur Mauer zurück, kletterte wie eine Spinne daran empor und auf der anderen Seite wieder hinunter. Hiernach hüllte er sich in seinen langen schwarzen Umhang, streifte sich die Kapuze über den Kopf und huschte in eine schmale Gasse.

Aus der Ferne hallte die Stimme eines Nachtwächters herüber, der die Uhrzeit verkündete. Ansonsten waren Bjondals Straßen wie leer gefegt. Der Zoforoth verschwendete keine Zeit. In Soodland versank die Sonne während des Sommers stets nur für wenige Stunden hinter dem Horizont. Der Schutz der Dunkelheit war daher ein knappes Gut. Ein ahnungsloser Bauer in einem nahe gelegenen Dorf hatte Kaguan ausführlich den Weg zum gesuchten Haus beschrieben. Weil dem Chamäleonen die meisten Orientierungspunkte in der Hafenstadt noch von seinem letzten Aufenthalt in Erinnerung waren, musste er nicht erst lange im Gassengewirr herumirren, um es zu finden.

Dormunds Schmiede lag unweit des Hafens in einer gepflasterten Straße, die so breit war, dass zwei Ochsenkarren bequem aneinander vorbeifahren konnten. Das zweiflüglige Tor sah genauso aus, wie es der Landmann beschrieben hatte: *Ihr könnt es gar nicht verfehlen, weil es das einzige ist, an dem eine dicke viereckige Eisenplatte hängt.* Wie ein sich häutendes Reptil schlüpfte Kaguan aus seinem Mantel und ließ ihn, wo er gerade stand, zu Boden fallen. Nur den Beutel mit seinen kleinen Helfern behielt er bei sich.

Noch einmal erkundeten seine Sinne die nähere Umgebung. Alles war still. In größerer Entfernung bellten abwechselnd zwei Hunde, als wollten sie sich über das ganze Viertel hinweg von dem unheimlichen Schemen berichten, der durch die Gassen schlich. Offenbar nahm niemand von den Kläffern Notiz. Schlaft nur weiter!, dachte Kaguan und kletterte neben dem Tor über die Mauer.

Auf der anderen Seite blieb er wie ein großer Käfer mit dem

Kopf nach unten an der Wand hängen und erkundete das Areal der Schmiede. Die Gebäude waren um einen Innenhof herum angeordnet, der etwa zwanzig Schritt im Quadrat maß. Überrascht gewahrte der Zoforoth einen schwachen Lichtschimmer, der rechts von ihm durch Ritzen in den Fensterläden der Schmiede fiel. Auch in dem Wohnhaus gegenüber war noch jemand wach. Kaguan konnte ihn hinter den schlierigen Butzenscheiben mit einer Lampe herumlaufen sehen. Während der Chamäleone die Mauer ganz hinabkletterte, klickerten leise seine Schuppen – ein Zeichen seines Unmuts. Er hatte gehofft, den Hausherrn und seinen Gesellen im Schlaf zu überraschen, aber diese Menschen machten offenbar die Nacht zum Tage. Es waren nicht die ersten Scherereien, die er mit den beiden hatte, und es sollten auch nicht die letzten sein.

Links von ihm klapperten schwere Holzpantoffeln über einen Steinfußboden. Jemand pfiff ein munteres Liedchen. Die Geräusche wurden lauter. Kaguan langte nach hinten. Seine Hand fuhr in den Beutel, in dem kleine, warme, pelzige Körper wuselten. Aber dann zögerte er. Nein. Die Helfer waren zu kostbar, um sie unbedacht an den Falschen zu verschwenden.

Lautlos glitt er in einen schattigen Winkel nahe dem Ausgang des Wohnhauses. Auf dem Weg dorthin griff er sich einen langen Axtstiel, der an der Wand lehnte. Alsbald öffnete sich die Tür und im Rahmen erschien der ältere der beiden Schmiede, ein bärenstarker Mann, um dessen Gefährlichkeit Kaguan sehr wohl wusste. Im Augenblick war Dormund von Bjondal jedoch nicht mit seinem Hammer bewaffnet, sondern trug nur eine Laterne in der linken sowie ein Brett mit Schinken, Käse, Brot, Trinkbechern und einem Zinnkrug in der rechten Hand. Ein spätes Nachtmahl für zwei nimmermüde Handwerker.

Der Zoforoth wartete, bis der Schmied einige Schritte vom Haus entfernt war, dann griff er von hinten an. Als er Dormund fast erreicht hatte und schon zum Schlag mit der Keule ausholen wollte, stieß eine Kralle seines linken Fußes plötzlich gegen ein Steinchen. Mit einem feinen, hellen Geräusch hüpfte es über das Pflaster.

Der Schmied reagierte erstaunlich schnell. Er fuhr herum und obwohl er im gelben Schimmer seiner Laterne wohl kaum mehr als einen durch die Luft sausenden Knüppel sah, riss er sofort das Brett nach oben. Während Proviant und Zinngeschirr durch die Luft flogen, landete die Keule des Zoforoths krachend auf dem provisorischen Schild.

Dormund war durchaus kampferfahren, aber dieser unheimliche Gegner hatte ihn schon in Silmao alt aussehen lassen. Blitzschnell fing Kaguan mit der rechten Nebenhand den fallenden Krug auf und schwang ihn, ehe von dem Inhalt allzu viel verschüttet werden konnte, gegen die Schläfe des Schmiedes. Dormund ließ das Brett fallen und während er noch benommen rückwärts taumelte, traf ihn ein zweiter Hieb mit dem Axtstiel am Kopf. Wie ein nasser Sack fiel er zu Boden.

Wieder rasselten zornig Kaguans Schuppen. Der kurze Kampf hatte mehr Lärm verursacht, als ihm lieb sein konnte. Um den Vorteil der Überraschung nicht ganz zu verlieren, ließ er den Besiegten am Leben und eilte stattdessen zum Eingang der Schmiede, einem Tor mit Rundbogen.

»Alles in Ordnung, Dormund?«, drang von innen eine Stimme heraus. Der junge Bartarin hatte das Gepolter des herabfallenden Geschirrs also gehört.

Kaguan kontrollierte seine Tarnung, riss sodann den rechten Torflügel auf und glitt, tief geduckt, in die Schmiede. Auf seiner Schuppenhaut zeichnete sich das gleiche Muster gebrannter Ziegelsteine ab, das auf dem Boden zu sehen war.

Der Schmied Tiko stand an einem Arbeitstisch neben einer kupfernen Esse. In den Händen hielt er einen silbrig glänzenden Gegenstand und einen Ziselierstichel. Einen Moment lang starrte er unschlüssig aus engen Augen auf die kaum wahrnehmbare Gestalt, die sich ihm rasch vom Eingang her näherte – vermutlich sah er nur ein Gebilde, das wie ein großer Wassertropfen anmutete. Dennoch schien er mit einem Mal die sich nähernde Gefahr zu wittern und wich zurück. Bevor er sich umdrehte, schleuderte er seinen Stichel auf den Angreifer. Kaguan hatte sich mittlerweile eine jener großen Rundzangen geschnappt, mit denen glühende Werkstücke festgehalten werden konnten, und wischte damit das spitze Wurfgeschoss mühelos zur Seite.

Jetzt begann der Schmied zu laufen. Hinter ihm an der Wand hingen an einer hölzernen Zapfenleiste mehrere Schwerter, einige waren nur Rohlinge, andere wohl von ihren Auftraggebern noch nicht abgeholt. Der kleine Susaner war flink wie ein Wiesel.

Aber nicht so schnell wie Kaguan.

Die Fingerspitzen des Schmieds berührten gerade das Heft eines schon fertigen Breitschwertes, als der Zoforoth ihm mit einem riesigen Satz in den Rücken sprang.

Der Getroffene wurde nach vorne gestoßen und krachte gegen die aufgereihten Waffen, dass es nur so schepperte. Vier oder fünf Schwerter rutschten aus ihrer Aufhängung. Wie durch ein Wunder verfehlten die herabfallenden Klingen Tikos Füße. Ein Knauf jedoch, der wie eine Kugel geformt war, schlug mit Wucht gegen seine Stirn. Trotzdem wandte er sich noch, torkelnd wie ein Betrunkener, zu seinem Gegner um. Irgendwie hatte der Schmied eine der Waffen zu fassen bekommen und bemühte sich, damit auszuholen. Aber seine Bewegungen waren zu träge. Ehe er das Schwert heben konnte, wurde es ihm schon vom Fuß des Chamäleonen aus der Hand gerissen. Danach traf ihn eine knöcherne Faust am Kinn. Tiko verdrehte die Augen, seine Knie knickten ein und Kaguan riss ihn vollends zu Boden.

So mitleidlos wie eine Gottesanbeterin machte der Zoforoth sich über sein Opfer her, das, halb betäubt, zu keiner nennenswerten Gegenwehr mehr fähig war. Zuerst drehte er es grob auf den Rücken, um sich wie ein riesiger Blutsauger auf dessen

Bauch zu setzen. Hiernach schloss er die runden Backen der Zange um den Hals des Mannes und überschüttete ihn mit kaltem Spott.

»Du hättest wohl nicht gedacht, dass wir uns so bald wiedersehen, nicht wahr, Tiko Bartarin?« Kaguan lachte nur höhnisch, als der Schmied sich unter ihm aufbäumte, verstärkte den Druck an der Zange und flüsterte: »Bleib ganz ruhig, mein Kleiner. Du hast das Schlimmste schon hinter dir. Was jetzt kommt, ist für den Moment vielleicht unangenehm, aber danach wird es dir eine wahre Freude sein, mir mit deinem Wissen und deinem Geschick zu dienen.«

Der Susaner stemmte sich nur noch heftiger gegen den auf ihm lastenden Körper an und versuchte zu schreien. Daraus wurde jedoch schon nach kurzer Zeit ein schwaches Röcheln, weil ihm rasch die Puste ausging. Während die Hauptklauen des Zoforoths das Opfer weiter mit der Zange am Boden hielten, griff seine unversehrte Nebenhand nach hinten in den Beutel.

Kaguan fühlte einmal mehr die warmen, kleinen, pelzigen Körper, die wohl ebenso aufgeregt waren wie er. Endlich konnten sie ihrer Natur freien Lauf lassen. Seine vier Krallenfinger formten gleichsam einen Käfig, in dem er die sich windenden Helferlein sicher zu den Körperöffnungen ihres zukünftigen Wirts befördern konnte: Augen, Nase und Ohren. Als er die Hand gerade aus dem Beutel ziehen wollte, erschien im offen stehenden Tor ein helles Licht, das Dormunds Funzel bei weitem überstrahlte.

Der Zoforoth erstarrte. Da musste jemand, während er mit dem Bartarin beschäftigt gewesen war, auf den Hof der Schmiede geschlichen sein. Kaguan ahnte bereits, um wen es sich dabei handelte. Unbändige Wut stieg in ihm auf und seine Schuppen rasselten wie der Schwanz einer Klapperschlange. Er war diesem grünen Gleißen schon mehrmals begegnet und immer hatte es ihm Verdruss gebracht.

3

DER EISIGE FLUCH

Die *Silberginkgo* pflügte leicht wie ein Delfin durch das Schollenmeer. Gleichwohl spürte der junge König von Soodland, wie sich das lebendige Schiff nur widerstrebend dem Willen von Kapitän Bombos Steuermann fügte. Der Segler glich einem wilden Tier, das seine unbändige Kraft nicht jedem lieh. Aber selbst der mächtigste Leviatan verschont die in seinen Zähnen herumpickenden zarten weißen Vögelchen, weil sie ihn von lästigen Parasiten befreien. Was sich nützt, das frisst sich nicht. In diesem Sinne hatte Ergil auf die *Silberginkgo* eingewirkt, um ihr Wohlwollen zu gewinnen. Dem Durchdringer war nicht entgangen, woran es dem Sirilimschiff mangelte. Es wollte nicht fest vertäut am Hafenkai von Sooderburg liegen, sondern frei sein wie ein Fisch im Ozean. Aber in den vergangenen Jahrtausenden hatte es nur reglos in der Zwischenwelt verharrt. Daher hatte Ergil dem Viermaster am Abend einen stürmischen Ritt über die Wellen des Soodlandbelts versprochen. Das freudige Zittern, das darauf durch die Takelage gegangen war, hatte selbst ihn überrascht. Der ehemalige Flusspirat Bombo musste sich hingegen erst noch an das seltsame Eigenleben des Seglers gewöhnen.

Auch die Begeisterung seiner Mannschaft hatte sich in Grenzen gehalten, aber aus weit vielschichtigeren Gründen. Für Seeleute – jene eingeschlossen, die vorwiegend auf Flüssen zu Hause sind – bedeutet jeder Landgang eine willkommene Abwechslung vom harten Alltagsleben an Bord. Nicht selten sucht man Zerstreuung in Spelunken, Gasthäusern und anderen Etablissements, die ihr Angebot auf die Bedürfnisse solch derber Burschen abgestimmt haben. In ebensolchen Örtlichkeiten hatten die königlichen Leibgardisten dann auch die Männer der *Meerschaumkönigin* aufgelesen. Ihnen war angekündigt worden, der Große Rat werde mindestens noch eine Woche tagen, und nun mussten sie auf einem Schiff, das ihnen nicht geheuer war, binnen einer Stunde zum Auslaufen bereit sein. Verständlicherweise wurde gemurrt und es fiel auch das eine oder andere Schimpfwort, aber – o Wunder! – alle fanden sich, bevor die Sonne versank, am Hafendamm ein. Umstritten ist das Gerücht, viele der rauen Gesellen seien von einem kleinen Käuzchen überredet worden, das ihnen ins Ohr geflüstert habe, Ergil von Sooderburg brauche wieder einmal ihre Hilfe.

Ergils Hand streichelte den kleinen Eulenvogel auf seiner Schulter, während er über den Bugspriet hinweg zu den Lichtern von Bjondal blickte. Die Stadt war etwa eine Stunde nach dem Auslaufen am Horizont aufgetaucht. »Wenn die *Silberginkgo* nicht weiter bockt, werden wir im Hafen festmachen, bevor es völlig finster geworden ist. Habe ich mich eigentlich schon bei dir bedankt, Kira?«

»Nein, Majestät.« Die Elvin gab sich verschnupft. »Es ist wohl offensichtlich, dass Euch für solche Belanglosigkeiten die Muße fehlt. Seit Eurer Rückkehr aus der Zwischenwelt seid Ihr ja unentwegt am Grübeln.«

Ergil wandte das Gesicht dem kleinen Vogel zu und zwang sich zu einem Lächeln. »Entschuldige bitte. Mir scheint, die Begegnung mit meiner Mutter hat mich mehr mitgenommen, als ich es mir eingestehen möchte. Ich habe solche Angst, sie könnte sterben, weil ich versage.«

»Solche Gefühle sind mir auch nicht fremd«, antwortete Schekira versöhnlich. Vermutlich dachte sie dabei an Tarakas, ihren Liebsten, den sie vergeblich vor den Klauen eines Tarpuns hatte retten wollen.

Er nickte. Mit einem Mal verspürte er das Bedürfnis, seine kleine Freundin abzulenken. »Vor Mitternacht werden wir die Schmiede wohl nicht mehr erreichen. Glaubst du, Dormund und Tiko sind noch wach?«

Die Elvin kicherte. »Spielt das für dich denn eine Rolle?«

»Nein. Nicht wirklich. Unser alter Freund ist ja unsere Besuche zu nachtschlafender Zeit gewohnt.«

Von mittschiffs her näherten sich Bombo und Tusan. Ersterer erkundigte sich beim König, ob er tatsächlich noch in der Nacht die Rückreise antreten wolle, was Ergil ausdrücklich bejahte.

Der rundliche kleine Kapitän verzog daraufhin das Gesicht zu einer hässlichen Grimasse. »Noch ein paar solcher Befehle und meine Männer werden mich in die Wüste schicken.«

Ergil lächelte säuerlich. »Dann können wir uns ja zusammentun. Ähnliches erwartet mich nämlich morgen im Großen Rat.«

»Nicht, wenn es nach mir und meinem Vater geht«, erklärte Tusan kämpferisch.

Der König legte ihm die Hand auf die Schulter. »Das weiß ich doch. Bei meiner letzten Reise habe ich oft an dich gedacht und mir gewünscht, dich an meiner Seite zu haben. Da fällt mir ein: Wo ist eigentlich Popi?«

»Der liegt achtern und schnarcht wie ein Walross.«

»Gut so. Vor lauter Sorge um mich kommt er viel zu selten dazu.«

Tusan sah unbehaglich zu den Mastspitzen empor. »Seltsamerweise hält er dieses merkwürdige Schiff für ungefährlich.«

Ergil drückte die Schulter, auf der immer noch seine Hand ruhte. »Keine Bange, die *Silberginkgo* tut dir nichts.«

»Bist du dir da sicher?«

»Absolut. Sie hat manchmal ihren eigenen Willen, aber seit ich auf diesem Schiff fahre, hat das noch niemandem geschadet. Im Gegenteil verdanken wir ihrer Unlenksamkeit unser

Leben. Aber noch einmal zu Popi: Falls er nicht von sich aus aufwacht, dann lass ihn ruhig schlafen. Es genügt, wenn wir beide allein zur Schmiede gehen.«

Schekira hatte sich nicht abwimmeln lassen. Nach alter Gewohnheit war sie Ergil in Vogelgestalt vorausgeflogen. Es könne nicht schaden, den Besuch des Königs anzukündigen.

Derweil gingen Ergil und sein stromländischer Freund an Land. Der städtische Ausrufer verkündete gerade Mitternacht. Auf dem Kai wurden sie vom Hafenmeister empfangen. Die *Silberginkgo* war mittlerweile in ganz Soodland bekannt, weshalb bei dem Mann erst gar keine Zweifel über den späten Gast aufkamen. Nachdem er sich tief vor seinem Monarchen verneigt sowie, ungefragt, absolutes Stillschweigen bezüglich des Besuches zugesichert hatte, ließ er die Gefährten passieren.

Bjondal war um diese Zeit in düsteres Zwielicht getaucht, trotzdem konnten sich Ergil und Tusan auch ohne Fackel orientieren. Während sie mit großen Schritten durch die Gassen eilten, verfiel Ergil wieder ins Grübeln. Bis Tusan mit einer seiner typischen, selten ernst gemeinten Bemerkungen das Schweigen beendete.

»Du tust mir aufrichtig Leid. Hat dein Vater dir kein Reich vermachen können, in dem es wenigstens nachts ordentlich dunkel wird? Wie soll man denn da schlafen?«

»Das heben wir uns hier für den Winter auf. Da wird's nämlich wochenlang nicht mehr richtig hell.«

»Du solltest einen Erlass herausgeben und diesen Unsinn verbieten.«

»Im Moment habe ich andere Probleme.«

»Jetzt lass nicht den Kopf hängen. Die kriegen wir schon in den Griff. Und so schlimm ist's mit dem Zwielicht nun auch wieder nicht. Bis wir das Lebenselixier gefunden haben, sorgen ja die dicken schwarzen Wolken über deinem Land für die nötige Dunkelheit.«

»Du bist ein unverbesserlicher Optimist.«

Der Fährtensucher lachte schallend. »Das sagt mein Vater auch immer.«

Ergil vernahm das Rauschen von Eulenflügeln – dank Nisrah, dem lebenden Umhang, verfügte er über ungemein empfindliche Sinne. Tusan bemerkte die kleine Kundschafterin erst, als sie auf dem ausgestreckten Arm des Königs landete.

»Ihr müsst euch beeilen! Die Schmiede brauchen eure Hilfe«, sprudelte sie hervor.

Ergil und Tusan rannten sofort los.

»Was hast du gesehen?«, erkundigte sich Ergil.

»Dormund wurde von einem Schemen niedergeschlagen. Ich glaube, es ist Kaguan.«

»Der Chamäleone?«, entfuhr es Tusan.

Der König erschauerte, weil er sich sofort seiner ersten Begegnung mit Jazzar-fajim im Eisdom an den Hängen des Kitoras entsann. Der Sirilo hatte, während Magos' Bann von ihm abfiel, ebenfalls einen Schemen gesehen, der die Bruchstücke von *Schmerz* aufsammelte und damit verschwand. »Es *ist* Kaguan«, stieß Ergil hervor. »Tiko soll ihm die Kristallklinge neu schmieden.«

Um ihren Atem zu sparen, schwiegen Ergil und Tusan für den Rest des Weges. Schekira flog ihnen voraus.

Wenig später trafen die zwei vor der Schmiede ein. Von der Elvin war nirgends etwas zu sehen.

»Was hat das zu bedeuten?«, keuchte Tusan. Sein Blick war nach unten gerichtet, wo auf dem Pflaster vor dem Tor ein schwarzer Stoffhaufen lag.

Ergil öffnete seinen »gläsernen Gürtel«, ließ die silberne Schnalle aufspringen und verwandelte so das Ganze in ein grün gleißendes Schwert. Dann erst antwortete er: »Kaguans Kutte. Er kann sich nur tarnen, wenn seine Schuppenhaut unbedeckt ist. Lass mich vorangehen. Ich kenne den Zoforoth und seine Schliche.«

Der König stieß das Schwert *Zijjajim* in den Spalt zwischen den beiden Torflügeln und durchtrennte fast lautlos den Riegel. Anschließend schlüpften er und sein Begleiter in den Innenhof der Schmiede.

In diesem Moment flatterte Schekira herbei. Sie hatte ihren Vogelkörper abgelegt und trug jetzt wieder das kurze, ärmellose Kleidchen aus himmelblauem Chiffon, in dem Ergil sie zuletzt als Elvin gesehen hatte. Brummend verharrte sie vor seinem Gesicht in der Luft und deutete aufgeregt zur Werkstatt. »Schnell. Kaguan macht da drinnen Jagd auf Tiko.«

Sie hatte ihre Meldung kaum gerufen, als in der Schmiede ein lautes Scheppern erscholl. Es hörte sich an, als sei darin ein erbitterter Kampf im Gange. Weil die Tür offen stand, drang nicht nur der Lärm, sondern auch Licht heraus. In dem hellen Streifen, der sich über das Steinpflaster zog, lagen eine flackernde Laterne, Geschirr, Lebensmittel und eine reglose Gestalt.

Der Anblick schnürte Ergil die Kehle zu. Er bedeutete dem Freund, sich um Dormund zu kümmern, und eilte mit langen Sätzen zu dem offenen stehenden Tor. In der Schmiede wurde das *Himmelsfeuer* jetzt dringender gebraucht.

»Denk an sein Lied der Macht!«, raunte Tusan hinter ihm.

Wie hätte er das je vergessen können! Um nicht als Lehm- oder Aschefigur zu enden, musste er seinen Widersacher um jeden Preis am Singen hindern. Ob Kaguan schon das Licht des gläsernen Schwertes bemerkt hatte? Ergil schickte seinen Sirilimsinn voraus, weil er nicht blindlings in eine Falle laufen wollte. Im Nu nahm die Werkstatt vor seinem inneren Auge in grünen Konturen Gestalt an und er entdeckte den susanischen Schmied. Der Zoforoth hockte auf ihm wie ein riesiger Blutsauger. Aber wo war *Schmerz*?

Überrascht zögerte der König, weil er das kalte Ziehen des schwarzen Kristalls vermisste. Offenbar hatte Kaguan die zerborstene Waffe nicht mitgebracht. Während Ergil sich draußen noch mit der Frage beschäftigte, ob diese Entdeckung eher gut oder schlecht für ihn war, hüpfte der Chamäleone drinnen von seinem Opfer herunter.

»Diesmal entkommst du mir nicht«, wisperte der König und stürzte mit erhobenem Schwert in die Schmiede.

Das Erste, was er dort zu Gesicht bekam, war eine pechschwarze Gestalt. Ihre Schuppenhaut glänzte wie feuchter Lack. Eher lauernd als entschlossen näherte sich Kaguan dem Störenfried. Ergil ließ die erhobene Schwertspitze drohend kreisen. Er musste wachsam bleiben. Die boshafte Kreatur war unberechenbar.

Wie zur Bestätigung des Gedankens sprang der Zoforoth mit einem gewaltigen Satz in den offenen Dachstuhl. Ein Stück weit krabbelte er kopfunter an Ziegeln, Sparren und Pfetten entlang und kam seinem Gegner dabei immer näher. Ergil wich rasch zur Tür zurück und reckte das Schwert in die Höhe. Hätte er doch nur Pfeil und Bogen mitgenommen! Für das *Himmelsfeuer* war Kaguan unerreichbar. Wie auch immer, er durfte auf keinen Fall entkommen.

Unvermittelt verschmolz der Chamäleone mit dem Hintergrund. Ganz konnte er sich mit dieser Tarnung trotzdem nicht Ergils feinen Sinnen entziehen. Der König sah ihn wie einen großen Wassertropfen auf einen Hängebalken herabfallen, wo er bewegungslos hocken blieb. Eine kalte Angst beschlich Ergil, sein Widersacher könnte einmal mehr den unheilvollen Gesang anstimmen, und als dieser einen Laut von sich gab, zuckte er unwillkürlich zusammen. Doch es war kein Lied der Macht, sondern nur kalter Spott, der durch die Schmiede hallte.

»Deine Arme werden bald schwer wie Blei sein, Sohn der zwei Völker, wenn du noch lange so mit deinem Schwert in der Luft herumfuchtelst.«

Ergil wunderte sich, warum Kaguan nicht die Elemente gegen ihn heraufbeschwor, sondern nur lästerte. Trotzig erwiderte er: »Ich bin zäh. Dein Herr und Meister hat das leidvoll erfahren müssen.«

»Es war dein Bruder, der ihn bezwungen hat. Der Heißsporn und Draufgänger. Aber du bist anders als er. Vertrau deinem scharfen Verstand, der dir sagt, dass du in einer Zwickmühle steckst. Lass mich gehen und ich schenke dir das Leben deiner Gefährten.« Der Chamäleone kauerte völlig starr und war im rauchgeschwärzten Gebälk kaum auszumachen.

Unwillkürlich schweifte Ergils Blick zu Tiko hinüber, der sich gerade ächzend auf den Bauch herumwälzte und dabei gegen eines der neben ihm liegenden Schwerter stieß; geräuschvoll schabte es über den Ziegelboden. Hatte Kaguan den jungen Susaner und Dormund gemeint oder wollte er mit seiner Bemerkung die Erinnerung an Falgons Tod wecken, um seinen Gegner zu einer unbedachten Reaktion herauszufordern?

Lass dich nicht reizen!, ermahnte sich Ergil streng, spürte aber trotzdem, wie der aufwallende Zorn bereits sein Bewusstsein vernebelte. Er schnaubte verächtlich. Dieses Geschöpf der Finsternis spielte mit seinen Gefühlen wie auf einer Flöte. Woher wusste es eigentlich so viel über ihn und Twikus ...?

Ein Brummen wie vom Flügelschwirren einer Riesenlibelle riss Ergil aus der dumpfen Benommenheit. Es war Schekira, die sich gerade rechtzeitig mit einem schrillen »Pass auf!« bei ihm zurückmeldete.

Denn plötzlich ging der Zoforoth zum Angriff über, jedoch ganz anders, als der König es sich jemals hätte vorstellen können. Ohne die Warnung der Elvin wäre Ergil die jähe Bewegung wohl sogar entgangen. Eine von Kaguans sechs Gliedmaßen zuckte wie die Zunge eines Chamäleons nach vorne, aber nicht, um etwas zu fangen, sondern um den Schwertträger mit einem guten Dutzend kleiner schwarzer Geschosse einzudecken.

Der Angegriffene reagierte blitzschnell. Oder war es das *Himmelsfeuer,* das für ihn die Verteidigung übernahm? Jedenfalls sauste das Schwert, als habe es sich verzwölffacht, durch die Luft und ließ Kaguans Munition zischend verglühen. Ein beißender Gestank verbreitete sich. Lediglich ein einziges

»Korn« des rätselhaften schwarzen Hagels hatte den gleißenden Wirbel durchbrechen können, aber es war zum Glück nur gegen Ergils Ellbogen geprallt und zu Boden gefallen. Ungläubig starrte er auf das sich windende Ding.

»Raupen?«

Das Tier war kaum länger als sein kleiner Finger und nur unwesentlich dicker. Es besaß einen langen schwarzen Pelz … Nein, korrigierte er sich. Nur die Haarspitzen hatten diese rußige Farbe. Alles, was darunter lag, war feuerrot. Ihm schwante, dass die Tierchen gefährlicher sein mochten, als sie aussahen. Vielleicht waren sie giftig. Um sich der Gefahr zu entledigen, senkte er die Schwertspitze.

Und genau darauf musste Kaguan gewartet haben. Als das Würmchen zischend in *Zijjajims* Feuer verging, schleuderte er eine zweite Ladung auf seinen unachtsamen Gegner.

Hastig riss Ergil das gläserne Schwert hoch. Wieder hörte er das hässliche Zischen und roch den beißenden Gestank. Hatte er alle Tiere erwischt? Als er an sich herabblickte, packte ihn das Grauen. Zwei der kleinen schwarz-roten Biester wanden sich an seiner Brust. Panisch streifte er mit der feurigen Klinge über sie hinweg. *Zschsch! Zschsch!*

In diesem Moment prasselte auch schon die dritte Salve auf ihn nieder. Sie zielte genau auf sein Haupt. Mehrere lebende Geschosse trafen ihn an Hals und Kopf. Einige blieben hängen und krochen gleich emsig über sein Gesicht. Sie dort mit dem Schwert zu bekämpfen, war zu gefährlich, weshalb er sie notgedrungen mit den Händen abstreifte.

Als er sich von sämtlichen Raupen befreit wähnte, fiel ihm wieder der Zoforoth ein. Ergil lehnte den Kopf zurück, um den Dachstuhl nach ihm abzusuchen, konnte ihn aber nicht entdecken. Plötzlich tauchte unmittelbar vor seinem linken Auge ein Schatten auf und ehe Ergil reagieren konnte, durchfuhr ihn ein heißer Schmerz. *Zijjajim* entglitt seinen Händen. Er geriet in Rage. Dieses pelzige kleine Ungeheuer wollte ihn blenden.

Er musste es abschütteln, musste dieses unsägliche Stechen beenden. Doch obwohl das Glühen sich immer tiefer in seine Augenhöhle einbrannte, fanden die suchenden Finger nichts. War die Raupe abgefallen? Oder hatte sie sich …?

Ergil erstickte den widerlichen Gedanken mit seinem Zorn. Um sich keine Blöße zu geben, bückte er sich, immer noch halbseitig blind und dem Erbrechen nahe. Erst als er das kühle Metall seines Schwertgriffes spürte, fühlte er sich etwas sicherer. Rasch erhob er sich wieder. Kaum hatte er das *Himmelsfeuer* neu aufflammen lassen, spürte er abermals den Biss einer Raupe.

Für Ergil fühlte es sich an, als werde ein glühender Pfriem bedächtig in sein linkes Ohr gestoßen. Seine Hand zuckte nach oben, um das boshafte Biest zu packen, aber sie kam zu spät. Er schrie vor Entsetzen und taumelte hilflos durch die Schmiede. Zugleich focht er mit dem Schwert gegen einen unsichtbaren Gegner, landete aber keinen einzigen Treffer. Zu seiner Übelkeit gesellte sich ein heftiger Schwindel. Dann stolperte er und fiel zu Boden.

Diesmal hatte Ergil sein Schwert festgehalten. Innerlich kochte er vor Wut: Dieser verfluchte Zoforoth! Erst macht er dich wehrlos und dann will er dich töten. Um einem Angriff, woher auch immer, zu begegnen, rollte sich der König auf den Rücken und schlug wild um sich. Vor lauter Raserei bemerkte er nicht sofort, dass die Schmerzen nachgelassen hatten.

Und mit einem Mal waren sie ganz verschwunden.

Er blinzelte benommen. Sogar sein linkes Auge funktionierte wieder leidlich – alles sah noch etwas verschwommen aus. Wütend stemmte er sich vom Boden hoch und blickte sich nach dem Zoforoth um. Wäre er ihm in diesem Moment über den Weg gelaufen, hätte Ergil ihn ohne zu zögern erschlagen, so heftig kochte in ihm der Zorn.

Aber Kaguan war verschwunden. Und mit ihm Tiko, der Schmied.

Die Elvin saß in einem Steigbügel, der an einem Lederriemen neben dem Tor an der Wand hing, und verfolgte jede Bewegung ihres Freundes mit argwöhnischen Blicken. Ergil hüpfte auf einem Bein, sein Haupt war dabei zur Seite geneigt. Ab und zu schüttelte er den Kopf und schlug sogar mit der flachen Hand von oben dagegen, als wolle er mit Gewalt Wasser aus dem Ohr herausbekommen. Aber das Druckgefühl ließ sich nicht vertreiben. Vielleicht bildete er es sich nur ein? Andererseits – im linken Auge war es genau das Gleiche.

Wir sind nicht mehr allein.

Der König zuckte zusammen. Weil er nach dem schrecklichen Angriff der Raupen seinen Wahrnehmungen nicht mehr traute, rief er in Gedanken nach dem Netzling: Nisrah? Warst du das gerade?

Ja, mein lieber Gespinstling. Was hast du dir da nur eingefangen?

Ergil fuhr ein kalter Schauer über den Rücken. Wie meinst du das?

Ich spüre, dass etwas in dich eingedrungen ist. Etwas Fremdes.

»Also doch«, hauchte Ergil und wechselte einen bangen Blick mit der Elvenprinzessin, die ihn immer noch von ihrer Schaukel aus beobachtete. Er hatte gehofft, die kleinen Biester hätten ihn nur gebissen, ihm lediglich mit ihrem ätzenden Speichel diese unsäglichen Schmerzen zugefügt, aber …

»Ergil? Geht es dir gut?«

Der Schock saß so tief, dass der König im ersten Moment nicht auf die Stimme reagierte, die vom offenen Tor der Schmiede zu ihm drang. Schritte näherten sich ihm. Erst als eine Hand ihn an der Schulter berührte, fuhr er erschrocken herum.

»Tusan!«

»Hast du einen anderen erwartet? Vielleicht diese hässliche Heuschrecke?«

Ergils Kinn sank auf die Brust und er schüttelte den Kopf. »Er hat Tiko entführt und ich konnte nichts dagegen tun.«

»Aber ich«, versetzte der Fährtensucher gut gelaunt. In seinem roten Vollbart öffnete sich ein klaffender Spalt (so sah es immer aus, wenn er grinste). Mit dem linken Daumen deutete er über seine Schulter zum Tor und hob gleichzeitig die Rechte, in der er eines seiner Blasrohre hielt. »Liegt draußen, der Chamäleone, mit einem Pfeil im Hals.«

»Du hast ihn ... zur Strecke gebracht?«

Tusan zuckte die Achseln. »Schätze, er wacht irgendwann wieder auf. Das Gift ist nicht sehr stark.«

Ergil eilte in den Hof. Tiko kniete gerade bei Dormund, der auf dem Pflaster saß, ein verkniffenes Gesicht machte und sich den Kopf rieb. Ein paar Schritte daneben lag Kaguan. Seine Schuppenhaut sah wieder aus wie Pech. Zunächst lief der König zu seinem alten Freund, dem Schmied.

»Wie fühlst du dich, Dormund?«

Der Gefragte schnitt eine Grimasse. Seit dem Abenteuer in den Harim-zedojim hatte er eine schiefe Nase, die diesem Ausdruck des Leidens eine eher komische Note verlieh. Er deutete auf Tiko. »Als hätte mein Geselle hier mir auf dem Amboss eine neue Form verpasst.«

»Und du?«, erkundigte sich Ergil bei dem Susaner.

Der junge Bartarin strich sich über eine Schürfwunde am Hals, verzog ansonsten aber keine Miene. »Ich kann nicht klagen, wenn ich bedenke, was dieses Ungeheuer meinem Vater und meiner Familie angetan hat.«

Der König nickte. »Hilfst du mir dabei, es zu fesseln?«

»Wozu? Wenn wir ihm den Kopf abnehmen, können wir uns die Mühe sparen.«

»Anscheinend hast du den Gedanken an Rache doch noch nicht ganz aufgegeben.«

»Ich verlange nur Gerechtigkeit. Alles andere wäre eine Verhöhnung der Opfer.«

Ergil legte dem Schmied die Hand auf die Schulter, als wäre *er* zehn Jahre älter als dieser und nicht umgekehrt. »Kaguan wird für seine Schuld Sühne leisten. So wahr ich hier stehe, was in meiner Macht liegt, werde ich dafür tun. Das ist ein königliches Versprechen, mein Freund. Aber zunächst müssen wir herausfinden, wo der Zoforoth das Schwert *Schmerz* versteckt hat. Es muss ein für alle Mal vernichtet werden und wenn ich mich recht entsinne, bist du der Einzige, der dazu fähig ist.«

Tiko warf einen Blick auf die reglose dunkle Gestalt und murmelte: »Manchmal wünschte ich, das Geheimnis des schwarzen Kristalls nie erfahren zu haben.«

Dormund quälte sich auf die Beine und ächzte: »Ich müsste da in der Schmiede noch ein paar schöne dicke Ketten haben.«

Kaguans vier Arme und zwei Beine wurden erst mit dünneren Fesseln aus gehärtetem Eisen gebunden. Anschließend umwickelten ihn Ergil und die zwei Schmiede mit erheblich stärkeren Ketten. Tiko gab sich erst zufrieden, als der Zoforoth das Aussehen eines zu groß geratenen Spinnrockens angenommen hatte – nur sein Kopf und die Füße schauten noch aus dem stählernen Korsett heraus. Das Bewusstsein hatte er noch nicht wiedererlangt.

Unterdessen war Tusan mit dem Siegelring des Königs auf dem Weg zur Stadtwache, »um alles Nötige zu veranlassen«. Der Gefangene solle umgehend zur *Silberginkgo* transportiert werden, lautete Ergils Befehl. Bis zur Rückkehr des Freundes und der Gardisten stellte er den Gefangenen unter Schekiras Bewachung. Er selbst und die beiden Waffenschmiede begaben sich in die Werkstatt.

»… und deshalb muss ich unbedingt wissen, ob irgendwo noch eine kleine Menge des Lebenselixiers existiert«, schloss er seinen Bericht von dem Ausflug nach *Bethgan,* dem »Haus des Gartens«, wo er seine sterbende Mutter gefunden hatte.

Die Mandelaugen des susanischen Schmiedes ließen kaum

erkennen, was hinter seinem unbewegten Antlitz vor sich ging. Erst das leichte Zittern seiner Stimme verriet, wie aufgewühlt er innerlich sein musste. »Ich würde dir so gerne Hoffnung machen, Ergil, aber ich weiß nicht, ob ich es kann.«

»Bedeutet das, du kennst auch niemanden, der noch einen Rest des Wassers von Silmao besitzt?«

»Wenn du mich so fragst – nein. Allerdings bin ich nur ein Schmied und will mich nicht erkühnen, auf diesem Gebiet sehr beschlagen zu sein.«

»Am besten, du erzählst einfach, was du darüber weißt.«

Tiko atmete tief durch, dann öffnete er für den König und Dormund die Schleusen seiner Erinnerung.

Wie sie bereits wüssten, sei das so genannte »Wasser von Silmao« im Wesentlichen aus dem Saft des Goldfruchtbaumes – des Ginkgos – hergestellt worden. Es gehe auf eine uralte Rezeptur zurück, die von den Sirilim stammte, jedoch später verändert wurde. Weil das Alte Volk Krankheiten wie Erkältungen, Magenverstimmungen oder gar Pest nicht kannte, benutzte es den Ginkgosaft lediglich zur Beschleunigung der Heilung bei Verletzungen und zur allgemeinen Hebung des Wohlbefindens. Von Menschen wurde er jedoch schlecht vertragen.

Der Überlieferung nach sei es Mazar Ugunu gewesen, der den Menschen jene ursprüngliche Langlebigkeit zurückgeben wollte, die nur noch die Sirilim besaßen. Er soll von seinem Vorhaben regelrecht besessen gewesen sein. Auf sein Geheiß reisten Gelehrte in alle Welt hinaus, um Zutaten zu sammeln, mit denen der Ginkgosaft verträglicher und in der erhofften Weise wirksamer gemacht werden könne. Eine fünfköpfige Abordnung soll er sogar in den Grünen Gürtel geschickt haben, um Jazzar-siril persönlich um Rat zu fragen. Lange hörte man nichts mehr von den Weisen und glaubte, sie wagten nicht mit leeren Händen heimzukehren. Aber nachdem gut drei Jahre ins Land gegangen waren, tauchte die Fünfergruppe doch wieder auf. Sie waren verlumpt und ausgezehrt, aber trotzdem überglücklich. Der König der Sirilim habe ihnen leider nicht helfen können, berichteten sie, aber trotzdem hätten sie es geschafft, eine entsprechende Ingredienz zu finden.

Das damit zusammengemischte Wundermittel wurde zunächst nur Todkranken verabreicht, weil man ihm anfangs nicht traute. Tatsächlich vermochte es die Kraft eines sterbenden Körpers für kurze Zeit zu erneuern: Die Dahinsiechenden lebten wieder auf. Mazar Ugunu und die Gelehrten waren außer sich vor Freude. Bald erwies es sich jedoch, dass die Wirkung des Mittels nur von kurzer Dauer war. Wenn der Organismus sich nach der Einnahme nicht selbst half, setzte sein Verfall bald wieder ein – bis zum bitteren Ende.

Bei den Sirilim, die von Natur aus mit einem fast unverwüstlichen Leben ausgestattet waren, wirkte das veredelte Elixier sogar besser als bei Menschen. Immerhin half es auch den Bewohnern Susans dabei, manche Vergiftung, Überanstrengung oder schwere Verletzung zu überwinden. Ernste Krankheiten, die sonst tödlich verlaufen wären, konnten dank des »Wassers« besiegt werden. Infolgedessen wurde der Ginkgo in den Rang eines heiligen Baumes erhoben.

»Was hat man dem Ginkgosaft denn beigemengt und wo wurde diese Zutat gefunden?«, fragte Ergil.

»Das weiß heute niemand mehr«, erwiderte Tiko.

»Wie das? Ich denke, die Ginkgokunde ist in deiner Heimat so etwas wie eine königliche Wissenschaft.«

»Ja, schon. Die Mazaren fördern sie, wo sie nur können. Aber das heutige Wissen der Gelehrten ist weniger alt und sehr viel lückenhafter, als du offenbar annimmst. Vor vielen Generationen befiel nämlich eine Krankheit die Ginkgobäume. Innerhalb weniger Jahre gingen sie alle ein. Nur einer blieb übrig.«

Ergil nickte. »Der Goldfruchtbaum im Palastgarten von Silmao ist nicht nur der letzte, sondern er muss auch der erste im ganzen Herzland gewesen sein. Vermutlich hat sogar Jazzar-siril ihn persönlich gepflanzt.«

»So berichtet es die Legende.«

»Das mag sein. Aber ich habe den Baum inmitten eines ganzen Hains von Ginkgos gesehen, während ich auf der Suche nach dem ›ewigen Schwarm‹ war. Als die Sirilim ihre Landungsflotte in der Zwischenwelt versteckt haben, hatte der Goldfruchtbaum schon dort gestanden, wo er heute noch ist.«

Tikos Mund blieb eine Weile offen stehen, ehe er die Sprache wiederfand. »Wenn du *das* gesehen hast, bist du wirklich ein Gesegneter.«

Ergil verzog den Mundwinkel. »Ich weiß nicht. Bis jetzt hat mir mein Sirilimerbe kein besonders ruhiges Leben beschert. – Wie kam es dazu, dass euer Wissen über die Goldfruchtbäume verloren gegangen ist?«

»Das haben wir Oramas I. zu verdanken. Er regierte, als die Krankheit alle Ginkgos dahinraffte. Der Mazar war schon vorher wegen seiner Strenge gefürchtet worden, aber während der Plage erließ er einen Befehl, der ganz Susan in Schrecken versetzte. Er gab den Ginkgogelehrten eine Frist von sechzig Tagen, um dem Sterben der Bäume ein Ende zu machen. Sollte es ihnen nicht gelingen, werde er sie öffentlich hinrichten lassen.«

»Und?«

»Landauf, landab gaben sich die ›Hüter des heiligen Ginkgos‹ alle Mühe, aber sie scheiterten. Weil ein Mazar sein Wort nie bricht, ließ Oramas I. sie ohne Ausnahme enthaupten.«

Ein Schauer lief Ergil über den Rücken. Er schüttelte verständnislos den Kopf. »Je mehr ich über dein Land und seine Sitten erfahre, desto rätselhafter kommt es mir vor. – Wenigstens ist mir jetzt klar, wie ein Großteil des Wissens über den Baum verloren gehen konnte.«

Tiko nickte. »Als die Blütezeit des Ginkgos vorüber war, wurde das ganze Ausmaß des Schadens sichtbar. Der uralte Mutterbaum trug keine Frucht mehr. Oramas I. versuchte danach zu retten, was zu retten war. Seine Abgesandten reisten durchs ganze Reich und schrieben alles auf, was man noch über die Ginkgos wusste, aber es war trotzdem im Vergleich zu dem ursprünglichen Wissensschatz nicht mehr als eine Hand voll kleiner Münzen.«

Dormund, der sich lange nur den schmerzenden Kopf gerieben hatte, sagte: »Dein Oheim Ulam hat mir mal erzählt, Harkon Hakennase sei etliche Generationen später vom Mazar zu einer geheimen Mission ausgesandt worden. Das hatte nicht zufällig etwas mit dem Ginkgo zu tun, oder?«

»Und ob!«, antwortete Tiko. »Das war zur Regierungszeit von Atamas dem Großen, der den Abenteurer aus dem fernen Stromland sehr bewunderte. Niemand hatte je so viele Länder gesehen und besaß so viel Wissen über die Welt wie Harkon. Außerdem hielt sich am Hof von Silmao hartnäckig das Gerücht, er suche nach einem Jungbrunnen, nach irgendeinem Mittel, durch das er ewiges Leben erlangen könne.«

»Dann leuchtet mir allerdings ein, warum der Mazar ihn so verehrte. Hat Harkon ihm mit dem Wasser von Silmao weiterhelfen können?«

»Na ja, es ist überliefert, dass Atamas ihn voller Hoffnung empfing, aber Harkon ihn zunächst enttäuschen musste. Er wisse nicht, wie der letzte Ginkgobaum wieder fruchtbar gemacht werden könne, soll er freiheraus gesagt haben. Aber dann erzählte ihm Atamas mehr über den Leben spendenden Saft und weckte damit das Interesse des Weltreisenden. Harkon glaubte sogar, endlich eine Spur des Jungbrunnens gefunden zu haben. Und weil Atamas ihm nicht die letzte Phiole des Elixiers verkaufen wollte, machte er sich auf die Suche nach gesunden, Frucht tragenden Ginkgos und nach der verloren gegangenen Rezeptur für das Wundermittel. Der Mazar ließ sogar ein Schiff für ihn ausrüsten, bemannt mit den mutigsten und besten Seefahrern des Landes. Man erzählt sich, die Segel der *Ginkgoblüte* hätten die Farbe von Bernstein besessen, damit Harkon immer das goldgelbe Leuchten des ›Wassers‹ vor Augen sehe.«

»Ich nehme an, die alte Hakennase wollte den unbekannten Kontinent finden, von dem in einigen uralten Sagen die Rede ist, die angestammte Heimat der Sirilim.«

Tiko hob die Schultern. »Klingt einleuchtend. Aber davon weiß ich leider nichts.«

»Dann hätte er geradewegs nach Osten segeln müssen. In seinen Reiseberichten erwähnt er nicht das Geringste davon; ich habe sie alle gelesen.«

»Kein Wunder. Er ist ja von dieser Expedition nie zurückgekehrt.«

»Oh!«

»Das ist der Grund, weshalb ich dir wenig Hoffnung machen kann. Entweder Harkon hat sein Elixier gefunden und lebt mit seinen Begleitern glücklich und zufrieden in einem fernen Land jenseits unserer Welt oder seine Bark ist mit Mann und Maus untergegangen.«

»Die Möglichkeit eins können wir wohl ausschließen«, brummte Dormund.

Ergil bedachte ihn mit einem mürrischen Blick. »Wieso bist du dir da so sicher?«

Der Schmied zuckte die Achseln. »Sie klingt zu märchenhaft.«

»Vielleicht gibt es ja noch eine dritte Möglichkeit: Harkon Hakennase könnte zwar gefunden haben, wonach er suchte, aber auf dem *Rückweg* verschollen sein.«

Tiko schob die Unterlippe vor. »Was macht das für einen Unterschied?«

»Vielleicht keinen«, murmelte der König, während er sein linkes Ohr knetete, weil es glühend heiß war. »Möglicherweise aber auch den alles entscheidenden.«

»Was soll denn das sein? Eine lebende Ankerwinde?«, grunzte Bombo, als er den in Ketten eingerollten Zoforoth zu Gesicht bekam. Dessen Verbringung zum Hafen hatte die zwölf Soldaten der Stadtwache trotz eines Handkarrens ziemlich ins Schwitzen gebracht.

»Wohin mit ihm, Majestät?«, erkundigte sich der Hauptmann bei Ergil.

Der König deutete zum Heck der *Silberginkgo.* »Schafft ihn aufs Achterdeck. Aber seht euch vor. Der Chamäleone kommt gerade wieder zu sich. Wartet, bis ich zu euch komme. Er darf keinen Moment aus den Augen gelassen werden.«

Der Soldat bestätigte den Befehl und ließ das rasselnde Bündel von seinen Männern unter Zuhilfenahme eines Auslegers mit Flaschenzug und etlicher dicker Taue an Bord hieven. Unterdessen setzte Ergil den Kapitän über die jüngsten Ereignisse in Kenntnis.

»Alle Achtung!«, staunte Bombo. »Nach allem, was ich über diesen Kaguan gehört habe, hielt ich ihn für so eine Art Zauberer, der Gewalt über die vier Elemente der Altvorderen hat.«

Ergil musste unweigerlich an die entfesselten Wassermassen denken, die vor der Korallenklippe Jagd auf die *Silberginkgo* gemacht hatten. »So ist es auch gewesen, als ich ihm das letzte Mal begegnet bin. Vielleicht war er nur so eine Art Medium, durch das Magos seine Macht ausübte. Nachdem der Gott unsere Welt verlassen hat, blieb nur noch ein normaler Zoforoth zurück.«

»Normal?«, japste Bombo. »Ich hab ja schon viel gesehen, aber wenn diese Kreatur normal ist, dann will ich ein Schiffskobold sein.«

»Herzlich willkommen in der wirklichen Welt, kleiner Kobold«, frotzelte Tusan.

Der tatsächlich nicht sehr große Kapitän plusterte sich auf. »Vorsicht, du Grünschnabel! Glaubst wohl, weil dein Vater der Herzog ist, kannst du dir alles herausnehmen? Wenn ich Qujibo erzählte, was …«

»Wir wären dann bereit zum Auslaufen«, mischte sich von

Deck her Engwin in den nicht ganz ernst gemeinten Streit der beiden einander durchaus zugetanen Stromländer ein. Auf der *Meerschaumkönigin* war Engwin vor einiger Zeit vom Bootsmann zur rechten Hand des Kapitäns aufgerückt, nachdem der alte Steuermann in einer Meuterei ein unerquickliches Ende gefunden hatte.

Ergil bedankte sich beim Hafenmeister für seine Unterstützung und folgte den Gefährten an Bord. Popi empfing ihn hier mit leichenblassem Gesicht.

»Hast du dir das gut überlegt?«

»Du meinst Kaguan? Ja, hab ich.«

»Er ist gefährlich.«

»Das ist mir nicht neu. Aber was hätte ich denn deiner Meinung nach mit dem Zoforoth anfangen sollen, nachdem Tusan ihn betäubt hat?«

»Frag doch mal Tiko. Dem fällt bestimmt etwas ein.«

»Nein, frag du ihn. Er wird dir meine Entscheidung erklären können. Ich habe im Moment Wichtigeres zu tun.«

Ergil ließ Popi einfach stehen. Mit langen Schritten stapfte er in Richtung Achterdeck, wo die Soldaten den Gefangenen bewachten. Auf dem Weg dorthin ärgerte er sich über sich selbst. Warum war er plötzlich nur so reizbar? Schließlich hatte es sein Freund doch nur gut mit ihm gemeint. Popi konnte kaum riechen, was gerade in seinem König vorging. Ergil wusste es ja selbst nicht.

Als er die städtische Garde aus ihrer unangenehmen Pflicht entließ, war er wieder ganz der freundliche König, der eingedenk dessen, dass er noch jung und unerfahren war, alle seine Untertanen mit Respekt behandelte. Er bat Bombo, die Bewachung des Chamäleonen seinen Männern zu übertragen, sie müssten auch nicht zimperlich sein. Im Handumdrehen hatte der Kapitän alles hierfür Nötige parat: ein halbes Dutzend ehemaliger Piraten, die zum Fürchten aussahen, und ebenso viele Krummsäbel und Spieße.

Kurze Zeit später glitt die *Silberginkgo* mit sanftem Flossenschlag aus dem Hafenbecken.

Während der zweiten Überquerung der Meerenge in dieser Nacht wurde an Bord kaum gesprochen. Wohl ausnahmslos jeder empfand Kaguans Gegenwart als bedrückend. Sogar das Schiff verhielt sich auffällig träge, so als lähme der Zoforoth seine Freude an dem Wellenritt.

Bei dem König kam noch eine bohrende Ungewissheit hinzu. Was hatte Kaguan ihm mit den Raupen angetan? Giftig waren sie wohl nicht, aber Ergil erschauderte schon bei dem Gedanken, dass die kleinen Biester jetzt in seinem Schädel ihr Unwesen trieben. Abgesehen von Schekira, die ja Zeugin des gemeinen Angriffs geworden war, hatte er mit niemandem über die Schmarotzer gesprochen. Nicht einmal Tusan und die beiden Schmiede, die den König unbedingt nach Sooderburg hatten begleiten wollen, wussten von ihnen. Ergil nahm sich vor, nach seiner Rückkehr umgehend Múria aufzusuchen. Sie kannte Mittel gegen Band- und Spulwürmer, warum nicht auch gegen diese Raupen?

Tatsächlich brauchte die *Silberginkgo* für die Überquerung der Meerenge etwas länger als beim ersten Mal. Seit dem Auslaufen in Bjondal waren gut zweieinhalb Stunden vergangen, als sie endlich in den Haupthafen der Insel einlief. Schekira war vorausgeflogen, um Múria von den Neuigkeiten zu berichten. Als das Sirilimschiff am Kai anlegte, wartete dort bereits ein Trupp von Leibgardisten, um den König und seinen exotischen Gefangenen zur Festung zu geleiten.

Kaguan wurde aus seinen Ketten geschält und ins dunkelste Verlies der Sooderburg geworfen. Ergil vergewisserte sich persönlich von der sicheren Verwahrung des Zoforoths. Dessen Zelle war genau genommen das Ende eines in die Klippe getriebenen Stollens. Ironie des Schicksals: Großkönig Wikander – Magos' Scherge also – hatte sie einst mit einem Eisengitter vom Gang abtrennen lassen, um hinter den armdicken Stäben Torlunds Ersten Kanzler einzukerkern. Jetzt bekleidete Fürst Halbart Bookson von Grotsund auf königlichen Befehl hin wieder sein altes Amt und die rechte Hand des dunklen Gottes war an seiner statt in das finstere Loch eingezogen.

Auf seine Fragen nach Kaguans Absichten den Waffenschmied Tiko betreffend erhielt Ergil keine Antwort. Zuletzt ließ er sogar drohend das *Himmelsfeuer* aufflammen, aber der Gefangene ignorierte ihn weiterhin. Schwarz wie aus Pech gegossen stand er dicht hinter dem Gitter und wich keinen Zoll vor der grün strahlenden Sirilimklinge zurück.

»Du hast das Schwert *Schmerz* und der Bartarin sollte es für dich neu schmieden. Gib es zu!«, versuchte es der König ein weiteres Mal.

Kaguans einzige Antwort bestand in einem grimmigen Rasseln seiner unzähligen Schuppen.

Ergil fühlte sich verhöhnt. Die Respektlosigkeit entfachte seinen Zorn. »Der Herr in den Eisigen Höhen hat Mirad verlassen. Und wie's scheint, gelingen dir seitdem auch keine Lieder der Macht mehr, sonst hätte dich kaum ein einfacher Fährtensucher mit seinem Blasrohr niederstrecken können. Du bist nur noch ein armseliger Schatten deiner selbst, Kaguan. Jetzt sitzt du hier unten fest, wo du so lange schmoren wirst, bis ein Gericht sich mit deinen Untaten beschäftigt und ein Urteil über dich spricht. Es bedarf wohl keiner allzu großen Phantasie, um sich den Spruch der Rechtswahrer vorzustellen. Da möchte ich nicht in deiner Haut stecken.«

»Ich bezweifle, dass du dir das je gewünscht hast«, versetzte der Zoforoth voller Verachtung.

»Deine Lage ist alles andere als hoffnungsvoll. Ich finde, du könntest ein wenig mehr Ehrerbietung zeigen.«

»Wenn das deine Meinung ist, Sohn der zwei Völker, dann will ich sie dir nicht nehmen. Vorerst.« Die Erwiderung des Zoforoths klang kalt und ohne jede Frucht.

»Vorerst?«, schnaubte Ergil. Sein Schwert strahlte noch heller im Dunkel des Kerkers. »Was soll das heißen? Willst du mir etwa drohen?«

»Das wird nicht nötig sein. Alles, was getan werden muss, ist bereits getan.«

Ergil erschauderte. Unweigerlich musste er an die schwarzroten Raupen denken, gab sich jedoch ahnungslos: »Wovon sprichst du überhaupt?«

Ein Kichern, das zu menschlich war, um nicht als weitere Verhöhnung aufgefasst zu werden, ging Kaguans Antwort voraus. »Das wirst du bald erfahren, Zweivölkersohn. Das wirst du schon sehr bald erfahren.«

4

GEFÄHRLICHE NEUGIER

»Die klamme Kälte kriecht mir jetzt schon in die Glieder, dass es in meinen morschen Knochen nur so zieht und reißt. Ist es noch weit?«, knurrte Borst.

Torbas schmunzelte. Als Adjutant und Waffenmeister des einstigen Königs von Pandorien wusste er, dass dieser mit seinen sechzig Jahren zwar nicht mehr der Jüngste, aber alles andere als ein gichtgeplagter Greis war. Borst kokettierte eben gerne mit seinem Alter, um sich damit jene Nachsicht zu verschaffen, die er überraschend wieder auszuspielen pflegte, wenn man es am wenigsten von ihm erwartete. Die Jahre hatten ihn eher zäher gemacht, die schmähliche Vertreibung durch seinen Vetter Entrin bärbeißig und das Leben als Vogelfreier zu einem listigen Fuchs. Vom Scheitel bis zur Sohle maß er sechseinhalb Fuß, er war ein zweihundertfünfzig Pfund schwerer Koloss, der mit seinem Langschwert auf dem Schlachtfeld weit jüngere Recken immer noch das Fürchten lehren konnte. Nur im Kampf pflegte er seinen berüchtigten gehörnten Kegelhelm zu tragen, das braunlederne, mit stählernen Sechsecken besetzte Wams dagegen legte er nicht einmal zum Schlafen ab. So sagte man jedenfalls.

Torbas drehte sich um und blickte in Borsts Gesicht. Als wolle es die Worte Lügen strafen, grinste der König ungehemmt, womit er die Lücke, die vor einem guten Jahr noch sein rechter Eckzahn ausgefüllt hatte, schamlos präsentierte. Der dichte, fast weiße Vollbart verlieh ihm ein wildes Aussehen, das durch die langen schwarz-grauen Haare noch unterstrichen wurde. Er hatte sie nach pandorischer Männersitte zu zwei Zöpfen geflochten. Torbas kannte die schauspielerische Begabung seines Herrn und belohnte ihn mit einem kleinen Lächeln.

Der Soldat, der den beiden Gästen mit einer Fackel vorausging, hatte nur die derbe Stimme gehört und erbebte. »Wir sind gleich da, Hoheit.«

»Das habt Ihr schon dreimal behauptet«, brummte Borst.

»Dadurch ist es aber nicht unwahrer geworden, Hoheit. Eher im Gegenteil. Dort, seht!« Der Führer deutete mit der Fackel in einen Quergang hinein.

Obwohl Borst weniger Fett mit sich herumschleppte, als es den Anschein hatte, kam sein massiger Leib nicht sofort zum Stehen. Er rempelte gegen den Gardisten, womit er ihn ein gutes Stück zur Seite schubste. Anstatt sich zu entschuldigen, sagte er nur: »Gebt mir mal Euer Licht.« Und entriss dem verwirrten Mann auch die Fackel. Damit leuchtete der Pandorier dann in den Tunnel. Dessen steinerne Wände waren schief, ähnelten mehr einer Röhre mit grob geebnetem Boden als einem Gang. Alles in allem machte der Ort keinen besonders Vertrauen erweckenden Eindruck.

»Ich sehe nichts«, grunzte Borst.

»Die Zelle des Gefangenen liegt hinter der Biegung dort.« Der Soldat wies ins Dunkel.

Verdrossen richtete der König wieder das Wort an seinen Adjutanten. »Warum seid Ihr so erpicht darauf, diesen Chamäleonen zu sehen, Torbas?«

»Weil ich in den Harim-zedojim an der Seite von Tusan gegen Kaguan gekämpft habe, Majestät.«

»Ihr seid doch gegen die Waggs ins Feld gezogen.«

»In der Armee des dunklen Gottes sind die Zoforoths immer der Kopf gewesen, die Ungeraden dagegen waren ihre Arme und Beine.« Torbas warf einen Blick über Borsts Schulter zu dem Gardisten hin, um dem König zu bezeigen, dass es noch andere Motive für eine Unterredung mit dem Gefangenen gebe, die aber vorerst besser unausgesprochen blieben.

Der Wink wurde offenbar verstanden, denn Borst füllte seinen enormen Brustkorb mit der muffigen Luft des Verlieses und verkündete: »Meinetwegen. Wenn Ihr Euren Lehnsherrn unbedingt zu einem Grottenhund machen wollt, dann zwängen wir uns eben durch diesen Schlauch. Ich hoffe, das sechsgliedrige Ungeheuer ist die Mühe wert.«

Jetzt führte der König höchstselbst die Gruppe an. Torbas blieb dicht hinter ihm. Er konnte das Unbehagen seines Herrn nachempfinden. Während sich dicht unter dem Knochenturm noch ein geordnetes System aus gemauerten Gängen und Räumen erstreckt hatte, erinnerten ihn die Tunnel und Gelasse hier unten eher an ein Bergwerk. Angeblich lag noch tiefer in der Klippe ein Labyrinth aus natürlichen Hohlräumen, das so unübersichtlich war wie die Luftblasen in einem Schwamm.

Nach ungefähr achtzig Schritten wurde der Gang höher und etwa doppelt so breit. Ein massives Eisengitter tauchte aus der Dunkelheit auf. In gebührendem Abstand zum Häftling saßen zwei Wachmänner. Als sie bemerkten, dass hoher Besuch sich die Ehre gab, sprangen sie von ihren Schemeln auf. Einer der beiden eilte dem Fackelträger entgegen.

»König Borst! Verzeiht, Hoheit, aber ich bin ein wenig überrascht. Wir haben Order, niemanden zu dem Chamäleonen vorzulassen.«

»Willst du damit andeuten, ich sei ein Niemand?«, donnerte Borst.

Der Mann wich erschrocken zurück. »Nein … aber …«

»Aber was?«

»Ihr habt selbst Soldaten, Hoheit, und wisst, was es bedeutet, einen Befehl des Königs zu missachten.«

Borst präsentierte grinsend seine Zahnlücke. »Mir liegt es fern, die Autorität eures obersten Herrn zu untergraben. Wenn ihr niemanden vorlassen dürft, dann schauen wir uns die Bestie eben von hier aus an. Nur ist sie leider nicht zu sehen. Könntest du ein wenig mehr Licht machen?«

»Wie belieben?«

Der Hüne deutete zu der Ölfunzel, die in einem Eisenring an der Wand hing. »Das Ding da bringt mehr Schatten als Licht.«

»Selbst wenn ich noch zwei Fackeln anzünde, werdet Ihr den Chamäleonen dadurch kaum besser erkennen. Er kann sich unsichtbar machen.« Die letzten Worte hatte der Gardist nur geflüstert.

»Wie ist dein Name, Soldat?«

»Gilberich, Hoheit.«

»Bitte zünde die Fackeln für mich an, Gilberich.«

Der Wachmann seufzte und gab seinem Kameraden einen Wink.

Torbas konnte seine Neugierde nicht zügeln, legte die Rechte auf den Schwertgriff und trat näher an das Gitter heran.

»Bitte, mein Herr!«, flehte Gilberich.

Der Adjutant blieb zwei Schritte vor dem Gitter stehen.

Entgegen der Ankündigung des Gardisten schälten die zusätzlichen Feuer Kaguans Gestalt aus der Dunkelheit. Die Flammen riefen einen gelbbraunen Schimmer auf den Schuppen hervor, schemenhaft waren für Torbas die beiden über der Brust verschränkten Armpaare zu erkennen. Der pandorische Ritter war – etwa so groß wie sein Herr, ebenso breitschultrig, sonst aber sichtlich schlanker gebaut – beileibe nicht zierlich. Im Vergleich zu dem Zoforoth kam er sich aber nur wie ein Zwerg vor. Was ihn jedoch frösteln machte, war weniger dessen Größe als vielmehr das völlige Fehlen eines Gesichts.

»Mein Name ist Torbas. Ich bin der Waffenmeister und zugleich die rechte Hand von Borst, dem König Pandoriens«, stellte sich der Adjutant dem Chamäleonen vor.

»Nicht doch, mein Herr!«, bettelte Gilberich. »Ihr dürft nicht mit ihm reden.«

»Hat das König Ergil befohlen?«, polterte Borst.

»Ihr dürftet Euch nicht einmal hier aufhalten, Hoheit …«

»Meine Männer haben vor wenigen Wochen auch für Soodland gegen die Waggs und gegen diese Kreatur gekämpft. Willst du uns da tatsächlich verbieten, den Gefangenen zu verhören?«

»Verhören?«, keuchte der Wachmann. »Erst wolltet Ihr ihn nur angucken und jetzt …«

»Mach dir nicht in die Hosen, Mann! Was ihr hier seht und hört, soll sowieso nicht an die große Glocke gehängt werden. Ich kann mich doch auf eure Verschwiegenheit verlassen?« Borsts Frage klang eher nach einer Drohung.

Gilberich trat einen Schritt zurück und verneigte sich. Auch seinem Kameraden war sichtlich die Lust zu weiterem Widerspruch vergangen.

Torbas wandte sich wieder dem Gefangenen zu. »Hast du mich verstanden, Chamäleone?«

»Ich kann sehr gut hören.«

Der Ritter erbebte. Er hatte mehr als einmal erlebt, wie es sich anfühlte, wenn eine scharfe Klinge in sein Fleisch schnitt – lange vor dem Schmerz kam das Bewusstsein, von einem Fremdkörper verletzt zu werden – und genauso fühlte sich die kalte Stimme des Zoforoths an. Es dauerte einen Moment, bis Torbas wieder genug Zutrauen in die Festigkeit seiner Stimme gewonnen hatte, ehe er sagen konnte: »Nenn mir deinen Namen.«

»Wozu? Ihr kennt ihn wohl ebenso lange wie ich den Euren.« Der Gefangene klang belustigt.

Torbas zückte sein Schwert. »Willst du Spott mit mir treiben?«

Gilberichs Pflichtgefühl regte sich. Aber ehe er einschreiten konnte, hielt Borst ihn mit einer gebieterischen Geste zurück.

Kaguans Ton wurde jetzt einschmeichelnd, ohne wirklich warmherzig zu klingen. »Gebt es zu, Torbas, ich wecke Urängste in Euch, die Ihr nur noch aus Euren Alpträumen zu kennen glaubtet. Ihr seid gekommen, um diese hinter Gittern verwahrt zu sehen, weil Ihr Euch dadurch sicherer fühlt.«

Der Ritter kämpfte gegen ein Zittern an. Aus einem unerfindlichen Grund kam er sich im Angesicht dieser Kreatur so nackt und wehrlos wie ein Neugeborenes vor. Trotzig erwiderte er: »Magos, dein Herr, wollte Mirad beherrschen. Wikander war sein erster Vasall. Und der Großkönig hat mit Gewalt und unheimlichen Mächten andere Statthalter ins Amt gehoben ...«

»Warum nennt Ihr Entrin nicht beim Namen?«

»Weil er ein feiger Hund ist und es nicht verdient, mit Borst, dem rechtmäßigen König von Pandorien, in einem Atemzug genannt zu werden.«

»Und jetzt soll ich Euch helfen, Entrin die Krone wieder zu entreißen?«

»Du könntest dadurch deine Lage verbessern. Wenn jemand die Schwächen seiner Vasallen gekannt hat, dann doch wohl dein Herr. Zweifellos hatte Magos Pläne, um das Herzland zu unterwerfen. Alles deutet darauf hin, dass bei diesen Erwägungen neben Wikanders Reich auch Pandorien und Ostrich eine wichtige Rolle spielten. Mach es dir leichter, Kaguan, und sag uns, was der Thronräuber Entrin vorhat.«

Kaguan lachte. »Ihr seid ein Narr, Torbas. Und Borst ist der König der Narren.«

Der Adjutant machte mit erhobenem Schwert einen weiteren Schritt auf das Gitter zu und zischte grimmig: »Schweig! Sonst ...«

»Sonst ...«, äffte der Zoforoth ihn täuschend echt nach, bevor er abermals in spöttische Heiterkeit verfiel. »Ihr seid viel zu träge, um mich mit Eurer Klinge zu verletzen.«

»Das wird sich zeigen.« Torbas' Zorn entlud sich in einem Ausfall: Sein rechtes Bein schnellte vor, während er das linke streckte und zugleich das Schwert durch die Gitterstäbe stieß.

Kaguan reagierte nicht nur unglaublich schnell, sondern auch für den Angreifer durchaus überraschend. Seine vier über der Brust verschränkten Arme erwiesen sich als Camouflage: Er hatte nur das *Abbild* der Gliedmaßen auf seiner Brust erschaffen, die echten jedoch hinter dem Rücken versteckt. Schneller als die Augen der Anwesenden ihnen folgen konnten, fuhren sie vor, während er gleichzeitig den Körper zur Seite drehte. Die Klinge des Langschwertes stach ins Leere.

Ehe Torbas sich darüber klar werden konnte, dass er in eine Falle getappt war, hatte ihn der Zoforoth schon entwaffnet. Das Schwert fiel scheppernd zu Boden und der Ritter fühlte, wie sich scharfe Krallen in seinen Unterarm bohrten. Dann wurde er jäh nach vorne gerissen. Sein Gesicht prallte gegen die Gitterstäbe.

Ein Befehl hallte durch den Tunnel. »Nehmt die Spieße und treibt das Ungeheuer zurück!«

Borsts donnernde Stimme klang für dessen Adjutanten dumpf und seltsam fern. Torbas fühlte die Ohnmacht wie einen warmen Sumpf, in dem er rasch tiefer sank. Wie hatte er nur so dumm sein können! Spitze Klauen umklammerten seinen Hals, aber er spürte keinen Schmerz. Während sich sein Bewusstsein verabschiedete, tastete er nach dem Dolch an seinem Gürtel; es war nicht mehr als ein in unzähligen Schlachten angeeigneter Reflex. Waffen klapperten – die Gardisten hatten sich wohl zur Verteidigung des Toren durchgerungen. Und dann hörte er unmittelbar vor seinem Gesicht ein eiskaltes Flüstern.

»Halt schön still, guter Torbas. Gleich tut's ein bisschen weh, aber dafür werden wir bald die besten Freunde sein.«

5

BEUNRUHIGENDE NACHRICHTEN

Ergil und Múria saßen sich vor demselben Kamin gegenüber, dessen Feuer sie erst vor wenigen Stunden während des Ausflugs in die Zwischenwelt gewärmt hatte. Schekira räkelte sich auf einem Hocker in einer Kissenkuhle neben dem Sessel ihrer »großen Schwester«. Popi stand draußen auf dem Flur und hielt ungebetene Besucher von den königlichen Gemächern fern. Die übrigen Gefährten plünderten gerade die Küche.

Múria war blass geworden, als Ergil ihr von den Raupen erzählt hatte.

»Und du bist sicher, dass ihr Körper feuerrot und die Spitzen ihrer Härchen rußschwarz gewesen sind?«, fragte sie.

Ergil bejahte.

Sie wartete, als wolle sie ihm die Gelegenheit geben, seine Aussage zu widerrufen. Dann murmelte sie ein einzelnes Wort: »Zornissen.«

Ergil bemerkte, wie die Elvin abrupt den Oberkörper aufrichtete.

»Sagt dir der Name etwas?«, fragte er die Prinzessin.

Sie antwortete nicht.

»Kira?«

»Ich kenne diese Tiere nur vom Hörensagen«, erwiderte sie ausweichend. Ihre ganze verkrampfte Körperhaltung verriet, wie angespannt sie war. Hilfe suchend sah sie zu Múria auf.

»Ich habe zum ersten Mal beim Alten Volk in Bilath-berdeor von den Zornissen erfahren«, sagte die Heilerin. Sie hörte sich an, als koste allein diese Offenbarung ihre ganze Kraft. Nach einem tiefen Atemzug fuhr sie aber trotzdem fort.

Die Heimat der Zornissen oder »Feuerraupen« seien die Namenlosen Sümpfe, genauer gesagt jene Region südlich des Sternenspiegels, wo der Grüne Gürtel an das Reich der Xk stoße. Die Sirilim nannten diese Tiere *aphim*. In Sirilo bedeute *'aph* »Nase« oder »Nasenloch« – die Öffnung also, durch die eine Zornisse gerne in den Wirtskörper ein- und durch die wutschnaubender Zorn bevorzugt ausdringt. Die Parasiten ernährten sich nämlich von dunklen Gefühlen und Gefühlsäußerungen.

»Dunkle Gefühle?«, unterbrach Ergil seine Meisterin mit einem Schaudern.

Sie nickte gewichtig. »Und die üblen Früchte solcher Regungen. Die Feuerraupen lieben vor allem Zorn – daher ihr miradischer Name. Aber sie sind keine Kostverächter. Auch an Hass, Falschheit, Neid, Streit- und Eifersucht, Unehrenhaftigkeit, Zwietracht, Trunksucht oder anderen lasterhaften Ausschweifungen sowie jeder Art selbstsüchtigen Strebens finden sie Geschmack. Aber das ist nicht einmal das Schlimmste.«

Ergil schluckte. »Was denn noch?«

»Sie *verstärken* diese Schattenseiten der Seele sogar, um sich daran noch fetter zu fressen.«

»Herr der himmlischen Lichter, steh mir bei! Wahrscheinlich hat Kaguan mich aus boshafter Berechnung zum Zorn gereizt, bevor er die Biester nach mir warf.«

Múria nickte. »Damit hast du, ohne es zu wissen, den Köder ausgeworfen, der die Zornissen anlockte.«

»Und danach bin ich vor Wut fast durchgedreht.«

»Womit du sie zum ersten Mal gefüttert hast.«

»Gefüttert? Beim Allmächtigen! Als er mich eben im Kerker mit Nichtachtung strafte, hat er mich auch fast zur Weißglut gebracht …«

»Was beweist, dass die Zornissen bereits Macht über deine Gefühle haben.«

»Ich glaube, ich muss mich übergeben.« Ergil rutschte von der Bank und schaffte es gerade noch, mit dem Oberkörper die Teppichkante zu überqueren. Dann erbrach er sich auf den Steinfußboden vor dem Kamin.

Sofort waren Múria und Schekira zur Stelle. Während die Elvin ihm durch Worte Mut zu machen versuchte, half die Heilerin ihm wieder auf die Beine, führte ihn zur Bank zurück, und nachdem er darauf Platz genommen hatte, ließ sie ihre Hand sanft auf seinem Bauch kreisen, um die rebellierenden Eingeweide mit ihrer Körperwärme zu beruhigen. Als es ihm etwas besser ging, säuberte sie rasch den Boden vor dem Kamin.

Mit glasigem Blick beobachtete Ergil sie dabei. Nur allmählich klärte sich sein umnebelter Geist. Mit einem Mal stammelte er: »K-kann … Kann man denn nichts gegen die kleinen Ungeheuer tun?«

Múria putzte die Steine und schwieg.

Verzweiflung brach aus ihm hervor. »Inimai! Was passiert mit mir, jetzt, wo sich die Zornissen in mir eingenistet haben?«

Sie hielt inne und musterte ihn mit besorgter Miene. »Vielleicht sollten wir später darüber reden, mein Lieber, wenn es dir wieder besser geht.«

»Nein. Ich muss es *jetzt* wissen«, beharrte er.

Bedächtig wischte sie ihre Hände an einem sauberen Tuch ab, kehrte in ihren Sessel zurück und sagte leise: »Gewöhnlich gehen die Wirte an ihnen zugrunde. Die Glücklicheren sterben schnell, während die Parasiten noch im Kopf wachsen. Schlimmer sind jene dran, die sich in willenlose Diener des Bösen verwandeln und Übles treiben, bis sie sich dadurch selbst zerstören.«

Ergil glaubte, sein Kopf müsse jeden Moment explodieren. Aber das war nur Einbildung. Ebenso der Schwindel, den er verspürte. »Und was«, flüsterte er aus einer selbstquälerischen Neugierde heraus, »passiert mit den Zornissen?«

Wieder zögerte Múria, bis sie endlich mit tonloser Stimme

antwortete: »Sie verpuppen sich, sobald sie groß und fett genug geworden sind. Später schlüpft ein wunderschöner Schattenfalter aus dem Kokon. Der Schmetterling bahnt sich einen Weg aus dem Körper seines Wirtes. So als würde alles Gute, das dieser einmal besessen hat, ihn für immer verlassen.«

»Hätte ich die Raupe doch einfach zertreten!«

»Wie bitte?«

»Bei Kaguans erstem Angriff war eine Zornisse zu Boden gefallen. Anstatt sie unter meinem Stiefel zu zermalmen, habe ich mein Schwert gesenkt und mir so eine Blöße gegeben.«

»Die der Zoforoth natürlich schamlos ausgenutzt hat.«

Ergil nickte. »Kann man …« Er musste sich erst mit der Zunge über die Lippen fahren, ehe er weitersprechen konnte. »Kann man die Schmarotzer irgendwie wieder loswerden?«

Die Heilerin schöpfte tief Atem. »Die Sirilim glaubten, man könne die Zornissen aushungern, indem man sich allen dunklen Gefühlen verschließe und nur die lichten Regungen sich entfalten lasse: Liebe, Freude, Friedfertigkeit, Langmut, Freundlichkeit, Güte, Milde, Selbstbeherrschung …« Ihre Stimme versickerte in Ratlosigkeit.

»Ich gebe mir zwar Mühe, ein ehrenhafter Mann zu werden, aber ich bin kein Heiliger«, sprach Ergil aus, was Múria wohl durch den Kopf ging.

Sie nickte. »Selbst in den Schönen wohnten nicht nur Tugenden, sondern auch böse Neigungen. Manche nahmen den Kampf gegen die Parasiten nur halbherzig auf. Die Zornissen verkapselten sich, wie Tiere, die sich tot stellen, und brachen bei der nächsten starken Gefühlsaufwallung der finsteren Art wieder hervor. Nur wenn man die Raupen sehr lange von jeder dunklen Regung abschneidet, gehen sie ein. Besser gesagt, sie werden zu einem harten Kristall, der keinen Schaden mehr anrichten kann, außer vielleicht ein gelegentliches Druckgefühl.«

Ergil schöpfte Hoffnung. »Was genau muss ich tun, um die

Biester auszuhungern, und wie lange dauert diese Behandlung?«

»Du musst dich der ›Meditation über das Licht‹ widmen, ungefähr ein Menschenalter lang.«

Die Antwort warf ihn fast von der Bank. »Das kann nicht dein Ernst sein, Inimai!«

»Du bist zur Hälfte ein Sirilo und kannst vermutlich viele hundert Jahre leben.«

»Mag ja sein, aber mir fehlt die Zeit für diese … Versenkung im Licht, oder was immer damit gemeint sein mag …«

»Kontemplation«, unterbrach sie ihn. »Tiefes Nachsinnen über das Gute in all seinen Facetten.«

»Hundert Jahre lang?«, keuchte Ergil.

»Bei deinem starken Willen dürften achtzig auch genügen.«

»Bis dahin ist meine Mutter mit Sicherheit tot. Ich muss ihr *jetzt* helfen. Wie lange kann sie ohne ein Gegengift noch leben? Ein Jahr?«

»Das lässt sich nur schätzen. Ich habe, während du in Bjondal warst, einige Berechnungen angestellt: Die vermutete Giftmenge, die körperliche Verfassung Vanias, deine Schilderung von der Verzögerung in der Zwischenwelt …« Múria schüttelte mit versteinerter Miene den Kopf. »Ihr bleiben vielleicht vier Monate nach unserer Zeit. Höchstens fünf.«

»So wenig!«, stieß Ergil hervor. Er ballte die Fäuste, weil er den Zorn in sich aufsteigen spürte, aber als er die besorgten Mienen der beiden Frauen bemerkte, zwang er sich zur Ruhe.

»Vielleicht gibt es doch eine Hoffnung für die Königin *und* dich, mein Retter«, meldete sich erneut Schekira zu Wort. »Du weißt, dass mein Volk über einen reichen Sagenschatz verfügt. Die *aphim* sind mir daher nicht ganz unbekannt. Bei uns Elven gibt es ein Sprichwort, das lautet: ›Die vollkommene Liebe ist ein scheuer Vogel, der nur in einem reinen Herzen nistet.‹«

»Die vollkommene Liebe?«

Schekira nickte. »Wem es gelinge, sie bei sich wohnen zu

lassen, der brauche die Zornissen nicht zu fürchten, hat meine Mutter mir erzählt.«

»Ist es denn je einem gelungen, die vollkommene Liebe in sein Herz einziehen zu lassen?«

Die Prinzessin zuckte die Achseln.

»Mir ist auch keiner bekannt«, sagte Múria. »Ich weiß nur eines: Wer von den Zornissen befallen wurde und sich vor der Meditation über das Licht gedrückt hat, ist innerhalb weniger Wochen oder Monate elendiglich zugrunde gegangen.«

Ergils Blick sprang hilflos zwischen der Elvin und der Heilerin hin und her. »Ich liebe meine Mutter über alle Maßen. Vielleicht genügt das ja, um die Zornissen verkümmern zu lassen. Oder wenigstens ihre Entwicklung zu hemmen, bis ich ein Gegengift gefunden habe.« Er berichtete, was Tiko über die Expedition von Harkon Hakennase erzählt hatte, und fügte die Frage an: »Hast du eine Ahnung, wohin die *Ginkgoblüte* von Silmao aus gesegelt ist? Tiko und ich vermuten, Harkon könnte nach Osten aufs Nimmermeer hinausgefahren sein.«

»Westen«, erwiderte die Geschichtsschreiberin ohne zu zögern.

»Wie kommst du darauf …?« Ein lautes Klopfen ließ Ergil innehalten. »Ja bitte?«

Die Tür schwang quietschend auf und Popi stürzte herein. Auf seinem blassen Gesicht lag ein Ausdruck des Entsetzens. Draußen wartete ein zweiter Mann, der ebenfalls zur Leibgarde des Königs gehörte.

»Er wollte fliehen. Einen der Wächter hat's ziemlich schlimm erwischt«, sprudelte der junge Ritter hervor, noch ehe er die Sitzgruppe vor dem Kamin ganz erreicht hatte.

»Wer?«, entgegnete Ergil, obwohl er die Antwort schon ahnte.

»Kaguan!«, schrie Popi aufgeregt.

Der König fuhr von der Bank hoch. »Wo ist der Zoforoth jetzt?«

»Nach wie vor in seiner Zelle. Er hat einen Mann durch die Gitterstäbe angegriffen. Vermutlich wollte er dessen Kameraden dazu bewegen, ihm die Schlüssel zu geben. Als der stattdessen mit dem Spieß auf den Chamäleonen losgegangen ist, gab's einen heftigen Kampf.«

»Aber der Gardist lebt?«

»Ja. Er liegt immer noch im Verlies. Der Wundarzt kümmert sich gerade um ihn.«

Ergils Blick wurde glasig. Alles schien sich gegen ihn verschworen zu haben. Als wolle jemand mit Gewalt verhindern, dass er sich um die Rettung seiner Mutter kümmerte ... Er blinzelte. »Danke, Popi. Ich komme gleich nach unten, um mir selbst ein Bild zu machen. Bis dahin soll im Kerker nichts verändert werden. Sag das deinem Kameraden, damit er seinen Kommandanten unterrichtet. Außerdem möchte ich zusätzlich sechs Lanzenträger und sechs Bogenschützen im Verlies haben. Möglicherweise werde ich sie brauchen.«

»Willst du den Chamäleonen hinrichten lassen?«

»Nicht, wenn es sich vermeiden lässt.«

Popi nickte und zog sich zurück.

»Ich werde dich begleiten, Ergil, und mir den Verletzten ansehen«, erklärte Múria.

»Ja. Aber wir dürfen uns nicht verzetteln.«

»Was meinst du?«

»Ich rede von der Rettung meiner Mutter.«

»Hört, hört! Sagt das derselbe junge Mann, der nicht müde wird mir vorzuwerfen, ich sei zu hart und unnachsichtig?«

»Als Popi uns unterbrochen hat, wolltest du gerade etwas über Harkons Expedition erzählen.«

»Darüber weiß ich nur so viel: Harkon hat sich im Frühling des Jahres 5754 mit der *Ginkgoblüte* nach Kimor begeben und dort die Eisschmelze abgewartet. Zu Beginn des Sommers sind er und seine Männer nach Osten in See gestochen. Den Rest kennst du: Sie kehrten nie wieder zurück.«

»Nach Osten? Dort gibt es doch nur den Weltenbruch. Der Eisige Ozean nördlich davon ist unpassierbar!«

»Mein Urgroßvater war offenbar anderer Ansicht.«

»Bist du sicher, dass es sich dabei nicht nur um eine Harkoniade handelt? Wer würde denn …?« Ergil stockte. »Hast du eben gesagt, die alte Hakennase sei dein *Urgroßvater*?«

Trotz der ernsten Umstände konnte sich Múria ein Schmunzeln nicht verkneifen. »Ich rede nicht gerne darüber. All die Lügenmärchen, die man ihm zuschreibt – ich wollte mir nicht den Ruf einer Fabulantin einhandeln, nur weil ich seine Urenkelin bin.«

Einen Moment konnte Ergil seine Meisterin nur sprachlos bestaunen. Schon als Junge hatte er für den Abenteurer geschwärmt und sich an den phantastischen Ausschmückungen seiner Reiseberichte ergötzt. »Jetzt wird mir einiges klar«, sagte der König schließlich. »Es ist kein Zufall, dass dir Harkons Seeigelhaus in den Seltensunder Bergen gehört.«

»Nein. Ich bin die rechtmäßige Erbin seiner Hinterlassenschaft. Davon wissen allerdings nur wenige und ich wäre dir dankbar, wenn das auch so bliebe.«

Ergil zupfte sich an der Unterlippe. Die überraschende Enthüllung konnte ihm ganz neue Perspektiven eröffnen. Schon immer hatte er Múrias verblüffende Kenntnisse über die Länder und Völker des Herzlandes bestaunt. Ohne Frage verdankte sie ihr Wissen wenigstens zum Teil dem schriftlichen Erbe des legendären Ahnen. »Harkons Vorhaben der Nordumsegelung des Weltenbruches – wie hast du davon erfahren?«

»Aus einem Brief, den er meiner Urgroßmutter aus Kimor geschickt hatte. Die zwei müssen sich sehr geliebt haben, obwohl ihn sein Fernweh, kurz nachdem er zu ihr heimgekehrt war, stets aufs Neue in die Fremde lockte. In vielen der früheren Schreiben an sie hatte er seine Zuversicht bekundet, das Schicksal werde sie wieder vereinen. Aber diesmal muss er geahnt haben, seine Liebste nicht wiederzusehen. Immerhin war er mit seinen achtundsechzig Jahren nicht mehr der Jüngste und blickte unglaublichen Strapazen entgegen. Es heißt zwar, er sei so quirlig und agil gewesen wie ein Achtundreißigjähriger, aber die Expedition war auch das gewagteste Unternehmen, das er je in Angriff genommen hatte.«

»Hat dein Urgroßvater ernsthaft geglaubt, er könne die Grenze unserer Welt einfach umschiffen?«

»Nein, er schrieb, er wolle mit der Bark bis zum ewigen Eis vorstoßen und anschließend die Reise mit Hunden und Schlitten fortsetzen.«

Ergil schüttelte ungläubig den Kopf. »Das klingt ja noch verrückter. Viele sagen, hinter dem Weltenbruch gähne nur ein tiefer Abgrund, der bis zu den Sternen reiche.«

»Es gibt aber auch andere Überlieferungen.«

»Mag sein. Aber sind die glaubhafter? Bis heute hat es doch niemand je geschafft, den Weltenbruch zu überqueren oder drum herum zu fahren.«

»Das stimmt nicht ganz.«

»Wie bitte? Davon müsste ich doch schon gehört haben.«

»Denk nach. Wer hat das schwarze Schwert, das uns keine Ruhe lässt, ins Herzland gebracht?«

»Tarin? Der Schmied aus Schilmao?«

»So ist es. Er drang in die Feste Magons, des Bruders von Magos, ein und die lag, wie dir bekannt sein dürfte, im Weltenbruch. In einem alten Lied heißt es, Tarin habe den Eispalast des finsteren Gottes im äußersten Norden des Gebirges gefunden. Eine Strophe ist besonders aufschlussreich:

So bezwang er Magon zur Abendzeit
Und ließ seinen Blick nach Westen schweifen.
Dort lag ein Meer wie der Himmel so weit
Und so grün wie das Korn vor dem Reifen.

Hört sich das für dich nach einem Abgrund an?«

»Nein. Aber ein grüner Ozean …? Klingt auch nicht gerade viel versprechend, wenn du mich fragst.«

»Man merkt, dass du in der Symbolsprache alter Überlieferungen nicht sehr bewandert bist. Hast du je ein großes Kornfeld gesehen? Wenn die unreifen Ähren im Wind schwingen, sieht es aus wie ein wogendes grünes Meer. Der Dichter könnte von einem fruchtbaren Land gesprochen haben. Tatsächlich gibt es ein paar uralte Legenden, die von einem Kontinent jenseits des Weltenbruchs berichten. Er soll mindestens so groß wie das Herzland sein und …«

»Ja, das ›verwunschene Reich‹«, fiel Ergil ihr ins Wort. »Darüber habe ich sogar in den Berichten der alten Hakennase – Verzeihung, deines Urgroßvaters gelesen. Aber ich hielt das alles nur für Märchen. Harkon schrieb, dort wüchsen Pflanzen, die im Herzland niemand kenne, und es herrschten schreckliche Geschöpfe, die fremdartiger seien, als man es sich nur vorstellen könne.«

Múria nickte. »Sagt man nicht, in jeder Legende verberge sich ein wahrer Kern?«

6

DER FLUCH DES DUNKLEN GOTTES

Die Unterwelt. So nannten einige die Verliese und Gänge, die das natürliche Fundament der Sooderburg durchzogen. Tatsächlich waren sie ein Reich für sich, das wohl nur Múria hinlänglich kannte. Als Ergil es an ihrer Seite durchquerte, musste er an seinen ersten Besuch der Festung denken. Damals hatte er sich wie ein Dieb durch die Tunnel und Tropfsteinhöhlen hereingeschlichen, heute gehörte ihm das Ganze.

Während sie immer tiefer stiegen, gingen ihm tausend Dinge durch den Kopf. Es kam ihm vor, als sei der vergangene Tag in einem anderen Leben gewesen. Seitdem hatten sich die Ereignisse überschlagen und die vielen beunruhigenden Neuigkeiten machten ihm zu schaffen. Wie viel Zeit würden ihm die Zornissen lassen? Selbst Múria hatte es nicht sagen können. So viel stand fest: Er durfte keinen einzigen Tag verschwenden. Deshalb hatte er auch Popi damit beauftragt, einen handverlesenen Kreis Getreuer im Saal des Bundes zusammenzurufen. Bevor nach dem Frühstück der Große Rat dort offiziell wieder zusammenkam, musste er sie in seinen Plan einweihen. Vermutlich würden sie ihn für verrückt erklären.

»Da kommt jemand«, sagte Múria.

Ergil musste sich gewaltsam von seinen Gedanken losreißen, um in die Wirklichkeit der »Unterwelt« zurückzukehren. Durch den gewölbten Gang kamen ihnen drei Männer entgegen. Zwei hatten zu Zöpfen geflochtene Haare und einen hünenhaften Körperbau. Pandorier. Ergil war mehr als überrascht.

»König Borst! Euch hätte ich hier unten am allerwenigsten erwartet.«

Der Koloss zog eine Grimasse. »Ich habe nicht deshalb all die Jahre überlebt, weil ich irgendetwas dem Zufall überlassen würde, Majestät. Eure Rückkehr in den Palast heute früh war nicht unbedingt das, was man unter still und heimlich versteht. Ich wäre fast aus dem Bett gefallen. Im ersten Moment meinte ich, die Sooderburg werde angegriffen. Aber dann erkundigte ich mich nach dem Grund des Aufruhrs und erfuhr von Eurem Gefangenen. Ich wollte mir selbst ein Bild von ihm machen.«

Ergil sah an dem pandorischen Koloss vorbei und musterte dessen Adjutanten. Torbas' Arm war frisch bandagiert und sein Gesicht geschwollen. »Neugier kann gefährlich sein, königliche Hoheit. Ich hatte aus gutem Grund Anweisung erteilt, niemanden zu Kaguan vorzulassen.«

»Das kann wohl kaum für einen Eurer engsten Verbündeten gelten. Hat Eure ehrenwerte Geschichtsschreiberin Euch nie erzählt, wer als Einziger zu Eurem Vater gehalten hatte, als Euer Oheim die Sooderburg belagerte?«

Ergil sah Múria fragend an.

»Das war ich«, erklärte Borst, ehe sie auch nur den Mund auftun konnte. »Leider kam ich zu spät. In doppelter Hinsicht: An der Grenze zu Soodland ereilte mich die Nachricht vom Fall der Sooderburg, und als ich unverrichteter Dinge nach Pandor zurückkehrte, hatte mein durchtriebener Vetter Entrin sich schon meinen Thron unter den Nagel gerissen – mit Wikanders freundlicher Unterstützung. Meint Ihr nicht, ich habe für dieses Opfer ein wenig mehr Vertrauen verdient?«

Aus allem, was Borst sagte oder tat, sprach eine natürliche Autorität, gegen die sich niemand lange anzustemmen vermochte. Wenn Ergil in diesem Moment irgendetwas nicht gebrauchen konnte, dann war es ein Streit mit dem Pandorier. In versöhnlichem Ton sagte er: »Ich bin froh, Gefährten wie Euch im Großen Rat zu wissen, königliche Hoheit. Bitte nehmt meinen Befehl den Zoforoth betreffend nicht persönlich. Ihr hättet mich allerdings trotzdem unterrichten können, bevor Ihr ihn aufsuchtet. Wie sollen meine Männer einen so jungen Befehlshaber wie mich jemals respektieren, wenn so erfahrene Monarchen wie Ihr meine Anordnungen infrage stellen?«

Borsts dunkle Augen funkelten im Fackellicht. Unvermittelt lachte er dröhnend. »Ha! Da habt Ihr wohl Recht, Majestät. Bitte verzeiht einem alten Starrkopf. Ich bin es zu lange gewohnt gewesen, meinen Willen durchzusetzen, und neige zur Unerbittlichkeit, wenn ich ihn nicht bekomme.«

Ergil bemerkte, wie der Gardist, der die zwei Pandorier begleitet hatte, unmerklich nickte. »Ich hoffe, die Verletzung Eures Ritters ist nicht schwer«, wechselte er das Thema. Er deutete auf den weißen Verband, auf dem sich ein Blutfleck abzeichnete.

Borst drehte sich zu seinem Adjutanten um.

»Halb so schlimm, Majestät«, erwiderte Torbas.

»Dann habt Ihr den Vorfall im Kerker miterlebt?«

»Ja«, antwortete Borst mit verdrießlicher Miene. »Wir sind schuld an dem ganzen Schlamassel.«

»Wie das?«

Der pandorische König gab seinem Adjutanten einen Wink und Torbas fasste die Ereignisse vor Kaguans Zelle zusammen. Dabei redete er sich zusehends in Rage. »Ich war von dem Schlag gegen den Kopf halb besinnungslos«, verteidigte er sich schließlich, »aber als der Chamäleone Euren Mann angriff, bin ich wieder zu mir gekommen und habe das Ungeheuer mit meinem Dolch zum Rückzug gezwungen.«

Ergils Stirn furchte sich. »Wie konnte Kaguan einen meiner Gardisten angreifen, wenn er eingesperrt war?«

»Der Posten ist mit dem Schwert gegen das Ungeheuer vorgegangen, weil ich in dessen Klauen hing. Plötzlich hat die Bestie von mir abgelassen und mit ihren messerscharfen Krallen nach Gilberich geschlagen. Um ein Haar hätte sie ihm die

Kehle aufgeschlitzt. Aber das konnte ich verhindern. Bin nur mit dem Messer auf sie los und habe sie damit in den äußersten Winkel der Zelle getrieben.«

Borst räusperte sich, als sei ihm die etwas großspurige Schilderung seines Adjutanten peinlich. »Wenn Ihr mich fragt, dann wollte der Chamäleone uns nur eine Lektion erteilen, uns ein bisschen reizen und uns seine Verachtung spüren lassen.«

»Reizen?«, echote Ergil. Er hatte mit einem Mal ein ganz ungutes Gefühl. Ein rascher Blickwechsel mit Múria verriet ihm, dass es ihr ähnlich ging.

»Ja«, erklärte Torbas. »Er hat meinen Herrn als ›König der Narren‹ beschimpft.«

Borst nickte. »Und mit diesen komischen Dingern nach Torbas geworfen, als Eure Wachen gegen ihn vorrückten.«

Ergil horchte auf. »Komische Dinger? Wie sahen die aus?«

Torbas zuckte die Achseln. »Ehrlich gesagt war ich zu benommen, um das erkennen zu können. Und zu wütend.«

Múria, die dem Gespräch bis dahin mit versteinerter Miene gefolgt war, richtete das Wort an Borst. »Könnt *Ihr* mir sagen, was der Zoforoth auf Euren Waffenmeister geworfen hat?«

»Meine Augen sind zwar alt, aber ich sehe noch ganz gut«, erklärte Borst. »Es waren Würmer. Kleine, schwarze, sich windende Würmer. Irgendwas Rotes war auch dabei, aber alles ging so schnell … Ebenso rasch waren sie wieder verschwunden.«

Entsetzt starrte Ergil den Adjutanten an.

»Was ist, Majestät?«, fragte der bange. »So wie Ihr mich anschaut … Es waren doch nur Würmer, nicht die Pest.«

»Habt Ihr einen brennenden Schmerz in einem Auge, Ohr, Nasenloch oder im Mund gespürt, nachdem die Raupen Euch getroffen hatten?«

»Raupen?«

»Bitte beantwortet die Frage des Königs, Torbas!«, drängte Múria.

»Der Kratzer am Arm, Herrin, wo mich das Ungeheuer erwischt hat, brannte wie Feuer. Aber im Gesicht war nur diese Schwellung, die ich mir am Zellengitter zugezogen habe. Gibt es irgendeinen Grund, mir Sorgen zu machen?«

Ergil und Múria führten einen stillen Dialog nur mit Blicken. War das möglich? Konnte Kaguan, obwohl man ihm in Bjondal alles abgenommen hatte, einige Zornissen in die Zelle geschmuggelt haben? Vielleicht besaß er Körperöffnungen, die sich für solche Zwecke eigneten, in denen er die Eier der Parasiten womöglich heranreifen ließ. Die Zoforoths waren in jeder Hinsicht fremdartige Wesen. Kaum jemand, der nördlich der Harim-zedojim-Berge lebte, wusste überhaupt, dass es Chamäleonen gab.

»Diese Tiere dringen in den Leib ihrer Wirte ein, meistens durch die eben vom König aufgezählten Körperöffnungen«, hörte Ergil seine Meisterin bedachtsam sagen. »Deshalb ist es für Euch sehr wichtig, in dieser Frage Gewissheit zu haben: Denkt nach, Torbas. Habt Ihr diesen brennenden Schmerz vielleicht doch wahrgenommen?«

Der Gefragte sah die Heilerin aus großen Augen an. Nach einer Weile schüttelte er den Kopf. »Nein. Ich denke nicht.«

Múrias Blick wanderte vom Gesicht des Ritters hinab zu dessen Arm. »Lasst mich zuerst nach dem verletzten Wachmann sehen. Danach möchte ich Eure Wunde untersuchen.«

»Wozu, Herrin? Es ist wirklich nur ein Kratzer.«

Sie hob wieder die Augen und musterte ihn aus unbewegter Miene. »Glaubt mir, Freund Torbas, ich habe schon putzmuntere Männer mit weit weniger stark blutenden Wunden gesehen, die mir genauso wie Ihr eben antworteten. Und vierundzwanzig Stunden später waren sie mausetot.«

Zijjajims grünes Strahlen erfüllte Kaguans Zelle bis in den letzten Winkel. Ergil trennten nur drei oder vier Schritte von dem Gitter. Außer ihm und der Heilerin waren ein Dutzend Gardisten zugegen, die ihre Spieße und Pfeile auf den Zoforoth richteten.

Erst vor kurzem hatten zwei Wachmänner ihren verletzten Kameraden unter Aufsicht des Wundarztes abtransportiert. Der tiefe Riss in Gilberichs Hals war an Ort und Stelle genäht worden. Er hatte viel Blut verloren, aber Múria war zuversichtlich, dass er wieder auf die Beine kommen würde.

»Ich habe weder Zeit noch Lust, mich noch einmal von dir narren zu lassen«, sagte der König drohend zu dem Gefangenen, der erneut die stumme starre Pechfigur mimte. Ergil kämpfte gegen den Groll an, der schon wieder in seinem Unterbewusstsein brodelte. Er hatte sich fest vorgenommen, den Zornissen diesmal kein Festmahl aufzutischen.

Auf Kaguans Kopf erschien ein Gesicht, das jenem auf der anderen Seite des Gitters zum Verwechseln ähnlich war. Es grinste den König höhnisch an.

Ergils Selbstbeherrschung geriet ins Wanken. Bleib ruhig!, befahl er sich. Er wusste, dass er mit *Himmelsfeuer* letztlich nichts bewirken konnte, ohne sich derselben Gefahr auszusetzen, die vor wenigen Augenblicken zwei Männern fast zum Verhängnis geworden wäre. Schon gar nicht, wenn er sich vom Zorn mitreißen ließ. Ergil schloss die Augen.

Einen tiefen Atemzug lang konzentrierte er sich darauf, die kochenden Gefühle zu beruhigen, dann verwandelte er das Schwert wieder in den gläsernen Gürtel, schlang es sich um den Leib, drehte sich zu einem der Gardisten um und sprach ihn mit ruhiger Stimme an. »Ihr seid Ricklund, nicht wahr?«

»Ja, Majestät«, antwortete der Gefragte erstaunt. Es war ein hochgeschossener Bursche mit braunem Haar, etwa so alt wie Tusan oder Tiko.

Ergil lächelte. Freundlichkeit war für die Feuerraupen ungenießbar und seine vom Zorn aufgekratzte Seele lechzte nach ein wenig Balsam. »Ihr tragt die Rüstung der königlichen Leibgarde, habt also geschworen, bei Gefahr Euer Leben für mich zu opfern. Was für ein König wäre ich, wenn ich nicht einmal die Namen solcher treuen Männer kennte? Bitte leiht mir kurz Euren Bogen, Ricklund.«

Der Gardist reichte ihm das Kriegsgerät.

Als Ergil an Múria vorbei den Arm ausstreckte, bemerkte er ihre argwöhnische Miene. Sein Verstand riet ihm, alles noch einmal zu durchdenken, doch seine Hand wurde wie magisch von der hölzernen Waffe angezogen. Kaum hatte er sie berührt, da brach ein Damm in ihm und Grimm flutete durch ihn hindurch. Eigentlich war die martialische Geste nur als Drohung gemeint gewesen, stattdessen spannte er nun den Bogen, richtete die Pfeilspitze gegen die Decke und ließ die Sehne los.

Ein scharfes Geräusch wie von tausend Grillen hallte durch den Kerker. Kaguan krümmte sich. Der Pfeil hatte sich in seinen rechten Hauptarm gebohrt, dicht über der Hand. Ergil wusste es, bevor er sich wieder zu dem Gefangenen umdrehte. Hatten seine Gardisten ihn eben noch bewundert, sah er jetzt die Furcht in ihren Augen flackern – sie waren noch nie Zeugen seiner mittlerweile legendären Schüsse durch die Falten der Welt gewesen.

»Wenn du mich töten willst, dann ziele gefälligst genauer, Zweivölkersohn«, zischte Kaguan und zog die Eisenspitze mit einem Ruck aus seinem Arm.

Ergil ließ sich von Ricklund einen zweiten Pfeil geben, legte ihn auf die Sehne, wandte sich wieder zu dem Zoforoth um. »Verlangst du etwa Gnade von mir? Wie barmherzig bist du denn zu den Bartarin gewesen, die du in Silmao hingeschlachtet hast?« Er spannte den Bogen.

Die Schuppen seines Widersachers rasselten. »Wenn du mich umbringst, wirst du nie erfahren, wo ich das Schwert *Schmerz* versteckt habe.«

»Und wenn ich dich leben lasse?« In Ergils Innerem stritten zwei aufgeregte Stimmen miteinander. Die eine keifte: Er verhöhnt dich doch nur. Schieß endlich! Die andere dagegen beschwor ihn: Zügle den Groll! Es ist nämlich nicht dein eigener, sondern nur eine stinkende Ausdünstung der Zornissen. In dem Maße, wie Vernunft oder Verdruss in der Seele des Königs im Vorteil waren, nahm die Spannung des Bogens ab und wieder zu. Längst war sein Spiegelbild vom Kopf des Chamäleonen verschwunden, weshalb sich kaum abschätzen ließ, was Kaguan in diesem Moment dachte. Was führte er mit seinem dreisten Verhalten tatsächlich im Schilde?

Überraschend friedfertig antwortete der Zoforoth: »Du wolltest wissen, warum ich nach Bjondal gekommen bin. Der junge Bartarin war der Grund. Er sollte für mich das Kristallschwert neu schmieden.«

Dieses Geständnis schürte eher noch Ergils Zorn, als dass es ihn besänftigte. »Willst du dir etwa *damit* dein Leben erkaufen? Das kann sich jedes Kind an zwei Fingern abzählen. Sag mir, wo du *Schmerz* versteckt hältst.«

»In deinem Reich.«

»Genauer, Kaguan!«

»Es liegt unter einem Berg begraben, tief genug, um vor deinem suchenden Geist verborgen zu bleiben.«

Die Sehne spannte sich mit vernehmlichem Knarren. »Dann sollte es dort auch nach deinem Ableben sicher verwahrt sein.«

»Sofern ich der Einzige bin, der das Versteck kennt, hast du sicher Recht.«

Ergil zögerte. War diese Bemerkung nur Blendwerk, um ihn vom tödlichen Schuss abzuhalten? Er spürte, wie seine Muskeln zu brennen begannen – einen soodländischen Langbogen zu spannen erforderte nicht wenig Kraft.

Auch Kaguan hatte wohl bemerkt, dass sein Leben an einem seidenen Faden hing, denn rasch fügte er hinzu: »Magos' Geist muss mich geleitet haben, als ich die Zornissen wählte.«

Fast wäre Ergil die Sehne von den Fingern gerutscht. Er verringerte den Zug, hielt sie jedoch gespannt. »Was soll das heißen?«

»Ich habe die Larven der Feuerraupen in dein Land mitgenommen, um mir damit den jungen Bartarin gefügig zu machen. Aber dann bist du in der Schmiede erschienen, Sohn der zwei Völker, und hast damit meine kühnsten Erwartungen übertroffen. Ich kann an dem grimmigen Funkeln in deinen Augen erkennen, dass meine kleinen Helfer in dir fleißig am Werke sind. Es ist nur eine Frage von Tagen oder wenigen Wochen, bis du dich mir im Kampf um die Rückkehr des Gebieters anschließen wirst – so wie einst dein Oheim Wikander.«

»Das werde ich *niemals* tun«, fauchte Ergil und spannte erneut den Bogen.

»Soodland ist dem Untergang geweiht und mit ihm das ganze Herzland«, sagte Kaguan ruhig.

»Nein. Nicht wenn ich dich töte«, knurrte Ergil.

»Damit kannst du den Bann nicht lösen, der dein Reich mit kalter Fessel langsam erstickt. Nachdem mein Gebieter die Sirilim vom Angesicht Mirads getilgt und von der Flucht deiner Mutter erfahren hatte, sprach er nämlich einen Fluch gegen sie aus. Er wusste um das verwobene Schicksal von Menschen und Sirilim. Nur Bároq-abbiríms Tochter hemmte noch den Untergang der beiden Geschlechter, an denen Magos Rache üben wollte wegen der Ermordung seines Bruders.«

Der Langbogen streckte sich wieder. »Rache? Magon wurde von Tarin erschlagen und nicht von den Sirilim.«

»Du weißt gar nichts, Zweivölkersohn. Glaubst du tatsächlich, ein dummer Schmied hätte den Eispalast im größten Gebirge der Welt ganz allein gefunden? Das Alte Volk hat ihm verraten, wo er suchen musste.«

Múria sog scharf die Luft ein. Offenbar hatte Kaguan es gerade geschafft, sogar sie zu überraschen.

Der König kniff die Augen zusammen, weil allein der Anblick des selbstgefälligen Zoforoths ihn reizte. Ergils Widerstandskraft wurde rasch schwächer, musste er doch unentwegt dunkle Gefühle aus dem Weg räumen wie schwarze Schneeberge, die ihm von den Zornissen immer wieder vor den Verstand geschaufelt wurden. Auch er war von Kaguans Erklärung regelrecht überrumpelt worden, bekam das Erkalten des Herzlandes über alle Vermutungen hinaus dadurch doch eine völlig neue Bedeutung.

Aber irgendetwas stimmte nicht.

Ergil schüttelte den Kopf. »Jazzar-fajim konnte den Bann deines Herrn abschütteln und erfreut sich bester Gesundheit. Außerdem fließt auch in meinen Adern das Blut der Sirilim. Darum ist das Schicksal meiner Mutter für den Bestand der beiden Geschlechter unerheblich. Magos hat so oder so verloren.«

»Nein, du bist es, der auf verlorenem Posten steht«, versetzte der Zoforoth mit boshaftem Unterton. »Mein Gebieter hat einen Fluch gewebt, der unzerreißbar wurde, als deine Mutter dem Hier und Jetzt unserer Welt entfloh. Willst du die Worte des Bannspruchs hören?«

Ergil war zu schockiert, um zu antworten. Mit einem Mal fühlte er sich unendlich müde.

Aber Kaguan war ohnehin nicht mehr zu halten. Nun wollte er seinen Triumph auch ganz auskosten und erklärte: »›Wenn Vania stirbt, soll die Welt der Menschen und Sirilim für tausend Jahre unter Eis versinken.‹ So lautet Magos' Fluch.«

Das letzte Bollwerk, das Ergil in seinem Geist gegen den Zorn errichtet hatte, brach. Wutschnaubend zog er mit aller Kraft an der Sehne und zielte auf das Herz des Zoforoth.

Dann brach der Bogen entzwei.

7

DIE ALLIANZ

Múrias blaue Augen vermochten zu betören oder zu bestrafen. Momentan kam Ergil in den Genuss ihrer strengen Seite. In einem Pranger konnte man sich auch nicht unbehaglicher fühlen als unter ihrem tadelnden Blick. Die beiden saßen nebeneinander an dem sechseckigen Tisch im Saal des Bundes. Die von Popi einbestellten Ratsherren und Gefährten waren noch nicht eingetroffen.

»Was bitte sollte das eben?«, brach sie endlich das Schweigen.

Ihm fiel nichts Besseres ein, als sich an der Unterlippe zu zupfen.

»Lass das, Ergil! Und sprich mit mir.«

Er zuckte nur mit den Schultern.

Múria hielt es nicht mehr auf ihrem Stuhl. Sie warf die Hände hoch, um sie gleich wieder fallen zu lassen. »Gerade gibst du noch den großmütigen Herrn und buhlst um die Herzen deiner Männer – ›Was für ein König wäre ich, wenn ich nicht einmal die Namen solcher treuen Männer kennte?‹ – und im nächsten Moment schießt du auf den Zoforoth. Was hast du dir dabei gedacht, Ergil? Bis heute war dir doch jede Folter zuwider.«

»Daran hat sich nichts geändert«, brummte er kleinlaut.

Sie musterte ihn aus engen Augen – und nickte. »Ich verstehe.«

»Was verstehst du?«, begehrte Ergil auf. »Dass Kaguan mich

ununterbrochen verhöhnt? Oder dass er hämische Freude empfindet, wenn Mutter stirbt und mit ihr unsere Welt?«

»Du hättest Kaguan fast umgebracht, wenn …«

»Das war …« Er schüttelte verzweifelt den Kopf. »Ach ich weiß auch nicht.«

»Soll ich dir das wirklich glauben? Die Zornissen waren es. Mir ist das klar und dir ebenso, mein Lieber. Wahrscheinlich sträubt sich in dir alles gegen diesen grauenvollen Gedanken, aber mit Ignoranz kannst du nur gegen sie verlieren. Erkenne endlich an, dass du deinen Gefühlen nicht mehr trauen darfst. Der Ingrimm, den du gespürt hast, wird von den *aphim* geschürt. Wenn ich deinen Bogen nicht hätte morsch werden lassen, wäre Kaguan jetzt tot und das schwarze Schwert für uns womöglich unauffindbar …«

»Du hast den Bogen zerbrochen?«

»Meinst du, ich sehe tatenlos dabei zu, wie mein begabtester Schüler in sein Verderben rennt?«

Ergil starrte sie mit offenem Mund an, bis ihm dämmerte, dass ihre Strenge nur ein Ausdruck ihrer Liebe zu ihm war. Mit einem Mal senkte er beschämt den Blick. »Was kann ich tun, damit so etwas nicht noch einmal passiert, Inimai?«

»Selbstbeherrschung ist eine Gabe des Lichts, mein Lieber, und eine große Kraft. Übe dich darin in kleinen Dingen, dann wirst du auch den großen Versuchungen der Dunkelheit widerstehen.«

»Das sagt sich so leicht.«

»Es tut sich auch leicht, wenn du nur damit *beginnst* und dich nicht aufgibst.«

Ergil verspürte plötzlich das heftige Bedürfnis, von seinen Schwächen abzulenken. »Was ist eigentlich mit Torbas? Sind die *aphim* auch in ihn eingedrungen?«

»Wenn ich das wüsste! Ich konnte ja schlecht die Nähte wieder öffnen, die der Wundarzt gerade gemacht hatte. Er meinte, ihm sei nichts Verdächtiges aufgefallen.«

»Hoffen wir, dass Kaguan dem Ritter tatsächlich nur einen harmlosen Kratzer zugefügt hat. Allerdings könnte es nichts schaden, Borst trotzdem vorzuwarnen.«

Múria nickte. »Das hatte ich sowieso vor. Wenn Torbas irgendwelche Auffälligkeiten zeigt, dann will ich das wissen. Ich habe ihn übrigens nicht von ungefähr in sein Quartier geschickt, um sich auszuruhen. Solange wir nicht ausschließen können, dass die Zornissen ihn befallen haben, sollte er an keiner geheimen Unterredung teilnehmen.«

Ergil schnaubte. »Und was ist mit mir? Bin ich dann nicht ebenso ein Risiko für unsere Gemeinschaft?«

»Es wäre gelogen, das zu bestreiten. Aber ich kenne dich mittlerweile recht gut, mein Lieber. In dir wohnen viele Eigenschaften des Lichts. Wenn du endlich aufwachst und die dunklen Gefühle richtig einzuschätzen lernst, dann kannst du die Zornissen besiegen. Bei Torbas fehlt mir diese Zuversicht. Mir ist aufgefallen, dass er ein stolzer Ritter und ziemlich ehrgeizig ist.«

»Was ist daran verkehrt?«

»Das kommt darauf an. Solche Neigungen in gute Bahnen zu lenken, gelingt nur wenigen. Aus Stolz wird leicht Geringschätzung anderer und Ehrgeiz kann sich schnell in Rücksichtslosigkeit verwandeln, da einem das eigene Vorankommen wichtiger als alles andere wird …«

Múria verstummte, weil sich knarrend die Tür des Saales öffnete und Popi seinen Blondschopf hereinsteckte. »Stören wir?«

Ergil winkte. »Kommt rein.«

Hinter dem Jungritter betraten Tiko, Dormund, Bombo und Tusan den Raum.

»Besser, wir beunruhigen sie nicht mit dem Zornissenkram«, flüsterte der König Múria zu.

Sie musterte ihn durchdringend, willigte dann aber mit einem unauffälligen Nicken ein.

Ehe die Tür ins Schloss fallen konnte, schoss ein schillernder Eisvogel hindurch und landete auf Ergils Schulter. Schekira verbarg ihre Elvengestalt hinter dem bunten Federkleid, weil nicht alle der vom König geladenen Gäste zu ihren engsten Vertrauten gehörten.

»Was gibt es Neues von dem Zoforoth?«, fragte Tiko. Popi hatte also seinen Mund nicht halten können.

»Er sitzt in seiner Zelle und verbindet sich gerade seinen Arm. Aber wartet, bis die anderen da sind. Dann brauche ich nicht alles doppelt zu erzählen«, antwortete Ergil.

Die Miene des jungen Susaners blieb unbewegt. »Wenn er bei einem Fluchtversuch ums Leben käme, würde ich ihm nicht nachtrauern. Die unheimliche Begegnung in der Schmiede …« Er schüttelte den Kopf und murmelte: »Ist schon seltsam: Indem mein Vater Magos um sein Schwert betrog, hat er mich fast umgebracht.«

Ergils sonnengelbe Augenbrauen hoben sich. »Du sprichst von Kubuku?«

Tiko erschrak. »Was?«

Sein Gegenüber deutete die Reaktion zunächst falsch. »Stimmt doch, dass du mit ihm zusammen *Schmerz* neu geschmiedet hast, oder?«

Es dauerte einen Moment, bis Tiko seine Fassung wiedergefunden hatte. Leise antwortete er: »Geflickt wäre wohl das passendere Wort. Er hat die Bruchstelle mit Absicht nur oberflächlich verschlossen. Deswegen ist das schwarze Schwert gleich wieder zerborsten, als dein Bruder mit Magos kämpfte.«

»Aber …« Ergil fasste sich an die Stirn. »Warum hast du mir das nicht schon früher erzählt?«

»Weil ich selbst nicht sofort verstanden hatte, was in unserer Schmiede geschah. Den dunklen Kristall zu bearbeiten, war etwas völlig Neues für mich. Erst viel später, nachdem ich mir noch einmal jeden Handgriff der komplizierten Prozedur hatte durch den Kopf gehen lassen, ist mir der Trick meines Vaters aufgegangen. Aber da war Twikus schon auf dem Kitora gestorben und ich wollte sein Andenken durch nichts schmälern.«

Der König betrachtete grübelnd die unglückliche Miene seines Freundes. Ein junger Mann wagte normalerweise nicht, einem zehn Jahre älteren Rat zu erteilen, aber trotzdem fühlte sich Ergil gedrängt, seine Empfindungen auszudrücken. Er tat es mit allem gebotenen Respekt.

»Du bist doch Schmied, Tiko. Was passiert, wenn du eine Unze Gold in einem Tiegel zum Schmelzen bringst und nachher noch ein wenig mehr dazugibst? Verliert das Metall dadurch seinen Wert?«

»Natürlich nicht. Alles zusammen ist kostbarer als die Unze allein.«

»Siehst du! Und wir *alle zusammen* sind die Gemeinschaft des Lichts. Die gute Tat des einen kann nie die eines anderen schmälern. Du würdest mich glücklich machen, wenn du mich in Zukunft in den Kreis deiner Vertrauten einschlössest. Uns stehen nämlich einige Prüfungen bevor, die wir nur meistern können, wenn sich jeder voll und ganz auf den anderen verlassen kann.«

Ein Knarren verriet, dass sich die Tür zum Saal des Bundes erneut geöffnet hatte. Borst von Pandor fragte nicht erst, ob er näher treten durfte, er tat es einfach. Dem Exilkönig folgten zwei weitere Monarchen: Helvik von Kimsborg und Yabun Balkasar I. aus Tarabant. In ihrem Schlepptau befanden sich Ergils Erster Kanzler sowie Tusans Vater, Quondit Jimmar Herzog von Bolk. Als Letzter betrat Fürst Jazzar-fajim den Raum. Auf einen Wink des Königs sperrte der Sirilo hinter sich ab.

Ergil lud die Gefährten mit ausgebreitetem Arm zum Platznehmen ein. Fünfzehn Personen befanden sich im Saal des Bundes, wenngleich manche der Anwesenden nur dreizehn zählten – Schekira und Nisrah hielten sich vornehm zurück.

»Ich danke euch, meine Freunde und Gefährten«, eröffnete der König die Runde und kam schnell zur Sache. »Ich kann die

Frage von euren Augen ablesen: Warum ruft er diesen erweiterten Großen Rat vor der vereinbarten Zeit zusammen, verzichtet aber auf die Anwesenheit des Reichsgrafen Olle Zaban? Meine Antwort lautet: Weil ich König Godebars Emissär nicht traue und das, was ich euch jetzt verkünden werde, so lange wie möglich geheim bleiben muss.«

Gemurmel. Ratlose Mienen. Köpfe wurden zusammengesteckt.

»Bitte!«, mahnte Ergil die Versammelten zur Ruhe. Als diese eingekehrt war, gab er einen Bericht von den Ereignissen der letzten Stunden. Weil sich die Gerüchte über eine im Kerker eingesperrte Bestie inzwischen im ganzen Palast verbreitet hatten, sah sich der König genötigt, zunächst die Tatsachen über den Zoforoth auf den Tisch zu legen. Die Zornissen ließ er unerwähnt.

Danach widmete er sich Vania. Er sprach über die Art ihrer Vergiftung und das wohl einzige Gegengift – das Wasser von Silmao. Anschließend machte er allen Anwesenden klar, dass jedes Ringen um den Frieden im Großen Rat letztlich vergeblich wäre, wenn Magos' Fluch sich erfüllen würde. Daher durfte seine Mutter auf keinen Fall sterben.

»Ich glaube, das haben jetzt alle hier verstanden«, ergriff Borst für die Übrigen das Wort. »Aber was wollt Ihr *tun*?«

»Eine Allianz schmieden.«

Die buschigen grauen Augenbrauen des Pandoriers rückten aufeinander zu. »Gewöhnlich tut man so etwas, wenn man sich gegen einen anderen verbünden will.«

»Oder wenn es gilt, mit vereinten Kräften eine Gefahr abzuwenden. Ich fürchte, der Reichsgraf von Birkehave wird falsche Schlussfolgerungen ziehen, wenn ich den Großen Rat und mein Reich Hals über Kopf verlasse.«

»Ha!«, dröhnte Borst. »Davon könnt Ihr ausgehen. Soodland ist nach den Missernten in keiner guten Verfassung. Godebar und Entrin könnten es als herrenloses Gut ansehen und den

Versuch unternehmen, es sich einzuverleiben, wenn Ihr es ihnen schutzlos ausliefert.«

Ergil nickte. »Deshalb ernenne ich Euch zu meinem Reichsverweser und Múria zu Eurer Ersten Ratgeberin. Zusammen mit Fürst Halbart Bookson von Grotsund, meinem Ersten Kanzler, werdet Ihr Soodland regieren und beschützen, bis ich zurückkehre.«

Es kam nicht oft vor, dass man Borst sprachlos sah. Dies war eine dieser Gelegenheiten. Umso lautstarker begannen die anderen im Raum zu debattieren.

Ergil wechselte einen Blick mit seiner Hofgeschichtsschreiberin.

»Du hättest vorher mit mir darüber reden sollen«, flüsterte sie.

»Wäre dir ein anderer Regent lieber gewesen? Du wolltest derartige Ämter ja nie haben.«

Sie schüttelte den Kopf. »Nein. Borst ist eine gute Wahl. Nur der Anlass gefällt mir nicht.«

Inzwischen hatte der Pandorier seine Fassung wiedererlangt und brachte den Tumult durch seine dröhnende Stimme zum Verstummen. »Euer Vertrauen ehrt mich, Majestät, aber Ihr habt uns immer noch nicht verraten, was Ihr eigentlich plant. Weshalb wollt Ihr Soodland überhaupt verlassen?«

Ergil blickte nacheinander in die erwartungsvollen Mienen seiner Vertrauten. Bei Múria schloss sich der Kreis. Er atmete bedächtig aus und sagte: »Ich *muss* das Lebenselixier finden. Deshalb werde ich mit der *Silberginkgo* den Spuren von Harkon Hakennase folgen. Wenn es sein muss, bis hinter den Weltenbruch.«

8

DER SPION

Der König von Soodland stahl sich wie ein Dieb davon. Noch vor dem Morgengrauen hatte er die Sooderburg im Schutz der größten Dunkelheit verlassen. Nur sein Ratgeber-Kammerdiener-Adjutant Popi war an seiner Seite – ein größeres Gefolge wäre zu auffällig gewesen. Niemand bemerkte die beiden auf ihrem Ritt nach Norden.

Zur Vorbereitung der Expedition in den Eisigen Ozean waren den Gefährten nur ein paar Stunden geblieben, viel zu wenig für ein solch gewagtes Unternehmen, hatte Bombo gesagt. Ergil war heilfroh, dass der Kapitän und seine Männer ihn auf der *Silberginkgo* begleiteten. Um möglichst wenig Aufsehen zu erregen, sollte das Sirilimschiff erst im kimorischen Kimsborg für die große Entdeckungsfahrt ausgerüstet werden. König Helvik hatte dazu geraten. In seiner Residenzstadt wimmele es von Fallenstellern, Edelsteinschürfern, Holzfällern, Walfängern und allen möglichen Abenteurern, die sich für ihre Ausflüge in die eisige Wildnis des Nordens mit Ausrüstung, Proviant und Schlittenhunden oder -wölfen versorgten. Einige kauffreudige Reisende mehr oder weniger würden kein Aufsehen erregen.

Vor, während und nachdem die *Silberginkgo* in See gestochen war, hatte sich Ergil mit schon fast penetranter Aufdringlichkeit so vielen Menschen wie möglich gezeigt. Er war sogar zur Verabschiedung des ostrichischen Emissärs in die Stadt hinabgeritten, damit alle Welt – vor allem aber Olle Zaban Reichsgraf von Birkehave – Zeuge seiner Gegenwart wurde. Abgesehen vom königlichen Besuch der Unterstadt war das erst wenige Stunden zurückliegende Auslaufen des Sirilimschiffes *das* Gesprächsthema des Tages. Einen Zusammenhang zwischen beiden Ereignissen stellte offenbar niemand her. Und so war es auch beabsichtigt.

Durchaus nicht überraschend war für Eingeweihte auch die Abreise des Reichsgrafen gekommen. Als am Morgen desselben Tages nämlich der Große Rat getagt hatte, war er nach allen Regeln der Kunst hinauskomplimentiert worden. Zuerst hatte Múria König Godebars Verhandlungsführer gefragt, wie ein pandorischer Graf namens Waltran im vergangenen Frühjahr mit seinem Trupp pandorischer Soldaten ganz ungehindert in *Ostrich* auf den König von Soodland hatte Jagd machen können. »Hat Godebar mit Entrin einen Pakt gegen Ergils Reich geschlossen?«, brachte sie ihr förmliches Gesuch auf den Punkt.

Zaban bestritt gereizt alle Vorwürfe dieser Art.

Anschließend brachte Ergil den Antrag ein, sämtliche Kräfte des Volkes von Ostrich in die Verhandlungen des Großen Rates mit einzubeziehen. So wie Borst für Pandorien spreche, könne neben dem Reichsgrafen auch der Neuerer Tantabor das Königreich Ostrich vertreten.

»Neuerer?«, entrüstete sich Zaban. »Dieser Bulane ist ein gefährlicher Rebell!«

»Das wirft mein Vetter Entrin mir auch vor und trotzdem sitze ich hier«, dröhnte Borst gut gelaunt.

Ergil merkte dann noch an, dass der Sechserbund nach Wikanders Tod zu zerbrechen drohe und deshalb eine Renovierung der Staatengemeinschaft vonnöten sei. Hierzu müsse in den muffigen Saal des Bundes ein frischer Wind einziehen. Männer wie Tantabor verkörperten diesen Geist der Umgestaltung zum Besseren.

Daraufhin war der Reichsgraf von Birkehave unter Protest aus dem Raum gestürmt und Ergil hatte die Sitzungen des

Großen Rates bis auf Weiteres vertagt. Wie erwähnt, reiste Zaban noch am Nachmittag ab. Mit versteinerter Miene stand er an Deck seines Seglers und funkelte das königliche Orchester an, das ihm den Marsch blies. Selbst vom Winken des soodländischen Königs ließ er sich nicht beeindrucken.

Unmittelbar bevor Ergil in der darauf folgenden Nacht zu dem geheimen Treffpunkt mit der *Silberginkgo* im Norden der Insel aufgebrochen war, hatte er von Múria Abschied genommen. Sie wirkte bedrückt und antwortete auf seine diesbezügliche Nachfrage, ihr sei nicht ganz wohl beim Gedanken an die neue Rolle, die sie ihrem einstigen Schüler verdanke.

»Du hast Borst an deiner Seite«, versuchte er sie zu beruhigen. »Sollte tatsächlich jemand wagen, Soodland anzugreifen, dann kann der alte Recke endlich nachholen, was er in den Tagen meines Vaters versäumt hat.«

»Trotzdem fürchte ich, die Verantwortung könnte mir über den Kopf wachsen«, gab sie unumwunden zu.

Ergil kannte Múria nur als starke Frau, die mit fast jeder Situation fertig wurde. Er lächelte. »Ich vertraue dir, Inimai. Im Übrigen gibt es da ja noch den alten Halbart. Der Fürst wird dich als Sachwalter für alle Fragen des täglichen Lebens entlasten. So kannst du dich ganz auf die kniffligen Probleme konzentrieren, von denen es hoffentlich nicht viele geben wird.«

Sie seufzte. »Das ist ja nicht der einzige Grund, weshalb ich so betrübt bin. Was ist, wenn du nicht zurückkehrst?«

»Du kennst meine schriftliche Verfügung: Ihr drei ernennt einen anderen zum König.«

Múria verdrehte die Augen. »Männer! Ihr müsst immer alles mit dem Verstand regeln. Darum geht es doch gar nicht, Ergil. Ich habe Falgon und Twikus verloren und will nicht auch noch um dich trauern müssen.«

»Und was ist mit Jazzar-fajim?«

Sie senkte den Blick wie ein scheues Mädchen. »Ja, auch um ihn mache ich mir Sorgen.«

Er nahm ihre Hände in die seinen. »Ich fahre nicht ins Unbekannte hinaus, um zu sterben, Inimai. Unsere Welt kann nur gerettet werden, wenn meine Mutter gerettet wird. Deshalb werden wir auch zurückkehren. Hab Zuversicht!«

Ergils Rechte war im Mantel vergraben, sie lag auf der Phiole mit dem Gapagift. Trotz des kühlen Kristallfläschchens glaubte er Múrias Wärme immer noch in seinen Handflächen zu spüren. Knapp drei Stunden waren vergangen, seit er von ihr Abschied genommen hatte. Er stand am Bug der *Silberginkgo* und blickte sinnend zu den Sternen am Himmel empor. Im Osten dämmerte es schon. Unter ihm rauschte das vom Steven geteilte Meer.

Manches im Leben scheint sich endlos zu wiederholen, dachte er. Zum dritten Mal scharte sich eine »Gemeinschaft des Lichts« um ihn und beinahe alle – Schekira, Tusan, Nisrah, Bombo, Popi und Tiko – hatten ihm auch früher schon treu zur Seite gestanden. Nur der Oheim seines Großvaters, der Sirilo Jazzar-fajim, war neu hinzugekommen.

Andere fehlten diesmal im Kreis von Ergils Gefährten und er vermisste sie schmerzlich: sein Ziehvater Falgon und der tapfere Dormund. Letzterer würde in den nächsten Tagen selbst ein Schiff besteigen und nach Silmao aufbrechen. Oramas III. kannte und schätzte den berühmten Waffenschmied und würde ihn als Emissär des soodländischen Königs empfangen. Vielleicht existierte ja doch noch irgendwo in Susan ein kleiner Rest des Lebenselixiers. Wenn dem so war, würde Dormund den Mazar um dieses Wasser von Silmao bitten. Oramas war klug. Er würde die Gründe für dieses kühne Ansuchen verstehen und es unterstützen. Wenn die Mission des Schmiedes erfolgreich verlief, konnten Múrias Botenfalken den König überall finden und ihn umgehend nach Soodland zurückrufen.

Dormund hatte Ergil gefragt, ob er Tiko zum Abschied ein besonderes Geschenk machen dürfe.

»Ich habe es dir zurückgegeben, weil du sein Schöpfer bist. Du kannst frei darüber verfügen«, antwortete der junge König.

»Irgendwie gehört es aber auch dir. Falgon war wie ein Vater für dich.«

»Das stimmt. Trotzdem finde ich, du hast eine weise Entscheidung getroffen. Wenn du es unserem Freund anvertraust, zeigst du ihm damit, wie wertvoll er in deinen Augen ist. Tiko liegt sehr viel an deiner Anerkennung, gerade jetzt, wo Kubuku tot ist.«

»Glaubst du? Er ist manchmal wie ein Buch mit sieben Siegeln für mich.«

Ergil schmunzelte. »Kein Wunder, er ist eben ein typischer Susaner. Aber seine Äußerung gestern im Saal des Bundes zeigt, dass er innerlich hin- und hergerissen ist. Einerseits würde er gerne mit *dir* in seine Heimat reisen und seine Familie wiedersehen, andererseits möchte er *mich* nicht im Stich lassen.«

»Sollte Kaguan jemals wieder freikommen, dann ist der Junge bei dir besser aufgehoben.«

»Das ist der Grund, weshalb ich ihn bat, mich zu begleiten.«

Dormund drückte die Schulter des Königs. »Für einen Achtzehnjährigen bist du mächtig erwachsen.«

»Ich habe ja auch schon mächtig viel durchgemacht in dieser kurzen Zeit.«

»Das ist wahr! Ich danke dir für dein Verständnis, Ergil.« Der Schmied umfasste die breite lederne Schwertscheide mit seinen Pranken und atmete tief durch. »Dann werde ich mal zu ihm gehen und mich verabschieden.«

Und so kam es, dass Tiko, Sohn des Kubuku, susanischer Schmied aus dem Geschlecht der Bartarin, in den Besitz des Schwertes *Biberschwanz* gelangte.

Es war einfach unglaublich! Kein Schiff der Welt konnte sich mit der *Silberginkgo* messen. Bombo hatte sich beim Loggast mehrmals rückversichert, als er das Etmal bestimmte: mehr als achthundert Meilen in vierundzwanzig Stunden. Er war ganz aus dem Häuschen.

Bereits am Morgen des folgenden Tages lief die Gemeinschaft des Lichts den Hafen der kimorischen Hauptstadt an.

Wollte man Städte mit dem besten Freund des Menschen vergleichen, dann wäre Ostgard ein wilder Straßenköter, Silmao ein edler Saluki, Sooderburg ein Wolfs- und Kimsborg ein wilder Schlittenhund. Und die Abenteurer tummelten sich in König Helviks Residenzstadt wie im Fell der Vierbeiner die Flöhe.

In Begleitung von Popi und Tiko schlenderte Ergil durch die Gassen des Hafenviertels und kam sich vor wie damals, als er zum ersten Mal den Großen Alten verlassen hatte. Er staunte über die bunten Holzhäuser, die Waren der fliegenden Händler, den Gestank der zum Trocknen aufgehängten Felle, den Lärm der Garküchenbesitzer, die auf kleinen Karren ihre gegrillten Fische und Krebse anpriesen, die Schlägereien betrunkener Glücksritter, die Freizügigkeit der Dirnen, die Nachlässigkeit der Stadtgarde sowie die vielen Hunde und Schlittenwölfe. Tusan und Jazzar-fajim würden wohl kaum Mühe haben, neben Proviant und Ausrüstung die Gespanne einzukaufen, mit denen die Expedition die Reise fortsetzen würde, wenn die *Silberginkgo* erst das ewige Eis erreicht hatte.

Ergil steckte in der schlichten Lederkleidung eines Waldläufers. Die Kappe auf seinem Kopf hatte er tief in die Stirn gezogen, um möglichst unerkannt zu bleiben. Tiko war ähnlich ausstaffiert. In Kimsborg trugen die meisten Männer jedoch Fell, weshalb man den König und seinen susanischen Begleiter trotzdem schon von weitem als Fremde ausmachte. Popi war ein Sonderfall. Er schmückte sich mit dem Pelz ebenjenes Schneekrokodils, das Twikus einst erlegt und Tantabors Gerber zugerichtet hatte. Wie von dem Rebellen versprochen, war die kostbare Trophäe mit einer Karawane nach Soodland geschickt und dort in einen Mantel umgearbeitet worden. Nun pflegten sich bestenfalls Könige und Fürsten in solche weißen Felle zu hüllen, weshalb es Popi tatsächlich schaffte, die meiste Aufmerksamkeit auf sich zu lenken.

»Warum glotzen die mich alle so an?«, grummelte der kleine Ritter vor sich hin, während sich das Dreiergespann einen Weg durch die Menge bahnte.

Ergil erklärte es ihm.

Sein Ratgeber-Kammerdiener-Adjutant zog darauf ein schiefes Gesicht. »Ich hätte die Haut des gefräßigen Räubers wohl besser zu Hause lassen sollen.«

»Und was soll *ich* machen? Mir einen Sack über den Kopf ziehen?«, fragte Tiko. Mit seinen Mandelaugen war er tatsächlich ebenso ein Exot wie Popi in seinem weißen Schneekrokodilmantel.

»Es sieht sowieso jeder, dass wir Fremde sind«, sagte Ergil schicksalsergeben. »Gehen wir was trinken. Ich komme um vor Durst.«

»Du hättest den Trockenfisch, den du bei dem fliegenden Händler am Kai gekauft hast, nicht so gierig hinunterschlingen sollen«, erklärte Tiko und deutete über die Köpfe der Menschen hinweg. »Da drüben hängt ein Schild. Scheint ein Gasthaus zu sein.«

Es war eine Spelunke der übelsten Art. Schon der Name hätte Ergils Misstrauen wecken sollen: *Zum durstigen Hering.* Was konnte man da schon erwarten?

Lärm und Gestank. Diese zwei Sinneseindrücke überfielen die Gefährten mit Urgewalt, als sie die Tür zum *Hering* öffneten. Das Loch – anders konnte man es nicht nennen – war brechend voll und dem Stimmengewirr nach zu urteilen fand irgendwo hinter den dicht gedrängten Leibern ein Spiel statt, das die Gäste johlend, brüllend und pfeifend begleiteten. Oder eine Schlägerei. Der Boden war knöcheltief mit Sägespänen bestreut, die Ergil an klumpige Mehlsuppe erinnerten und ein modriges Aroma verbreiteten. Selbiges vermischte sich mit dem Geruch schalen Biers, ungewaschener Körper und ranzigen Fetts zu einer herben Duftnote, die wohl nur Abdecker und Gerber ohne ernsthafte gesundheitliche Schäden über längere Zeit ertragen konnten.

»Buh! Bloß raus hier«, brüllte Popi schon an der Tür.

»Nur auf einen Trunk! Bis zur nächsten Schenke bin ich ausgetrocknet«, bettelte Ergil.

Weil man einem König nicht widerspricht, gaben seine Freunde schweren Herzens nach. An der Wand entlang, wo die Gäste weniger dicht standen, drängelten sie sich bis zu einer Theke, die lediglich ein Brett war, das auf zwei großen Fässern ruhte. Als der Gast im Raulederkostüm den stoppelbärtigen Wirt nach Wasser fragte, bekam der Mann einen Lachanfall. Also bestellte Ergil Bier.

Nach erstaunlich kurzer Zeit wurden drei überschwappende Holzkrüge auf den Schanktisch abgeladen. Zur Verwunderung der Freunde nahmen sie den Gestank kaum noch wahr. Der Lärm blieb zwar unangenehm, wechselte aber in der Lautstärke, wodurch ihren gepeinigten Gehörgängen immer wieder kurze Phasen der Erholung vergönnt waren. Auf Anfrage, was denn der Grund für den Trubel sei, erntete Ergil vom Wirt zunächst einen unverständlichen Blick, dann die Auskunft: »Kampfiltisse.«

»Kampfil-Tisse?«, wiederholte Ergil. Tisse, egal welcher Sorte, waren ihm völlig fremd.

»Kampf-*Iltisse*«, krähte der Wirt. »Kimorisches Nationalheiligtum«, fügte er noch hinzu und trat die Flucht an, weil ihm die ahnungslosen Fremden vermutlich gehörig auf die Nerven gingen und zudem mindestens zwei Dutzend trockene Kehlen lautstark nach Befeuchtung schrien.

Während Ergil und seine Gefährten ihren Gerstensaft tranken, beobachteten sie die anderen Gäste. Ab und zu konnten sie auch einen Blick auf die »Arena« in der Mitte des Schankraumes erhaschen. Dort hatte die johlende Menge einen Kreis gebildet, in dem sich zwei Iltisse aufs Blut bekämpften. Sie trugen Halsbänder, an denen Lederriemen befestigt waren, deren Enden in den Händen ihrer Besitzer lagen. Für einen kurzen Moment öffnete sich eine größere Lücke in der Menge und Ergil sah einen schwarzbraunen Ratz über seinem schneeweißen Widersacher. Das Fell des Unterlegenen war an mehreren Stellen blutrot gefärbt. Angewidert wandte sich Ergil von dem grausamen Schauspiel ab.

Dabei streifte sein Blick in den tiefer liegenden Regionen der wogenden Menge ein hässliches Gesicht, wanderte aber noch ein kurzes Stück weiter, ehe sein Bewusstsein Alarm schlug und er wieder zum Eigentümer der Fratze zurückkehrte.

Es handelte sich um einen gnomenhaften Wicht, der nicht das geringste Interesse an dem blutigen Spektakel zeigte. Einen unwirklichen Moment lang glaubte der König, die auf ihn gerichteten bärlauchgrünen Augen wollten ihn hypnotisieren. Aber dann wandte sich ihr Besitzer ab und verschwand in der Masse.

»Gondo!«, stieß Ergil hervor. Er spürte, wie sich Zorn in ihm regte.

Tiko sah ihn verwundert an. Popi, der den kleinen Räuberhauptmann kannte, spähte in die Menge.

Der König deutete auf die Stelle, wo eben noch der Kleine gestanden hatte. »Da war gerade ein Zwergling, der mich erkannt hat. Ich habe mit ihm noch ein Hühnchen zu rupfen. Er darf auf keinen Fall nach draußen entkommen.«

»Zwergling?«, echote Tiko.

»Halb Wagg, halb Zwerg«, sagte Popi.

»Gesicht voller Warzen, lange spitze Nase und auffallend grüne Augen«, vervollständigte Ergil den Steckbrief. Dann schwärmten die drei auch schon aus.

Tiko bahnte sich einen Weg zur Vordertür, seine Hand lag auf dem Griff von *Biberschwanz*, um das Breitschwert notfalls schnell ziehen zu können. Popi stürzte sich mitten ins Gewühl. Und Ergil brüllte über den Schanktisch: »Hinterausgang?«

Der Wirt zuckte zusammen und starrte entgeistert in die unerbittliche Miene des Fremden. Offenbar hatte er dem jungen Mann, der nicht einmal das kimorische Bier zu schätzen wusste, so viel Durchsetzungskraft nicht zugetraut. Mit ausgestrecktem Arm deutete er zu einer Stelle links von sich. Als er die Hand endlich sinken ließ, war der merkwürdige Gast längst in der Menge verschwunden.

Ergil musste alle Kraft aufwenden, um sich einen Weg durch die Wettkampfbeobachter zu bahnen. Während er nach dem Zwergling Ausschau hielt, fiel sein Blick erneut in die Arena. Der schwarzbraune Ratz arbeitete sich gerade durch die Eingeweide seines offensichtlich toten Gegners. Sogar daran fand die alkoholisierte Meute noch Gefallen. Voller Ekel suchte Ergil weiter nach dem kleinen Bastard, dem er einige ziemlich unbequeme Stunden im Meer der Zungen zu verdanken hatte. Plötzlich hörte er links von sich zwei kurze Pfiffe, die sich in ihrer Schrillheit deutlich aus dem allgemeinen Lärm abhoben. Seine Augen suchten nach dem Urheber des Zeichens. Und dann entdeckten sie ihn.

Gondo hatte gerade die Hintertür erreicht.

»Verdammt!«, zischte Ergil und biss sich auf die Unterlippe. Allein der Gedanke an den boshaften kleinen Bastard und seine Räuberbande schürte das Verlangen nach Rache in ihm, dunkle Gefühle, die er sich nicht leisten konnte.

Mit beiden Armen kämpfte er sich zur Rückwand des Schankraumes durch. Die Tür stand noch offen. Er blickte auf eine schmale, schlammige Gasse hinab. Von Gondo fehlte jede Spur. Trotzdem lief Ergil hinaus bis zur nächsten Querstraße. Atemlos sah er nach rechts und links. Es herrschte ein reger Betrieb, aber der Zwergling war wie vom Erdboden verschluckt. Mürrisch machte Ergil kehrt. Am liebsten hätte er lautstark geflucht, doch er musste an Múrias Warnung denken, er dürfte seinen Gefühlen nicht mehr trauen. Jeder wütende Ausbruch würde die Zornissen wachsen lassen.

Er hatte die Treppe am Hinterausgang des *Durstigen Herings* noch nicht wieder erreicht, als in der offenen Tür unvermittelt Tiko und Popi erschienen. Zwischen sich hatten sie einen hageren, schmutzigen Kerl eingeklemmt, der kaum größer als Gondo war. Mit ihren Dolchen hielten sie ihn in Schach. Er trug die landestypische zottige Tracht. Sein schwarzer Haarschopf wie auch der löchrige Bart sahen aus, als seien sie aus demselben räudigen Pelz gefertigt.

»Das ist er nicht«, rief Ergil den Gefährten zu.

»Schon klar«, antwortete Popi. »Aber du hättest die Reaktion dieses Burschen hier sehen sollen, als irgendjemand gepfiffen hat. Mir kam's wie eine Warnung vor und er ist sofort drauf angesprungen. Da gab ich Tiko einen Wink und wir haben ihn uns vorsorglich geschnappt.«

Inzwischen standen alle im Freien. Drei hölzerne Stufen führten in den Schlamm der Gasse hinab. Tiko schloss die Tür und zog demonstrativ sein Breitschwert aus der Scheide. Ergils Jungritter bedeutete dem Gefangenen sich auf die Treppe zu setzen. Dieser gehorchte mit grimmiger Miene, aber ohne Gegenwehr.

»Wie lautet dein Name?«, begann Ergil ohne Umschweife das Verhör.

Der Mann funkelte ihn nur böse an.

»Was hattest du in der Schenke verloren?«, probierte der König es andersherum.

»Iltiskampf«, antwortete der Fremde.

»Ich glaube dir nicht.«

Der Schwarzbart zuckte mit den Schultern. »Das ist nicht mein Problem.«

Ergil bemerkte, wie Popi aufbegehren wollte, hielt ihn aber mit einer Handbewegung zurück. Abermals versuchte er an den Verstand des Gefangenen zu appellieren.

»Wie ein Kimorer siehst du nicht gerade aus. Die meisten sind blond oder rothaarig, wie ich eben bei meinem Rundgang durchs Hafenviertel feststellen konnte. Du trägst zwar deren Tracht, hast aber einen schwarzen Schopf. Stammst du aus Ostrich?«

Keine Antwort.

»Was hat Gondo hier gewollt?«

Im Gesicht des Mannes zuckte es.

Ergil lächelte. »Du kennst den Zwergling also.«

»Eher bellt ein Grottenhund, als dass ich etwas sage«, geiferte der in die Enge Getriebene.

»Das ist eine pandorische Redewendung. Also ist er Pandorier«, bemerkte Popi.

Ergil ballte die Fäuste. Die Vorstellung machte ihn wütend, schon entdeckt worden zu sein, ehe die Expedition richtig begonnen hatte. Er war drauf und dran, vom Zorn mitgerissen zu werden, als sich plötzlich Nisrahs beschwörende Gedankenstimme meldete.

Nicht doch, mein lieber Gespinstling! Denk an Múrias Worte und beherrsche dich.

Ausgerechnet *du* musst das sagen?, erboste sich Ergil. Dieser Schurke ist Gondos Komplize. Genau wie der Mann, den du im Meer der Zungen angefallen und verdaut hast.

Das tat ich nur, um dich und deine Gefährten vor seiner Klinge zu retten. Hier bist du dir selbst die größte Gefahr, lieber Freund. Lass dich von den Gefühlsfressern nicht aufreizen.

Nisrahs Warnung vor den Zornissen war gerade noch rechtzeitig gekommen, um das Schlimmste zu verhindern. Ergil atmete tief durch. Dabei bemerkte er, wie der Gefangene ihn aus den Augenwinkeln beobachtete. Vermutlich war der stille Dialog mit dem Weberknecht nicht unbemerkt geblieben. Um von sich selbst abzulenken, sagte der König: »Wie es scheint, arbeiten sogar die Schurken von Ostrich und Pandorien einträchtig zusammen. Ihr zwei seid Spione, habe ich Recht?«

Der Mann stellte sich stur.

»Sprich endlich, sonst ... !« Ergil schluckte.

Ganz ruhig!, mahnte Nisrah aus dem Hintergrund. *Benutze deinen Verstand und die Alte Gabe.*

»Ihr könnt mich töten, wenn Ihr wollt, aber erfahren tut Ihr von mir nichts«, knurrte der Pandorier.

Die Hand des Königs wanderte zum Dolchgriff. Er empfand das unbändige Verlangen, die Waffe zu ziehen und auf den leichtfertigen Vorschlag des Halunken einzugehen. Ergil schloss die Augen. Er spürte, wie er schwankte. Es sind die Zornissen, machte er sich klar. Sie wollen dir deinen Willen rauben. Bleib besonnen! Gewaltsam zwang er sich dazu, Nisrahs Mahnung in den Mittelpunkt seiner Gedanken zu rücken und alle dunklen Gefühle an den Rand zu drängen. So gewann er allmählich die Kontrolle über sich selbst zurück.

Mit einem Mal musste er lächeln. Er sah Gondos Komplizen wieder an und sagte fast heiter: »Nein. Vor lauter Spionieren bist du bestimmt noch nicht zum Essen gekommen. Ich werde deinen Hunger stillen.«

Er hatte zuvor im Dreck ein Stück Brot liegen sehen, der Rest von einem Kanten. Mit zwei Schritten war er bei dem Fund und hob ihn auf. Der graubraune Teig war stellenweise schon mit Schimmel bewachsen. Kein besonders appetitlicher Anblick. Der König kehrte zu dem Gefangenen zurück und sah ihn durchdringend an.

»Dein Name ist Merbert, nicht wahr?«

Der Mann erschrak.

Ergil lächelte zufrieden. Ich kann es noch, Nisrah!

Gut so! Am wahren Namen des Schurken finden die Zornissen keinen Geschmack, nur wenn du die Beherrschung verlierst, wirst du sie beglücken. Bleib weiter gelassen.

Der König hielt Merbert das Backwerk hin. »Hier.«

»Was soll ich damit?«, fragte der angewidert.

»Es dir schmecken lassen.«

»Ich bin kein Schwein, dass ich Küchenabfälle fressen würde.«

Obwohl sich eine gewisse Ähnlichkeit des Mannes mit einem Wildschweineber nicht abstreiten ließ, verkniff sich Ergil eine entsprechende Bemerkung und sagte stattdessen drohend: *»Nimm es!«*

Der Pandorier griff mit spitzen Fingern nach dem Kanten.

»Schau es dir genau an, Merbert.«

»Wozu?«

»Das Brot bist du.«

»Verhöhnen kann ich mich selbst, Herr.«

»Tu, was ich dir befehle! Ich will dir etwas deutlich machen, damit du verstehst, was gleich mit dir geschehen wird.«

Argwohn und ein Anflug von Furcht verdrängten den Trotz aus dem Gesicht des vermutlichen Spions. Einen Moment lang hing sein Blick noch an Ergil, als käme er nicht davon los, aber dann sah er zu dem Brocken hinab, den er in beiden Händen hielt.

Das Brot verwandelte sich. Man konnte zusehen, wie der Schimmel verschwand und es wieder frisch wurde. Ein betörender Duft stieg den Umstehenden in die Nase.

»Willst du *das* sein? Ein neuer gesunder Laib?«, fragte Ergil, gönnte dem Mann einen Augenblick ungläubigen Staunens und sagte dann: »Oder *das*?«

Wieder veränderte sich der Kanten. Rasch vergammelte er in den Händen das Mannes. Der Schimmel kehrte zurück. Schließlich krochen sogar Maden aus dem Teig. Mit einem panischen Aufschrei ließ der Pandorier das Brot fallen.

»Dein Leib könnte genauso schnell ein Festmahl für die Würmer werden«, erklärte Ergil mit ruhigem Ernst. »Wenn ich es will.«

Merbert konnte seine Angst nicht mehr verbergen. Er zitterte am ganzen Körper. Kreidebleich krächzte er: »Wer seid Ihr?«

»Das ist ohne Belang. Wenn du mir nicht gleich sagst, was Gondo und du hier in Kimsborg, so fern von eurer Heimat, zu suchen habt, dann …«

»König Entrin hat uns geschickt«, brach es jäh aus dem verängstigten Mann hervor.

»Erzähl mir nichts, was ich ohnehin schon weiß«, erwiderte Ergil in drohendem Ton. »Wie lautet euer Aufrag?«

»Wir sollen die Augen offen halten.«

»Genauer, Merbert! Sonst …«

»Da gibt es nicht viel zu erklären«, jammerte der Gefangene. »Wenn irgendetwas auffällig ist, dann will Entrin davon erfahren.«

Ergil ließ die Maden, die sich zu den Füßen Merberts tummelten, zu Staub zerbröckeln.

»Da fällt mir noch etwas ein«, sprudelte der Pandorier hervor. »König Entrin war ganz erpicht darauf, jede Einzelheit über Soodland zu erfahren.«

»Aha. Sonst noch was?«

»Nein. Wenn Ihr mehr wissen wollt, müsst Ihr Gondo selbst fragen. Ich befolge nur seine Befehle.«

»Ich werde ihm gerne auch ein Stück Brot anbieten – wenn du uns verrätst, wo wir ihn finden.«

»Wir hatten eine Kammer in der Gerbergasse. Das letzte Haus vor der Stadtmauer.«

»Hatten?«

Merbert grinste schadenfroh. »Gondo ist schlau. So wie er eben ausgebüxt ist, rechne ich nicht damit, ihn jemals wieder dort anzutreffen.«

»Auf welche Weise schickt ihr eure Botschaften nach Pandor?«

»Mit dem Schiff. In Grotsund gibt es einen Mittelsmann, der sie weiterleitet.«

»Sein Name?«

»Den kennt nur Gondo.«

»Natürlich. Wie lautet euer Befehl im Falle einer wichtigen Entdeckung?«

»Dann reist Gondo persönlich nach Pandor, um dem König

Bericht zu erstatten. Ich bleibe hier und halte weiter die Augen offen.«

»Dachte ich mir.« Ergil hatte das Gefühl, selbst wenn er den Pandorier wie eine Zitrone auspresste, nur noch Belanglosigkeiten aufgetischt zu bekommen. Das Wichtigste war ohnehin klar: Gondo hatte den König von Soodland erkannt – wenn das keine wichtige Entdeckung war! – und würde vermutlich schon auf dem Weg in die pandorische Hauptstadt sein. Das war ein schwer zu verdauender Brocken.

Obwohl Ergil lieber aufbrausen und dem Mann das Maul mit dem vergammelten Brot stopfen wollte, beherrschte er sich. Bedächtig deutete er auf die Überreste von Backwerk und Maden zu Füßen des Spions. »Du sollst etwas Besseres zu essen bekommen als das da. Im Gefangenenhaus des Königs.«

Nachdem der pandorische Spion an die Stadtwache von Kimsborg übergeben worden war, hatten Ergil und seine Gefährten sich direkt zur *Silberginkgo* begeben. Tusan und Jazzar-fajim stießen erst am späten Nachmittag zu ihnen. Sie hatten nicht alles besorgen können, was für die Expedition gebraucht wurde. Es werde noch einen, vielleicht sogar zwei Tage in Anspruch nehmen, die Ausrüstung zu vervollständigen, erklärten der erfahrene Waldläufer und der Sirilo.

Als Ergil hiernach von Entrins Spionen berichtete, sank die Stimmung unter den Gefährten bis dicht an den Gefrierpunkt.

»Du weißt, was Borst dir jetzt erzählen würde«, sagte Jazzar-fajim.

Der König seufzte. »Ja. Entrin wartet nur auf eine Gelegenheit, mir in den Rücken zu fallen. Bald wird er glauben, dass Soodland ohne Schutz ist. Wir sollten Múria einen Botenfalken schicken. Vielleicht kann sie über ihre Gewährsleute für ein bisschen Verunsicherung in Pandor sorgen.«

»Wir haben nur einen einzigen Falken. Er war eigentlich

dafür bestimmt, eine bessere Botschaft nach Hause zu senden«, gab Popi zu bedenken.

»Múria wird schon für Ersatz sorgen.«

»Gut, dass die Tierchen so selten und kostbar sind, dass nicht jeder Spion einen Falken besitzt«, sagte Tiko. »So muss Gondo seine Nachricht zu Wasser und zu Lande nach Pandor befördern. Wie lange wird er wohl dazu brauchen? Anderthalb Monate?«

»Angenommen, er schlüpft durch die Kontrollen, die wir mit unserer Anzeige ausgelöst haben, und findet schnell ein Schiff, das ihn bei günstigem Wind übers Schollenmeer bringt – dann könnte er es wohl auch in fünf Wochen schaffen.«

Popi nickte. »Der Zwergling ist zäh. Ich hätte nicht gedacht, dass er den Zungenwald überlebt. Helviks Garde wird ihn nicht aufhalten können.«

»Fünf Wochen ist wenig Zeit, wenn man sich über das Ende der Welt hinauswagen und wieder zurückkehren will«, brummte Bombo.

»Eigentlich hatte ich etwas anderes hören wollen«, bemerkte der König mit düsterer Miene.

»In meiner Heimat sagt man: ›Des Menschen größte Schwäche liegt im Aufgeben‹«, erklärte Tusan. »Aber als Gemeinschaft sind und bleiben wir stark, egal ob dieser Gondo uns verrät oder nicht. Die Stromländer haben noch ein anderes Sprichwort. Es lautet: ›Wer nicht kann, was er will, muss wollen, was er kann.‹«

Ergil lächelte schwach. »Das gefällt mir schon besser. Dann lasst uns nicht zögern zu tun, was in unserer Macht steht, um die Machenschaften unserer Feinde zu vereiteln.«

9

DER EISIGE OZEAN

Majestätisch glitt der Rumpf des Sirilimschiffes durchs Schollenmeer. Die *Silberginkgo* hatte zwei Tage im Hafen von Kimsborg gelegen. Jetzt war sie voll beladen mit allem, was man für einen zwölfmonatigen Aufenthalt in einer Eiswüste benötigte. Jeder an Bord wusste, dass ihnen weit weniger Zeit bleiben würde, um Magos' Fluch abzuwenden.

Der junge König von Soodland stand allein am Bug und sah gedankenverloren auf das blauschwarze Meer hinaus, in dem unzählige weiße Eisinseln trieben. Seine Hand steckte im Mantel und spielte mit der Giftphiole, die über seinem Herzen hing. Drei oder vier Schwertwale begleiteten das Schiff. Gerade hatte sich eines der Tiere in Blickrichtung aus dem Wasser geschraubt und war nach einer ganzen Drehung um seine Längsachse wieder platschend ins Meer zurückgefallen. Kalte Gischt sprühte Ergil ins Gesicht. Mit einem Rest seines Bewusstseins spürte er die Nässe auf der Haut und den eisigen Fahrtwind, der durch seinen Mantel blies – das Frieren auf dem Oberdeck war der Tribut an die hohe Geschwindigkeit des Seglers –, aber seine eigentliche Aufmerksamkeit galt der *Silberginkgo.*

Er und Twikus hatten das Sirilimschiff während ihrer letzten Seereise aus Furcht vor einer Entdeckung durch Magos nur zaghaft erkundet. Allein dieses vorsichtige Abtasten mit ihrem Geist musste ausgereicht haben, um trotzdem von dem dunklen Gott aufgespürt zu werden. Jetzt hatte er sich von Mirad zurückziehen müssen und Kaguan, der ihn durch das Neuschmieden des Schwertes *Schmerz* zurückholen wollte, saß im Kerker unter der Sooderburg. Ergil durfte seiner Neugierde also endlich freien Lauf lassen.

Schon als Kind hatte er die Tiere und Pflanzen des Waldes mit seinem Sirilimsinn erforscht. Ohne zu wissen, über welche Gaben er verfügte, war er so zu Einsichten und Erkenntnissen gelangt, die den guten Falgon oft staunen ließen. Hier war es anders. Ergil wusste um seine Fähigkeiten als Durchdringer und ging wesentlich gezielter vor, um sich dem Wesen der *Silberginkgo* zu nähern. Ohne jede Frage war sie das merkwürdigste Geschöpf, mit dem er sich jemals ausgetauscht hatte.

Der Rumpf, die Segel und die Takelage waren eindeutig pflanzlich. Irgendwie mussten die Sirilim das Gefährt gezüchtet haben, so wie man einen hübschen Zierbaum durch Abstützen und Beschneiden in die gewünschte Form bringt. Im Hafen von Kimsborg hatte sich gezeigt, dass selbst erfahrene Seeleute die ungewöhnliche Konstruktion des Seglers zwar bestaunten, aber seine organische Beschaffenheit nicht durchschauten. Vermutlich erschien ihnen allein der Gedanke an einen natürlich gewachsenen Viermaster völlig abwegig.

Was Ergil jedoch wesentlich mehr faszinierte, war das Bewusstsein des Schiffes. Es nahm seine Umgebung wahr, konnte mehr oder weniger vernünftige Schlussfolgerungen daraus ziehen und entsprechend reagieren. Schon an der Art und Weise, wie es sich im Meer der Unendlichkeit den unterschiedlichsten Bedrohungen entzogen hatte, war Ergil sein Denkvermögen aufgefallen. Jetzt stieß er tiefer in diesen fremden Geist vor, der sich mit Begriffen wie Pflanze, Tier, Mensch oder Sirilim nicht einordnen ließ. Die *Silberginkgo* vereinte in sich ein wenig von allen und doch war sie von ihnen grundverschieden.

Am meisten ähnelte sie Soldina, jenem »Meer der Zungen«, in dem der Zwergling Gondo und seine Räuberbande einige ziemlich ungemütliche Wochen zugebracht haben dürften. Allerdings hatte Ergil mit dem kindlich übermütigen Wald, den man auch Gelbsee nannte, wie mit Nisrah reden können, was bei der *Silberginkgo* so nicht möglich war. Vielmehr glich jedes Gespräch mit ihr eher dem Austausch von Bildern, die mit den Farben der Gefühle gemalt worden waren. Deshalb konnte das Schiff wohl auch auf die Wünsche von Seeleuten wie Bombo oder Engwin reagieren – wenn es Lust dazu hatte.

Zumindest Ergil wurde immer sicherer darin, Jazzar-sirils Schiff zu manövrieren. Ja, er hatte sogar den Eindruck, die *Silberginkgo* mochte ihn und gehorchte ihm, weil sie ihn nicht enttäuschen wollte. Mit der Unterwürfigkeit war das allerdings so eine Sache, wie sich erst am Morgen gezeigt hatte.

Es war der zweite Tag seit dem Auslaufen aus Kimsborg. Dichter Nebel hatte die Sicht behindert. Unvermittelt meldete der Ausguck einen Eisberg voraus. Ehe Engwin im Ruderhaus an dem silbernen Hebel ziehen konnte, mit dem das große Schiff gesteuert wurde, leitete dieses ganz von selbst ein Ausweichmanöver ein. Einen bangen Moment lang krängte die *Silberginkgo,* sie lag gefährlich schräg. Ergil konnte in den Beinen spüren, wie sie sich mit kräftigen Schlägen der Kielflosse aus der Gefahrenzone brachte. Dem großzügigen Sicherheitsabstand zum Hindernis nach zu urteilen, gab es auch unter der Wasserlinie Eisvorsprünge, die ihren Rumpf hätten aufschlitzen können. Unbeschadet ließ das Schiff den weißen Riesen hinter sich.

Später hatten die Sonnenstrahlen den Nebel vertrieben und mehr Eisberge waren erschienen. Zunehmend trieben auch die besagten Scholleninseln im Wasser. Schon jetzt zwang Bombo die *Silberginkgo* in einen Zickzackkurs, um den größeren Hindernissen auszuweichen. Plötzlich drang abermals die Stimme aus dem Krähennest ans Ohr des Königs.

»Packeis voraus!«

Ergil spähte zum Horizont. Der schräge Blick über die im Sonnenlicht gleißenden Schollen machte es schwer, die gemeldete Gefahr zu erkennen. Laute Stimmen hallten über das Deck, die aber alles andere als aufgeregt klangen. Bombos Männer waren aufeinander eingespielt. Jeder Handgriff saß. Einige Seeleute kletterten in die Wanten. Bombo gab Befehl zum Backbrassen: Die Segel wurden gegen den Wind gestellt, um Fahrt aus dem Schiff zu nehmen. Merkwürdigerweise gefiel der *Silberginkgo* dieses emsige Treiben überhaupt nicht. Ergil glaubte zu spüren, dass sie am liebsten weiter auf die kompakte Masse aus aufgetürmten Eisschollen zugelaufen wäre. Zuletzt näherte sie sich sehr langsam der in der Sonne glitzernden Barriere, bis Bombo beidrehen ließ und den Viermaster nur einen Steinwurf weit längsseits zur Eiskante zum Stehen brachte.

Inzwischen hatte sich Ergil mittschiffs mit den anderen Gefährten versammelt. Schekira saß in Gestalt einer Schneeeule auf seiner Schulter. Der Kapitän brachte seinen Unmut lautstark zu Gehör.

»Ich fass es nicht! Wir sind kaum zwei Tage auf See und stoßen schon auf Eis.«

»Das ewige Eis des Nordens so weit südlich?«, murmelte Tusan nur. Seine Augen suchten die weiße Fläche ab, als könne auch er nicht glauben, was er sah.

»Früher habe ich so was in Elderland oft erlebt. Allerdings erst im Herbst«, gab Popi zu bedenken.

»Die Witterung ändert sich«, sagte Ergil. »Wenn es auf der Insel Soodland kälter wird, muss sich zwangsläufig auch die Grenze des ewigen Eises nach Süden verschieben.«

Tusan riss sich endlich von dem Geglitzer los und sah den König mit ernster Miene an. »Ich hoffte, du bist dir darüber im Klaren, was das für uns bedeutet. Wir sind viel früher als erwartet auf unsere Schlittenwölfe und die Gespanne angewiesen. Zwischen hier und dem Weltenbruch dürften ungefähr zweitausend Meilen Eis liegen. Und was danach kommt, ist ungewiss.«

»Wenn wir nicht alle wie Harkon Hakennase enden wollen, dann sollten wir das Unternehmen abbrechen«, brummte Engwin. Der Steuermann blickte finster drein, als bereite es ihm körperliche Qualen, aussprechen zu müssen, was wohl alle dachten. Alle außer Ergil.

»Ich habe da so ein merkwürdiges Gefühl.«

Etliche Augenpaare musterten ihn, als sei er ein Seekranker, der im Begriffe stand, sich jeden Moment zu übergeben. Jazzar-fajim indes lächelte.

»Du sprichst von der *Silberginkgo*, nicht wahr?«

Ergils verschlossene Miene klärte sich auf. »Dann spürst du es auch?«

Der Sirilo nickte.

Bombo stieß einen unwilligen Laut aus. »Wenn es euch nicht allzu große Mühe macht, dann könntet ihr uns zurückgebliebene Menschenkinder vielleicht freundlicherweise in eure Empfindungen einbeziehen.«

Ergil wandte sich dem Kapitän zu. »Entschuldige. Ich wollte nur sagen, dass mir aufgefallen ist, wie widerstrebend unser Schiff sich zum Beidrehen überreden ließ. Mir scheint, die *Silberginkgo* wäre gerne weitergefahren.«

»Weitergefahren? Wohin denn?« Bombo streckte seine kurzen Arme zur Barriere aus. »Sag jetzt nicht, sie kann auf ihren Flossen über das Eis da wandeln.«

»Wohl kaum. Aber vielleicht sollten wir ihr trotzdem ein wenig mehr Vertrauen schenken. Sie hat uns doch bis jetzt noch nie enttäuscht.«

»Was schlägst du also vor?«

»Geben wir der *Silberginkgo* die Gelegenheit, uns ihre Absicht kundzutun.«

Bombo schüttelte sich, als habe er gerade eine bittere Medizin geschluckt. »Das kann unmöglich dein Ernst sein, oder?«

»Doch. Sag deinen Männern, sie sollen sich hier mit uns versammeln, damit die *Silberginkgo* sich nicht gegängelt fühlt.«

»Gegängelt?«, japste der kleine Kapitän. »Sprechen wir beide noch über ein und dasselbe? Über ein *Schiff*?«

Ergils Antwort bestand in einem langen ernsten Blick.

Bombo seufzte. »Na, meinetwegen. Die *Silberginkgo* ist sowieso ein bisschen verrückt. Lassen wir sie sich austoben.«

Er gab Befehl zum Sammeln.

Wenig später hatten sich alle Mann mittschiffs auf dem Oberdeck eingefunden, um Zeugen eines Schauspiels zu werden, das wohl nie ein Seemann zuvor beobachtet hatte.

Ergil malte mit seinem Geist ein Bild aus Neugier, Fernweh und Übermut, von dem er hoffte, damit das Sirilimschiff zum Handeln zu ermuntern.

Und tatsächlich! Es reagierte. Zunächst spürte er eine ausgelassene Freude, wie er sie zuletzt bei der Überquerung des Soodlandbelts wahrgenommen hatte. Die *Silberginkgo* hatte ihn also verstanden. Wenig später ging ein Zittern durch den großen Rumpf. Bald schwenkte das Heck des Viermasters ganz von alleine herum, bis seine Längsachse mit der Eiskante einen stumpfen Winkel bildete. Auch die Rahen drehten sich wie von Geisterhand, damit der Westwind die Segel füllen konnte. Dann nahm das Schiff Fahrt auf.

»Ich fass es nicht! Sie segelt ohne uns«, keuchte Bombo. Wie alle anderen stand er an der Backbordreling und blickte nach vorn.

»Wieso nicht?«, entgegnete Ergil. »Pferde können ja auch ohne ihre Reiter laufen.«

Der Kapitän sah ihn verständnislos an.

»Eine Hand für das Schiff«, sagte jemand, offenbar um die Landratten zu warnen. Die alte Seemannsregel, die bei schwerem Wetter schon manchen davor bewahrt hatte, über Bord zu gehen, schien auch hier angemessen. Jeden Moment konnte der Vorsteven gegen die Eiskante krachen. Alle griffen nach der Reling oder suchten anderswo Halt.

Nur einmal mehr der König nicht. Er stand zwar breitbeinig

da, wirkte ansonsten aber völlig entspannt. Während er die weiße Eule auf seiner Schulter kraulte, strahlte er eine heitere Zuversicht aus. Und dann geschah das Unglaubliche.

Die weiße Barriere öffnete sich vor dem Schiff. Jedenfalls sah es im ersten Moment so aus. Erstaunlicherweise vollzog sich dieser Vorgang ohne Knacken und Knirschen. Kein Wunder, denn der Vorsteven der *Silberginkgo* musste das Eis nicht brechen. Er berührte es nicht einmal. Es löste sich einfach rund um den Bug auf, um sich – und das war vielleicht das Merkwürdigste – hinter dem Schiff wieder nahtlos zu schließen.

Bombo hatte sich weit über die Reling gebeugt, spähte nach unten und staunte einmal mehr: »Ich fass es nicht!«

»Unser Freund ist leicht zu beeindrucken«, kicherte Schekira.

»Wir fahren durch die Vergangenheit«, erklärte Ergil dem Kapitän.

Der hob den Kopf und starrte ihn ungläubig an. »Jetzt mach aber mal halblang. Wie soll das gehen?«

»Nun, ich würde sagen, die *Silberginkgo* ist nicht nur von den Sirilim gezüchtet worden, sie besitzt auch einige ihrer Fähigkeiten; vor allem ihr Gespür für den Faltenwurf der Welt. Um es einfach auszudrücken: Sie versetzt sich und eine dünne Aura, mit der sie sich umgibt, in eine Zeit zurück, in der es hier kein Eis gegeben hat.«

»Du meinst, sie schwimmt durch … *altes* Wasser?«

»Jetzt hat er's kapiert«, freute sich die Elvin.

Ergil beugte sich nun seinerseits über die Reling und deutete zu dem nur wenige Handbreit schmalen Wasserstreifen zwischen Rumpf und Eis hinab. »Was du da spritzen siehst, wurde vor zwölf Jahren aufgewirbelt.«

»Aber was passiert, wenn damals ein Fischerboot oder Walfänger unseren Kurs gekreuzt hat? Dann müssten wir doch mit ihnen zusammenstoßen, oder?«, fragte Popi. Ihm war sichtlich unwohl bei dem Gedanken.

»Ich glaube, da müssen wir uns keine Sorgen machen«, beruhigte ihn Ergil. »Die *Silberginkgo* würde dem Hindernis ausweichen, notfalls durch einen kleinen Hüpfer in der Zeit. Die Besatzung des anderen Schiffes bekommt davon nicht viel mit. Bestenfalls sieht sie eine kurze Erscheinung und erzählt im Heimathafen die Mär von einem Geisterschiff.«

»Und ich dachte, diese Berichte seien nichts als Seemannsgarn«, murmelte Bombo.

Der Eisige Ozean machte seinem Namen alle Ehre. Wohin das Auge auch blickte, sah man nur glitzerndes Weiß. Es war eine lebensfeindliche Wüste. Die Zeit schien sich in dieser Gleichförmigkeit aufzulösen wie der gefrorene Panzer unter dem Schiff. Nur die Schiffsglocke widersprach mit ihrem Läuten jede halbe Stunde diesem Gefühl. In ihrem langsamen Takt dehnten sich Stunden zu Tagen und Tage schließlich zu Wochen.

Ein anderes, für einen Hochseesegler eher ungewöhnliches Ritual hatte mit den Schlittenwölfen zu tun. Um in Form zu bleiben, brauchten die Tiere regelmäßig Auslauf. Ergil hatte sich schnell mit ihnen angefreundet und fand im Spiel mit den zähen Vierbeinern willkommene Ablenkung von der »Meditation über das Licht«. Múria hatte gesagt, die Zornissen könnten nur ausgehungert werden, wenn man ein ganzes Menschenalter in solch sinnender Betrachtung verbringe. Daher widmete er sich täglich ein paar Stunden der stillen Kontemplation, obwohl er am Zweck dieser Übung zweifelte.

Schekira ließ nichts unversucht, ihn anzuspornen. In Anspielung auf die Seereise hatte sie kurz nach dem Auslaufen gesagt: »Ein einziger böser Gedanke genügt, um dich für immer in die Irre zu führen, aber viele gute sind nötig, um dein Leben auf dem richtigen Kurs zu halten.«

Obgleich Ergil dem tiefen Nachsinnen durchaus etwas abgewinnen konnte, regte sich in ihm allzu oft auch jene andere Seite seiner Seele, die seit Twikus' Tod stärker geworden war.

Er wollte nicht herumsitzen und auf das Meer hinausstarren. Jeder Tag, den sie auf See zubrachten, führte seine Mutter näher an den Tod heran.

Leider hatte das Sirilimschiff seine hohe Geschwindigkeit nicht beibehalten können. Das Segeln durch ein vergangenes Meer forderte ihm offenbar mehr Anstrengung ab als die übliche Art der Fortbewegung. Nach zwei Wochen auf See verschlechterte sich dann auch noch das Wetter. Zuerst hatten nur dunkle Wolken den Himmel verfinstert, aber dann zog ein Sturm auf, der die Eiskristalle vor sich hertrieb wie ein Wolf die Schafe.

Doch die *Silberginkgo* schirmte sich und ihre Mitfahrer von solchen Unbilden ab. Popi hatte der schützenden Aura den Namen »Zeitblase« gegeben. Sogar die Temperaturen darin waren die eines milden Sommers auf dem Eisigen Ozean: angenehm frisch. Nur auf die Sicht hatte das Sirilimschiff offenbar keinen Einfluss. Im Schneesturm erkannte man gar nichts. Bombo wollte Anker werfen und das Unwetter abwarten, doch Ergil sprach sich dagegen aus.

»Vertrau mir. Unsere weiße Schönheit kennt den Kurs«, hatte er zum Kapitän gesagt. Es war der sechzehnte Tag seit Auslaufen aus Kimsborg. Beide standen auf dem Oberdeck und blickten in das weißgraue Einerlei, das dichter als jeder Nebel war.

Um die Laune des Seemannes stand es nicht zum Besten. »Das ist unmöglich«, grunzte er. »Niemand hat je den Weltenbruch umschifft.«

»Wie kannst du dir da so sicher sein? Vielleicht ist ja Harkon …«

»Ergil«, unterbrach Bombo seinen Gefährten mit mühsam erzwungener Geduld. »Sieh dich doch um. Lausche dem Gebrüll des Windes. Wie soll ein umgebautes Kohlenschiff einen solchen Eisorkan überstehen? Harkon hatte nicht so ein … Sirilimding wie wir. Seine *Ginkgoblüte* war nur eine Bark mit geringem Tiefgang. Wenn du mich fragst, hält sich der Weltenbruch jeden mit Stürmen, Kälte und Eis vom Leib, der ihm zu nahe kommt. Die alte Hakennase *muss* gescheitert sein, so wie jeder andere vor ihm.«

»Selbst wenn du Recht hast – ich spüre, dass die *Silberginkgo* weiß, wohin unsere Reise geht. Es ist wie ... wie bei einer Taube, die in ihren eigenen Schlag zurückkehrt. Glaube mir bitte, Bombo. Allerdings – wenn du mich im Stich lassen willst, dann kann ich das auch ...«

»Unsinn!«, blaffte der Kapitän. »Ich bin mit dir durch die Namenlosen Sümpfe gefahren, suchte an deiner Seite nach Olam, einen Mann, der nicht von dieser Welt ist, und habe gegen ein Heer von Waggs gekämpft, das bis zum Horizont reichte. Meinst du, da lasse ich mich von ein paar Schneeflocken abschrecken?«

Als habe Bombos Weigerung aufzugeben den Widerstandswillen des Weltenbruchs erlahmen lassen, hatte sich das Wetter bereits am nächsten Morgen gebessert. Der Sturm verstummte, die Wolken lösten sich auf, der Himmel strahlte wieder blau. Und dann setzte das Tauwetter ein.

Als die Eisdecke aufriss, waren seit Beginn der Expedition in Soodland genau dreiundzwanzig Tage vergangen. Eine Weile lang musste sich die *Silberginkgo* noch den Weg durch Schollen bahnen, aber bald verschwanden auch diese. Im Laufe des Vormittags stiegen die Temperaturen weiter. Die angenehme Wärme nahm sogar noch zu, als sich das Schiff aus der schützenden Zeitblase löste. Es war unglaublich. Vor dreieinhalb Wochen hatte die Gemeinschaft des Lichts befürchtet, mindestens zweitausend Meilen auf dem Eis zurücklegen zu müssen, und jetzt waren die Schlittenwölfe und Gespanne kein einziges Mal zum Einsatz gekommen.

»Land in Sicht!«

Der Ruf aus dem Ausguck wurde zum Abgesang einer Legende. Der Weltenbruch war nicht länger das Ende von Mirad, sondern nur mehr eine Grenze, hinter der sich ein neues, bislang unbekanntes Reich erstreckte. Als die Meldung aus dem Krähennest ausnahmslos jeden an Bord in Aufregung versetzt hatte, war die *Silberginkgo* bereits etwa eine Stunde lang auf Südwestkurs gefahren. Jetzt schälten sich Konturen aus dem bläulichen Dunst am Horizont.

»Da sind Berge«, sagte jemand in Ergils Nähe. Die ganze Mannschaft und sämtliche Gefährten waren am Oberdeck versammelt.

»Das ist nicht irgendein Gebirge«, bemerkte Jazzar-fajim, »sondern die Rückseite des Weltenbruchs. Wir haben es tatsächlich geschafft.«

Ein vertrautes Brummen näherte sich Ergil von der Mastspitze her. Schekira blieb in ihrer Elvengestalt vor seinem Gesicht stehen und fragte: »Wie wär's, wenn ich mich nach einem Ankerplatz umsehe?«

»Prächtige Idee. Ich kann's kaum erwarten, endlich wieder festen Boden unter den Füßen zu haben. Aber sieh dich vor, Kira.«

»Keine Sorge. Wir sind nicht in einen bodenlosen Abgrund gefallen und die Geschichten von dem ›verwunschenen Reich‹ dürften wohl auch nur ein Märchen sein.«

»Trotzdem …«

»Ist ja schon gut, mein Retter. Ich pass auf.«

Eine schillernde Wolke hüllte die kleine Prinzessin ein. Im nächsten Moment war sie ein bunter Eisvogel, der mit kräftigem Flügelschlag nach Süden schoss.

Noch ehe die Elvin zurückgekehrt war, konnte man vom Oberdeck der *Silberginkgo* die Küste des »verwunschenen Reiches« erkennen. So weit das Auge reichte, ragten Klippen aus dem Meer. Einige glichen schroffen, schmalen Felsnadeln, die meisten indes eher großen grünen Hüten – die oben abgerundeten Kegel waren mit einem dichten Pflanzenteppich überzogen. Nirgends ließ sich ein flacher Strand ausmachen, der sich für den geschichtsträchtigen Landfall der Entdecker eignen würde. Hinter der Steilküste drängten sich weitere Berge, im Osten bis hinauf zu den schroffen Hängen des Weltenbruchs, dessen Gipfel von ewigem Eis gekrönt waren.

Jazzar-fajim stieß den König mit dem Ellenbogen an und deutete zu einem hellen Fleck, der sich deutlich aus dem gewaltigen Massiv abhob. »Hast du das schon gesehen?«

Ergils Augen verengten sich. Was er zunächst für ein Schneefeld oder eine Gletscherzunge oberhalb eines gewaltigen Steilhangs gehalten hatte, erwies sich bei genauerer Betrachtung als zu geordnet, um allein den planlos waltenden Kräften der Natur zugeschrieben zu werden. »Was ist das?«, flüsterte er, obwohl er es längst ahnte.

»Magons Eispalast«, antwortete der Sirilo.

Ein Schauer lief über Ergils Rücken. »Bist du sicher?«

»Unserer Überlieferung nach lag die Feste von Magos' Bruder auf einer hohen Klippe an der Westflanke des Weltenbruchs, und zwar nahe der Küste. Mit anderen Worten, genau dort.« Jazzar-fajim deutete in die Höhe.

Ergils Blick schweifte über den wuchernden Urwald, der sich tief unterhalb des Palastes erstreckte. »Dann sagt das Lied über Tarins Heldentaten also die Wahrheit:

Dort lag ein Meer wie der Himmel so weit
Und so grün wie das Korn vor dem Reifen.

Múria meinte, damit sei ein wogendes grünes Meer von Pflanzen gemeint. Ob es dort noch Ginkgobäume gibt?«

»Wir werden sehen.«

»Darf ich dich etwas fragen, Oheim?«

»Nur zu.«

»In den letzten Wochen hatte ich oft das Gefühl, die *Silberginkgo* dringe nicht in unbekannte Gefilde vor, sondern sei auf dem Weg nach Hause. Sie ist ein Schiff der Sirilim …« Ergil verließ der Mut.

Jazzar-siril hatte längst erraten, was seinem Urgroßneffen durch den Kopf ging. »Du wolltest wissen, ob ich dir irgendetwas über dieses Land verschwiegen habe, nicht wahr?«

»Nun … Ja!«

»Nein. Das habe ich nicht. Aber ich war noch nicht geboren, als mein Vorvater, der große Jazzar-siril, unser Volk ins Herzland führte. Gemäß unseren Liedern und Erzählungen landete die weiße Flotte bei Schilmao an. Und es heißt, unsere Altvorderen seien ›mit der aufgehenden Sonne gekommen‹, also von Osten. Zwar gibt es einige Überlieferungen, die von einem fruchtbaren Reich erzählen, das unser Volk aus irgendeinem Grund verlassen musste, aber mehr kann ich dir dazu auch nicht sagen.«

»Woher wussten die Schönen, wo sich Magons Eispalast befand?«

»Ich weiß es nicht, Ergil.«

»Das ist aber … seltsam. Gab es im Alten Volk keine Geschichtsschreiber?«

»O doch, die hat es gegeben. Es gehörte zur Aufgabe unserer Auserwählten, die Schätze des Wissens zu hüten.«

»Auserwählte?«

»Wir nannten sie auch ›die Heiligen‹: weise Männer und Frauen, die uns darin anleiteten, im Einklang mit der Natur, dem Herrn der himmlischen Lichter und seinen Geboten zu leben. Als Kind lauschte ich gerne ihren Geschichten, aber später entwickelte ich mich in eine andere Richtung. Ich war eher wie dein Bruder Twikus.«

»Du meinst, ein Jäger?«

»Ja. Und mehr als das. Auch unter den Sirilim gab es Draufgänger, die es in die Welt hinauszog, um immer wieder Neues zu sehen. Bevor ich Inimai im Stromland begegnete, hatte ich viele Länder des Herzlandes bereist.«

Seit ihrer ersten Begegnung an den vereisten Hängen des Kitoras hatte der Sirilo auffallend selten über Múria, die große Liebe seines Lebens, gesprochen. Ergil hätte gerne mehr über die besondere Beziehung der beiden erfahren. Doch ehe er seinen Urgroßoheim danach fragen konnte, kehrte Schekira zurück.

»Es gibt eine kleine Bucht mit einem Sandstrand, nur etwa zwanzig Meilen westlich von hier. Einen besseren Ankerplatz können wir uns gar nicht wünschen, weil er geschützt vor Wind und Wellen hinter einer vorgelagerten Felsenkette liegt.«

»Du bist ein Schatz, Kira. Flieg gleich zu Bombo und sag ihm Bescheid.« Die Elvin schwirrte nach achtern davon. Ergil stützte sich mit beiden Händen auf die Reling und atmete tief durch. »Bist du auch so aufgeregt wie ich, Oheim? Abgesehen von der Entdeckung durch diesen Zwergling haben wir auf dieser Reise doch eine Menge Glück gehabt, oder? Stell dir nur vor: Wir werden heute noch eine neue Welt betreten!«

10

DER KÖNIG DER BÄUME

Ohne die fliegende Kundschafterin wäre die *Silberginkgo* an der Bucht vorbeigefahren. Es handelte sich um einen natürlichen Hafen, der von einer Mole aus grün überwucherten Klippen vom offenen Meer abgeschirmt wurde. Selbst in dem engen Durchlass ragten Felsen aus dem Wasser, denen das kluge Schiff jedoch ohne Zutun des Steuermanns auswich. Dann öffnete sich der Blick auf den sanft geschwungenen Sandstrand. Seine gesamte Länge mochte eine knappe Meile betragen, die Tiefe etwa zweihundert Fuß. Bei Flut würde davon vermutlich nur noch ein schmaler Streifen übrig bleiben. Als der Lotgast nur noch zwei Faden Wasser unter dem Kiel meldete, gab Bombo die Anweisung, Anker zu werfen und das Beiboot zum Ausstieg bereitzumachen.

Der Kapitän ließ es sich nicht nehmen, an dem historischen Landfall teilzuhaben. Als persönlichen Adjutanten hatte er sich Jonnin ausgesucht, jenen jungen Seemann, der sich schon bei der Durchquerung der Namenlosen Sümpfe bewährt hatte. Außerdem gingen Jazzar-fajim, Tusan, Tiko und Popi mit an Bord. Schekira begleitete das Gig in der Luft. Einhellig hatte man Ergil dazu auserkoren, als Erster seinen Fuß auf das unbekannte Ufer zu setzen. Niemand außer ihm selbst hatte wohl daran gedacht, dass der König von Soodland den Entdeckerruhm mit einem Netzling namens Nisrah teilen würde. Doch Ergil ließ erst gar keinen Neid aufkommen, weil solcher zu den dunklen Trieben gehörte, an denen sich Zornissen labten. Vielleicht hatte sich die Meditation über das Licht ja doch ausgezahlt.

Das Beiboot glich einem großen Blatt mit gezacktem Rand, das, Stiel voran, dem Ufer entgegenstrebte. Für den nötigen Vortrieb sorgten Jonnin und Tusan mit einer Tätigkeit, welche Bombo in der Seemannssprache »pullen« nannte, die den Landratten aber eher unter dem Begriff »rudern« geläufig war. Kurz vor Anbruch der vierten Stunde nach Mittag schabte das Gig über den Sand. Halb schwimmend, halb auf dem Kiel kippelnd blieb es liegen.

Als Jonnin Anstalten machte, ins Wasser zu springen, um das Boot mit der nächsten Welle weiter auf den Strand zu ziehen, kreischte Bombo: »Bleibst du wohl hier! Oder willst du alle Geschichtsschreiber zu Lügnern machen, wenn sie zukünftig von Ergils großer Entdeckung berichten?«

Der Leichtmatrose sah nicht so aus, als hätte er den Sinn des Verbots verstanden. Ergil ging es einzig um Ginkgobäume und das Lebenselixier. An Ruhm war ihm nicht im Geringsten gelegen. Doch um den armen Jonnin nicht wie einen Dummkopf aussehen zu lassen, schwang er sich über das Dollbord und landete mit beiden Füßen platschend im Wasser. Er lief ein paar Schritte den Strand hinauf, drehte sich mit ausgebreiteten Armen zum Boot um und sagte: »Da bin ich also, ein Erster unter Gleichen. Kommt!«

Nun schickten sich auch die anderen an, seinem Beispiel zu folgen, aber der Kapitän war immer noch nicht zufrieden.

»Majestät«, keuchte er in längst vergessen geglaubter Förmlichkeit, »so geht das doch nicht! Hat Euch niemand erklärt, wie man fremde Gestade für sich in Besitz nimmt?«

Die Gefährten an Bord hielten sich maulend zurück.

Ergil blinzelte verwirrt. »Ich bin kein Eroberer, Bombo. Alles, was ich von hier mitnehmen will, ist Wissen über das Lebenselixier oder ein paar Ginkgofrüchte und -blüten.«

»Ja, ja. Ab morgen können wir uns ganz Eurer Suche widmen, aber *heute* wird kolonisiert.«

»Sag mal, hat dein Hirn irgendwie unter der Zeitblase gelitten? Sprich endlich wieder vernünftig mit mir.«

»Vernünftig?«, plusterte sich der kleine Kapitän auf. »Dankt man so dem treuen Kameraden, der einem einen ganzen Kontinent auf dem Präsentierteller anbietet? Ich will doch bloß ...«

»Jetzt tu ihm den Gefallen, damit wir endlich von diesem schaukelnden Ding herunterkommen«, stöhnte Tusan.

»Meinetwegen«, gab Ergil nach. »Was muss ich tun?«

»Das habe ich doch schon gesagt. Mach irgendeinen feierlichen Ausspruch, den wir später Múria diktieren können, und dann nimm das Land in Besitz.«

»Dafür fehlt mir wirklich der Sinn, Bombo.«

»Das mit dem Ersten unter Gleichen können wir uns schon mal merken. Sag einfach noch ... äh ... Ich, Ergil von Sooderburg, Sohn Torlunds des Friedsamen, König von Soodland, nehme diese neue Welt für die Krone von Soodland in Besitz und taufe sie auf den Namen Neu-Soodland.«

»Findest du nicht, das Wort Soodland kommt ein bisschen zu oft in diesem kindischen Salm vor?«

»Ganz und gar nicht. Wiederholung ist Bekräftigung. Von Rechts wegen müsstest du noch die Fahne von Soodland in den Sand stecken, womit der Name deines Reiches ein viertes Mal über diesem Gestade genannt würde.«

»Ich habe mir noch kein Wappen ausgedacht.«

»Deshalb müssen ja auch drei Nennungen ausreichen.«

Ergil verdrehte die Augen zum Himmel und wiederholte Bombo zuliebe die Besitznahmeformel.

An Bord des Gigs machte sich geräuschvoll Erleichterung breit. Wieder wollten Popi, Tusan, Jazzar-fajim und die anderen ins Wasser springen.

»Halt!«, rief Bombo.

»Was denn noch?«, stöhnte Tiko.

»Erst kommt die Tafel.«

Um weiteren Fragen zuvorzukommen, zog der Kapitän unter seiner Bank ein in Öltuch eingeschlagenes flaches Paket hervor und hievte seinen gedrungenen Körper über das Dollbord. Sobald er festen Grund unter den Füßen hatte, lief er auf Ergil zu. Dabei befreite er seine Überraschung von der Umhüllung. Darin eingepackt war eine Holztafel, die er Ergil hinhielt.

»Nimm das. Ich habe den Schiffszimmermann gebeten, die Tafel für diesen geschichtsträchtigen Augenblick anzufertigen. Einen Pflock habe ich auch mitgebracht, um das gute Stück anstelle deiner Fahne hier in den Sand zu rammen.«

Ergil empfing das Geschenk mit einem Stirnrunzeln. Es handelte sich um eine rechteckige Tafel aus rotbraunem, lackiertem Holz. Darin waren golden ausgemalte Schriftzeichen eingegraben. Der Text ließ ihn im Nachhinein verstehen, warum Bombo so viel Aufhebens um diesen Landfall gemacht hatte.

An diesem Orte betrat
Ergil von Sooderburg,
Sohn Torlunds des Friedsamen und
Prinzessin Vanias vom Geschlecht der Sirilim,
der König von Soodland,
erstmals das Land hinter dem Weltenbruch
und nahm es für sein Reich in Besitz.

»Ich wünschte, ihr könntet mich besser verstehen«, sagte Ergil traurig. Die Gedenktafel glitt ihm aus den Händen, fiel herab und blieb mit einer Ecke im Sand stecken. Ohne sie weiter zu beachten, drehte er sich um und stapfte den Strand hinauf.

Das Gedicht vom Grünen Meer beschrieb die Wirklichkeit sehr treffend. Vor fünf Tagen hatten die Gefährten das »Land hinter dem Weltenbruch« betreten und seitdem nichts als wuchernden Dschungel gesehen. Anfangs waren sie die Klippen hinaufgeklettert und in westlicher Richtung die Küste entlanggewandert. Dann hatten sie sich auch tiefer in den Urwald gewagt.

Obwohl Ergil im Großen Alten aufgewachsen war und schon viele Pflanzen erforscht hatte, überraschte das »Grüne Meer« ihn jeden Tag mit neuen Entdeckungen. Da gab es Bäume mit einer Rinde aus Igelstacheln. Blumen, die mit langen, ausrollbaren, klebrigen Zungen Insekten jagten. Gewächse, die großen Farnen ähnelten und den Wald mit harfenartigen Klängen erfüllten. Giftgrüne Pilze so groß wie ein Haus, auf deren Dach kleinere rote Pilze wucherten, deren Hüte ihrerseits mit leuchtend blauen Zwergenpilzen bewachsen waren; darauf befanden sich gelbe Flecken, die sich bei näherer Betrachtung als noch winzigere Pilze entpuppten. Auch die Tierwelt war in mancher Hinsicht fremdartig, verhielt sich aber friedlich. Der größte gesichtete Waldbewohner steckte im Pelz eines Dachses und fraß Rinde wie ein Biber. Alle Sonderbarkeiten aufzuzählen, die der König von Soodland im Grünen Meer entdeckte, würde den Rahmen dieses Buches bei weitem sprengen.

Zu Beginn der Exkursionen war Ergil von neuer Hoffnung beflügelt gleichsam durch den fremdartigen Wald geschwebt. Neugierig bestaunte er all die wundersamen Entdeckungen. Doch seine anfängliche Hochstimmung schlug schon bald in Enttäuschung um. Der letzte Tagesmarsch hatte die Gemeinschaft des Lichts nach Osten geführt und immer noch war man auf keinen einzigen Ginkgo gestoßen. Weil die Bäume des Waldes die Sicht über größere Entfernungen unmöglich machten, hatte Tusan den Marsch in die Ausläufer des Weltenbruchs vorgeschlagen. Aus größerer Höhe konnte man sich selbst einen Eindruck von dem verschaffen, was Schekira als »endloses Grün« beschrieben hatte.

Bei Sonnenaufgang des sechsten Tages brach man das Lager ab und machte sich an den Aufstieg. Wieder marschierten die Gefährten an fremdartigen Pflanzen vorüber. Nach einigen Meilen erweckte ein gigantischer, dem Aussehen nach uralter

Baum Ergils Aufmerksamkeit. Seine rötliche Rinde glich einem Umhang aus grober Wolle, der in zahlreichen Falten aus schwindelnder Höhe bis zu den kräftigen Wurzeln am Boden reichte. Die ausladende Krone des Alten hätte einen Palast beschirmen können. Was Ergil besonders staunen ließ, waren die verschiedenartigen Blätter, die er im Geäst des Riesen erblickte. Einige hatten die Gestalt von Eichenlaub, andere erinnerten ihn an Ahorn und sogar Nadeln konnte er entdecken. Hier und da hingen Luftwurzeln herab. Vereinzelt machte er in der Höhe kleinere, dicht belaubte Nester aus, Schmarotzerpflanzen, die sich auf Kosten des Wirts ernährten.

Ergil überkam ein Gefühl der Ehrfurcht, während er an dem Riesen vorbeiwanderte. Was hatte dieser Baum wohl schon alles gesehen? Wenn man ihn nur fragen könnte, wie einem kranken Ginkgo zu helfen war, er würde es wohl wissen.

Etliche Stunden später erklommen die Gefährten einen vorspringenden Felsen. Zu ihren Füßen breitete sich das »endlose Grün« aus, von dem die Elvin gesprochen hatte. Für den König war es eine gleichermaßen atemberaubende wie beunruhigende Aussicht. Wie sollte er jemals in diesem Ozean finden, wonach er suchte?

»Jetzt siehst du es selbst: nichts als wucherndes Grün«, meldete sich Schekiras Stimme von seiner Schulter her. In den letzten Stunden hatte sie die verschnupfte Prinzessin gespielt.

Ergil war unfähig, darauf etwas zu erwidern. Dafür kam ihm Jazzar-fajim zu Hilfe.

»Sei nicht gekränkt, kleine Schwester. Wir haben keineswegs an deinen Worten gezweifelt, aber mit eigenen Augen zu sehen, was da unter uns ausgebreitet liegt, ist etwas ganz anderes.«

»Ich habe noch nie so viele Töne von Grün gesehen«, murmelte Popi.

»Ergil«, sprach Tiko den König an, »du hattest während deiner Suche nach dem ewigen Schwarm doch den Hain der Ginkgos im alten Schilmao gesehen.« Er deutete mit nach oben geöffneter Hand auf das Grüne Meer. »Ist da irgendetwas, das dem auch nur im Entferntesten ähnlich sieht?«

Der Gefragte schüttelte langsam den Kopf und flüsterte: »Ich weiß es nicht.«

»Wenigstens haben wir jetzt ein Gefühl dafür, wie groß unsere Aufgabe ist«, brachte Tusan die jüngste Erkenntnis auf den Punkt. »Es macht keinen Sinn, planlos durch dieses Land zu streifen, denn offensichtlich schießen auch hier die Ginkgos nicht wie Unkraut aus dem Boden. Ich schlage vor, zum Schiff zurückzukehren und uns mit den anderen zu beraten. Vielleicht können wir uns in drei oder vier Gruppen aufteilen und ausgehend vom Landeplatz das Land sternförmig erkunden.«

»Und an mich denkt wohl gar keiner mehr«, sagte Schekira spitz.

»Du hältst natürlich auch die Augen offen und wirst außerdem dafür sorgen, dass der Kontakt zwischen den Gruppen nicht abreißt.«

Die Elvin klimperte entrüstet mit ihren langen Wimpern. »Glaubt man denn so was! Dieser Fährtensucher will einen Botenfalken aus mir machen.«

Ergil war der Unterhaltung nur mit einem Ohr gefolgt. Noch immer schüttelte er den Kopf und murmelte: »Jetzt kann uns nur noch ein Wunder helfen.«

Die Geräusche der schweren Schritte waren wie Fremdkörper im vielstimmigen Konzert des Urwaldes. Unter den talwärts stapfenden Wanderern herrschte Schweigen. Ihre Stimmung war gedrückt. Allenfalls Jazzar-fajim, der einen schier unerschütterlichen Gleichmut besaß, hatte noch einen offenen Sinn für die Schönheiten des wuchernden Paradieses, für die bizarren Formen der Pflanzen, den Harfengesang der Farne, das Summen der Insekten, das Gezwitscher der Vögel und das muntere Plätschern der Bäche.

Am Nachmittag trafen die Gefährten wieder auf den uralten

Baumriesen. Tusan schlug eine Rast im Schatten der mächtigen Krone vor. Hier wuchsen nur wenige andere Pflanzen und die Gefahr unliebsamer Überraschungen aus dem Hinterhalt war geringer. Tiko übernahm die Wache. Weil er im Umgang mit Pfeil und Bogen sicherer als mit seinem neuen Breitschwert war, legte er *Biberschwanz* bei Ergil ab. Ringsum ließ man sich nieder, kramte den Proviant hervor und begann still vor sich hin zu kauen. Die meisten hielten Abstand zum König, weniger aus Respekt, sondern weil dessen verdrießliche Miene nicht unbedingt zu einer zwanglosen Plauderei ermunterte.

Ihm war das durchaus recht. Und Hunger verspürte er auch keinen. Während der letzten Stunden hatte sich seine Verzweiflung zu einem Gefühl hochgeschaukelt, das er während der Seereise über den Eisigen Ozean schon fast besiegt zu haben glaubte: Zorn.

Er war erbost, weil sie keinen einzigen Ginkgo gesichtet hatten, wütend, weil ihm kein besserer Plan als Tusans zeitraubende »Sternensuche« einfallen wollte, und voller Ingrimm, weil er seiner Mutter nicht helfen konnte, während sie langsam, aber stetig im Sumpf des Todes versank. Kraftlos ließ er sich auf ein Moospolster sinken und ärgerte sich, weil es so weich war. Sofort hatte sein unwirscher Verstand ein passendes Sprichwort parat: »Müßiggang verweilt nicht gern auf unbequemen Stühlen, doch lassen dicke Kissen, was unerledigt ist, nur schwer erfühlen.«

Ergil lehnte sich, seine Arme als Stützen benutzend, nach hinten und vergrub seine Hände im Laub. Ziellos wanderten seine Augen im Geflirre der mächtigen Baumkrone umher. Um seinen Ärger zu vertreiben, begann er die verschiedenen Arten von Blättern und Nadeln an dem Baumriesen zu zählen. Plötzlich spürte er ein Kitzeln an der linken Hand. Er glaubte zunächst, ein Käfer oder anderes Insekt krabbele darüber hinweg, und versuchte es abzuschütteln. Dabei bemerkte er, dass etwas sein Handgelenk umklammerte.

Jetzt erst ruckte sein Kopf herum, um das lästige Etwas in Augenschein zu nehmen. Sein Herz setzte einen Schlag aus. Nicht der frische, grüne, sich mit wenigen zarten Blättern schmückende, kaum fingerdicke Trieb, der sich gerade mit beunruhigender Geschwindigkeit um seinen Arm wickelte, ließ ihn derart erschrecken. Vielmehr war es die Erinnerung an ein nächtliches Erlebnis in den Namenlosen Sümpfen. Damals hätten Schlingwurzeln ihn und seine Freunde fast erdrosselt.

Der Zorn, den Ergil beim Zählen der Blattformen fast schon vergessen hatte, kehrte mit der Gewalt einer Sturmflut zurück. Nicht noch einmal würde er sich von irgendwelchen Pflanzen fesseln lassen. Er beugte sich nach rechts, wo Tikos Schwert lag. Mit einem Ruck zog er *Biberschwanz* aus der Scheide und ebenso schnell hatte er den weichen Trieb zwischen zwei Blattknospen durchtrennt. Der Rankenstumpf zog sich, schnell wie eine Schlange, hinter eine junge Föhre zurück. Der abgeschnittene Rest des Triebs viel schlaff zu Boden.

»Das hast du davon, du garstiges Pflänzchen«, zischte Ergil. »Wage nicht noch einmal, dich hier blicken zu lassen, sonst werde ich das *Himmelsfeuer* …«

Er verstummte, weil es plötzlich im Wald merkwürdig still geworden war. Sein Blick wanderte zu den Freunden, die ihn aus besorgten Mienen musterten. Ihre offensichtliche Ahnungslosigkeit machte ihn gleich wieder wütend. Anscheinend hatte niemand den gemeinen Angriff der Mörderranke bemerkt.

Ehe irgendjemand etwas sagen konnte, fand die merkwürdige Ruhe ein jähes Ende. Unvermittelt fingen die Zweige sämtlicher Büsche und Bäume an zu zittern. Nur die beiden Durchdringer – Jazzar-fajim und Ergil – erkannten, dass nicht Wind durchs Blätterwerk strich, das Rascheln kam aus den Pflanzen selbst.

Und es war feindselig.

»Achtung!«, rief der Sirilo und zückte sein Schwert.

Auch die anderen griffen zu den Waffen. Wortlos formierte man sich zu einem Kreis. Bange Blicke durchsuchten das bebende Grün.

Plötzlich fiel aus der Krone des uralten Riesen ein betörend duftender Nebel herab. Es roch nach edlen Hölzern, aromatischen Wiesenkräutern und kostbaren Blumen.

»Pollen?«, murmelte Popi an der Seite des Königs. Der Jungritter hatte seine Hand ausgestreckt und betrachtete staunend die darauf niederregnenden winzigen gelblichen Pünktchen.

Ergil durchzuckte ein schrecklicher Gedanke. *Mondtau!* Die Flocken waren klebrig und wesentlich größer gewesen als der staubfeine Niederschlag hier, aber trotzdem versetzte die Erinnerung an das in den Namenlosen Sümpfen erlebte Grauen seinen Körper in höchste Alarmbereitschaft.

»Weg von dem Baum!«, schrie er und deutete zum Rand des großen Schattenkreises.

Ohne sich weiter um ihr Gepäck zu kümmern, rannten die Gefährten los.

Schon nach wenigen Schritten wurde ihnen bewusst, dass sie längst in einer Schlinge steckten, die sich langsam zuzog. Der Duft war mehr als betörend, er war in höchstem Maße berauschend. Einen Krug Wein hinunterzuschütten, konnte nicht annähernd dieselbe Wirkung haben. Bombo fiel als Erster um und dann sackte in rascher Folge ein Mann nach dem anderen ohnmächtig zusammen. Sogar Schekira taumelte zu Boden und blieb bewegungslos liegen.

Ergil kämpfte noch gegen das Schwindelgefühl an. Er sah, wie Jazzar-fajim umkippte. Die Sirilim waren zäh. Aber offenbar nicht zäh genug. Alles drehte sich. Wie schön! Seltsamerweise spürte er keine Furcht und auch keinen Zorn. Es war ein überaus angenehmes Glücksgefühl, das ihn durchwogte, ehe sein Bewusstsein darin versank.

Wenigstens bin ich nicht tot, dachte Ergil, als er langsam wieder zu sich kam. Seine Augen waren noch geschlossen, aber Nase, Ohren und Haut vermittelten ihm bereits eine Vielzahl von Sinneseindrücken. Immer noch lag ein Hauch jenes schweren Duftes in der Luft, der ihn betäubt haben musste. Eine milde Brise strich über sein Gesicht. Anstelle des zornigen Raschelns war ein unaufdringliches Rauschen getreten – vermutlich lag er immer noch unter der Krone des uralten Riesen. Um sich Gewissheit zu verschaffen, stemmte sich der König auf die Ellenbogen hoch und öffnete die Augen.

Diese Maßnahme trug zunächst wenig zum Erkenntnisgewinn bei, weil er seine Umgebung ziemlich verschwommen wahrnahm, so als hätte ein Maler mit wildem Pinselstrich lediglich eine Andeutung der Wirklichkeit auf die Leinwand gebannt. Lange bevor Ergil wieder normal sehen konnte, erlitt er einen Schock.

Irgendjemand musste ihn und seine Freunde im Zustand der Ohnmacht verschleppt haben. Sie befanden sich auf einer runden, grün bewachsenen, von Bäumen umstandenen Waldlichtung. Zwar fehlte von ihren Waffen jede Spur, aber die Gefährten waren vollzählig um ihn versammelt. Einige erwachten gerade. Ergil stutzte, als er in der Nähe Schekira sich im Gras räkeln sah. Sie war keine kleine Elvin mehr, sondern ungefähr so groß wie Prinzessin Nishigo, die Tochter des susanischen Mazars. Ihr kupferfarbenes Haar umrahmte ein Gesicht, das für ihn nicht mehr als ein perlmuttfarbener Klecks war.

Ergil rieb sich die Augen und sein Herz begann heftig zu klopfen. Offenbar trübten die eingeatmeten Pollen das Wahrnehmungsvermögen. Hoffentlich nur vorübergehend, die Zornissen hatten in seinem Kopf schon genug Schaden angerichtet.

Eine weitere beunruhigende Entdeckung war Schekiras Kleidung. Sie trug, so wie alle anderen Gefährten, ein knöchellanges hellgrünes Hemd. Ergil blickte an sich herab und erschrak. Ihn hatte man ebenfalls in ein solches Gewand gesteckt. Es glitzerte wie Tau auf einer Wiese im Morgenlicht und weil er immer noch alles verschwommen, wie durch einen Tränenschleier sah, war jede Lichtspiegelung von einem kleinen Strahlenkranz umgeben.

»Was ist mit uns passiert?«, flüsterte er.

»Ihr seid unsere Gefangenen und sollt die Gelegenheit erhalten, Euch für Eure Untat zu verantworten«, beschied prompt eine helle, leicht knarrende Stimme, deren ausnehmend freundlicher Ton nicht ganz zu dem Gesagten passen wollte.

Ergil fuhr herum. Er hatte nicht bemerkt, dass außer seinen Freunden noch jemand anderer zugegen war. Leider konnte er aufgrund seines verschleierten Blickes nur erahnen, wer sich da links neben ihm in die Höhe erhob. Es handelte sich um eine etwa zehn Fuß große, ungemein dünne Gestalt. Eigentlich war sie von den Füßen bis zum Kopf nur ein brauner Strich in der Landschaft: Der Übergang von Schultern, Hals und Kopf ließ sich kaum ausmachen. Auf ihrem Haupt trug sie einen Hut, aus dem Äste mit Blättern ragten. Oder gehörten die bizarren Auswüchse zu ihrer Frisur? Wie auch immer, jedenfalls wirkten ihre Arme und Beine, ja ihre ganzen Bewegungen seltsam hölzern. Ergil rieb sich mit den Fäusten die Augen, aber dadurch sah er auch nicht klarer. Um der langen Bohnenstange keinen weiteren Anlass zum Unmut zu geben, befleißigte er sich einer betont höflichen Erwiderung.

»Es ist mir eine Freude, Euer … Gast zu sein. Sollte es irgendwelche Missverständnisse gegeben haben, will ich sie gerne aufklären. Es mag Euch interessieren, wen Ihr vor Euch habt. Ich bin Ergil von Sooderburg, König von Soodland. Und wer seid Ihr?«

»Mein Name ist Föhribus. Doch das tut nichts zur Sache. Wenn Ihr tatsächlich ein König seid, dann werdet Ihr ohne Zweifel wissen, wie man sich gegenüber dem Vater eines zahlreichen Volkes zu benehmen hat. Bitte verbeugt Euch vor dem König der Bäume.« Der Lange deutete in eine verwaschene Ansammlung von Grün- und Brauntönen, die Ergil direkt gegenüber lag. Erst nachdem der »Gast« sich abermals die Augen gerieben hatte, schälten sich weitere Einzelheiten aus dem verschleierten Bild der Umgebung. Nicht unbedingt zu seiner Beruhigung.

Was Ergil anfangs nur für ein großes Rund von Bäumen gehalten hatte, erwies sich bei genauerer Betrachtung als ein Kreis von Personen. Offenbar handelte es sich um die Verwandtschaft von Föhribus oder zumindest um Artgenossen. Im Vergleich zu ihnen sah er aus wie ein Sprössling. Einige der fast reglos Dastehenden waren rank und schlank, andere knorrig und klein, wieder andere stämmig und hochgeschossen. Ausnahmslos trugen sie die seltsamsten Blätterhüte oder -frisuren. Am eindrucksvollsten von allen war jedoch der Hüne, auf den Föhribus mit seinen dünnen Armen deutete.

Als der Blickkontakt zwischen den beiden Königen hergestellt war, drückte der Höfling knarzend die Brust heraus und posaunte: »Erweist Ehre, wem Ehre gebührt. Huldigt dem Herrscher aller Wurzeligen, dem Uralten und doch ewig Jungen, dem unerschöpflich Weisen und immerfort Suchenden. Verneigt Euch vor *Ajuga dem Jüngeren.*«

Zum Schluss hatte Föhribus die Vorstellung seines Oberhauptes wie einen Fanfarenstoß dramatisch in die Länge gezogen. Ergil horchte auf. Diesen Namen hatte er doch …

Ein vernehmliches Räuspern zu seiner Linken riss ihn aus den Gedanken. Zunächst war es wohl das Klügste, dem Herrscher aller Wurzeligen mit einer hinreichend tiefen Verbeugung die Reverenz zu erweisen. Die umstehenden Gefährten folgten seinem Beispiel. Alle warteten, bis Ajuga sie aus der Schieflage befreite.

»Richtet Euch bitte auf, König Ergil. Und auch Ihr, die Ihr ihn begleitet.«

Während der Angesprochene sein Haupt erhob, warf er einen Blick nach links. Sein Sehvermögen hatte weitere Fortschritte gemacht. Jetzt konnte er das von senkrechten Runzeln zerfurchte Gesicht des Höflings schon viel besser erkennen. Zum ersten Mal fielen ihm auch dessen feingliedrige Hände auf. Die Längenunterschiede der einzelnen Finger waren beträchtlich. Einen indes konnte man nur als Stummel bezeichnen. Er war mit einem Verband umwickelt, in welchem sich ein grüner Fleck abzeichnete.

Ergil beschlich ein beunruhigender Verdacht. Er wandte sich wieder dem König der Bäume zu, um auch ihn eingehender zu betrachten. In der Runde der Waldbewohner überragte Ajuga alle anderen. Er war ein Riese von fünfzig Fuß oder mehr. Auch im Umfang stellte er die Artgenossen in den Schatten. Sein Gesicht war tief zerfurcht und mit etlichen Warzen bedeckt. Die dünne krumme Nase gabelte sich an der Spitze; an einem Ende hing ein Tropfen … nein, ein Blatt. Der breite Mund ließ sich nur ausmachen, weil er im Gegensatz zu den anderen Runzeln eine *quer* verlaufende Falte war. Und die tellergroßen Augen blickten streng, aber nicht unbedingt böse auf die Gefangenen hinab. Im Großen Alten hatte Ergil allerlei Lebewesen kennen gelernt, darunter auch die knorrigen kleinen Wurzelgnome, aber ein Geschöpf wie dieses war ihm noch nie begegnet. Merkwürdigerweise hatte er trotzdem das Gefühl, es zu kennen.

»Wir Wurzeligen besitzen ein unstillbares Harmoniebedürfnis«, sagte Ajuga auf eine fast einschläfernd ruhige Weise.

Diese Gesprächseröffnung irritierte Ergil. Er wollte auch nichts Verkehrtes sagen, weil er ja nach Auskunft des Höflings hier war, um sich wegen irgendeiner »Untat zu verantworten«. Seine Gefährten sahen ebenso ratlos aus.

»Deshalb solltet Ihr uns vielleicht zuerst Euer Gefolge vorstellen«, fuhr Ajuga gemächlich fort.

Ergil atmete auf. Der erfreulich unverfänglichen Aufforderung kam er gerne nach. Als Jazzar-fajim an die Reihe kam, ging ein Geräusch wie lautes Blätterrascheln durch die Runde – die Ratgeber Ajugas tuschelten miteinander.

»Und zuletzt«, begann Ergil, um seine eigene Abstammung anzusprechen, aber in diesem Moment trat der Sirilo zur Seite und gab den Blick auf eine fahle Gestalt frei. Ergil verstummte mit offenem Mund.

Wer war *das* jetzt? In einem versteckten Winkel seines Bewusstseins hörte er eine Antwort, aber sie war zu leise, um den Namen des Farblosen zu verstehen. Der Unbekannte lächelte ihm zu. Er besaß edle Gesichtszüge. Sein schlanker, nicht sehr großer Körper hätte gut zu einem Gelehrten gepasst. Allerdings war sein ganz und gar *graues* Äußeres doch ein wenig verwirrend. Sogar die unbedeckten Körperteile sahen aus wie mit Staub bedeckt und an einigen Stellen waren sie durchscheinend – man konnte Ajugas Höflinge dahinter sehen.

»Was ist?«, fragte der Baumkönig, ohne im Geringsten drängend zu klingen. »Wollt Ihr uns den Namen dieses Gefährten nicht verraten?«

Ergil rang nach Worten. Die umstehenden Baumlinge, oder wie immer man diese Geschöpfe nennen sollte, schienen viel Geduld zu besitzen. Eine kleine Ewigkeit verstrich, während er die möglichen Folgen einer falschen Antwort abwog. Was für einen Eindruck würde es auf diesen harmonieversessenen Monarchen machen, wenn seine Besucher einander nicht einmal kannten?

»Mein Name ist Nisrah aus dem Volk der Weberknechte«, erklärte da der Fahle mit einer Verbeugung in Richtung Ajugas.

Fast wären Ergil die Beine unter dem Körper zusammengeklappt. Nisrah?, rief er in Gedanken, aber keine Antwort kam. Sein Herz begann wieder wild zu pochen. Was war hier los? Erst Schekiras sonderbares Wachstum und jetzt …

»Verzeiht, junger König, wenn ich so direkt bin, aber Ihr macht mir einen etwas verwirrten Eindruck«, stellte Ajuga fest.

»J-ja«, stotterte Ergil. »Ich … äh … kann nicht verstehen, warum Vertrautes mir hier so fremd erscheint und Fremdes so vertraut.«

Der Mund Ajugas verzog sich knarrend. Irgendetwas platzte dabei aus seinem Gesicht ab und flatterte zu Boden. »Das mag an unserem Blütenstaub liegen. Er hat Euch in einen Zustand zwischen Traum und Wachen versetzt.«

Schlagartig wurde Ergil der Grund für all die merkwürdigen Wahrnehmungen klar. Es waren nur Trugbilder! Eine gemeinschaftliche Halluzination. Daher auch die komischen Hemden. »Dann ist alles, was wir hier sehen, gar nicht wirklich?«

»O doch!«, widersprach Ajuga. »Wirklich ist, was Ihr erlebt. Nur befindet Ihr und Eure Gefährten Euch gerade in einer Euch weniger vertrauten, in einer *anderen* Wirklichkeit. Der kleine Trick war leider nötig, damit Ihr mit uns sprechen und uns als etwas wahrnehmen könnt, das Euch Beinigen entfernt ähnlich ist. Bitte entschuldigt diesen Eingriff in Euer Recht auf Selbstbestimmung, aber anders hätten wir die unharmonische Stimmung nicht beilegen können, die Ihr mit Eurem Schwertstreich ausgelöst habt.«

»Beinigen?«

»So nennen wir alle Geschöpfe, die keine Wurzeln, aber ein wenig Verstand besitzen.«

»Ah!«

»Ihr könntet ihn allmählich zur Rede stellen, Vater Ajuga«, mischte sich Föhribus ein und fuchtelte mit seinem verbundenen Fingerstumpf herum.

»Nur Geduld, kleiner Sprössling«, mahnte Ajuga, um sich gleich wieder Ergil zuzuwenden. »Ihr hört, was Föhribus sagt. Wieso habt Ihr ihn verstümmelt?«

Der Gefragte starrte auf den grünen Fleck im nässenden Verband des jungen Wurzeligen. »Ihr wart das?«

»Ich wollte mir nur einen Eindruck von Euch verschaffen«, jammerte Föhribus. »Da habt Ihr wie eine sturmgepeitschte Trauerweide auf mich eingeschlagen und mir meinen frischen Trieb abgehackt.« Er hob demonstrativ den Fingerstumpf.

»Das tut mir aufrichtig Leid.«

Der Sprössling verschränkte die Arme über der Brust, was wegen ihrer Steifheit unfreiwillig komisch anmutete, blickte in die entgegengesetzte Richtung und erwiderte spitz: »Hinterher lässt sich das leicht sagen.«

»Ich meine es aber ernst«, beteuerte Ergil. Ihm war gerade bewusst geworden, in welch misslicher Lage er und seine Freunde sich befanden. Wenn dies alles ein Wachtraum war, dann lagen sie vermutlich immer noch da, wo sie der gelbe Pollennebel niedergestreckt hatte: unter der mächtigen Baumkrone. Ja, der uralte Riese musste Ajuga sein. Sie konnten weder vor ihm weglaufen noch sich mit ihren Waffen zur Wehr setzen. Ihre einzige Verteidigung war der Geist, der in dieser anderen Wirklichkeit mit den Bäumen sprach.

Föhribus' Harmoniesinn war offenbar noch unterentwickelt, so wie er sich gebärdete. »Woher sollen wir wissen, ob Ihr nicht Schlimmeres gegen uns im Schilde führt? Womöglich kommt Ihr demnächst mit Äxten wieder, um in Floranien einen Kahlschlag anzurichten.«

»Ganz bestimmt nicht«, versprach Ergil. »Es war ein Missverständnis, eine unbedachte Tat. Als Euer Trieb sich um mein Handgelenk wand, wurde ich wütend, weil ich so etwas Ähnliches schon einmal erlebt hatte. Damals wurden meine Freunde und ich fast von Schlingwurzeln umgebracht.«

»Ich bin eine Föhre und kein *Würgewurz*«, versetzte der Höfling pikiert, wobei er das letzte Wort hörbar angewidert herauspresste.

»Es lag mir fern, Euch zu beleidigen, Herr Föhribus. Ich bin nur ein … Wie hat Euer König das genannt? Ein *Beiniger?* Jedenfalls sehen für mich alle Triebe gleich aus. Hinzu kommen Sorgen, die mir schlaflose Nächte und stetige Unruhe bescheren. Deshalb habe ich in letzter Zeit manchmal meine Gefühle nicht unter Kontrolle.«

»Es sind wohl nicht allein die Bürden, die Euch für die dunklen Gefühle empfänglich machen«, bemerkte Ajuga mit ruhiger Strenge.

Ergil stockte. »Was?«

»Die *aphim* dürften der eigentliche Grund für Eure Unbeherrschtheit sein, nicht wahr?«

»Aphim?« Das Echo kam von Beinigen und Wurzeligen gleichermaßen.

Ergil senkte beschämt den Blick und nickte. »Woher wisst Ihr von den Zornissen?«

Mit einem Mal klang Ajugas knarrend tiefe Stimme ganz sanft. »Wir beide sind nicht so verschieden, wie du glaubst, junger König. Ich muss ein Geschöpf nur berühren und kann sein Wesen ganz und gar durchdringen. Ähnlich wie es die Sirilim zu tun vermögen.« Seine großen Augen richteten sich auf Jazzar-fajim.

»Zornissen?«, murmelte Tiko.

Ergil seufzte. »Das sind Schmarotzer, die sich von üblen Wesenszügen und Gefühlsäußerungen ernähren. Als ich in eurer Schmiede gegen Kaguan kämpfte, hat er sie gegen mich eingesetzt. Jetzt stecken sie irgendwo in meinem Kopf. Manchmal machen sie mich unbeherrscht und ... Und irgendwann werden sie mich wohl töten.«

»Oder zu einem Diener des Bösen machen«, fügte Jazzar-fajim ruhig hinzu.

»Du hättest uns davon erzählen müssen«, sagte Tiko.

»Ich wollte euch nicht beunruhigen. Wenn wir nur meine Mutter retten, dann ist mir alles andere egal.«

Nun mischte sich auch Tusan ein. »Ich habe einiges über Zornissen gehört, Ergil, und ich muss Tiko zustimmen. Wenn die Feuerraupen dich nicht töten, könntest du ein willenloses Werkzeug des Bösen werden. Mit deiner Macht wäre es Kaguan ein Leichtes, seinen Gebieter nach Mirad zurückzurufen.«

Ergil kam sich vor wie ein Versager.

»Kannst du dich noch erinnern, was du mir auf der Sooderburg erklärt hast?«, fragte Tiko. Diesmal klang es weniger vorwurfsvoll als vielmehr beschwörend. »Wir *alle zusammen* seien die Gemeinschaft des Lichts, hast du gesagt. Ich würde dich glücklich machen, wenn ich dich zukünftig in den Kreis deiner Vertrauten einschlösse. Und dann hast du noch hinzugefügt: ›Uns stehen einige Prüfungen bevor, die wir nur meistern können, wenn sich jeder rückhaltlos auf den anderen verlassen kann.‹ Meinst du nicht, das gilt genauso auch für dich, mein Freund?«

Die Zornissen schienen in der von Ajuga erschaffenen Wirklichkeit keine Macht zu besitzen. Daher reagierte Ergil nicht zornig, weil ein einfacher Schmied ihm, dem König von Soodland, den Kopf zurechtrückte. Er empfand nur Dankbarkeit. Und Scham.

Sein Blick schritt die Gesichter der Gefährten ab und er sagte leise: »Tiko spricht die Wahrheit. Bitte verzeiht mir. Ab sofort soll es keine Geheimnisse mehr zwischen uns geben. Und wenn ich je eine Gefahr für euch oder die Sache unserer Gemeinschaft werde, dann ist es besser, ihr nehmt ein Schwert und erschlagt mich damit.«

»Niemals könnte ich das tun«, stieß Popi hervor.

Ergil sah ihn lange an, ehe er antwortete: »Wenn du mein Freund bist, dann wirst du es vielleicht tun müssen.«

Eine andächtige Stille trat ein. Die Bäume schienen es nicht eilig zu haben, diese zu beenden, aber dann ergriff doch wieder Ajuga das Wort.

»Jetzt seid ihr wieder in Harmonie vereint. Das freut mich sehr. Fehlt nur noch unser junger Sprössling. Bist du immer noch knorzig, Föhribus, oder nimmst du die Entschuldigung des Königs an?«

»Wird er mir meinen Trieb zurückgeben, wenn ich es tue?«

»Verzeihen heißt verzichten, mein kleiner Spross. Aber am Ende wirst du hundertfach gewinnen.«

»Na gut«, lenkte der Dünne ein.

Ajuga lächelte, dass die Späne flogen. »So gefällt mir das. Jetzt komm zu mir, Föhribus, und nimm deinen Verband ab.«

Der Höfling gehorchte. Als er unmittelbar vor seinem König stand, wurde Ergil der Größenunterschied erst richtig bewusst. Föhribus legte seinen Fingerstumpf frei. Er war blutig grün.

»Halte ihn bitte hoch«, forderte der Alte den Jungen auf.

Der Wurzelige tat, wie ihm geheißen.

Ajuga ließ seine Rechte mit dem ausgestreckten Zeigefinger herab. Daran hing ein honiggelber Tropfen, der sich zäh von der Kuppe löste und auf den Stumpf tropfte. Sobald sich das Harz des Baumkönigs um die Wunde gelegt hatte, verschwand das grüne Blut und die gesunde braune Farbe kehrte in das verletzte Glied zurück. Und dann begann es zu wachsen. Binnen weniger Augenblicke war der Finger länger als alle anderen.

»Hört er auch wieder auf zu sprießen?«, fragte Föhribus bang.

»Sagte ich nicht, am Ende wirst du hundertfach gewinnen?«, erwiderte Ajuga schmunzelnd.

»Ich will nur nicht, dass mein ganzer Saft in nur einen Finger schießt.«

»Nur keine Sorge, kleiner Sprössling. Es bleibt dir noch genug Kraft, um unseren Freunden weiter zu dienen. Doch nun lass mich sie bitte mit der Aufmerksamkeit beehren, die ihnen gebührt.«

Im Folgenden stellte Ajuga den »Floranischen Ministerrat« vor, wobei er auf jeden einzelnen der umstehenden Bäume einging. »Nachdem wir uns so bekannt gemacht haben«, fuhr er sodann fort, »verratet mir bitte eines, König Ergil. Ihr habt vorhin einen so tiefsinnigen Ausspruch getan: Vertrautes erscheine Euch fremd und Fremdes vertraut. Ersteres habt Ihr gewiss im Hinblick auf die Elvin und Euren Weberknechtfreund gesagt, aber in Letzterem glaubte ich einen Unterton wahrzunehmen, der sich wohl nicht allein auf den großen alten Baum bezog, den Ihr heute schon zur Genüge bestaunt habt.«

»Das ist richtig«, gab Ergil zu. »Vor nicht allzu langer Zeit lernte ich Soldina, das Meer der Zungen, kennen. Sie erzählte mir von Ajuga dem Jüngeren, dem König der Wurzeligen von Mirad.«

»Ihr seid im Meer der Zungen gewesen?«, knarzte Ajuga sichtlich bewegt. »Als ich sie zuletzt sah, war sie nur ein Häuflein von Keimlingen, das ich den Sirilim anvertraute. Was ist aus ihr geworden? Wie geht es ihr?«

Als der Name des Alten Volkes fiel, ging ein Ruck durch Jazzar-fajims Körper. Ergil ahnte, dass im Kopf seines Urgroßoheims gerade dieselben Gedankenverbindungen geknüpft wurden, die sich bei der Nennung von Ajugas Namen auch in dem seinen gebildet hatten. Daher war er nicht ganz bei der Sache, als er antwortete: »Soldina? Oh, ich würde sagen, sie ist ganz prächtig gediehen. Zuletzt hat sie sich einen Spaß daraus gemacht, ein paar Beinige ordentlich durchzuschütteln.«

»Das sieht ihr ähnlich«, freute sich Ajuga. »Nun, sie ist noch jung. Erst ein paar tausend Jahre alt.«

»Bitte erlaubt mir, Euch eine Frage zu stellen.« Es war der Sirilo, der unvermittelt das Wort ergriff.

»Bitte, Fürst Jazzar-fajim«, sagte der König der Bäume.

»Ihr meintet eben, Ihr hättet das Meer der Zungen meinem Volk anvertraut. Bedeutet das, die Sirilim stammen ursprünglich von hier?«

Ajuga lachte, dass es in seiner Krone nur so raschelte. Etliche Blätter taumelten zu Boden. »Ja, habt Ihr etwa Eure Wurzeln vergessen? Da war doch gerade erst dieses Menschenkind, das Magon erschlagen hat. Es kann doch nur von Euch geschickt worden sein.«

»Das ist schon einige tausend Jahre her, Majestät, selbst für einen Sirilo eine lange Zeit. Außerdem muss ich gestehen, dass ich im Wissen der Heiligen nicht sehr bewandert bin.«

»Ach so? Nun, dann mag es für Euch und Eure Freunde nützlich sein, meine Geschichte zu hören. Sie ist eng mit derjenigen der Sirilim und der Menschen verbunden. Macht es euch bequem. Habt Ihr Hunger? Möchtet Ihr eine Erfrischung?«

Popi beging den Fehler, laut »Ja!« zu rufen. Auf einen kaum merklichen Wink des Baumkönigs regneten allerlei Früchte auf die Gefährten nieder. Die Freigebigkeit der Gastgeber nahm fast lebensbedrohliche Ausmaße an. Zuletzt blieben aber dennoch alle auf wundersame Weise unverletzt. Obwohl Ergil ernste Zweifel hegte, ob eine im Traum gegessene Köstlichkeit irgendwie zu seiner Stärkung beitragen konnte, griff er bei einer rot-gelben Kugel zu, die allzu verlockend duftete und zudem wunderbar schmeckte.

Während die Gefährten im Gras saßen und sich die Bäuche voll schlugen, erzählte Ajuga eine sagenhafte Geschichte.

»Melech-Arez hat immer nur vollkommene Menschen aufziehen wollen, an die Pflanzen hingegen verschwendete er seinen Ehrgeiz nie«, begann der König der Bäume. »Nachdem der Herr der himmlischen Lichter die Wunden der missgearteten Schöpfung geheilt hatte, nahm er mich aus seinem Garten und bettete meine Wurzeln an dieser Stelle in Mirads Boden. Hier sollte das Herz Floraniens sein, das Reich der Pflanzen, ein Land des Friedens. Nach einigen unschönen Entwicklungen, über die ich Euch berichten will, wurde ich jedoch an den Rand meines Reiches gedrängt. Doch am besten, wir beginnen am Anfang.

Ich, Ajuga der Jüngere, wurde nicht vom Widersacher Melech-Arez erschaffen, sondern von Dem-der-tut-was-ihm-gefällt. Ich stamme aus einer Welt, die sich Erde nennt. Die drei Bedeutendsten aus dem Geschlecht der Wurzeligen sind der Baum des Lebens, der Baum der Erkenntnis und der König aller Bäume, den die Pflanzen Ajuga den Großen nennen. Die ersten beiden leben inzwischen auf einer anderen Welt fort. Ihr Name mag Euch nichts sagen, sie nennt sich Neschan. Ajuga blieb als Einziger auf der Erde zurück, um in einem großen Wald über seine Untertanen zu wachen. Ich bin sein Ableger – Ihr würdet sagen, sein eigen Fleisch und Blut, sein Sohn. Deshalb nennen mich alle Wurzeligen Ajuga den Jüngeren.

Anfangs breitete sich mein Reich über ganz Mirad aus. Es war ein paradiesischer Garten. Leider entwickelten sich die Beinigen im Laufe der Zeit zu einem Elend, schlimmer als jede Läuseplage. Sie holzten und brannten rücksichtslos meine Kinder nieder. Nun haben die Wurzeligen sehr viel Geduld, aber irgendwann war es genug. Wir schlugen zurück. Einige Beinige mussten wir vergiften, andere erdrosseln, aber die meisten gingen freiwillig – nachdem wir die Erinnerung an unser Reich aus ihrem Gedächtnis gelöscht hatten. Nur die Sirilim vertrieben wir nicht. Sie durften bei uns wohnen, denn sie liebten den Frieden. Sie verstanden uns. Sie lebten in Harmonie mit uns.

Während sich das Ungeziefer des Melech-Arez auf der anderen Seite des großen Gebirges weiter vermehrte, wurde Floranien zu einem abgeschiedenen Reich, das bis an das Große Westmeer reicht. Wir Wurzeligen erhalten das den Menschen verloren gegangene Paradies für die Zeit nach der Weltentaufe, wenn die ganze Schöpfung wieder in Harmonie zusammenleben wird. Hier gibt es keine Wüsten und nur wenige unbegrünte Höhen. Meine Untertanen sind sehr verschieden, aber alle leben in Frieden und Harmonie miteinander …«

»Gibt es auch Ginkgos in Eurem Reich?«, unterbrach Ergil den König der Bäume. Die Frage brannte ihm schon die ganze Zeit auf der Zunge.

»Ginkgos?« Ajugas Augenbrauen, die wie längliche Mooskissen aussahen, hoben sich. »O ich kenne sie gut! Das Geschlecht der ›Nacktsamer‹ – wir ziehen es in Floranien vor, sie so zu nennen, weil … Wollte ich nicht gerade etwas ganz anderes erzählen? Na, jedenfalls gehörten die Nacktsamer zu den Ersten, die mir bei der Gründung meines Reiches halfen, obwohl es nie besonders viele waren. Mit den Sirilim verband die Ginkgos eine besonders enge Freundschaft, ja, man kann wohl sogar mit Fug und Recht von einer Zweckgemeinschaft sprechen. Die Schönen nannten sie übrigens ›Goldfruchtbäume‹. Es war ein harmonisches Geben und Nehmen: Für die Pflege der einen gaben die anderen ihnen einen besonderen Saft, der sie belebte und ihre seltenen Verletzungen heilte. Abgesehen von dieser Verbundenheit mit den Nacktsamern und einigen wenigen anderen Pflanzen wie den Zungenbäumen fühlten sich die Sirilim in Floranien hingegen nur noch geduldet. Das Alte Volk fürchtete wohl, einmal das Schicksal ihrer missratenen und von uns vertriebenen Geschwister zu teilen. Jedenfalls beschlossen die Schönen eines Tages auszuwandern.

Sie wollten ihren Neuanfang im Westen suchen, weil die Überquerung oder Umschiffung des Weltenbruchs für ein ganzes Volk zu viele Gefahren barg. Um ihren Plan zu verwirklichen, brauchten sie eine Flotte. Daher überredeten sie die ›Wandellinge‹ dazu, die Gestalt von Schiffen anzunehmen. So …«

»Wandellinge?«, wiederholte Ergil. Im nächsten Moment wurde ihm die Unhöflichkeit seiner Unterbrechung bewusst und er hielt verlegen die Hand vor den Mund.

Ajuga sah großmütig darüber hinweg und erklärte: »Ein sehr kluges Nachtschattengewächs, das sich unter geschickter Anleitung in fast jede beliebige Form auswachsen kann. Wie der Name ihres Geschlechts schon andeutet, brauchen sie dazu nur eine einzige Nacht. Die Sirilim nannten sie übrigens ›Zimmermannsschoten‹. Sie zogen aus ihnen prächtige weiße Schiffe.«

»Der ewige Schwarm«, murmelte Tiko.

»Nennt man sie so in deinem Reich?«

»Ja. Doch bitte fahrt fort, Majestät«, sagte der Susaner ehrfürchtig.

»Gerne. Wo war ich stehen geblieben? Ah ja! Bei den Wandellingen. Nachdem unter der Aufzucht der Schönen eine Flotte schneeweißer lebender Schiffe herangewachsen war, sagten wir einander Lebewohl. Die Sirilim segelten nach Westen davon. Sie nahmen etwas Mutterboden mit sich, Wandellingkeime, einige Nacktsamer und etliche andere Pflanzen und Tiere. Als Abschiedsgeschenk übergab ich ihrem König die kleine Soldina, das ›Meer der Zungen‹.

Als der Westwind ein paar Jahrhunderte später einige Sämlinge nach Floranien trug, berichteten diese von einer Katastrophe, die das neue Land der Sirilim verwüstet habe. Daraufhin seien sie abermals in ihre Schiffe gestiegen und wiederum nach Westen ins Unbekannte gesegelt.«

Ergil erinnerte sich an die Verse, die er von Nishigo in Silmao gelernt hatte: *Die Schönen kamen übers Nimmermeer, woher, das wissen wir nimmer mehr ...* Wenn das alte Lied die Wahrheit erzählte, dann stimmte auch die kühne Behauptung jener Gelehrten, die Mirads Gestalt als Kugel beschrieben.

Ajugas Stimme nahm einen traurigen Klang an, als er fortfuhr: »Nach dem Weggang der Sirilim starb das Geschlecht der Nacktsamer in Floranien allmählich aus. Es tut mir sehr Leid, Euch das sagen zu müssen, mein junger Freund, aber Ihr werdet in meinem ganzen Reich keinen einzigen Ginkgomann und keine Ginkgofrau mehr finden.«

Diese Mitteilung traf Ergil wie ein Keulenschlag. Sollten all die Wochen im Eisigen Ozean – von der langen und ungewissen Rückreise ganz zu schweigen – umsonst gewesen sein? Er rang mühsam um seine Fassung.

Mit einem Mal stutzte er. »Mann? Frau?«

»Sind die Wörter Euch fremd?«, wunderte sich Ajuga.

»Äh, nein, nicht bei unsresgleichen. Aber habt Ihr gerade von männlichen und weiblichen *Ginkgos* gesprochen?«

»O gewiss doch! Sagt bloß, Ihr wusstet nicht, dass eine Ginkgofrau nur Frucht tragen kann, wenn sie von einem Ginkgomann besamt wird?«

Wieder war Ergil wie vom Donner gerührt, jetzt aber aus einem ganz anderen Grund. Ihm kam es so vor, als sei er monatelang mit einem schwarzen Schleier über dem Kopf durch die Weltgeschichte gelaufen. Und jetzt hatte Ajuga diesen Behang mit einem Ruck weggerissen. Das also war das Geheimnis der Unfruchtbarkeit des Goldfruchtbaumes im Palastgarten von Silmao! Wenn der Ginkgo früher Frucht getragen hatte, dann musste es sich um einen *weiblichen* Baum handeln. Eine Ginkgofrau, um mit Ajugas Worten zu sprechen.

Aber wo bekam man für sie ein »Männchen« her?

Ergil erzählte, was der eigentliche Zweck seiner Reise nach Floranien war, und fragte Ajuga sodann, ob es in seinem Reich ein anderes Mittel mit einer ähnlichen Wirkung wie die des Ginkgosaftes gebe.

»Du sagst, in der Phiole an deiner Halskette befindet sich eine Probe des Giftes?«, vergewisserte sich Ajuga.

»Ja.«

»Dürfte ich mir einen Tropfen davon genauer anschauen?«

»Nun … Sicher. Warum nicht? Aber bitte verschüttet nichts.«

Der Baumkönig lächelte. »Keine Sorge. Bäume bewegen sich selten hastig.« Ajuga öffnete seine Rechte und zu Ergils großer Überraschung lag das Fläschchen bereits darin. Erschrocken griff er sich an die Brust.

»Vergiss nicht, dass du träumst«, erinnerte ihn der Herrscher der Wurzeligen. Hierauf hob er die Phiole über den Kopf und träufelte einen Tropfen des Gapagiftes auf eines seiner Kronenblätter.

»Was tut er da?«, fragte Bombo.

»Er ist ein Durchdringer wie Ergil und ich. Ich nehme an, er untersucht so die Zusammensetzung des Giftes«, erklärte Jazzar-fajim.

»Das habt Ihr fein erkannt, ehrenwerter Fürst«, pflichtete Ajuga ihm bei. »Ich kann die Beschaffenheit fast jedes Saftes ›erfühlen‹, und was ich einmal auf diese Weise ertastet habe, das vergesse ich nie wieder. Wartet …« Das holzige Gesicht erstarrte. Auch alle umstehenden Bäume blickten ihren König aus holzschnittartigen Mienen gespannt an. Nach einiger Zeit bestätigte dieser: »Das Gift stammt tatsächlich von den Harpyienwesen. Ich kann mich noch gut an sie erinnern. Meine Schlingpflanzengarde hat alle erdrosselt, derer sie habhaft werden konnte. Ihr Gift ist heimtückisch, aber der Saft aus der Frucht der Nacktsamer kann es unschädlich machen, wenn man beides miteinander vermischt. Allerdings dürfte die Sache ein wenig anders aussehen, wenn das Gift bereits im Körper eines Menschen oder einer Sirila zu wirken begonnen hat. Möglicherweise braucht man dann noch eine weitere Zutat, um die gewünschte Heilung zu erzielen.«

»Das ist tatsächlich so, Majestät«, sagte Ergil. Er warf Tiko einen verzweifelten Blick zu. Hatte es überhaupt einen Sinn, nach einem männlichen Ginkgo zu suchen? Ohne das verschollene Wissen über die geheime Ingredienz des Wassers von Silmao wäre Vania trotzdem verloren.

Ajuga breitete knarrend die Arme aus. »Ich bedauere sehr, Euch keine erfreulichere Auskunft geben zu können, aber solch einen Ersatz gibt es leider nicht. Der Saft des Ginkgo ist einzigartig.«

Ergil wäre wohl zusammengesackt, wenn er nicht schon gesessen hätte. Wie ein Sturzbach schien alle Kraft aus ihm hinauszufließen. Er spürte, wie ihm die Tränen kamen. Doch plötzlich durchfuhr ihn ein Geistesblitz.

Hatten die Sirilim ihre Schiffe nicht in einer parallelen Falte der Welt versteckt? Ebenso den Knochenpalast mit dem Haus des Gartens auf der Klippe von Sooderburg. Auch Vania hatte sich in die so gut wie zeitlose Zwischenwelt geflüchtet. Unvermittelt begann er wie in Trance zu sprechen.

»Könnte eine kleine Schar von Sirilim sich aus dem Hier und Jetzt zurückgezogen haben, als Magos' Heere die Schönen niedermetzelten und es keine andere Hoffnung auf einen Sieg der Übriggebliebenen mehr gab?«

Auf Jazzar-fajims makellos glatter Stirn erschienen mit einem Mal Falten. Dann weiteten sich seine Augen. »Das wäre durchaus möglich.«

»Und da die Weisen mit den Ginkgos in einer Zweckgemeinschaft lebten«, fuhr Ergil fort, seine Gedanken in Worte zu fassen, »wird es im Grünen Gürtel doch bestimmt auch viele dieser Bäume gegeben haben.«

»Die gab es gewiss. In meinem eigenen Garten standen einige von ihnen. Allerdings kann ich mich nicht erinnern, an ihnen jemals Früchte gesehen zu haben. Ich schätze, die Goldfruchtbäume haben uns mehr gebraucht als wir sie.«

»Vielleicht sind doch irgendwo ein paar männliche Ginkgos übrig geblieben. Wenn einige Sirilim überlebt haben, wo müsste man sie suchen?«

»In Saphira, der Hauptstadt des Alten Volkes.«

»Saphira«, wiederholte Ergil leise und nickte. »Dann müssen wir so schnell wie möglich dorthin.«

11

ENTRINS PLAN

Der weiße Hase quiekte auf, überschlug sich und blieb tot liegen. In seinem Nacken steckte ein Dolch. Ein Mann von kleiner, gedrungener Gestalt stapfte durch den Schnee. Er trug eine Pelzmütze, Handschuhe und einen zottigen braunen Mantel. Auf dem Grotwallpass herrschte auch im Sommer beißende Kälte.

»Nichts für ungut, kleiner Löffelmann«, kicherte Gondo und zog seiner Beute mit wenigen Handgriffen das Fell über die Ohren. Anschließend biss er in den Rücken des Tieres. Zwerglinge waren anspruchslose Wesen. Den Luxus, den Hasen zu braten, konnte sich Gondo, dieser ganz spezielle Sohn eines Zwerges und einer Waggfrau, nicht leisten. Dazu fehlte ihm die Zeit.

Jetzt, nachdem er in der kimorischen Spelunke *ihn* entdeckt hatte – keinen Geringeren als den jungen König von Soodland.

Gondo hatte weder hohe Ausgaben noch Mühen gescheut, um so schnell wie möglich nach Pandor zu gelangen. Er war sogar auf ein Schiff gestiegen, was einem Zwergling aus den Harim-zedojim einiges an Selbstverachtung abverlangte. In Grotsund hatte ihn sein erster Gang vom Hafen zum Pferdemarkt geführt. Fast sein ganzes Geld ging für das bleiche Ungetüm drauf, das er hauptsächlich wegen seiner langen Beine gekauft hatte – und das, obwohl er sich auf dem Gaul noch kleiner fühlte, als er ohnehin schon war.

Immerhin kam er auf dem Schimmel hurtig voran und musste nicht wie erst kürzlich auf Schusters Rappen durch die Lande ziehen. Er war froh, der kimorischen Verbannung endlich entronnen zu sein und seinen ramponierten Ruf wiederherstellen zu können. Diese öden Monate, die er auf dem unterbezahlten Posten eines königlich-pandorischen Spions in einer Stadt voller verrückter Glücksritter hatte zubringen müssen, verdankte er den Königen von Soodland.

Mit Ingrimm entsann sich Gondo der längsten dreißig Tage seines Lebens. Das schier endlose Herumhängen im Gelbsee hatte ihn und seine Kumpanen fast um den Verstand gebracht. Als der Zungenwald sie endlich wie faule Früchte fallen ließ, war aus dem geachteten Anführer ein Versager geworden und die viel versprechende Laufbahn als Räuberhauptmann fürs Erste beendet.

Auf dem wochenlangen Weg in wärmere Gefilde hatte Gondo den jungen Königen täglich Rache geschworen. Ergil und Twikus verdienten mehr als den Tod. Sie verdienten den Untergang von allem, was ihnen lieb und teuer war. Nun ja, diesen scheußlichen Chamäleonen, der auf das von Entrin ausgesetzte Kopfgeld für die Torlundsöhne noch einen schönen Batzen draufgesattelt hatte, traf natürlich auch ein Teil der Schuld an dem ganzen peinlichen Zwischenfall. Kaguan hätte einfach nicht so schamlos die Geldgier der Strauchdiebe anstacheln dürfen, die Gondo befehligte. Das hatte die Männer unvorsichtig werden lassen. Während seiner einsamen Wanderschaft durch die Gegend südlich des Zungenwaldes gelangte er zu dem Schluss, als Einziger alles richtig gemacht zu haben. Nicht er war der Versager, sondern die anderen.

Mit gestärktem Selbstvertrauen lief er einem pandorischen Grafen namens Waltran in die Arme, der sich mit seinen Männern und einem verwöhnten Grottenhund gerade auf dem Fußmarsch nach Pandorien befand. Anfangs hatte der in Entrins Diensten stehende Edelmann den knorrigen kleinen Burschen für ein Spielzeug gehalten und seinen Soldaten erlaubt, mit ihm allerlei Kurzweil zu treiben. Glücklicherweise sind Zwerglinge ziemlich robust und nachdem die erste Folter überstanden war, entdeckten die zwei unterschiedlichen Anführer eine gemeinsame Leidenschaft: den Hass auf die soodländischen Könige und ihre Gefolgschaft.

So schloss sich Gondo dem Grafen an und begleitete ihn in die Hauptstadt Pandoriens.

Seit König Entrins Förderer Wikander das Zeitliche gesegnet hatte, schmiedete der pandorische Monarch hehre Zukunftspläne. Er wollte selbst den Vorsitz im Großen Rat der Sechs übernehmen. Als jedoch die Kunde von Magos' Tod und Ergils triumphaler Heimkehr nach Soodland die Runde machte, drohte der Traum wie eine Seifenblase zu zerplatzen. Von da an ließ Entrin nichts unversucht, um gegen Ergil Intrigen anzuzetteln.

Zu diesem Zweck waren auch seine Spione im ganzen Herzland ausgeschwärmt. »Jetzt kannst du dich bewähren, Gondo. Geh nach Kimor und halte für uns die Augen offen«, hatte der pandorische Oberspion Baron Nartoz dem Zwergling angetragen. Und deshalb war der ehemalige Räuberhauptmann nach Kimsborg ins Exil geschickt worden. So kam ihm dieser Auftrag anfangs vor. Aber dann hatte sich in der Hafenkneipe *Zum durstigen Hering* das Glück auf seine Seite geschlagen.

Jetzt, so kurz vor dem Ziel seiner Reise, sah Gondo sich schon als wohlhabenden Lehnsherr auf einer hübschen Burg sitzen. Und das Beste war, diesen fürstlichen Lohn würde ihm seine derzeit größte Leidenschaft eintragen: die Rache für die im Gelbsee erlittene Schmach, der Niedergang von Soodland, der Tod von König Ergil.

Großmut, Aufrichtigkeit und Selbstbescheidung gehörten zu den Begriffen, die in König Entrins Wortschatz nicht vorkamen. Er war ein ehrgeiziger Mann. Mittelmäßigkeit wurde von ihm, wenn seine Ziele darunter litten, schon mal mit dem Tode bestraft. Menschen, die auf das zweifelhafte Vergnügen einer persönlichen Begegnung mit ihm zurückblickten, beschrieben ihn trotz seiner immensen Körperfülle oft als verzärtelten Schwächling. In Wortgefechten erlitt er meistens Niederlagen. Einem festen Blick wich er gewöhnlich nach kurzer Zeit aus. Aber sobald ein unbequemer Zeitgenosse ihm den Rücken zuwandte, schnappte er zu wie eine Viper, die ihre Giftzähne in die Fersen eines Rosses schlägt. Kurzum: Entrin war hinterhältig, der geborene Intrigant.

Seine wuchtige Statur setzte er durchaus raffiniert ein. Mit ihr kaschierte er geschickt seine Feigheit. Für die pandorischen Hofschneider war sie zwar eine stete Herausforderung, weil sie sich ständig veränderte, doch der Selbsterhaltungstrieb spornte die Meister von Nadel und Faden immer wieder zu neuen Höchstleistungen an, welche sich für ihren wählerischen Monarchen auszahlten. In edelste Stoffe gehüllt und mit goldenen Tressen beladen, machte der Monarch eine Respekt heischende Figur. Sogar der König von Ostrich – Spötter nannten Godebar den »wandelnden Fleischklops« – hatte Entrin als seinesgleichen anerkannt. Wer vermutete schon hinter einem solchen Schwergewicht einen, der lieber zum Verrat als zum Schwert griff, der vorne schmeichelte und hinten das Stilett aus dem Ärmel zauberte, mit dem er seine Gegner erstach?

Eigentlich hätte Entrin, nachdem er seinem grobschlächtigen Vetter Borst mit Wikanders Waffenhilfe den Thron abgejagt hatte, ein ruhiges Leben führen können. Pandorien war – neben dem Stromland – die Kornkammer des Sechserbundes. Die Staatskasse floss über von Juwelen aus den königlichen Edelsteingruben an der Dinganschlucht. Die Stimme eines solchen Reiches wog schwer im Bund der Sechs. Aber mit derlei Nichtigkeiten wollte sich Entrin nicht begnügen. Er hatte seinen grobschlächtigen Vetter Borst vom Thron gestoßen und sogar Wikander überlebt. Jetzt fehlte ihm nur noch die Krone des Großkönigs.

Ein Knurren bahnte sich den Weg durch seine Eingeweide,

bis es in Gestalt einer kleinen stinkenden Wolke seinem Rachen entstieg. Die Erinnerung an jenen dunklen Tag, als Twikus seinen Oheim von der Spitze des Knochenturmes gestoßen hatte, bereitete Entrin regelmäßig Verdauungsprobleme. Damals hatte er, so wie es seinem Naturell entsprach, vor den jungen Königen das Knie gebeugt, anstatt ihnen ins Gesicht zu sagen, was er von dem Schwächling Torlund und seiner Brut hielt. Die nicht nur anstrengende, sondern auch demütigende Übung würde dem Überlebenden der zwei noch teuer zu stehen kommen.

Zu seinem unsäglichen Missfallen wusste Entrin nicht, wann er seinem Feind am besten in den Rücken fallen konnte.

Der König saß im viel zu kleinen Thron seines Vorgängers, beschützt von zwei mit Schwertern und Hellebarden bewaffneten Schatten, und grübelte über das Gespräch mit Baron Nartoz nach. Nartoz war der Kopf des pandorischen Geheimdienstes. Eben erst hatten sie miteinander gesprochen. Dessen erste Mitteilung löste noch nachträglich im Gedärm des Königs eine geräuschvolle Gegenwehr aus: Entrins Vetter, der von ihm mit Hingabe gehasste Borst, weile immer noch auf der Sooderburg, meldete ein Spitzel. Alle Versuche, den vogelfreien Exilanten zu meucheln, waren bisher gescheitert und solange er unter dem Schutz der soodländischen Leibgarde stand, gab es wenig Hoffnung, an diesem bedauernswerten Zustand etwas zu ändern.

Auch der übrige Bericht des Magistrats war ziemlich niederschmetternd gewesen. Nicht, weil seine Spione schwiegen. Ganz im Gegenteil. Sie überhäuften das »Geheime Amt für Nachrichten« mit Botschaften über Ergil. Das Dumme daran war nur: Die Meldungen widersprachen sich. Der König war zwar noch jung und beweglich, aber er konnte wohl kaum am Morgen in Timmerburg eine Universität ihrer Bestimmung übergeben und am Abend desselben Tages mehr als tausend Meilen weiter südlich auf dem Schloss von Fürst Halbart

Bookson in Grotsund einem Bankett beiwohnen. Gewiss steckte Múria dahinter. Dieser Hexe traute Entrin alles zu. Weil sie wusste, dass er aus einer Position der Ungewissheit nie den Marschbefehl für seine an den Grenzen versammelten Heere geben würde, setzte sie ihn einem Hagelschauer von Falschnachrichten aus.

Entrin hörte ein Klopfen, dann eine dumpfe Stimme, die er jedoch nicht verstand. Hatte der Baron etwas vergessen? Die Posten am Eingang zum Audienzsaal öffneten die Tür. Tatsächlich! Es war Baron Nartoz, der in den lang gestreckten Raum stürzte und die Sechzigfußstrecke ein weiteres Mal in Angriff nahm. Der Baron war ein feiner, kleiner Mann mit schütterem grauen Haar und einer Hakennase. Er trug eine Halskrause, ein goldbesticktes Wams aus grünem Samt, eng anliegende schwarze Beinkleider und niedrige Stulpenstiefel mit auffallend langer, nach oben gewölbter Spitze. Atemlos kam er vor dem Thron zum Stehen.

»Leiden wir neuerdings an Vergesslichkeit, Baron?«, fragte Entrin. Solche kleinen Sticheleien bereiteten ihm ein diebisches Vergnügen.

»Nein, Majestät«, keuchte Nartoz. »Mein Verstand arbeitet besser als jeder andere im Land.«

Entrins fleischige Stirn legte sich bedrohlich in Falten.

»Besser als die *meisten* anderen, wollte ich sagen«, korrigierte sich der Oberspion mit einer Verbeugung. Dabei rieb er sich die Hände, als wolle er sie in Unschuld waschen.

»Was veranlasst Euch dann zu diesem schweißtreibenden Aufmarsch?«, erkundigte sich der König.

»Soeben ist einer meiner Männer eingetroffen. Aus Kimsborg.«

Entrin gähnte. »Welche guten Nachrichten können schon aus Helviks kaltem Nordland kommen?«

»Genau dasselbe habe ich auch zu Gondo gesagt«, freute sich der Magistrat.

»Gondo?« Der König zupfte sich am schwarzen Vollbart. »Ist das nicht dieser dämliche Zwergling, der die Könige von Soodland in Ostrich hat entwischen lassen?«

»Ebender, Majestät. Ebender. Er ist in sage und schreibe nur *dreißig* Tagen von Kimsborg bis nach Pandor gereist, um Euch eine aufregende Botschaft zu überbringen. Im Moment wartet er vor der Tür. Er sieht ziemlich mitgenommen aus, alles andere als vorzeigbar, und riechen tut er auch nicht gut, aber angesichts der Dringlichkeit …«

»Ist ja schon gut, Baron. Ich werde Euch nicht in den Kerker werfen, nur weil der Zwerg stinkt – sofern seine Botschaft erfreulicher ist als das Feuerwerk aus Unsinn, das Ihr vorhin für mich abgebrannt habt.«

»Zwergling, Majestät.«

»Wie belieben?«

»Gondos Mutter war eine Wagg und nur der Vater ein Zwerg.«

»Dann ist er eben ein Bastard.«

»Wenn Ihr ihm für seine Treue danken wollt, dann nennt ihn einen Zwergling.«

»Erst mal soll er mir seine Ergebenheit beweisen. Herein mit dem Wicht.«

Nartoz gab den Wachen am anderen Ende des Raumes einen Wink. Die Tür wurde geöffnet und Gondo trat ein.

Der Spion schlurfte in einem Tempo durch den Saal, das nicht andeutungsweise erahnen ließ, wie er die Entfernung Kimsborg-Pandor in einem Monat hatte bewältigen können. Entrin überlegte, ob er den Zwergling für diesen Mangel an Respekt belangen sollte.

»Er ist ziemlich erschöpft, Majestät«, flüsterte Baron Nartoz, als habe er die Gedanken seines Herrn erraten.

Entrin schnaubte. »Hoffentlich fällt er nicht tot um, ehe er uns seinen Bericht abgeliefert hat.«

Endlich hatte der Zwergling eine im Boden eingelassene

Linie aus rotem Marmor erreicht. Die Leibgarde bezeichnete Besuchern gegenüber den dahinter liegenden Bereich als »Todeszone«, weil man ihn nicht unaufgefordert übertreten konnte, ohne nachher einen typischen Querschnitt pandorischer Waffenschmiedekunst in seinem Körper wiederzufinden. Gondo blieb stehen und verneigte sich.

Entrin betrachtete missmutig die Spitzen der abgewetzten Stiefel, die unerhört weit auf die Linie ragten. Aus der Nähe sah der kleine Spion tatsächlich erschöpft und zerschunden aus, aber er hielt seinen unförmigen, dicht behaarten Kopf stolz in die Höhe. Sein zotteliger schwarzer Fellmantel war verfilzt und stank erbärmlich. Der König beugte sich vor und rang sich ein Lächeln ab.

»Sei gegrüßt, Gondo. Wie ich höre, hast du eine Menge Unbilden auf dich genommen, um mir geschwind eine Nachricht von größter Wichtigkeit zu überbringen.«

Der Zwergling verbeugte sich noch einmal, was Entrin einigermaßen besänftigte. »Ihr werdet stolz auf mich sein, Majestät. Im ganzen Heer Eurer Spione gibt es keinen wie mich. Wohl bin ich der Kleinste und trotzdem doch der Feinste.«

»Für Selbstbeweihräucherung verteile ich keine Belohnungen«, grunzte Entrin und ihm fiel auf, dass die bärlauchgrünen Augen des Wichts beim letzten Wort sprunghaft größer wurden.

»Ich habe Ergil gesehen.« Gondo spie die Worte förmlich heraus.

»Ergil? Etwa …«

»Ja, ja, ja«, beeilte sich der Zwergling zu versichern. »Den König von Soodland.«

»Wo? Wann?«

Gondo erzählte alles, angefangen bei der »Begegnung« im *Durstigen Hering* und den zwei Tagen, an denen er das seltsame Schiff der Soodländer beobachtet hatte, bis hin zu seinem aufopferungsvollen Gewaltmarsch nach Pandor.

»Und du bist dir sicher, dass Ergil zu einer Expedition in den Norden aufgebrochen ist?«, hakte der König nach, als sich die Lippen seines kleinsten Spions endlich wieder schlossen und ihm damit den weiteren Anblick einer ziemlich unvollständigen, schiefen und schwärzlichen Zahnparade ersparten.

Der Zwergling nickte. »Wozu sonst die Gespanne mit den Schlittenwölfen und all die Ausrüstung? Und der Trockenfischverkäufer, mit dem ich gesprochen habe, hat Stein und Bein geschworen, dass einer der Seeleute von der *Silberginkgo* etwas von einer Expedition in den Eisigen Ozean gesagt hat. Außerdem ist das Schiff nach dem Auslaufen geradewegs nach Norden gerauscht.«

»Das alles könnte ein Täuschungsmanöver sein, um mich zu einer unbedachten Handlung zu verleiten.«

»Oder eine Verzweiflungstat«, warf Nartoz ein.

Die Schweinsäuglein des Königs verengten sich. »Wie meint Ihr das?«

»Es ist nur so ein Gefühl, Majestät. Immer wieder melden die Spione, dass im soodländischen Volk von einem Fluch gesprochen wird, der Ergils Reich immer kälter werden lässt. Das Volk leidet von Tag zu Tag mehr darunter. Sogar wir bekommen das raue Klima inzwischen zu spüren. Noch ist es nicht dramatisch, aber die Bauern in Soodland können kaum ihren täglichen Bedarf stillen, geschweige denn die Vorratskammern für den befürchteten nächsten harten Winter füllen. Unsere Spione berichten, die Not leidende Bevölkerung habe schon fast vergessen, dass ihr König den dunklen Gott Magos bezwungen hat. Wenn, wie es den Anschein hat, auch noch die Weizenernte schlecht ausfällt, dann wird König Ergil den Rückhalt im Volk ganz verlieren. Sind das nicht ausreichend Gründe für irgendein verzweifeltes Unternehmen?«

»Meint Ihr, er sucht Weizenfelder im Eisigen Ozean?«

»Wohl kaum. Aber vielleicht hat er irgendeinen Hinweis auf die Ursache dieses ja durchaus bemerkenswerten Klimawandels erhalten. Womöglich will er ins ewige Eis vordringen, um Kälte da zu bekämpfen, wo Kälte entsteht.«

»Aber Ergil dürfte inzwischen erfahren haben, dass seinem Reich auch von außen Gefahr droht. Seine Äußerungen gegenüber Godebars Emissär deuteten jedenfalls darauf hin. Überdies werden Múrias Gewährsleute ihr vermutlich längst unsere Truppenbewegungen gemeldet haben. Er hätte doch einen anderen mit dieser verrückten Expedition beauftragen können. Wieso lässt er sein Reich in einer solchen Lage im Stich?«

»Das scheint im Wesen von Torlunds Söhnen zu liegen. Sie haben auch den Chamäleonen Kaguan um die halbe Welt gejagt und sogar Magos zum Kampf herausgefordert.«

Die Miene des Königs verfinsterte sich. »Was meint Ihr, warum ich in dieser Sache so vorsichtig taktiere? Am Ende lässt er noch meine Armee zu Stein erstarren. Was ratet Ihr mir, Baron?«

»Ich teile Gondos Überzeugung. Die *Silbergingko* ist nicht zu einer kurzen Vergnügungsfahrt aufgebrochen, sondern zu einem langen Unternehmen mit ungewissem Ausgang. Vielleicht sehen wir König Ergil nie wieder. Ich finde, dies ist die Gelegenheit, auf die Ihr gewartet habt. Ergreift sie, denn sie kommt gewiss kein zweites Mal.«

Entrin wandte die Augen zur Seite, weil er Nartoz' beschwörenden Blick nicht ertragen konnte. Sollte er den Befehl erteilen, der das gewaltige pandorische Heer in Marsch setzen würde? Ihm war klar, dass von dieser Entscheidung sein Schicksal abhing. Bewaffnete Horden über ein Dorf herfallen zu lassen, das seinem Vetter Schutz gewährt hatte, war das eine. Aber einen richtigen Krieg zu führen, das war etwas anderes und für ihn gänzlich Neues. Sein Atem ging pfeifend, wie meistens, wenn er aufgeregt war. Er suchte Antwort in den grünen Augen des stinkenden Wichts wie in einem Orakel.

Der Zwergling reagierte sofort. »Baron Nartoz hat Recht. Ihr verdankt meiner Entdeckung einen Vorteil, der Euch zum mächtigsten Mann des Herzlandes machen wird.«

Entrin atmete tief durch. »Also gut. Dann ist der Zeitpunkt gekommen. Baron Nartoz, Ihr lasst gleich nach meinem Waffenmeister schicken. Anschließend benachrichtigt alle Verbündeten, damit sich unsere Heere für den Überfall Soodlands bereit machen. König Godebar soll wie abgesprochen seine Flotte auslaufen lassen. Wir werden jedes Schiff brauchen, um die Insel einzunehmen. Wenn Ergil je nach Sooderburg zurückkehren sollte, werden wir ihn in seiner Festung empfangen. Beeilt Euch, alles muss jetzt sehr schnell gehen.«

Der Magistrat verneigte sich und schickte sich an, rückwärts die nächste Saaldurchquerung aufzunehmen. Seine Augen schickten unverschlüsselte Botschaften in Richtung des kleinen Spions: *Komm gefälligst mit!,* schienen sie zu rufen. Doch Gondo blieb wie angwurzelt stehen.

»Ist noch etwas?«, fragte der König.

»Ich habe Euch gerne gedient«, antwortete der Kleine.

»Dafür hast du auch eine Belohnung gut, tapferer Zwergling«, sagte Entrin und hoffte, der lästige Wicht habe bemerkt, dass er nicht als *Zwerg* belobigt wurde.

»Damit habe ich gar nicht gerechnet, Majestät. Ihr seid zu großzügig.«

»Nun ja«, wiegelte der König ab. »So bin ich eben. Nimm also meinen Dank entgegen.«

Mit einem Mal fühlte er sich von Gondos grünen Augen gierig angestarrt.

»Ist noch was?«, erkundigte sich Entrin.

»Ihr hattet noch nicht die Art der Belohnung erwähnt, Majestät.«

»Ist dir meine Dankbarkeit etwa nicht Lohn genug?«

»Äh …« Der Wicht blinzelte. Sein Mund blieb offen stehen. Aber er sagte nichts.

Entrin lächelte huldvoll und weil er den Wicht endlich loswerden wollte, raffte er sich zu einem Ausbruch von Mildtätigkeit auf. »Na schön, ich will mal nicht so sein und dir meine Anerkennung noch auf andere Weise zeigen. Ich gebe dir das Kommando über eine Kohorte. Du darfst mit meinem Heer in den Krieg ziehen und dir in Soodland ein hübsches Lehen verdienen. Das ist doch was, oder?«

12

MONDWOLKE

Um den Sohn der schlafenden Königin in die Stadt der Sirilim zu bringen, benötige er nur eine Nacht der Vorbereitung, hatte Ajuga gesagt. Und er sollte Recht behalten. Die Gemeinschaft des Lichts war in einem Gewaltmarsch zu der Bucht zurückmarschiert, in der die *Silberginkgo* auf sie wartete. Die Pflanzen hatten ihnen mit einem grünen Licht den Weg gewiesen. Als die Gefährten jetzt auf den Strand hinausliefen, stand die Morgensonne schon zwei Handbreit über dem Horizont. Plötzlich schob sich ein geheimnisvoller Schleier vor das Himmelslicht.

Ergils Herz begann heftig zu pochen. Er hatte das Gefühl, es schlage direkt in seinen Ohren. Was sich da aus Richtung des Weltenbruchs näherte, bereitete ihm Beklemmung, obwohl Ajuga in dem Wachtraum die Harmlosigkeit des Gebildes geduldig, ja erschöpfend beschrieben hatte. Dieser Aufklärung war ein verzweifelter Stoßseufzer Ergils vorausgegangen: »Man müsste über den Weltenbruch hinwegschweben können, dann wären wir innerhalb kürzester Zeit in Saphira.« Die Hauptstadt der Sirilim lag am südlichen Ufer des Sternenspiegels, wie dank Jazzar-fajim inzwischen jeder in der Gruppe wusste.

»Wenn ihr fliegen wollt, dann sollt ihr auch fliegen«, hatte hierauf Ajugas Antwort gelautet und im Kreis der Gefährten einige Verwirrung gestiftet.

»Heißen die Wurzeligen nicht Wurzelige, weil sie mit dem Boden verwurzelt sind?«, kam prompt Popis nicht ganz unberechtigte Frage.

»Du bist ein guter Beobachter, kleiner Mann«, lobte ihn der König der Bäume. »Aber hast du nie im Herbst den Blättern zugeschaut, wenn übermütige Böen sie aufwirbeln? Oder im Frühling den Pollen? Kennst du nicht den Löwenzahn, dessen Sämlinge weite Strecken durch die Luft zurücklegen? Sie alle fliegen!«

Ergil gab zu bedenken, dass es doch immer der Wind sei, der in diesen Beispielen die Richtung angebe. Für eine zielgenaue Reise in den Grünen Gürtel sei derlei Willkür kaum zu gebrauchen.

Auf Ajugas Rindengesicht war daraufhin wieder sein knarziges Lächeln erschienen. »Ich hatte auch an ein etwas klügeres Kind meiner großen Familie gedacht. An den *Mondtau.*«

Wie man sich denken kann, hatte es Ergil zunächst die Sprache verschlagen. Wie ein Asthmatiker japste er schließlich: »Warum ausgerechnet der Mondtau? Das sind garstige Flöckchen, die einen erst betäuben, um dann Mund und Nase zu verkleben, bis man keine Luft mehr bekommt!«

»Du sprichst von Sämlingen, die sich leider von Magos verführen ließen. Die meinen hier sind ganz friedlich«, beschwichtigte Ajuga seinen aufgeregten Gast.

Ergil stutzte. »Sagt bloß, Ihr wisst von dem Überfall in den Namenlosen Sümpfen?«

»Nicht von Eurem Unglück im Besonderen, aber über die Machenschaften des dunklen Gottes bin ich hinlänglich im Bilde. Ich habe sogar lange auf dem Kitora einen Späher gehabt, der mich über alles auf dem Laufenden hielt, eine kleine tapfere Kiefer. Leider muss Magos Verdacht geschöpft und meinen Kundschafter zum Schweigen gebracht haben.«

Ergil hatte zunächst nur verdattert aus dem Hemdkragen geschaut. Der einsame Krallenbaum, auf den er nach seiner Wiederbelebung die letzten Pfeile seines Bruders abgeschossen hatte, war ein Spion Ajugas gewesen! »Aber wie …?«

»Pollen«, antwortete der Uralte, als habe er die unausgesprochene Frage aus dem Kopf seines Gastes herausgeklaubt. »Zumindest in den meisten Fällen sind es die Pollen, die weite Strecken zurücklegen und mir die Botschaften aus aller Welt überbringen. Aber es gibt auch andere Zuträger: winzige Meeres- und Flussalgen, Pilzsporen, Blätter – ich will Euch mit der Aufzählung nicht langweilen.«

»Und wie sollen wir mithilfe von Mondtau in den Grünen Gürtel fliegen?«

»Das«, hatte Ajuga mit einem knarzenden Lächeln erklärt, »findest du – der mächtigste Durchdringer, dem ich je begegnet bin – am besten selbst heraus.«

Als sich das Gebilde jetzt dem Strand näherte, beschlichen Ergil ernste Zweifel, ob er überhaupt herausfinden *wollte,* zu welchen Flugkunststücken eine Ansammlung von Samenflöckchen fähig war. Ajuga hatte gemeint, wer ein Schiff aus Zimmermannsschoten steuern könne, der sei auch in der Lage, dem Mondtau einen Kurs vorzugeben.

Von der *Silberginkgo* hallten aufgeregte Stimmen über das Wasser. Galten sie den zurückgekehrten Kameraden? Zumindest nicht ausschließlich, stellte Ergil fest. Er sah Engwin, den Steuermann, gen Himmel deuten. Auch die meisten Seeleute hatten ihr freudiges Winken eingestellt und wandten sich dem herbeischwebenden Phänomen zu.

Von weitem hatte es noch wie eine unförmige Wolke ausgesehen, doch je näher es kam, desto deutlicher wurden die Unterschiede. Genauso wie die Flocken aus den Namenlosen Sümpfen glichen auch diese hier den weißgrauen Flaumbällen des Löwenzahns (gegen die Morgensonne sah man immer wieder vereinzelte Ausreißer, die sich wie sprühende Funken aus dem Verbund lösten, zumeist aber rasch wieder in diesen zurückkehrten). Es mussten Myriaden mal Myriaden Sämlinge sein. Schon in den Namenlosen Sümpfen hatte Twikus im Traum eine wolkenartige Zusammenballung des Mondtaus gesehen, die zuletzt die Gestalt von Riesenschlangen annahm und sich sehr gezielt bewegen konnte. War die damalige Vision etwa mehr als eine Warnung vor der unmittelbar bevorstehenden Gefahr gewesen? Gab es hier und jetzt so etwas wie eine zweite Erfüllung des Traumes? Es hatte ganz den Anschein.

Ergil sah, wie sich die Wolke im Herabsinken verformte. Mit einem Mal glich sie … nein, keiner Seeschlange, sondern einem *Wal*. Allerdings war sie vier- oder fünfmal so groß wie die gewaltigsten dieser Riesen der Meere. Das vordere Ende des Gebildes war dick und rund, nach hinten verjüngte es sich, um schließlich in einer Fluke, einer quer stehenden Schwanzflosse, zu münden. Auch an verschiedenen Stellen des »Körpers« befanden sich flächige, oben spitz zulaufende Auswüchse, Finnen, wenn man so wollte. Die von der See einfallenden Winde stauchten die Wolke manchmal zusammen oder zogen sie in die Länge oder quetschten sie an irgendwelchen Stellen ein, das Gebilde riss aber nie auf und fand schnell wieder in die einmal gewählte Form zurück.

Dann setzte es sanft am Ufer auf.

»Ich fange langsam an, die *Silberginkgo* zu schätzen«, brummte Bombo und kratzte sich am Bauch.

Popi lief zu der Samenwolke und streckte die Hand danach aus.

»Sieh dich vor!«, warnte Ergil ihn. Doch es war schon zu spät.

»Au Backe! Das klebt aber heftig«, stellte der junge Ritter fest.

»Was du nicht sagst! Lass lieber die Finger davon, bis ich mich von der Harmlosigkeit unseres … *Luftschiffes* überzeugt habe.«

»Luftschiff?« Popi kicherte. »Das gefällt mir.«

Tusan schritt derweil die Schnauze des fliegenden Wales ab und fragte: »Hat jemand eine Ahnung, wie wir da reinkommen?«

Als habe die Samenwolke nur darauf gewartet, öffnete sich mit einem schmatzenden Geräusch ein »Maul«.

Bombo stolperte vier, fünf Schritte zurück und protestierte: »Ich lass mich nicht von einem Fisch verschlucken.«

»Wale sind keine Fische«, sagte Ergil.

»Woher willst du das wissen?«

»Ich habe einige gefragt.«

»Du machst Witze.«

»Nein. Sie säugen ihre Jungen genauso wie eine Maus oder eine Kuh.«

»Ich will aber nicht mit einer Maus tausende von Meilen fliegen. Oder mit einer Kuh.«

»Möglicherweise brauchst du das auch nicht.«

Die eben noch verbissene Miene des Kapitäns heiterte sich für einen Moment auf, um sodann jäh in einen fragenden Ausdruck abzugleiten. »Heißt das, wir fahren jetzt doch mit dem Schiff zurück?«

»Einige vielleicht schon. Ajuga hat uns nicht versprochen, *alle* mit diesem Luftschiff in den Grünen Gürtel zu fliegen. Er meinte: ›Um den Sohn der schlafenden Königin in die Stadt der Sirilim zu bringen, benötige ich nur eine Nacht der Vorbereitung.‹ Von einer mehr als dreißigköpfigen Besatzung war nicht die Rede. Von den Schlittenwölfen und der Ausrüstung ganz zu schweigen. Da kommt ein ziemliches Gewicht zusammen.«

»Aber dieses … Ding ist mindestens fünfhundert Fuß lang!«

»Wie wäre es, wenn wir einfach ausprobieren, welche Lasten unser neues Schiff tragen kann?«, schlug Jazzar-fajim vor.

Der König nickte. »Ich hatte sowieso die Absicht, mich zunächst allein mit der Mondtauwolke zu beschäftigen.«

»Um deine Furcht zu überwinden?«

Ergil spürte einen Anflug von Ärger. Sofort musste er an die Zornissen denken und kämpfte das dunkle Gefühl nieder. Sein Oheim hatte ja Recht. »Unter anderem«, räumte er lächelnd ein. »Aber ich würde auch gerne einen geistigen Zugang zu unserem neuen Transportmittel finden.«

»Du möchtest dich mit ihm unterhalten? Wie wäre es, wenn

ich dir helfe? Es dürfte ohnehin besser sein, wenn zwei mit dem Schiff vertraut sind. Dann können wir uns ablösen.«

Nach kurzem Zögern stimmte Ergil zu.

Mit seinem Urgroßoheim bezog er vor dem »Maul« der Samenwolke Aufstellung. Es stand immer noch offen, was unzweifelhaft als Einladung zum Eintreten zu verstehen war. Trotzdem kämpfte Ergil noch mit sich. Obwohl es sein Bruder war, der damals in den Namenlosen Sümpfen gegen den Mondtau gekämpft hatte, war auch er von dem furchtbaren Ereignis gezeichnet. Offenbar hatte es tiefere Narben in seiner Seele hinterlassen, als er bisher auch nur ahnte.

Jazzar-fajim war einfühlsam genug, um seinen Neffen nicht zu drängen. Um ihm die Angst zu nehmen, ging er einfach voran. Mit einem großen Schritt betrat er die Zugangsluke des Luftschiffes – oder um beim Walbild zu bleiben, den Unterkiefer. Er wechselte von einem Fuß auf den anderen. Dann drehte er sich zu seinem Neffen um. »Der Boden ist zwar weich, aber nicht klebrig. Komm!« Er winkte den Zauderer näher.

Ergil klaubte die letzten Krümel Mut zusammen, die von der beklemmenden Erinnerung noch nicht fortgewischt worden waren, und folgte Jazzar-fajim ins Schiff.

Gemeinsam drangen sie tiefer in den riesigen Körper ein. Zu Ergils Überraschung war das Luftschiff nicht einfach eine leere Hülle. Wie bei der *Silberginkgo* gab es auch hier Decks. Der Raum, den die zwei Steuermänner betraten, war gut dreißig Fuß hoch, sechzig breit und weit über einhundert Fuß lang. Die Außenwände leuchteten, als sei die Sonne darin eingeschlossen. An manchen Stellen sickerte die Helligkeit nur sehr gedämpft herein, andernorts war der Rumpf praktisch durchsichtig und gewährte Ausblicke auf die Umgebung. Für einen Moment fühlte sich Ergil in Olams Palast der Schmetterlinge zurückversetzt. Auch dieser hatte aus unzähligen Lebewesen bestanden, deren stete Flügelbewegungen immer wieder Licht einfallen ließen.

»Hast du so etwas je gesehen?« Es war Jazzar-fajim, der sein Staunen zuerst in Worte fasste.

Ergil nickte, sagte aber: »Nein.«

»Alles in Ordnung mit dir?«

»Ehrlich gesagt weiß ich das nicht so genau. Es ist nicht einfach, zu vergessen, *woraus* dieses Luftschiff besteht.«

»O doch! Ist es«, widersprach der Sirilo. »Du musst dich nur auf etwas anderes konzentrieren. Lass uns versuchen, zu der Wolke Verbindung aufzunehmen.«

Unwillkürlich streckte Ergil die Hand aus, wie er es immer bei Múria getan hatte. Sein Oheim packte mit festem Griff zu. Zuerst versuchte Ergil wie mit dem Weberknecht zu reden.

Mondtau, hörst du mich?

Er lauschte.

So wirst du nicht weiterkommen, mein lieber Freund.

Ergil zuckte zusammen. Nisrah! Musst du mich so erschrecken?

»Was ist?«, flüsterte Jazzar-fajim.

»Ich spreche gerade mit meinem Freund, dem Netzling.«

»Ach so! Dann sag mir Bescheid, wenn du bereit bist.«

Ergil nickte.

So, so. Neuerdings findest du deinen »Umhang« also erschreckend, sagte der Netzling pikiert. *Dabei haben wir seit gestern, als du mein inneres Wesen im Wachtraum gesehen hast, kaum drei Worte miteinander gewechselt.*

Eben drum. Tut mir Leid. Ich war danach ziemlich durch den Wind.

Danach?

Na ja, eigentlich seit ich meine Mutter in der Zwischenwelt gefunden habe. Sei mir bitte nicht böse.

Traurig bin ich wohl ab und an, wenn ich so unbeachtet an dir herumhänge, aber dir böse sein? Meinem allerliebsten Gespinstling? Unvorstellbar!

Dann ist es ja gut. Ich werde mir Mühe geben, deinen Durst nach Zweisamkeit zu stillen, Nisrah, aber jetzt hilf mir bitte mit diesem monströsen Ding.

Was erwartest du von den Sämlingen, wenn du so über sie denkst? Selbst wenn sie über deine Verachtung hinwegsehen, wirst du ihr inneres Wesen nie erblicken können. Sei einfach offen für das, was auf dich zukommt.

Ergil merkte, wie die Zornissen den gut gemeinten Rat in einen Angriff auf seine persönliche Freiheit ummünzen wollten. Er schluckte den Anflug von Stolz hinunter und antwortete reumütig: Ich habe eine einzige schlechte Erfahrung mit Mondtau gemacht und verdamme gleich die ganze Art. Danke für deine klaren Worte, mein Freund.

Stets zu Diensten, erwiderte der Weberknecht geradezu überschwänglich. *Dann wollen wir mal sehen, ob wir nicht bald auf einer Wolke schweben … Ich meine natürlich,* in *einer Wolke …*

Während der Netzling noch redete, gab Ergil seinem Oheim ein Zeichen. Beim zweiten Versuch gingen sie anders vor. Gemeinsam mit Nisrah schufen sie einen »Resona nzkörper«, in dem sie die Schwingungen des fremden Geistes einfangen, aber auch eigene Gedankenbilder aussenden konnten. Und tatsächlich! Schon nach kurzer Zeit antwortete die Samenwolke.

Ajuga hatte Recht gehabt. Die Verständigung ähnelte jener, die Ergil in den letzten Wochen ausgiebig mit der *Silberginkgo* eingeübt hatte. Deshalb übernahm er auch gleich die Führung. Er bat das Luftschiff, vom Boden abzuheben.

Mit der Kraft der Durchdringung spürte er, dass sich in den oberen Regionen der Wolke etwas veränderte. Offenbar konnten die Sämlinge irgendwie die dort eingeschlossene Luft umwandeln. Jedenfalls dauerte es nicht lange und das gewaltige Gebilde schwebte nach oben. Ergil und Jazzar-fajim stapften zu einem der unregelmäßig geformten »Fenster«. Weil der Boden die Beschaffenheit von feuchtem Schnee hatte, wateten sie mehr, als dass sie gingen.

Die Aussicht war atemberaubend. Ihre Gefährten hatten schon die Größe von Waldameisen und wurden rasch kleiner.

»Schaffst du es auch allein?«, fragte Jazzar-fajim.

»Probieren geht über Studieren«, antwortete Ergil und griente wie ein Honigkuchenpferd. Mit einem Mal machte ihm das Fliegen in der Mondtauwolke Spaß.

Mühelos gelang es ihm, den fliegenden Wal eine Runde über die Bucht ziehen zu lassen. Dabei fiel ihm auf, dass die Wolke mehrmals die Höhe änderte. Offenbar suchte sie sich jeweils die günstigste Luftströmung, um den angesagten Kurs einzuschlagen. Hiernach übergab Ergil das unsichtbare Ruder an seinen Urgroßoheim.

Auch Jazzar-fajim kam schnell mit dem Mondtau zurecht. »Es ist unglaublich!«, rief er aus, nachdem er das Luftschiff genau über der *Silbergingko* zum Halten gebracht hatte. »Fast so, als würde man mit einer tausendköpfigen Kinderschar einen Ausflug machen und die Winzlinge täten auch noch das, was man von ihnen verlangt. Ich denke, Ergil, du wirst schneller im Grünen Gürtel sein, als du es je für möglich gehalten hast.«

Aus der Ahnung wurde im Laufe des Vormittags Gewissheit. Die Samenwolke besaß nicht genügend Auftrieb, um sämtliche Gefährten durch die Luft zu tragen, von der Ausrüstung gar nicht zu reden.

Bombo war einerseits erleichtert, nicht in den fliegenden Wal steigen zu müssen, andererseits hatte er die Gemeinschaft des Lichts nicht verlassen wollen.

»Es wäre mir sowieso schwer gefallen, die *Silberginkgo* hier zurückzulassen«, half ihm Ergil aus seinem Zwiespalt. »Vielleicht brauchen wir ihre Eigenarten noch und du bist der Einzige, dem ich sie anvertrauen kann. Außerdem, sieh die Sache mal so: Das Eis hat uns viel früher überrascht, als wir es erwartet hatten. Möglicherweise musste Dormund umkehren und sitzt immer noch in Soodland fest. Mit dem Sirilimschiff könntest du ihn nach Silmao bringen, damit er dort nach dem Lebenselixier suchen kann.«

Mit einem gequälten Ausdruck auf dem Gesicht hatte der Kapitän sich schließlich in seine Bestimmung ergeben. Bald konnte er sogar schon wieder lachen, als er verkündete: »Wer weiß, ob die Rückkehr der *Silberginkgo* nicht noch zu etwas anderem nützt. So kann ich die Spione Entrins, Godebars und der übrigen herzallerliebsten Ratsherrn an der Nase herumführen. Sie werden annehmen müssen, dass du wieder in Sooderburg das Heft in der Hand hältst.«

Weil sich in einer Wolke, selbst wenn sie aus Mondtau besteht, schlecht ein Lagerfeuer anzünden lässt, hatte Ajuga ein besonderes Mittel zum Schutz gegen die Kälte in großer Höhe empfohlen. Ein Gemisch aus Pflanzenresten, das er »Mulch« nannte. »Wenn es gärt, dann wird euch warm«, hatte er versprochen.

»Und wie kommen wir an diesen Mulch?«, war Ergils nächste Frage.

»Ihr werdet ihn finden, wo ihr ihn braucht«, hatte Ajuga geantwortet.

So war es auch. Der Mulch lag in verschwenderischer Fülle am Strand – die Gefährten hatten ihn zunächst für angeschwemmten Tang gehalten. Die Samenwolke war so freundlich, unter dem Boden des Aufenthaltsdecks einen eigenen Heizraum auszuformen, in den das faulige Material eingelagert wurde. Die braungrünen Haufen rochen modrig, aber es war auszuhalten. Der zusätzliche Ballast, den sie für das Luftschiff darstellten, erwies sich als ein größeres Problem. Um Gewicht zu sparen, durfte nur noch das Allernötigste an Gepäck ins Mannschaftsdeck geschafft werden. So war die Wolke zur Mittagszeit bereits fertig beladen und zur Abreise bereit.

Zum Abschied fielen sich die Männer um den Hals. Schekira machte den Seeleuten noch einmal in ihrer Elvengestalt Mut. Dafür empfing die Gemeinschaft des Lichts eine ganze Ladung von Segenswünschen, die dem fliegenden Wal zum Glück nicht schwer im Magen lagen.

Nur Ergil, Popi, Tiko, Jazzar-fajim, Tusan sowie Nisrah und Schekira begaben sich in die Wolke – die letzten beiden fielen praktisch nicht ins Gewicht. Auf die Mitnahme des Botenfalken musste man verzichten, weil das Tier im Innern der Samenwolke wie wild mit den Flügeln geschlagen hatte und selbst von den beiden Durchdringern nicht zu beruhigen gewesen war. Damit gab es keine Möglichkeit mehr, Múria über das Gelingen oder Scheitern der Mission zu benachrichtigen, ein Gedanke, der Ergil wenig behagte.

Deutlich langsamer als beim ersten Probeflug hob das Luftschiff vom Strand ab. Die wohl ersten Flugreisenden in der Geschichte von Mirad winkten ihren Gefährten auf dem Sirilimschiff zu. Bald war die versteckte Bucht nur noch eine Pfütze und die *Silberginkgo* ein schneeweißer Wasserkäfer darin.

Schnell hatte die Samenwolke einen Westwind gefunden, der sie wie angewiesen direkt auf den Weltenbruch zutreiben ließ. Das Tempo nahm rasch zu. Binnen kurzem konnten die Reisenden unter sich einen Baumriesen sehen, der sich sogar aus der Vogelperspektive deutlich aus seiner Umgebung abhob.

»Lebe wohl, Ajuga«, murmelte Ergil. Seine Hand streichelte über Schekiras Gefieder. Sie hatte, nicht weil es notwendig gewesen wäre, sondern aus alter Gewohnheit, die Gestalt eines Eisvogels angenommen und hockte auf der linken Schulter ihres besten Freundes. Der hörte von der anderen Seite ein Flüstern, das er zunächst irrtümlicherweise ebenfalls als einen Abschied vom König der Bäume auffasste.

»Dass ich das jemals erleben dürfte, hätte ich mir in meinen kühnsten Träumen nicht ausgemalt. Er ist so nahe.«

Er wandte sich dem Quell des ehrfürchtigen Staunens zu. Tiko spähte aber nicht zu Ajuga nach unten, sondern geradewegs nach Osten. Ergil folgte dem Blick des Freundes und dann glaubte er zu begreifen, was dieser gerade empfand. Mit gedämpfter Stimme beschrieb er, was beide gerade sahen.

»Magons Eispalast. Wir werden wohl gleich drüberfliegen. Erfüllt es dich mit Stolz, dass dein Urahn an diesem Ort die Welt gerettet hat?«

Tiko riss sich von dem glitzernden Gefunkel los und betrachtete nachdenklich das Gesicht des jungen Königs. Plötzlich lächelte er. »Es erfüllt mich mit Stolz, neben dem Mann zu stehen, der uns alle am Kitora vor dem Verderben bewahrt hat.«

»Das ist das Verdienst von Twikus«, sagte Ergil und die Erinnerung an seinen Bruder versetzte ihm einen schmerzhaften Stich.

Die beiden Freunde hatten zu leise gesprochen, um von ihren Gefährten verstanden zu werden. Daher platzte Tusan ahnungslos in ihr Gespräch. »Hast du unserem Packesel schon einen Namen gegeben?«

Ergil drehte abermals den Kopf, seine Gedanken indes verhielten sich wie eine zähe Brühe, die dem Richtungswechsel, wenn überhaupt, nur träge folgten. »Was?«

Der Fährtensucher wiederholte seine Frage.

»Nein«, antwortete Ergil.

»Dann wird's aber höchste Zeit, findest du nicht?«

»Äh … Na ja, ich weiß nicht. Hat irgendjemand von euch einen Vorschlag?«, rief er in die Runde.

»*Mondwolke*«, antwortete Schekira neben seinem Ohr, als habe sie nur auf die Frage gewartet.

»*Mondwolke?*«

»Eine Verbindung aus *Mond*tau und Samen*wolke*.«

»Also mir gefällt der Vorschlag«, erklärte Popi.

Ergil blickte nacheinander in die Gesichter seiner Gefährten. Hier und da ein Nicken, nirgendwo Ablehnung. »Also gut. Dann soll unser fliegendes Schiff ab heute *Mondwolke* heißen.«

Applaus brandete auf.

»Ich hoffe nur, sie macht ihrem Name alle Ehre und steigt allmählich höher«, sagte eine überraschend besorgte Stimme. Tiko starrte schon wieder nach Osten.

Der König blickte abermals durch die zarten Schleier aus Samenflöckchen. »Beim Herrn der himmlischen Lichter, du hast Recht! Wir sind viel zu tief.«

Die *Mondwolke* trieb mit zunehmendem Tempo auf Magons bizarren Palast zu. Anders als die *Silberginkgo* bei den Eisbergen machte sie aber keine Anstalten, dem Hindernis auszuweichen. Ergil schüttelte fassungslos den Kopf.

»Wir werden von diesem Wald aus Kristallspitzen unweigerlich zerrissen, wenn wir nicht sofort etwas unternehmen!«

Der Festungskomplex hatte unglaubliche Ausmaße und eine beängstigende Schönheit, die erst aus der Nähe erkennbar wurden. Der verlassene Wohnsitz des dunklen Gottes sah aus, als sei er aus gigantischen, meist sechseckigen Kristallen erschaffen worden. Spitze Türme und Zinnen, scharfkantige Mauern und Gebäude reckten sich wie Speerspitzen in den wolkenlosen Himmel. Alle schimmerten in einem eiskalten Blau. Obwohl man das Gefühl hatte, durch die transparenten Wände schauen zu können, blieb der Blick doch immer irgendwo in den dicken Kristallen stecken, so als gefriere er, bevor er Magons Geheimnisse lüften konnte.

Ergil formte hektisch Bilder in seinem Geist, den Umständen entsprechend immer noch taktvolle Aufforderungen an die Mondtaufamilie, doch bitte schleunigst an Höhe zu gewinnen. Die Antwort, die er jedes Mal bekam, ist kaum in unserer Sprache wiederzugeben. Frei übersetzt könnte sie so lauten:

Wir würden ja gerne, aber wir sind zu schwer.

»Au Backe, das wird eng«, kommentierte Popi das Geschehen. Seine Stimme zitterte.

In den Fenstern waren nur noch die mörderisch spitzen Dächer des Eispalastes zu sehen. Ein Zusammenstoß mit der Festung musste zwangsläufig in einer Katastrophe enden. Ergil schätzte die Entfernung bis zur Kollision auf höchstens eine halbe Meile. Er wandte sich Jazzar-fajim zu und rief: »Hilf mir,

Oheim! Wir zwei müssen mit unserer *Mondwolke* reden. Und wir müssen *sehr* überzeugend sein.«

Wieder formierten sie sich mit Nisrah zu einem Dreiergespann, um keine auch noch so kleine Regung in dem großen Gemeinschaftsgeist der Samenwolke zu übersehen. Warum raste sie geradewegs in ihr Verderben? Die in den Tönen der Unbekümmertheit eingefärbte Erwiderung war ernüchternd. Sinngemäß lautete sie: *Keine Sorge, uns wird nichts passieren. Wir lösen uns nur voneinander und später setzen wir uns wieder zusammen.*

Das war nicht ganz die Antwort, die Ergil sich erhofft hatte. Er schlug vor, auf Nordkurs einzuschwenken und so dem Hindernis auszuweichen.

Aber ihr habt doch über den großen Berg fliegen wollen, wunderte sich die *Mondwolke* und schwebte munter weiter.

Wichtiger sei es zunächst, in einem Stück zu bleiben, erklärte Ergil ihr mit wachsender Ungeduld und stieß damit zunächst auf Unverständnis. Anscheinend reichte selbst der vereinigte Verstand von Millionen Sämlingen nicht aus, um sich einen so dämlichen Wunsch vorzustellen.

Ich befehle dir, den Weltenbruch im Norden zu umfliegen. Sofort!

Diese stümperhafte Übersetzung von Ergils Wutausbruch kann nur einen ungefähren Eindruck von der Bilderflut vermitteln, die er wie ein Blitzgewitter in dem Wolkenpaket aufflackern ließ. Die Reaktion der *Mondwolke* war dramatisch.

Die auf einer annähernd zweitausend Fuß hohen Klippe stehende Festung schien schon zum Greifen nah. Doch plötzlich sackte das Luftschiff senkrecht nach unten und die Gefährten flogen – so hatte es den Anschein – in die entgegengesetzte Richtung. Erfreulicherweise war die Flockendecke, an der sie hängen blieben, ausgesprochen weich.

»Will das Schiff uns alle umbringen?«, keuchte Tusan. Er hatte es als Einziger geschafft, mit den Füßen voraus zu landen, stand also jetzt Kopf, was zwar komisch aussah, aber niemanden zum Lachen brachte.

»Kann schon sein«, ächzte Ergil. »Ich habe sie ziemlich rüde angeschnauzt.«

»Du solltest dich wirklich mal um dein Zornissenproblem kümmern, mein Freund, sonst muss ich deiner Bitte nachkommen und dich mit dem Schwert er–« Weiter kam Tusan nicht, weil er plötzlich von der Decke fiel.

Auch die anderen landeten wieder am Boden. Einzig Schekira, die sich zwischenzeitlich in ihre wahre Gestalt geflüchtet hatte, schwebte mit ihren vier Flügeln wie schwerelos im Raum und plauderte munter aus dem Nähkästchen einer flugerfahrenen Elvin.

»Sie wird langsamer. Ich schätze, die *Mondwolke* hat nur nach einer passenden Süd-Nord-Strömung gesucht.«

»Und was wäre passiert, wenn sie keine gefunden hätte?«, stöhnte Popi.

Die Prinzessin schmunzelte verschmitzt. »Ich denke, dass du das nicht wirklich hören möchtest.«

Als wäre es nur ein uraltes Märchen, das er einmal in seiner Kindheit gehört hatte, erinnerte sich Ergil an den Abschied von Ajuga, dem Floranischen Ministerrat und Föhribus, den am Ende überraschend zugänglichen Sprössling. Der König der Bäume hatte Ergil zwei besondere Abschiedsgeschenke gemacht. Das erste war eine Kannenpflanze, in der sich jener betörend duftende Blütenstaub befand, der das Bewusstsein der Gefährten zum Gedankenaustausch mit den Pflanzen befähigt hatte. »Solltest du je den Rat eines Baumes, einer Blume oder irgendeines Krauts benötigen, atme ein wenig von dem Staub ein«, empfahl ihm der Uralte.

Des Weiteren überreichte Ajuga seinem Gast ein braunes Säckchen mit gelben Bohnen. Auf Ergils verwunderte Nachfrage bekam er die Auskunft, nun stolzer Besitzer von zwölf

Dutzend Wandellingen zu sein. Wenn er irgendwann und irgendwo auf die Schnelle ein Schiff oder etwas anderes bauen müsse, dann solle er seinen Wunsch nur in die Böhnchen senden und ein paar Tropfen Spucke dazugeben. Die Zimmermannsschoten wüssten dann schon, was zu tun sei.

Auf dem Flug in der *Mondwolke* versuchte sich Ergil oft eine Situation vorzustellen, in der er die merkwürdigen Gaben des Uralten gebrauchen konnte. Meist bekam er davon Kopfschmerzen. Jedenfalls redete er sich das ein. Es gab noch eine zweite Erklärung für das Schädelbrummen, die er aber in einen dunklen Winkel seines Bewusstseins verbannt hatte.

Die Zornissen wuchsen.

Es war zum Verzweifeln. Obwohl er sich die größte Mühe gab, konnte er die dunklen Gefühle nicht immer beherrschen. Und die heftige Reaktion der *Mondwolke* zeigte wohl, dass er damit allmählich die Gesundheit, wenn nicht sogar das Leben seiner Freunde aufs Spiel setzte. Vielleicht sollte er Tusans schwarzen Humor als bare Münze nehmen und sich wirklich von ihm erschlagen lassen.

Aber was würde dann aus Vania und seinem Volk werden?

Zumindest widmete er während seiner Luftreise wieder viele Stunden der Meditation über das Licht. Er hatte das Gefühl, seine Kopfschmerzen ließen dann nach. Oder war auch das nur ein Selbstbetrug?

Der neue Kurs der *Mondwolke* würde nördlich am Weltenbruch vorbei führen, über den Eisigen Ozean hinweg, dann über die Weststeppen und schließlich nach Südwesten zur Hauptstadt der Sirilim. Er war weiter als die Direktverbindung über das Gebirgsmassiv, aber auch erheblich gesünder.

Nachdem er sich bei seinem Luftschiff für den Zornausbruch bei Magons Eispalast entschuldigt hatte, kamen sie besser miteinander aus. Ergil und Jazzar-fajim entwickelten allmählich auch ein feineres Gefühl für die Beweglichkeit der Samenwolke. Ihre Fähigkeit, durch Aufsteigen oder Absinken passende

Windströmungen zu finden, um auf Kurs zu bleiben, stand der eines Steinadlers oder anderer geschickter Gleitflieger in nichts nach. Nur eine Kleinigkeit beunruhigte Ergil: Während des Fluges lösten sich immer wieder einzelne Samenflöckchen aus dem riesigen Verband. Aber der Schwund war äußerst gering. Es bestand wohl kein Anlass zur Sorge.

Jazzar-fajim kontrollierte anhand der Sterne regelmäßig den Kurs. Er hatte auch festgestellt, dass die *Mondwolke* am Tag ungefähr neunzig Meilen zurücklegte. Damit war sie um ein Vielfaches langsamer als die *Silberginkgo*, doch immerhin kannte sie keine Ermüdungserscheinungen. Sie musste weder rasten noch fressen.

Ihre Passagiere waren da schon weniger selbstgenügsam. Die eisige Kälte über dem zugefrorenen Meer ließ sich durch die vom Mulch abgegebene Wärme noch ganz gut verkraften, auch konnte man sich auf dem geräumigen Deck jederzeit die Füße vertreten, aber überraschenderweise schlug das Eingepacktsein in die flauschige Formlosigkeit des Schiffes den meisten schnell aufs Gemüt. In dem saalartigen Innenraum gab es, abgesehen von den Reisenden, nichts außer ein paar Decken, Kisten und Proviantfässer. Möbel und andere Annehmlichkeiten wären zu schwer gewesen. So reisten die Freunde in einem bedrückenden Einerlei, das nachts rabenschwarz war und tagsüber weißgrau schimmernd ohne Kanten und Ecken. Wenn das Auge den Halt verliert, beginnt der Verstand zu rotieren.

Um dem schleichenden Wahnsinn entgegenzuwirken, wurde beschlossen, täglich eine etwa einstündige Zwischenlandung einzulegen. Wenn auch die Aussicht auf dem Eisigen Ozean kaum abwechslungsreicher war, konnte man auf diese Weise wenigstens das beruhigende Gefühl festen Bodens unter den Füßen verspüren. Manchmal erblickte Ergil im Süden sogar die Berge.

Genau eine Woche nach ihrem Abschied von Ajugas Reich

musste die *Mondwolke* auf der Suche nach einem günstigen Luftstrom jedoch weiter nach Norden ausweichen, als die *Silberginkgo* auf der Hinreise je gekommen war. Ergil saß auf einem Stapel mit Tauwerk und blickte gedankenversunken durch eines der Fenster. Unter dem Luftschiff zog eine endlose Eiswüste dahin, die in der Sonne blendend weiß strahlte. Mit einem Mal entdeckte er einen Makel in der sonst so vollkommen anmutenden Fläche. Einen dunklen Schatten.

»Kira?«, sagte er. Sofort schwebte die Elvin brummend herbei. »Was gibt es, mein Retter?«

Er deutete nach unten. »Kannst du das da erkennen? Ist das eine aufgetürmte Scholle oder …« Seine Stimme versickerte in Ratlosigkeit.

»Hier gibt es kein Packeis. Das findest du nur an den Rändern, da, wo der weiße Panzer aufbricht, die einzelnen Stücke von der Strömung übereinander geschoben werden und alles wieder zusammenfriert. Soll ich es mir mal anschauen?«

Ergil schenkte seiner kleinen Freundin ein Lächeln. »Sei bitte so lieb.«

Es war nicht der erste Ausflug der Elvin. Sie hatte schon am ersten Tag herausgefunden, wie sie durch das feine Mondtaugewebe nach draußen schlüpfen konnte, ohne ein Loch in die Wand zu reißen. Die Sämlinge schlossen sich hinter ihr einfach wieder zusammen.

Der König verfolgte die davonschwirrende irisierende Gestalt, bis sie seinen Blicken entschwunden war. Danach scharte er seine Gefährten um sich, aber selbst Jazzar-fajim, der ohne Weberknecht fast so weit sehen konnte wie Ergil mit Nisrahs Hilfe, erkannte auf die Entfernung nichts. Die *Mondwolke* schwebte gemächlich weiter.

Gespanntes Warten.

Dann endlich kehrte Schekira zurück. Ihre Meldung sorgte für helle Aufregung.

»Da liegt ein Segelschiff. Drei Masten. Es muss schon vor

langer Zeit vom Eis eingefangen worden sein. Ich habe kein Leben an Deck ausmachen können, nur erfrorene Seemänner.«

Ergil lief ein Schauer über den Rücken. »Konntest du den Namen des Schiffes erkennen?«

»Am Bug hängt zwar eine Tafel, aber darauf befindet sich eine dicke Eiskruste. Ich konnte nur den Anfangsbuchstaben lesen: ein G.«

»Ein *G* sagst du?« Ergil fühlte, wie seine Handflächen feucht wurden. »Konntest du die Farbe der Segel erkennen?«

Schekira nickte. »Darauf wuchern auch die Eiskristalle so dick wie Seepocken. Aber an einer Stelle war der Panzer aufgeplatzt, da habe ich das gelbe Tuch durchschimmern sehen.«

Der Unterkiefer des Königs sank herab. Er blickte seine Freunde an, aber die schienen nicht einmal zu ahnen, was ihm durch den Kopf ging. Daher wandte er sich wieder an die Elvin. »Denke genau nach, Kira. Bist du dir da ganz sicher?«

»Was die Segel betrifft, meinst du? Ja. Sie waren honiggelb.«

Ergils Rücken versteifte sich. »Honig- oder *bernstein*gelb?«

»Es hatte die gleiche Farbe wie damals das Lebenselixier in deiner Phiole.«

Weil er glaubte, vor Aufregung jeden Moment umzukippen, streckte er die Hand aus und stützte sich auf Tusans Schulter. »Wisst ihr, was das bedeutet, Freunde?«

»Verrat du es uns«, antwortete der Fährtensucher.

»Der Eisige Ozean ist kein Tummelplatz für Schiffe. Niemand traut sich so weit hinaus. Das da unten« – Ergil deutete zu dem winzigen Fleck im Eis – »kann nur die *Ginkgoblüte* sein. Die Bark von Harkon Hakennase!«

13

DER SCHLÄFER IM EIS

Die Samenwolke ließ sich von Ergil widerspruchslos zur Umkehr bewegen. Dicht neben dem festgefrorenen Schiff landete sie auf dem Eis. Schekira begab sich in Gestalt einer Schneeeule an Deck der Bark. Die übrigen Gefährten hatten es weniger bequem, was angesichts ihres ausgeruhten Zustands aber verschmerzbar war. Einzig die dicken Mäntel und Handschuhe erwiesen sich beim Klettern als Erschwernis.

Tusan hatte einen kleinen vierarmigen Anker mit einer daran befestigten Leine über die Reling geworfen. Schon der erste Versuch war geglückt. Der Draggen hatte sich verhakt und die jungen Männer hangelten sich an der von einer dicken Eiskruste überzogenen Außenwand des Seglers empor. Zum Glück waren sie von der Elvin vorgewarnt worden, denn am Oberdeck erwartete das Enterkommando ein schauriger Anblick.

Erfrorene Seemänner.

Als habe die Natur das Grauen abmildern wollen, hatte sie sämtliche Leichen in dicke Eispanzer gehüllt. Sie sahen aus wie überzuckert. Ergil zählte an die zehn Tote. Hier saß einer am Großmast, dort ein anderer am Kajütenhaus. Etliche lagen auf den Decksplanken. Einen hatte der Tod an der Reling ereilt. So unglaublich es klingt, aber der Ärmste stand noch auf seinen Beinen und spähte nach Westen – seit mittlerweile zweihundertfünfzig Jahren.

»Dann wollen wir mal sehen, ob deine Vermutung stimmt«, sagte Jazzar-fajim mitten in das beklommene Schweigen hinein und lief mit Draggen und Leine zum Bug. Die Körperbeherrschung des Alten Volkes ist legendär. Obwohl der Sirilo auf der Strecke ungefähr zehnmal ausrutschte, fiel er doch kein einziges Mal hin. Entsprechend geschickt seilte er sich an einem Kranbalken ab und begann mit einer Spitzhacke auf die Namenstafel einzuschlagen. Ergil hörte, wie die Eiskruste zerplatzte, unter der ein Rätsel verborgen lag, das für seinen Durchdringersinn längst keines mehr war.

»Es ist tatsächlich die *Ginkgoblüte,* Harkon Hakennases Schiff«, rief Jazzar-fajim den gespannt wartenden Gefährten zu.

Niemand jubelte ob dieser ohne Frage historischen Entdeckung.

Ergils Blick schweifte über die erstarrten Leichname. Ob der Abenteurer einer dieser weißen Figuren war?

»Wir sollten einen Blick in die unteren Decks werfen«, sagte Tiko.

»Auf jeden Fall«, gab ihm Ergil Recht. Vielleicht fanden sie ja ein Logbuch oder gar Harkons letzten unvollendeten Reisebericht und konnten so Näheres über seine Suche nach dem Lebenselixier erfahren.

Sehr vorsichtig, um auf dem Eis nicht auszurutschen, schlichen die Gefährten nach achtern, wo sich die Poop – die Hütte mit der Kapitänskajüte – befand und Schekira bereits auf sie wartete. Ergil ließ die Schneeeule auf seinem Unterarm landen, als er vor dem Aufbau festen Stand gefunden hatte. Das Deckhaus war natürlich ebenfalls zugeeist. Um hineinzugelangen, musste Jazzar-fajim erneut seine Spitzhacke zum Einsatz bringen. Tusan und Tiko zündeten derweil eine Sturmlampe an. Ein paar Eisstückchen flogen der Entermannschaft wie die Splitter eines gefällten Baumes um die Ohren, als der Sirilo die Tür mit Gewalt aufriss.

Er deutete mit der Hand hinein und sagte zu seinem Neffen: »Nach dir, Kapitän.«

Ergil war für solcherlei Aufmunterungsversuche derzeit nicht besonders empfänglich. Ohne die Miene zu verziehen, betrat er die Hütte.

Für ein Schiff, das einmal Kohlen transportiert hatte, war sie ungewöhnlich hoch, möglicherweise aufgrund eines nachträglichen Umbaus. Dieser mochte auch die Unterteilung in *zwei* Kajüten zum Zweck gehabt haben, vermutlich eine für den Kapitän und die zweite für den Expeditionsleiter. Weder der eine noch der andere waren zu sehen. Ergil fiel sofort die Unversehrtheit der Inneneinrichtung auf. Bis auf die frostigen Temperaturen hätte man sich in der mit edlen Hölzern ausgekleideten, mit seemännischem Zierrat dekorierten und mit einem eisernen Ofen bestückten Kammer durchaus wohl fühlen können. Etwas merkwürdig war der Umstand, dass man die vorderste Kajüte erst durchqueren musste, um in die hintere zu gelangen. Selbige erreichte man rechter Hand durch eine weitere Tür. Ergil nahm sich ein Herz und öffnete auch diese.

Und dann erlitt er wieder einmal einen Schock.

Mitten in der Kajüte saß auf einem thronartigen Stuhl ein Mann. Er sah zwar nicht besonders lebendig aus, war aber nicht wie seine Kameraden am Oberdeck von Eis überzogen. Unwillkürlich musste Ergil an den Hüter der Ginkgonadel in der »neunten Kammer« denken, dem er im Alten Palast von Silmao begegnet war. Um die Brust des Ärmsten war ein Tau gewunden, das seinen Oberkörper aufrecht hielt. Seine Arme lagen – ohne solche Fesseln – auf den Lehnen. So hätte er seinen Gästen, wären seine Augen nicht geschlossen gewesen, mit entspannter Miene entgegengeblickt.

Das erstaunte Ergil. Die Körperhaltung einiger Männer oben hatte auf einen qualvollen Tod schließen lassen, aber dieser sah eher aus, als schlummerte er selig in einem unplanmäßig langen Winterschlaf.

Die übrige Erscheinung des Mannes war unspektakulär: klein und hutzelig, schmale Schultern, Schmerbauch, buschige

Augenbrauen, Adlernase, breite Lippen, ein sauber gestutzter, spitz zulaufender Kinn- sowie ein – immerhin schwungvoll buschiger – Schnurrbart. Obwohl seine schüttere Kopfbehaarung mit einer Reifschicht überzogen war, konnte man hier und da ein leuchtendes Rot hindurchschimmern sehen. Er trug eine schwarze Hose, dick gefütterte Filzstiefel und eine Seidensteppjacke mit Kranichmotiven, wie man sie in Susan bevorzugte. Seine Gesichtszüge waren aber eher stromländisch.

Auch Tusan mochte zu dem Schluss gekommen sein, einen Landsmann vor sich zu haben. Er zog seinen rechten Handschuh aus und berührte wie zur Begrüßung ganz unerschrocken die bartlose Wange des Mannes.

»Seine Haut ist zwar hart wie Eis, fühlt sich ansonsten aber eher wie trockenes Pergament an. Merkwürdig«, gab der Fährtensucher das Resultat seiner ersten flüchtigen Untersuchung kund.

Ergils Aufmerksamkeit wurde von Jazzar-fajim abgelenkt, der sich nicht dem allgemeinen Staunen über den makabren Fund angeschlossen, sondern den Blick zur Decke gewandt hatte. Dort war eine Art Hängematte aus Segeltuch angebracht. Über dem Kopf des stummen Kajütenbewohners wölbte sich der Stoff weit nach unten. Jazzar-fajim zog sein Schwert und stach ein Loch hinein. Schnee rieselte heraus.

»Mehr als merkwürdig«, murmelte der König.

»Das muss der Kapitän sein«, sagte Popi, während er den Stuhl umschlich.

»Nein«, widersprach Ergil.

»Wieso bist du dir da so sicher?«

Tiko wusste die Antwort. »Weil Atamas II. dieses Schiff ausgerüstet hat. Für den Mazar war es selbstverständlich, dass die tüchtigsten susanischen und *nur* susanischen Seeleute die Mannschaft stellten.«

Popis Augen schienen sich aufzublähen. »Aber das … das hieße ja …« Sein Mund blieb offen stehen, wie eingefroren.

Ergil nickte. »Ja, das ist der legendäre Abenteurer und Forschungsreisende Harkon Hakennase.«

Eine andächtige Stille trat ein.

»Ich weiß nicht«, sagte Popi. »Vielleicht hat Harkon ja in Ostrich oder Kimor einen Mitreisenden an Bord genommen, von dem wir nichts wissen.«

»Ich erkenne einen Stromländer auf eine Meile Entfernung und von Harkon heißt es, er sei einer gewesen«, gab Tusan zu bedenken.

»Außerdem hat er eine Jacke an, wie sie im Norden meiner Heimat nur von Edelleuten getragen wird«, fügte Tiko hinzu.

Popi schüttelte ungläubig den Kopf. »Aber sieh ihn dir doch mal an, Ergil! Seine Beine reichen ja kaum bis zum Boden. Ich habe immer gut zugehört, wenn jemand über Harkons Reisen erzählt oder aus seinen Büchern vorgelesen hat. Wer so vielen Gefahren trotzt, muss ein stattlicher Recke sein, aber nicht so ein …«

»… kleiner Mann wie du?«, fragte Ergil.

»Was?« Popi starrte ihn entgeistert an. Ein Halbsatz hatte sein Bedenkengebäude in den Grundfesten erschüttert und jetzt brachte es der König vollends zum Einsturz.

»Du bist auf den Kitora gestiegen, Popi, direkt in Magos' Feste, und hast mich nicht nur dem dunklen Gott, sondern auch dem Tod entrissen. Jetzt schau dich an. Bist du ein langer Kerl? Nein. Ich schätze, die alte Hakennase hat mit ihren Harkoniaden nicht ohne Grund die Illusion von einem stattlichen strahlenden Helden erschaffen. Ich bin ja auch ein bisschen überrascht, aber je länger ich darüber nachdenke, desto mehr gefällt mir die Vorstellung.«

»Wahre Größe kann man nicht mit dem Zollstock messen«, brachte Schekira es auf den Punkt.

Während Popi andächtig in die tieferen Bedeutungsschichten des Wortes »desillusionieren« vorstieß, wurde Tusan unversehens regsam.

»Ich schaue mal, ob ich irgendwelche Aufzeichnungen entdecke.«

»Und ich werde ein bisschen Holz beschaffen und den Ofen anheizen, damit wir während der Suche nicht erfrieren«, schlug Tiko vor und verließ den Raum.

Ergil betrachtete weiter seinen erstarrten Jugendhelden.

»Findest du das nicht auch seltsam?«, hörte er Jazzar-fajim sagen.

»Was meinst du?«

»Die Art und Weise, wie er da sitzt. Unter diesem … Baldachin.« Der Sirilo deutete zu der schneebeladenen »Hängematte«.

»Man könnte glauben, er wollte uns damit etwas sagen«, murmelte Ergil.

»Fragt sich nur, was diese Botschaft bedeuten soll: Aufrechter Mann unter Schneehimmel – ob er uns damit warnen wollte?«

»Du meinst etwas in der Art wie: ›Gebt Acht, eine große Kälte wird euch stehenden Fußes überfallen?‹ Woher hätte er davon wissen sollen? Magos dürfte den Fluch erst später ausgesprochen haben, als Harkons Urenkelin bereits geboren war.«

»Dann hat Inimai dir also von ihren Verwandschaftsverhältnissen erzählt?«

Ergil nickte. »Kurz bevor wir abgereist sind. – Warte, ich möchte mal eben etwas ausprobieren.«

Rasch versicherte er sich Nisrahs Unterstützung, schloss die Augen und ließ seinen Geist in den Erstarrten eindringen. Nicht einmal das Krachen aus der Nachbarkajüte konnte ihn dabei stören – offenbar zerlegte sein susanischer Freund nebenan irgendwelche Möbel in ofengerechte Stücke. Als wäre er das Blut, das durch Harkons Adern strömte, tastete sich Ergils Sinn immer tiefer in dessen Körper vor, untersuchte jede Faser und jeden Knochen und bewegte sich dann sogar in der Zeit zurück. Plötzlich schnappte er nach Luft.

»Alles in Ordnung?«, fragte Jazzar-fajim.

Ergil starrte mit glasigen Augen auf den Mann im Stuhl und flüsterte: »Er ist gar nicht tot.«

»Was meinst du damit?«

Tusan stellte sofort seine Suche ein und Tiko kam mit einem Arm voll Möbeltrümmern aus der vorderen Kajüte angelaufen.

Ergil blickte sie reihum an, dann deutete er auf den Abenteurer. »Harkon schläft nur.«

Er hatte spüren können, dass dieses erstarrte Leben in Harkons Körper zerbrechlicher war als eine Figur aus feinem Glas. Ergils Gedanken wanderten zu den Hängen des Kitoras im Gebirge von Harim-zedojim zurück. Als ihm dort von Falgons schrecklichem Ende berichtet worden war, hatte er den Ziehvater mit seiner Gabe in die Welt der Lebenden zurückholen wollen. Aber Múria hielt ihn davon zurück. Der Faltenwurf der Welt sei in ständiger Bewegung, hatte sie erklärt. Er könne nicht ein weit in der Zeit zurückreichendes Ereignis ungeschehen machen, ohne viele andere Geschöpfe in Mitleidenschaft zu ziehen. Und dann fügte sie hinzu: »Im schlimmsten Fall könnte das ganze Gewebe unserer Welt zerreißen.«

Aber war die Situation hier nicht anders? Harkons Schiff lag seit Generationen im ewigen Eis, gewissermaßen weit abseits von den Wogen der Geschichte. Konnte man in diesem Fall nicht ausnahmsweise den Eingriff in den Faltenwurf der Welt wagen?

»Davon rate ich dir ab«, sagte Jazzar-fajim, als er von der Idee hörte, und deutete auf den überfrorenen Mann. »Der winzigste der Eiskristalle auf seinem Kopf könnte die Welt zum Einsturz bringen, wenn es seinem Platz in Harkons Bart entrissen würde. Alles hängt mit allem zusammen.«

»Vielleicht sollten wir ihn ganz langsam auftauen«, schlug Popi vor. Er hatte Tiko einen Teil der Holzscheite abgenommen, um sie in den Eisenofen zu schichten.

Ergil warf seinem Ratgeber-Kammerdiener-Adjutanten einen zweifelnden Blick zu. »Ich weiß nicht, ob er diese Prozedur schadlos überstehen würde. Aber lasst es uns versuchen.«

Wenig später breitete sich eine wohlige Wärme in der Kajüte aus. Die Gefährten umringten den bullernden Eisenzylinder. Einige öffneten erste Knebel an ihren Mänteln. Leise, so als wollten sie den Schläfer im Stuhl nicht stören, erörterten sie alle erdenklichen Möglichkeiten zur Wiederbelebung des Abenteurers. Weil sie ihm den Rücken zugekehrt hatten, bemerkte zunächst auch keiner, dass der Schnee in der »Hängematte« allmählich zu tauen begann. Die Nässe färbte das Segeltuch dunkel. Bald tropfte das Schmelzwasser auf den Kopf des Erstarrten, rann ihm über Stirn und Gesicht, perlte in den Schnurrbart, benetzte seine Lippen …

Und dann schlug Harkon Hakennase die Augen auf.

Die um den Ofen Versammelten palaverten immer noch. Bis plötzlich vom Stuhl her eine Stimme kam und sagte: »Bitte entschuldigt, meine Herren, aber ich glaube, wir haben uns noch nicht vorgestellt.«

Sämtliche Augen richteten sich auf den Erwachten.

Harkon zog schauerliche Grimassen, als müsse er seine Gesichtshaut straffen. Auch drehte er den Kopf, dass man fürchten musste, er würde ihm gleich von den Schultern rollen. Dann fing er an, seine Glieder zu strecken. Zwischen diesen einzelnen Phasen der Wiederbelebung ächzte und stöhnte er immer wieder oder sagte Dinge wie: »Beim Herrn der himmlischen Lichter, *das* tut weh!«

Diese Übungen dauerten lange genug, um den Gefährten Gelegenheit zur Wiedererlangung ihrer Fassung zu geben. Inzwischen umzingelten sie auch nicht mehr den bullernden Ofen, sondern den Abenteurer. Ergil stotterte eine Frage.

»W-was … was ist … passiert?«

Erkennbar gab sich der Erwachte Mühe, seinen gequälten Gesichtsausdruck mit einem verschmitzten Lächeln zu vertreiben. »Ich muss wohl ein Weilchen geschlafen haben. Mein Name ist Harkon Hakennase. Hättet Ihr die Güte, mir auch den Euren zu verraten?«

»Ich bin Ergil von Sooderburg.«

Die buschigen roten Augenbrauen des kleinen Abenteurers hoben sich. »Sehr erfreut, Euch kennen zu lernen. Also seid Ihr ein Soodländer? Dem Aussehen nach hätte ich Euch eher für einen Sirilo gehalten. So wie diesen ehrenwerten Herrn da.« Harkon deutete auf Jazzar-fajim.

Ergil stellte seine Freunde einen nach dem anderen vor, wobei er die Schneeeule und seinen Umhang vorerst unberücksichtigt ließ – er wusste nicht, wie belastbar die alte Hakennase schon wieder war. Anschließend verfiel er ins Schwärmen und ließ den Forschungsreisenden wissen, wie sehr er ihn schon als kleiner Junge bewundert habe. Das gefiel Harkon, schien ihn geradezu auf seinem Stuhl wachsen zu lassen. Dann stellte der König die Frage, die allen auf den Nägeln brannte.

»Was ist hier passiert?«

Anders als in seinen Reiseberichten, die für ihre Blumigkeit bekannt sind, beschränkte sich der Abenteurer in seiner Antwort auf das Wesentliche: Erst sei die Mannschaft an einem rätselhaften Fieber erkrankt und dann habe das Eis die Bark umschlossen. Die Männer starben wie die Fliegen. Einer der Letzten war der tapfere susanische Kapitän. Er sei, während er am Horizont nach einem Hoffnungsschimmer Ausschau hielt, stehenden Fußes eingefroren, als ein unheimlicher Eiswind ihn an der Reling überraschte. Schlussendlich war nur noch Harkon übrig gewesen.

Ohne Aussicht auf Rettung habe er zum letzten Mittel gegriffen und einen Trunk geschluckt, welcher aus einem Körpersaft der Xk gewonnen worden war. Damit trockneten sich die Madenwesen innerlich aus, wenn die eisigen Fallwinde aus dem Weltenbruch ihr von der Wärme verwöhntes Reich alle hundert Jahre heimsuchten. Der nächste Regen weckte sie dann wieder auf. Durch den Trunk sei auch er, Harkon, in einen Zustand gefallen, in welchem sein Körper zwar einfrieren, aber vom Frost nicht zerstört werden konnte.

Er habe, räumte der Abenteurer ein, diesen verzweifelten Schritt gewagt, obwohl er wusste, dass er als Schläfer im Eis nur auf eine Art und Weise wiedererweckt werden konnte: durch Wasser. Nicht gefrorenes, wohlgemerkt, sondern *flüssiges* Wasser! Sein Plan sei einfach, aber genial gewesen, lobte Harkon sich selbst. Er habe gehofft, mit dem Eis in wärmere Gefilde getrieben zu werden. Sobald die Temperaturen über den Gefrierpunkt gestiegen wären, hätte der Schnee über seinem Kopf schmelzen und die Feuchtigkeit durch den Stoff sickern müssen. So wäre er von Wasser benetzt und wiederbelebt worden.

Ergil schüttelte den Kopf. »Unglaublich! Diese Geschichte hört sich wie eine Harkoniade an, aber sie ist wahr.«

»Harkoniade?«, wunderte sich der Abenteurer. »Was soll das sein?«

»Ein Lügenmärchen.«

Harkon schnappte nach Luft, sprang samt Stuhl auf und schrie vor Schmerz. »Au, tut das weh! Anscheinend sind meine Knochen noch nicht ganz aufgetaut.« Nachdem er seine in Unordnung geratenen Gesichtszüge wieder unter Kontrolle hatte, versicherte er: »Alle meine Reiseberichte sind wahr.«

»Alle?«, staunte Tusan.

»Aber ja doch, verehrter Landsmann.« Harkon zog eine Grimasse, als habe der Frost wieder zugestochen, machte eine kreisende Bewegung mit der gespreizten Hand und räumte ein: »Hier und da habe ich vielleicht ein wenig ausgeschmückt, um meine Berichte farbiger zu gestalten, aber im Wesentlichen hat sich alles genau so zugetragen, wie es in meinen Büchern steht.«

Ergils Herz machte einen Sprung. »Dann ist meine Hoffnung, Ihr könntet mir helfen, vielleicht doch nicht ganz unbegründet gewesen.«

Harkon nestelte an dem Knoten herum, damit er endlich den Stuhl loswurde. »Euch helfen? Wobei?«

»Meine ehemalige Amme hat mich in dem Vorhaben bestärkt. Habe ich schon erwähnt, dass sie Eure Urenkelin ist?«

»Was?«, staunte Harkon. »Ich habe ein Enkelkind?«

»Ja. Im Stromland ist sie als die ›Herrin der Seeigelwarte‹ bekannt, aber ihr richtiger Name lautet Múria.«

»So hieß meine Großmutter!«, kreischte der kleine Alte vor Freude. »Ihr scheint tatsächlich die Wahrheit zu reden. Aber sagt, wenn Ihr eine Amme hattet, müsst Ihr aus gutem Hause stammen. Wer war Euer Vater?«

»Sein Name wird Euch nichts sagen, weil er geboren wurde, lange nachdem Ihr und Euer Schiff verschollen seid. Er war Torlund, Grinwalds Sohn, der König von Soodland und Großkönig der sechs Reiche.«

»Dann seid Ihr ja ein Prinz!« Jetzt war es an Harkon, zu staunen.

»Ich bin meinem Vater auf den Thron gefolgt«, erklärte Ergil ohne jede Eitelkeit.

»So jung und schon ein König?«, wunderte sich Harkon.

Und da erzählte Ergil seine Geschichte. Wie alles in der Schlacht um Sooderburg und mit der Ermordung seines Vaters begann, wie Wikander ein schmachvolles Ende fand, wie Magos von Mirad vertrieben wurde, wie der überlebende Sirilimzwilling seine sterbende Mutter in der Zwischenwelt entdeckt hatte und wie die Gemeinschaft des Lichts aufgebrochen war, um ein Lebenselixier zur Rettung Vanias zu finden. Und wie sie den Schläfer im Eis entdeckt hatten.

»Glücklicherweise haben wir zufällig genau das Richtige getan, als wir den Ofen anheizten«, schloss Ergil seinen Bericht. »Warum habt Ihr keinen Hinweis hinterlassen?«

»Aber das habe ich doch«, erwiderte Harkon Hakennase verwundert und zog einen Zettel aus einer Außentasche seiner Jacke hervor.

14

DER EINFALL

Während Gondo vor dem pandorischen Heer herzog, wünschte er sich, er wäre ein Herzog. König Entrin hatte ihn jedoch weder mit einem Adelstitel noch mit einem Lehen belohnt, sondern lediglich mit dem Kommando über eine vierhundert Mann starke Kohorte. Freilich konnte niemand in der riesigen Armee den Umstand leugnen, dass er der kleinste Truppführer Pandoriens war.

Obwohl diese Einzigartigkeit den Zwergling hätte aufmuntern müssen, wollte bei ihm keine Freude aufkommen. Seit einem Monat hatte er ununterbrochen schlechte Laune. Ungefähr genauso lange zog er mit seinem bunt zusammengewürfelten Haufen aus Söldnern durch Soodland. Und bekam immer nur die Brosamen, die vom Tisch der großen Feldherren abfielen. Während die vereinigten Heere von Ostrich und Pandorien nach Herzenslust plündern durften, mussten seine Männer und er sich vor allem *unauffällig* verhalten. Wie sollte man ein Dorf brandschatzen, ohne dabei aufzufallen? Alle naselang schickte der mittlerweile zum General aufgestiegene Graf Waltran die Kohorte in sämtliche Himmelsrichtungen, meist um die Gegend auszukundschaften. Oder sie zogen durch Landstriche, die längst »abgeerntet« waren. Gondos Missmut wuchs von Tag zu Tag. Es munterte ihn auch wenig auf, wenn er von längst verlassenen und zerstörten Dörfern hörte, in denen ohnehin kaum noch etwas zu holen war. Dieses Volk schien aus lauter Feiglingen zu bestehen.

Immerhin gab es einen schwachen Trost für ihn, eine Flamme der Hoffnung, die ihn zum Durchhalten anspornte, anstatt einfach zu desertieren, um wieder in die Berge von Harim-zedojim heimzukehren: Die süßesten Rosinen im großen Kuchen von Soodland hatte noch niemand genascht. Bald würde es darangehen, die Sooderburg einzunehmen. Und dann würde er sich, so wahr er Gondo hieß, seinen Anteil sichern.

Der König von Soodland hatte die Geschicke seines Reiches drei Personen anbefohlen: Múria, Borst und seinem Ersten Kanzler Halbart. Die drei standen auf der Zinne der Sooderburg und blickten nach Osten. Torbas, der Adjutant des ehemaligen pandorischen Königs, befand sich ebenfalls auf dem Wehrgang, allerdings weit genug abseits, um die Gespräche der Regenten nicht hören zu können.

»Danke, dass ihr gekommen seid«, eröffnete die Geschichtsschreiberin die Unterredung. Inzwischen herrschte unter den dreien ein zwar respektvoller, aber ungezwungener Umgangston.

»Es ist windig und ziemlich frisch hier oben«, brummte der hühnenhafte Pandorier. »Du weißt, dass meine morschen Knochen keinen Zug vertragen, Múria. Hätten wir unsere Besprechung nicht im Palast abhalten können?«

Sie lächelte zuckersüß. »Du solltest nicht zu oft mit deinem Alter kokettieren, mein lieber Borst. So etwas nützt sich schnell ab und man könnte bemerken, dass du noch besser beieinander bist, als du uns immer glauben machen möchtest.«

Halbart Bookson zupfte sich am grauen Schnurrbart. »Mir wäre ebenfalls sehr daran gelegen, den Grund für diese meiner unmaßgeblichen Meinung nach unnötigen Mühen zu erfahren, meine Liebe.« Der Fürst von Grotsund hatte in weiser Voraussicht einen Mantel angezogen, dessen ausladender Kragen so aussah, als habe jemand ein ganzes Rudel Rotfüchse darauf festgenäht. Der Edelmann pflegte sich nur in feinste Tuche und

Pelze zu hüllen. Mit seinen gut siebzig Jahren war er nun wirklich nicht mehr der Jüngste. Wenn es darauf ankam, konnte er sich aber immer noch bewundernswert gerade halten. Nur in unbeobachteten Augenblicken sah man ihn manchmal müde in sich zusammengesunken. Er war schmalbrüstig und nicht sehr groß. Sein knochiges Gesicht erinnerte stets ein wenig an das einer Puppe, deren Züge und Furchen mit einem zu grobem Werkzeug aus dem Holz befreit worden waren. Nur die lebhaften großen grauen Augen verrieten dem aufmerksamen Beobachter, dass in seinem kantigen Schädel ein brillanter Verstand arbeitete. Hörte man den Ersten Kanzler wie eben sprechen, dann drängte sich stets der Eindruck auf, er sei verschnupft. Selten war der blasierte Tonfall jedoch ein Ausdruck von Hochmut, eher schon der Gepflogenheiten uralten Adels, sich irgendwie und sei es durch geckenhaftes Benehmen aus der Masse abzuheben.

Múria deutete mit ausgestrecktem Arm auf den Soodlandbelt. »Ich wollte, dass ihr euch das anschaut.«

Die zwei Männer sahen erst die ruhige See, dann einander an.

»Könntest du ein bisschen deutlicher werden?«, erkundigte sich Borst.

Ihre Brust hob sich, als sie bedeutsam Atem holte. »Ich wollte nicht, dass wir in Wikanders Labyrinth über unsere Situation sprechen.« Sie warf Torbas einen Blick zu, ehe sie fortfuhr: »Einerseits weiß man dort nie, wer alles zuhört, und andererseits kann es für Feldherrn nicht verkehrt sein, das Schlachtfeld persönlich in Augenschein zu nehmen.«

»Von der Feld*dame* ganz zu schweigen«, fügte Halbart hinzu, ohne sein holzschnittartiges Antlitz auch nur im Geringsten zu verziehen.

Múria überhörte den Einwurf.

»Aufmarschgebiet wäre wohl das passendere Wort«, grunzte der erfahrene pandorische Krieger.

Obwohl sie ihren Mitregenten damit nichts Neues verriet, machte Múria ihnen die ernste Situation klar. Dank des weit verzweigten Netzes von Getreuen, das sie seit ihrer Zeit als Herrin der Seeigelwarte mit Nachrichten aus ganz Mirad versorgte, war sie recht gut über die dramatische Lage in dem ihr anvertrauten Reich im Bilde. Ostrich und Pandorien hatten ihre Heere vereint und an mehreren Orten die Grenzen überrannt. Jetzt zogen sie brennend und plündernd durch die Lande. Im äußersten Süden wurden sie von stromländischen Söldnern unterstützt. Hjalgord habe die Kämpfer gedungen, hatte Múrias Gewährsmann aus Seltensund gemeldet. Offiziell tat König Hilko, Hjalgords Vetter, weiterhin so, als halte sich das Stromland aus allem heraus.

Infolge der langen strengen Winter und aufeinander folgenden Missernten war die Bevölkerung von Soodland ausgezehrt und kaum zur Gegenwehr fähig. Deshalb hatte Borst eine schmerzvolle, aber, wie er meinte, die einzig wirksame Verteidigungsstrategie ausgegeben: Nehmt alles mit, was ihr tragen könnt. Den Rest vernichtet. Flieht in die Berge und Wälder.

Damit hatte er zumindest ein wenig Zeit herausgeschunden, denn eine Armee von einhundertfünfzigtausend Mann bedeutete unter anderem einhundertfünfzigtausend Bäuche, die gefüllt sein wollten. Die vereinigten Armeen der Verräter Entrin und Godebar plagten Versorgungsprobleme. Aber ob das reichen würde, um die Eroberung der Insel Soodland abzuschmettern? Innerhalb eines Monats waren sie schon fast bis auf Bjondal vorgerückt.

Borst gehörte nicht zu den Männern, die irgendetwas dem Zufall überließen. Deshalb hatte er unmittelbar nach dem Einmarsch der feindlichen Heere auch den Befehl zur Verstärkung der Verteidigungsanlagen der Sooderburg gegeben. Zudem verachtete er stolze Eitelkeit, die sich zu schade ist, andere um Hilfe zu ersuchen. Ohne Umschweife hatte er die Verbündeten Soodlands um Waffenhilfe gebeten.

Quondit Jimmar Herzog von Bolk schickte unverzüglich einen Botenfalken los, um die Mobilmachung seines Heeres zu veranlassen. Eine ähnliche Nachricht war nach Tarabant, der Hauptstadt von Yogobo, gegangen. Zwischen König Yabun Balkasars Reich und dem verbündeten Herzogtum am Zusammenfluss von Groterspund und Fendenspund lag allerdings das Bollwerk aus Pandorien und dem Stromland. Um Verstärkung der Allianz in die Verteidigungsschlacht zu führen, mussten sie den weiten Weg über die Weststeppen und Kimor nehmen. Lediglich König Helviks Truppen waren nahe genug, um den Soodländern noch rechtzeitig zu Hilfe zu kommen.

Der Erste Kanzler suchte das Schollenmeer ab, so als fürchte er, Múrias düstere Zusammenfassung der Lage könnte dort einen Schwarm von Segeln heraufbeschworen haben.

Borst sagte: »Ohne Flotte keine Invasion. Timmerburg meldet, dass die Küste des Eisigen Ozeans zwischen Nordelderland bis zu den warmen Meeresströmungen in West-Ostrich zugefroren ist. Das wird Godebars Schiffe vorerst von uns fern halten.«

»Ich wollte euch auch an diesem verschwiegenen Ort sprechen, weil ich heute früh zwei neue Nachrichten bekommen habe«, erklärte Múria. »Der Süden Elderlands ist gefallen.«

Borst kratzte sich die bärtige Wange. »Das klingt ernst. Übers Meer sind es von dort gerade vierhundert Meilen bis nach Sooderburg. Wenn ich einer von Godebars Generälen wäre, würde ich in dem waldreichen Gebiet eine behelfsmäßige Flotte zusammenzimmern lassen, sie an der Küste entlang bis nach Bjondal bringen und dann den Soodlandbelt überqueren.«

»Meinem Gewährsmann in Timmerburg zufolge sind die ersten Flöße schon unterwegs nach Süden.«

»Ihr könnt Euch bemerkenswert gut in die Köpfe unserer Gegner versetzen«, bemerkte Halbart. Seine grauen Augen waren mit einem Mal sehr schmal geworden.

»Wie darf ich das verstehen, Fürst?«, polterte Borst.

»So wie ich es gesagt habe. Ich staune über Eure Einblicke in die Denkweise von Verrätern.«

»Hütet Eure Zunge, Halbart Bookson! Entrin und Godebar mögen falsche Hunde sein, aber sie haben ihre Armeen kaum irgendwelchen Dummköpfen anvertraut, sondern wohl eher ihren besten Generälen. Und die Hirne von Heerführern sind so verschieden nicht, egal auf welcher Seite sie kämpfen. Hättet Ihr nur einmal im Leben ein Schwert statt Eurer Schreibfeder geschwungen, dann wüsstet Ihr …«

»Ruhig Blut, meine Herren«, ging Múria dazwischen. »Unsere Feinde bereiten uns schon genug Kopfzerbrechen, da müssen wir uns nicht noch gegenseitig die Schädel einschlagen.«

»Mir erschien der Gedanke von Anfang höchst fragwürdig, das Reich gleich drei Regenten zu überantworten«, sagte Halbart verschnupft.

»Meint Ihr, ich fühle mich in meiner Rolle wohl? Wir haben eine Pflicht übernommen, meine Herren, eine große und gewiss nicht leichte Verantwortung. Und bis Ergil zurückkommt, werden wir sie so gut, wie es uns möglich ist, erfüllen.«

»Wenn er wüsste, wie es um sein Reich steht, dann hätte er bestimmt längst die Heimreise angetreten. Ich hielte es für sinnvoll, ihm unverzüglich einen Botenfalken zu schicken.«

»Damit werden wir ihn kaum zur Umkehr bewegen können, mein alter Freund. Er ist hinausgefahren, um ein Mittel gegen das Siechtum seiner Mutter zu finden. Wir mögen zwar unterschiedlicher Auffassung über die Erfolgsaussichten dieser Expedition sein, sind uns im Grundsatz aber wohl einig: Nur wenn Vania geheilt wird, kann unsere Welt gerettet werden.«

»Dann wollt Ihr den König also im Ungewissen lassen? Ich finde, damit maßt Ihr Euch eine Befugnis an, die Ihr nicht habt, meine Liebe.«

Múria stieß die Luft durch die Nase aus und funkelte erst den Fürsten, dann den Exilkönig an. »Was hältst du von Halbarts Vorschlag, Borst?«

Der Pandorier zögerte. Sein Blick wanderte an Múria vorbei zu Torbas, der gerade ein Steinchen von der Mauer geworfen hatte. »Wenn ich sage, lasst alles so, wie es ist, weil Ergil es so bestimmt hat, wird der feine Herr Kanzler mir womöglich unterstellen, ich wollte den König über den Ernst der Lage im Ungewissen lassen.«

Halbart reckte dem Hünen sein spitzes Kinn entgegen. »Läge der Gedanke nicht nahe?«

»Nicht für mich«, knurrte Borst. »Aber wenn Ihr Ergil unbedingt mit Eurer Nachricht verunsichern wollt, dann tut es. Ich bin vollauf damit beschäftigt, die Moral unserer Armee zu stärken. Ihr entschuldigt mich.« Er wandte dem Ersten Kanzler den Rücken zu und stapfte in Richtung seines Adjutanten davon.

Múria seufzte. »War das unbedingt nötig, Fürst?«

Halbart sah dem Pandorier aus schmalen Augen nach und murmelte: »Manchmal ist Vorsicht besser als Nachsicht.«

15

DAS SCHLOSS MIT SIEBEN RIEGELN

Glücklicherweise fiel Harkon Hakennase aufgrund seiner Statur nicht weiter ins Gewicht. Nachdem Tusan und Jazzar-fajim die *Mondwolke* um zwei Fässer Mulch erleichtert hatten, hob sich das fliegende Schiff wieder in die Lüfte. Der Eisige Ozean würde ohnehin bald hinter ihnen liegen und damit auch die Notwendigkeit, sich mit dem gärenden Gemisch aus Pflanzenresten einzuheizen.

Für den quirligen alten Zausel Harkon war es eine Ehrensache, sich der Expedition anzuschließen. »Wenn du dein Reich in die Hand meiner Enkeltochter gelegt hast, dann vertraue ich dir im Gegenzug meine Erfahrung an«, verkündete er. Dies war, wie sich noch zeigen sollte, ein Angebot von unschätzbarem Wert. Er hatte in seinem Leben das ganze Herzland bereist und verfügte über einen enormen Wissensschatz. Wie er glaubhaft versicherte, habe er sogar einige Wochen in der Hauptstadt der Sirilim zugebracht.

Ergil hatte den Abenteurer sein Leben lang bewundert. Wie hätte er dessen Angebot abschlagen können?

Hinter dem Weltenbruch bog das Luftschiff scharf rechts ab, soll heißen, es schlug einen strikten Südkurs sein. In sicherem Abstand zu den launenhaften Fallwinden des Gebirgszuges schwebte es über fast unbewohnte Gegenden Kimors hinweg, streifte hiernach die Weststeppen und flog schließlich immer weiter nach Osten. Das Ziel war der Sternenspiegel, genauer gesagt das Südufer des Sees in den Namenlosen Sümpfen. Eine

Gegend, mit der Ergil nicht nur angenehme Erinnerungen verband.

Je näher die *Mondwolke* dem Saum des Grünen Gürtels kam, desto schwieriger wurde das Navigieren. Das Problem hatte sich schon früh abgezeichnet, war von Ergil und seinen Gefährten aber anfangs nicht ernst genommen worden.

Die Samenwolke verlor fortwährend einzelne Flöckchen.

Weil das Gebilde so riesig war, hatte es sehr lange gedauert, bis die Folgen des steten Verlustes überhaupt erkennbar wurden. Anfangs war es auch nicht wirklich bedrohlich, denn mit dem Südkurs kam die erhoffte Wärme und man konnte weiteren Balast abwerfen. Aber dann ging der Mulch zur Neige und Saphira war immer noch nicht in Sicht.

»Notfalls schrammen wir mit dem Hintern bis zur Sirilimstadt«, hatte Popi seinen Herrn zu trösten versucht.

Ergils Blick war auf eine Ansammlung wuselnder Punkte in der tief unter ihm vorüberziehenden Landschaft gerichtet. Salbacken, die mit ihren Pferden durch die Steppe zogen. Ob die Nomaden sich über die fischförmige Wolke am Himmel wunderten? Die sicher gut gemeinten Worte seines Freundes schien er überhört zu haben. Aber dann antwortete er doch: »Wenn unser Luftschiff nicht mehr hoch genug aufsteigen kann, vermag es auch keine passende Luftströmung mehr zu finden. Dann sind wir der Willkür des Windes ausgesetzt.«

Danach hatte Popi geschwiegen.

Aber dann kam doch endlich das wuchernde Grün der Namenlosen Sümpfe in Sicht und bald darauf der Sternenspiegel. Sogar aus der Luft glich der See ob seiner Weite eher einem Meer. Die *Mondwolke* erlebte gerade den vierzigsten Tag ihres Bestehens, als am Horizont eine dunkelgraue Linie auftauchte: der Grüne Gürtel. Der Name – in Sirilo, der Sprache des Alten Volkes, hieß der Wald *Bilath-berdeor* – stimmte schon lange nicht mehr. Hätte Ergil das verlassene Reich der Sirilim bei der Rückkehr vom Kitora nicht schon einmal durchquert, wäre der

Anblick der toten Bäume für ihn jetzt ein Schock gewesen. Sie waren kahl wie Fischskelette, von Sonne, Wind und Regen verwittert und so freudlos grau, als habe Magos sie sämtlicher Farbe beraubt. Doch seine Schandtat war schlimmer. Irgendwie hatte er den Wald ermordet.

»Da unten sieht alles so anders aus«, sagte Jazzar-fajim. Er stand neben Ergil. Gemeinsam blickten sie aus demselben Fenster. Die *Mondwolke* flog kaum höher als die Baumwipfel.

»Hoffentlich übersehen wir Saphira nicht.«

»Ergil, denk an die Ruinen Lurias. Die Hauptstadt der Sirilim war um die Hälfte größer. Wir *können* sie gar nicht verfehlen.«

»Aber wenn sie vollständig aus dem Hier und Jetzt verschwunden ist?«

»Warten wir es einfach ab.«

»Je näher wir nämlich der richtigen Stelle kommen, desto leichter werden wir die Stadt in der Zwischenwelt finden.«

»Ja doch«, sagte Jazzar-fajim. Er hörte sich an wie ein Lehrer, der schon tausend Mal dieselbe Sache erklärt und dem sein Schüler gerade zum tausendundersten Mal die gleiche Frage gestellt hat. »Übe dich in Geduld, Ergil. Es ist ein Wesenszug des Lichts.«

»Das rede ich mir jetzt schon seit über zwei Monaten ein.«

»Dann solltest du es allmählich begriffen haben.«

Der zornissengeplagte König wollte gerade zu einer scharfen Gegenrede anheben, aber eine Geste seines Oheims ließ ihn mit offenem Mund innehalten. Der Sirilo deutete auf eine Stelle nahe dem Ufer, wo etwas hinter den Bäumen hervorragte.

»Was ist das?«, fragte Ergil.

»*Mighdál-qódheschim*«, antwortete Jazzar-siril. Seine Augen glänzten mehr als gewöhnlich und seine Stimme klang verklärt. »Der *Turm der Heiligen*. Das höchste und ehrwürdigste Bauwerk von Saphira.«

Saphira ist Sirilo und bedeutet in Hochmiradisch »die Glänzende« oder »die Schöne«. Als die *Mondwolke* über das Gebiet der Stadt hinwegschwebte, war davon aber nicht viel zu bemerken. Unter dem Luftschiff erstreckte sich ein riesiges ödes Tal. Oder besser gesagt ein monströses kahles Loch, eine tiefe Narbe, in der – wie im ganzen Grünen Gürtel – nicht einmal Unkraut wuchs. Die gewaltige Kluft sah aus, als habe ein Riese die Stadt samt Erdreich vor langer Zeit mit einem Spaten aus dem Waldboden gehoben und fortgetragen.

Zum Sternenspiegel hin stieg die Senke steil an und bildete einen schmalen Uferdamm, der die Wasser des Sees am Durchbruch hinderte. Auf dieser Landenge standen einige prächtige Häuser, deren weiche Formen und kunstvoll geschwungene Ornamente Ergil inzwischen vertraut waren. Ähnliches hatte er bei seinem Ausflug in die Zwischenwelt auch auf der Sooderburgklippe gesehen. Laut Jazzar-fajim waren die Villen früher von einigen der bedeutendsten Persönlichkeiten der Schönen bewohnt worden.

Zwischen ihnen ragte der *Turm der Heiligen* auf.

Es war ein elegantes Bauwerk, einem riesigen Dorn gleich, voller erhabener Ornamente, die zusammen ein kompliziertes, ineinander verschlungenes Muster ergaben. Wie bei einer auf dem Schalltrichter stehenden Fanfare hatte der Turm in Bodennähe zunächst einen beträchtlichen Umfang, welcher rasch abnahm, um sich auf den nächsten etwa fünfhundert Fuß dann nur noch allmählich zu verjüngen. Weil sich die glatte helle Außenmauer aus der Entfernung gesehen von den toten grauen Bäumen im Hintergrund kaum abhob, hatte Ergil das schlanke Wunderwerk sirilimischer Baukunst erst so spät bemerkt.

Jazzar-fajim erklärte, der Turm habe den Auserwählten sowohl als Versammlungs- wie auch als Ausbildungs- und Forschungsstätte gedient. Von seiner Spitze aus konnten die Gelehrten die Gestirne studieren. Im Fundament waren die Hörsäle, Beratungsräume und eine Bibliothek untergebracht …

Der Sirilo hielt mitten im Satz inne und fragte: »Warum bist du so aufgeregt, Ergil?«

»Weil der Turm mir beweist, dass ich Recht hatte. Es gibt nur einen vernünftigen Grund, warum ausgerechnet dieses Bauwerk erhalten geblieben ist: Die Sirilim wollten ein weithin sichtbares Zeichen hinterlassen. So als riefen sie uns zu: ›Seht her! Wir sind noch da. Hier müsst ihr nach uns suchen.‹«

»Es könnte noch eine andere Erklärung für all das geben«, mischte sich Harkon in das Gespräch der beiden Durchdringer ein. Als sie sich ihm zuwandten, blickten sie in ein ernstes Gesicht.

»Nämlich?«, fragte Ergil. Während des zweiunddreißigtägigen Fluges war Harkon allen ein Freund geworden, ein neues Mitglied der Gemeinschaft des Lichts.

»Magos könnte die Stadt mit Stumpf und Stiel ausgerissen haben. Und den *Turm der Heiligen* hat er stehen lassen, um allen, die sich an diesen Ort wagen, zuzurufen: ›Seht her! Hier haben die Schönen gewohnt. Aber nun ist *keiner* mehr da. Ihr braucht gar nicht erst nach ihnen zu suchen.‹«

»Du kannst einem wirklich die Laune vermiesen«, murrte Ergil.

Die *Mondwolke* landete an der Ostflanke des Loches, wo keine verdorrten Bäume standen. Über den kahlen Wipfeln des gemeuchelten Waldes ging gerade die Sonne unter. Ergil konnte es kaum erwarten, die Suche in der Zwischenwelt zu beginnen. Er war immer noch überzeugt, mit seinen Vorstellungen richtig zu liegen. Der Turm würde ihm ein wichtiger Anhaltspunkt sein, um in die Vergangenheit Saphiras vorzustoßen und von dort Zugang in jene Falten der Welt zu finden, wo die Hauptstadt der Sirilim, wie er hoffte, verborgen lag. Das war übrigens ein weiterer Grund, der für seine Theorie sprach.

Nachdem er den Sämlingen des Mondtaus eingeschärft hatte, sich auf keinen Fall zu verflüchtigen, begab sich die

Gruppe zu dem Turm. Aus der Nähe war das Bauwerk noch beeindruckender. Wenn man an seinem Sockel stand und an dem schlanken Dorn nach oben blickte, schien es bis in den Himmel zu reichen. Zugang erlangte man durch ein Portal, dessen quer stehende Ellipsenform Ergil an ein großes Auge denken ließ. Das allerdings fest verschlossen war.

»Der *Turm der Heiligen* ist normalerweise immer offen«, wunderte sich Jazzar-fajim.

»Du weißt nicht zufällig, wo der Hausherr den Schlüssel versteckt?«

»Es gibt keinen, gerade weil der Turm dem Wissen aller gewidmet und jedem jederzeit zugänglich war. Ich hörte zwar einmal …« Der Sirilo verfiel mitten im Satz in tiefes Grübeln.

»Was hast du gehört, Oheim?«, fragte Ergil ungeduldig.

»Zuletzt war der Turm zur Zeit Magons verschlossen worden, nicht mit einem Schlüssel der üblichen Art, sondern mit sieben Zapfenriegeln, von denen jeder in einer anderen Raumfalte verankert ist. Nur ein Meister der Alten Gabe kann sie öffnen.«

»Hm«, machte Ergil. Das klang für ihn nach einem reizvollen Knobelspiel. Er überlegte, ob er sich an dem Rätsel versuchen sollte, beschloss dann aber, seine Kräfte zu schonen. Was vor ihm lag, dürfte noch anstrengend genug werden.

An seiner Basis umgab den Turm eine flache Freitreppe wie eine Halskrause den Nacken eines pandorischen Magistrats. Ergil setzte sich auf eine der unteren Stufen. Jazzar-fajim nahm neben ihm Platz, stützte den linken Ellbogen auf seinen Oberschenkel und neigte den Unterarm leicht zur Seite. Ergil machte es genauso, nur seitenverkehrt. Ihrer beider Hände griffen ineinander. Weil damit zu rechnen war, dass der Ausflug mehrere Stunden dauern konnte, machten es sich die übrigen Gefährten ebenfalls auf der Treppe bequem. Schekira hockte sich in Gestalt eines Käuzchens zu Ergils Linker auf die Stufe.

»Gebt mir nur eure Kraft, aber überlasst bitte mir die Führung«, sagte er zu seinem Oheim und – mit der Stimme des Geistes – zu Nisrah.

»Keine Sorge. Bei dem, was du vorhast, bist du mir ohnehin weit voraus«, beruhigte ihn Jazzar-fajim.

Und mir sowieso, fügte der Netzling für die anderen unhörbar hinzu.

Tatsächlich war Ergil dem Stand eines Sirilimnovizen längst entwachsen. Er schloss die Augen und streckte seine unsichtbaren Fühler nach dem *Turm der Heiligen* aus. Binnen kurzem hatte er das Gebäude fest im Griff. Er durchdrang es vom Fundament bis zur Spitze und dabei machte er eine seltsame Entdeckung.

Der Turm war leer. Nicht in dem Sinne, wie man es von einem ausgeräumten Haus erwarten würde. Vielmehr glich die Fassade des Gebäudes der abgelegten Haut einer Schlange. Das Innere dieser Hülle beunruhigte ihn. Es war auf eine schwer zu erklärende Weise für seinen Geist nicht greifbar. Als liege es außerhalb der Welt, nein, außerhalb des Universums.

Ergil unterdrückte einen Schauer und kehrte nach draußen zurück, wo er sich an der Außenmauer emporbewegte. In luftiger Höhe ließ er seinen Geist verharren und folgte dem schnellen Wechsel der Jahreszeiten in die Vergangenheit. Anders als beim Knochenturm, der bereits vor Äonen verlassen worden war, lag Magos' Sieg über die Sirilim erst knapp zweihundert Jahre zurück. Daher dauerte es nicht lange, bis unter ihm die Stadt erschien.

Der Anblick war atemberaubend. Als habe der Wind plötzlich den Morgennebel fortgeweht, tauchten im Schatten des Turmes strahlend weiße Häuser und Paläste auf, baumbestandene Straßen und Plätze, Springbrunnen und steinerne Figurengruppen sowie Blumenbeete und wunderschöne Parks. Schon die exotische Schönheit von Silmao hatte Ergil in Staunen versetzt, aber Saphira war noch tausendmal prächtiger.

»Ich sehe sie«, flüsterte Ergil aufgeregt, die Augen hielt er geschlossen. Er spürte, wie Jazzar-fajims Hand zuckte.

Die Antwort des Sirilo war nur ein Flüstern. »Geh in die Zukunft, bis zu dem Zeitpunkt, wo Saphira verschwunden ist. Von dort folgst du ihr in die Zwischenwelt.«

Er wisse selbst, was zu tun sei, hätte Ergil fast aufbegehrt, hielt sich dann aber zurück. Sich wie ein Dummkopf zu fühlen und gekränkt zu sein, nur weil man sich etwas Altbekanntes erklären ließ, gehörte wohl eher zu einem Gebaren, wie es von hungrigen Zornissen heraufbeschworen wurde. Er bezwang seine Verärgerung und rief sich ins Gedächtnis, wie er die Flotte der Sirilim in Silmao und ihren Knochenpalast auf der Sooderburgklippe gefunden hatte.

Das Hier und Jetzt lässt sich mit einem riesigen Vorhang vergleichen, die Stadt Saphira mit einem davor hängenden bunten Seidentuch. Wenn dieses nun jemand durch ein Loch auf die andere Seite des Faltenwurfs zieht, dann entschwindet es dem Blick des Betrachters. Es ist aber immer noch da, irgendwo *hinter* der gewobenen Wand. Könnte man indes dem Schleier durch die Öffnung folgen, geriete er nie außer Sicht.

Aber diesmal gelang es Ergil nicht.

Mehrmals bewegte er sich in der Zeit vor und zurück, verfolgte das Verschwinden und Wiedererscheinen der Stadt. Es war zum Verzweifeln! Fast so, als hätte jemand – um bei dem Beispiel von eben zu bleiben – das Licht gelöscht, bevor der Seidenschleier in dem Loch verschwindet: Gerade noch war die Stadt da gewesen und im nächsten Augenblick wie vom Erdboden verschluckt. Aber er konnte ihr nicht folgen.

»Warum bist du so verkrampft? Gibt es ein Problem?«, hörte Ergil seinen Oheim fragen und stellte sich vor, wie die Gefährten sie neugierig beäugten. Er widerstand dem Verlangen, die Augen zu öffnen.

Stattdessen flüsterte er: »Ich finde den Übergang nicht.«

»Probier's einfach noch mal.«

»Hab ich schon.«

Ratlose Stille.

Dann sagte Jazzar-fajim: »Ich ahne, warum sie die Tür abgesperrt haben.«

»Nämlich?«

»Die Stadt ist in dem Turm eingeschlossen.«

»Sie ist … *was*?« Ergil riss vor Schreck die Augen auf und sah sich unvermittelt von gespannten Gesichtern umringt. Schnell klappte er die Lider wieder zu.

»Ich meine das nicht wortwörtlich«, erklärte Jazzar-fajim rasch, »sondern im übertragenen Sinn. Das Schloss mit den sieben Riegeln muss das Tor in die Zwischenwelt sein. Saphira wurde sozusagen dort hindurchgetragen.«

Nicht nur die Stadt, dachte Ergil, sondern anscheinend auch das Innere des Turmes. Jetzt war er doch gezwungen, das Rätsel des Schlosses zu lösen.

Von Erholung konnte keine Rede sein. Ergil fühlte sich zerschlagen. Der gescheiterte Versuch des vergangenen Abends in die Zwischenwelt vorzustoßen, lag ihm noch am Morgen des folgenden Tages schwer im Magen. Deswegen hatte er auch nur wenig geschlafen, nachdem er von Jazzar-fajim in die Geschichte von *Mighdál-qódheschim* eingeweiht worden war.

Den *Turm der Heiligen* allein mit menschlichen Sinnen – dem Sehen, Hören, Tasten, Schmecken und Riechen – begreifen zu wollen, glich dem Versuch, einem von Geburt an Tauben die Schönheit von Musik verständlich zu machen. Zwar konnte man auch ohne Gehör die tiefen Schwingungen einer Trommel oder das Schmettern einer Posaune fühlen, aber das war nicht dasselbe, wie dem harmonischen Miteinander eines großen Orchesters ergriffen zu lauschen.

Nur ein Meister der Alten Gabe könne sie öffnen, hatte Jazzar-fajim von den in unterschiedlichen Raumfalten verankerten sieben Riegeln des Schlosses gesagt. Sich an dieses Rätsel heranzuwagen, erschien Ergil mit einem Mal überhaupt nicht mehr so verlockend.

Der Himmel hatte sich in den vergangenen Stunden verwandelt: von einem strahlenden Blau zu Schiefergrau. Böen peitschten über das Wasser des Sternenspiegels. Wellen von stattlicher Größe rannten gegen das Ufer an. Auch war es kühler als am Abend zuvor.

»Sieht nach Gewitter aus«, unkte Jazzar-fajim, während er sich mit seinem Neffen und Schekira zum *Turm der Heiligen* begab. Um bei der Suche nach dem Zugang in die Zwischenwelt völlig ungestört zu sein, waren die übrigen Gefährten bei der *Mondwolke* geblieben, wo man die Nacht in Schlafsäcken unter freiem Himmel verbracht hatte.

»Du meinst, so richtig mit Blitz, Donner und Regen?«, fragte Ergil.

»Wenn wir Pech haben, kommt noch Hagel dazu.«

»Dieser Wald scheint tatsächlich verflucht zu sein.«

»Solche Unwetter sind im Reich der Sirilim nicht ungemütlicher als in der Welt der Menschen, Ergil.«

»Mag sein, aber wenn der Himmel seine Schleusen öffnet und die *Mondwolke* mit Sturzbächen und Hagelkörnern überschüttet, sehe ich schwarz.«

»Du hast Recht. Die feinen Flocken würden unweigerlich zusammenklumpen.«

»Und dann ist Schluss mit Fliegen. Wie viel Zeit bleibt uns noch?«

»Ist lange her, dass ich hier gestanden und mir solche Fragen gestellt habe«, antwortete Jazzar-fajim ausweichend.

»Wir Elven lesen in Wolken und Wind wie in einem Buch«, ließ sich die Prinzessin von Ergils Schulter vernehmen. »Ihr habt noch gut zwei Stunden. Vielleicht sogar zweieinhalb.«

Ergils Mund klappte auf. Und wieder zu. »Nur *zwei* Stunden? Du machst mir Spaß, Kira! Wie soll ich in so kurzer Zeit das Geheimnis des Schlosses enträtseln und die Stadt finden?

Außerdem ist es ja damit noch nicht getan. Wir brauchen Ginkgofrüchte oder zumindest einen männlichen Goldfruchtbaum und obendrein das Rezept für das Lebenselixier. So schnell kann ich das unmöglich …«

»Mit Jammern wirst du keine einzige dieser Aufgaben lösen, mein Retter«, fiel Schekira ihm ins Wort. »Kümmere du dich um das Deine und ich fliege zurück und sage den anderen Bescheid. Sie können inzwischen alles für unseren sofortigen Aufbruch vorbereiten. Notfalls fliegen wir an einen sicheren Ort und kommen später wieder.«

»Dazu musst du mich aber rechtzeitig warnen …«

»Ja, ja. Das mache ich. Also dann bis später.« Die beiden Flügelpaare der Elvin fingen an zu brummen, sie stieg senkrecht nach oben und schoss wie eine Libelle davon.

Wenig später erreichten Ergil und Jazzar-fajim den *Turm der Heiligen* und setzten sich wieder auf die Stufen vor dem verschlossenen Portal. Der Wind strich über sie hinweg und wirbelte ihr sonnengelbes Haar durcheinander.

»Ich nehme mir jetzt den Mechanismus vor«, erklärte Ergil, nachdem er seinen Geist mit jenem Nisrahs und Jazzar-fajims verbunden hatte. Wieder tasteten sich seine unsichtbaren Fühler vor. Sie wanderten über die Tür, versammelten sich wie die Fingerkuppen einer Hand auf dem Schloss und drangen schließlich in dieses ein.

Das auf der anderen Seite der Tür angebrachte Gehäuse der Verschlusseinrichtung bestand aus Satim, sein Innenleben indes aus verschiedenfarbigen Kristallen. Ergil war einigermaßen überrascht. Die Beschaffenheit der bunten Riegel ähnelte nichts, das er je durchdrungen hatte, mit Ausnahme vielleicht des gläsernen Schwertes *Zijjajim*. War etwa auch das Schloss nicht von dieser Welt? Womöglich sogar ein Geschenk des Herrn der himmlischen Lichter?

Wie dem auch sei, die sieben Zapfen schwebten jedenfalls scheinbar frei in dem Gehäuse. Im Grunde waren es etwa fingerdicke Kristallnadeln, in die der Schöpfer des Mechanismus Nuten, Nasen und Löcher geschnitten hatte. Offenbar bestand das Prinzip des Schlosses darin, die Riegel in der richtigen Reihenfolge gegen- und ineinander zu verschieben, bis sich alle vollständig im Hier und Jetzt befanden. Die Kombination ergab sich somit aus den richtigen Einstellungen in den drei Ausdehnungen Höhe, Breite und Tiefe sowie der vierten Dimension, der Zeit. Es war mehr als eine vertrackte Knobelaufgabe.

Ergil konnte nicht umhin, das ebenso komplizierte wie kunstvolle Gebilde zu bewundern. Allerdings wurde er schnell ungeduldig. Er bildete sich ein, zu spüren, wie die Böen des aufziehenden Gewitters von Mal zu Mal heftiger wurden; allein diese Wahrnehmung zeigte ihm, wie abgelenkt er war. Auch Jazzar-fajim schien seine Unruhe zu bemerken.

»Hast du schon etwas herausgefunden?«

Ohne die Augen zu öffnen, beschrieb Ergil den Mechanismus und klagte dann: »Ich komme mir vor, als müsste ich einen faustdicken Knoten lösen, indem ich ihn nur anschauen und dann einem Blinden erklären darf, an welchen Fäden er zu ziehen hat.«

»Das ergibt keinen Sinn.«

»Ich verstehe nicht, was du meinst.«

»Gestern Abend warst du noch fest überzeugt, *Mighdál-qódheschim* sei so etwas wie ein Signalmast, der uns auf die verborgene Stadt aufmerksam machen soll. Wozu das Ganze, wenn einem der Zugang dann trotzdem verwehrt bleibt?«

»Vielleicht bin ich nicht der Richtige …«

»Du bist Vanias Sohn, der Enkel des letzten Sirilimkönigs. Glaube mir, Ergil, du bist *genau* der Richtige.«

»Dann muss es *doch* einen Schlüssel geben, irgendetwas, das mir die richtige Kombination der Riegelstücke verrät. Vielleicht sind es bestimmte Maße. Oder die Positionen der Schriftzeichen eines Losungswortes im Alphabet oder …« Ergil öffnete weit die Augen und rief: »Oder ein *Datum*!«

Seine Stimme hatte sich derart überschlagen, dass auch Jazzar-fajims Konzentration dahin war und er sich irritiert umblickte. Über dem See zuckte ein Blitz aus den dunklen Wolken. Kurz darauf folgte ein Donnergrollen.

»Du bist ja ganz aus dem Häuschen, Ergil. Was ist los mit dir?«

»Ich glaube, ich kenne den Schlüssel. Zumindest einen Teil davon. Als ich im letzten Jahr mit Múria in die Sooderburg eingedrungen bin, hat sie mir die Zahl 1612 als Merkhilfe genannt, um einen Weg aus dem Tunnellabyrinth in der großen Klippe zu finden.«

»Im Jahre Mirads 1612 hat Jazzar-siril die Stadt Saphira gegründet. Damals wurde auch der Grundstein dieses Turmes gelegt.«

»Wann genau?«

»Warte, das war … Ja, am dritten Tag des zwölften Monats.«

»Das passt: 3.12.1612, sieben Ziffern, sieben Riegel. Fragt sich nur, wie dieser Schlüssel auf die Kristalle anzuwenden ist.«

»Lass mich mal einen Blick auf das Schloss werfen.«

Ergil nahm sich zurück und stützte seinen Oheim, während dieser mit dem Geist den Mechanismus erkundete. Ab und zu murmelte Jazzar-fajim Worte in Sirilo. Plötzlich öffnete er wieder die Augen und sagte: »Das kann kein Zufall sein.«

»Was?«

»Das Schloss wurde ebenfalls am dritten Tag des zwölften Monats verriegelt und zwar im Jahr 5807 – kurz zuvor hatte mich Magos in seinen Eisdom eingesperrt. Ich denke, der Mechanismus kann nur an diesem Tag geöffnet werden.«

»Du meinst, wir müssen ihn wieder jünger machen?«

Jazzar-fajim nickte. »Um knapp einhundertvierundneunzig Jahre. Und dann fängst du mit dem dritten Riegel für den dritten Tag an, gehst über zum ersten, nimmst dir anschließend den zweiten vor, dann wieder den ersten und so weiter. Arbeite dich von oben rechts Zapfen für Zapfen nach unten links durch.«

»Wieso denn das?«

»Weil die Heiligen der Sirilim so ihre schriftlichen Aufzeichnungen führen.«

Gemeinsam gingen sie die Sache an. Das Schloss auf den Zeitpunkt zu verjüngen, an dem die Stadt verschwunden war, erwies sich als die leichtere Übung. Als er jedoch den ersten Kristall aus seiner Weltfalte ziehen wollte, kam er nicht weiter.

»Er rührt sich nicht.«

»Lass mich mal probieren.« Jazzar-fajims Sinn drang in den Mechanismus des Salimschlosses ein, erreichte aber ebenfalls nichts.

»Moment mal«, ging Ergil aufgeregt dazwischen. »In der Klippe unter der Sooderburg hatte Múria noch etwas anderes gesagt: ›*Rückwärts* abarbeiten, mit rechts beginnen.‹«

»Dann nichts wie los, König der zwei Völker.«

Ergil schnappte nach Luft. Warum hatte sein Oheim das gesagt, ausgerechnet in diesem Moment? Er ließ die Lider wieder sinken, um sich von dem Unwetter, das sich über dem Sternenspiegel zusammenbraute, nicht ablenken zu lassen.

Hierauf übernahm er wieder die Führung in der Erforschung des Schlosses. Er musste den Schlüssel 3.12.1612 von hinten nach vorne abarbeiten. Also begann er mit dem zweiten Riegel. So schnell es ging, tastete er sich an ihm entlang in eine benachbarte Falte der Welt und versetzte ihn ganz ins Hier des Jahres 5807. Anschließend zog er den zweiten Kristallstift aus seiner Verankerung. Einige Stäbe blieben unberührt, andere musste er mehrmals bewegen: Indem er sie im Gefüge aus Raum und Zeit um ein winziges Stück versetzte, glitten sie in ihre Nuten oder Aussparungen, bis die sieben Umstellungen vollzogen waren.

Und dann öffnete sich das Schloss.

Allerdings anders als erwartet. Die Tür im Rücken der beiden Durchdringer rührte sich nicht. Aber ein Zugang in die Zwischenwelt hatte sich aufgetan. Er war wie ein Schlüsselloch geformt. Eine Sturmbö riss an Ergils Kleidern, als wolle sie ihn zurückhalten. Wie aus weiter Ferne hörte er einen Donnerschlag. Dann schlüpfte sein Geist durch das Schloss.

Jazzar-fajim konnte die tiefe Versenkung seines Neffen spüren. Zuvor hatte Ergil den aufziehenden Sturm und die Donner bemerkt, jetzt saß er völlig ruhig auf der Treppe am Fuß des weißen Turmes. Die immer alarmierenderen Signale des drohenden Unwetters nahm er, wenn überhaupt, nur noch am äußersten Rand seines Bewusstseins wahr.

Wo nur die kleine Schwester blieb! Schekira hätte längst zurück sein müssen. Hoffentlich war mit der *Mondwolke* alles in Ordnung. Sie würden – im wahrsten Sinne des Wortes – mit einem Blitzstart vor dem Regen fliehen müssen …

Der Sirilo erschrak. Schnell sammelte er wieder seine Konzentration, weil Ergil ihm unvermittelt große Mengen an Kraft entzog, so als wolle er ein Hindernis überqueren und verlange von seinem Oheim, ihm mit einer Räuberleiter zu helfen. Irgendetwas passierte in der Zwischenwelt.

Jazzar-fajim wollte die Rechte seines Neffen fester umfassen, aber plötzlich verschwand sie aus seiner Hand. Entgeistert riss der Sirilo die Augen auf und starrte auf die Stelle der Treppe, wo Ergil eben noch gesessen hatte.

Der König war fort. Als hätte er sich in Luft aufgelöst.

16

DIE GLÄNZENDE

Plötzlich war alles da. Ergils Geist wanderte durch die Säle und Kammern des Gebäudes, strich über die Bücher und Schriftrollen in der großen Bibliothek hinweg, schraubte sich auf der Wendeltreppe in die luftigen Höhen des *Turmes der Heiligen* empor. Und gelangte schließlich ins Freie. Der Anblick verschlug ihm, sofern man das von einem wandernden Bewusstsein sagen konnte, den Atem.

Die Stadt Saphira schwebte scheinbar auf einer riesigen Scholle Land im Nichts.

Wie bei einem Eisberg ragte diese schroffe Insel mindestens so weit nach unten, wie die unterschiedlichen Türme und Paläste nach oben strebten. Und etwas abseits davon trieb in dieser scheinbar grenzenlosen Leere das Innenleben von *Mighdálqódheschim*. Es war ein mehr als merkwürdiger Anblick, ein so riesiges Bauwerk ohne Außenhülle zu sehen: Die mit Bücherregalen und sonstigen Einrichtungsgegenständen angefüllten Räume und die schier endlose Wendeltreppe türmten sich, scheinbar haltlos, einem leeren Himmel entgegen.

Aus irgendeinem Grund hatten die Sirilim – anders als bei ihrer Schiffsflotte und dem Knochenpalast – als Zuflucht eine Falte gewählt, in der es nichts anderes zu geben schien als ihre Stadt und die bloßgelegten Eingeweide ihres *Turmes der Heiligen*. Streng genommen konnte das natürlich nicht stimmen. Auch Sirilim brauchten Luft und Licht und einiges mehr zum Leben.

Nun war es aber keineswegs dunkel in Saphira. Im Gegenteil machte sie ihrem Namen, der ja »die Glänzende« bedeutete, alle Ehre. Ein Schleier aus sanftem hellen Licht lag auf den Dächern und Parks und ließ alles auf eine zauberhafte Weise erstrahlen. Woher diese Illumination kam, blieb Ergil hingegen verborgen.

Sein Geist schwebte über die nun schon bekannten Straßen und Plätze hinweg, als säße er in seinem Luftschiff. Es schien den Sirilim, sofern man das aus der Höhe überhaupt beurteilen konnte, an nichts zu mangeln. Sie gingen offenbar ihren alltäglichen Verrichtungen nach. Überall konnte Ergil sie beobachten, manche gingen zu Fuß, etliche ritten auf Krodibos, und einige fuhren auf Wagen, deren organisches Aussehen die Vermutung nahe legte, hier eine andere Zuchtform der Wandellinge oder Zimmermannsschoten vor sich zu haben.

Er kehrte zu einer Ansammlung weißer Gebäude unweit von *Mighdál-qódheschim* zurück. Das musste der Königspalast sein. Im Zentrum der Anlage ragte ein großer silberner Kegel auf, dessen Windungen an ein spitzes Schneckenhaus erinnerten. Scheinbar willkürlich waren farbige Fenster unterschiedlicher Größe in die Außenmauer eingelassen, als habe jemand großzügig bunte Juwelen darüber verstreut. Ergil drang in das Bauwerk ein.

Sein Geist wanderte keineswegs ziellos durch den riesigen Bau. Obwohl die kostbaren Inneneinrichtungen oder die fremdartigen Gewänder der Bewohner dieser Residenz ihn unentwegt zum Verweilen und Staunen einluden, konzentrierte er sich auf seine Suche. So folgte er den Windungen des Palasts, immer weiter ging es nach oben. Irgendwann stieß er auf einen Raum, in dem Musiker sonderbar geformten Instrumenten bestrickende Töne entlockten, durchdrang eine weitere Wand und entdeckte endlich den Thronsaal, eine runde Halle in der Spitze der »Schnecke«. Vielfarbige Kristallfenster erschufen ein zauberhaftes Licht. Die in Silber, Gold und Elfenbein schimmernden Wände zeigten Blumenmotive. Ein geländerloser Wandelgang schraubte sich bis unter die gläserne Spitzkuppel empor. Im unteren Bereich des Höhenwegs lagen mehrere Durchgänge. Der größte weckte Ergils Interesse.

Er schwebte durch den Rundbogen in einen nicht sehr langen Gang, dessen Wände mit Lampen aus Halbedelsteinen beleuchtet waren. Am Ende befand sich eine mit kunstvollem Schnitzwerk verzierte Tür aus gelblich rotem Holz. Zwei Wachen standen davor. Ergil glitt zwischen ihnen hindurch.

Hinter der Tür lag eine Landschaft aus dicken Teppichen und Kissen, die entfernt den Nomadenzelten von Bulanenfürsten ähnelte. Der Grundriss des Raumes war allerdings so unregelmäßig wie ein Höhlenboden. Bunte Tücher, teils von Licht durchströmt, hingen an den Wänden, und von der Decke baumelten allerlei goldene und silberne Gefäße, deren Zweck sich Ergil nur in wenigen Fällen erschloss: Aus einer an Ketten aufgehängten Schale stieg Weihrauch auf; in einem Käfig mit offen stehender Tür trällerte ein schillernder Vogel und mehrere glitzernde Gehäuse waren wie Laternen geformt.

Sein Blick wandte sich nach links, von wo aus sich eine Flut farbigen Lichts durch ein anderes, augenförmiges Fenster in den Raum ergoss. Davor ruhte, halb auf dem Teppich sitzend, halb auf Kissen liegend, ein Sirilo und las in einem Buch. Sein rechtes Bein war angezogen, das linke ausgestreckt. Er trug weite Hosen und eine Tunika, beides aus tiefroter Seide mit Goldverzierungen. Die Füße waren nackt.

Der Lesende hatte halblanges, sonnengelbes Haar. Sein ebenmäßiges Gesicht war glatt rasiert und glich auf eine männliche Weise jenen feinen Zügen, denen Vania ihre Schönheit verdankte. Auch mit Jazzar-fajim hatte er Ähnlichkeit. Und natürlich mit Ergil.

Wie diese drei war ja auch Bároq-abbirím ein Nachfahre des großen Jazzar-siril.

Der Enkel des letzten Sirilimkönigs näherte sich diesem mit

vor Aufregung bebendem Geist. Múria hatte einmal erzählt, Bároq-abbirím sei vor etwa zweitausendachthundert Jahren geboren worden. Aber er sah aus wie ein Dreißigjähriger. Plötzlich hob der Sirilo den Blick und sah direkt in Ergils Richtung.

»Wer bist du?«

Der Angesprochene erschauerte innerlich. Wie hatte sein Großvater ihn entdecken können?

Bároq-abbirím ließ das Buch aus den Händen gleiten und erhob sich mit einer fließenden Bewegung, die voller Anmut war. »Warum gibst du dich nicht zu erkennen? Bist du der, auf den mein Volk seit fast zwei Jahrhunderten wartet? Hast du das Schloss mit den sieben Riegeln geöffnet?«

Ergil war mehr als überrascht. Er war verwirrt. Erschrocken zog er seinen Geist vor dem König der Sirilim zurück.

»Geh nicht!«, rief Bároq-abbirím und streckte die Hand nach ihm aus.

Jetzt erst wurde Ergil bewusst, dass sein Großvater sich ganz normal bewegte. Das konnte dann ja wohl nur eines bedeuten: In Saphira war die Zeit nicht erstarrt wie im Knochenpalast auf Soodland. Somit bestand auch nicht die Gefahr, in der Wirklichkeit kostbare Zeit zu verlieren, wenn …

Ergil fasste sich ein Herz und wagte zum ersten Mal, was er auf der Suche nach seiner Mutter noch vermieden hatte. Er versetzte sich mit Haut und Haaren in die Zwischenwelt.

Das Unwetter hatte die Gemeinschaft des Lichts ziemlich durcheinander gebracht. Als Schekira vom *Turm der Heiligen* angeschwirrt kam, klangen ihre Anweisungen ziemlich dramatisch.

»Packt eure Sachen zusammen. In zwei Stunden fängt es an zu regnen. Wenn sich unsere *Mondwolke* nicht in Wohlgefallen auflösen soll, müssen wir auf der Stelle davonfliegen, sobald Ergil und sein Oheim zurückgekehrt sind.«

Die Elvin war, nachdem sie auf diese Weise Unruhe gestiftet

hatte, in die Samenwolke geflogen. Und kam so schnell nicht wieder heraus. Unterdessen brachen Popi, Tusan, Tiko und Harkon das Nachtlager ab. Die paar Decken und Proviantreste waren schnell in dem Luftschiff verstaut.

Harkon fand die Elvin im vorderen Bereich der *Mondwolke*. Sie saß mit verschränkten Beinen in einer halbierten leeren Kokosnussschale, die Arme auf den Rand gestützt, und schien den Alten nicht zu bemerken.

»Solltest du nicht zum Turm zurückkehren?«, fragte er.

Schekira antwortete nicht.

»Unsere Freunde müssen wissen, wann sie ihren Versuch abbrechen und zum Schiff kommen sollten«, versuchte es der Abenteurer abermals.

Wieder schwieg die Elvin. Sie starrte nur mit entrücktem Blick vor sich hin.

»Prinzessin«, wagte Harkon einen dritten Anlauf.

Aber ehe er noch etwas anfügen konnte, sagte das Mädchen in der Kokosnuss: »Du bist ziemlich geschwätzig, mein Freund. Siehst du nicht, dass ich mich versammelt habe?«

»Ver-?« Die buschigen Augenbrauen zogen sich zusammen. »Ich fürchte, ich kann dir nicht folgen.«

»Ich versuche, mit der *Mondwolke* Verbindung aufzunehmen.«

»Sind dazu nicht Sirilimsinne nötig?«

»Das versuche ich gerade herauszufinden, wenn du mich nur lassen würdest. Immerhin gehorcht die *Silberginkgo* ja auch Kapitän Bombos Befehlen – mehr oder weniger jedenfalls. Außerdem sind wir Elven mit den Schönen eng verwandt.«

»Findest du nicht, es ist ein wenig spät, sich in die Thematik zu vertiefen? Das Gewitter kann jeden Moment losgehen.«

Die goldenen Augen der Elvin funkelten Harkon zornig an.

»Schon gut«, wiegelte dieser mit einer beschwichtigenden Geste ab. »Dann lass dich mal nicht stören.«

Schekiras Lippen kräuselten sich. »Du bist zu gütig.«

Das Gefühl, der eigenen Welt zu entgleiten, war gewöhnungsbedürftig. Ergil kam sich vor, als würde er durch einen Trichter in eine Flasche gesogen. Doch sobald er sich im selben Raum wie sein Großvater befand, vergaß er diese lästigen Befindlichkeiten.

»Wer bist du?«, wiederholte der Sirilo seine schon einmal gestellte Frage. Sie standen sich mitten im Zimmer gegenüber. Das Erscheinen des jungen Mannes in seinem Privatgemach schien ihn nicht übermäßig überrascht zu haben.

»Ich bin Ergil, Sohn von Torlund dem Friedsamen und Vania, die, wenn ich mich nicht irre, deine Tochter ist.«

Nun staunte Bároq-abbirím doch ein wenig. »Du bist ...?«

»Dein Enkelsohn. Ursprünglich waren wir zwei, aber Twikus lebt nicht mehr.«

»Vania hat zwei Söhne geboren?«

»Sirilimzwillinge, um genau zu sein.«

Es dauerte einen langen Moment, bis Bároq-abbirím seine Fassung wiedererlangt hatte. Dann nötigte er seinen Enkel dazu, auf den Teppichen Platz zu nehmen. Eine Erfrischung werde er ihm gewiss auch nicht abschlagen. Mehrmals wiederholte Ergil, wie wenig Zeit er habe, aber der Gleichmut seines Großvaters blieb unerschütterlich.

»Du musst mir alles erzählen«, drängte er und klatschte in die Hände. Mehrere Diener beiderlei Geschlechts eilten herbei. Bároq-abbirím sprach mit ihnen wie zu guten Freunden. Er befahl ihnen nicht, sondern bat um einige Früchte und etwas zu trinken.

Zwei Männer stellten einen niedrigen runden Kupfertisch bereit, an dem der Großvater und sein Enkelsohn nebeneinander Platz nahmen. Während darauf die »Kleinigkeiten« serviert wurden, die der Sirilimkönig erbeten hatte, erzählte er vom Niedergang seines Volkes. Am Ende seines traurigen Berichtes sagte er: »Meine Söhne waren im Kampf gegen Magos' Heer gefallen. Nur Vania, deine Mutter, lebte noch. Ich habe sie fortgeschickt, um sie vor dem Schicksal ihrer Brüder zu bewahren, aber auch, weil das Geschlecht der Sirilim erhalten bleiben musste, falls wir uns – wie es ja dann tatsächlich geschah – aus der Welt würden zurückziehen müssen. Gemeinsam mit Inimai verließ sie den Grünen Gürtel. Bald darauf habe ich mit den Auserwählten die Stadt und den Überrest der Schönen in dieses Refugium hinübergerettet. Allerdings gab ich die Hoffnung nie auf, dass Vania eines Tages zurückkehren würde.«

»Leider ist ihr das nicht möglich, weshalb du mit mir vorlieb nehmen musst«, erwiderte Ergil und erzählte in der gebotenen Kürze die Geschichte von sich und Twikus bis zu dem Punkt, an dem er sagte: »Wenn es mir daher nicht gelingt, ein Gegenmittel zu finden, dann wird das Gift der Gapas meine Mutter töten.«

Daraufhin wurde Bároq-abbirím sehr traurig. »Unsere Ginkgos sind schon seit fast zweihundertfünfzig Jahren unfruchtbar.«

Hätte Ergil nicht auf dem Boden gesessen, er wäre wohl zusammengesackt. Jazzar-fajims Worte kamen ihm in den Sinn: *Allerdings kann ich mich nicht erinnern, an ihnen jemals Früchte gesehen zu haben.* »Woher kommt dieses Aussterben der Ginkgos, Großvater? Sie scheinen ja im ganzen Herzland verschwunden zu sein.«

»Die Heiligen glauben, es hat mit dem Erwachen des Bösen zu tun.«

»Du meinst mit … Magos?«

»Ja. Er ist wie Melech-Arez: ein Entzweier. Frieden setzt aber Einigkeit voraus. Nicht Eintönigkeit oder Gleichförmigkeit. Nur durch die Unterschiede wird die Welt ja farbig, nur durch die Verschiedenheit der Geschlechter können Sirilim, ebenso wie Menschen, Ginkgos und viele, viele andere Lebewesen überhaupt fortbestehen. Aber Magos hat anderes Leben immer nur in einer Funktion gesehen: Es sollte sich ihm unterordnen, im Denken, Reden und Handeln. Schon lange bevor wir in die Zwischenwelt geflohen sind, hatte sein dunkler Geist die Welt durchdrungen. Vermutlich sind deshalb auch fast alle Ginkgos von Susan ausgestorben. Sie symbolisieren seit alters die Weisheit und die Harmonie des vielfältigen Lebens. Der Goldfruchtbaum ist wie die Sirilim uralt, und obwohl ihm – so wie uns – kaum ein Gift schaden kann, hat ihn doch Magos' Geist der Monotonie umgebracht.«

Ergil konnte die Erklärung seines Großvaters nur auf eine Weise deuten: Auch in Saphira gab es keine Ginkgos mehr. Er war maßlos enttäuscht und Verzweiflung machte sich in ihm breit. Welche Hoffnung gab es jetzt noch für seine Mutter? Freudlos sagte er: »Magos hat sich in eine schwarze Schneewolke verwandelt. Er ist aus Mirad geflohen. Die Rückkehr der Sirilim könnte die Welt vielleicht noch retten.«

Bároq-abbirím schüttelte traurig den Kopf. »Ich fürchte, mein Lieber, du hast das Wesen von Magos' Fluch noch gar nicht begriffen. Die Welt erkaltet nicht, weil es bald keine Sirilim mehr gibt. Sie stirbt, weil sie glaubt, die Sirilim nicht mehr zu *brauchen.*«

Ergil erschauderte. Er entsann sich der hässlichen Anfeindungen, die seine Mutter hatte ertragen müssen. Sie war als Hexe verleumdet worden, als Ausgeburt des Bösen. Und ebenso hatten viele Menschen ihren Söhnen die Schuld für alle Unbill aufgeladen, so als könnten Hunger und Leid, Feindschaft und Lieblosigkeit aus der Welt geschafft werden, indem man das eigene Versagen den Sündenböcken Ergil und Twikus anlastete. »Heißt das«, sprach er leise und verzagt, »das Alte Volk wird für immer aus Mirad verschwunden bleiben?«

Bároq-abbirím sah ihn aus schmerzerfüllter Miene an. »Über diese Frage muss der ›Rat des Lichts‹ verhandeln, in dem die Vertreter der Auserwählten und der übrigen Bewohner von Saphira über die Geschicke unseres Volkes entscheiden. Ich kann nur eine Empfehlung aussprechen.«

Ergil ballte die Fäuste. »Die Zeit zerrinnt mir zwischen den Fingern, Großvater! Magos und Wikander haben den Samen der Zwietracht ins Herzland gesät, der auch nach ihrem Abtritt weiterkeimt. Die Rückkehr der Sirilim könnte ein Zeichen sein, das die Menschen zur Besinnung bringt.«

»Du bist jung, mein Sohn. Und junge Menschen lassen sich leicht von Träumen und Schwärmereien blenden. Aber ich trage die Verantwortung für die Letzten unseres Geschlechts und muss gründlich abwägen. Du hast mir selbst gesagt, dass Magos nach Mirad zurückkehren könnte. Wenn es dazu käme, würde sich sein Zorn zuallererst gegen die Sirilim richten. Wir mögen zwar stark im Kampf sein, doch wir waren nie ein kriegerisches Volk. Er würde uns endgültig vernichten.«

»Aber noch ist er verbannt. Der Einzige, der das Versteck des Schwertes *Schmerz* kennt, sitzt in meinem Kerker. Die Schönen könnten mithelfen, die Welt wieder zu dem zu machen, was sie vor Wikanders Aufstieg war. Sofern ich das Lebenselixier herstellen kann. Ich hatte so gehofft, in Saphira einige Ginkgofrüchte zu finden.«

Der Sirilo seufzte. »Damit kann ich dir leider nicht dienen. Aber vielleicht gibt dir etwas anderes Hoffnung. Komm und lass es mich dir zeigen.«

Bároq-abbirím erhob sich und lief zu dem großen Fenster, das wie ein Auge geformt war. Er deutete nach unten. »Das da unten ist der Palastgarten. Siehst du das kleine Wiesenrund auf der linken Seite?«

Ergil spürte, wie sich sämtliche Härchen auf seiner Haut aufrichteten. »Ja«, antwortete er leise.

»Was da in der Mitte steht, ist ein Goldfruchtbaum.«

Der junge König starrte den alten ungläubig an. »Aber hast du nicht gesagt …«

»Ich erwähnte«, unterbrach ihn sein Großvater geduldig, »dass fast alle Ginkgos *von Susan* eingegangen und zudem die unsrigen seit langem unfruchtbar sind. Aber ich habe nicht behauptet, sie seien restlos ausgestorben. Dieser eine dort unten ist uns noch geblieben.«

»Ist er …?« Ergil wagte die alles entscheidende Frage nicht auszusprechen.

Bároq-abbirím nickte seufzend. »Ja, mein Sohn. Er ist gesund, stark und er ist *männlich*. Jazzar-siril hat ihn einst gepflanzt. Ebenso wie sein perfektes Gegenstück in Schilmao.«

Jazzar-fajim lief ungeduldig vor dem *Turm der Heiligen* hin und her. Der Himmel war inzwischen schwarz. Immer wieder zuckten Blitze daraus hervor und fast unmittelbar danach knallten Donnerschläge, als wollte die ganze Welt zerreißen. Er hatte Mühe, sich gegen die Sturmböen anzustemmen. Einige besaßen zweifellos Orkanstärke. Zudem spürte er Wassertropfen auf der Haut, war sich aber nicht sicher, ob es bereits Regen oder nur aufgewirbelte Gischt vom Sternenspiegel war.

Eben hatte Schekira ihn gewarnt. Wenn die *Mondwolke* nicht sofort aufstieg, dann würde es sie bald nicht mehr geben.

»Flieg schon voraus und mache alles bereit«, hatte er geantwortet.

»Es *ist* alles bereit, mein Freund. Du kannst dich gerne davon überzeugen«, antwortete die Elvin zwar ruhig, aber keineswegs entspannt.

»Ich kann Ergil nicht im Stich lassen. Wenn er aus der Zwischenwelt zurückkehrt, wird er vielleicht nicht einmal aus eigener Kraft laufen können. Dann muss ihn jemand tragen. Willst du das übernehmen, kleine Schwester?«

»Das ist unfair, Jazzar-fajim.«

»Ich weiß.«

»Dann sehen wir uns also später.«

»Sofern Ergil und ich nicht vom Blitz erschlagen werden.«

»Du bist unmöglich.« Die Elvin schwirrte davon.

Wieder stapfte der Sirilo auf den Stufen des Turmes auf und ab. So verging die Zeit, und die ihm ins Gesicht stiebenden Tropfen ließen sich immer schwerer als Regen verleugnen.

Mit einem Mal erschien ein grünes Flimmern in dem weiten

Bogen des Portals. Jazzar-fajim rannte die Treppe hinauf. Ganz in der Nähe schoss ein Blitz in den Boden und gleichzeitig mit dem Donner sprang die Tür des Turmes auf.

Dahinter gähnte eine schwarze Leere, die den Sirilo zurückschrecken ließ. Selbst als ein weiterer Blitz die Szenerie hell erleuchtete, konnte er nicht erkennen, was sich *in* der dunklen Öffnung des Portals befand. Aber das Leuchten drum herum nahm zu und allmählich verdichtete es sich zu einer Wolke, aus der ein Schemen wurde, der sich schließlich in eine grüne Gestalt verwandelte. Sie wankte, als würde sie jeden Moment zusammenbrechen.

»Ergil!«, rief Jazzar-fajim und stürzte wieder voran. Er war unendlich erleichtert, seinen Neffen lebend wiederzusehen.

»Warte, bis ich bei dir bin!«, hörte er dessen Stimme. Sie hallte, als sei er nicht zum Greifen nah, sondern irgendwo hoch oben im Turm.

Ergil machte erst einen Schritt, verharrte einen Moment, um Kraft zu sammeln, und dann einen zweiten. Als er unter dem Bogen des Portals hervortrat, verschwand das grüne Leuchten. Er schwankte, suchte mit ausgestrecktem Arm nach Halt. Jazzar-fajim sprang nach vorne und konnte ihn gerade noch auffangen, bevor die Beine ihm den Dienst versagten.

»Ich war ... in Saphira«, ächzte Ergil.

»Das kannst du mir alles später erzählen. Wir müssen zum Luftschiff.«

Der Sirilo beugte sich nach vorn und lud sich den benommenen Durchdringer auf die Schulter. So schnell Jazzar-fajim konnte, rannte er auf dem Uferdamm entlang, vorbei an verlassenen Häusern, die einst prachtvolle Villen voller Leben gewesen waren, jetzt aber nur noch bleichen Totenschädeln glichen, die aus ihren leeren Augenhöhlen den Wettlauf gegen das Gewitter verfolgten.

Der »Ankerplatz« des Luftschiffes lag einen Bogenschuss weiter landeinwärts, unmittelbar neben dem Rand des Loches.

Jazzar-fajim lief mit seiner Last zwischen zwei Gebäuden hindurch. Er umrundete die letzte Villa und hatte endlich freie Sicht. Schwer atmend blieb er stehen und wischte sich mit dem Ärmel über die Augen. Regen peitschte ihm ins Gesicht.

»Sie ist nicht mehr da!«, keuchte er. »Die *Mondwolke* ist verschwunden.«

Ergil regte sich auf seiner Schulter. Er wollte unbedingt heruntergelassen werden und sich wohl – auf eigenen Beinen stehend, mit eigenen Augen sehend – von der Misere überzeugen. Der Anblick erschütterte auch ihn. Von dem Luftschiff fehlte jede Spur. Das heißt, etwas war doch zurückgeblieben: Kisten, Fässer, ja, die gesamte Ausrüstung lag, als hätte eine Windhose die Samenwolke zerfetzt, über den Landeplatz verstreut.

Wie zu Salzsäulen erstarrt standen der König von Soodland und der Sirilimfürst Jazzar-fajim im Regen. Sie stützten sich nun gegenseitig. Hinter ihnen lag fahl wie ein Drachenschädel das letzte Haus. Sie hätten darin Schutz finden können, waren aber zu niedergeschlagen, um nur einen einzigen Schritt zu tun. Schekira hatte doch die *Mondwolke* für den sofortigen Abflug bereitmachen wollen. Was war passiert? Ergil hatte nur eine Erklärung für den entmutigenden Anblick der über den ganzen Platz verstreuten Gepäckstücke: Das Luftschiff musste zerstört worden sein.

Er fühlte sich unsagbar ausgebrannt. Eben noch hatte er im Schneckenpalast seines Großvaters jubiliert, als dieser ihm den männlichen Ginkgo zeigte. Damit konnte der Goldfruchtbaum von Silmao wieder fruchtbar gemacht werden. Zwischen himmelhohem Jauchzen und abgrundtiefer Betrübnis lag ein schmaler Grat. Gerade hatte er ihn überschritten.

Sei nicht allzu traurig, mein lieber Gespinstling, sagte unvermittelt eine Stimme in seinem Geist.

Ergils klitschnasse Haare klebten an seinem Kopf. Das Wasser lief in Strömen an ihm herab. Der Landeplatz verschwamm vor seinen Augen. Alles, was er entgegnen konnte war: Du hast gut reden, Nisrah.

Solltest du nicht erst herausfinden, was hier geschehen ist, ehe du dich der Verzweiflung in die Arme wirfst?

Wozu? Schau dir dieses Durcheinander doch an!

Täte ich ja gerne, wenn dein Blick nicht so getrübt wäre.

Mir reicht, was ich gesehen habe.

»Da seid ihr ja endlich!«

Ergil fuhr herum, weil der Ausruf der Erleichterung in seinem Rücken erschollen war. Er bemerkte vor dem bleichen Hintergrund der verlassenen Villa einen sich nahenden Schemen, aber erst nachdem er sich mit der Hand über die Augen gewischt hatte, konnte er die Person erkennen.

»Tusan!«

Der Fährtensucher winkte. »Kommt in das Haus. Oder wollt ihr vom Blitz getroffen werden?«

Jazzar-fajim und Ergil ließen den trostlosen Landeplatz hinter sich und folgten Tusan in die runde Eingangshalle der Villa. Dort wurden sie schon von den anderen Gefährten empfangen. Nur eine fehlte.

»Wo ist Kira?«

»Mit der *Mondwolke* auf und davon«, antwortete Popi und warf die Arme in die Höhe, wohl um den erwähnten Vorgang anschaulich zu machen.

Ergil blinzelte. »Aber unser Gepäck …«

»Hat einfach allen Ballast abgeworfen, um wie eine Feuerwerksrakete in die Luft zu schießen«, erläuterte der junge Ritter überschwänglich.

Wie auch die Übrigen setzte sich Tusan mit untergeschlagenen Beinen auf den Mosaikboden, breitete die Hände aus und bemerkte: »Ihr beiden seid wohl nicht die Einzigen, die sich mit den Sämlingen des Mondtaus verständigen können.«

Harkon Hakennase nickte eifrig. Auch er schien bester Laune zu sein.

»Und wo ist sie jetzt?«, fragte Ergil.

»Das wird sich zeigen. Die Sache war ziemlich knapp. Aber ich halte große Stücke auf die kleine Prinzessin.«

»Hoffentlich konnte sie die *Mondwolke* retten. Wir werden sie nämlich noch brauchen.«

Aller Augen waren erwartungsvoll auf Ergil gerichtet. »Hast du Saphira und die Ginkgos gefunden? Jetzt spann uns nicht auf die Folter«, drängte Tusan.

Ergil erzählte von seiner Stippvisite in der Zwischenwelt.

Es folgte ein stummes Vor-sich-hin-Starren aller Anwesenden. Kein Fauchen und Heulen des Windes störte das geballte Grübeln in der Villa, obwohl die Eingangstür offen stand. Nur das Pladdern schwerer, senkrecht aus den Wolken fallender Regentropfen war zu hören. Dem Unwetter ging allmählich die Puste aus. Dafür nahm die Stille in der Vorhalle langsam beklemmende Ausmaße an. Offenbar hatte nicht nur Ergil Probleme damit, das Zögern seines Großvaters nachzuvollziehen.

Als Oheim des Oberhauptes aller Sirilim fühlte sich Jazzarfajim verpflichtet, Missverständnissen vorzubeugen. Überraschend sagte er: »In meinem Volk gilt der König immer nur als Erster unter Gleichen. Als unseren eigentlichen Machthaber betrachten wir Den-der-tut-was-ihm-gefällt. Bároq-abbirím musste so antworten.«

Tusans Finger spielten mit einem vergifteten Blasrohrpfeil. Ohne davon aufzusehen, fragte er: »Und wie lange wird er sich dafür Zeit lassen?«

Ergil zuckte die Achseln. »›Solange es dauert‹, hat er gesagt. Er versprach mir, die Sache nicht unnötig in die Länge zu ziehen.«

Das Schweigen kehrte zurück. Für eine Weile waren alle so sehr in ihre eigenen Gedanken vertieft, dass keiner die völlige Ruhe bemerkte.

»Der Regen hat aufgehört«, sagte Tiko unvermittelt.

Einige Köpfe gingen in die Höhe. Tusan stemmte sich vom

Boden hoch und lief zum Portal. Jetzt bemerkte auch Ergil das heller gewordene Licht im Türausschnitt. Die Gestalt seines Freundes war dagegen nur ein dunkler Schattenriss. Plötzlich versteifte sie sich.

»Kommt schnell her! Da tut sich was«, rief Tusan und winkte aufgeregt.

Rasch liefen alle zum Ausgang und drängten hinaus. Der Himmel war immer noch verhangen, aber die Sonne brach, als könne sie ihre Neugier nicht zügeln, in diesem Moment durch die Wolken.

Der Blick des Fährtensuchers war auf den riesigen Krater gerichtet. Wo einst Saphira gelegen und die letzten zweihundert Jahre nur ein Loch geklafft hatte, schien sich nun ein See zu befinden. Doch das Unwetter hatte nicht den Uferdamm gesprengt, es war keineswegs das Wasser des Sternenspiegels, das die Senke füllte.

Sondern grünes Licht.

»Au Backe!«, entfuhr es Popi.

»Ich habe ja schon eine Menge gesehen …«, flüsterte Harkon, verstummte dann aber in ehrfürchtigem Staunen.

»Saphira kehrt ins Hier und Jetzt zurück«, sagten Ergil und Jazzar-fajim im Chor.

Die eben erst zur Ruhe gekommene Luft rund um den Krater geriet erneut in Bewegung. Sie zupfte an den Haaren und der Kleidung der staunenden Gefährten, während das Leuchten in dem Krater in Wallung geriet. Allmählich bildeten sich Umrisse heraus, anfangs noch unbeständig und durchsichtig, aber bald verfestigten sie sich. Es waren Gebäude. Grün schimmernde Häuser, Türme und Paläste. Abgesehen vom Geräusch des Windes in den Ohren vollzog sich das unglaubliche Schauspiel völlig lautlos. Dann kehrte schlagartig auch die Farbe der Stadt zurück.

In unmittelbarer Nähe standen einige Sirilim, deren neugierige Blicke auf die bunte Gruppe aus Abenteurern gerichtet waren. Eine schwarzhaarige Frau von anmutiger Erscheinung löste sich aus dem Verband und kam näher.

»Jazzar-fajim?«, fragte sie ungläubig.

Der Sirilo lächelte verlegen. »Der bin ich. Aber ich fürchte, ich kann mich nicht an deinen Namen erinnern.«

Sie lachte. »Das ist auch kaum verwunderlich. Als Ihr ausgezogen seid, um gegen Magos zu kämpfen, war ich noch ein Kind. Ich bin Jamina, die Tochter Eures Verwalters.«

Während die Umstehenden in Jubel ausbrachen, liefen die beiden aufeinander zu. Jazzar-fajim breitete die Arme aus, fing Jamina auf und wirbelte sie herum, als sei sie immer noch das kleine Mädchen von damals. Erst als er sie wieder abgestellt hatte, fragte er: »Wie geht es meinem klugen Agabus?«

Freudentränen rannen ihr über die Wangen. »Vater ist wohlauf. Er hat Euren Palast behütet wie seinen eigenen Augapfel. Als er mir sagte, der Rat des Lichts habe die Rückkehr Saphiras beschlossen, weil Ihr und der Enkel des Königs die Nachricht vom Tod unseres Feindes überbracht habt, bin ich sofort losgelaufen. Ich wollte Euch am *Turm der Heiligen* begrüßen, aber nun …« Sie warf die Arme hoch und lachte.

»Nun sind wir hier«, sagte Jazzar-fajim und nahm sie abermals in die Arme.

Auch die übrigen Sirilim hatten sich inzwischen vorgewagt, um die Fremden in Empfang zu nehmen. Im Nu sah sich Ergil von Schönen umringt, die ihrem Namen alle Ehre machten. Jeder einzelne Sirilo und jede Sirila strahlten Würde und Anmut aus. Sie bewegten sich mit einer Grazie, die an Tänzer denken ließ. Viele waren so blond wie Vanias Sohn, aber es gab auch solche von eher dunklem Typ. Die meisten bevorzugten farbenfrohe Gewänder aus luftigen Stoffen. Zudem trugen viele Frauen silberne oder goldene Geschmeide, die unaufdringlich waren, aber trotzdem von großer Kunstfertigkeit zeugten. In fast jeder Beziehung waren die Sirilim nahezu vollkommen.

Ergil wusste, dass die Welt der Menschen anders war. Hier gehörte auch das Schwache zum Leben. Äußere Verunzierungen waren oft mit Weisheit, Liebe und anderen Eigenschaften des Lichts gepaart. Indes wurde ihm in diesem Moment bewusst, wie dumm es war, ein Leben ohne Makel als langweilig zu verachten. Man brauchte keine Hässlichkeit – im Wesen, im Handeln, im Reden oder in der Erscheinung –, um Farbe in sein Dasein zu bringen. Diese Erkenntnis durchflutete ihn wie eine warme Woge, die allen Schmutz, alle düsteren Gedanken der letzten Wochen aus ihm fortzuspülen schien, und was zurückblieb, war ein Gefühl vollkommener Liebe. Und mit diesem ging eine andere, höchst verwirrende Empfindung einher: Du bist einer von ihnen, dachte er. Nie hatte er seine Zugehörigkeit zum Alten Volk so intensiv gespürt, selbst bei seiner ersten Begegnung mit Jazzar-fajim nicht.

Während er noch Glückwünsche und Schulterklopfen entgegennahm, bemerkte er aus den Augenwinkeln plötzlich einen Schatten, einen Vogel, der geradewegs auf ihn zuhielt. Ergils nächster Gedanke gehörte Schekira. In die Freude, sie wohlbehalten wiederzusehen, mischte sich sofort das Bangen um die *Mondwolke*. Warum kehrte die Elvin ohne das Luftschiff zurück? Was war mit ihm geschehen? Im nächsten Moment bemerkte er seinen Irrtum.

Es war ein Botenfalke, der auf seinem ausgestreckten Arm landete.

Ergil war in die Stille des Sirlimhauses zurückgelaufen, um Múrias Nachricht ungestört zu lesen. Heimlich hatte er sich davongestohlen. Er war aufgeregt. Seine Nerven glichen gespannten Bogensehnen. Vielleicht gab es Neuigkeiten von Dormund. Wenn der Schmied irgendwo ein anderes Fläschchen mit dem Wasser von Silmao gefunden hatte, dann könnte die Gemeinschaft unverzüglich heimkehren. Vom Eingang drang ein Rascheln an sein Ohr.

In der offenen Tür stand Popi und spähte in das Haus. »Alles in Ordnung?«

»Ich hab's noch nicht gelesen.«

Mit zitternden Händen löste Ergil die kleine Hornkapsel vom Bein des Vogels und gab das Tier frei, damit es auf Futtersuche gehen konnte; ein Pfiff würde genügen, um es wieder herbeizurufen. Während der Falke über Popis Kopf hinweg ins Freie flatterte, öffnete der Empfänger der Nachricht das Röhrchen, in dem sich ein zusammengerollter Zettel befand. Sofort erkannte Ergil die Handschrift seiner Meisterin. Fein säuberlich hatte sie die Botschaft auf das Pergament geschrieben.

Lieber Ergil!

Die vereinigten Heere von Pandorien und Ostrich rücken gegen Soodland vor. Das Festland ist bereits überrannt. Jetzt schicken sie sich an, die Insel zu erobern. Wir sind zu schwach, um ihnen lange standzuhalten. Du musst dringend zurückkehren, und wenn möglich, bringe Hilfe mit.

Inimai

Er war wie vom Donner gerührt. Ein ums andere Mal las er die Worte, als wären sie in einem fremden, kaum verständlichen Dialekt geschrieben. Schritte näherten sich. Popis besorgte Stimme erklang.

»Schlimme Nachricht?«

Der König reichte ihm das Zettelchen. »Zu Hause tobt ein Krieg.«

»Und was machen wir jetzt?«

Ergil sah seinen Freund aus tränenverhangenen Augen an. »Ich bin Soodlands König, Popi! Von Rechts wegen müsste ich sofort in die Heimat eilen. Aber ich *kann* es nicht. Nicht, bevor ich das Lebenselixier habe.«

Saphira war ins Hier und Jetzt zurückgekehrt. Die Sonne hatte genau im Zenit gestanden. Etwa eine Stunde später fand in den Privatgemächern des Sirilimkönigs eine besondere Zusammenkunft der Gemeinschaft des Lichts statt. Obwohl das Treffen vornehmlich der Erörterung von Fragen diente, welche besonders Ergil auf den Nägeln brannten, war auch für das leibliche Wohl der Gäste gesorgt. Auf flachen Kupfertischen standen Obstkörbe, Saftkaraffen und Schalen mit kleinen Leckereien, die vor allem bei Tusan und Popi regen Zuspruch fanden. Aber auch Harkon Hakennase war kein Kostverächter. Außer den genannten Personen hatte Bároq-abbirím nur zwei weitere aus seinem engsten Vertrautenkreis eingeladen.

Der Erste hieß Agabus. Er war schwarzhaarig und ein, selbst für Sirilimverhältnisse, auffallend schlanker Mann mit schmalen Händen und langen Fingern, welche er oft gefaltet vor dem Gesicht hielt oder als Stütze für sein Kinn benutzte, als müsse er in gebetsvoller Versenkung himmlische Anleitung erfragen. Im Rat des Lichts wurde seine Weisheit seit langem geschätzt, selbst wenn er keinem der Adelshäuser angehörte. Nach wie vor bekleidete Jaminas Vater in Jazzar-fajims Palast das Amt eines Seneschalls: Er besorgte das gesamte Hauswesen des Fürsten.

Lohen-tuvim, die zweite Vertrauensperson, die der König der Sirilim hinzugezogen hatte, war ebenfalls ein alter Weggefährte von Ergils Urgroßonkel: groß, breitschultrig, aber trotzdem nicht schwerfällig, sondern eher ein Mann, der in seiner Kraft und Körperbeherrschung ruhte. Das lange Haar des Sirilo war pechschwarz. Er wirkte jung wie ein Zwanzigjähriger und voller Tatendrang. Lohen-tuvim war der Majordomus von Saphira, der Befehlshaber des Sirilimheeres.

»… du dazu, mein Sohn?«

Bároq-abbiríms Worte drangen wie durch einen drei Fuß dicken Wollvorhang in Ergils Bewusstsein vor. Sein Blick war zu dem augenförmigen Fenster und seine Gedanken waren zu

Schekira abgeschweift. Es fehlte noch immer jedes Lebenszeichen von der Elvin.

»Ergil?«

Der Angesprochene blinzelte sich in die Wirklichkeit des Schneckenpalastes zurück. »Entschuldige, Großvater. Ich habe nicht richtig hingehört.«

»Das merke ich. Mach dir um deine kleine Freundin keine Sorgen. Elven haben sieben Leben.«

Popi hatte gerade in eine rosafarbene Pflaumenfrucht beißen wollen, hielt nun aber inne. »Sagt man das nicht von Katzen?«

Ergil seufzte. »Die haben's den Elven nachgemacht.« Sich wieder seinem Großvater zuwendend, fragte er: »Wie viele Krieger kannst du also entbehren?«

»Das versuchte ich dir gerade zu erklären, mein Lieber. Ich habe die Heiligen nicht gedrängt, Saphira ins Hier und Jetzt zurückzubringen, um mein Volk in einer letzten Schlacht zu opfern.«

»Aber ihr besitzt die Alte Gabe«, begehrte Ergil auf. »Ein Dutzend Sirilim könnten den Kampf um Soodland auf einen Schlag beenden.«

Bároq-abbirím lächelte nachsichtig. »Du musst noch viel über dein Volk lernen, mein Sohn. Die Alte Gabe äußert sich in jedem Sirilo und jeder Sirila anders, so wie auch die Talente der Menschen ganz unterschiedlich ausfallen. In unserer Familie, den Nachkommen Jazzar-sirils, ist sie schon immer besonders stark gewesen. Dein Freund, der Weberknecht, macht dich jedoch zu etwas Besonderem. Ich kann die Macht in dir spüren, Ergil. Würden alle Sirilim über solche Kraft verfügen, dann hätten die Waggs uns nicht aus der Welt vertreiben können. Aber deine Talente erfüllen mich nicht nur mit Stolz, weil du der Sohn meiner Tochter bist, sondern auch mit Furcht, weil die *aphim* in dir nisten. Wenigstens scheinst du die Feuerraupen im Augenblick unter Gewalt zu haben. Das ist erstaunlich genug.«

»Du bist mir noch eine Antwort schuldig, Großvater«, sagte Ergil trotzig. »Mag ja sein, dass nicht alle Sirilim Krieger sind, aber wenigstens *du* könntest mir doch helfen. Immerhin ist meine Mutter deine Tochter. Dein einziges noch lebendes Kind. Willst du sie wirklich sterben lassen?«

»Sag so etwas nicht, Ergil! *Könnte* ich Vania helfen, dann würde ich es auch tun. In diesem Augenblick sammelt Jamina für dich Ginkgopollen ein. Aber was du *darüber hinaus* verlangst, das vermag ich dir nicht zu geben. Als ich damals die Letzten der Sirilim in den Schutz der Zwischenwelt geführt habe, hatte ich Den-der-tut-was-ihm-gefällt um Beistand angefleht und ihm ein Gelübde abgelegt. ›Wenn du mein Volk rettest‹, versprach ich dem Herrn der himmlischen Lichter, ›dann werde ich es nie wieder in einen Krieg führen.‹ Ich kann mein Wort nicht brechen.«

»Kannst du nicht oder willst du nicht?«, brauste Ergil auf. Seine Hand fuhr zum Blütengriff des gläsernen Schwertes.

Lohen-tuvim schnellte wie von einer Bogensehne geschossen vom Teppich hoch, zückte sein gebogenes Schwert und setzte es dem Wüterich an die Kehle.

»Halt!«, rief Bároq-abbirím.

Der Majordomus verharrte, wie er war. »Ich werde nicht zulassen, dass dieser Knabe Euch angreift, Majestät.«

»Und ich lasse nicht zu, dass Ihr meinen Enkel tötet, Lohen. Steckt Euer Schwert in die Scheide zurück. Es sind die Feuerraupen, die Ergils Gefühle haben auflodern lassen.«

Lohen-tuvim gehorchte widerstrebend.

»Und nun nimm bitte wieder Platz«, verlangte der König.

Der oberste Heerführer von Saphira setzte sich auf sein Kissen. Aber er behielt den jungen Heißsporn im Auge.

»Um die Zornissen zu beherrschen, musst du lernen, dich selbst zu beherrschen«, erklärte Bároq-abbirím ruhig.

Ergil senkte den Blick. Er fühlte brennende Scham. Eben noch war er sicher gewesen, die Parasiten im Griff zu haben, und plötzlich hatte der Grimm ihn wieder übermannt. Verzweifelt schüttelte er den Kopf.

»Sprich aus, was dir auf dem Herzen liegt, aber sage es mit Respekt«, ermunterte ihn sein Großvater.

»Ich verstehe das Gelübde nicht. Hat der Allmächtige nicht vor langer Zeit die entartete Schöpfung des Melech-Arez geheilt? Das zeigt doch, dass ihm an uns etwas liegen muss. Wie kann er da wollen, dass nun alles untergeht?«

»Wer sagt denn, dass er das will? Die Schwierigkeit scheint mir ganz woanders zu liegen: Du glaubst, ihm vorschreiben zu dürfen, wie er uns retten soll. Vielleicht bist ja *du* sein Mittel dazu? Anstatt dich von Bedenken lähmen zu lassen, solltest du einfach damit beginnen, der Dunkelheit zu widerstehen und dich vom Licht leiten zu lassen. Alles andere wird sich fügen.«

Ergil zweifelte, ob es so einfach sein würde, die zerstörerischen Elemente des Bösen aus der Welt zu verbannen, aber er hatte auch keine Kraft mehr, mit seinem Großvater weiter darüber zu streiten. Müde versprach er, sich ganz auf die Gefühle für seine Mutter zu konzentrieren. Sein Blick schweifte zu dem goldenen Käfig mit der offenen Tür.

Die vollkommene Liebe ist ein scheuer Vogel, der nur in einem reinen Herzen nistet. Mit einem Mal erschienen Schekiras Worte ihm nicht mehr nur wie ein Wunschtraum. Vielleicht war es ja doch möglich, die Zornissen zu besiegen, indem er das Zutrauen dieses gefiederten Freundes gewann, ohne ihn einzusperren. Beim Empfang der fröhlichen Sirilim vor kaum anderthalb Stunden hatte er zum ersten Mal das Gefühl verspürt, es schaffen zu können.

Agabus war während der Zusammenkunft bisher sehr schweigsam gewesen. Nun hob er das Kinn von den gefalteten Händen und räusperte sich.

Bároq-abbirím lud ihn mit einer Geste zum Reden ein.

»Ihr batet mich, einen unserer Chronisten nach dem Wasser von Silmao zu befragen, Majestät.«

»Richtig! Das hätte ich über der kleinen … Unstimmigkeit mit meinem Enkel fast vergessen. Was hast du herausgefunden, Agabus?«

»Es gibt tatsächlich alte Aufzeichnungen über eine schuschanische Forschergruppe, die vor ungefähr viertausend Jahren von Schilmao nach Saphira reiste. Sie wurde von Eurem Stammvater, dem großen Jazzar-siril, persönlich empfangen.«

»Kein Wunder, dass ich mich nicht erinnern konnte.« Sich an seine Gäste wendend, fügte Bároq-abbirím hinzu: »Ich bin ja kaum zweitausendachthundert Jahre alt.«

Während die meisten in der Runde nur staunten, sagte Harkon beiläufig: »Seit unserer letzten Begegnung habt Ihr Euch, im Gegensatz zu mir, recht gut gehalten, Majestät.«

»Danke, mein lieber Freund. Euch sieht man die zweihundert Jahre aber auch nicht an.«

»Können wir uns vielleicht auf das Wesentliche beschränken? Was steht in euren Chroniken über die Abordnung aus Susan?«, drängte Ergil.

Alle Blicke wandten sich wieder dem Seneschall zu.

Agabus hob die Hände, spreizte sie, ließ die Fingerkuppen gegeneinander sinken und antwortete: »Nicht besonders viel. Es waren fünf Gelehrte, die uns besuchten. Sie sollten im Auftrag von Mazar Ugunu den Ginkgosaft für Menschen verträglicher machen. Weder Jazzar-siril noch unsere Heiligen konnten ihnen helfen.«

»Das ist alles?«

»Ja.«

Ergil sank enttäuscht in sich zusammen.

»Das heißt nein«, fiel Agabus plötzlich ein.

Der junge König reckte wieder den Rücken. »Ja?«

»Die weisen Männer aus Schuschan sind nach Xk weitergereist und kehrten nie wieder nach Saphira zurück.«

Wieder wurde Ergil kleiner. »Sehr aufschlussreich ist das nicht gerade, Agabus.«

Der Seneschall schürzte die Lippen. »Das habe ich mir auch gedacht. Aber dann fragte ich unseren Chronisten, ob es irgendwelche anderen Aufzeichnungen über die Forschungsreisenden aus Schilmao gibt. Und er antwortete: ›Ja.‹«

Ergil stöhnte.

»Spann den König nicht unnötig auf die Folter, Agabus«, mahnte Jazzar-fajim.

»Entschuldigt, Hoheit. Also, um es kurz zu machen: Ugunus Forscher haben sich fast ein Jahr lang in Xkisch, der Hauptstadt der Wurmlinge, aufgehalten. Später sind sie über den Sternenspiegel zurückgereist, um von da den Groterspund hinabzufahren. Auf dem See begegneten sie einem unserer Fischer und berichteten ihm, wie es heißt, hocherfreut von einer sensationellen Entdeckung, die alle ihre Erwartungen übertroffen habe …«

Ergils Kinn war vorgereckt. Er lauschte so angestrengt, dass er glaubte in Agabus' Rachen hinabzutauchen, hörte aber nichts mehr.

»Und?«, hakte Bároq-abbirím nach.

Jazzar-fajims Verwalter zuckte die Achseln. »Damit endet die Geschichte des Besuchs, Majestät.«

»Nicht sehr viel«, brummte Tusan und biss in eine pflaumengroße rote Frucht.

»Eigentlich gar nichts«, murmelte Popi.

»Zumindest nichts Greifbares«, gab Ergil ihnen Recht.

»Vielleicht doch«, widersprach Tiko, womit der bis dahin susanisch zurückhaltende Schmied schlagartig alle Aufmerksamkeit auf sich lenkte. Er lächelte verlegen. »Kubuku – mein Vater – erzählte mir, die erfolgreiche Ginkgo-Expedition habe ziemlich genau vierzig Monate gedauert. Wenn sie in dieser Zeit zu Pferde und mit Schiffen quer durchs ganze Herzland und wieder zurück gereist sind und sich überdies ein knappes Jahr in Xkisch aufgehalten haben, dann können sie kaum irgendwo anders geforscht haben.«

»Da ist was dran. Ich glaube, wir sollten den Wurmlingen einen Besuch abstatten.«

»Den Maden?«, brach es aus Popi hervor. Angewidert sah er die rosa Pflaume an, die er sich gerade in den Mund stecken wollte.

Der Balkon hing in schwindelnder Höhe an der Außenwand des spitzen Schneckendaches. Er gehörte zu Bároq-abbiríms Zimmerflucht. Die Aussicht auf Saphira war von hier oben wahrhaft atemberaubend; die Stadt besaß ihren Namen – »die Glänzende« – zu Recht. Unter nun wieder strahlend blauem Himmel funkelte sie wie ein kostbares Juwel.

Ergil hatte seinen Großvater kurz zuvor um Feder, Tinte und Pergament gebeten und einen Brief aufgesetzt. Eigentlich waren es zwei Nachrichten, aber Inimai würde warten müssen, bis der Botenfalke den ersten Empfänger gefunden und dieser das Tier weiter zu ihr geschickt hatte. Inzwischen befand sich das zusammengerollte Zettelchen in der Hornkapsel am Bein des Vogels. Ergil und der Falke waren die Einzigen hier draußen. Seine Gefährten hatten sich über die fehlende Brüstung mokiert.

»Es ist vielleicht nicht die beste Lösung«, sagte er liebevoll zu dem treuen Vogel, der gerade erst tausende von Meilen zurückgelegt hatte und nun schon wieder mit dem nächsten Auftrag losgeschickt werden sollte, »aber habe ich eine andere Wahl?«

Der Falke lauschte mit schräg gelegtem Kopf, als könne er jedes Wort verstehen. Natürlich kannte Ergil den wirklichen Grund für die Wachsamkeit seines gefiederten Herolds. Das Tier würde sich in die Lüfte schwingen, sobald es einen aus einer Auswahl von etwa zwölf Namen zu hören bekam. Hiernach gab es für den Vogel kein Halten mehr. Er konnte mehr als hundert Stunden ohne Unterbrechung fliegen. Einmal hatte ein Tier in dieser Zeit viertausendsiebenhundert Meilen zurückgelegt. Und das Erstaunlichste war: Die Botenfalken konnte den angesagten Empfänger überall finden (sofern er sich nicht allzu weit vom Festland entfernt aufhielt).

Also benetzte Ergil mit der Zunge seine Lippen und flüsterte Múrias gefiedertem Boten einen Namen zu, von dem er annahm, dass der Vogel ihn kannte. Und so war es auch. Sobald das Wort ausgesprochen war, hüpfte der Falke vom Arm seines Herrn, ließ sich ein Stück weit wie ein Stein in die Tiefe fallen, breitete sodann die Flügel aus und schoss wie ein Blitz davon.

Während Ergil den rasch kleiner werdenden Punkt mit den Augen verfolgte, schob sich unerwartet ein Schleier vor die Nachmittagssonne. Zuerst glaubte er, es sei nur eine Wolke, aber dann drehte sich das Gebilde und er bemerkte die eigenwillige Form. Sie sah aus wie ein riesiger weißer Wal.

17

GESTRANDET

Die Begeisterung des jungen Mannes stieß hier und da auf Unverständnis. Er gebärdete sich wie ein Wahnsinniger, rannte schreiend die Windungen des Schneckenpalastes hinab und als er im Freien war, lief er ebenso geräuschvoll durch den Park. Dabei ahmte er mit den Armen offenbar die Bewegungen einer Windmühle nach. Hätte die Palastwache nicht unmissverständliche Anweisung erhalten, den Enkel des Königs unbehelligt zu lassen, wäre sie längst gegen ihn vorgegangen.

In den Gemächern Bároq-abbiríms hatte man Ergil noch ein gewisses Versändnis entgegengebracht, als er mit vor Aufregung glühendem Gesicht vom Balkon hereinkam und immer wieder den Namen Kira schrie. Während er die Teppich- und Kissenlandschaft durchquerte, konnte Tusan ihm immerhin einige weitere Informationsfetzen entlocken.

»Kira kommt! Kira kommt! Und sie bringt die *Mondwolke* mit.«

Daraufhin hatte Ergil die Tür aufgerissen und war mit sich überschlagender Stimme hinausgestürmt.

Die Elvin musste ihn im Park des Sirilimkönigs entdeckt haben. Oder zog es die in der *Mondwolke* versammelte Schar von Sämlingen zu ihrem ersten Navigator? Jedenfalls landete das Luftschiff zuckerwatteweich in einem hübschen Arrangement aus Blumen- und Grasornamenten. Es sah aus, als trügen die Blütenköpfe den wolkenweißen Wal.

Kaum war dieser zur Ruhe gekommen, zischte ein schillernder Blitz heraus und schwirrte auf Ergil zu. Etwa vier Handbreit vor dessen Gesicht blieb die Prinzessin in ihrer Elvengestalt in der Luft stehen, nahm eine stramme Haltung an und verkündete mit vergnügter Stimme: »Steuerfrau Schekira meldet sich zur Stelle, Herr Kapitän. Habe Luftschiff *Mondwolke* wohlbehalten zurückgebracht. Und herzlichen Glückwunsch noch zur Entdeckung der verschwundenen Stadt.«

Ergil ließ sie auf seiner Hand landen. »Ich hab mir solche Sorgen gemacht, Kira.«

»Um das Schiff oder um mich?«

»Um beide.«

»Damit kann ich leben, mein Retter. Entschuldige, dass ich so überstürzt aufgebrochen bin, aber als du verschwunden warst und das Unwetter losging, *musste* ich handeln.«

»Wir können von Glück sagen, dass die *Mondwolke* dir so willig gefolgt ist.«

»Sie ist eigentlich ganz zahm. Hat sogar auf meinen Wunsch hin ihren Bauch geöffnet, um den Ballast abzuwerfen. Nur so konnten wir hoch genug steigen, um über die Gewitterwolken zu kommen. Leider hat es uns dabei ziemlich weit abgetrieben.«

»Hauptsache, du bist wieder da und es geht dir gut.«

»Es ist mir noch nie besser gegangen. Saphira ist die erste Stadt, bei der meine Sinne nicht verrückt spielen.«

»Wir haben ein neues Reiseziel, Kira.«

»Oh! Wo soll's denn hingehen?«

»Nach Xkisch.«

»Ins Reich der Wurmlinge? Das ist ja mal originell.«

»Popi denkt anders darüber. Ich glaube, er fürchtet sich.«

»Das ist nun wiederum nichts Neues. Aber auch er wird lernen, seine Vorurteile zu überwinden und …« Überraschend verwandelte sich die Elvin in einen Eisvogel.

»Was hast du?«, fragte Ergil.

»Wir sind nicht mehr allein.« Schekiras Antwort war nur mehr ein Flüstern.

Er drehte sich um und sah vom »Schneckenhaus« her Jamina auf sich zukommen. An ihrem Handgelenk baumelte ein silbrig schimmerndes Säckchen, das an einer im Sonnenlicht glitzernden Kordel hing. Agabus' bestrickend schöne Tochter bewegte sich so anmutig über den muschelbestreuten Parkweg wie ein schwarzer Schwan auf dem Fluss. Ihr langes glattes Haar glänzte wie Rabenfedern. Auch ihre Haut war dunkler als bei den meisten anderen Sirilim. Sie blieb vor dem Enkel ihres Königs stehen, schenkte aber nicht diesem ihr bezauberndes Lächeln, sondern dem kleinen bunten Vogel, der inzwischen Ergils Schulter erklommen hatte.

»Möge Eure Hoffnung nie sinken, kleine Schwester. Seid herzlich willkommen in Saphira.«

Ein oder zwei aufgeregte Herzschläge lang blieb Schekira stumm. Dann verwandelte sie sich flirrend in ihre wahre Gestalt zurück und entgegnete: »Möge die Eure zur Sonne Eures Lebens werden, große Schwester. Es war töricht von mir, mich vor Euch verstecken zu wollen. Bitte entschuldigt.«

»Da gibt es nichts zu entschuldigen. Ich bin zwar nie einer Elvin oder einem Elven begegnet, habe aber von ihrer sprichwörtlichen Scheu gelesen. Seid bedankt für Eure Güte, mich an Eurer Schönheit erfreuen zu lassen.«

So ging es zwischen den beiden Frauen noch eine Weile hin und her. Schekira betonte, dass auch Jamina wunderhübsch sei, und Jamina begeisterte sich über die perlmuttartig schimmernde Haut und die kupferfarbene Lockenpracht der Elvin. Frauengespräche eben, dachte Ergil. Als sie auch noch wie unreife Mädchen zu kichern begannen – immerhin war die Prinzessin fast siebzig und Agabus' Tochter um die zweihundert –, stieg aus den Abgründen seiner Seele ein tiefer Seufzer auf. Sofort verstummten die zwei und bedachten ihn mit tadelnden Blicken.

»Ich will ja nicht stören«, begann er daher nicht ohne Grund und gab sich alle Mühe, auf Jamina nicht wie ein dummer Junge zu wirken, »aber wir wollen bald abreisen.«

Sie half ihm mit einem Lächeln über die Unbeholfenheit hinweg. »Verzeiht bitte, Hoheit, ich muss mich entschuldigen. Der König schickt mich, Euch das hier zu übergeben.« Sie bot ihm den kleinen Beutel dar, der an ihrem Handgelenk hing.

Ergils Augen wurden groß. »Ist das …?«

»Der Blütenstaub des Goldfruchtbaumes«, bestätigte sie.

Behutsam löste er die Kordel von ihrem Handgelenk und nahm das Säckchen. Erstere entpuppte sich als eine Kette. Wie sie war auch das feine Gewebe des Beutels federleicht und fühlte sich kühl an. »Satim?«, fragte Ergil.

»Ja. Der König hat darauf bestanden, die kostbaren Pollen in eine kostbare Hülle zu tun.«

»Es ist wunderschön!«, schwärmte Schekira. Ein wehmütiger Ausdruck lag auf ihrem kleinen Gesicht. Vielleicht dachte sie an die funkelnden Satimkörnchen, welche die Elven damals im Großen Alten zu ihrem Abschied ins Sternenlicht gestreut hatten.

Jamina gab ihrer »kleinen Schwester« Recht und schon wieder entspann sich zwischen den beiden ein reger Austausch von Komplimenten.

Ergil nutzte das Unbeobachtetsein für einen Blick in den Beutel. Dessen Saum war, damit der kostbare Inhalt nicht herausfallen konnte, umgeschlagen. Daher musste die Satimkordel zunächst vollständig aus den Ösen gezogen werden, um ihn öffnen zu können. Darin lagen Ähren, jede in etwa so lang wie Ergils kleiner Finger. Er wusste genug über Pflanzen, um die Bedeutung der Pollensäckchen an den Blütenständen zu kennen. Ihr Inhalt war im Moment vielleicht das kostbarste Gut auf der ganzen Welt.

Während er noch ergriffen die kleinen Ähren bestaunte, sagte Jamina: »Der Herr meines Vaters, Fürst Jazzar-fajim, bat mich, Euch auszurichten, dass der König gerne von Euch Abschied nehmen möchte – wenn Ihr Euch wieder eingekriegt habt. Ihr wisst gewiss selbst am besten, was er damit meinte.«

Selten hatte Ergil ein Lebewohl mit so gemischten Gefühlen ausgesprochen. Bároq-abbirím war schließlich sein Großvater. Leider hatten sie wenig Gelegenheit zum Kennenlernen gehabt. In ein paar Stunden ließ sich das Versäumte der letzten achtzehn Jahre kaum nachholen. Ergil hätte noch so viel erzählen und noch mehr fragen wollen, aber dafür fehlte die Zeit. Außerdem fühlte er sich gehemmt, weil der Sirilimkönig ihm die Unterstützung im Feldzug gegen die Achsenmächte versagt hatte.

Bároq-abbirím ließ es sich trotzdem nicht nehmen, dem Abflug seines Enkels persönlich beizuwohnen. Der königliche Garten und die Straßen rund um den Palast quollen über vor Sirilim, die sich ebenfalls von Ergil und seinen Gefährten verabschieden wollten. Es hatte sich schnell herumgesprochen, wem man die Rückkehr ins Hier und Jetzt verdankte. Auch Agabus, Jamina und Lohen-tuvim waren am Rande des Blumenrondells erschienen. Ergil sah, wie sein Urgroßoheim und der Majordomus von Saphira etwas abseits von den anderen standen und angeregt miteinander tuschelten.

Als die letzten Gepäckstücke in der *Mondwolke* verstaut worden waren, kam Jazzar-fajim zu ihm gelaufen. Sein Gesicht war ein Spiegel inneren Aufruhrs. »Ich hoffe, du wirst verstehen, was ich dir jetzt sage, Ergil.«

»Bitte nicht«, antwortete der. Längst ahnte er, was die wilden Gesten seines Oheims und des Heerführers zu bedeuten hatten.

»Es geschieht nicht aus Eigennutz, Ergil, sondern dient unserer Sache. *Deiner* Sache. Wenn ich hier bleibe, dann kann ich dir vielleicht die erhoffte Hilfe verschaffen. Lohen ist auf unserer Seite, aber er würde nichts gegen das Wort des Königs tun.«

»Vergeudet ihr damit nicht eure Zeit? Ich habe das Gefühl, der Rat des Lichts tut sich schwer damit, der Empfehlung seines Vorsitzenden zuwiderzuhandeln.«

»Es spricht für deine Klugheit, wenn dir das aufgefallen ist.

Aber ich bin der Oheim deines Großvaters und er respektiert mich. Wenn ich wirklich scheitere, dann schlage ich mich allein nach Soodland durch, um für dich, dein Reich und die Freiheit aller Herzländer zu kämpfen.«

Ergil sah ein, dass Jazzar-fajims Vorschlag vernünftig war. Sie umarmten sich.

»Möge deine Hoffnung nie wanken, mein tapferer Neffe. Pass gut auf dich auf«, sagte der Sirilo.

»Und du auf dich, Oheim. Ich danke dir für alles.«

Jazzar-fajim sah Ergil fest in die Augen. »*Du* dankst *mir?*« Er lachte. »Ich bin *dir* zu großem Dank verpflichtet. Schließlich hast du mich von Magos' Bann befreit. Und mir die Freude geschenkt, wieder in Inimais Nähe zu sein. Das allein wäre schon Grund genug, dich nicht im Stich zu lassen.«

Es bereitete Harkon Hakennase großes Vergnügen, vor den Gefährten sein Wissen auszubreiten. Dabei hatte man nie den Eindruck, der alte Zausel wolle damit prahlen. Oder sagen wir besser: selten. Er wirkte nur gelegentlich etwas zerstreut und neigte zu Wiederholungen, was aber bei Menschen seines Schlages völlig normal ist. Während die *Mondwolke* nach Südwesten flog, gab der Abenteuerforscher erschöpfend Auskunft über die Bewohner des – sehen wir einmal von Floranien ab – wohl seltsamsten Königreiches der Welt: das Land Xk.

Schon der Name, der für auf Hochmiradisch getrimmte Zungen kaum auszusprechen war, ließ erahnen, dass man sich von lieb gewonnenen Vorstellungen über das Zusammenleben intelligenter Geschöpfe verabschieden musste, wollte man die Xk und ihre Kultur auch nur annähernd begreifen. Die Sirilim und Elven nannten sie »Wurmlinge«, die Menschen dagegen sprachen meist nur despektierlich von den »Maden«. Derlei Umschreibungen waren im Grunde nur ein Ausdruck großer Hilflosigkeit. Niemand kannte das sehr zurückgezogen lebende Volk wirklich, niemand außer Harkon Hakennase.

Er habe, versicherte er mit großem Ernst, einige der erquicklichsten Monate seines gewiss nicht öden Lebens in Xk verbracht, die meiste Zeit davon in der Hauptstadt Xkisch. Sein Besuch stand im Zeichen des Kulturaustauschs. Damals hatte er noch darüber gestaunt, dass er nicht der erste Mensch gewesen war, der das Land der Wurmlinge bereiste. Vor sehr langer Zeit sei schon einmal eine Abordnung weiser Männer »vom Ende der Welt« gekommen, um von den Wurmlingen zu lernen, hatten ihm die Xk erzählt. Daher wüssten diese inzwischen wohl mehr über die Menschen als umgekehrt. Nicht im Traum hätte er gedacht, dass diese Forschungsreisenden jene Männer waren, die mit xkischem Wissen das Wasser von Silmao zusammenmischten.

Übrigens fanden seine Reiseberichte aus dem abgeschiedenen Reich im Südwesten des Herzlandes kaum Verbreitung. Nur wenige interessierten sich dafür. Zu fremd erschien wohl den meisten die Kultur der Xk.

Auch bei seinen Mitreisenden weckte das, was Harkon über die Bewohner des Landes zu berichten wusste, nur verhaltene Begeisterung. Vor allem Popi überraschte seine Freunde mit immer neuen Grimassen. Dagegen stand Tiko dem Ganzen sehr aufgeschlossen gegenüber (in Silmao galten fette Maden als Delikatesse).

Die larvenähnlichen Körper der Xk seien in ihrer ursprünglichen Gestalt blassgelb, halb durchsichtig, in zwanzig oder mehr Segmente unterteilt und übermannsgroß, erläuterte der kleinwüchsige Abenteurer. Aus ihren Leibern könnten sie, scheinbar willkürlich, Fortsätze unterschiedlicher Stärke und Länge ausstülpen, deren Enden gewöhnlich mit Saugnäpfen versehen waren.

Das Kopfsegment sei ein Kapitel für sich. Ungefähr doppelt so lang wie die anderen Körperringe, verfüge es reihum über vier große Augen und oben über eine weitere große Saugvorrichtung. Diese habe an den Rändern eine »Behaarung« aus dünnen beweglichen Tentakeln und zudem in der Mitte eine Sprech- und Fressöffnung. Zur Zerkleinerung von Nahrung dienten einerseits ein rings um das Maul herum angeordneter Kranz aus dreieckigen Zähnen sowie ein besonders ätzender Speichel, der auch schon einmal eingesetzt werde, um einen etwas festeren Leckerbissen *vor* der eigentlichen Einverleibung aufzulösen.

Erwähnenswert sei überdies die »Kleidung« der Xk, merkte Harkon dann noch an. Sie bestehe aus Schleim, den sie aus unzähligen Drüsen in schier unermesslichem Farbenreichtum absonderten. Aufgrund dieser Wechselhaftigkeit sei es für nicht-xkische Wesen praktisch unmöglich, zwei Wurmlinge voneinander zu unterscheiden oder auch nur einen einzigen nach kurzem Wegschauen wiederzuerkennen.

Nach diesen Vorbemerkungen hatte sich in einigen Köpfen an Bord bereits die Vorstellung von großen Madenwesen verfestigt, welche in noch größeren Äpfeln hausten und sich tagein, tagaus die lang gezogenen Bäuche voll schlugen, hin und wieder für Nachwuchs sorgten oder sich verpuppten. An dieser Stelle konnte Harkon sehr zur Aufklärung beitragen.

Die Xk besäßen, versicherte er, eine durchaus reiche Kultur mit Sitten und Bräuchen, Liedern und Gedichten, Umgangsformen und Speisevorschriften. Eine der hervorstechendsten Eigenschaften der Xk sei ihr unermüdlicher Drang, Neues hervorzubringen. Dies könne, so vermutete Harkon, mit ihrer Unfähigkeit zur Metamorphose zusammenhängen. Mit anderen Worten: Xk verpuppten sich *nie*. Aus ihnen wurden niemals bunte Schmetterlinge, ja nicht einmal graue Fliegen. Daher lagen die Sirilim wohl ganz richtig, wenn sie nicht von Maden, sondern von Wurmlingen sprachen.

Behalte man diesen Umstand im Hinterkopf, dann sei leichter zu verstehen, warum bei den Xk nichts lange Bestand habe, fuhr Harkon fort. Sogar ihre Traditionen würden ständig abgewandelt oder gegen neue ausgetauscht. Mit einer Ausnahme:

Ihre Monarchinnen seien ausnahmslos weiblichen Geschlechts. Der Königin standen emsige Arbeiter und wehrhafte Soldaten zur Seite. Letztere kamen indes nur selten zum Einsatz, weil ja kaum jemand die Grenzen des Landes übertrat und es somit keinen Grund zur Verteidigung gab.

»Wenn ich mich nicht irre«, sagte Harkon, »dann hat nie ein Eroberer ein ernsthaftes Interesse daran gezeigt, ins Reich der Xk einzufallen. Genau betrachtet ist ihre Zurückgezogenheit eigentlich ein Ausgestoßensein. Niemand will mit ihnen etwas zu tun haben. Sie treiben nicht einmal mit ihren Nachbarn Handel.«

»Weil es nichts gibt, das andere von ihnen haben wollen«, sagte Tusan, als müsse er sich verteidigen. Das Gebiet der Namenlosen Sümpfe, das an Xk grenzte, gehörte zum Stromland.

Ergil hatte den Vortrag seines wissenschaftlichen Beraters vom Fenster aus verfolgt. Er saß auf einem weichen Samenflockenkissen und Schekira hockte in Elvengestalt auf seinem Knie. Seit der Grüne Gürtel hinter ihnen lag, war die *Mondwolke* selten höher als eine Viertelmeile geflogen. Gerade jetzt zogen einige blattsalatgrüne Felder unter dem Luftschiff vorbei. Hier und da waren Xk in verschiedenen Farben zu sehen. Aus der Höhe ließ sich eine gewisse Madenhaftigkeit nicht absprechen. Aber sahen nicht auch Menschen aus großer Entfernung wie kleine Würmchen aus?

In seiner Versunkenheit hatte Ergils Bewusstsein einige Ausführungen des Abenteurers über das xkische Kunsthandwerk übersprungen. Doch dann sagte Harkon etwas, das ihn aufhorchen ließ.

»Was mich damals faszinierte, war ihr Schleim. Er war ein hervorragendes Wundheilmittel. Im ausgehärteten Zustand dagegen …«

»Was hast du gesagt?«, unterbrach der Träumer den Erzähler.

»Ich hatte mich am Arm verletzt.« Harkon schob den linken

Ärmel seines susanischen Seidenhemdes hoch und zeigte auf eine Stelle, an der nichts außer einer Menge roter Haare zu sehen war. »Der Schnitt war ziemlich tief. Ein Xk – Königin Sfinx hatte ihn mir übrigens für die Dauer meines Aufenthalts als persönlichen Diener zur Verfügung gestellt – war ein bisschen aufgeregt. Er veränderte dauernd seine Farbe, während er mit einem Verband kämpfte. Dabei spritzte etwas von seinem Schleim in die Wunde. Ihr könnt euch unsere Überraschung vorstellen, als die starke Blutung darauf fast augenblicklich zum Stillstand kam. Wenig später war der Schnitt verheilt. Heute sieht man nicht einmal eine Narbe.«

»Wahrscheinlich hat der Schleim die Wunde verklebt«, mutmaßte Tusan.

»Igitt!«, sagte Popi.

»Und die schnelle Heilung?«, gab Harkon zu bedenken.

»Zufall«, schlug Ergil vor.

»Nein. War es nicht. Ich hab es mehrmals probiert. Einmal fügte ich mir mit einem Messer absichtlich einen Schnitt zu und träufelte etwas Xkschleim drauf. Am nächsten Tag war nichts mehr von der Wunde zu sehen.«

»Man müsste das Zeug in Flaschen abfüllen«, grübelte Tusan.

Schekira lachte. »Hast du nicht eben erst gesagt, es gebe nichts, das andere von den Xk haben wollten?«

»Das würde sowieso nicht funktionieren«, erklärte Harkon. »Der Schleim wird sehr schnell hart. Steinhart. Früher haben die Xk daraus sogar Häuser errichtet und Kunstwerke angefertigt. Zu meiner Zeit debattierten sie gerade heftig darüber, die Schleimbauweise abzuschaffen, weil sie alt war.«

»Du meinst veraltet«, sagte Tusan.

»Nein. Einfach nur alt. Die Xk können es nicht ertragen, an etwas festzuhalten, selbst wenn es sich bewährt hat.«

Popi schüttelte den Kopf. »Die spinnen, die Maden.«

»Hat schon mal jemand versucht, das Festwerden des

Schleims zu verhindern oder ihn später wieder zu verflüssigen?«, fragte Ergil.

Harkon zwirbelte an einer seiner Schnurrbartspitzen. »Meines Wissens gab es den Beruf des Schleimrührers. Diese Wurmlinge hatten die sämigen Körperabscheidungen in großen Fässern aufgefangen und in ständiger Bewegung gehalten. Dadurch konnte das Aushärten verlangsamt werden. Von anderen Methoden ist mir nichts bekannt. Wieso?«

Ergil zuckte die Schultern. »Ich habe nur über etwas nachgedacht.«

Was so unmerklich begonnen hatte, war zu einem ernsten Problem geworden. Die *Mondwolke* löste sich auf. Sechzehn Tage nach dem Abflug in Saphira hatte der Zerfall ein dramatisches Ausmaß erreicht.

Der fliegende Wal war zuletzt nur noch im Zickzackkurs nach Süden geschlingert, weil er kaum mehr Höhe gewinnen und die günstigsten Luftströmungen suchen konnte. Infolgedessen schwitzten die Sämlinge, um ihren geschätzten ersten Navigator nicht zu enttäuschen, noch mehr von dem Saft aus, der sich an der Luft zersetzte und so nicht nur für Auftrieb, sondern auch für notdürftigen *Vor*trieb sorgte. Inzwischen wusste Ergil, warum das Gebilde ständig kleine Flöckchen verlor. Es waren die erschöpften, die ausgebrannten Sämlinge, die sich aus dem Verband lösten. Während die Zahl junger Mondtausprösslinge auf der Reiseroute der Gemeinschaft des Lichts immer größer wurde, nahm der Umfang des Luftschiffes fortdauernd ab.

Wegen der geringen Flughöhe hatten die Gefährten nun auch öfters die Bewohner von Xk aus größerer Nähe studieren können. Sehr zu Popis Widerwillen. Am vergangenen Abend war eine Gruppe von Wurmlingen zusammengelaufen und hatte sich einheitlich grün verfärbt, was Harkon als »nicht sehr gutes Zeichen« beschrieb. Offenbar war die Tarnung der Eindringlinge geplatzt. Die *Mondwolke* hatte ihren Namen verwirkt, niemand da unten hielt sie mehr für ein verirrtes Häuflein Wasserdampf. Zu diesem Zeitpunkt machte Harkon seine Gefährten mit einer weiteren Eigenheit der Wurmlinge bekannt.

»Die Xk können ziemlich unangenehm werden, wenn sie sich bedroht fühlen.«

Popis einziger Kommentar dazu lautete: »Noch unangenehmer?«

»Was genau bedeutet das?«, erkundigte sich Ergil.

»Sie besitzen Drüsen, aus denen sie ein Sekret verspritzen, das dich austrocknen kann.«

»Etwa …?«

Harkon nickte. »Dasselbe Zeug, mit dem ich mich in Winterschlaf versetzt habe. Es ist also nicht tödlich. Nicht einmal giftig. Aber wenn du damit eingesprüht wirst, kannst du dich nicht mehr wehren. Und ich versichere dir, junger Freund, die Xk sind schlau genug, um daraus ihren Vorteil zu ziehen.«

Im Falle eines Falles vertraue er auf seine Schießkünste, hatte Ergil erwidert. Und natürlich auf das *Himmelsfeuer.* Es waren wohl die Zornissen, die solcher Selbstüberschätzung Gedeihen gaben und seinen Rückhalt in der Gemeinschaft vergessen machten.

Das trügerische Gefühl der Unbesiegbarkeit bekam Aufwind, als nun – der siebzehnte Tag neigte sich bereits dem Ende entgegen – die Hauptstadt der Wurmlinge vor dem Luftschiff auftauchte. Aus der Ferne glich Xkisch einer besonders weitläufigen Ansammlung von Termitenbauten. Ergil triumphierte. Trotz aller Schwierigkeiten hatte man es geschafft, das nächste Etappenziel zu erreichen. Sein Überschwang hielt nicht lange an.

Als er die *Mondwolke* zur Landung bewegen wollte, geschah genau das Gegenteil: Ein Wind vom Meer der Unendlichkeit setzte sich unter das Luftschiff und hob es empor. Den Sämlingen fehlte die Kraft, dagegen anzusteuern. Sie ließen sich einfach treiben. Eine Zeit lang driftete das Schiff nach Westen ab. Dann wurde es von einer anderen Luftströmung erfasst, die Harkon als »Weltenbruchföhn« bezeichnete. Dieser drückte es in Richtung Ozean.

Die Reisegesellschaft hatte sich steuerbord an den Fenstern versammelt, um den beunruhigend schnell näher rückenden Strand anzustarren. Dort rotteten sich etliche Wurmlinge zusammen, die hinreichend grün aussahen, um Anlass zur Besorgnis zu geben. Ergil saß mit Schekira mittschiffs, von wo aus sie gemeinsam auf die Sämlinge einwirkten. Ihre ganze Geisteskraft war auf die Lenkung des Schiffes gerichtet, um nicht aufs offene Meer hinausgetrieben zu werden.

»Au Backe!« Der überraschende Ausruf kam von Popi, der aus unerfindlichen Gründen auf der anderen Seite des Decks kauerte.

Ergils Konzentration stürzte wie ein Kartenhaus in sich zusammen. Verärgert blickte er zu dem Fenster, von wo die Stimme des jungen Ritters gekommen war. »Musst du mich ausgerechnet jetzt stören, Popi?«

Der Gefragte deutete nach draußen und antwortete mit bebender Stimme: »Da kommt was auf uns zu.« Die Furcht, die in seinen Augen flackerte, reichte aus, um Ergil auf die Beine zu bringen. Er stapfte zu dem Fenster und spähte selbst hinaus.

»Beim Herrn der himmlischen Lichter, was ist das?«

Inzwischen hatten die beiden genug Unruhe gestiftet, um eine Verlagerung der ganzen Gruppe auf die Backbordseite zu bewirken.

»Entschuldigt, das habe ich ganz vergessen zu erwähnen«, sagte Harkon mit säuerlicher Miene. »Die Xk nennen die Dinger ›Wolkenquallen‹.«

Bei selbigen handelte es sich um schillernde Gebilde, die der *Mondwolke* an Größe in nichts nachstanden, aber nicht länglich, sondern halbrund wie umgestülpte Schüsseln waren.

Tatsächlich erinnerten sie Ergil an jene Quallen, die er manchmal unterhalb der Sooderburg vom Strand aus dabei beobachtet hatte, wie sie schwerelos durchs Wasser schwebten. Diese hier war riesig, lange Fäden hingen von ihr herab und sie »schwamm« durch die Luft. Ziemlich schnell sogar.

»Sie wird uns rammen«, warnte Tusan.

Ergil wusste, dass es zu spät für ein Ausweichmanöver war. Die *Mondwolke* hätte sowieso nicht darauf reagiert. »Macht euch auf eine Bruchlandung gefasst.«

»Irgendwie habe ich mir den Empfang festlicher vorgestellt«, brummte Harkon. »Ich will versuchen, mit ihnen zu reden. Es schadet aber auch nichts, wenn wir uns zur Not verteidigen können.«

Mit einem Mal war die Wolkenqualle aus den Fenstern verschwunden.

Ergil lief zu seinem Schlafplatz, schnallte sich den Pfeilköcher um und hängte sich den Bogen über die Schulter.

Ein Ruck ging durch die Samenwolke.

»Das war die Qualle. Sie hat sich auf uns draufgesetzt«, erklärte Tiko. Auch er legte gerade seine Waffen an.

Was vorher nicht hatte klappen wollen, ging nun rasend schnell: Die *Mondwolke* sackte nach unten.

»Nicht schon wieder!«, stöhnte Tusan.

»Haltet euch fest!«, rief Schekira. Sie wirkte immer noch recht unaufgeregt.

Hiernach prallte das Luftschiff auf den Strand. Vermutlich hätten sich die Gefährten sämtliche Knochen im Leib gebrochen, wenn die Samenwolke nicht ein so weiches, federndes Gebilde gewesen wäre. So wurden nur alle ordentlich durchgeschüttelt.

Eine gespenstische Ruhe trat ein.

»Irgendjemand verletzt?«, ächzte Ergil, nachdem er einigermaßen sicher war, diese Frage für sich mit einem Nein beantworten zu können.

»Nein«, drang es aus verschiedenen Ecken des Decks.

»Pst!«, machte Popi. Seine Augen rollten nach oben, als könne er die Sämlinge sprechen hören.

»Wozu Versteck spielen? Wir sind mitten in die Maden hineingerauscht«, sagte Tusan nicht besonders leise.

»Das meine ich nicht. Sei einfach still. Dann kannst du's auch hören.«

Alle lauschten.

Ergil hatte das Geräusch dank Nisrahs Hilfe längst bemerkt, ihm jedoch anfangs keine besondere Beachtung geschenkt. Jetzt wurde er doch misstrauisch. Es war ein vielstimmiges Schmatzen.

»Hatte ich eigentlich schon erwähnt, dass die Xk Vegetarier sind?«, fragte Harkon.

Ergil schluckte. »Du meinst ...?«

Der Zausel nickte. »Ich fürchte, ja. Sämlinge und Sprösslinge aller Art gelten hier als Delikatesse.«

Der König schloss die Augen und richtete seinen Sirilimsinn auf die Umgebung des Schiffes. Er sah dutzende von Wurmlingen, die über die *Mondwolke* herfielen. Es schien nur eine Frage der Zeit zu sein, bis sie sich zu den Luftfahrern durchgefressen hätten. Doch es sollte anders kommen.

Plötzlich hörte Ergil einen schrillen Schrei, nicht mit seinen buchstäblichen Ohren, sondern mit denen des Geistes, die ja gerade besonders empfindlich waren. Vor Schreck presste er sich die Hände seitlich gegen den Kopf und zog die unsichtbaren Fühler ein. Was er da eben wahrgenommen hatte, kam nicht etwa von den Xk. Es war ein gemeinschaftlicher Warnruf der zahllosen Sämlinge, die sich im Verbund gegen ihre Feinde nicht wehren konnten und daher zur einzigen Verteidigungsstrategie Zuflucht nahmen, die ihnen noch blieb.

Die Samenwolke löste sich in einem wilden Gestöber auf.

Einen Moment lang kam es Ergil so vor, als säße er in einer Schneewehe, in die der Wind gefahren war. Millionen Flöckchen wirbelten um ihn herum. Er konnte weder seine Freunde noch die Feinde sehen.

Dann fiel ihm wieder Harkons Warnung ein. Die Xk könnten ziemlich unangenehm werden, wenn sie sich bedroht fühlten. Das war hier offensichtlich der Fall.

Plötzlich schrie jemand. Diesmal war es ein richtiger, menschlicher mit Todesangst durchtränkter Schrei.

»Popi?«, rief Ergil. »Wo bist du?«

Die Stimme des jungen Ritters wurde schnell leiser, bis nur noch ein gurgelnder Laut zu hören war.

Ergil packte der Zorn. Er tappte blind durch das Flockengestöber, um seinem Freund zu Hilfe zu kommen. Mit der Rechten löste er die Schlaufe seines gläsernen Schwertes, ließ den Blütengriff aufspringen und wollte *Zijjajims* Feuer gegen die Wurmlinge heraufbeschwören.

Aber das *Himmelsfeuer* ließ sich nicht entfachen.

Dadurch wurde sein Ingrimm nur noch größer. Wütend schleuderte er die nutzlose, schlaffe Waffe davon und griff zu Pfeil und Bogen. Irgendwo in dem weißen Gewirbel schrie ein anderer. War das Tiko gewesen? Der Seewind hatte sich inzwischen der Flocken angenommen und trieb sie auseinander. Ein Schemen tauchte vor Ergil auf: mannsgroß, aber plump wie ein Baumstumpf. Eindeutig kein Mensch. Ergil schoss.

Ein glitschendes Geräusch verriet ihm, dass er getroffen hatte. Der Xk fiel um.

Wutschnaubend verschoss Ergil gleich drei oder vier weitere Pfeile. Einige trafen, andere gingen daneben, weil er kaum zielte. Plötzlich spritzte ihm etwas in den Nacken. Er fuhr herum.

Vor ihm stand ein Wurmling, so nahe, dass er selbst im Gestöber der Samenflocken deutlich zu erkennen war. Das segmentierte Wesen überragte ihn um mindestens zwei Köpfe –

wenn es auch selbst keinen einzigen besaß, nur eine größere Anzahl aufeinander sitzender, beweglicher Ringe. Es war gallegrün und teilweise durchsichtig. Sein Haarkranz, der den oberen Hauptsaugnapf umgab, bebte. Vermutlich vor Erregung. Von den vier Augen waren zwei bis drei auf den Bogenschützen gerichtet. Außerdem reckten sich ihm einige Fortsätze entgegen, die sich wie Schneckenfühler flugs aus dem Körper ausgestülpt hatten. Ehe Ergil reagieren konnte, wurde er aus mehreren dieser schlauchähnlichen Ausstülpungen mit einem feinen Nebel eingesprüht.

Er schrie, wie es zuvor Popi getan hatte, aber das half ihm auch nichts mehr. Es war mit Abstand die unangenehmste Erfahrung seines Lebens. Jeder, der schon einmal mit offenem Mund geschlafen und beim Erwachen zwischen seinen Zähnen eine vollkommen ausgetrocknete Zunge vorgefunden hat, kann ungefähr ermessen, was er in diesem Moment am ganzen Leib fühlte. Rasend schnell verhärtete sich alles in ihm, als verwandele er sich bei vollem Bewusstsein in eine Portion Dörrfleisch. Es tat nicht einmal besonders weh, aber es war trotzdem Grauen erregend. Der einzige Lichtblick: Die Angelegenheit dauerte nicht lang.

Im Nu war er ausgehärtet, vom Scheitel bis zur Sohle, vom zornissenbefallenen Unterbewusstsein bis zu den um Hilfe schreienden Sphären seines überragenden Sirilimgeistes.

18

DAS KÖNIGREICH DER MADEN

Harkons Arme lagen steif am Körper, wodurch er einem Wurmling noch am ähnlichsten sah. Mit dieser Geste der Unterwerfung wollte er sich das Austrocknen ersparen. Er hielt es für das Beste, sich nicht zu wehren. Weil die Xk, wie er aus eigener Erfahrung wusste, auf der ständigen Suche nach Neuem waren, besaßen sie einen schier unstillbaren Wissensdurst. Grundlos würden sie sich die Gelegenheit nicht entgehen lassen, ein so exotisches Wesen wie einen Menschen in seinen natürlichen Lebensgewohnheiten zu studieren.

Ehe das Flockengestöber ganz verweht war, hatten ihn die Wurmlinge schon abgeführt. Harkon erhaschte einen Blick auf Tusan, der mit seinem mittleren Blasrohr am Mund ausgehärtet war. Sechs Xk transportierten die starre Kriegerstatue ab. Das Schicksal seiner übrigen Gefährten blieb vorerst ungeklärt.

Während die Eskorte den Gefangenen stadteinwärts führte, gab Harkon immer wieder schmatzende Laute von sich, die zusätzlich beruhigend auf seine Wächter wirken sollten; er konnte sich leidlich in Xki verständigen. Gebildete Wurmlinge waren zwar durchaus zu einer Unterhaltung in Hochmiradisch fähig – für sie eine »tote Sprache«, die sie aber dennoch als willkommene Abwechslung schätzten –, hier jedoch wollte er es nicht darauf ankommen lassen, seine Bewacher wie Dumpfbacken aussehen zu lassen.

Auf dem Weg ins Zentrum von Xkisch schlossen sich immer mehr Stadtbewohner dem Gefangenen und seinen Bewachern an. Die wenigsten waren gallegrün gefärbt, was nichts Gutes bedeutet hätte. Vielmehr übertrafen die Schaulustigen sich in unterschiedlichsten Tönungen und Mustern. Die schräg stehende Sonne zauberte liebliche Reflexe auf ihre vom Schleim glänzenden Leiber (nur kranke Xk waren stumpf). Harkon schöpfte Hoffnung.

Die gepflasterte Straße war mustergültig eben, aber so krumm wie ein Lindwurm (ob ihrer Eintönigkeit galten gerade Linien bei den Wurmlingen als verpönt). Um seine Begleiter bei Laune zu halten, machte Harkon bewusst kleine Schritte. Gewöhnlich liefen Wurmlinge nicht besonders schnell, da sie keine Füße im eigentlichen Sinne besaßen. Vielmehr konnten sie das untere Ende ihres biegsamen, röhrenförmigen Körpers in eine Wellenbewegung versetzen, die ihren Körper langsam rotieren ließ und ihn zugleich voranschob. Nur bei Gefahr oder anderen außergewöhnlichen Umständen machten sie sich die nützliche Eigenschaft ihrer Körper zu Eigen, »Spontangliedmaßen« auszubilden.

Dieser von Harkon erfundene Ausdruck bezieht sich auf Körperausstülpungen, die dem jeweiligen Zweck entsprechend unterschiedlich dick und lang sein können. Manche waren, wie wir bereits wissen, mit Sprühdrüsen ausgestattet, andere konnten zu sehr feinfühligen Greifwerkzeugen umfunktioniert werden, dritte wiederum hatten einen Saugnapf am Ende, mit dem der Wurmling mehr oder minder glatte Gegenstände oder sich selbst festzuhalten vermochte.

Allmählich gelangte die Prozession in den Regierungsbezirk der Stadt. Hier waren der Königinnenpalast und verschiedene öffentliche Einrichtungen untergebracht, darunter auch die Universität. Weil die Xk nichts mehr verabscheuten als die Wiederholung bekannter Formen, boten die Gebäude dem ungeübten Auge wenig Orientierungspunkte. Alles sah aus, als habe ein kleiner Junge Papierkügelchen im Mund zerkaut, wahllos aufeinander geklebt und später mit den Farben des Regenbogens betupft. Weil die Häuser auch ständig erweitert oder umgebaut wurden, erkannte Harkon von seinem früheren Aufenthalt in der Stadt absolut nichts wieder.

Nach einer weiteren Windung der Straße gelangte der Tross auf einen großen, unregelmäßig geformten Platz, auf dessen gegenüberliegender Seite ein riesiges Gebäude stand, das wie ein knallbunter Termitenbau aussah: der Königinnenpalast.

Der Gefangene staunte. Nicht etwa, weil ihn die Residenz besonders beeindruckt hätte, sondern weil er davor ein gigantisches Standbild sah, dessen Ausgestaltung ihn so befremdete. Es handelte sich um einen, überwiegend aus rotem Granit gefertigten, liegenden, kolossalen Wurmling mit erhobenem, gelbem Vordersegment. Diesem fehlten jedoch die vier großen Augen und der haarumsäumte Saugnapf. Stattdessen saß ein Menschenkopf darauf.

Und diesen zierte Harkon Hakennases Konterfei.

Das vom Sonnenlicht durchtränkte Riesenhaupt verriet dem Kenner sogleich, woraus es gefertigt war. Nur erstarrter Xkschleim hatte diese typische, gelblich trübe, an gerade noch durchscheinendes Baumharz erinnernde Konsistenz. Harkon fand, dass er recht gut getroffen war.

Mittlerweile musste das auch einigen anderen aufgefallen sein, denn im näheren Umkreis vollzogen sich mehrere radikale Farbwechsel, die auf größere Gemütsschwankungen hindeuteten. Aufgeregtes Zischen, Gurgeln und Schmatzen ging durch die Menge. Aus den Bewachern löste sich ein großer Xk – wohl der Anführer der Eskorte –, schob seinen umfänglichen Körper näher an Harkon heran und gab sich alle Mühe, diesen aus mindestens drei seiner Augen zu mustern.

»Da trockne mir doch der Schleim weg! Seid Ihr das wirklich?«, brach es aus dem Wurmling hervor, was ein wenig so klang, als schöbe jemand im Mund beim Sprechen eine Hand voll gut zerkauter Kirschen hin und her. Ansonsten war sein Hochmiradisch zwar altertümlich, aber durchaus verständlich.

Der Gefragte deutete mit dem Kopf auf sein größeres Ebenbild und antwortete: »Ihr meint Harkon Hakennase, der Königin Sfinx und ihrem wissensdurstigen Volk vor zweihundert Jahren die Kultur der Menschen näher brachte?« Er grinste. »Ich schätze, ja.«

Man kann sich nicht vorstellen, was für ein begeistertes Geschmatze nun auf dem Platz ausbrach. Von überall hörte man tief tönende Plopplaute, die xkische Form des Beifalls.

Der Anführer verbog sich vor Harkon. »Es ist mir eine große Ehre, Meister Harkon. Ich bin übrigens Hauptwurm Waxx von der königlichen Garde.« Er stülpte ein tentakelartiges Glied aus und deutete damit auf das Standbild. »Und dieses Denkmal ist unsere ›Sfinx‹. Wie Ihr unschwer erkennen werdet, hat der Künstler darin die Anmut unserer von Euch so reich beschenkten Königin mit dem Abbild Eures Hauptes verbunden.«

Harkon maßte sich zwar nicht an, den Körper eines Xk von dem eines anderen unterscheiden zu können, aber um Waxx nicht zu enttäuschen, nickte er trotzdem. »Ich bin mir bewusst, wie selten sich Euer Volk dem ständigen Anblick eines Denkmals aussetzt, und fühle mich sehr geehrt. Ob Ihr mir wohl einen Wunsch erfüllen könntet, Hauptwurm?«

»Alles, was in meiner Macht steht, Meister Harkon.«

»Als unsere Samenwolke von Eurer Wolkenqualle zur Landung … eingeladen wurde, waren ein paar Freunde bei mir. Ich mache mir Sorgen um sie.«

»Soweit mir berichtet wurde, haben sie keinen ernsthaften Schaden davongetragen.«

»Könnte ich sie sehen?«

»Sie schlafen.« Auf eine respektvolle Weise klang die Stimme des Anführers mit einem Mal hart, so als sei der gedachte Jemand beim Kauen der Kirschen jäh auf die Kerne gestoßen.

»Ihr meint damit …?« Harkons Augen suchten auf dem Körper des Hauptwurmes nach irgendwelchen Drüsenausgängen.

»Wir haben sie trockengelegt«, gab Waxx nun unumwunden zu.

»Himmel! Ich hoffe, es ist nichts abgebrochen.«

»Falls es so wäre, dann trügen Eure Begleiter die Schuld. Einer hat sich wie eine Hornisse gebärdet. Mehrere meiner Gardisten sind verletzt worden. Einer schwebt sogar in Lebensgefahr.«

»Ich bin sicher, das alles ist nur ein Missverständnis ...«

»Wir werden sehen«, unterbrach Waxx den Fürsprecher der Trockengelegten. »Ich kann jedenfalls nichts für Eure Gefährten tun. Unsere allerschillerndste, überaus fruchtbare Quaxxa wird darüber entscheiden, ob sie wieder aufgeweicht oder zu Staub zermahlen werden.«

Quaxxa stand in dem Ruf, eine der weisesten und fruchtbarsten Königinnen zu sein, die je über das Volk der Xk regiert hatten. Fast so bedeutend wie Sfinx die Große. Das und einiges mehr erfuhr Harkon, während er von Hauptwurm Waxx in den Palast geführt wurde.

Darin wimmelte es von Wurmlingen, die allen möglichen Verrichtungen nachgingen, welche hauptsächlich dem Zweck der Umgestaltung dienten. Weil der Bedarf an Neuerungen nie versiegte, war der Hof von Xk der größte Arbeitgeber im Reich. Harkon verzichtete auf die Mühe, sich in dem Irrgarten des »Termitenhügels« zurechtfinden zu wollen. Solche Anstrengungen waren schon deswegen sinnlos, weil etliche Flure während der Audienz garantiert einen anderen Verlauf nehmen würden. Das war schon immer so gewesen und zählte wohl zu den wenigen Dingen hier, die sich nie ändern würden. Die Xk besaßen irgendeinen Orientierungssinn, der ihnen dabei half, in dem Wirrwarr ihrer Behausungen trotzdem den Überblick zu behalten.

Waxx erklärte Harkon, dass der Zeitpunkt für den Empfang mehr als günstig sei, da die Königin am Vormittag ungefähr zehntausend Eier gelegt und sich mittlerweile von der Anstrengung wohl erholt habe. In Xk gehöre es zu den edelsten Pflichten der Herrscherin, auf diese Weise für den Fortbestand des Volkes zu sorgen. Natürlich erzählte der Hauptwurm Harkon damit nichts Neues. Niemand außer der Königin durfte Nachkommen hervorbringen. Sämtlichen Untertanen war es beim Tode verboten, auch nur ein Ei zu legen.

Durch eine vergleichsweise enge Röhre gelangte Harkon in die so genannte »Große Bruthalle«, die in etwa dem Thronsaal herkömmlicher Königshäuser entsprach. Hier verbrachte die Monarchin ihr ganzes Leben. Die übrigen paar tausend Räume ihres Palastes waren der Unterbringung ihrer umfangreichen Dienerschaft sowie repräsentativen Zwecken gewidmet. Am Eingang der Bruthalle wurde Harkon von einem Zeremonienmeister in Empfang genommen, der eine Livree aus blau-weiß-gelbem Schleim trug. Obschon die Ankunft des Weltreisenden der Königin längst gemeldet worden war, sprudelte der Beamte dessen Namen nun erst einmal laut und undeutlich hervor, ehe dem Gast Zutritt zur allerschillerndsten, überaus fruchtbaren Quaxxa gewährt wurde.

Die Königin war in etwa so groß wie das Standbild vor ihrem Palast, mit anderen Worten: riesig. Ihr massiger Leib glänzte in einem kräftigen Rot, das mit sehr geschmackvollen goldgelben Tupfen übersät war. Ihre lidlosen Augen musterten interessiert den, im Vergleich zu ihr, winzigen Mann.

»Nur herbei, Meister Harkon! Rutscht bitte näher«, sagte sie in durchaus kultiviertem Miradisch.

Mit dieser Einladung wollte sie den Gast nicht etwa dazu anhalten, auf den Bauch zu fallen und sich mittels Schwimmbewegungen durch den Raum zu bewegen; es handelte sich lediglich um eine xkische Redewendung, die dem Umstand Rechnung trug, dass die Xk keine Beine hatten, mit denen man hätte näher *treten* können. Harkon durchquerte gemessenen Schrittes den größten Teil des etwa zweihundert Fuß langen

Raumes, den er in seinem Reisebericht eher als »Brut*höhle*« beschrieben hätte. In respektvollem Abstand vor der Königin blieb er stehen und verbeugte sich.

»Ich freue mich außerordentlich, Eure Bekanntschaft zu machen, Majestät. Obwohl ich kaum mehr als zwei Stunden in Xkisch weile, habe ich schon großartige Dinge von Euch gehört.«

Ein blubberndes Kichern entfleuchte dem schleimig glänzenden Leib der Monarchin. »Ihr seid ein Schmeichler, Meister Harkon.«

An dieser Stelle wollen wir uns aus dem Gespräch ausblenden, weil es in den gehobenen Gesellschaftsschichten von Xk zur gängigen Praxis gehörte, sich mindestens eine halbe Stunde lang, wie es so schön hieß, »Schleim ums Maul zu schmieren«. Gemeint war damit die Sitte, sich mit Komplimenten zu überhäufen, wobei man dem Grundsatz folgte: Je ausgefallener und neuer die Höflichkeitsfloskeln, desto kultivierter der Gast.

Endlich konnte Harkon sein Anliegen vorbringen. Mit Engelszungen setzte er sich für seine Freunde ein. Er machte Quaxxa und ihren Höflingen begreiflich, was ein »Entergang« war. So nenne man es gemeinhin, wenn ein Schiff ein anderes anrempele und die Besatzung des ersteren versuche, auf das zweite überzusetzen. In den meisten Regionen des Herzlandes würde ein solcher Vorfall als kriegerischer Akt gedeutet. Man könne es König Ergil und seinen Gefährten daher nicht verdenken, wenn sie zu ihren Waffen gegriffen hätten …

»Verzeiht die Unterbrechung, werter Meister, aber habt Ihr eben *König* gesagt?«, fiel Quaxxa dem Gast ins Wort.

»Sehr richtig, Majestät. Die *Mondwolke* stand unter dem Kommando des Königs von Soodland. Hatte ich das noch nicht erwähnt?«

»Mitnichten, mein lieber Harkon, mitnichten. Das ist ja nun mal was Neues. Da kommt ein gekröntes Haupt der Menschen auf Staatsbesuch nach Xk und ich erfahre es nur durch Zufall.«

»Verzeiht, Majestät. Ich bin manchmal ein wenig zerstreut.«

»Davon habe ich gelesen.« Die kolossale Königin gab einen schnalzenden Laut von sich, woraufhin etwa ein halbes Dutzend Diener heranglitten. Harkon verstand nur bruchstückhaft, was sie zu ihnen sagte. Während die Wurmlinge beflissen davonrutschten, wandte sie sich wieder an ihn.

»Wie es scheint, mein lieber Harkon, liegt hier tatsächlich ein Missverständnis vor. Ich habe soeben veranlasst, dass Eure Begleiter unverzüglich aufgeweicht werden.«

Mit einem Schlag war das Gestöber wieder da. Aber irgendetwas stimmte nicht. Die umeinander wogenden Flocken waren nicht weiß. Jede hatte eine andere Farbe. Einige wirbelten so dicht an Ergil vorbei, dass sie ihm riesengroß erschienen. Dann konnte er Bilder auf ihnen sehen. Bilder von einem Wildbach, in den er gefallen war. Von einem Grotan, der auf ihn zustürmte. Von einem schmutzigen Ritter in zerbeulter Rüstung, der zu Staub zerfiel. Von schwankenden Türmen, von Trebekrebsen, einem Seeigelhaus, einem Palast aus Schmetterlingen, einem gewaltigen Waggheer, einem stürzenden König, einem riesigen dunklen Kristallschwert, einem pechschwarzen Wesen mit sechs Gliedmaßen, einem Kratersee in derselben Farbe – durch welchen wiederum Bilder wirbelten. Bilder von seiner Mutter.

Ergil riss die Augen auf. Gierig sog er die Luft ein, als sei er gerade vom tiefsten Abgrund des Meeres aufgestiegen. Dabei rann ihm ein Schwall Wasser in den Mund.

»Bitte atmet ruhig, König Ergil. Gleich wird es Euch besser gehen.«

Er blinzelte. Dem Anschein nach befand er sich, auf einem bequemen Lehnstuhl sitzend, in einer Wohnhöhle oder Grotte, in der es regnete. Die Wände des feuchten Gewölbes hatte irgendjemand mit überschüssiger Farbe bespritzt.

Was für eine sonderbare Stimme war das eben gewesen? Sie

klang irgendwie glitschig, ein wenig so, als stehe der Sprecher in einer Kelterkufe und zertrete nebenher Weinbeeren. Aus einem Grund, der ihm nicht einfallen wollte, wagte er nicht den Kopf zu drehen. Könnte es sein, dass sein Hals spröde und zerbrechlich war? Er drehte die Augen nach allen Seiten und konnte über sich gerade noch, nein, keine Gewitterwolke, sondern ein löcheriges Blech wahrnehmen. Also doch kein Regen.

Hinter seinem Rücken erklang ein Geräusch, als ziehe jemand einen triefend nassen Lappen über den Boden. Vielleicht der Maler, der noch Farbe übrig hatte? Oder der Putzdrachen dieses feuchten Gelasses?

Unvermittelt tauchte am Rande von Ergils Gesichtskreis etwas auf, das er zunächst für ein Trugbild hielt. Es erinnerte ihn an Polypen, diese schlauchähnlichen Lebewesen, die sich auf eine Koralle oder eine andere feste Unterlage hefteten und mit einem blütenblattartigen Kranz aus Fangarmen kleine Beutestücke in ihr Inneres fächelten. Das mit einem rot-blauen Tigermuster gestreifte Wesen, das sich nun vor ihm am Boden verankerte, ihn aus einigen großen Tintenfischaugen musterte und auf seinem oberen Ende so etwas wie ein Maul oder einen Saugnapf in Schwingung versetzte, hätte ein gestrandeter Verwandter jener Meeresbewohner sein können.

»Ich bin untröstlich, Euch diese Unbequemlichkeit zumuten zu müssen«, sagte der Polyp, ohne jedoch zu erwähnen, welche der zahlreichen Unbequemlichkeiten er meinte, »aber von nun an werden wir alles tun, damit Ihr Euch bei uns wohl fühlt.«

»Wo bin ich hier?«, fragte Ergil.

»Na, im Aufweichraum«, antwortete der Polyp, als wäre es das Selbstverständlichste von der Welt.

Ehe Ergil sich über die möglichen Folgen allzu heftiger Bewegungen klar werden konnte, hatte er dem Impuls nachgegeben, sich umzublicken – entgegen seinen Befürchtungen splitterte aber nichts von ihm ab. In einer Ausbuchtung des farbenfrohen Gelasses lagen sein Pfeilköcher, der Bogen und, fein säuberlich zusammengerollt, das gläserne Schwert *Zijjajim*. Er atmete erleichtert auf und wandte sich wieder dem Polypen zu. »Und Ihr seid ...?«

»Mein Name ist Yxkulp, Haushofmeister Ihrer allerschillerndsten, überaus fruchtbaren Majestät, Königin Quaxxa von Xk.«

Xk? Damit war das Stichwort gefallen. Als habe Yxkulp einen Vorhang zur Seite geschoben, kehrten Ergils sämtliche Erinnerungen zurück.

Nisrah, bist du da?, rief er sogleich in sich hinein.

Nein. Mich gibt es nicht mehr. Ich bin nur ein altes Spinnweb, das die Sonne vertrocknet und der Wind verweht hat, antwortete eine Stimme aus seinem Innern.

Jetzt übertreib nicht. Harkon hat zweihundert Jahre in diesem Zustand verbracht.

Ich wäre schon zufrieden, wenn ich noch hundertneunundneunzig zum Erholen hätte. Du glaubst nicht, was für Knotenschmerzen ich habe!

Die Erwähnung des Zeitfaktors versetzte Ergil in Schrecken. »Welchen Tag haben wir heute?«, fragte er den Haushofmeister besorgt.

»Noch derselbe, an dem Hauptwurm Waxx Euch trockengelegt hat.«

Ergil atmete erleichtert aus. »Wie geht es meinen Gefährten?«

»Wir haben sie gleichfalls in Räume wie diesen hier verlegt, um sie so angenehm wie möglich aufzuweichen.«

Nicht nur die Aussprache des Wurmlings war reichlich sonderbar, dachte Ergil. »Habt Ihr auch ein sehr kleines Geschöpf äh ... trockengelegt?«

»Ihr meint den Papagei?«

Ergil schluckte. »Vermutlich redet Ihr von einer Eisvogeldame. Sie gehört zu mir.«

»Seid unbesorgt, Hoheit. Wir haben Eure gefiederte Freundin nur versehentlich derselben Behandlung unterzogen, die wir Euch angedeihen ließen. Deshalb wurde sie auch als Erste wieder aufgeweicht. Gerade jetzt dürfte sie bei Meister Harkon sein.«

»Meister?«

Der Xk gab ein plätscherndes Geräusch von sich und antwortete: »Kommt mit. Das lasst Ihr Euch am besten von ihm selbst erklären.«

Während Quaxxa dem Gesuch des soodländischen Königs lauschte, wechselte sie ungefähr zehnmal die Farbe sowie die Körperzeichnung. Ergil fand zwar sämtliche Muster sehr geschmackvoll, war aber trotzdem immer aufs Neue irritiert, wenn er, nach einem kurzen Blick auf einen seiner Gefährten, wieder die Herrscherin der Xk ansah und sie ihr Aussehen vollständig verändert hatte.

Für die Gemeinschaft des Lichts waren eigens Stühle herbeigeschafft worden, die seit Harkons letztem Besuch in einem Lager aufgehoben worden waren und schon bei der Aufweichung der Besucher wertvolle Dienste geleistet hatten. Darauf saß man nun in einem Halbkreis um die Königin herum, welche ob ihres enormen Gewichts – wie das Denkmal vor dem Palast – mehr lag als stand. Das »Trockenlegen« hatten übrigens alle gut überstanden und Ergils ehrlich gemeinte Entschuldigung für seinen Zornausbruch nach der Bruchlandung der *Mondwolke* war von Quaxxa wohlwollend zur Kenntnis genommen worden. Sie hatte ihm verziehen.

»Der weise Uxxul«, rief der Zeremonienmeister vom Eingang her, welcher zwischenzeitlich in einen anderen Teil der Bruthalle verlegt worden war.

Die Landesmutter hatte nach besagtem Wurmling geschickt, weil sie ihn für den allein Richtigen hielt, um Ergils schwierige Fragen nach der Ingredienz des Wassers von Silmao zu beantworten. Uxxul war an der Königlichen Universität von

Xkisch Professor für Geschichte, besaß den Ruf eines Universalgenies und galt als größter Gelehrter des Reiches.

Am Zeremonienmeister vorbei glitt ein alter, beinahe zierlicher, mit einem fast farblosen Haarkranz gekrönter, in dezentem Petersiliengrün gekleideter Wurmling in den Saal und verbog sich vor der Königin. Selbige stellte hierauf die Gäste vor und bat Ergil, seine Fragen zu wiederholen. Wie alle Weisen hörte Uxxul aufmerksam zu und ließ sich Zeit mit seiner Antwort.

»Es stimmt, vor vielen Äonen kam eine fünfköpfige Abordnung aus Susan nach Xk«, begann er schließlich in einem Hochmiradisch, das so akkurat klang, als sei es mit dem Ziselierstichel in seine Stimmlippen graviert worden. Teile seines Berichts deckten sich mit den Informationen, die Ergil bereits von Tiko und den Sirilim in Saphira erhalten hatte.

Die Fremden hätten einen Weg gesucht, ihren Ginkgotrunk für Menschen verträglicher und wirksamer zu machen, berichtete Uxxul weiter. Zufällig fand man heraus, dass auch die zähflüssigen Körperabscheidungen der Xk eine heilende Wirkung auf die Menschen hatten und sich der Schleim wunderbar mit dem Ginkgosaft vermischen ließ. In dieser Verbindung wurde er auch nicht mehr hart. Die Susaner waren sehr zuversichtlich, endlich gefunden zu haben, wonach sie suchten.

Aber sie wurden enttäuscht. Als zwei das Mittel auf sich selbst anwendeten, wurden sie sterbenskrank. Zwar erholten sie sich wieder, waren aber eine Zeit lang ziemlich ratlos. Wieder half der Zufall den Forschern. Sie mussten nämlich ihr Quartier wechseln, weil es schon einhundert Jahre alt und es höchste Zeit war, das Gebäude abzureißen und ein neues zu bauen. Nun hatte das Haus aus Xkschleim bestanden. Einer der Gelehrten bat um eine Hand voll der Brocken und man gab sie ihm. Er zerstieß den kristallisierten Schleim in einem Mörser zu feinem Pulver. Dieses löste er in Ginkgosaft auf und – siehe da! – die Essenz wirkte. Und sie war gut verträglich.

Die Königin schenkte den Männern aus Susan den Schutt des abgerissenen Hauses. Überglücklich verabschiedeten sie sich darauf von ihren Gastgebern und zogen ihres Weges. Man hatte nie wieder etwas von ihnen gehört.

Nachdem Uxxul zum Ende gekommen war, konnte Ergil lange nichts sagen. Es war unfassbar! Er hatte es geschafft! Das Wasser von Silmao war enträtselt. Fast jedenfalls, denn niemand wisse mehr genau, wie das exakte Mischungsverhältnis von Ginkgosaft und Schleimpulver sei, hatte der xkische Geschichtsprofessor betont. Aber das herauszufinden, konnte nicht allzu schwierig sein.

»Könnt Ihr uns bitte ein wenig von dem ausgehärteten Schleim überlassen, Hoheit?«, fragte er die Königin.

Quaxxas große Augen rollten. Sie wechselte rasch die Farbe in ein wenig ansprechendes Graugrün und sagte: »Professor Uxxul, bitte seid so freundlich und erklärt unserem geschätzten Gast, warum das nicht geht.«

Ergil kam sich vor, als hätten ihn diese wenigen Worte erneut trockengelegt. Die Ausführungen des Gelehrten nahm er nur andeutungsweise wahr.

»Unser Volk hatte ungewöhnlich lange die eigenen Körperabsonderungen zur Errichtung prachtvoller Bauwerke benutzt. Eigentlich gibt es nichts Besseres: Das Material ist witterungsbeständig, lichtdurchlässig, unerschöpflich, gute Schleimrührer können es lange in einem formbaren Zustand halten und die damit errichteten Gebäude lassen sich jederzeit problemlos erweitern.«

»Warum ist man dann nicht dabei geblieben?«, japste Ergil.

»Die Xk meinten, wir lebten nicht mehr im siebenundfünfzigsten Jahrhundert.«

Ergil schwieg, weil er glaubte, dies sei erst der Anfang der Erklärung, aber es kam nichts mehr. »Das war der *ganze* Grund?«, fragte er ungläubig. »Ihr habt etwas Gutes, etwas Bewährtes einfach aufgegeben, nur weil Euch der Sinn nach etwas Neuem stand?«

Harkon räusperte sich und als Ergil ihn ansah, flüsterte er: »Du kannst ihnen das nicht zum Vorwurf machen. Ich hab's auch schon versucht, aber an diesem Punkt setzt ihr Verstand aus.«

»Was habt Ihr gesagt, Meister?«, erkundigte sich die Königin.

»Nicht von Belang, Majestät. Allerdings hätte ich noch eine Frage.«

»Nur zu! Lasst hören!«

»Gibt es nicht doch irgendwo in Eurem Reich einen kleinen Rest harten Schleims, den Ihr für uns erübrigen könnt?«

»Meine Dienerschaft fegt ihn täglich klafterweise hinaus, weil wir Xk, wie Ihr ohne Frage wisst, immerfort tropfen. Wir benutzen ihn als Brennstoff – bis wir zum Kochen und Heizen etwas Neues finden.«

»Der Schleim würde Euch ohnehin nichts nützen«, fügte Professor Uxxul hinzu, »weil er keine hundert Jahre alt ist. Die Geschichtsaufzeichnungen belegen unmissverständlich, dass jüngerer Schleim für die Herstellung des Lebenselixiers ungeeignet ist.«

Der Abenteurer zwinkerte Ergil zu und flüsterte mit halb verschlossenem Mund: »Das dürfte für dich doch keine unlösbare Aufgabe sein, oder?«

Der Gefragte verzog das Gesicht und erwiderte leise: »Normalerweise nicht. Aber beim Trockenlegen ist irgendwie auch meine Alte Gabe verdorrt und ich weiß nicht, wann sie wieder aufgeweicht ist.«

Harkon zwirbelte nachdenklich seinen Schnurrbart. Mit einem Mal hellte sich sein Gesicht auf und er wandte sich in normaler Lautstärke wieder an die Königin. »Wie steht es mit dem Denkmal, draußen vor Eurem Palast? Insbesondere mit dessen Kopf? Der Riesen-Harkon ist doch aus altem kristallisiertem Schleim geformt oder nicht?«

Ergil horchte auf. Neue Hoffnung keimte in ihm.

Aber Quaxxa gab nur einen gluckernden Laut von sich, verfärbte sich algengrün und antwortete empört: »Daran solltet Ihr nicht einmal *denken*, Meister Harkon. Die Sfinx ist heilig, Euch zu Ehren und zum Gedenken an unsere große Mutter errichtet. In den letzten zweihundert Jahren ist sie *niemals* neu angestrichen worden. Schon das allein sollte Euch die Unantastbarkeit dieses Schatzes vor Augen führen.«

Ergil pumpte seine Lungen auf. »Aber Majestät. Habe ich mich vorhin so unklar ausgedrückt? Hier geht es um unser aller Geschick. Wenn meine Mutter nicht gerettet wird, dann wird auch Euer Reich untergehen.«

»Xk liegt weit im Süden und wird die Kälte, die Soodland heimgesucht hat, nicht spüren. Im schlimmsten Fall versetzen wir uns in einen tausendjährigen Schlaf. Und was Magos anbelangt, selbst wenn er zurückkehrt – er hat sich nie für uns interessiert. Mit dem ›Königreich der Maden‹ will niemand etwas zu schaffen haben.«

»Ich kann Eure Erbitterung verstehen, Majestät, aber glaubt mir, wenn Ihr Großmut zeigt und mir nur ein wenig von dem Riesen-Harkon überlasst – ein Ohrläppchen vielleicht –, dann werden die übrigen Reiche des Herzlandes das Reich Xk mit ganz anderen Augen betrachten. Man wird Euch schätzen und wir können voneinander lernen.«

»Diesen Traum habe ich längst aufgegeben, junger König. Ich verstehe Eure Motive wohl und ich will auch nicht an Eurer Aufrichtigkeit zweifeln, aber seht Euch nur Meister Harkon an. Er war hier bei uns, hat alle Wunder von Xk aufgeschrieben und wie er mir vorhin erzählte, wollte niemand seinen Bericht lesen. Nein, ich kann unseren größten Schatz nicht für Menschen opfern, die nichts als Verachtung für uns empfinden.«

Ergil ließ den Kopf hängen. Sein Widerstandswille drohte zu erlahmen. Aber plötzlich sah er wieder zur Königin auf. »Und wenn wir Euch ein neues Denkmal bauen?«

Quaxxa ließ ein Glucksen vernehmen. »Ein neues Denkmal? Ich dachte, ihr hättet es eilig. Es hat ein ganzes Jahr gedauert, unsere Sfinx zu erschaffen.«

»Ich könnte Euch in einer einzigen Nacht eine neue machen.«

Der Grünton von Quaxxas Leib wurde greller. »Ihr seid zwar ein König, Ergil, aber hütet Euch davor, Spott mit mir zu treiben.«

»Das liegt mir fern, Hoheit. Wie steht es also? Gebt Ihr mir ein Stück vom Kopf der Sfinx, wenn ich Euch bis morgen früh ein neues Standbild mache?«

Quaxxa lachte und sagte: »Das klingt nach einem hübschen neuen Spiel. Abgemacht.«

19

DIE SFINX

Die Feuerschalen tauchten den Vorplatz des Palastes in ein unstetes gelbes Licht. In den Leuchtern brannten feine Späne aus den getrockneten Körperabsonderungen der Xk. Ein schwerer Geruch lag in der Luft, der Ergil an Weihrauch erinnerte. Es fiel ihm schwer, sich zu konzentrieren. Niemals zuvor hatte er dergleichen versucht. Oder war es sogar von Vorteil, wenn sich der vom schweren Duft der Schleimfeuer benebelte Verstand zurücknehmen und den Gefühlen das Regiment überlassen musste? Womit ließ sich die Fügsamkeit der Zimmermannsschoten wohl eher gewinnen? Er rief sich Ajugas spärliche Anweisungen in den Sinn. Der König der Bäume hatte von Wünschen gesprochen, aber leider nicht gesagt, wie viele Wandellinge zur Erschaffung einer Sfinx erforderlich wären.

Der Platz war von der königlichen Garde geräumt worden, um jede Störung von Ergil fern zu halten. Nur die Gemeinschaft des Lichts und einige handverlesene Wurmlinge durften sich im Innern des Sperrbezirks aufhalten. Dafür drängten sich die Schaulustigen jetzt in den angrenzenden Straßen und Gassen. Jeder wollte einen Blick auf die Besucher aus den fremden Ländern erhaschen, aber das gelang nur wenigen. Hauptwurm Waxx hatte seine Wachen an sämtlichen Zugängen zum Platz der Sfinx postiert.

Professor Uxxul war von Königin Quaxxa zum Schiedsrichter ernannt worden, weil sie ihre Große Bruthalle ja nie verließ. Der Gelehrte sollte Ergil und seine Gefährten im Auge behalten und spätestens bei Sonnenaufgang entscheiden, ob das neue Denkmal als gleichwertiger Ersatz für das alte annehmbar war. Im Moment gab es aber nichts, das er hätte beurteilen können.

»Wenn ich irgendetwas für dich tun kann, dann lass es mich wissen«, sagte Schekira. In Gestalt eines Käuzchens saß sie auf Ergils Schulter und beobachtete ihn jetzt schon eine geraume Zeit bei einer sonderbaren Tätigkeit. Er ließ einige gelbe Bohnen aus dem Säckchen, das ihm der König der Bäume zum Abschied geschenkt hatte, in seine rechte Handfläche rieseln, rührte mit dem Daumen darin herum, musterte die Auswahl kritisch und schüttete die meisten Samen anschließend wieder in den Beutel zurück.

»Sag mir, wie viele ich nehmen soll«, murmelte Ergil.

»Das kann ich nicht.«

»Mir geht's genauso. Von dem, was danach kommt, mal ganz abgesehen.«

»Um eine Arbeit pünktlich zu beenden, muss man sie zeitig beginnen. Die Nacht dauert nicht ewig, mein Retter. Vertrau einfach deinem Sirilimsinn.«

Er atmete tief durch. »Du hast Recht.« Abermals schüttete er einige Böhnchen in die hohle Hand. Prüfend betrachtete er sie, um erstaunt festzustellen: »Es sind genau zwölf.«

»Die Zahl der Harmonie!«, freute sich das Käuzchen.

»Ajugas erste Tugend«, gab Ergil ihr Recht.

Hierauf tat er etwas, das bei einigen der umstehenden Gefährten Befremden auslöste, für Wurmlinge wie Uxxul und Waxx jedoch als normal angesehen wurde. Er sammelte geräuschvoll Speichel im Mund. Fast klang es so, als löse er sämtlichen Schleim vom Rachen bis hinab zum Magen, um ihn anschließend nach oben zu würgen. Dann spuckte er alles auf die Bohnen.

Wortlos reichte er Popi das braune Säckchen zur Verwahrung, um nun mit beiden Händen den Brei aus Speichel und

Samen gut durchzumischen. Unterdessen lief er einmal um die Sfinx herum, tastete sie mit den Augen ab und ließ seine Wahrnehmung als Wunsch in die Wandellinge fließen: *Bitte wachst in diese Form!* Zum Schluss suchte er sich neben dem Denkmal eine Stelle, die ihm als Ausgangspunkt für sein Werk geeignet schien, und legte die zwölf Bohnen als kleines Häufchen auf dem Boden ab.

Popi verzog argwöhnisch das Gesicht. »Und das soll klappen?«

Tusan schob nur die Unterlippe vor und zuckte die Achseln.

Tiko ließ keinerlei Regung erkennen.

Offenbar war Harkon der Einzige, der sich über den Augenblick hinaus Gedanken machte. Er hatte sich, als triebe ihn sein legendärer Forschergeist, an den jungen König herangearbeitet, beugte sich etwas steif zu den spuckeummantelten Hülsenfrüchten herab, legte für die abseits stehenden Xkbeobachter eine entspannt-fröhliche Miene auf und erkundigte sich leise: »Ich wollte vorhin deine Konzentration nicht stören, Ergil, aber hast du dir schon überlegt, wie wir von hier wegkommen?«

Der Gefragte runzelte die Stirn. Seit dem Erwachen im Aufweichraum hatte er keinen Augenblick der Muße gehabt. Noch etwas benommen war er vom Haushofmeister Yxkulp sofort in die Große Bruthalle gebracht worden, wo er mit seinen Freunden zusammentraf und der Xkkönigin Rede und Antwort stehen musste. Danach ging es gleich wieder hinaus auf den Sfinxplatz. Er schüttelte den Kopf. »Keine Ahnung. Die *Mondwolke* gibt es nicht mehr und ich glaube kaum, dass die Xk sich Pferde oder Krodibos halten.«

»Hast du vor, dich von hier aus nach Silmao zu begeben?«

»Natürlich. Ich muss den Goldfruchtbaum im Palastgarten mit den Pollen aus Saphira bestäuben.«

»Das bedeutet, wir müssen tausende von Meilen quer durchs Herzland reisen.«

»Und möglichst schon gestern in Susan eingetroffen sein.«

»Ausflüge in den Faltenwurf der Zeit sind deine Spezialität.«

»Du überschätzt meine Kraft. Selbst wenn ich allein eine so große Entfernung in mehreren Sprüngen überbrücken wollte, würde es mir vermutlich wie Twikus ergehen. Außerdem denke ich nicht daran, Euch hier zurückzulassen.«

»Ich hatte vermutet, dass du so etwas sagen würdest.« Harkon drehte für einen versonnenen Augenblick die rechte Spitze seines Schnurrbartes zwischen Zeigefinger und Daumen. Auf seinem Gesicht lag ein diebisches Schmunzeln. »Vielleicht könnte *ich* uns ein anderes, ausgesprochen schnelles Transportmittel besorgen.«

»Hört sich prima an.«

»Es gibt nur einen Haken.«

»Nämlich?«

»Die Wurmlinge werden es uns nicht freiwillig geben.«

»Willst du dem König von Soodland damit sagen, er soll wie ein gewöhnlicher Pferdedieb …?«

»So ungefähr.«

»Danke für deine Offenheit.«

»Keine Ursache. Du könntest Quaxxa ja eine Nachricht hinterlassen, in der du dich bei ihr für die *Leihgabe* bedankst und eine baldestmögliche Rückgabe zusicherst.«

Ergil seufzte. »Im Moment habe ich ganz andere Sorgen …«

»Schon gut«, unterbrach ihn Harkon. »Ich wollte nur, dass du Bescheid weißt. Darf ich mir kurz deine erlauchte kleine Kundschafterin ausborgen?«

»Kira? Da musst du sie schon selbst fragen.«

»Wenn ich nicht in irgendwelche stinkenden Wurmlöcher kriechen muss, bin ich dabei«, erklärte die Elvin sofort.

Ein listiges Lächeln kräuselte Harkons Lippen. »Keine Sorge, Hoheit. Um zu finden, wonach ich suche, dürft Ihr Euch in Eurem Element austoben.«

Die Zimmermannsschoten gingen anfangs erschreckend langsam zu Werke. Winzige, spitze, bleiche Keime bohrten sich aus den gelben Hülsen, reckten sich hier- und dorthin, als müssten sie sich zunächst orientieren, schlängelten sodann über den Boden und gruben sich in die Ritzen zwischen den Pflastersteinen. Bald hatten sie ein engmaschiges Netz geknüpft, dessen Umrisse exakt der Grundfläche des nebenstehenden Denkmals entsprach. Hiernach wuchsen die Wandellinge in die Höhe und bildeten ein immer dichter werdendes Geflecht aus Verästelungen und Verstrebungen. Längst hatte das speichelfeuchte Dutzend sich zu einem großen Organismus zusammengetan, dessen übermütig kindlicher Geist Ergil sehr an die *Silberginkgo* erinnerte.

Während er den Fortgang der »Bauarbeiten« überwachte und seine »Zimmerleute« immer wieder anspornte, kam ihm ein schweres Versäumnis in den Sinn. Die ganze Mühe wäre umsonst, wenn er nach Professor Uxxuls Schiedsspruch nicht umgehend an den ersehnten »Rohstoff« herankäme und ihn schnell fortschaffte. In ihrer Wechselhaftigkeit waren die Königin der Xk und ihre Untertanen so unberechenbar wie die Brücke Wankelmut. Wer konnte schon sagen, wie lange sich Quaxxa an ihr Wort halten würde?

Ergil wandte sich zu Popi um. »Gib mir bitte mal das Säckchen mit den Bohnen.«

Der Ritter tat, wie ihm geheißen. »Stimmt irgendwas nicht?«

»Alles bestens. Ich hab nur etwas vergessen.« Ohne weiter auf den fragenden Blick seines Freundes zu achten, nahm er drei neue Samen aus dem Beutel, benetzte sie mit Speichel und schickte seinen Willen hinein. Hoffentlich verstanden ihn die kleinen Helfer, denn in diesem Fall gab es keine Vorlage, die er ihnen als Bauplan liefern konnte. Die gewünschte Konstruktion existierte nur in seiner Vorstellung.

Als er die drei Wandellinge unterhalb des echten Sfinxhauptes auf den Boden legte, kamen Waxx und Uxxul herbeigerutscht. »Was tut Ihr da?«, fragte der Hauptwurm.

»Ich baue ein … Gerüst.«

»Und wozu?«

»Nun, leider mangelt es meinem Körper, ganz im Gegensatz zu dem Euren, an Saugnäpfen, mit denen ich an der Sfinx emporklettern könnte. Vermutlich habt Ihr auch keine Leiter für mich, oder?«

»Leiter? Was soll *das* denn sein?«

»Seht Ihr! Irgendwie muss ich aber zum Kopf der Sfinx hinauf, um mir meinen Siegespreis zu holen.«

»Noch habt Ihr ihn nicht gewonnen«, bemerkte Uxxul.

»Zweifelt Ihr noch am Ergebnis meiner Arbeit?« Ergil deutete auf seine Sfinx. Es war kurz nach Mitternacht und man konnte die Form der riesigen Figur bis hinauf zum Harkonhaupt bereits gut erkennen. Zwar leuchteten überall noch die Flammen der Feuerschalen hindurch, aber das erstaunliche Nachtschattengewächs hatte schon damit begonnen, das Flechtwerk mit einer glatten Außenhaut zu überziehen.

Uxxuls Hauptsaugnapf gab einen schnalzenden Laut von sich. »Als Schiedswurm Ihrer Majestät, der allerschillerndsten, überaus fruchtbaren Quaxxa, muss ich trotzdem auf die formgerechte Fertigstellung der Ersatzsfinx bestehen. Bitte betrachtet das nicht als Zeichen unseres Misstrauens. Ihr seid wahrhaft ein großer Meister und Euer Haupt könnte – so wie ich Eure bisherige Arbeit einschätze – eines Tages ein ebenso bedeutendes Standbild wie dieses hier zieren.«

»Ihr seid sehr freundlich, ehrenwerter Uxxul, aber das wäre zu viel der Ehre. Im Übrigen seid unbesorgt, ich verspreche Euch, dass weder ich noch einer meiner Gefährten das Gerüst besteigen wird, ehe Ihr Euer Urteil gefällt habt.«

Uxxul und Waxx wechselten einen Blick, was aufgrund ihrer ringsum verteilten Augen kaum erkennbar war. Große Teile der schleimigen Haut des Hauptwurms wechselten ins Gelbe.

»Also gut«, sagte Uxxul. »Ihr dürft fortfahren.«

Ergil bedankte sich. Seine drei Wandellinge hatten sich von der kurzen Unterhaltung ohnehin nicht aufhalten lassen. Schon bedeckte ihr Netz eine Grundfläche so groß wie ein vierrädriger Heuwagen und würde gleich damit beginnen, in die Höhe zu wachsen.

Während die Sfinx ihrer Vollendung entgegenspross, beriet er sich mit seinen Freunden über die Abreise. Harkon warnte davor, die Gastfreundschaft der Königin länger als unbedingt nötig in Anspruch zu nehmen. Die Wissbegier der Xk sei unerschöpflich. Sie würden sich alle möglichen Vorwände einfallen lassen, um den Aufenthalt der Besucher in die Länge zu ziehen. Ergil erklärte den kräftigeren seiner Gefährten – Popi, Tusan und Tiko –, wie er sich den Abtransport des Rohstoffes vorstellte und wie sie ihm dabei behilflich sein konnten. Dann kehrte auch schon Schekira zurück. Das Käuzchen landete auf Harkons Schulter, um ihm Bericht zu erstatten. Ergil fühlte sich von dem ungewohnten Verhalten seiner Freundin seltsam berührt, spürte aber keine brennende Eifersucht, wie er es erwartet hätte. Vielleicht brauchten die Zornissen ja länger, um sich von der Austrocknung zu erholen.

»Ich hätte Schleim auf Bein geschworen, dass so etwas unmöglich ist. Was für ein herzerweichender Anblick!«, schwärmte in diesem Augenblick Uxxul. Er stand mit Hauptwurm Waxx unter dem Haupt der neuen Sfinx. Die beiden Figuren glichen einander wie ein Ei dem anderen. Sogar die Färbung des roten Granits und des gelben Hauptes hatten die Wandellinge täuschend echt hinbekommen.

Auf dem Weg zu den zwei Wurmlingen bemerkte Ergil Unruhe am Rande des Platzes. Anscheinend war auch das Volk überwältigt von der neuen Sfinx. Die Postenkette hatte Mühe, die ungestümen Wurmlinge am Durchbrechen zu hindern.

»Dann seid Ihr also zufrieden, ehrenwerter Uxxul?«, fragte Ergil den Professor.

»Meine Erwartungen sind mehr als übertroffen worden. Wie habt Ihr diesen Duft hinbekommen, Hoheit?«

»Verzeihung. Ich verstehe nicht ...«

»Euer Denkmal riecht gar vorzüglich nach allerfrischesten Sprossen.«

»Äh – es ist ja auch, wie Euch kaum entgangen sein dürfte, eben erst gewachsen.«

»Wird es auch dem Wechsel von Sonne, Wind und Regen standhalten?«

»Absolut. Ich besitze ein Schiff aus demselben Material. Es dürfte mittlerweile viertausend Jahre alt sein.«

»Oho! Nach unseren Maßstäben sind schon tausend eine Ewigkeit.«

»Dann ist unser Handel perfekt und das Wort Eurer Königin gilt?«

Der Professor verbog sich und erklärte feierlich: »So hat sie gesprochen, so soll es sein.«

»Nur um irgendwelchen Missverständnissen vorzubeugen, ehrenwerter Uxxul: Ich kann mein Gerüst also jetzt zum Einsatz bringen?«

»Gewiss. Ich vermag allerdings nicht zu verhehlen, wie es mich schmerzt, die alte Sfinx bald verstümmelt zu sehen. Allein Euch in ihrem Antlitz herumkratzen zu sehen, könnte ich nicht ertragen. Deshalb will ich, während Ihr auf die Plattform klettert, in den Palast eilen, um Ihrer Majestät Bericht zu erstatten. Hauptwurm Waxx steht Euch zu Diensten, falls Ihr Hilfe benötigt.«

Ergil verbeugte sich. »Ich komme schon zurecht. Aber trotzdem danke.«

Professor Uxxul versetzte sein Fußsegment in Wellenbewegungen und glitt davon. Einen Moment lang blickte Ergil ihm noch nach. Das Geschmatze und Geschnalze der Schaulustigen im Hintergrund wurde derweil immer lauter. Allmählich machte er sich Sorgen. Früher oder später würde die Menge den Platz stürmen und dann wäre es kaum mehr möglich, das Gesicht des Riesen-Harkons zu entstellen. Er wandte sich dem Kommandeur der Garde zu und sagte: »Im Interesse Eurer eigenen Sicherheit bitte ich Euch, ein wenig zurückzurutschen. Vielleicht könntet Ihr auch Eure Posten anweisen, niemanden auf den Platz zu lassen, bevor wir hier fertig sind. Ich werde mit Eurer Erlaubnis das Stück, das ich aus der alten Sfinx entferne, von meinen Gefährten umgehend im Palastgarten in Sicherheit bringen lassen.«

Waxx nahm eine stramme Haltung an. »Eine kluge Entscheidung, Hoheit. Dort drüben ist ein Gittertor, das in den Garten …« Der Hauptwurm stutzte. Er hatte ein Spontanglied ausgestülpt, um die Richtung zu dem betreffenden Eingang anzuzeigen, aber offensichtlich existierte dieser nicht mehr. Vieräugig orientierte sich Waxx rasch neu und sein Zeigearm fuhr zur linken Seite des Palastes herüber. »Da ist es ja. Entschuldigt bitte, das Tor muss heute Abend umgestellt worden sein. Bringt das Stück dort hindurch. Ich gebe den Wachen Bescheid, damit sie Euch durchlassen. Wir werden Euch dann später im Park abholen und Euch durch die neuesten Gänge in Eure Gemächer geleiten. Und jetzt entschuldigt mich bitte. Dieweil ich mich zu meinen Gardisten an die Absperrung begebe, könnt Ihr ruhig schon mit Eurer Arbeit beginnen.«

Ergil bedankte sich, wobei ihm nicht der Sinn nach Gemächlichkeit stand. »Alle Mann auf die Posten«, raunte er Popi, Tusan, Tiko und Harkon zu.

»Ich fliege noch einmal den Weg ab, nur um sicherzugehen, dass sich seit meiner letzten Erkundung nichts Wichtiges verändert hat«, erbot sich Schekira.

»Tu das«, sagte er.

Als die Elvin in Richtung Palastgarten davonflatterte, trat er, während Waxx immer noch auf den Rand des Platzes zuschlurfte, an seine Spezialzüchtung – das »Gerüst« – heran, legte die Hände darauf und sandte seinen Willen hinein. Das

Gebilde glich mittlerweile einem kleinen, rechteckigen Turm, dessen Grundfläche immer noch der eines zweiachsigen Wagens entsprach. Seine grüne Außenhaut war gezackt wie bei einem Blasebalg. Es endete ungefähr zehn Fuß unterhalb der Nase des Riesen-Harkons.

Nun begann es unvermittelt und ziemlich schnell zu wachsen – der Balg dehnte sich. Ehe Waxx die Postenkette erreicht hatte, stieß die Plattform von unten gegen die Nase, ein gutes Dutzend Fangarme sprang aus dem Podest und klammerte sich daran fest, andere suchten sich Stützpunkte an den Wangen des Konterfeis und wieder andere verankerten das Gerüst am Boden.

»Und jetzt zeigt, was in euch steckt«, flüsterte Ergil.

Einen gespannten Atemzug lang geschah nichts. Aber dann streckten sich die Fangarme. Ja, es war deutlich zu sehen, wie der ganze Turm sich in der Mitte durchbog. Ein schmerzvolles Knarren und Ächzen ging durch das Gerüst. Aber die Riesennase hielt dem Ziehen und Zerren stand. Mit einem Mal entspannte sich die Konstruktion und Ergil glaubte schon, die Wandellinge hätten vor Harkons Gesichtserker kapituliert. Aber unvermittelt ging ein gewaltiger Ruck durch den Turm, gefolgt von einem kurzen Innehalten, dem sich abermals ein heftiges Aufbäumen anschloss. Ergil hörte ein Knirschen. Noch einmal stemmte sich das Gerüst mit sämtlichen Fasern gegen die Nase und dann brach sie seitlich weg.

»Autsch!«, entfuhr es Popi.

»Wenn hier jemand Grund hat, autsch zu sagen, dann ich«, brummte Harkon und rieb sich die Nase.

Mittlerweile hatten die Fangarme das übermannsgroße Riechorgan auf die Plattform bugsiert, worauf diese herabsank, als drücke das Gewicht des Körperteils den Blasebalg zusammen. Aber auch dieses Verhalten gehörte zu Ergils phantasievoller Konstruktion. Ebenso wie die Räder, die sich jetzt unter dem Fundament des Turmes hervorschoben und ihn nun tatsächlich in einen Wagen verwandelten. Kaum hatten sich die Stützfüße vom Boden gelöst, gab Ergil die Anweisung zum Schieben.

»Hauptwurm Waxx wird sich wundern, wie schnell wir unseren Lohn einkassiert haben«, sagte Tusan. Er schob rechts hinten.

Harkon kicherte. »Und vor allem, in welchen Massen!«

»Solange er nicht ahnt, was wir mit der Schleimnase vorhaben, ist mir das egal«, antwortete Ergil. Er zog vorne links an einer eigens dafür gedachten Schlaufe. Überdies gab er dem Wagen mit dem Sirilimsinn ab und zu Anweisungen zur Kurskorrektur.

»Die Xk sind nicht besonders fix im Denken«, bemerkte Harkon. Um weniger unbeteiligt zu wirken, hatte er seine Hand seitlich ans Bohnengefährt gelegt.

»Im Zupacken anscheinend auch nicht«, stellte Tiko fest. Er zog vorne rechts, hatte den Kopf aber nach hinten gewandt.

»Wieso? Was ist los?«, fragte Ergil, weil ihm die Sicht über den Platz durch den Wagen versperrt war.

»Die Wurmlinge brechen gerade durch die Absperrung. Wie es scheint, sind sie ganz erpicht darauf, ihr neues Denkmal einzuweihen.«

Ergil beschlich die Ahnung, es könnte auch einen anderen Grund für den Auflauf geben. »Schiebt schneller!«, spornte er seine Freunde an.

Schekira kam herbeigeflattert, landete auf dem Wagen und sagte: »Ihr habt freie Bahn bis zu eurem Packesel. Offenbar sind im Park alle Wachen abgezogen worden, um die neugierigen Wurmlinge vom Eindringen in den Palastbezirk abzuhalten. Nachdem ihr das Tor durchquert habt, bleibt etwa eine Viertelmeile auf dem Weg. Er führt außen am Schloss vorbei. Dahinter werdet ihr rechts von euch ein buntes Licht sehen. Dort müsst ihr hin.«

»Danke. Sei so lieb und schaue dich in der Zwischenzeit ein

wenig auf dem Platz um. Der Tumult ist mir nicht geheuer. Sollte es Probleme geben, möchte ich es rechtzeitig erfahren.«

»Bin schon unterwegs.« Das Käuzchen schwang sich wieder in die Luft.

Wenig später erreichte der Wagen das von sechs Wurmlingen bewachte Parktor. Die Posten waren, wie von Hauptwurm Waxx versprochen, über den Zweck des Transportes informiert und hatten den Zugang zum Garten sogar schon geöffnet. Mit etlichen Spontangliedern winkten sie die Gäste aufs sichere Terrain des Palastbezirks.

Da die Sonne noch hinter dem Horizont schlummerte, wäre es im Park stockfinster gewesen, wenn sich nicht hier und da etwas Licht aus Quaxxas Schloss gestohlen hätte. Erstaunlich leise rollte der Wandellingwagen mit seiner nicht eben leichten Fracht über die Steinplatten hinweg.

»Hast du das gehört, Ergil?«, fragte Popi, nachdem die Gefährten einigen Abstand zur Pforte gewonnen hatten. »Der eine hat uns Glück gewünscht. Ich könnt mich ausschütten vor Lachen.«

»Schieb lieber! Noch sind wir nicht in Sicherheit.«

»Wenn die Garde erst den Braten riecht, dann könnte es fürwahr ungemütlich werden«, unkte Harkon.

Bald lag auch der unförmige Palast hinter ihnen und rechter Hand tauchte ein bezaubernder Anblick auf. Dem Anschein nach handelte es sich um einen leuchtenden Pavillon mit ausladender Kuppel, die in zarten Tönen von Grün, Blau, Gelb und Rosenrot pulsierte.

Ergil fühlte plötzlich eine große Beklommenheit. »Sag mal, Harkon«, erkundigte er sich, »hast du eigentlich je eine Wolkenqualle geritten?«

»Ich?« Der Abenteurer lachte. »Sehe ich etwa aus wie ein Wurmling?«

Während der Wagen noch auf die leuchtende Kuppel zurollte, kehrte Schekira von ihrem Erkundungsflug zurück. Ihr Bericht fiel niederschmetternd aus. Die Xk hatten sämtliche Absperrungen durchbrochen, waren in Scharen auf den Vorplatz des Palastes gestürmt und hatten sich auf die neue Sfinx gestürzt, nicht um das Wunder einer Nacht zu bestaunen, sondern um es zu verspeisen.

»Hatte ich schon erwähnt, das hier Sämlinge und Sprösslinge aller Art als Delikatesse gelten?«, erkundigte sich Harkon.

»Ja. Hattest du«, brummte Ergil. Seine schlimmsten Ahnungen bestätigten sich, aber er verspürte deswegen keine Genugtuung.

»Ich kann mir denken, dass der Professor sein Urteil widerruft, wenn nur noch das alte Denkmal auf dem Vorplatz steht«, merkte Tiko an.

Ergil seufzte. »Hoffentlich wirft uns die Königin Quaxxa nicht in den Kerker. Wer will schon eine Sfinx mit fehlender Nase haben?«

»Das dürfte unser geringstes Problem sein«, sagte Harkon. »Die Höchststrafe in Xk ist die ›Ewige Trockenlegung‹. Hört sich aber schlimmer an, als es ist. Wenn eine Königin unfruchtbar wird und eine neue in die Große Bruthalle einzieht, ruft sie normalerweise eine Amnestie aus. Dann werden alle ›Ewig Trockenen‹ wieder aufgeweicht.«

Popi gab einen hysterischen Laut von sich. »Ich liebe dieses Land!«

Ehe Ergil dazu kam, Harkon nach den unangenehmen Einzelheiten des größeren Problems zu befragen, erreichten sie ihr neues Transportmittel. Der Wagen kam direkt unter der Wolkenqualle zum Stehen. Dies stellte insofern keine Schwierigkeit dar, als sie etwa dreißig Fuß hoch in der Luft schwebte. Mit ihren unzähligen Tentakeln hielt sie sich an steinernen Halbringen fest, die rings um den Ruheplatz in den Boden eingelassen waren. Im Vergleich zu dem gigantischen illuminierten Lebewesen nahm sich die Riesennase der Sfinx winzig aus.

»Wenn ich mich nicht irre, schicken wir uns gerade an, die Qualle Ihrer Majestät zu entern«, freute sich Harkon. Sein Blick war – wie auch der aller anderen – steil nach oben gerichtet, wo sich ein geschlossenes Maul befand, das enorme Ähnlichkeit mit der Sprech- und Fressöffnung der Xk besaß, diese jedoch an Größe um ein Vielfaches übertraf.

Popi schüttelte sich. »Kann ich mir nicht vorstellen. Quaxxa verlässt doch nie ihre Bruthöhle.«

»Nenne mir ein gekröntes Haupt, das sich mit dem begnügt, was es zum Leben braucht«, sagte Tusan leidenschaftslos.

Ergil hätte dem gerne widersprochen. In Anbetracht des Umstandes, dass er ungefähr zehn Schlösser und Burgen besaß, in die er nie seinen Fuß gesetzt hatte, wechselte er jedoch das Thema. »Gibt es einen Grund für deine plötzliche gute Laune, Harkon?«

»Allerdings, mein lieber Freund. Aus langjähriger Erfahrung kann ich dir versichern, dass die gekrönten Häupter gewöhnlich die edelsten und schnellsten Tiere besitzen. Möglicherweise habe ich es ja noch nicht erwähnt, aber wir müssen uns auf eine längere Verfolgungsjagd einstellen, wenn wir uns entschließen diese Wolkenqualle zu stehlen.«

»Haben wir eine andere Wahl?«

»Nein.«

»Ich dachte mir schon, dass du so etwas sagen würdest.«

»Sieh es mal so: Mit der königlichen Rennqualle und dem lebensechten Modell meines Riechkolbens sind wir den Verfolgern immer eine *Nasen*länge voraus.« Harkon kicherte.

»Sag mir lieber, wie wir in die fliegende Laterne hineinkommen.«

»Ich schlage vor, das fragst du am besten sie.«

Ergil seufzte. Auch mit dieser Antwort hatte er gerechnet. Er lief zu einer bläulich schimmernden Halteleine, sammelte sich und legte seine Rechte darauf.

Der Tentakel war weder schleimig noch kalt. Obwohl die Wolkenquallen an Meereslebewesen erinnerten – in manchem auch an die Xk –, waren sie als Geschöpfe der Luft offenbar eher der Wärme zugetan. Während Ergils Sinn den gigantischen Körper erkundete, bemerkte er sogar einige Ähnlichkeiten mit seinem letzten Luftschiff, der *Mondwolke*. Offenbar verwandelten auch die Flugquallen in ihrem kuppelartigen Leib die Luft in ein heißes Gemisch, das ihnen Auftrieb verschaffte. Aber das war nebensächlich. Ergil suchte nach einem Geist, mit dem er in Kontakt treten konnte …

»Ich höre Geräusche«, drängte sich Schekiras Stimme mitten in seine Konzentration.

»Mir gelingt es nicht, zum Bewusstsein der Qualle durchzudringen«, presste er zwischen zusammengebissenen Zähnen hervor.

»Da kann ich dir leider nicht helfen.«

Aber vielleicht ich, mein allerliebster Gespinstling, erbot sich eine Stimme, die mitten in Ergils Kopf erklang.

Er schnappte nach Luft. Der Einwurf des Netzlings hatte ihn kalt erwischt. Jetzt erzähl mir nicht, du würdest dich mit Quallen auskennen, Nisrah.

Würdest du mich nur ein wenig mehr beachten, dann wüsstest du, dass wir Weberknechte zu fast allen *Lebewesen eine geistige Ebene finden,* antwortete der Netzling verschnupft. *Das macht uns ja gerade zu etwas so Besonderem. Toleranz liegt uns im Knoten. Oder hast du schon vergessen, wie ich mit Soldina, dem Meer der Zungen …?*

Ist ja schon gut, unterbrach Ergil die Standpauke. Du brauchst nicht gleich wieder beleidigt zu sein. Ich bekenne mich schuldig. Wenn du etwas für uns tun kannst, dann bitte schnell! Die Wurmlinge sind schon im An- – äh – -rutsch.

Ergil spürte deutlich, wie sich von seinem Nacken ein Körperfaden des Netzlings durch den rechten Ärmel seiner Jacke schob, sah ihn am Handgelenk austreten und sich an den Tentakel der Qualle heften.

Mit einem energischen *Bitte nicht stören!* meldete sich Nisrahs Stimme ab.

Vom Palast her erklang mittlerweile ein Geräusch, als würden tausend Lakaien mit triefend feuchten Wischlappen die gepflasterten Parkwege schrubben. Fünf Augenpaare starrten Ergil so erwartungsvoll an, dass er sich am liebsten in heiße Luft aufgelöst und damit die Wolkenqualle zum Aufsteigen bewegt hätte. Er war sich selten so hilflos vorgekommen.

Die Palastwache näherte sich den Nasendieben in einer Zangenbewegung. Im vielfarbigen Schein des Flugwesens waren die vordersten Wurmlinge bereits zu sehen.

»Ich will ja nicht stören …«, begann Tusan.

»Dann tu's auch nicht«, zischte Ergil dazwischen. Er hatte sich ganz darauf verlegt, Nisrah mit aller ihm zur Verfügung stehenden Kraft zu unterstützen.

Derweil bildeten die Gardisten einen Kreis um das Flugtier der Königin. Als dieser geschlossen war, stülpten sie lange Spontanglieder aus, deren Sprühdrüsen sie auf die Diebe richteten. Ein giftgrüner Xk löste sich aus dem Kordon und rief mit der Stimme von Hauptwurm Waxx: »Ihre Majestät, die allerschillerndste, überaus fruchtbare Quaxxa, ist enttäuscht über die Geringschätzung ihrer Gastfreundschaft.«

Weil Ergil in seiner verbissenen Konzentration des Sprechens unfähig war, antwortete Harkon: »Geringschätzung? Wie kommt Ihr nur darauf? Hier kann es sich nur um ein Missverständnis handeln.«

»Die neue Sfinx gibt es nicht mehr.«

»Ihr könnt es kaum uns anlasten, Hauptwurm, wenn Euer Volk sie mit solcher Begeisterung aufgenommen hat.«

»Aber wer will schon eine Sfinx ohne Nase haben?«

»Diese Frage scheint heute Nacht viele zu bewegen. Seht es

mal so, mein lieber Waxx. Nach zweihundert Jahren habt Ihr endlich ein *neues* Denkmal. War das nicht längst überfällig?«

Damit hatte Harkon einen empfindlichen Nerv getroffen, was an dem vielstimmigen Zischeln unter den Soldaten zu erkennen war. Ihre Körper verfärbten sich, offenbar je nach politischer Meinung. Die drüsenbesetzten Spontanglieder verbogen sich, manche zogen sich sogar zurück. Es bedurfte keiner hellseherischen Fähigkeiten, um die Existenz einer »Vereinigung zur Abschaffung überalteter Schleimreste im öffentlichen Bauwesen«, eines »Bundes zur Reformation der reformierten Denkmalspflege«, einer »Liga zur Erneuerung der alten Sfinx« oder ähnlicher Interessengemeinschaften anzunehmen.

Für einen Moment hatte Waxx Schwierigkeiten, die Disziplin unter seinen Soldaten wiederherzustellen.

Mit Worten, die so feucht klangen wie ein heftiger Sommerregen, verschaffte er sich schließlich doch Gehör. Die Sekretabschussvorrichtungen wurden wieder ausgefahren. Ergil sah sich schon, wie er trockengelegt in irgendeinem Kerker des Palastes vor sich hin staubte, um im besten Fall von der erweichenden Güte einer neuen, überaus fruchtbaren Xkkönigin begnadet zu werden, aber es sollte anders kommen.

Zum lähmenden Erstaunen der Gardisten ließ unvermittelt eine größere Zahl von Tentakeln die Halteschlaufen los, schlang sich um die Körper der Gefährten wie auch um den Wandellingwagen und beförderte alles ins Maul der Qualle hinein. Durch den sich schließenden Kranz aus dreieckigen Zähnen sah Ergil gerade noch, wie die Wurmlinge ihre Fassung zurückerlangten. Doch es war zu spät. Ehe ein einziger Spritzer abgegeben werden konnte, löste die Wolkenqualle ihre letzten Leinen, schoss wie eine auftreibende Boje nach oben und entschwand im Nachthimmel den wütenden Blicken der Xk.

20

DUNKLE WOLKEN ÜBER SOODLAND

In seinen Träumen stellte sich Gondo einen Festtagsschmaus so vor: Man nehme einen schwarzen Grottenhund namens Barkas, breche ihm das Genick und esse ihn mit Haut und Haaren auf. Diese an sich sehr derbe, für einen Zwergling aber durchaus nicht ungewöhnliche Vorstellung hatte sich bei ihm über mehrere Wochen herausgebildet. Immer wieder war ihm aufgefallen, mit wie viel Liebe Graf Waltran seinen stämmigen Köter verwöhnte, während seine Soldaten manchmal kaum genug zu beißen hatten, um sich auf den Beinen zu halten. Der General ließ der verdammten Töle größere Aufmerksamkeit angedeihen als den Waffenbrüdern, die er gegen die verrückten Soodländer ins Feld führte.

All das wäre für Gondo noch zu ertragen gewesen, wenn ihm wenigstens der Krieg ein paar Freuden beschert hätte. Aber nein, niemand stellte sich ihm freiwillig in den Weg, um sich abmurksen zu lassen. Die verfluchten Soodländer wichen dem offenen Kampf feige aus.

An die von ihm so sehnlichst erhoffte fette Beute war schon gar nicht zu denken. Nirgends ließ man für ihn einen Kessel voll Gold zurück. Ständig stürmte das vereinigte Heer von Ostrich und Pandorien in Geisterdörfer, in denen keine Menschenseele zu sehen war, die scheinbar ganz von allein brannten und in denen irgendwer schon sämtliche wertvollen Dinge hatte mitgehen lassen: Juwelen, Tafelsilber, Nahrung. Gondo und seinen Männern blieben nur Asche, Ruinen und Holzkohle.

Und unliebsame Überraschungen.

Neulich erst war seine Kohorte in einen gemeinen Hinterhalt geraten. Plötzlich stand er einem blonden Riesen mit Breitschwert gegenüber. Zwerglinge können erstaunlich hoch springen, und so war Gondo zum Erstaunen des Hünen in die Höhe gehüpft und hatte ihm die Streitaxt durch den Helm getrieben. Anstatt auf der Stelle zu sterben, wie es jeder anständige Soldat in einer solchen Situation getan hätte, war der Bursche einfach hinter einem verkohlten Haus verschwunden. Samt der Axt. Zwar konnte Gondo sich nicht vorstellen, dass der Soodländer den Hieb überlebt hatte, aber trotzdem gehörte sich so etwas nicht. In demselben Dorf hatte er übrigens später einen Pfeil in den Oberschenkel bekommen. Was für eine niederträchtige Gemeinheit!

Der ganze Feldzug ödete ihn an.

Und jetzt war er auch noch mit General Waltran und seinem verfressenen Bastard auf ein und demselben Schiff. Kein Wunder, wenn da Gelüste aufkamen, die sich um schwarze Grottenhunde drehten.

Dem Zwergling schwante, dass er einmal mehr leer ausgehen könnte, wenn es demnächst an die Eroberung der Insel ging. Sollte der eitle Pfau mit seinem schwarzen Köter ihm wieder die besten Beutestücke wegschnappen, dann würden Gondos Träume in nicht allzu ferner Zukunft wohl von einem Spießbraten namens Waltran handeln.

Zum Ruhme des Königs von Ostrich und weil in dessen Reich alle Wasserfahrzeuge männliche Namen trugen, hieß der Dreimaster, auf dem Gondo mit seinem Schicksal haderte, *Godebar 111*. Die Bark patrouillierte vor dem Hafen von Sooderburg. Sie gehörte, ebenso wie das Flaggschiff *Godebar 1* und ungefähr dreihundert weitere, fein säuberlich durchnummerierte *Godebars*, zu dem stattlichen Verband, den ostrichische Schiffsbaumeister im Eiltempo aus den Wäldern von Elderland geschnitzt hatten, weil Godebars Hauptflotte im Eisigen Ozean festgefroren war, König Entrin von Pandorien aber trotzdem auf einer Seeblockade und alsbaldigen Eroberung der Insel Soodland bestanden hatte.

Als Bewohner der Berge brachte Gondo weder im Allgemeinen ein tieferes Verständnis für den Schiffsbau mit noch im Besonderen für das Massaker an den armen Bäumen von Südelderland. Schon während seiner Reise nach und von Kimor hatte es ihm widerstrebt, ein Fortbewegungsmittel zu besteigen, das aus den Leichenteilen blindwütig zerstückelter Waldbewohner zusammengezimmert worden war. Jetzt kam erschwerend hinzu, dass die Hölzer für den *Godebar 1* bis dreihundertirgendwas nicht einmal richtig abgelagert waren. Kapitän Porgolt vom *Godebar 111* hatte gesagt, ein hundert Fuß langer Baumstamm könne durch Austrocknung innerhalb von zwei Jahren auf etwas mehr als neunzig Fuß schrumpfen. Deshalb verbaue ein Schiffszimmermann, der etwas von seinem Handwerk verstehe, für die Beplankung kein »grünes« Holz; die unweigerlich entstehenden Fugen würden das Schiff früher oder später undicht machen.

Gondo hatte diese Erklärung so aufgefasst: Es bestanden gute Aussichten, dass etliche Soldaten der vereinigen Heere wie die sprichwörtlichen Kätzchen im Sack ersaufen würden, weil es ihnen die Schiffe unterm Hintern weg zerriss.

Ein anderes Detail, das ihn am *Godebar 111* gewaltig störte, waren die Segel. Als Gondo sie zum ersten Mal gesehen hatte, wäre er fast aus den Latschen gekippt. Sie waren rot-weiß gestreift. Quer! Wie der verdammte Unterrock eines Weibes. Am liebsten wäre er davongelaufen, aber das hatten schon andere Kameraden versucht und bereut. Jetzt vermoderten sie in irgendwelchen Ruinen abgebrannter Dörfer.

Die Vereinigte Heeresführung war empfindlich. Alles Mimosen! Schon ein gut gemeinter Verbesserungsvorschlag wurde von ihr allzu leicht als »Zersetzung der Kampfmoral« umgedeutet. Wer dafür einen »abschlägigen Bescheid« erhielt, hatte gewöhnlich nicht mehr lange zu leben, weil die Herren Generäle diese Redewendung irgendwie falsch auslegten: Aufrührern wurde gemeinhin der Kopf abgeschlagen.

Dieser Einblick in den Führungsstil der Kommandeure mag genügen, um nachzuvollziehen, warum Gondo trotzdem den mehr oder weniger seetüchtigen Unterrock bestiegen hatte. Dabei war der *Godebar 111* nicht einmal die schlechteste Wahl. Längst nicht alle Wasserfahrzeuge, die sich an der Belagerung beteiligten, boten so viel Annehmlichkeiten wie die schwimmenden Befehlsstände der Heerführer. Auf den breiten Langschiffen, die mit einem einzigen Mast und einem Rahsegel auszukommen hatten, wurde viel mehr gehungert. Allerdings musste man sich dort auch nicht über verwöhnte Grottenhunde ärgern.

Weil die Platzverhältnisse selbst auf der Bark des pandorischen Grafen ziemlich beengt waren, blieben Geheimnisse auf See nie lange geheim. Gondo machte sich diesen Umstand zunutze, um über den Fortgang des Feldzuges auf dem Laufenden zu bleiben – er hatte die Hoffnung auf eine angemessene Entschädigung seiner Dienste aus dem Beutegut trotz allem noch nicht aufgegeben. Ob seiner Zwergenwüchsigkeit besaß er den Vorzug, selbst in solch winzige Winkel zu passen, in denen stattliche Generäle niemals einen Lauscher erwarten würden.

Auf diese Weise war dem kleinen Kohortenführer zu Ohren gekommen, dass die vereinigten Armeen noch nicht die von Entrin und Godebar erhoffte Gesamtstärke erreicht hatten. In Ostrich tobte ein Volksaufstand, angezettelt von einem gewissen Tantabor. Zum unpassendsten Zeitpunkt, klagte Kapitän Porgolt gegenüber Waltran. Irgendwie habe dieses Aufbegehren mit dem Besuch der soodländischen Könige in Ostgard im letzten Winter zu tun. Ergil und Twikus hätten die Stadt vor einer übernatürlichen Wasserwalze gerettet. Daraufhin seien zahlreiche Männer und Frauen aus dem Volk, anstatt ihrem

König zu danken, zu dem bulanischen Rebellenführer übergelaufen. Notgedrungen habe Godebar zur Aufrechterhaltung der Ordnung einige Hinrichtungen anordnen und einen Teil seiner Truppen im Land behalten müssen.

»Aber wenn Ihr mich fragt«, hatte der Kapitän dem General hinter vorgehaltener Hand anvertraut, »wird Godebar trotzdem bald zu uns stoßen, um mit uns in die Schlacht zu ziehen. Ich hörte von einer Kette von Stationen, die mit frischen Gespannen ausgerüstet wurde, um seine Kutsche nötigenfalls Tag und Nacht fahren zu lassen.«

»Warum reitet Euer König nicht wie jeder andere Feldherr?«, fragte darauf Waltran erstaunt.

Porgolt lachte rau. »Weil kein Gaul der Welt unseren unersättlichen Landesvater weiter als eine Meile schleppen kann, ohne zusammenzubrechen. Godebar ist, mit Verlaub gesagt, zu fett. Nichtsdestotrotz sollte ihn seine Körperfülle nicht davon abhalten, hier aufzukreuzen. Nur so kann er seinen Anspruch auf den Thron des Großkönigs wahren und ich versichere Euch, Herr Graf, er ist genauso versessen darauf wie Euer König Entrin.«

Múria stand allein auf dem Knochenturm, den Arm um den Fahnenmast gelegt. Die unberechenbaren Böen machten sich einen Spaß daraus, unter ihren nachtblauen Umhang zu fahren und ihn aufzubauschen. Immer wieder musste sie sich auch die langen blonden Haare aus dem Gesicht streichen, um die Blockadekette des Feindes zu beobachten. Im Moment waren ihre strahlend blauen Augen auf ein winziges Schiff gerichtet, das vor dem Hafen von Sooderburg lag. Es hatte ziemlich seltsame Segel. Sie waren quer gestreift, in den Farben Rot und Weiß. Fast wie die Unterröcke der leichten Mädchen im Hafen von Seltensund.

Mit der Stimmung auf der Sooderburg stand es nicht zum Besten. Mittlerweile war die Insel so gut wie von der Außenwelt abgeschnitten. Múria redete sich ein, den nicht ungefährlichen Aufstieg zum Knochenturm beinahe täglich auf sich zu nehmen, um das Gefühl für die Bedrohung so lebendig wie möglich zu erhalten. Schließlich hatte sie Borst und Halbart gepredigt, sie sollten sich das Schlachtfeld immer wieder mit eigenen Augen ansehen, sollten das Aufmarschgebiet des Feindes kennen – wie konnte sie da von sich selbst weniger verlangen?

Immerhin tat Borst alles, was in seiner Macht stand, um die Belagerer mit gezielten Aktionen zu stören. Ab und zu wagten sich im Schutz der Dunkelheit kleine Mannschaften aus Soodländern oder Kimorern in winzigen Booten aufs Schollenmeer hinaus und steckten feindliche Schiffe in Brand. Auf diese Weise hatten sie schon manche Bresche in den fest gefügten Belagerungsring geschlagen. Dadurch war es einigen mutigen Kapitänen aus Kimor und dem Stromland gelungen, die feindlichen Linien zu durchbrechen und die Bevölkerung der Insel mit Nachschub zu versorgen. Aber selbst diese wenigen Hilfslieferungen, für die Eingeschlossenen nichts als ein Tropfen auf den heißen Stein, wurden immer seltener.

Seit mehreren Tagen hatte überhaupt kein Schiff mehr durch den Blockadering schlüpfen können, weil dieser inzwischen so dicht wie eine Postenkette gestaffelt war. Der Kontakt zur Außenwelt wurde jetzt nur noch von Múrias Botenfalken aufrechterhalten. Von wo konnte sie noch Hilfe erwarten, um dem gewaltigen Heer der »Achsenherren« Paroli zu bieten? Sie hatte alle Möglichkeiten ausgeschöpft. Alle bis auf eine.

Ergil.

Er war, auch wenn sie ihm das nie so direkt gesagt hatte, der mächtigste Sirilo, den sie kannte. Mittlerweile glaubte sie sogar, er sei der Hilfe des Netzlings entwachsen. Nisrah hatte ihn gestützt wie jemand, der nach einem Beinbruch vorübergehend eine Krücke benutzt, aber nun war aus Vanias Sohn etwas Größeres geworden, das Múria bei ihrer ersten Begegnung im Seeigelhaus nicht gesehen hatte. Ja, wenn einer die Fähigkeiten besaß, in diesem Krieg das Blatt zu wenden, dann er. Nur leider war er nicht abkömmlich. Er musste mehr retten als ein Land. Konnte sie es verantworten, ihm einen Botenfalken zu schicken?

Konnte sie es andererseits verantworten, ihm in dieser verzweifelten Lage *keinen* zu schicken?

Sie würde es tun. Noch heute. Sobald sie wieder unten war. Der Junge hatte weise Ratgeber – sie spürte einen Anflug von Sehnsucht, weil sie Jazzar-fajim mehr vermisste, als sie es in ihrer Trauer um Falgon für angemessen erachtete – und außerdem war Ergil alt genug selbst zu entscheiden.

Bei diesem Gedanken regte sich Múrias schlechtes Gewissen. Wohl auch, weil sie sich der ihr von Ergil auferlegten Aufgabe manchmal kaum gewachsen fühlte, suchte sie die Einsamkeit auf der Spitze des Knochenturmes. Ähnlich wie damals, als sie sich nach dem vermeintlichen Tod ihrer besten Freundin und ihres Ehemannes in die Seeigelwarte zurückgezogen hatte. Andere sahen in der Freiheitskämpferin und Geschichtsschreiberin nur die starke, weise Frau, die jede auch noch so schwere Last schultern konnte, aber in ihrem tiefsten Innern kam sich Múria oft unbedeutend vor und schwach. In solchen Momenten suchte sie gerne die trügerische Leichtigkeit, die einen berauscht, wenn man unter sich die Welt schrumpfen sieht und vorübergehend glaubt, alle Probleme seien genauso klein.

Außerdem fühlte sie sich hier oben ihrer dahinsiechenden Gefährtin aus dem Alten Volk am nächsten. Wie oft hatte Múria in den letzten Wochen ihr Versäumnis bereut, Ergil nicht nach dem Geheimnis des »Übergangs« gefragt zu haben! Weder im Geiste noch körperlich konnte sie wie er die Zwischenwelt aufsuchen, um Vania Beistand zu leisten. Das schmerzte sie, hatte sie Bároq-abbirím doch einst versprochen, gut auf seine Tochter aufzupassen.

Der Schatten dieses Gedankens verdüsterte für einen Augenblick ihre Stimmung noch mehr. Alles war so ungerecht! Sie überlegte, ob ihre Kraft ausreichen würde, das Schiff mit den albernen Streifensegeln zu versenken. Die Bark war ziemlich weit entfernt, aber eine rasche Alterung des Holzes unter der Wasserlinie, so groß wie ein dickes Astloch, ließe sich vielleicht doch bewerkstelligen, wenn …

»Hör sofort damit auf!«, befahl sie sich barsch und erschrak über ihre eigene Stimme. Eigentlich verabscheute sie sinnloses Töten genauso, wie ihre Schüler Ergil und Twikus es immer getan hatten. An der Übermacht des Feindes würde es ohnehin nichts ändern, wenn sie den Dreimaster mit allen Seelen darauf auf den Meeresgrund schickte. Und am Ausgang des Soodlandkrieges schon gar nicht.

Sie ließ den Fahnenmast los, raffte ihren flatternden Umhang zusammen, wandte der quer gestreiften Bark den Rücken zu und begab sich zu der geländerlosen Treppe, um sich an den Abstieg zu machen.

Wäre eine schwere Goldmünze, die Múria auf ihrem Weg nach unten zufällig verloren hätte, senkrecht in den Burghof und dort in ein, ebenfalls zufällig vorhandenes, Bohrloch gefallen, dann wäre sie genau vor die Füße einer dunklen Gestalt geklimpert, die – rein zufällig – in diesem Moment mit langen Schritten durch die von Fackeln nur spärlich beleuchteten Gänge des Verlieses im Innern der Klippe eilte. Die Person, deren Kopf unter einer Kapuze verborgen und deren stattlicher Körper in einen Mantel gehüllt war, hätte dem Klappern keine Beachtung geschenkt. Denn ihr Geist wandelte ebenfalls durch ein Labyrinth, einen noch viel finstereren und trostloseren Irrgarten, was ihn für den verlockenden Schimmer des Goldes unempfänglich machte.

Wenig später bog der Kerkerbesucher nach rechts in einen schmaleren Tunnel, an dessen Ende er auf vier Posten der königlich-soodländischen Leibgarde traf. Einer von ihnen, eine schlaksige Bohnenstange von gerade achtundzwanzig Jahren, trat an den Besucher heran und hob seine Laterne, um das Dunkel unter der Kapuze mit Licht zu füllen.

»Ihr seid fast so regelmäßig wie der Wachwechsel, Herr. Ich wüsste Besseres, als Tag für Tag in dieses Loch herabzusteigen.«

»Ebenso auch ich, Ricklund, aber die Pflicht …«, antwortete der Mann im Umhang viel und trotzdem nichts sagend.

»Wieder ein geheimes Verhör, nehme ich an«, mutmaßte der junge Gardist.

Der Besucher nickte. »Wie gehabt, Ricklund. König Borst muss nach jedem Strohhalm greifen und ich erledige für ihn die Drecksarbeit. Bitte bewahrt absolutes Stillschweigen über diese Verhöre. Die Spione der Achse können überall stecken, selbst hier im Palast.«

»Meine Kameraden und ich können sowieso nichts verraten, weil Ihr uns immer in den Hauptgang schickt.«

»Glaubt mir, Ricklund, es ist zu unser aller Schutz. Ich danke Euch für Eure Verschwiegenheit.«

»Schon in Ordnung. Wir warten dann am Ende des Tunnels auf Euch. Vielleicht verrät unser Gast Euch ja heute etwas über die Pläne des Feindes.«

Die vier Wachen entfernten sich.

Als ihre Schritte im Gang verhallt waren, wandte sich der Mann im Umhang dem Gitter zu. Das Licht der Ölfunzel reichte kaum, den Raum dahinter zu beleuchten. Undeutlich waren kahle Felswände, eine Pritsche, ein leerer Holzteller und ein Bottich zu sehen.

Bis sich unvermittelt ein Schemen aus den Schatten schälte.

»Tritt näher«, sagte Kaguan mit einschmeichelnder Stimme. »Ich warte schon seit Stunden auf dich. Wir beide haben noch einiges zu schmieden: große Pläne und zuletzt ein großes Schwert.«

Unweit der Kerkerzelle des Zoforoths, nur ein paar hundert Fuß höher und etwa vierundzwanzig Stunden später, saßen Borst und sein Adjutant Torbas in einem gemütlichen Gemach, das über den Vorzug eines Fensters verfügte. Es lag im obersten Stockwerk des Hauptgebäudes der Sooderburg, in welchem Ausblicke auf die Umgebung bekanntermaßen eine Rarität waren. Früher hatte der Raum Timmerland, dem Kommandanten der Palastwache, als Quartier gedient, aber weil Borst in Ergils mehrstöckigem Irrgarten ständig unter Atemnot litt, hatte er sich nun selbst dort eingenistet. Die beengten Verhältnisse störten ihn nicht. Der ehemalige König von Pandorien hatte in seinen Jahren als Geächteter schon ganz andere Unannehmlichkeiten erduldet.

Im Moment blickte er durch das Fenster auf das Schollenmeer hinaus. In dem schlierigen Glas konnte er undeutlich die Blockadeschiffe als dunkle Punkte wahrnehmen. Seine Augen wandten sich nach oben, aber der Knochenturm stand zu nahe an dem Palast, um bis zur Spitze hinaufsehen zu können.

»Sie steht wieder oben«, sagte Torbas.

Borst schnaubte. »Ich finde, manchmal übertreibt Múria es mit ihren Prinzipien. Von hier aus kann ich das Aufmarschgebiet des Feindes auch überblicken. Nicht so umfassend vielleicht, aber es reicht, um mir den Tag zu verderben.«

»Ihr habt Ergils Reich bisher sehr klug verteidigt, Majestät.«

»Findet Ihr? Mir scheint eher, ich habe es in Schutt und Asche gelegt. Soll ich darauf auch noch stolz sein, Torbas?«

»Damit haben wir ein größeres Blutvergießen verhindert, den Gegner ins Leere laufen lassen und ihm ernste Nachschubprobleme beschert. Und der dritte Verteidigungsring, den Ihr zum Schutz der Burg errichten lasst, ist auch so gut wie fertig. Eure Befehle zeugen von großer Umsicht, Majestät, und im Übrigen muss ich Euch auch nicht erklären, was ein strategischer Rückzug ist. Darin seid *Ihr* der Meister, nicht ich.«

»Soll das eine Anspielung auf meine Flucht aus Pandor sein?«

Der hünenhafte Waffenmeister versuchte in seinem Stuhl eine bequemere Position zu finden, was ihm nur ansatzweise gelang, weil die runde Lehne zu niedrig, die Sitzfläche zu klein und das Langschwert an seiner Hüfte zu groß war. Das Möbel knarzte bedrohlich. Torbas' Miene blieb ausdruckslos. »Verzeiht meine Direktheit, aber mir scheint, es gefällt Euch, im Selbstmitleid zu baden. Ihr seid doch gar nicht in der Hauptstadt gewesen, als Euer Vetter den Thron an sich gerissen hat. Ihr ward schlau genug, nicht in seine Falle zu gehen.«

»Entrin ist auch kein Dummkopf. Schließlich verhindert er seit einem Dutzend Jahren meine Rückkehr an die Macht.«

»Euer Vetter ist ein Schlitzohr, da gebe ich Euch Recht, skrupellos und machtgierig. Deshalb wird er sich auch nicht mit Pandorien begnügen, wenn er alle sechs Reiche unter seine Gewalt bringen kann. Er eifert seinem großen Vorbild Wikander nach. Ich kenne nur einen, der ihm Einhalt gebieten kann.«

»Ergil?«

Torbas lachte mit Totengräbermiene kurz und trocken auf, fast hörte es sich wie Husten an. »Bitte nehmt es mir nicht übel, Majestät, aber Torlunds Sohn ist noch ein Knabe. Nein, ich hatte an Euch gedacht.«

»An *mich?*« Borst lachte rau.

Sein Waffenmeister blieb, was die Heiterkeit anbelangte, enthaltsam. »Das ist mein Ernst, Majestät. Ihr verfügt über Weisheit und Ritterlichkeit, kennt sowohl die Staatskunst als auch die des Krieges, seid Euch nicht zu fein gewesen, für die gerechte Sache zu hungern, zu frieren oder Euch beschimpfen zu lassen, und Ihr habt vor niemandem Angst. Ich weiß, dass König Ergil meine Meinung teilt. Nicht ohne Grund hat er Euch zum Verteidiger Soodlands berufen. Es liegt somit in Eurer Hand, dem Blutvergießen ein Ende zu bereiten und Euch zum Retter und zum Stifter eines neuen Friedens aufzuschwingen.«

Borst blickte seinen Adjutanten lange aus versteinerter Miene an. Dann sagte er erstaunlich leise: »Ihr habt mir viele Jahre treu gedient, Torbas, und mir manches Mal das Leben gerettet. Ich möchte behaupten, Euch zu kennen. Euch ist es mit dieser Sache wirklich ernst, nicht wahr?«

Der Waffenmeister nickte. »Ja, Majestät, das ist es. Und wenn es mein Leben kostet.«

Zwei Tage nach dem Vieraugengespräch des soodländischen Reichsverwesers und seines Adjutanten galoppierte ein geflecktes Pferd vom Hafen zur Sooderburg hinauf. Aus den Nüstern des Gescheckten schossen stoßweise kleine Wölkchen. Der Sommer war zwar erst vor zwei Wochen zu Ende gegangen, aber die Kälte kam – wie nicht anders zu erwarten – früh in diesem Jahr.

Als die Sonne gerade über dem Schollenmeer aufging, erreichte der berittene Bote das Tor des äußeren Walls. Er musste noch ein weiteres durchqueren, um in den inneren Verteidigungsring und damit zu der Dame Múria zu gelangen. Der Mann kannte die Parole, gehörte überdies der königlichen Garde an, hatte ein in der Festung bekanntes Gesicht sowie einen gültigen Passierschein, was in der Gesamtheit günstige Voraussetzungen waren, um nicht als Spion verdächtigt zu werden. Unbeschadet gelangte er zur Empfängerin seiner Nachricht.

»Bitte sagt das noch einmal«, verlangte Múria, nachdem sie alles gehört hatte. Ihr Gesicht strahlte Freude, aber auch eine gewisse Ungläubigkeit aus.

»Ein Schiff ist heute Nacht durch die Blockadekette geschlüpft und eben im Hafen eingelaufen. Es ist die *Silberginkgo*«, wiederholte der Soldat.

»Und ist … der König an Bord?«

»Nein, Herrin. Nur der Kapitän, seine Männer und ein Rudel Schlittenwölfe. Der ehrenwerte Rundar versprach, schnellstmöglich zu Euch zu kommen und Euch einen ausführlichen Bericht von der Reise zu erstatten.« Der Gardist kannte Bombo nur unter seinem seltensundischen Bürgernamen.

Etwa eine Stunde später empfing Múria den Kapitän persönlich am äußeren Tor, damit ihm die ermüdende Prozedur der Kontrollen erspart blieb. Sie begaben sich direkt in den Saal des Bundes, wo bereits Borst und Fürst Halbart Bookson von Grotsund warteten. Nachdem Múria für ihren alten stromländischen Weggefährten ein »ordentliches Frühstück« bestellt hatte, bat sie Bombo um den versprochenen Bericht.

Der Seebär erzählte – anfangs sehr flüssig, später mit vollem Mund und etwas stockender – vom Verlauf der Expedition. Als das Floranienkapitel an die Reihe kam, konnte Borst sein Unbehagen kaum verhehlen. Besonders schwer knabberte er an dem Teil, in dem sich die Gemeinschaft des Lichts in eine walförmige Wolke aus Samenflöckchen begeben und mit diesem »Luftschiff« Kurs auf den Weltenbruch genommen hatte.

Kurz und bündig behandelte Bombo das Schlusskapitel, die Rückkehr der *Silberginkgo* nach Soodland. Mehrmals entschuldigte er sich, weil das Sirilimschiff ohne Ergils Zuspruch fast die ganze Zeit nur »mit halber Kraft« gefahren sei; erst in den letzten Tagen hätten sich das eigensinnige Gefährt und er angefreundet, worauf sich die Reisegeschwindigkeit spürbar erhöhte. Letztlich sei es auch die *Silberginkgo* gewesen, die eine passende Lücke in der Blockadekette gefunden habe.

»Und jetzt sind wir hier«, beschloss Bombo seinen Rapport. »Ergil meinte, es könnte nicht schaden, den Achsenherren die Laune zu verderben, indem wir sie von der Rückkehr unseres Schiffes wissen lassen. Sie müssen ja nicht erfahren, dass der König gar nicht an Bord ist.«

Ein geheimnisvolles Lächeln lag auf Múrias Gesicht. »Das ist eine gute Idee, mein Lieber. Darum werde ich mich kümmern. Im Übrigen sollte die Präsenz der *Silberginkgo* im Hafen von Sooderburg nicht nur unsere Feinde entmutigen. Ich verspreche mir die umgekehrte Wirkung auf der Insel. Das weiße Schiff der Sirilim wird ein Zeichen sein, das den Menschen hier neue Hoffnung gibt.«

21

EIN BUNTES TREIBEN

Die Jagd am Himmel über Xk war mörderisch. Bei ihrer überstürzten Flucht aus dem Königinnenpalast hatten Ergil und seine Gefährten nur mitnehmen können, was sie auf dem Leibe trugen. Und natürlich die Schleimnase des Riesen-Harkon. An Proviant und vor allem an Trinkwasser mangelte es jedoch. Weil die Situation so bedrohlich war, sie aufgeregt miteinander sprachen und hektisch atmeten, wurden sie schnell durstig. Aber es gab nichts, womit sie auch nur ihre Gaumen befeuchten konnten. So trocknete ihnen erst der Mund aus, dann der Rachen und bald kam es ihnen so vor, als hätten sie versehentlich Xksekret geschluckt.

Die Wurmlinge hatten kurz nach dem kometenhaften Aufstieg der königlichen Wolkenqualle die Verfolgung aufgenommen. Weil Quaxxas Rennqualle wie ein großer Glaskörper war und man an Stellen, die gerade nicht leuchteten, hinaussehen konnte, hatten die Gejagten stets einen guten Überblick der Lage. Sechs oder sieben Quallen – kleiner als die ihre und lediglich ein- oder zweifarbig beleuchtet – waren ihnen auf den Fersen.

Nisrah blieb erstaunlich ruhig, obwohl die Verfolger immer näher kamen. Er hatte Quaxxas Rassequalle zwar schnell zum Gehorsam bewegen können, aber es würde wohl erheblich länger dauern, bis das riesige Wesen wie erwünscht spurte. Ergil saß mit den Gefährten, seinen lebenden Umhang inbegriffen, in einer Art Rachennebenhöhle. Nachdem die Tentakel alle samt Wandellingwagen in den Mundraum gehievt hatten, waren sie von dem Schwebewesen nämlich vor die Wahl gestellt worden: weiter nach oben, wo es in den Verdauungstrakt ging, oder nach rechts. Sie hatten sich für den Seitenausgang entschieden.

Dieser führte in einen ringförmigen Hohlraum, in dem man die inneren Organe des Geschöpfes einmal umrunden und zugleich einen atemberaubenden Ausblick nach draußen genießen konnte. Sofern dort nicht gerade Verfolger zu sehen waren.

Sich in der Wolkenqualle zu bewegen vermittelte einem das Gefühl, im Innern eines großen Darms zu wandeln. Nicht was die Düfte anbelangte – es roch sogar nach Heu, was die Vermutung nahe legte, dass die Qualle den »Ring« gelegentlich als Nahrungsmittellager benutzte –, sondern in Bezug auf das Fühl- und Sehbare. Alles war weich wie Morast, aber warm und trocken, veränderte immerfort seine Form und gewährte aufgrund der durchscheinenden Wände aufschlussreiche Einsichten in andere Körperfunktionen des illuminierten Lebewesens.

Der riesige Leib war ein einziges Pulsieren. Er flog mit ähnlichen Pumpbewegungen durch die Luft, wie Meeresquallen im nassen Element schwammen. Auch die bunten Lichter waren ständig in Unruhe. Sie glichen schwach glimmenden Perlenschnüren, die rhythmisch vom Maul bis zum Scheitel hinauf hell erstrahlten, als flössen zur Verhöhnung der Schwerkraft immerfort gleißende Tropfen durch sie hindurch.

Ergil war fasziniert von dem erstaunlichen Geschöpf, hatte seinen Forschergeist aber zügeln müssen, weil Nisrahs Körperfaden bei der Ankunft im Maul vom Tentakel abgerissen war. Einige Zeit lang stieg die Qualle daher völlig unkontrolliert in die Höhe. Schnell hatte sich Ergil im Ring eine bequem aussehende Mulde gesucht, sich im Schneidersitz hineinsinken lassen und Nisrah wieder, wie der Netzling sich ausdrückte, »angestöpselt«.

Inzwischen stand die Sonne hoch am Himmel. Das Leuchten der Qualle war bei Tageslicht kaum noch zu erkennen. Dafür konnte man umso schöner das Rudel der Verfolger sehen.

Harkon ließ sich ächzend neben den beiden Steuerleuten auf den wabbeligen Boden sinken. »Ich komme mir vor wie in einem fliegenden Pudding«, klagte er.

Da die Hauptlast der Navigation in Nisrahs Fäden lag, war Ergil durchaus zu einer Unterhaltung fähig und sagte: »Ach!«

Der Abenteurer betrachtete einen Moment die unter ihnen hinwegziehende, durchaus liebliche Landschaft aus Wäldern, grünen Feldern, ausgedehnten Wiesen und kleinen Ortschaften. Als er sich der Aufmerksamkeit des Königs sicher wähnte, sagte er: »In den letzten Stunden haben die Wurmlinge ganz schön aufgeholt. Unser Abstand zu der grünen Qualle da vorn dürfte kaum mehr als eine halbe Meile betragen.« Er deutete zu einem Tier, das wie ein Seeigel aussah, dessen sämtliche Stacheln nach unten wuchsen.

»Bist du gekommen, um mir *das* zu sagen?«, fragte Ergil gereizt.

»Nur die Ruhe, junger Freund! Denk an die Zornissen.«

»Ich tu fast nichts anderes.«

»Solltest du aber. Was ich über diese Wolkenqualle gesagt habe, zu dem stehe ich auch. Es muss Quaxxas Tier sein. Damit ist es auch das schnellste des ganzen Geschwaders.«

»Des *was*?«

»So nennen die Xk ihre fliegende Reiterei.«

»Ach so. Du willst mir also erklären, ich mache irgendwas falsch. Falls ich es noch nicht erwähnt habe: Nisrah steuert dieses flatterhafte Wesen.«

»Dann stehe ihm bei, Ergil!«

»Wozu, meinst du, sitze ich hier?«

»Du gibst dem Netzling Kraft. Schön und gut. Das ist so, als würde man lediglich Geld für die Armen spenden. Auch schön und gut. Aber oft bringt es mehr, wenn man sich persönlich einbringt. Am besten ist es jedoch, wenn man das eine tut, ohne das andere zu lassen. Du verstehst, was ich meine?«

»Ja«, brummte Ergil.

Harkon nickte und klopfte ihm auf die Schulter. »Ich kann gut verstehen, dass meine Enkelin dich mag. Du bist ein prima Bursche und wirst einmal ein großer König.«

»Sofern wir nicht trockengelegt werden.«

Der Abenteurer hob die buschigen Augenbrauen, kämpfte sich wieder auf die kurzen Beine und sagte: »Ich vertraue dir.« Damit wandte er sich zum Gehen.

»Danke«, sagte Ergil.

Harkon warf ihm einen Blick zu und sagte lächelnd: »Ich habe dir zu danken.«

Weil Ergil und Nisrah in den folgenden Stunden gemeinsam auf das große Bewusstsein einwirkten, nahm der Abstand zu den Verfolgern langsamer ab. Trotzdem war er am Nachmittag auf eine Bogenschusslänge geschrumpft. Ergil spielte in Gedanken schon unterschiedliche Szenarien durch, wie ein Angriff erfolgen und eine Verteidigung aussehen konnte. Der mittlerweile zwölfstündige Flug und die Strapazen in den Stunden davor hatten ihn ausgelaugt. Er zweifelte, ob er die Kraft besaß, das riesige Wesen einfach an einen anderen Ort zu versetzen, wie er es zuvor schon mit hölzernen Schiffen getan hatte. Natürlich hätte er die Verfolger zum Absturz bringen können, aber irgendwie widerstrebte ihm der Gedanke, ihnen ernsten Schaden zuzufügen. Er wollte keinen Krieg mit den Xk provozieren, sondern irgendwann ihren Anteil an der Rettung Mirads belohnen. Während er in dieser Zwickmühle steckte, meldete sich unvermittelt Nisrahs Stimme.

Wir haben noch gar keinen Namen für unser neues Luftschiff.

Er brauchte einen Moment, bis die Worte in die höheren Sphären seines Geistes aufgestiegen waren, und antwortete: Stimmt. Aber haben wir nicht andere Probleme?

Wer weiß. Welcher Reiter gibt seinem Pferd keinen Namen und welcher Kapitän sagt nur Schiff zu seinem Schiff? Vielleicht ist die Qualle deshalb nicht bereit, das Letzte aus sich herauszuholen, weil wir sie wie ein Floß behandeln.

Ergil fand die Vorstellung zwar absurd, aber ihm fehlte der nötige Elan, um daraus eine Streitfrage zu machen. Stattdessen sagte er: Mach einen Vorschlag.

Nein, du kennst die wahren Namen aller Dinge, widersprach Nisrah.

Innerlich stieß Ergil einen Seufzer aus, konzentrierte sich dann aber doch auf das besondere Durchdringen mit dem Sirilimsinn. Bald bildete sich in seinem Geist eine Vorstellung und seine Lippen formten ein Wort.

»*Argo.*«

Das gefällt mir, sagte Nisrah. *Ich werde den Namen gleich benutzen, um unsere Qualle anzuspornen.*

Ergil war nicht bewusst gewesen, dass er laut gesprochen hatte. Sofort scharten sich seine Freunde um ihn und fragten, was er gesagt habe. Als er es ihnen erklärte, fand der neue Name einhellige Zustimmung und Harkon sagte: »Dann sind wir nun nicht mehr nur Luftreisende, sondern *Argonauten.*«

Gleich darauf spürten die Gefährten, wie die Geschwindigkeit der Qualle zunahm. Allmählich wurde der Abstand zu den Verfolgern wieder größer. Diese erfreuliche Entwicklung setzte sich in den nächsten Stunden fort. Als die Sonne hinterm Horizont versank, war von den anderen Wolkenquallen nichts mehr zu sehen. Aber Ergils suchender Geist nahm sie immer noch wahr. Wieso gaben sie nicht endlich auf?

Zur Überraschung seiner Gefährten erwachte Popi jetzt aus einer mehrstündigen Trägheit. Während des bisherigen Fluges hatte er nur stumm, mit grünem Gesicht in einer tiefen Mulde gesessen, die angewinkelten Beine mit den Armen umschlungen und argwöhnisch das pulisierende Innenleben der *Argo* angestarrt. Offenbar war er mehr als angewidert, er war luftkrank, weil das ständige Pumpen der Qualle im Vergleich zum ruhigen Dahingleiten der *Mondwolke* die Reisenden einer ständigen Auf- und Abwärtsbewegung aussetzte.

»Haben wir sie abgehängt?«, fragte er.

Abgesehen vom Steuermann wandten ihm alle ihre Gesichter zu.

»Sieht so aus«, antwortete Tusan.

»Man soll den Tag nie vor dem Abend loben«, bemerkte Tiko.

»Aber es ist doch Abend«, jammerte Popi.

»Ich könnte zurückfliegen und mich mal umsehen«, schlug Schekira vor.

Niemand antwortete.

Irgendwie erwarteten alle, dass nun Harkon oder Ergil etwas zum allgemeinen Mutmachen beitrugen, aber der Steuermann saß nur in sich versunken da und blickte durch die Gallerte nach draußen und der Abenteurer zwirbelte sich den Schnurrbart. Unvermittelt holte Letzterer dann aber doch Luft.

»Hatte ich schon erwähnt«, begann er und verursachte damit ein allgemeines Aufstöhnen, weil er auf diese Weise vornehmlich unangenehme Neuigkeiten anzukündigen pflegte, »dass Wolkenquallen nur einmal täglich zu fressen pflegen?«

Tusan kniff das rechte Auge zu. »Was willst du uns damit sagen, Harkon?«

»Sie äsen gewöhnlich bei Sonnenuntergang.«

Popis Gesicht, das gerade wieder eine gesündere Farbe bekommen hatte, wurde bleich. »Also jetzt?«

»So ungefähr.«

»Äsen?«, fragte Tiko.

»Sie fressen vorzugsweise frisches Grün: Gras, Laub, Feldfrüchte …«

»Die *Argo* landet«, unterbrach Ergil die Aufzählung.

Alle Köpfe ruckten zu ihm herum.

»Lässt sich das irgendwie hinauszögern?«, fragte Popi entnervt.

»Haben wir schon versucht. Aber der angeborene Fresstrieb ist stärker als unser Wille.«

»Wie pünktlich stellt sich der Heißhunger bei Wolkenquallen denn so ein?«, erkundigte sich Tusan bei Harkon.

»Sie äsen alle in der Zeit zwischen Sonnenuntergang und dem Ende der Dämmerung. Die größeren fressen länger als die kleineren.«

»Au Backe!«, sagte Popi.

Tusan sprach aus, was sein jüngerer Gefährte wohl eben gedacht hatte. »Unsere *Argo* ist aber *deutlich* massiger als die anderen Tiere. Das bedeutet dann wohl, wir sind noch längst nicht in Sicherheit.«

Die königliche Prunkqualle ließ sich auf einem Gurkenfeld nieder und begann umgehend mit der Ernte. Sie schien ziemlich ausgehungert zu sein, so wie sie das schlangenförmige Gemüse mit ihren Tentakeln in sich hineinschaufelte. Ein Großteil der Nahrung landete nicht sofort im Rachen, sondern wurde im Ring zwischengelagert.

Bald herrschte dort eine beklemmende Enge und die Gefährten mussten sich immer weiter vom Nebenhöhleneingang zurückziehen, um nicht unter dem Futter begraben zu werden. Obwohl sie an den saftigen Feldfrüchten ihren eigenen Hunger und Durst hätten stillen können, war ihnen der Appetit gründlich vergangen. Durch die Zwangspause schmolz ihr so mühsam erkämpfter Vorsprung wieder dahin.

Weil die Nacht zwischenzeitlich der Abenddämmerung das Licht abgegraben hatte, leuchteten die Verfolgerquallen wie hübsche Lampions am Himmel. Und kamen dabei bedrohlich nahe. Wie vermutet, mussten sie früher mit dem Fressen aufgehört haben, um nun, satt und ausgeruht, der größeren und jetzt auch erheblich schwereren *Argo* weiter nachzujagen.

Die Zeit zog sich zäh wie Xkschleimfäden dahin. Ergil konnte tun, was er wollte, der Abstand schrumpfte unaufhaltsam weiter. Als nur noch zwei- oder dreihundert Fuß zwischen der *Argo* und dem nächsten Verfolger lagen, stellte er sich auf eine unangenehme Begegnung ein.

»Das gibt wieder eine Bruchlandung«, jammerte Popi von seinem Spähposten aus.

Der König blieb stumm.

»Er hat Recht. Wir müssen uns zur Wehr setzen«, sagte Tusan.

»Du meinst, *ich* soll uns verteidigen«, brach endlich Ergil das Schweigen. »Was stellst du dir denn vor? Soll ich ihre Quallen zu Staub zerfallen lassen? Die Xk würden in die Tiefe stürzen und sich sämtliche Knochen brechen!«

»Da sei unbesorgt. Die Maden haben keine Knochen.«

»Tusan! Du weißt genau, was ich meine. Unsere Gegner sind keine von Magos verführten Wesen wie die Waggs. Es ist ihr gutes Recht, Quallendiebe zu verfolgen. Ich werde keinen Krieg anzetteln, um sie abzuschütteln.«

»Wenn du deine Mutter nicht rettest, erwartet uns Schlimmeres als ein Krieg.«

Ergil starrte seinen Freund mit offenem Mund an, aber ehe er etwas erwidern konnte, meldete sich erneut Popis Stimme.

»Es ist sowieso zu spät. Gleich haben sie uns eingeholt.« Der junge Ritter starrte gemeinsam mit Tiko durch die Gallerte nach draußen und schilderte auf Nachfrage des »Kapitäns«, was sie sahen: Die Verfolger flogen jetzt in einer gefächerten Formation, offenbar um die Prunkqualle der Königin zu umschließen. Zwei Tiere waren bereits mit ihr auf gleicher Höhe.

»Das sieht nicht gut aus«, fügte Tiko hinzu.

»Hatte ich eigentlich schon erwähnt, dass die Wurmlinge ihr Reich nie verlassen?«, fragte Harkon unvermittelt. Da er sich nicht im Geringsten besorgt anhörte, richteten sich sofort aller Augen auf ihn. Er stand etwas abseits von den anderen und konnte daher als Einziger auch nach vorne blicken.

Am liebsten wäre Ergil zu ihm gelaufen. Aber er wollte die

Verbindung zwischen sich, Nisrah und der *Argo* nicht lösen. Deshalb flehte er lediglich: »Harkon, wenn du uns etwas Wichtiges zu sagen hast, dann bitte *tu* es!«

Weil nur wenige Wolken am Himmel hingen, konnte man im Mondlicht bis zum Boden hinabsehen. Unter die *Argo* schob sich gerade, so schien es, ein fahles Leichentuch. Der Abenteurer deutete schmunzelnd durch die Gallertwand. »Was da unten schimmert, das sind die abgestorbenen Bäume des Grünen Gürtels.«

Ein Stoß ging durch den riesigen Leib des Tieres.

»Au Backe! Die Führungsqualle hat uns gerammt«, keuchte Popi.

Ergil hätte schreien können vor hilfloser Verzweiflung. Doch mit einem Mal bemerkte er, wie der Kopf seines kleinen Freundes nach vorne ruckte.

»Das gibt's ja nicht!«, stieß Popi hervor.

»Meine Rede«, murmelte Harkon achselzuckend.

»Sie drehen bei«, erklärte Tusan.

»Ihr meint, die Verfolger haben aufgegeben?«, fragte Ergil ungläubig.

Der Zausel nickte vergnügt. »So ist es, mein Guter. Wie ich schon sagte: Die Xk würden niemals die Grenzen ihres Landes überschreiten. Wir sind in Sicherheit.« Er richtete sich gerade auf, straffte den Rücken und fügte aufgeräumt hinzu: »Jetzt habe ich Hunger. Schließt sich mir irgendjemand an? Ihr dürft wählen, wonach euch gelüstet – solange ihr euch für Gurken entscheidet.«

22

VERWIRRENDE MOMENTE

Das Quallenschiff trug die Gemeinschaft des Lichts quer über das Herzland von Mirad hinweg, ausdauernder als ein Krodibo und schneller als jeder Botenfalke. Dabei war es, anders als die gute alte *Mondwolke,* von Windströmungen weitestgehend unabhängig, obwohl es solche möglichenfalls nutzte. Durch einen organischen Rückstoßantrieb, der durch die schon erwähnten Pumpbewegungen unterstützt wurde, konnte sie sich am Himmel so frei bewegen wie ein Vogel.

Harkon meinte, die *Argo* lege im Durchschnitt täglich etwa eintausendfünfhundert Meilen zurück. Unterbrechungen gab es nur in der Abenddämmerung, wenn sie für etwa zwei Stunden landete, um Unmengen von Grünzeug aufzunehmen. Schon am zweiten Abend hatten Nisrah und Ergil sie dazu überreden können, die Gefährten vor dem großen Hamstern abzusetzen. So konnte man die Rast sinnvoll nutzen, etwa um sich die Beine auf richtig festem Boden zu vertreten oder um nach Wasser zu suchen oder sich von der doch recht eintönigen Nahrungsauswahl der Qualle unabhängig zu machen. Anschließend setzte die *Argo,* zufrieden und satt, ihre Reise wieder fort. Bis zum nächsten Abend.

Sie folgte dem von Ergil vorgegebenen Kurs so willig, als habe sie eine Landkarte in ihrem leuchtenden Hirn, auf der sie eine mit dem Lineal gezogene Linie abflog. So fanden die Freunde ausreichend Gelegenheit, um sich von den schlaflosen Nächten der vergangenen Tage zu erholen.

Jeden Tag beobachteten sie unter sich andere Landschaften. Anfangs glitt das riesige Geschöpf der Lüfte über den grau gewordenen Grünen Gürtel dahin. Später entdeckte Ergil unter sich die Brücke Wankelmut und die Stadt Fungor. Kurz darauf machte sein Herz einen Sprung, als er im Großen Alten die Blockhütte sah, in der er zehn Jahre seines Lebens verbracht hatte. Er glaubte die bittersüßen Erinnerungen einer heiteren Kindheit zu schmecken, die er mit einem gütigen alten Mann verbracht hatte, dessen Haupt jetzt auf der Sooderburg begraben lag.

Später überflogen sie das Krunganbecken, die Heimat der Bulanen, deren derzeit größter Führer – Tantabor – ein giftiger Dorn im Fleische des Königs von Ostrich war. In der Ferne tauchte ein riesiges, sich von Süden nach Norden windendes Band auf: der Ban.

Oftmals fehlte Ergil der Blick für all die Schönheiten der unter ihm hinwegziehenden Landschaft. Manchmal begab er sich bewusst in Meditation über das Licht, dann wieder brütete er einfach stundenlang stumm vor sich hin. Er fragte sich, wie lange er die Zornissen noch davon abhalten konnte, ihn zu einem willenlosen Diener des Bösen zu machen. In den letzten Tagen hatten sie sich zwar ausgesprochen still verhalten, aber er traute dem Frieden nicht, fürchtete, es könnte nur die Ruhe vor dem großen Sturm sein.

Am frühen Abend des fünften Tages nach dem Aufbruch in Xkisch schob sich etwas Gewaltiges aus dem dunstigen Blaugrau des Horizonts, ein Gemisch aus Weiß mit bunten Farbklecksen. Ein Schauer lief über Ergils Rücken, nicht das Beben des Schreckens, sondern unsagbare Freude. Silmao, formten seine Lippen. Und bald hallte der Name der susanischen Hauptstadt durch den ganzen Ring.

Fast auf den Tag genau drei Monate waren vergangen, seit die Gemeinschaft des Lichts auf der *Silbergingko* den Hafen von Sooderburg verlassen hatte, um dem Geheimnis des Wassers von Silmao auf die Spur zu kommen. Und fast ebenso viel Zeit hatte Dormund der Schmied gebraucht, um nach Silmao zu gelangen.

Es war vielleicht die abenteuerlichste Reise gewesen, die er in seinem gewiss nicht eintönigen Leben unternommen hatte. Normalerweise wäre es nur eine etwas längere Fahrt auf dem Schiff gewesen, aber bei einem Zwischenhalt in Timmerburg hatte er gehört, dass der Eisige Ozean an der Küste von Nordelderland bereits zugefroren war. Dormund zählte nicht zu den Männern, die etwas einmal Begonnenes leichtfertig aufgaben, und so beschloss er, sich auf dem Landweg nach Ostrich durchzuschlagen. Bevor er die Hauptstadt des zu Ergils Reich gehörenden Fürstentums Elderland jedoch verließ, sandte er Múria einen Botenfalken. Der Kernteil seiner Nachricht las sich wie eine Mischung aus Trotz und Verzweiflung:

Es heißt, der Hafen von Isgard sei noch eisfrei, obwohl er viel weiter nördlich liegt. Das muss mit Magos' Fluch zu tun haben. Dorthin will ich mich begeben. Du kannst dir vorstellen, wie schwierig es in der augenblicklichen Lage für einen Soodländer ist, in Ostrich eine Passage nach Susan zu bekommen. Aber wie ich dich kenne, hast du auch in Isgard einen Gewährsmann. Bitte hilf mir.

Dormund sollte sich irren. Es war eine *Frau,* die Múrias Netz aus Gewährsleuten in Isgard verkörperte, ein ehemaliges Freudenmädchen aus Seltensund, das erst kürzlich seinem früheren Leben den Rücken gekehrt hatte, um im rauen Norden von Ostrich ein neues zu finden. Sie hieß Tjelma und Dormund gefiel ihre wallend schwarze Mähne. Wenn Tjelma gerade nicht für die Herrin der Seeigelwarte spionierte, kaufte sie den Walfängern Elfenbein ab und fertigte daraus bezaubernde Schnitzarbeiten. Als er zur verabredeten Zeit am Kai von Isgard aufkreuzte, erwartete sie ihn schon.

Die beiden hatten einiges miteinander zu bereden während der Tage, die sie zusammen verbrachten. Dormund berichtete ihr von seinem einmonatigen Marsch durch die Wälder von Elderland und die Tundra von Ostrich. An der Grenze zu König Godebars Reich hatte er jene Truppen gesehen, die wenig später nach Elderland einfallen würden, um es für die Achsenherren zu erobern. Mehrmals wäre er um ein Haar in die Hände von Patrouillen gefallen und hatte sich hier und da mit seinem Schmiedehammer den Weg freikämpfen müssen. Tagelang war er gejagt worden, weil man ihn für einen Spion hielt.

»Nicht ganz unbegründet«, sagte Tjelma, während sie einen lindernden Balsam in Dormunds wunde Füße einmassierte. Ihr Lächeln hatte es ihm noch mehr angetan als ihre schwarze Lockenpracht. Zum ersten Mal seit dem Tod seiner Frau überlegte er, ob er sich in seinem Leben je wieder würde verlieben können.

Als er den bakusischen Schoner bestieg, auf dem Tjelma ihm unter falschem Namen eine Heuer als Schiffsschmied besorgt hatte, war beiden schwer ums Herz. Während der Segler in den Eisigen Ozean hinausglitt, stand Tjelma auf einer Klippe außerhalb der Stadt und winkte – wie versprochen – mit einem bernsteingelben Tuch.

Erst vor einer Woche war Dormund in Susan eingetroffen und hatte sich umgehend in den Palast begeben. Obwohl er ziemlich heruntergekommen aussah, gewährte man ihm umgehend eine Audienz beim Mazar, weil ihm zufällig Oberst Koichi über den Weg lief und ihn trotz der zwischenzeitlich gesprossenen Haare wiedererkannte. Nachdem er Oramas den Zweck seines Besuches dargelegt hatte, stand ihm der Verdruss förmlich ins Gesicht geschrieben, nicht etwa über seinen Gast, sondern vielmehr über sich selbst. Immer noch fühlte sich Nishigos Vater dem König von Soodland verpflichtet und empfand es daher als persönliche Schmach, dem Retter seiner Tochter nicht helfen zu können.

»Es tut mir unendlich Leid, Meister Dormund«, sagte Oramas mit bebender Stimme, »aber die Phiole, die ich Euren Königen zum Abschied gab, enthielt tatsächlich den allerletzten Rest unseres Wassers von Silmao.«

Als die Wolkenqualle im Abendrot mitten im Palastgarten von Silmao niederging, erlitt Oberst Koichi fast einen Herzanfall. Es gab Pläne für alle möglichen Bedrohungsszenarien, aber keiner hatte je daran gedacht, dass die Residenz des Mazars aus der Luft angegriffen werden könnte. Die Leibwache schlug sofort Alarm und verursachte einen enormen Auflauf im Park.

Ungefähr zur selben Zeit schwirrte Schekira als Eisvogel durch die Gästequartiere des Schlosses, wo sie zu Recht die Unterkunft des Schmiedes vermutete. Als sie Dormund endlich fand, war die Lage im Park schon hinreichend brenzlig, um in eine Katastrophe zu münden. Etwa dreihundert Bogenschützen hatten ihre Pfeile auf die bunt blinkende *Argo* gerichtet. In der gebotenen Kürze informierte die Elvin den Freund über die Ankunft der Gemeinschaft des Lichts. Sofort eilte er mit ihr in den Garten hinaus. Sie fanden Koichi gerade noch rechtzeitig, um ihm den Schießbefehl auszureden. Sofort wurde ein Bote zum Mazar geschickt.

Einige Wolkenquallententakel schlangen sich um jahrhundertealte Krüppelkiefern, andere ließen Ergil, seine Gefährten und den Wandellingwagen zu Boden herab. Oberst Koichi und seine Leibgarde verfolgten alles mit susanischer Leidenschaftslosigkeit (schießen konnte man ja immer noch).

Aber aus der Nähe betrachtet – und von der Qualle beleuchtet – war der junge Mann tatsächlich Ergil, und als man im Gefolge des Königs dann auch noch Tiko Bartarin entdeckte, obsiegte die Freude über den Argwohn.

»Möge Eure Hoffnung nie sinken, Hoheit«, begrüßte Koichi den König von Soodland mit einer Miene, die auf fast kunstvoll sparsame Weise seine Erleichterung widerspiegelte. Immerhin ließ er sich zu einer erkennbaren Verbeugung hinreißen.

»Und möge die Eure zur Sonne Eures Lebens werden«, antwortete Ergil mit verhaltener Würde, um sodann Dormund überschwänglich um den Hals zu fallen.

»Wie ist es euch ergangen?«, fragte der Schmied. Er hatte Tränen in den Augen.

»Wir sind hier. Was bedeutet das wohl?«

»Habt ihr …?«

Ergil nickte. »Wir können dem Ginkgo seine Fruchtbarkeit zurückgeben. Und wir kennen die Rezeptur zur Herstellung des Lebenselixiers. Mit unserem Mitbringsel hier können wir davon riesige Mengen herstellen.« Er deutete auf den Wandellingwagen.

Dormunds Stirn furchte sich. »Auf die Gefahr hin, wie ein Dummkopf zu erscheinen, aber für mich sieht das aus wie eine Nase.«

»Ja. Weil es eine Nase *ist,* ein riesiger Riechkolben, der sich in Schleim verwandeln wird.«

»Geht es dir auch wirklich gut, Ergil?«

»Bestens, mein Lieber. Und das da« – er deutete auf den Zausel, der hinter ihm stand – »ist der Mann, der zu dem Zinken gehört, unschwer zu erkennen an der raubvogelartigen Hakenform des Organs.«

Dormund blickte aus besorgter Miene zwischen Ergil, dem Alten und dem Riesenkolben hin und her. Weil er mit dem Hinweis offenbar nichts anfangen konnte, wurde Ergil noch deutlicher.

»Deshalb kennt man ihn auch unter dem Namen Harkon Hakennase.«

Dormund verlor sichtlich die Fassung. Sein Kiefer klappte herab, seine Augen quollen zu einem Vielfachen ihrer normalen Größe auf und würden ihm zweifellos, wenn nicht ein

Wunder geschah, jeden Moment aus den Höhlen kullern. Sein Gesicht wurde aschfahl. Er schwankte.

Es war ein komischer Anblick, dass ausgerechnet der kleine Zausel einen beherzten Schritt nach vorne machte und den Arm des Schmiedes packte. »Na, na, mein Guter. Ich bin doch kein Geist, dass Ihr um mein Erscheinen ein solches Aufheben macht. Habe mich nur die letzten zweihundert Jahre im Eis frisch gehalten.«

»I-im Eis …?«, stotterte Dormund, immer noch ziemlich glupschäugig.

»Ja. Nachdem ich mich mit dem Sekret der Xk ausgetrocknet hatte.«

»A-ausgetrocknet …?«

»Sag ich doch.« Harkon nickte. »Aber meine geniale Schneehängematte hat mich wieder aufgeweicht. Na ja, Ergil und seine Freunde haben auch ihren Teil dazu beigetragen, indem sie mein Mobiliar verheizten.«

»A-aufgeweicht?«

Harkon wandte sich dem König zu und flüsterte: »Sag mal, Ergil. Kann es sein, dass bei deinem Freund hier sämtliche Kraft in die Muskeln geschossen und im Kopf nichts mehr übrig geblieben ist?«

Die königlichen Gemüsegärten im Nordwesten von Silmao waren noch nie so hübsch beleuchtet gewesen. *Argo* bedankte sich auf ihre Weise für das üppige Nachtmahl. Die Wolkenqualle hatte in der Dämmerung ein ganzes Salatfeld leer gefressen und es war abzusehen, dass weitere folgen würden. Für etliche ortsansässige Bauern bedeutete das ein großes Glück, weil sie dadurch unversehens zu Hoflieferanten aufgestiegen waren.

Nachdem Ergil sich um sein Tier gekümmert und Dormund ihn wieder in den Palast gebracht hatte, zog er sich zunächst in seine Gemächer zurück. Auf seinen ausdrücklichen Wunsch war er in derselben Zimmerflucht untergebracht worden, die er bei seinem letzten Besuch bewohnt hatte. Nach einem ausgiebigen Bad saß er auf dem Diwan, die Augen auf das Rosenholzgitter gerichtet und träumte vor sich hin. Er trug nur den hier üblichen leichten Seidenanzug aus weiter Hose und Hemd. Selbst im Herbst waren die Nächte in Silmao lau.

Sein Blick wanderte zur Decke. Weil nur das silberne Mondlicht den Raum erleuchtete, war Nisrah kaum zu sehen. Er hatte sich in einer Zimmerecke ausgebreitet. Sein Vitex – der Lebensknoten – sah im Dunkel aus wie eine große, in ihrem Netz lauernde Spinne. Typischer Weberknechtshumor.

Aus irgendeinem Grund verspürte Ergil noch keine Lust, wieder in seine Kleider zu steigen und sich mit seinem Gespinstling zu verbinden. Er stand auf und trat an das hölzerne Gitter, hinter dem die Bäume des Parks in der Abendbrise raschelten.

Plötzlich erschien ein Kopf auf der anderen Seite des Fensters, er war nur als dunkler Schattenriss zu sehen. Ergil schreckte zurück. Unwillkürlich musste er an Kaguan denken. Aber der Zoforoth schmachtete im Kerker der Sooderburg und er hatte, bei aller Verwandlungskunst, wohl auch nicht eine solch liebreizende Stimme.

»Ergil. Bist du das?«

Er schnappte nach Luft. »Nishigo?«

»Ja. Als ich von deiner Ankunft erfahren habe, wollte ich dich gleich sehen, aber du kennst ja meinen Vater – es wird immer schwieriger, meine Leibwächter auszutricksen. Darf ich zu dir hereinkommen?«

»Die Prinzessin im Gemach eines ausländischen Königs? Ich achte deinen Vater und will ihn nicht gegen mich aufbringen. Machen wir's lieber andersherum.«

Er lief zu der Schiebetür, die in den Park führte, öffnete sie und begab sich hinaus. Nishigo erwartete ihn dort bereits. Sie trug einen blauen, bestickten Zweiteiler, der dem seinen sehr ähnelte. Ihre Füße waren unbekleidet. Selbst im Mondlicht leuchtete ihr lockiges Haar wie die Glut in einem Feuer.

Ergil blieb ein wenig unbeholfen an der Türschwelle stehen. Er wusste, was sein Bruder für dieses Mädchen empfunden hatte, und es verwirrte ihn zutiefst, als er einen Nachhall jener Gefühle nun in seinem Herzen verspürte. Diese Empfindung machte ihn nicht glücklich, weil er damit etwas wahrzunehmen glaubte, das einem anderen gehörte. Zu allem Unglück trat jetzt auch noch Nishigo an ihn heran und sank an seine Brust.

»Nicht, Nishigo!«, hauchte er bestürzt. Er wagte nicht, seine Arme um sie zu legen, sondern sagte nur beruhigend: »Nishi, nicht doch! Ich bin es. Ergil.«

»Ich dachte, das hätten wir bereits geklärt«, schluchzte die Prinzessin. »Darf ich den Bruder des Mannes, dem mein Herz gehörte, etwa nicht umarmen?«

»Ich dachte, du bist Susanerin und …«

»… und darf mit einem Freund nicht trauern?«, fiel sie ihm trotzig ins Wort. »Die Hälfte meines Blutes ist stromländisch und dort sind Gefühle nicht verboten.«

Ergil kapitulierte. Sein linker Arm legte sich um Nishigos Schulter und seine Rechte streichelte ihr Haar. Sie schmiegte ihr Gesicht an seine Brust und schluchzte. »Ich vermisse Twikus so sehr!«

»Ich auch, Nishi. Ich auch.«

»Als ich von seinem Tod erfahren habe, bin ich eine Woche lang krank gewesen. Bis heute verstehe ich nicht, wie das überhaupt möglich ist. Ihr beide steckt doch in *einem* Körper. Warum hast *du* überlebt?«

»Mir wäre es auch lieber gewesen, den Fluch auf *mich* zu nehmen, der den Bezwinger des dunklen Gottes treffen sollte.«

Ihr Kopf ruckte zurück und sie sah ihn erstaunt an. »So habe ich das nicht gemeint, Ergil. Du bist mir auch ein lieber Freund und ich hätte genauso um dich geweint.«

»Genauso?«

Sie legte wieder ihre Wange an seine Brust und antwortete leise: »Fast genauso. Twikus hatte mir beim Andenken seiner Mutter geschworen, zu mir zurückzukehren, wenn er die Jagd nach dem schwarzen Schwert überlebte. Und nun kommst *du* zu mir. Ich bin … ein bisschen durcheinander.«

Ergil hätte am liebsten laut gelacht, weil er nicht nur ein wenig konfus, sondern völlig durch den Wind war. Aber er unterdrückte den Impuls, aus Angst missverstanden zu werden, und fragte stattdessen: »Warum bist du hier?«

»Ich wollte einen Moment mir dir die Trauer teilen, ohne mich verstellen zu müssen, wie es die susanische Tradition gebietet.«

Er atmete tief durch. »Du glaubst nicht, wie gut mir das tut, Nishi. Ich darf doch weiter wie Twikus Nishi zu dir sagen, oder?«

»Natürlich. So höre ich meinen Kosenamen aus demselben Mund, den ich einst geküsst habe.«

Mit einem Mal wurde Ergil glühend heiß. Ungeschickt löste er sich von der Prinzessin, räusperte sich und sagte: »Ich muss mich langsam für das Fest fertig machen, das dein Vater zu unseren Ehren gibt.«

Nishigo schlug die Augen nieder. »Ja. Ich auch. Dann sehen wir uns also später, ganz förmlich, wie es die Etikette verlangt?«

Er nickte und sagte heiser: »Ja. Ganz förmlich …«

Das Bankett, das der Mazar zum Anlass des Staatsbesuches von König Ergil gab, war wegen der kurzen Vorbereitungszeit nicht ganz so prunkvoll und gut besucht, wie es dem Anlass eigentlich entsprochen hätte. Man musste sich auf fünfhundert Gäste beschränken und es gab auch nur ein Achtundvierzig-Gänge-Menü. Oramas III. versprach Besserung. Wenn der Ginkgo die ersten Früchte trage, werde die ganze Stadt feiern.

Während des Festes gab sich Ergil große Mühe, nicht ständig Nishigo anzustarren. Sie saß zur Linken ihres Vater am Kopfende der langen Tafel. Ihre Hofdamen hatten sie in mehrere Lagen kostbarster rosafarbener, goldbestickter Seide eingewickelt. Sie war blass geschminkt, abgesehen von den blutroten Lippen. Auf ihrem Kopf türmte sich das kupferfarbene Haar zu beachtlicher Höhe. Das Gesicht war eine Maske gefrorenen Lächelns. Obwohl Ergil einiges an ihr nicht ganz echt fand, musste er sie bewundern. Sie war wunderschön.

Ihm hatte man den ersten Platz an der Längsseite zugewiesen, gleich zu Oramas' Rechter. Auf der anderen Seite saß Harkon Hakennase, der in Susan mindestens ebenso verehrt wurde wie die Retter der Prinzessin. Schekira hatte sich in schillernde Abendgarderobe geworfen: Sie trug das Federkleid eines Paradiesvogels, welchen nie ein Mensch gesehen hatte. Den größten Teil des Abends verbrachte sie auf Ergils Schulter. Nisrah hing da, wo er immer hing, und der Rest der Gemeinschaft des Lichts schloss an der Tafel dicht an die genannten Personen auf.

Obwohl ihm nicht danach zumute war, musste Ergil ausführlich die verschiedenen Stationen seiner abenteuerlichen Reise schildern. Einiges ließ er mit Bedacht unerwähnt, anderes wurde ihm von Harkon abgenommen. Der Abenteurer war ein glänzender Erzähler, der selbst stumpfen Details Farbe und Glanz verleihen konnte. Jetzt erst verstand Ergil richtig, warum man den Zausel oft als Lügenbaron bezeichnet hatte. Aber Susaner liebten Märchen und sie waren viel zu höflich, um die phantastischen Details der Geschichte zu hinterfragen.

Zum Höhepunkt des Abends präsentierte Ergil – auf hochherrschaftlichen Druck – das Satimsäckchen mit den kleinen Ähren des männlichen Ginkgos und schrieb sich damit endgültig in die Geschichtsbücher von Susan ein. Es war schon erstaunlich, wie sehr die sonst so beherrschten Susaner nun aus sich herausgingen. Ihr Applaus wollte gar kein Ende nehmen. Etliche Gäste lächelten sogar. Vereinzelt waren Hochrufe zu hören. Ergil fühlte sich mehr als unwohl dabei.

»Morgen früh möchte ich Euren Goldfruchtbaum bestäuben«, erklärte er Oramas leise, während der Beifall noch prasselte.

»Morgen?«, wunderte sich der Mazar. »Aber die Ginkgoblüte ist doch längst vorbei.«

»Eben. Das bedeutet, ich werde meine ganze Kraft benötigen, um es trotzdem zu schaffen. Ich würde mich daher jetzt gerne zurückziehen, damit ich mich ausruhen kann.«

»Ihr flieht immer vor meinen Festen, lieber Ergil«, beschwerte sich Oramas.

»Das kommt Euch nur so vor, Majestät.«

»Na, ist schon gut. Ich verstehe Euch ja. Entfernt Euch nur. Ich wünsche Euch süße Träume.«

Ergils Blick huschte hinüber zu Nishigo. Sie saß aufrecht da, das einzig Lebhafte an ihr waren ihre funkelnden, karneolfarbenen Mandelaugen. Er schöpfte tief Atem und sagte: »Danke, Majestät. Die werde ich bestimmt haben.«

In der Nacht träumte Ergil tatsächlich von Nishigo. Die Bilder glichen auf beunruhigende Weise jenen, die er schon als Junge im Großen Alten gehabt und später irrtümlicherweise mit Schekira in Verbindung gebracht hatte. Am Morgen erwachte er jedoch erfrischt und fühlte sich, als könne er Bäume ausreißen. Was er indessen vorhatte, entsprach eher dem Gegenteil.

Nach einem gemeinsamen Mahl mit den Freunden begab er sich in den Park. Nur Schekira – jetzt wieder im Eisvogelgewand – war bei ihm. Er hatte ausdrücklich darum gebeten, ungestört zu bleiben. Auf dem Weg zum Ginkgo kam er an der *Argo* vorbei. Die Bäume unter ihr waren mittlerweile abgeäst. Während Ergil noch darüber nachsann, ob es nicht besser wäre, die Wolkenqualle ganz ins nähere Umland zu verlegen, um den Gärtner des Mazars nicht ins Grab zu bringen, erreichte er das Wiesenrund, auf dem Jazzar-sirils Ginkgo stand.

»Bist du mir böse, wenn ich dich bitte, mich nun auch allein zu lassen?«, fragte er seine kleine Freundin.

Schekira kicherte. »Wäre ich ein junges Ding, könnte das schon sein, aber da ich nun einmal hart auf die Siebzig zugehe, bin ich weise, nachsichtig und kann dir verzeihen.«

»Das ist lieb von dir. Danke.«

Die Elvin flatterte zu einem Baum am Rande des Wiesenrunds und ließ sich auf einem hoch gelegenen Ast nieder.

Ergil begutachtete den Baum zunächst wie ein Gärtner. Er sah gesund aus. Die zweilappigen Blätter, deren Form ihn stets an ein Herz erinnerte, waren zum größten Teil grün. Nirgends konnte er verdorrte Zweige sehen. Nur befanden sich, wie der Mazar es schon erwähnt hatte, keine Blüten daran. Das heißt, ein paar vertrocknete hatten Wind und Regen noch nicht abgerissen, aber diese waren, das konnte Ergil mit bloßem Auge erkennen, längst abgestorben. Nach dieser ersten Untersuchung setzte er sich ins Gras.

»Wollen doch mal sehen, was Ihr mir da geschenkt habt«, murmelte er, während er das wie eine kleine Kanne geformte Blatt zur Hand nahm, das ihm Ajuga zum Abschied überreicht hatte. Der Behälter war ungefähr so lang wie Ergils Mittelfinger und etwa doppelt so dick. Oben befand sich ein kleiner Deckel, den er nun aufklappte. Er drehte das Gefäß vorsichtig um und streute ein wenig vom Inhalt in seine hohle Hand. Die Pollen waren orangegelb und verströmten einen schweren Duft.

Ergil sammelte sich, dann steckte er die Nase in den Blütenstaub und atmete tief ein.

Die Wirkung ließ nicht lange auf sich warten. Er spürte den nun schon vertrauten Schwindel, aber diesmal ergriff ihn keine Panik. Mit geschlossenen Augen wartete er ab, bis das Glücksgefühl sich einstellte. Einen Moment lang kam es ihm so vor, als tauche er in ein warmes Meer. Das Wasser schien um seine Ohren herumzusprudeln.

Dann wurde es still.

Ergil öffnete die Augen und sah neugierig in das uralte Gesicht, das freundlich auf ihn herabblickte.

Zahlreiche Furchen und auch manche Runzel verrieten, dass es eine Dame reiferen Jahrgangs war. Ihr weites, grünes, fast bis ins Gras reichende Kleid war sehr weitmaschig, aber da, wo man hindurchsehen konnte, befand sich nichts. Kein Körper, keine Füße, gar nichts. Sie schien nur aus einem knorrigen Hals und einem Kopf zu bestehen, welcher von einem jener großen Sonnenhüte beschirmt war, die man in Susan oft zu sehen bekam. Natürlich war auch dieses Kleidungsstück grün und löchrig.

»Es freut mich, dass du zu mir zurückgefunden hast«, begrüßte die Ginkgofrau freundlich den jungen Mann. Ihre Stimme war dunkel, als erklinge sie im Innern eines hohlen Baums.

»Eigentlich ist es mein Bruder gewesen, der zuletzt hier war«, sagte Ergil und stellte sich förmlich vor.

»So, so, ein Edelmann bist du, so wie ich eine Edelfrau. Ich bin Goldpflaume, die Mutter aller Ginkgos. Was verschafft mir die Ehre deines Besuches, Ergil?«

»Zunächst möchte ich Euch von Ajuga dem Jüngeren grüßen.«

»Oh!« Ein Rascheln ging durch das bauschige Kleid. »Das ist aber nett. Ihr kennt unseren König persönlich?«

»Wir sind uns einmal begegnet. Er gab mir den Blütenstaub, der uns diese Unterhaltung ermöglicht. Ich möchte *Euch* nämlich etwas fragen.«

»Nur zu!«, freute sich Goldpflaume. »Gefragt hat mich schon lange keiner mehr etwas. Was kann ich für dich tun?«

»Eigentlich wollte ich etwas für Euch tun, ehrenwerte Goldpflaume. Ich möchte, dass Ihr wieder Früchte tragt.«

Im nächsten Moment bedauerte Ergil, dass er gleich mit der Tür ins Haus gefallen war. Unfruchtbarkeit schien ein Thema zu sein, auf das Goldpflaume überhaupt nicht gut zu sprechen war. Sie fing jämmerlich zu weinen an. Dabei schüttelte es ihren unsichtbaren Leib, dass immer wieder Blätter aus dem Kleid herausrieselten.

»Bitte beruhigt Euch doch!«, flehte Ergil sie an. »Ich habe Pollen mitgebracht. Aus Saphira, der großen Stadt der Sirilim. Dort gibt es noch einen Ginkgomann, der ebenso gut im Saft steht wie Ihr.«

Schlagartig hörte das Gejammer auf. »Du machst dich jetzt nicht über mich lustig, oder?«

Ergil öffnete die Linke, aus der er zuvor den Blütenstaub eingeatmet hatte. Er wusste zwar nicht genau warum, aber darin befanden sich jetzt die grünen Ähren mit den kleinen Pollensäckchen. Er hielt sie Goldpflaume entgegen und fragte: »Haltet Ihr das für einen Scherz?«

Offenbar hatte die Ginkgofrau dicht am Wasser gebaut, denn sie begann abermals zu weinen.

»Habe ich etwas Falsches gesagt?«, wollte Ergil wissen.

»Nein«, schluchzte Goldpflaume. »Ganz und gar nicht. Ich bin nur so glücklich, dass es mich fast wie ein Blitz zerreißt. Und wie ich sehe, stammen die Pollen sogar von Herzblatt, dem Vater aller Ginkgos. Ich bin sprachlos.«

Das Gefühl hatte Ergil zwar nicht, aber ein wenig überrascht war er doch, dass ausgerechnet die ältesten Ginkgos das große Sterben überlebt hatten. Weil Goldpflaume schon wieder schluchzte, räusperte er sich.

Sie verstummte. »Ja, mein Retter?«

»So nennt mich schon eine andere. Bitte sagt einfach Ergil zu mir. Ich wollte eigentlich wissen, wie wir das mit der – äh – Bestäubung – äh – beschleunigen können.«

»Beschleunigen? In sieben Monaten beginnt meine Blütezeit. Ist Euch das nicht schnell genug?«

Ergil machte ihr in knappen Worten klar, warum das eine Ewigkeit war, die er nicht abwarten *konnte*. »Ich bin, wie Ihr wisst, ein Sirilo. Es wäre mir ein Leichtes, einige Eurer Blüten wieder erblühen zu lassen. Aber ich will in dieser Sache nichts falsch machen.«

»Euch, mein Retter, würde ich fast *alles* erlauben«, erklärte Goldpflaume mit rauchiger Stimme.

»Und es schadet Euch nichts? Ich meine, außerhalb der üblichen …«

»Nicht doch«, unterbrach sie ihn. »Ich will endlich wieder Kinder haben.«

»Könnte ich dann auch die Entwicklung Eurer Früchte – äh – beschleunigen?«

»Mit der Alten Gabe?«

»Ja.«

»Wir sprechen hier von werdendem Leben, lieber Freund. Manches braucht eben seine Zeit«, antwortete sie ausweichend, als wolle sie ihn nicht enttäuschen.

Er blieb jedoch hartnäckig. »Wie viel Zeit?«

»Dreieinhalb bis vier Monate.«

Alle Luft schien seinem Körper zu entweichen. »So lange? Geht es nicht ein *bisschen* schneller? Ich würde Euch auch helfen.«

Goldpflaume zögerte. Mit einem Mal stahl sich ein Lächeln auf ihr hölzernes Gesicht und sie antwortete: »Na ja, ein ganz klein wenig könnte ich mich mit der Hilfe eines so tatkräftigen jungen Sirilo gewiss beeilen.«

Einige Stunden später standen Ergil und Nishigo unter dem Ginkgo, um gemeinsam die »heilige Handlung der Bestäubung« zu vollziehen. Am Rand des Wiesenrunds saßen auf thronartigen Stühlen: für die susanische Seite Oramas III., einige hohe Vertreter seines Ministerrats, ein Hofschreiber, Oberst Koichi und der Medikus Mujo; Soodland war vertreten durch die Gemeinschaft des Lichts, zu der jetzt auch wieder Dormund gehörte. Tiko spielte insofern eine Sonderrolle, da er beiden Gruppen zugehörig war.

Ergil fühlte sich unwohl bei dem Gedanken, von so vielen Augen beobachtet zu werden. Er hätte diese Aufgabe viel lieber allein mit Nishigo erfüllt. Doch er hatte sich der Logik von Oramas' Argumenten nicht verschließen können. Der Mazar meinte, es sei ein hochsymbolischer Akt und keine Privatsache, wenn der König von Soodland und die Prinzessin von Susan gemeinsam dem heiligen Ginkgo die Fruchtbarkeit zurückgäben.

Nishigo trug ein etwas bescheideneres Gewand als in der letzten Nacht. Ihr Haar war am Hinterkopf zu einer Art Rosette zusammengesteckt. Das Gesicht wirkte weniger blass wie am Vorabend. Wie immer war sie entzückend. Umso mehr jetzt, wo sie Ergil anlächelte.

»Der Ginkgo heißt tatsächlich Goldpflaume?«

Er nickte. »Er ist ja eine Dame. Eine sehr … gefühlvolle: Mal ist sie überschwänglich heiter, im nächsten Moment bricht sie in Tränen aus.«

Nishigos braune Augen fixierten in schneller Folge verschiedene Punkte in Ergils Gesicht. Dann schmunzelte sie verschmitzt. »Ein bisschen beneide ich sie für die Aufmerksamkeit, die sie von dir bekommt.«

Aus einem Grund, den er mit dem Verstand nicht erklären konnte, merkte Ergil, wie er rot anlief, und stotterte: »Äh … Besser, wir f-fangen jetzt mit der Bestäubung des Ginkgos an.«

Sie schob die Unterlippe vor, sah ihn noch einen Moment mit schräg gelegtem Kopf an, hob dann ihre Schulter unter einem tiefen Atemzug und sagte: »Du hast Recht. Lass uns beginnen.«

»Bitte nimm meine Hand«, sagte Ergil.

Nishigo legte ihre Linke in seine Rechte. »Wozu?«

Er verstand die Frage nicht sofort, weil in seinem Innern mit dem Moment der Berührung ein Damm eingerissen worden war, der eine heiße Woge durchbrechen ließ, die in ihm hin und her schwappte und bis zu den Ohren hinauf ein lärmendes Rauschen verursachte. Ab und zu hörte er auch ein merkwürdiges

Knacken. Was war *das* jetzt wieder? Er hielt doch nur die Hand dieses Mädchens, so wie er immer Inimais …

Plötzlich war ihm klar, dass die Gewohnheit ihn übertölpelt hatte. Nishigo besaß keine Macht, mit der sie ihn unterstützen … Falsch!, unterbrach er sich. War das, was er eben gefühlt hatte, etwa kein Beweis für ihre Macht? Das Argument erschien ihm stichhaltig genug, um Nishigos Hand so bald nicht wieder loszulassen.

»Ergil? Hörst du mich?«

»Äh … ich … Ich brauche dich«, stammelte er.

Sie lächelte. »So wie ich dich gestern Abend. Das ist schön.«

Er versuchte noch einmal, sich auf seine Aufgabe zu konzentrieren. Wie ein Bussard seine Beute am Boden fixierte er einen in Griffhöhe befindlichen Zweig mit Ginkgoblüten. Die Blätter waren braun und winzig klein zusammengeschrumpelt.

»Was tust du jetzt?«, fragte Nishigo. Sie flüsterte, weil sie wohl seine tiefe Konzentration spüren konnte.

»Ich wiederhole die allererste Übung, die meine Meisterin Twikus beigebracht hat. Achte auf die Blüten da.« Er deutete mit dem Kinn.

Nishigo folgte mit den Augen seinem Blick. Was sie im nächten Moment zu sehen bekam, war selbst für eine susanische Prinzessin ein Wunder.

Zuerst verwandelte sich nur eine vertrocknete Blüte am Ende des Zweiges, aber dann vollzog sich die Veränderung auch an allen übrigen. Sie wuchsen, weil der Saft in sie zurückkehrte, das Braun hellte sich zusehends auf und dann bekamen sie eine warme, kräftig gelbe Farbe, die Ergil sehr bekannt vorkam. So mussten einst die Segel der *Ginkgoblüte* gestrahlt haben, bevor das ewige Eis sie samt Besatzung und Harkon Hakennase umschlossen hatte.

»Unglaublich!«, hauchte Nishigo. Ihre Linke umklammerte Ergils Rechte noch fester, was ihm nicht unangenehm war.

Trotzdem vergaß er darüber nicht seine Aufgabe. In rascher

Folge suchte er sich einige weitere, tief hängende Zweige aus und ließ sie wie Bernsteine im Sonnenlicht erstrahlen. Als er sich endlich wieder Nishigo zuwandte, bemerkte er, wie sie ihn mit einem seltsam verträumten Ausdruck anlächelte.

»Alles in Ordnung mit dir, Nishi?«

Sie schüttelte den Kopf und antwortete: »Dass du so was kannst!«

Er räusperte sich, unterdrückte eine Bemerkung in der Art wie: Dergleichen gehöre zu seinen leichtesten Übungen, und sagte stattdessen: »Ab jetzt wirst du mir helfen.«

Sie strahlte ihn an. »Gerne. Was muss ich tun?«

Ergil hatte sich von Medikus Mujo einige Hilfsmittel zur Verfügung stellen lassen. Mit einem sehr scharfen Operationsmesser öffnete er in einem kleinen Alabasterschälchen die Pollensäckchen, streifte den feinkörnigen Inhalt heraus und warf die leeren Hüllen weg. Anschließend nahm er einen aus Baumwollflocken bestehenden Wattebausch, tauchte ihn gerade weit genug in die Pollen, um einige davon aufzunehmen, und betupfte damit nacheinander die Blüten an einem Zweig.

»Hast du's gesehen? Wir machen es wie die Bienen.«

Sie nickte und folgte seinem Beispiel. Als sie die ersten Blüten bestäubte, brandete vom Rand des Wiesenrunds Applaus auf. Dormund mit seinen Pranken hatte den Anfang gemacht und die zurückhaltenden Susaner wurden irgendwann einfach mitgerissen.

Als alle Blüten bestäubt waren, begab sich das Paar zu den Beobachtern. Ergil verneigte sich vor Oramas und sagte: »Es ist vollbracht.«

Der Mazar war entzückt. »Susan ist Euch auf ewig zu Dank verpflichtet, mein lieber Ergil.«

Der junge König deutete abermals eine Verneigung an. »Wenn Ihr Euch erkenntlich zeigen wollt, Majestät, dann wüsste ich schon etwas. Entrin und Godebar haben sich gegen mich verschworen. Sie belagern Soodland. Lasst Eure Truppen an der

Grenze von Ostrich aufmarschieren. Und schickt Eure Flotte durch den Eisigen Ozean. Wenn Susan in den Kampf eingreift, kann Soodland vielleicht noch gerettet werden.«

Das Lächeln schwand aus Oramas' Gesicht. Ausweichend antwortete er: »Meister Dormund erzählte mir, der Seeweg sei durch Eis blockiert.«

»Ich bin zuversichtlich, den Fluch brechen zu können, der mein Reich in eine eisige Fessel gelegt hat, aber das allein wird Soodland nicht retten, wenn es weiter der Übermacht der Achse ausgeliefert ist. Mit Eurer Hilfe könnte dieses Ungleichgewicht der Kräfte beseitigt werden. Außerdem würde König Godebar es sich zweimal überlegen, ob er seine Truppen in einem fremden Land kämpfen lässt, wenn sein eigenes von den Heeren Susans umlagert wird.«

Man konnte regelrecht zusehen, wie hinter der Stirn des Mazars ein Räderwerk rotierte und Gedanken umeinander schaufelte. Schließlich sagte er: »Ich kann Euer Anliegen verstehen, lieber Ergil. Aber was Ihr da von mir verlangt, kann tausenden meiner Untertanen das Leben kosten.«

»Majestät«, sagte Ergil beherrscht, aber unüberhörbar drängend. Er hob das Satimsäckchen mit den Ginkgoähren. »Meine Freunde und ich haben unser Leben aufs Spiel gesetzt, um diese Pollen hier und die Rezeptur für das Wasser von Silmao wiederzubeschaffen. Es ist unser Blut, das Euren heiligen Baum neue Frucht tragen lässt. Bald werden in den königlichen Gärten von Susan tausende von Ginkgos gedeihen. Ich habe Euch so viel getrockneten Xkschleim mitgebracht, dass Ihr damit in Zukunft vielen tausend das Leben retten könnt. Ihr könnt alles behalten, wenn Ihr mir versprecht, diese einzigartige Gabe keinem Hilfsbedürftigen im Herzland vorzuenthalten. Ich weiß, was das für Euer Volk bedeutet, weil Euch der Goldfruchtbaum heilig ist. Wollt Ihr mich für all das wirklich nur mit ein paar Vertröstungen abspeisen? Sieht so der Dank des großen Mazars von Susan aus?«

Oramas war im Verlauf des beherzten Appells seines jungen Gastes zunehmend blasser geworden. Würde er Ergil seine Bitte rundweg abschlagen, hätte er auf der Stelle sein Gesicht verloren und in Susan kam das einem Selbstmord gleich. Der Mazar nickte daher anerkennend. »In Euch stecken die Weisheit Eures Vaters und die Macht Eurer Mutter. Bitte gebt mir Bedenkzeit, bis zu erkennen ist, ob der Ginkgo wieder Frucht tragen wird. Danach werde ich Euch meine Entscheidung mitteilen.«

Ergil verbeugte sich. »Ich danke Euch, Majestät.«

Der Mazar erhob sich von seinem Stuhl und schickte sich an, das Weite zu suchen.

»Eine kleine Bitte hätte ich noch«, hielt Ergil ihn zurück.

Oramas schloss die Augen, stöhnte leise, atmete sodann tief durch und wandte sich zu dem König um. »Ja?«

»Die heilige Handlung der Bestäubung heute war ein schönes Symbol für die Freundschaft unserer Völker. Ich habe mir überlegt, dass sich diese Botschaft Euren Untertanen noch viel besser vermitteln ließe.«

Das maskenhafte Gesicht des Mazars entspannte sich etwas. »Das klingt vernünftig. Was genau habt Ihr Euch vorgestellt?«

»Die Prinzessin und ich könnten den heiligen Ginkgo bis zur Ernte der ersten Früchte gemeinsam pflegen.«

Selten hatte Ergil das sparsame Mienenspiel der Susaner als so hinderlich empfunden wie in diesem Moment, während der Mazar den Vorschlag überdachte. Zu seiner Überraschung entrollte sich plötzlich ein Lächeln auf Oramas' Gesicht, es begann bei den Augen und erreichte schließlich den Mund.

»So soll es sein, so werde es verkündet, so soll es geschehen«, sagte er, womit seine Entscheidung Gesetzeskraft erlangte. Er gab seinem Hofschreiber einen entsprechenden Wink und eilte davon.

Ergil warf der Prinzessin einen Blick zu.

Nishigo strahlte vor Glück.

23

VOR DEM STURM

Irgendwo tropfte es. Normalerweise hätte Torbas das ferne, kaum wahrnehmbare Geräusch überhört, aber das Zwielicht im Kerker und die Gegenwart des Chamäleonen schufen stets eine ganz besondere Stimmung, in der er selbst den Flügelschlag einer Motte am anderen Ende des Verlieses vernommen hätte. Zumindest kam es ihm so vor.

»Hast du ihn für uns gewinnen können?«, fragte Kaguan. Seine leise Stimme übte einen Zwang aus, dem sich der Waffenmeister nicht widersetzen konnte.

»Er hört mir zu und denkt darüber nach.«

»Borst war König von Pandorien. Will er seinen Thron nicht zurückhaben?«, zischte der Zoforoth.

»Mein Herr ist nicht bestechlich«, gab Torbas zu bedenken.

»Macht ist ein Gift, dem niemand auf Dauer widerstehen kann, jedenfalls nicht, wenn sich die Zornissen in ihm eingenistet haben.«

»Es ist nicht sicher, ob Eure Raupen auch in ihn eingedrungen sind«, sagt Torbas.

»Mache ihm klar, dass er durch mich zum Großkönig werden kann. Was Wikander nicht geschafft hat, kann Borst mit dem Schwert *Schmerz* erreichen: die Herrschaft über das ganze Herzland. Und wenn die Zeit reif ist, wirst du ihm auf den Thron folgen, Torbas.«

Der Waffenmeister verbeugte sich und versprach, sein Bestes zu tun. Dann drehte er sich um und lief davon.

Am Ende des Tunnels traf er auf die Wachen.

»Konntet Ihr etwas aus ihm herauskitzeln?«, erkundigte sich Ricklund.

Torbas zog die Kapuze nach vorn, wodurch sein Gesicht in Schatten versank. Er schüttelte den Kopf. »Nein. Nichts.«

Einige hundert Fuß höher stand Múria auf der Spitze des Knochenturms. Ihre Hand lag an dem leeren Fahnenmast. Die Luft an diesem Abend war ungewöhnlich lau. Ob die unerwartet milde Witterung mit der Rückkehr der Sirilim in die Welt der Menschen zu tun hatte? Das wäre ein Zeichen der Hoffnung, wenngleich es die Gefahr heraufbeschwor, dass die Eisbarriere vor Elderland schmolz und Ostrichs Flotte ins Schollenmeer einfallen konnte.

Múria fragte sich, ob das Aufbäumen der Natur Magos' Fluch brechen konnte. Ihr Gefühl sagte ihr, sie mache sich mit diesem Wunschgedanken nur etwas vor. Jazzar-fajim würde ihr vermutlich erklären, dass Mirad mit dem Erscheinen der Schönen wohl ein Aufschub verschafft worden sei, es aber das Zeitalter der großen Kälte letztlich nicht verhindern könne.

Es sei denn, Ergil fände das Gegengift für seine Mutter und der Bann des dunklen Gottes könnte ein für alle Mal gebrochen werden.

»Fajim«, flüsterte sie sehnsüchtig wie so häufig in letzter Zeit, wenn sie an die Sirilim dachte. Genauso oft hatte sie versucht nicht daran zu denken, wie sehr sie ihren einstigen Liebsten vermisste, und sich trotzig ihren Pflichten zugewandt.

Die Herrin der Seeigelwarte blickte zu den Schiffen der Belagerer hinüber. In der Abenddämmerung waren sie nur dunkle Silhouetten mit kleinen Leuchtpunkten, den Positionslichtern. Eine Perlenkette aus Laternen, die ebenso hübsch anzusehen wie Verderben bringend war. Nach der *Silberginkgo* hatte kein Blockadebrecher mehr durch diese Reihen hindurchzustoßen vermocht.

Die Lage wurde immer trostloser. Erst am Morgen war ein Botenfalke aus dem Stromland eingetroffen. Quondit Jimmar Herzog von Bolk hatte mitgeteilt, dass es dem Intriganten Hjalgord gelungen sei, seinem Vetter Hilko die Politik der Neutralität auszureden. Jetzt gehörte das Stromland also offiziell der »Achse« an. Damit war selbst den Flusspiraten, denen Soodland manche Hilfslieferung verdankte, der Weg über den Fendenspund und den Hafen von Neu-Seltensund ins offene Schollenmeer versperrt. Es dürfte nur mehr eine Frage von Tagen, vielleicht von Stunden sein, bis die Achsenherren die Invasion der Insel befehlen würden. Wer konnte dann noch helfen?

Múria wandte sich der Treppe zu, um das letzte Licht der Dämmerung für den Abstieg zu nutzen. Sie hatte einen Entschluss gefasst.

Kurze Zeit später – über der Sooderburg funkelten bereits die Sterne – saß Múria mit Kapitän Bombo in ihrem Gemach und berichtete ihm von Ergils letzter Nachricht. Sie erzählte, wie er im Grünen Gürtel die Sirilim ins Hier und Jetzt zurückgeholt hatte und wie Jazzar-fajim nun mit Lohen-tuvim versuche, König Bároq-abbirím zur Unterstützung Soodlands zu überreden.

»Worauf willst du hinaus?«, fragte Bombo, nachdem Múria ihn eine Weile ihrem Schweigen ausgesetzt hatte.

»Sollte Bároq-abbirím sein Einverständnis geben und uns einige seiner Krieger zur Verfügung stellen, dann werden die Sirilim ein schnelles Transportmittel benötigen.«

Bombo runzelte die Stirn. »Du meinst die *Silberginkgo*? Hast du vergessen, dass zwischen uns und dem Volk der Schönen die Katarakte von Seltensund stehen?«

Sie lächelte. »Die überlass getrost deinem Schiff, mein lieber Freund. Es braucht nur einen, der mutig genug ist, die Blockaden zwischen hier und dem Herzogtum Bolk zu durchbrechen.«

»Um was zu tun? Die *Silberginkgo* kann bestenfalls vierhundert Passagiere aufnehmen.«

»Du hast keine Vorstellung, was schon zweihundert Bogenschützen der Sirilim ausrichten können. Die Frage ist lediglich, ob *du* dir zutraust, durch die feindlichen Postenketten zu schlüpfen.«

Der kleine Kapitän grinste. »In mir steckt immer noch ein Flusspirat. Und in meinen Männern ebenso. Wir haben in solchen Dingen einige Übung.«

Hinterm Horizont nahm die Sonne noch Anlauf für den neuen Tag, als die *Silbergingko* im Hafen von Sooderburg ablegte. Ohne Positionslichter nahm sie Kurs aufs offene Meer. Nicht einmal die Segel hatte ihr Kapitän setzen lassen – das Sirilimschiff kam, sofern Geschwindigkeit keine Rolle spielte, auch ganz gut ohne zurecht. Lautlos glitt es an einer ostrichischen Bark vorbei, die, wie Bombo sich erinnerte, Segel mit rotweißen Querstreifen hatte. Wie der Unterrock einer Hure. Er unterdrückte ein Lachen.

So entkam die *Silberginkgo* unbemerkt der Umklammerung des Feindes. Es war der Tag, als der Sturm auf die letzte Bastion von Soodland begann.

24

REIFEZEIT

Ergil traute seinen Gefühlen nicht. Sie verwirrten ihn. Waren sie echt? Oder nur ein Echo dessen, was sein Bruder für Nishigo empfunden hatte? Wie ging man mit Glück um, das einem anderen gehörte?

So kam es ihm nämlich vor, nachdem er dem Mazar das Zugeständnis abgerungen hatte, die Prinzessin in den Stand einer Hüterin des heiligen Ginkgo zu erheben: wie ein Dieb. Das Gerede vom Symbol der Freundschaft zwischen den Völkern Susans und Soodlands war nur vorgeschoben. Mehr oder weniger jedenfalls. Es wäre falsch zu behaupten, ihm hätte nichts daran gelegen, aber den Antrieb für seinen spontanen Vorstoß beim Mazar hatte etwas ganz anderes gegeben. Er fühlte sich in Nishigos Gegenwart sehr wohl.

Der Hüter und die Hüterin verbrachten täglich viele Stunden miteinander. Um keinen Makel auf den blütenweißen Ruf der Prinzessin kommen zu lassen, war das Paar dabei nie wirklich allein. Der Mazar hatte zum Schutze der Keuschheit seiner Tochter einen ausgeklügelten Dienstplan aufstellen lassen, der offenbar den ganzen Hofstaat einbezog. Manchmal standen, wenn Ergil schon vor dem Frühstück den Goldfruchtbaum besuchte, Korbstühle am Rand des Wiesenrunds, als wären sie nachts vom Himmel gefallen. Sobald Nishigo sich zeigte, erschienen wie beiläufig Hofdamen auf der Bildfläche, ließen sich auf den Stühlen nieder, begannen wie eine Schar Hühner aufgeregt zu gackern und zu kichern und sich ihre Handarbeiten zu zeigen.

Weil die Unschuld der Prinzessin eine Staatsangelegenheit war, lag die Hauptverantwortung für ihre Beaufsichtigung bei Koichi, dem Obersten der Palastwache. Je länger sich Ergil während der Arbeit unter dem Ginkgo umsah, desto mehr Gardisten konnte er ausfindig machen. Manchmal beschlich ihn das Gefühl, im ganzen Park seien Masken zur Abschreckung böser Geister aufgehängt, weil man nie sicher sein konnte, wo einem die unbewegten Mienen der Soldaten begegneten. Er entdeckte sie auf Dächern und Wegen, hinter Büschen und Bäumen, manchmal hoch oben im Geäst, dann wieder, wenn er zufällig durch ein Gitterrost zu seinen Füßen blickte, tief unten in der Abwasserkanalisation.

Während Ergil sich nur allmählich an das ständige Beobachtetsein gewöhnte, tat Nishigo so, als gebe es die Anstandsdamen und -herren nicht. Manchmal hatte er das Gefühl, sie verwandele sich in einen anderen Menschen, sobald sie unter den gebauschten Blätterrock der Dame Goldpflaume trat. Allmählich begriff er jedoch, dass Oramas' Tochter nur dort ganz sie selbst war. In seiner Gegenwart *spielte* sie nicht die Prinzessin, die ihre Gefühle nicht zeigen durfte, sondern offenbarte ihr wahres Wesen. Sie lachte und weinte, sprach über ihre Freuden und die Trauer um Twikus, ließ Ergil mit ernstem Gesicht an ihren innersten Gedanken teilhaben oder plauderte mit ihm ganz unbeschwert und fröhlich. Manchmal schien sie bei der Arbeit aber auch alles um sich herum zu vergessen, selbst den jungen König, der sie verzaubert beobachtete, und sang mit wunderschöner Stimme leise vor sich hin wie ein kleines Mädchen, das einen Blumenkranz flocht.

Während so die Tage dahingingen, beobachtete Ergil allerlei Veränderungen. Es begann bei ihm selbst. Wenn er mit seinen Freunden beim Frühstück saß, war er oft abwesend, weil er in Gedanken schon mit Nishigo unter dem Goldfruchtbaum weilte. Nicht selten ließ er das Essen unangetastet stehen, achtete nicht auf die beredten Blicke, die sich seine Gefährten zuwarfen, sondern eilte so schnell wie möglich hinaus in den Garten.

Auch Nishigo war nicht mehr dieselbe, die ihn am Abend seiner Ankunft aufgesucht hatte. Immer seltener nannte sie ihn ihren Freund, als sei diese Anrede ein zu kleines Gefäß, um ihre Gefühle für ihn aufzunehmen. Dafür fragte sie ihn immer öfter nach seiner Meinung, wenn sie dies oder das zu tun beabsichtigte. Am Morgen sprudelte sie oft über vor Mitteilsamkeit, als wolle sie ihn alles wissen lassen, was sie während der Stunden ihrer Trennung erlebt hatte. Nach Momenten tiefer Konzentration, wenn er mit seinem Sirilimsinn den Goldfruchtbaum durchdrungen oder das Wachstum der jungen Ginkgofrüchte beschleunigt hatte, ertappte er sie manchmal dabei, wie sie ihn mit versonnenem Lächeln beobachtete.

Die wichtigste Veränderung betraf indes den Ginkgobaum. Dank seiner Fähigkeit, sich in Geschöpfe jeglicher Art einzufühlen, hatte Ergil dem Mazar bereits zwei Tage nach der Bestäubung unter dem Reifrock der Dame Goldpflaume die frohe Nachricht übermitteln können: »Sie ist guter Hoffnung.«

Abgesehen von Nishigo, die im Hintergrund verhalten schmunzelte, war weder Oramas noch sein Schriftführer oder einer der anwesenden Minister in der Lage, mit dieser Auskunft etwas anzufangen. Ratloses Schweigen hatte sich der Männer bemächtigt.

Ergil lächelte entschuldigend und fügte hinzu: »Verzeiht, Majestät. Seit meinem Wachtraum vorgestern früh neige ich dazu, Euren heiligen Baum zu vermenschlichen. Er wird Frucht tragen.«

Der Mazar gestattete seinem Gesicht den Anflug eines Lächelns und sagte: »Gut.« Auf der susanischen Gefühlsskala entsprach dies annähernd dem Freudenausbruch, den ein Vater in Anbetracht der Geburt seines Erstgeborenen zeigen durfte. Im Kreise der Berater erlaubte man sich ein kaum hörbares Aufatmen.

Um nicht unhöflich zu erscheinen, erinnerte Ergil den Monarchen nicht direkt an sein Versprechen, sondern fragte nur: »Wie groß ist die susanische Flotte eigentlich? Ich habe von zweitausend Schiffen gehört.«

Der Herrscher ließ seinen Blick wie abwesend über die schon wieder verblühten Zweige des Ginkgos schweifen. Fast schien es, als wolle er sich um die Antwort drücken, aber dann sagte er: »Ich habe mich entschieden. Susan wird Euch helfen.«

Ergil hätte schwören können, ein Donnern zu hören, das von dem Stein stammte, der ihm von der Seele gerollt war. »Damit werdet Ihr in die Geschichte eingehen, Majestät.«

»Mag sein. Aber das ist nicht der Grund, weshalb ich eine Flotte ausrüsten und die Truppen an der Grenze zu Ostrich verstärken lasse.« Oramas blickte dem Hüter des heiligen Ginkgo jetzt offen ins Gesicht. »Ihr habt mir mein Kind zurückgegeben, nachdem ich es schon an den Zoforoth verloren glaubte. Der junge Bartarin erzählte mir darüber hinaus ausführlich, wie Euer Bruder und der tapfere Falgon starben – auch, damit das Volk von Susan frei von Magos' dunklem Joch weiterleben kann. Und jetzt habt Ihr meinen Untertanen neue Hoffnung geschenkt, indem ihr unserem heiligen Ginkgo die Fruchtbarkeit zurückgebt. Ich würde mein Gesicht verlieren, wenn ich Euch Eure Bitte abschlüge.«

»*Deswegen* wollt Ihr uns helfen? Damit Eure *Ehre* nicht besudelt wird?«, fragte Ergil erstaunt. Sogleich kamen ihm Zweifel, ob er sich damit nicht selbst ein Bein gestellt hatte. Doch Oramas verübelte ihm die Geradheit nicht.

»Das ist nicht der einzige Grund. Es kann auch nicht im Interesse von Susan liegen, wenn Entrin oder Godebar im Sechserbund die Macht an sich reißen.«

»Davon könnt Ihr ausgehen.«

Oramas beugte sich zu Ergil vor und fügte – unhörbar für den Protokollführer – hinzu: »Außerdem hat die Prinzessin sich für Euch verwendet.«

Der Blick des jungen Königs sprang zu Nishigo und wieder zum Gesicht des Mazars zurück.

Letzterer nickte gewichtig. »Habt Ihr mir irgendetwas zu sagen, mein lieber Ergil?«

Der Protokollant wurde zusehends verzweifelt, weil er das Geflüster der beiden gekrönten Häupter nicht verstand.

Ergil räusperte sich. »Ich – äh – verstehe nicht …«

»Habt Ihr ein Auge auf meine Tochter geworfen?«, raunte Oramas nun ohne Umschweife.

»Wir beide sorgen für das Wachsen und Gedeihen des Goldfruchtbaumes.«

»Das ist weder die Antwort, die ich erhofft, noch die, die ich befürchtet habe. Eigentlich ist es gar keine Antwort. Versteht mich nicht falsch, mein lieber Ergil. Ich achte und schätze Euch sehr. Bitte missbraucht dieses Vertrauen nicht.«

Ergil schluckte. »Das liegt mir fern, Majestät.«

Oramas nickte zufrieden, woraufhin er laut und deutlich sagte: »Ihr habt Großes vollbracht. Wir sind schon gespannt, womit Ihr uns als Nächstes überraschen werdet.«

Goldpflaume war eine gute Mutter. Ihre »Kinder« wuchsen und gediehen. Ergil griff mit seiner Gabe sehr behutsam in deren Reifeprozess ein, weil die Ginkgodame ihn gebeten hatte, sie nicht zu sehr zu drängen. Entstehendes Leben brauche eben seine Zeit.

Unterdessen erfüllte Oramas sein Versprechen und ließ die susanische Schiffsflotte ausrüsten. Es war die mächtigste von ganz Mirad. Weil sein Heer ohnehin schon in Alarmbereitschaft stand, ging alles sehr zügig voran. Bereits fünf Tage nach der Befruchtung des Ginkgos stachen hunderte von Schiffen in See. Mit denen, die im Norden von Susan stationiert waren, würden am Ende über zweitausend Kurs auf Soodland nehmen.

Dormund war auf eigenen Wunsch von Ergil an den susanischen Flottenadmiral ausgeliehen worden, um dessen Schiffe durch die fremden Gewässer des Schollenmeers zu lotsen. Sofern das Eis vor Elderland schmolz. Andernfalls würde es davor zu einer Begegnung mit den Geschwadern von Ostrich kommen.

»Du bittest mich doch nicht etwa darum, weil du Tjelma in Isgard wiedersehen willst?«, hatte Ergil seinen Freund gefragt.

Der Schmied war daraufhin rot geworden und hatte entrüstet geantwortet: »Was redest du da! Ich könnte ihr Vater sein.«

Ergil war nur mit Mühe ernst geblieben. »Es ist nicht verboten, sich in eine junge Frau zu verlieben.«

»Wenn du das so genau weißt, warum tust *du* dich dann so schwer damit?« Mit seiner Antwort hatte sich Dormund augenblicklich Ruhe verschafft.

In den folgenden vier Wochen war Ergil oft in Gedanken versunken. *Warum tust* du *dich dann so schwer damit?* Die Frage des Schmiedes beschäftigte ihn mehr, als er es sich eingestehen wollte. Wäre es wirklich Verrat an Twikus, wenn er für Nishigo zärtliche Gefühle empfand? Ja, was nützte es überhaupt, sich mit diesen Zweifeln weiter zu quälen? War er nicht längst unrettbar bis über beide Ohren in sie verliebt?

Ein soodländisches Sprichwort lautet: »Nur wer nachsinnt, ändert sich.« Rückblickend konnte Ergil dieser Weisheit nur beipflichten. Er hatte beim Grübeln über sich und Nishigo, ohne es gleich zu merken, seinen Standort in der Beziehung zu Twikus neu bestimmt. Früher war er sich oft wie der minderwertigere Teil des Zweiergespanns vorgekommen und hatte sich deshalb immer wieder in unsinnige Streitigkeiten mit seinem Bruder verwickeln lassen. Jetzt sah er sich endlich als ein unabhängiges Wesen mit eigenen Bedürfnissen. Und dem Recht auf eine Liebe, die er mit niemandem teilen musste. Merkwürdigerweise fühlte er sich durch die Abnabelung von Twikus diesem näher als je zuvor.

Was manche mit dem Ehrfurcht einflößenden Wort »Selbsterkenntnis« umschreiben, führte bei Ergil zu erstaunlichen Beobachtungen. Sobald er nämlich durch den Strudel der für Nishigo empfundenen Gefühle hindurchgetaucht war, wurde ihm eine große Stille bewusst. Schon in Xk hatte er den Eindruck gehabt, die Zornissen plagten ihn weniger als zuvor. Möglicherweise war ihnen das »Trockenlegen« nicht gut bekommen. Nachdem dann der Weg zur Rettung seiner Mutter geebnet war, hatte die Zuneigung zu ihr alle Verzweiflung der vergangenen Wochen weggeschwemmt und war einer Euphorie gewichen, die den Feuerraupen kaum gemundet haben dürfte. Und jetzt kam die Liebe zu Nishigo hinzu.

Vom Regenbogen wusste Ergil, dass Licht aus Farben besteht, und ebenso musste es mit der Liebe sein. Sie strahlte in den verschiedensten Tönen. Da gab es ja nicht nur das Feuer, das Nishigo in ihm entflammt hatte, sondern auch die innigen Gefühle für die Mutter und den Bruder sowie die enge Verbundenheit mit den Freunden, aber auch die Zuneigung für seine Mitmenschen, welche ihm und Twikus einst den Sieg über Wikanders unheimliche Wächter geebnet hatte. Und alles zusammen ergab reines, weißes Licht.

War das die vollkommene Liebe?

Jedenfalls hatten sich die Zornissen in den letzten Wochen erstaunlich ruhig verhalten. Múria war der Meinung, die Feuerraupen könnten dazu gezwungen werden, sich zu verkapseln, wie Tiere, die sich tot stellen. Allerdings hatte sie vor diesem Zustand trügerischer Sicherheit gewarnt. Durch »starke Gefühlsaufwallungen der finsteren Art« könnten die Parasiten wieder hervorbrechen, um ihr mörderisches Werk zu vollenden.

Während die Ginkgofrüchte allmählich zur Reife kamen, stellte sich Ergil daher in mancher Nacht die Frage, ob die Raupen wohl mitverkümmerten, wenn seine Sehnsucht nach der Prinzessin ihn verzehrte. Sollte dies der Fall sein, dann war das baldige Ende der Zornissen abzusehen, denn die Ernte der Früchte stand unmittelbar bevor. Mujo hatte inzwischen erkleckliche Mengen Xkschleim zu feinem Pulver zermahlen und war bereit, mit dem ausgepressten Saft der gepflückten Früchte innerhalb weniger Stunden das Wasser von Silmao herzustellen. Sobald der Leibarzt des Mazars damit fertig war, würde Ergil das Lebenselixier nach Soodland fliegen – weit weg von Nishigo.

Im ersten Moment hatte er das Flüstern nicht bemerkt, obwohl im Schlafgemach Zwielicht und Stille herrschten. Ergil und Nisrah saßen sich gegenüber, der König auf dem Diwan und der Netzling, als halb durchsichtige Gestalt in Denkerpose, auf einem gepolsterten Stuhl. Ein dünner Körperfaden war die einzige Verbindung zwischen ihnen.

Sie hatten gerade lautlos über die vor ihnen liegenden Aufgaben gesprochen. Seit der Bestäubung des Ginkgos waren fast fünf Wochen vergangen und die gelben Früchte hatten mittlerweile das Aussehen von prallen Mirabellen angenommen. Die reiferen verströmten bereits einen unverkennbaren Duft, der dem Geruch ungewaschener Füße verblüffend ähnlich war. Daher hatte der Mazar für den nächsten Morgen die »heilige Handlung der Ernte« anberaumt. Bereits an diesem Nachmittag war die *Argo* in den Palastgarten zurückgekehrt. Inzwischen hatte die Sonne hinterm Horizont ein pfirsichfarbenes Feuerwerk entzündet. In der Gemeinschaft des Lichts herrschte Aufbruchstimmung. Nur beim König von Soodland nicht.

»Ergil?«

Jetzt hatte er das Wispern gehört. Es kam von dem Rosenholzgitter. Sein Kopf fuhr herum und er flüsterte: »Nishi?«

»Kann ich dich sprechen, Ergil?«

»Warte, ich komme.« Er wandte sich nach innen. Entschuldige.

Ist schon klar. Alte Netze wie ich sind es ja gewohnt, wenn man sie hängen lässt, maulte Nisrah.

Nur ganz kurz, mein Freund. Ehe der Weberknecht noch weiter den Beleidigten spielen konnte, hatte sich Ergil von ihm gelöst.

Rasch lief er zur Tür. Und kaum hatte er das Gitter aus Holz und Papier zur Seite geschoben, fiel Nishigo ihm auch schon in die Arme. Seit jenem Abend vor nun bald fünf Wochen war die Prinzessin ein braves Mädchen gewesen und hatte keine heimlichen Streifzüge zu den Gästequartieren mehr unternommen. Als Ergil jetzt diesen Umstand ansprach und beiläufig erwähnte, dass es noch nicht einmal richtig dunkel sei, brach sie in Tränen aus. Er war einigermaßen verwirrt.

»Warum weinst du, Nishi?«

»Wieso wohl?«, schluchzte sie.

Er streichelte unbeholfen ihren Hinterkopf und fragte sich, welche Todesart Oramas ihm wohl für diese kleine Zärtlichkeit zugedenken würde. Natürlich ahnte er, was in Nishigo vorging, wagte aber nicht, das heikle Thema von sich aus anzusprechen. Nach reiflichem Zögern entschloss er sich zu der unverfänglichen Formel: »Sag du es mir.«

Sie lehnte den Kopf zurück, funkelte ihn aus ihren Karneolaugen an und ließ das Gesicht wieder gegen seine Brust sinken. »Bald verlässt du mich.« Ihre Worte klangen erstickt und unüberhörbar vorwurfsvoll.

Ergil schluckte. »So würde ich das nicht ausdrücken, Nishi. Ich ...« Er suchte nach einer passenderen, weniger harten Umschreibung.

»Du lässt mich allein«, schlug sie vor.

Sein Herz verkrampfte sich. Er würgte einen Kloß hinunter. »Nishi, du weißt, warum ich nach Soodland zurückkehren *muss* ...«

»Dann nimm mich mit«, fiel sie ihm ins Wort und begann erneut zu schluchzen.

»Ich soll ...?« Es verschlug ihm die Sprache.

»Liebst du mich denn nicht?«

»Ob ich dich ...?« Ihm wurde schwindelig. In seinem Kopf stürzte eine Mauer ein, vielleicht die letzte, die zwischen ihm und Nishigo gestanden hatte. Er sah nur noch Staub. »Aber was ist mit Twikus …?« Ergil biss sich auf die Unterlippe. Was für eine dämliche Frage!

Die Prinzessin stieß sich empört von ihm ab. Selbst im kargen Licht des scheidenden Tages sah sie noch hinreißend schön aus. »Du bist ein Hornochse, wenn du mich ernsthaft so etwas fragst!«

Ja. Gib's ihm. Er hat es nicht anders verdient, feuerte sie eine Stimme an, die sich irgendwo in Ergils Kopf versteckte. Der Staub von der eingestürzten Mauer war immer noch zu dicht, um ihn einen klaren Gedanken fassen zu lassen.

Vielleicht sah Nishigo seine Verzweiflung, möglicherweise suchte sie auch nur Geborgenheit, jedenfalls schmiegte sie sich wieder an ihn und fragte leise: »Liebst *du* deinen Bruder noch?«

»Natürlich!«, erwiderte er sofort, weil ihm die Antwort unverfänglich erschien.

»Siehst du. Und ich werde Twikus auch immer lieben. Aber deshalb müssen mir doch nicht alle anderen Menschen gleichgültig sein. Vor allem nicht *du,* Ergil. Ich will bei dir bleiben, ob du nach Soodland oder irgendwo anders hingehst.«

Ergils Gefühle waren außer Rand und Band. Wie gerne hätte er geschrien: Ja, dann komm mit mir und wir werden ein Paar! Stattdessen hörte er sich sagen: »Du musst auf deinen Vater Rücksicht nehmen.«

»Meine Mutter kommt aus dem Stromland. Meinst du, er hat sich seine Liebe vom Vater oder den Ministern oder vom Volk verbieten lassen? Er wird mich verstehen.«

Ergil stöhnte innerlich. Für das, was er jetzt sagen musste, hasste er sich. »Nishi, die Botenfalken haben schlimme Kunde aus Soodland gebracht. Es herrscht Krieg. Mein Reich brennt an allen Enden. Vielleicht werde ich sterben, bevor …« Ihm versagte die Stimme.

Sie fing an zu weinen. Es war kein lautes, trotziges Jammern – das hätte er vielleicht noch ertragen können –, sondern ein schon fast stilles Greinen, wie bei einem Kind, das in seinem kleinen Körper den großen Weltschmerz fühlte. Das Wimmern zeugte von so seelentiefer Trauer, dass es Ergil im Grunde seines Herzens zu Tränen rührte.

In diesem Moment wollte er Nishigo nur trösten und so nahm er ihr Gesicht zwischen seine Hände, rang sich ein Lächeln ab und schickte sich an, ihr das gleiche Versprechen zu geben, das sie schon einmal von Twikus erhalten hatte: *Wenn ich dieses Abenteuer überlebe, dann kehre ich zu dir zurück.* Doch als er ihre Tränen glitzern sah, überkam ihn das Bedürfnis, ihre Seelenpein zunächst mit einem Kuss zu lindern. Seine Lippen näherten sich den ihren. Nishigo wehrte sich nicht, schien die Berührung sogar herbeizusehnen. Schon konnte er ihren warmen Atem spüren.

Als plötzlich die Alarmglocken schrillten.

Erschrocken fuhren sie auseinander und starrten sich an wie zwei Fremde, die sich zufällig in die Arme gelaufen waren. Ergil überlegte, ob er das Signal mit dem Kussversuch ausgelöst hatte. Unwillkürlich suchte er in den umliegenden Bäumen nach den maskenhaften Gesichtern von Koichis Aufpassern.

»Was hat das zu bedeuten?«, fragte Nishigo.

»Ich weiß es nicht. Das letzte Mal, als ich diese Glocken gehört habe, bist du von Kaguan entführt worden.«

Sie rückte wieder näher an ihn heran. »Ich habe Angst, Ergil.«

»Der Zoforoth sitzt im Kerker meiner Festung«, beruhigte er sie. »Trotzdem sollten wir nachsehen, was da los ist. Warte, ich hole meine Waffen.«

Er lief in das Gemach, schlang sich den »gläsernen Gürtel« um den Leib und schnappte sich den Bogen samt Pfeilköcher. Schon wollte er den Raum wieder verlassen, als er Nisrahs spinnwebartige Gestalt winken sah. »Dich hätte ich fast vergessen«, murmelte er und schwang sich den Weberknecht über die Schulter.

Die alte Hängematte dankt, bemerkte Nisrah trocken.

Ergil griff sich noch den Umhang und lief wieder zur Prinzessin nach draußen. »Würde es dir etwas ausmachen, ein paar Schritte vorauszugehen, Nishi?«

»Fürchtest du, mein Vater könnte dich vierteilen?«

»Ist diese Hinrichtungsart nicht veraltet?«

»Für Schwerenöter macht er schon mal eine Ausnahme. Bleib bitte in der Nähe, Ergil.«

»Keine Sorge, ich hüte dich wie meinen Augapfel.«

Nishigo lief über den Kiesweg voraus und Ergil folgte ihr. Bald begegneten sie den ersten Palastwachen. Die Männer wollten die Prinzessin in Sicherheit bringen, aber Nishigo weigerte sich. Im Nu war sie von sechs oder sieben Soldaten umringt, die mit ihr Schritt zu halten versuchten. Ergil sah keinen Grund mehr hinterherzuschleichen und schloss zur Gruppe auf.

»Was ist passiert?«, fragte er, als habe es ihn rein zufällig in diesen Teil des Parks verschlagen.

Einer der Männer antwortete: »Eure Wolkenqualle frisst den Ginkgobaum!«

Ergil kam sich vor wie ein glühendes Stück Eisen, das zwischen Hammer und Amboss breit geklopft worden war. Die Nachricht von *Argos* Heißhunger auf Goldfruchtbäume hatte ihn zutiefst erschüttert. Sollte alles vergebens gewesen sein?

Nishigos Stimme hallte in seinem Kopf. Er starrte sie mit offenem Mund an, aber ihre Worte schienen sich in seinem Gehörgang ständig zu verfangen, ehe sie den Verstand erreichten. Was dort ankam, waren zunächst nur tiefe, seltsam gedehnte, völlig unverständliche Laute. Aber dann schluckte sein Bewusstsein trotzdem die schwer verdauliche Kost.

»Meint Ihr damit, sie ist schon dabei, oder wollt Ihr sagen, sie schickt sich gerade an, es zu tun?«, hatte die Prinzessin gerade den Soldaten gefragt. Offenbar nahm sie damit auf Feinheiten im susanischen Sprachgebrauch Bezug, die Ergil vor Schreck nicht bedacht hatte.

»Ja«, antwortete der Gardist zackig.

Ergil hätte den Mann am liebsten geohrfeigt.

»Was bedeutet das? Drückt Euch gefälligst deutlich aus«, befahl Nishigo in einem Ton, den Ergil ihr nicht zugetraut hätte.

»Die Qualle bewegt sich auf den Gingko zu«, präzisierte der Posten.

Die Prinzessin und der König warfen sich einen Blick zu, dann begannen sie so schnell zu laufen, wie ihre Beine sie trugen.

Nishigo war klein und beweglich wie ein Wiesel. Sie nahm sämtliche Abkürzungen, die sie seit ihrer Kindheit ausgekundschaftet hatte. Ergil, um einiges größer als sie, konnte ihr oft nur mit Mühe folgen, von den geharnischten Gardisten ganz zu schweigen. Er hetzte über Wiesen und Moosfelder, setzte über künstliche Bachläufe, wetzte durch Bambushaine und verletzte sich an Ästen, die ihm ins Gesicht schlugen. Als endlich zwischen den Zweigen einiger Sicheltannen das pulsierende Leuchten der *Argo* auftauchte, war er schon ziemlich ramponiert und keuchte wie ein alter Mann. Aber er hastete weiter, bis er endlich das Wiesenrund von Süden her erreichte.

Auf der Ostseite des grünen Kreises gab es einen Bestand alter Lorbeerbäume, deren Blätter gerade von der Wolkenqualle abgeäst wurden. Beinahe der halbe Körper des riesigen Tieres ragte schon in die dem heiligen Baum gewidmete Lichtung hinein. Jeden Moment konnten die Tentakel nach dem Ginkgo angeln.

»O nein!«, stieß Nishigo hervor, als ihr klar wurde, dass Ergil nicht mehr rechtzeitig unter die Qualle laufen und ihr Einhalt gebieten konnte.

Er schloss die Augen, nicht um sich in das scheinbar Unabwendbare zu fügen, sondern weil er sich konzentrieren musste. Sein Sirilimsinn umschloss den gewaltigen Leib der *Argo*.

»Ergil!«, hörte er Nishigo entsetzt rufen, vermutlich weil er sich vor ihren Augen in einen grünlich leuchtenden Schemen verwandelte, der rasch durchsichtig wurde und dann jäh verschwand.

Während sie noch auf das Loch im Boden starrte, nahmen sein Körper und das aus Sicherheitsgründen in den Sprung mit einbezogene Wiesenstück im Innern der Wolkenqualle wieder feste Form an. Pfeif sie zurück, rief Ergil dem Netzling zu.

Bin schon dabei, antwortete Nisrah.

Aus dem Ärmel seines Gespinstlings schnellte ein feiner Körperfaden und nahm mit der *Argo* Kontakt auf.

Die Qualle zeigte keine Reaktion.

Am Rand des Wiesenrunds hatten sich inzwischen zahlreiche Wachen versammelt. Wie schon einmal vor fünf Wochen wurden Pfeile auf Bogensehnen gelegt und himmelwärts gerichtet. In Koichis Begleitung traf gerade der Mazar ein. Als Oramas gewahr wurde, dass die Wolkenqualle sich genau über dem Ginkgo positionierte, schrie er: »Gebietet Euren Männern Einhalt, Oberst!«

»Aber wenn das Untier …«, begehrte der Kommandant der Palastwache auf, wurde aber gleich wieder unterbrochen.

»Tut, was ich Euch befehle!«, fauchte der Mazar.

Koichi verneigte sich tief und gehorchte. In scharfem Ton gab er die Anweisung an seine Hauptleute weiter, welche sie wiederum an die Bogenschützen austeilten. Reihum sanken die Pfeilspitzen.

Schweigen. Gespannt beobachteten alle das Besorgnis erregende Harren der Qualle über dem Ginkgo.

Nach einer Weile brummte Oramas: »Hättet Ihr auf die Wolkenqualle geschossen, Koichi, wäre sie womöglich auf den heiligen Baum niedergegangen und hätte ihn zermalmt.«

Inzwischen hatte Nishigo ihren Vater am Westende des Wiesenrunds entdeckt und eilte auf ihn zu. Ehe sie ganz bei ihm war, rief sie: »Nicht schießen, Vater! Nicht schießen! Ich glaube, Ergil ist in dem Tier.«

Auf Oramas' Stirn erschien eine senkrechte Falte. »Der König greift unseren Gingko an?«

Sie schüttelte den Kopf. »Nicht doch, Vater. Er versucht ihn zu retten.«

»Bist du dir sicher?«

»Eben habe ich ihn noch gesehen, dann war er plötzlich verschwunden. Und die Qualle verhält sich ruhig.«

»Mir wäre lieber, wenn sie das auf dem Gemüseberg tun würde, den wir für sie im Garten aufgehäuft haben.«

Koichi sagte: »Wie mir berichtet wurde, hat die Qualle ihn nicht angerührt. Vielleicht mag sie keinen Kohl.«

Mit einem Mal ging ein Raunen durch die versammelten Scharen. Der Mazar, seine Tochter und der Oberst wandten sich wieder der *Argo* zu.

Nishigo atmete erleichtert auf. »Sie fliegt wieder zu ihrem Lagerplatz zurück.«

»Woher willst du das wissen?«, fragte ihr Vater.

»Ich kenne Ergil.«

Oramas musterte seine Tochter von der Seite.

Plötzlich flimmerte die Luft zwischen ihnen, eine grüne Wolkensäule erschien, die sich zu einem Schemen und schließlich zu einem jungen Mann verdichtete.

Ergil verneigte sich vor dem Mazar. »Majestät! Genießt Ihr auch die laue Abendluft im Park?«

Für einen Moment ließ sich Oramas von dem Ablenkungsmanöver narren. Er knabberte noch daran, dass der Hüter des Ginkgos wie aus dem Nichts vor ihm aufgetaucht war. Seine Gäste pflegten dergleichen normalerweise zu vermeiden. Aber dann erlangte er seine Fassung wieder und der Ärger über den Vorfall brach aus ihm heraus.

»Eure Qualle hat beinahe unseren Goldfruchtbaum gefressen. Wie konntet Ihr das zulassen?«

Ergil schlug beschämt die Augen nieder. »Es war keine Absicht, Majestät. Ich habe einen guten Freund gebeten, bis zu unserer Abreise bei der *Argo* zu bleiben, damit sich Vorkommnisse dieser Art nicht wiederholen. Aber das soll keine Entschuldigung sein. Ich übernehme die volle Verantwortung für den Euch zugefügten Schaden.«

»So? Ihr scheint nicht zu wissen, was Ihr redet.« Oramas hatte sichtlich Mühe, seine Contenance zu bewahren, als er hinzufügte: »Ich habe wohl zu überstürzt Eurem Drängen nachgegeben und meine Flotte nach Soodland geschickt. Lasst Euch warnen! Das susanische Gesetz kennt nur eine Strafe für jene, die unsere Heiligtümer entweihen: den Tod.«

Nicht zuletzt Nishigos Fürsprache hatte es Ergil zu verdanken, dass Oramas ihm verzieh. Trotzdem war die »heilige Handlung der Ernte« am nächsten Morgen von den Ereignissen der letzten Nacht überschattet. Der Mazar, seine Ratgeber und einige wenige hundert handverlesene Gäste wohnten, in festliche Gewänder gehüllt, dem Ritus mit versteinerten Mienen bei. Am meisten schmerzte Ergil indes, dass Nishigos bleich geschminktes Gesicht keine Regung zeigte.

Mit einer goldenen Sichel schnitt er die einzelnen Ginkgopflaumen von den Zweigen und legte sie in einen runden Korb, den die Prinzessin mit dem rechten Arm an ihre Seite drückte und mit der Linken am Rand umfasste. Er hätte die nach Schweißfüßen stinkenden Früchte der Dame Goldpflaume lieber in Windeseile abgeerntet, aber das Protokoll sah nur bedächtige Bewegungen vor. Dazu spielte eine Musik, die ihn an ein Katzenkonzert bei Vollmond erinnerte. Zum Schluss der feierlichen Zeremonie zupfte Nishigo einige Ginkgoblätter ab und bedeckte damit den Ertrag.

Sobald die Ernte eingebracht war, machte sich Mujo ans Werk. Ergil durfte den Leibarzt des Mazars bei der »heiligen Handlung des Entsaftens« und bei der kaum weniger weihevollen Herstellung des Lebenselixiers beobachten.

Zunächst wurden die Samen aus dem orangeroten Fruchtfleisch geschnitten und in einer goldenen sowie einer silbernen Schale gesammelt. Aus ihnen würde später eine neue Generation von Ginkgos heranwachsen, und zwar je zur Hälfte in Silmao und in Saphira.

Anschließend wurde das Fruchtfleisch zusammen mit einigen Ginkgoblättern zu Mark zerkleinert, in ein feines Tuch gegeben und darin ausgepresst. Der goldgelbe Saft kam in ein Tongefäß und wurde unter ständigem Rühren und Hinzugabe einer kleinen Menge zermahlener Harkonnase aufgekocht. Auf Ergils Frage nach dem richtigen Verhältnis zwischen Saft und pulverisiertem Xkschleim antwortete der Medikus: »Ich habe keine Ahnung.«

Zum Schluss wurde der Sud noch einmal durch ein Seidentuch geseiht. Im noch heißen Zustand füllte Mujo das bernsteinfarbene Wasser von Silmao in zwei Phiolen ab, die er zustöpselte und mit rotem Wachs versiegelte. In Form und Größe waren sie dem Gefäß, das Oramas einst dem Retter seiner Tochter geschenkt hatte, zum Verwechseln ähnlich. Mit einer Verbeugung reichte Mujo eines der beiden Fläschchen dem jungen König.

»Leider hatten wir nicht genug Saft, um verschiedene Zusammensetzungen herzustellen. Ich kann nur hoffen, dass die Rezeptur stimmt, Hoheit.«

Ergil nahm die Phiole dankend entgegen. »Bald werden wir es wissen, Mujo. Ich nehme an, die zweite Flasche ist für Oramas?«

»Er hat darauf bestanden«, erklärte der Arzt. Es war ihm offenkundig unangenehm, die Anweisung des Mazars zu befolgen.

»Macht Euch keine Sorgen. Der-der-tut-was-ihm-gefällt wird unser Bemühen segnen.«

»So möge es geschehen«, bekräftigte Mujo. »Soll ich die Herrin der Seeigelwarte über Eure Abreise in Kenntnis setzen?«

»Das wird nicht nötig sein. Die *Argo* ist schneller als jeder

Botenfalke.« Ergil brachte den Medikus dadurch außer Fassung, dass er ihn umarmte. »Lebt wohl, mein Freund, und noch einmal danke. Wenn alles gut geht, dann habt Ihr mit Eurer Arbeit nicht nur meine Mutter, sondern unsere Welt gerettet.«

Das Gesicht des Königs von Soodland war so unbewegt wie die Mienen der zum Abschied versammelten Susaner. Ergil eiferte nicht etwa seinen Gastgebern nach, sondern er war verzweifelt. Vergeblich hatte er überall nach Nishigo gesucht. Sogar Schekira war, nachdem sie in allen möglichen Verkleidungen den Palast durchforstet hatte, ergebnislos zu ihm zurückgekehrt. Einmal wäre sie als Fledermaus fast von einem gezielt geworfenen Schuh erschlagen worden. Jetzt hatten sich die Gemeinschaft des Lichts sowie der halbe Hof unter der *Argo* versammelt und von Nishigo fehlte immer noch jede Spur.

Ergil verneigte sich steif vor Oramas. »Bitte richtet Eurer Tochter meinen Gruß aus. Ich bedauere sehr, mich von ihr nicht persönlich verabschieden zu können, aber meine Abreise duldet keinen Aufschub.«

»Das verstehe ich. Bitte verzeiht der Prinzessin ihre Unhöflichkeit. Nach dem Abschied von Eurem Bruder hatte sie sich auch tagelang versteckt. Und genauso, als uns die Nachricht von seinem Hinscheiden erreichte. Sie ist eben noch ein Kind.«

Wenngleich die Miene des Mazars ein Buch mit sieben Siegeln war, glaubte Ergil an seinen Worten doch zu erkennen, dass ihm die Abwesenheit seiner Tochter durchaus gelegen kam. Immerhin hatten die zarten Bande zwischen dem Hüter und der Hüterin des heiligen Ginkgos am Hof wochenlang für Gesprächsstoff gesorgt. Damit war jetzt endlich Schluss. Wenn Nishigo sich beruhigt hatte, konnte sie einen susanischen Edelmann heiraten, den ihr Vater für sie auswählen würde.

Nachdem alle Hände geschüttelt, alle Segenswünsche ausgetauscht und sämtliche Abschiedsgeschenke überreicht waren, ließen sich Ergil, Schekira, Popi, Tusan, Tiko und Harkon ins Maul der *Argo* hieven. Nisrah erwartete sie bereits im Ring, aufgespannt wie ein großes Spinnennetz zwischen zweien der viel zu vielen Proviantkisten.

»Lasst uns nach Hause fliegen«, sagte Ergil.

Tusan bedachte ihn mit einem prüfenden Blick. »Aus deinem Mund hört sich das an wie: ›Auf, stürzen wir uns von einer Klippe ins Meer!‹«

»Dann habe ich den Ton ja richtig getroffen. So fühle ich mich nämlich.«

»Du wirst die Prinzessin wiedersehen, Ergil.«

Er nickte. »Ich hätte ihr das nur gerne selbst gesagt.«

25

VON ACHSENHERREN UND ANDEREN GIERIGEN

Allmählich kam sich Gondo selbst vor wie ein Grottenhund. Seit der Landung auf Soodland vor vier Wochen schnüffelte er jetzt schon überall in der Gegend herum, als suche er vergrabene Knochen. So auch jetzt, da er noch vor Sonnenaufgang durch die Gassen Sooderburgs schlich, um einem Hinweis nachzugehen, den er aus einem alten Fischer herausgekitzelt hatte. Mit einem schartigen Dolch.

Angeblich halte sich in der Stadt ein Juwelengoldschmied versteckt, der auch den Königshof mit Pretiosen beliefere. Während alle anderen vor den Invasoren geflohen seien, habe der unvorstellbar reiche Mann seinen Schatz aus edlen Metallen und Gemmen nicht im Stich lassen wollen. Nun verberge er sich und das Geschmeide im verlassenen Anwesen eines Müllers im äußersten Nordwesten der Stadt.

Gondo war so beschwingt wie schon lange nicht mehr. Er konnte sich gut vorstellen, mit diesem einen Fang so viel Beute zu machen, wie er für ein sorgloses Leben brauchte. Besagter Fischer hatte, um sich die Vollzahl seiner Finger zu erhalten, das Versteck des Edelstein- und Schmuckhändlers ziemlich genau beschrieben: »Marschiert den Bach stromaufwärts bis zur Wassermühle. Da versteckt sich der Mann mit seinen Säcken voller Gemmen und Geschmeide.« Gondo war so entzückt gewesen, dass er den Alten am Leben gelassen hatte.

An dieser Stelle sollte erwähnt werden, dass die männliche Bevölkerung der *Stadt* Sooderburg inzwischen entweder auf der *Festung* Sooderburg weilte, um diese gegen die Belagerer zu verteidigen, oder mit ihren Familien in die unzugänglichen Berge der Insel geflohen war. Nur eine verhältnismäßig kleine Zahl hatten die Eroberer erschlagen. Jetzt lebten, abgesehen von einigen Dutzend Frauen, nur noch ein paar Hurenkinder und Greise zwischen den geschleiften Mauern der Stadt.

Die Achse hatte Soodland förmlich überrannt. Lediglich rund um König Ergils Residenz war man auf nennenswerte Gegenwehr gestoßen. Etwa zehn Tage lang hatte der Kampf um die Hauptstadt gedauert. Aus irgendeinem Grund war der Ort nicht wie so viele zuvor niedergebrannt worden, als die Verteidiger ihn aufgegeben hatten. Jetzt wohnten die Heerführer der Achse in den einstigen Anwesen des Geld- und Blutadels. Die etwas niedrigeren Ränge hatten in den Häusern der Handwerker Quartier genommen. Hauptleute drängten sich in den Katen der Ärmsten. Und das Fußvolk lagerte wie gehabt in Zelten außerhalb der Mauern.

Als Gondo die Mühle erreichte, färbte sich der nachtschwarze Himmel gerade grau, für einen Zwergling die idealen Lichtverhältnisse, um sein Unwesen zu treiben. Die Mühle genoss einen Sonderstatus. Sie war unbewohnt. Als die Verteidiger sich Hals über Kopf aus dem Staub gemacht hatten, waren den Invasoren hier Unmengen von Getreide und Mehl in die Hände gefallen. Unter den ausgehungerten Soldaten hatte die Eroberung der Wassermühle größere Freude ausgelöst als die Einnahme vieler niedergebrannter Städte.

Gondo ließ sich viel Zeit, um das Terrain zu sondieren. Das Gebäude wurde von nicht weniger als zwei Dutzend Posten bewacht. General Waltran hatte erklärt, man wolle mit dieser Maßnahme Plünderungen vermeiden. Er sagte aber nicht, warum die Vorräte kurz nach der Entdeckung nicht mehr weiter ans Fußvolk ausgeteilt worden waren. Die Heerführer hatten offenbar selbst Geschmack an frisch gebackenem Brot gefunden.

Oder wussten sie von dem Gold- und Juwelenschatz?

Das bezweifelte Gondo. Er kletterte die steile Böschung hinunter und stieg in die eisigen Fluten des Baches. Bald reichte ihm das Wasser bis an die Brust. Über sich sah er eine Reihe von Fackeln. Geschickt nutzte Gondo die Deckung von Bäumen und Büschen, während er bis zum großen Mühlrad watete. Es war nicht in Betrieb. Lautlos kletterte er an den Schaufeln empor, balancierte über eine hölzerne Speiche und gelangte so zu einem Durchschlupf über der Welle des Rades. Noch ein kurzer Blick hinauf zu den Wachen – sie unterhielten sich angeregt –, dann war er auch schon in der Mühle.

Gondo schüttelte sich wie ein nasser Grottenhund. Danach lauschte er. Vielleicht schlief der Goldschmied und er konnte ihn schnarchen hören. Außer dem Rauschen des Baches war jedoch nichts zu vernehmen. Also begann der Zwergling mit der planmäßigen Erkundung der Mühle.

Ein erster Rundumblick verriet ihm, dass er offenbar nicht als Einziger auf diesen grandiosen Einfall gekommen war. Irgendjemand hatte im ganzen Gebäude den Fußboden aufgerissen, was sogar auf eine ziemlich gründliche Durchsuchung schließen ließ. Infolgedessen konnte man jetzt, das Sehvermögen eines Zwerglings vorausgesetzt, alle drei Etagen überblicken, ohne sich von der Stelle zu bewegen. Und weil die Mühle auf Stützen direkt über dem Wasser errichtet worden war, hätte Gondo von seinem gegenwärtigen Standpunkt aus sogar angeln können. Ihm stand jedoch nicht der Sinn nach Fisch (während der Seeblockade hatte er genug davon gegessen, um für den Rest seines Lebens darauf verzichten zu können). Alles, wonach er trachtete, war ein Geschmeidehändler mit einem fetten Schatz. Deshalb kletterte Gondo zunächst über eine steile Stiege nach oben.

Dort lagerten auf den wenigen Bohlen, die es noch gab, Säcke mit gedroschenem Korn. Außerdem sah er einen großen Holztrichter, in den der Müller wohl das Mahlgut zu schütten pflegte. Ein Stockwerk tiefer befanden sich die Mühlsteine. Durch ein Loch in der Mitte konnte das Getreide zwischen sie rieseln, um von den sich drehenden Scheiben zu Mehl zerrieben zu werden und anschließend in einen Auffangbehälter im Untergeschoss zu fallen. Dort standen auch die beschlagnahmten Mehlsäcke.

Während das durch zahlreiche Ritzen und wenige Fenster in die Mühle eindringende Tageslicht immer heller wurde, verschlechterte sich die Laune des Zwerglings rapide. Nicht einmal die Nasenspitze eines Schmuckhoflieferanten hatte er gefunden. Der Fischer war doch nicht etwa ein Lügner? Eine für Gondo höchst empörende Idee, die fast sein Vorstellungsvermögen überstieg. Immerhin hatte dem Mann doch einiges an seinen Fingern gelegen.

Oder war der Goldschmied längst den anderen Rosinenpickern in die Hände gefallen?

Der Zustand der Mühlenböden sprach leider für diese Möglichkeit. Nicht auszudenken, wenn der Besitzer des Schatzes in diesem Augenblick auf der Streckbank verhört oder mit Daumenschrauben unter Druck gesetzt wurde. Gondo erschauderte. Schrecklicher Gedanke, ganz und gar furchtbar, sich auszumalen, wie der Mann sein Geheimnis den falschen Leuten verriet!

Der von zahllosen Enttäuschungen zermürbte Zwergling geriet bei diesem Gedanken in Rage. Er hatte bei der Einnahme von Sooderburg nur wenige Beutestücke ergattern können, alles Dinge, die andere achtlos liegen ließen. In den Wochen danach war seine Kohorte von den Generälen immer wieder an den falschen Abschnitten des Schlachtfeldes eingesetzt worden, dort, wo es nichts zu holen gab. Und jetzt sollte bald ein weiterer Geier aufkreuzen.

Dem Vernehmen nach hatte es nämlich Godebar nicht mehr länger in Ostgard gehalten. Obwohl er in seinem eigenen Königreich alle Hände voll zu tun hatte, um gegen die Rebellen zu kämpfen, zog es ihn nach Soodland, wo bald ein viel bedeutenderer Thron zu vergeben war. Als Großkönig des Sechserbundes würde Godebar zweifellos über ein Heer verfügen können, das diesen Tantabor genauso zermahlen konnte wie ein Korn zwischen den Mühlsteinen über Gondos Haupt. Er stellte sich vor, wie der fette Klops aus Ostgard seine eigenen Männer bei der Verteilung der Beute bevorzugte, und wurde darüber noch zorniger.

In diesem Augenblick entdeckte er den Spieß an der Wand. Irgendein Kamerad musste die Waffe dort nach der Durchsuchung der Mühle vergessen haben. Gondo schnappte sie sich und lief damit wieder nach oben. Seine Schlussfolgerung war sehr einfach: Wenn die Geschmeide des Schmuckhändlers noch irgendwo hier versteckt waren, dann im Getreide oder im Mehl. Systematisch machte er sich daher an die Durchlöcherung der Kornsäcke.

Bald rieselten die Samen von Roggen, Dinkel, Hafer und Gerste wie ein milder Sommerregen durch die Mühle. Da im Fußboden überall Löcher klafften, fiel das meiste direkt bis in den Bach hinab. Zum Unmut des Zwerglings stieß er in keinem Sack auf Widerstand.

Gondos unbestechliche Logik hatte nur eine Erklärung dafür: Der Schatz war im Mehl versteckt.

Kurze Zeit später hatte er mit seiner Lanze auch sämtliche Säcke im Untergeschoss durchsiebt. Ohne fündig zu werden. Allmählich dräute ihm, dass an diesem Morgen nur die Bachforellen einen Grund zum Feiern haben würden.

Plötzlich flog über ihm die Tür auf. Rasch drückte er sich in einen dunklen Winkel. Zum ersten Mal wurde ihm bewusst, dass er mit seinen nassen Kleidern überall Tropfspuren hinterlassen hatte. Ein Soldat streckte den Kopf herein. Vielleicht war dem Mann ja aufgefallen, dass etwas mit der Farbe des Baches nicht stimmte. Gleich darauf stürmte eine ganze Schar von Posten ins Gebäude.

Der Zwergling knurrte wie ein Grottenhund. Er hatte sich von dem Fischer narren lassen. Vielleicht war der Greis sogar ein Gewährsmann dieser Hexe Múria, die mit ihren Listen unter den vereinigten Heeren ständig für Unruhe sorgte. Ja, so musste es sein. Der Alte hatte nur das hilflose Opfer gespielt und die Geschichte von Gold und Gemmen in der Mühle verbreitet, um damit eine wilde Schatzsuche auszulösen. Irgendein Dummkopf würde sich schon finden und in seiner Gier das Korn und Mehl verderben.

Gondo hatte gute Lust, jemanden zu erwürgen, aber die Wachen in der Mühle mochten ihm das Vergnügen nicht gönnen und der alte Fischer war wohl längst über alle Berge. Einmal mehr musste er sich der Einsicht fügen, als Beute nur das eigene Leben davontragen zu können. Er holte tief Luft, rutschte zwischen zwei Balken hindurch, tauchte unter und ließ sich mit der vom Mehl weiß gefärbten Flut aus der Mühle tragen.

In den vereinigten Armeen gab es eine ganze Reihe sonderbarer Geschöpfe. Trotzdem war ein triefend nasser Zwergling alles andere als ein alltäglicher Anblick. Gondo trug diesem Umstand Rechnung, indem er auf Nebenwegen in die Unterstadt zurückkehrte. Sooderburg war nicht unbedingt riesig, aber doch groß genug, um sich im Gewirr aus Gassen und Plätzen eine Weile zu verstecken.

Etwa eine Stunde lang pflegte Gondo in einem leeren Backhaus seine üble Laune. Nachdem er sich gebührend als einzigen Verlierer des Kampfes um Soodland bedauert und seine Kleider hinlänglich getrocknet hatte, stapfte er zum Hafen hinab, um sich Graf Waltran zu zeigen. Der Graf residierte dort in einem komfortablen Kaufmannshaus in unmittelbarer Nähe zum Stadtpalast, der König Entrin als Behelfsschloss diente.

Während Gondo einer Gasse folgte, die zum Kai führte, blickte er zum Himmel empor. Hier und da klafften blaue Lücken im grauen Firmament. Eigentlich hatte er nichts gegen die überraschende Wetterbesserung, die Soodland nun schon seit Wochen einen milden Herbst bescherte, nur an diesem Morgen wäre ihm Nieselregen lieber gewesen. So hätte er sich keine Erklärung für seine immer noch feuchten Kleider ausdenken müssen. *Ich bin unter einem Bierfass eingeschlafen.* Nein, die Lüge würde man riechen. *Ich habe beim Baden vergessen, die Kleider auszuziehen.* Auch nicht gut. Waltran würde sofort misstrauisch werden, wenn Gondo das Thema Körperpflege ansprach. *Ich musste mal dringend …*

Als er noch dabei war, über Ausrede Nummer drei nachzusinnen, erreichte er den Hafendamm. Sogleich fiel sein Blick auf einen großen Viermastschoner, der gerade an der Mole festmachte. Gondos Neugier erwachte. Er vergaß sein klammes Wams und näherte sich im Laufschritt dem Schiff. Etwa auf halbem Wege zur Anlegestelle traf er auf Waltran, der ebenfalls dem Schoner entgegenstrebte. Er war ein typischer Pandorier, soll heißen, er trug seine roten, grau gesträhnten, halblangen Haare zu zwei Zöpfen geflochten. Von der Statur her – sie war ziemlich stämmig – passte er gut zu dem schwarzen Grottenhund, der in diesem Augenblick wie toll an seiner Leine zerrte. Als Barkas jedoch den Zwergling bemerkte, fletschte er die Zähne und knurrte.

»Ei, wen haben wir denn da?«, begrüßte der General fast überschwänglich seinen Kohortenführer, ohne den Drohgebärden des krummbeinigen Rattentöters Beachtung zu schenken. »Ich hatte dich beim Morgenappell schon vermisst, Gondo. Wo bist du gewesen?«

Der Zwergling hasste es, wenn der Graf ihn ebenso vertraulich ansprach wie den schwarzen Bastard. »Ich bin einem Gerücht nachgegangen, Herr General.«

Waltran runzelte die Stirn. Er hatte »Gondo, der Spürnase« schon einiges durchgehen lassen, weil dessen ungewöhnliche Methoden oft zu besseren Ergebnissen führten als die sture Befolgung der Regeln im *Handbuch des siegreichen Heerführers.*

Aber irgendetwas am Zwergling schien ihn zu irritieren. Unvermittelt streckte er die Hand aus und berührte die Schulter des Kleinen, wobei er in diese Geste ungefähr die gleiche Inbrunst legte, wie man sie bei der Untersuchung eines möglicherweise giftigen Pilzes walten lässt. Waltran rieb den Zeigefinger am Daumen.

»Deine Kleider sind feucht, Gondo.«

»Eben drum, Herr General. Besagtes Gerücht will von einem geheimen Zugang zur Festung wissen. Ich habe, um den Scharfschützen auf der Burg kein Ziel zu bieten, schon vor Sonnenaufgang den Strand unterhalb der Klippe abgesucht. Die Gischt dort ist ziemlich ungestüm. Dabei bin ich nass geworden.«

»Was für eine famose Idee! Einen Moment lang hatte ich tatsächlich befürchtet, du könntest etwas mit dem Vorfall bei der Wassermühle zu tun haben.«

Gondo schluckte. »Welcher Vorfall?«

»Jemand ist dort eingedrungen und hat sämtliche Vorräte in den Bach geschüttet.«

»Das ist ja …« Der Zwergling schüttelte empört den Kopf. »Unsere Mägen sind doch jetzt schon leer. Wieso tut einer so etwas?«

»Um unsere Kampfmoral zu schwächen. Vermutlich steckt Borst dahinter. Oder diese Múria.«

Gondo war ein Musterbeispiel der Fassungslosigkeit. »Ihr meint, ein Spion hat den Schaden angerichtet?«

Der Graf nickte. »Möglicherweise sogar ein Verräter aus unseren eigenen Reihen.«

»Das gibt es nicht!«

»Ich hab schon Pferde kotzen sehen, mein Guter. Wenn wir den Burschen zu fassen kriegen, wird er am nächsten Baum aufgeknüpft, gepfählt, zerstückelt und auf dem Scheiterhaufen verbrannt.«

Sämtliche Haare auf Gondos Warzen wurden schneeweiß.

Jedenfalls fühlte er sich so. Er machte gute Miene zum bösen Spiel und schlug vor: »Vielleicht sollte man ihn noch zwischendurch enthaupten.«

»Hervorragende Idee! Wenn du irgendetwas aufschnappst, das uns bei der Suche nach dem Verräter hilfreich sein könnte, dann lass es mich wissen. Entrin hat eine Belohnung von zehn Goldstücken auf seinen Kopf ausgesetzt.«

Der Zwergling verschluckte sich und krächzte: »Das ist ja wunderbar! Für so viel Geld werde ich Euch gleich einen ganzen Sack Verräter liefern.«

»Nichts dagegen. Aber sei vorsichtig! Ich möchte vermeiden, dass der Folterknecht einen von unseren Spitzeln in die Finger bekommt.«

Gondos Augen wurden groß. »Sagt bloß, wir haben auch welche.«

»Na klar. Kapitel dreizehn im *Handbuch des siegreichen Heerführers:* ›Wie man Verräter mit Schnüfflern bekämpft‹. Wenn dir der Sinn nach einer militärischen Laufbahn steht, solltest du's mal lesen.«

Der Zwergling zog eine Grimasse. Der Kampf mit Buchstaben war nicht sein Ding. Um von dieser Schwäche abzulenken, sagte er: »Lieber wäre mir, wir hätten einen Spion auf der Sooderburg, der uns die Tore öffnet.«

Der General verfiel in ein beredtes Schweigen.

Gondo hielt den Atem an. »Gibt es etwa ...?«

Waltran legte den Finger auf die Lippen. »Ich gebe dir einen guten Rat. Sprich mit niemandem über die Gedanken, die dir gerade durch den Kopf gehen. Ein Wort zu viel und du findest dich am Grunde des Schollenmeers wieder. Das täte mir Leid. Du bist mein bester Kundschafter, Gondo.«

»Danke, Herr General.«

»Und was ist nun dabei herausgekommen?«

»Wobei?«

»Hast du einen Geheimgang in die Burg gefunden?«

»Leider nicht, Herr General.«

Waltran zuckte die Achseln. »Na ja, da kann man nichts machen. Wir werden die Festung trotzdem einnehmen. Vielleicht schon morgen. Komm und heiß mit mir den König willkommen.«

Gondo blinzelte. »Etwa ...?«

Der Graf nickte. »Seine Majestät König Godebar von Ostrich gibt sich die Ehre. Ich bin gespannt, wie unser listiger Entrin ihn in die Schranken weisen will, ohne ihn zu vergrellen.«

Der Steg bog sich gefährlich, als Godebar darüber hinwegbalancierte. Sein rundes Gesicht glich einer Maske, die dem Ausdruck übermenschlicher Anspannung gewidmet war. Krampfhaft klammerte er sich an ein Tau, dessen beide Enden in den Händen junger, vor Kraft strotzender Leibwächter lagen, welche vor und hinter ihm liefen, um den drohenden Absturz ihres Herrn ins Hafenbecken zu verhindern. Gondo meinte einige Male ein Besorgnis erregendes Knacken aus dem Steg zu vernehmen. Er kannte den König von Ostrich nur aus etlichen Erzählungen und hatte sich in seiner Vorstellung daraus ein Bild erschaffen, das nun durch die Wirklichkeit buchstäblich in den Schatten gestellt wurde. Tatsächlich war der Zwergling nie einem Menschen begegnet, der einen so *großen* Schatten warf.

Das Empfangskomitee am Kai beobachtete den Balanceakt des fetten Monarchen mit angehaltenem Atem. Einige, allen voran Entrin, mochten ihm insgeheim das unfreiwillige Bad durchaus wünschen, aber Godebar entglitt seinen erfahrenen Männern nicht und erreichte wohlbehalten den gepflasterten Hafendamm.

Die Könige von Pandorien und Ostrich begrüßten sich in der üblichen Weitschweifigkeit, die bei solchen Anlässen Pflicht war, um den Barden Anregungen für ihre Heldenlieder, den Chronisten Stoff für ihre Geschichtsbücher und den Hofmalern eine hinreichende Anzahl von Posen für ihre Monumentalgemälde zu liefern. Gondo sah den Schinken schon vor sich: *Die Eroberer von Sooderburg*. So oder ähnlich würde das Bild heißen, das bald den Thronsaal des neuen Großkönigs zierte. Fragte sich nur, wie dieser dann hieß.

»Ein feines Schiff habt Ihr da«, sagte Entrin. Vermutlich gingen ihm allmählich die Belanglosigkeiten aus.

Godebar drehte sich zu dem Schoner um und schaffte es, trotz seines praktisch nicht vorhandenen Halses, zu nicken. »Es ist die Zierde von Hjalgords Flotte. Hilkos Vetter war so aufmerksam und hat mich in Bjondal abgeholt.«

»Hjalgord ist hier?«, staunte der Pandorier.

»Und ob ich da bin, Hoheit! Ich werde mir doch nicht unseren großen Sieg entgehen lassen«, kam die Antwort direkt von Bord des Schoners.

»Vor allem nicht Euer Stück am großen Kuchen«, grunzte Entrin leise.

Nicht leise genug für Gondo. Er besaß ein feines Gehör und staunte über den Neid jener wohlbetuchten Herren, denen das süße Backwerk doch längst aus den Ohren quellen musste. Neugierig spähte er zum Deck des Schoners hinauf, um sich ein Bild vom nächsten Rosinenpicker zu machen.

Zunächst entdeckte er inmitten der Besatzung nur ein paar rote Haarbüschel. Einige Seeleute wurden unsanft zur Seite gestoßen. Dadurch öffnete sich der Blick auf ein schmales Gesicht. Der Zwergling neigte zu der Schwäche, vom Aussehen eines Menschen Rückschlüsse auf dessen Wesensart zu ziehen. Demnach musste Hjalgord eine Natter sein. Er hatte eng stehende Augen, eine Hakennase und kleidete sich wie ein eitler Pfau – sein langer Hals ragte aus einem ausladenden Kragen aus Hermelin. Dachte man sich den dazugehörigen Pelzmantel weg, dann musste der reichste Mann des Stromlandes ausgesprochen hager sein.

Mithilfe seiner Ellenbogen und einiger Anweisungen, die auf dem Hafendamm nur als Zischlaute zu vernehmen waren, hatte sich Hjalgord schnell zum Laufgang durchgekämpft. Wohl um einen belebenden Kontrapunkt zur Behäbigkeit des ostrichischen Königs zu setzen, schwang er sich auf den Steg hinaus und schickte sich an, diesen mit federnden Schritten zu überqueren. Als er jedoch dessen Mitte erreichte, brach der Steg entzwei.

Hjalgord landete platschend im Wasser.

Godebar trat an den Rand des Kais, schielte über die Kante zu dem wild mit den Armen rudernden Kaufmann hinab und rief lachend: »Ich hoffe, Ihr sauft mir nicht ab, werter Freund. Vielleicht überlegt Ihr Euch die Sache mit dem Kuchen ja noch einmal. Wer zu viel nascht, neigt zu unliebsamer Schwerfälligkeit.«

26

DER ANGRIFF

Die Verteidigungsringe der Sooderburg glichen einer dreifachen Krone. Bereits als die Nachricht vom Einfall der vereinigten Heere eingetroffen war, hatte Borst den Ausbau der Festungsanlagen befohlen. Zu den ursprünglichen zwei Mauern, die den Hauptpalast und seine Nebengebäude wie große Hufeisen umschlossen, war ein weiterer Wall hinzugekommen. Er bestand aus Wachtürmen und hölzernen Palisaden mit Spitzpfählen. Außerdem war der Hang bis hinunter zur Stadt gespickt mit unzähligen spitzen Pflöcken, die wie die Stoßzähne vergrabener Elefanten aus dem Erdreich ragten.

Die Zinne der zweiten Mauer ragte weit über den Zaun hinaus und der innere Schutzwall war der höchste. Diese Staffelung ergab sich hauptsächlich durch den Steilhang, auf dem die äußeren Teile der Festung standen. Nur der innere Kern thronte oben auf jener Klippe, die schon zu Zeiten der Sirilim in ein Plateau umgewandelt worden war. Alle Mauern endeten auf der Seeseite in halbrunden Schalentürmen – daher die Hufeisenform der Wallanlage. Hier, wo der uralte Knochenturm aufragte, fiel der schroffe Fels zum Meer hin senkrecht ab.

Im Morgengrauen beobachteten Múria und Borst die aufmarschierenden feindlichen Armeen von der mittleren Mauer aus. Torbas, der Adjutant des Reichsverwesers, inspizierte gerade die äußeren Wehrgänge.

»Ich hatte es schon seit Tagen im Urin, dass heute der Hauptangriff beginnt«, brummte der Pandorier.

Die derbe Wortwahl des alten Recken entlockte Múria nicht einmal ein Zucken der Augenbrauen. »Körperflüssigkeiten sind wohl das denkbar schlechteste Mittel, um eine erfolgreiche Verteidigungsstrategie zu planen.«

»Nach der Ankunft von Godebar und Hjalgord war sowieso klar, dass die Halunken zum Angriff blasen werden.«

»Das Argument lasse ich schon eher gelten. Abgesehen davon wissen die Achsenherren so gut wie wir, dass jeden Tag das Wetter wieder umschlagen kann. Meinen Spionen zufolge sind die Truppen des Feindes auf einen plötzlichen Wintereinbruch denkbar schlecht vorbereitet. Sie hungern ohnehin schon.«

Borst grinste. »Daran bist du ja nicht ganz unbeteiligt. Ich sage nur ein Wort: Goldschatz in der Wassermühle.«

»Das waren vier Wörter, mein Lieber. Im Übrigen dürfte deine Strategie der verbrannten Erde mehr zur Schwächung des Gegners beigetragen haben.«

»Halten wir uns nicht mit Lobhudeleien auf. Hast du dich um den Geheimgang gekümmert?«

Sie nickte. »Am Fuß der Klippe sind vier Posten versteckt. Selbst wenn drei sterben sollten, kann der letzte noch den Einlass zum Labyrinth verschließen. Allerdings wäre uns dann der Fluchtweg abgeschnitten und wir müssten …« Múria verstummte, weil die am Steilhang versammelten Truppen des Gegners plötzlich ein lautes Geschrei anstimmten.

»Es geht los«, sagte Borst. Er hörte sich an, als spräche er von einem Reitturnier und nicht vom Auftakt der größten Schlacht, die Sooderburg seit Menschengedenken erlebt hatte.

Die feindlichen Heere rückten in mehreren Verbänden vor, deren Herkunft an ihren unterschiedlichen Rüstungen und Waffen zu erkennen war. Während sich von Norden schwer gepanzerte pandorische Einheiten näherten, stürmten an der Westflanke die beweglicheren Soldaten aus Ostrich den Hang. Etliche wurden, weil ihre Kameraden ungestüm nachdrängten, an den »Stoßzähnen« aufgespießt, ehe der Kampf richtig begonnen hatte.

Borst wartete, bis die Soldaten in Schussweite waren. Dann setzte er seine Bogenschützen ein. Sie ließen nicht, wie es das *Handbuch des siegreichen Heerführers* empfahl, einen Pfeilhagel auf die Feinde niederprasseln, sondern gingen ausschließlich mit gezielten Schüssen gegen sie vor. Auf diese Weise würden die kostbaren Geschosse weniger schnell zur Neige gehen. Trotzdem war der Hang bereits mit Leichen übersät, als die ersten Angreifer den Zaun erreichten.

Die Heere der Achse hielten sich streng an das *Handbuch*, soll heißen, sie gingen weit verschwenderischer mit ihrem Kriegsmaterial um. Immer wieder verdunkelte sich der Himmel über den Verteidigern, weil ganze Schwärme von Pfeilen auf sie herabregneten. Etliche davon brannten, blieben in den Palisaden stecken und brachten den Saft im noch feuchten Holz zum Kochen. Über kurz oder lang würde der Zaun Feuer fangen. Um das Unvermeidliche hinauszuzögern, ließ Borst die Spitzpfähle in regelmäßigen Abständen wässern.

Múria musste an die Worte denken, die ein weiser Mann gesagt hatte: »Das Erste, was im Krieg stirbt, ist die Unschuld.« Wie wahr! Angesichts des Gemetzels konnte sie nur Abscheu empfinden. Doch hatte sie nicht selbst einen Anteil daran? In den letzten Wochen war sie schließlich nicht untätig gewesen. Sie hatte dem Gegner mit vielerlei Listen immer wieder empfindliche Schlappen zugefügt, in der Hoffnung, diesen furchtbaren Tag so weit wie möglich hinausschieben zu können. Aber nun war er gekommen. Angewidert wandte sie sich ab und lief in die Burg zurück.

Um die Mittagszeit hielt sie es in ihren Gemächern nicht mehr aus. Untätig auf die Gnade des Schicksals zu warten, entsprach nicht ihrer Natur. Sie begab sich wieder ins Freie, jedoch nicht zurück zum Verteidigungsring, sondern auf den Knochenturm. In schwindelnder Höhe verschaffte sie sich einen Überblick.

Die Lage war alles andere als ermutigend. Im Verlauf des Vormittags hatte sich der Kampf an der äußeren Barriere zugespitzt. Der Zaun brannte an mehreren Stellen. Die Soldaten hatten Ketten gebildet, um Wasserkübel schnellstmöglich zu den Flammen zu befördern. Dadurch konnten sie keine Schilde halten und waren den immer noch auf sie niederregnenden Pfeilen schutzlos ausgesetzt. Zwischen der Palisade und der ersten Mauer lagen unzählige Tote.

Múria konzentrierte sich auf eine Stelle, an der das Feuer besonders heftig wütete. Unter Aufbietung ihrer ganzen Kraft verschob sie das Faltentuch der Zeit: die Stämme wurden wieder jünger, die Flammen erloschen. Anschließend keuchte sie vor Anstrengung. Wenn sie doch nur ein wenig mehr von der Macht hätte, die Ergil besaß!

Immer häufiger gelang es den Gegnern nun, die Spitzpfähle zu überqueren. Damit verlagerte sich der Kampf zusehends in den Innenraum zwischen erstem und zweitem Wall. Múria konnte ihre Gabe nur hier und da zum Einsatz bringen, indem sie Feuer löschte oder Breschen schloss. Bald war sie aber auch dafür zu erschöpft und musste hilflos mit ansehen, wie das Pfahlwerk in der zweiten Stunde nach Mittag fiel.

Wer von den Verteidigern noch lebte, hatte sich hinter die äußere Mauer geflüchtet. Die Soldaten der vereinigten Heere stimmten ein Jubelgeschrei an. Von dem Erfolg beflügelt, rannten sie sofort gegen das nächste Bollwerk an.

Múria entsann sich einer ihrer wertvolleren Gaben. Sie war Heilerin. Eine gute sogar. Auf der Sooderburg gab es nur wenige, die sich auf die Versorgung von Wunden verstanden. Man würde ihre Hilfe dringend benötigen.

So verließ sie ihre Warte und kletterte wieder in den Innenhof hinab. Dort lief ihr der Adjutant des Reichsverwesers in die Arme. Er wirkte überrascht, wenn nicht gar erschrocken.

»Wohin des Weges, Torbas?«

»König Borst schickt mich, die Verteidigung des inneren Rings vorzubereiten. Auf der Mauer wird Pech gebraucht.«

»Des inneren …?« Sie erschrak. »Steht es so schlimm um uns?«

»Noch hält die äußere Mauer. Aber Seine Majestät will für den schlimmsten Fall gewappnet sein.«

»Wo ist der König gerade?«

»Auf dem Nordwestturm der inneren Mauer, Herrin. Von dort verfolgt er die Schlacht. Wenn Ihr mich jetzt bitte entschuldigen wollt?« Torbas eilte davon.

Múria beobachtete noch, wie er die Holztreppe am Fuß des Knochenturms erklomm und in der Tür verschwand, die zu den Waffenkammern und Verliesen hinabführte. Dann entfernte sie sich in die entgegengesetzte Richtung.

Wenig später fand sie Borst auf dem besagten Turm.

»Wie ist die Aussicht da oben?«, hieß der Recke sie willkommen. Auf seinem schweißbedeckten Gesicht klebten Staub und Asche.

»Niederschmetternd. Ich wollte mich nützlich machen und mich um die Verwundeten kümmern.«

»Das ist eine gute Idee. Mir ist auch wohler, wenn du nicht hier draußen herumläufst, wo die Luft von Pfeilen verseucht ist.«

Sie nickte und wandte sich zum Gehen. Aber dann hielt sie doch noch einmal inne und warf Borst einen Blick zu. »Wie lange wird der zweite Ring halten?«

Er hob die schweren Schultern. »Ich bin kein Prophet, Múria.«

»Behandle mich nicht wie ein kleines Mädchen, Borst.«

Der Recke machte eine unbestimmte Geste in Richtung Schlachtfeld. »Da unten drängen sich so viele Krieger vor der Mauer, dass der Platz zwischen den beiden Verteidigungsringen knapp wird. Der Feind wirft hunderte von Sturmleitern gegen den Wall. Die Soldaten kletterten daran empor und die Steighilfen werden von uns weggekippt. Nur, um gleich wieder von diesen Verrückten angelegt zu werden. Wir gießen siedendes Öl auf sie. Dann stürzen sie schreiend in die Tiefe und auf ihren zerborstenen Leibern drängen neue nach oben.« Borst lachte rau. »Du willst wissen, wie lange der zweite Ring noch halten wird? Ich fürchte, wenn die Sonne untergeht, haben wir ihn verloren. Und sollte kein Wunder geschehen, wird in spätestens zwei Tagen die Sooderburg fallen.«

Múria hatte schon mit so einer Antwort gerechnet. Abermals nickte sie und schickte sich an, das Krankenquartier aufzusuchen, als sie plötzlich den Klang eines Horns vernahm. Ihr Kopf ruckte herum.

Borst lehnte sich über die Zinne, blickte nach unten und knurrte: »Blasen sie jetzt zum großen Sturm oder was?«

Sie schüttelte den Kopf. »Ich kenne die Stimme dieses Horns. Zweimal habe ich es schon gehört und jedes Mal auf Seiten der Gewinner.«

Er sah sie an, als habe sie den Verstand verloren. »Verrätst du mir auch wo?«

»Zuletzt am Fuße des Vulkans Kitora und davor auf den Mauern von Bolk, als Qujibos Armee den flüchtenden Waggs nachjagte.«

»Herr der himmlischen Lichter, willst du damit sagen, die Truppen des Herzogs sind doch noch gekommen?«

Múria lächelte. »Es hört sich ganz so an.«

Quondit Jimmar Herzog von Bolk griff mit einem zwar nicht riesigen, aber sehr schlagkräftigen Heer in den Kampf ein. Es war, während die Achsenherren fast jeden, der eine Waffe tragen konnte, gegen die Sooderburg geworfen hatten, etwa zehn Meilen südlich der Hauptstadt in einer versteckten Bucht gelandet. Niemand bemerkte die Flotte, weil in der Nacht davor sämtliche Späher des Gegners von einem Voraustrupp gefangen genommen worden waren. In einem Gewaltmarsch hatte der stromländische Feldherr daraufhin den Großteil seiner Armeen nach Norden geführt, während die zurückgebliebenen Einheiten mehrere strategische Höhen im Landungsgebiet besetzten.

Qujibo war klug genug, die Achsenherren nicht auf offenem Feld herauszufordern. Stattdessen begnügte er sich damit, den Anschein eines großen Gegenschlags zu erwecken, indem er den Feind an vielen Orten gleichzeitig angriff und sich schnell wieder zurückzog. Die größte Wirkung erzielte er jedoch, indem er das Feldlager des Feindes in Brand steckte. Als der schwarze Qualm von den Zelten aufstieg, ließ er das Horn von Bolk erschallen.

Entrin, Godebar und Hjalgord fürchteten, zwischen den Verteidigern der Festung und den neuen Angreifern zerrieben zu werden, und ergriffen die Flucht. Als der Abend dämmerte, war die Sooderburg befreit. Zumindest vorläufig.

Múria, Borst und der Erste Kanzler empfingen den Herzog von Bolk im Innenhof der Burg. Qujibo trug eine leichte Rüstung, die verschmutzt und verbeult war. Sein Gesicht strahlte jedoch Zuversicht aus. Er verbeugte sich vor der Geschichtsschreiberin.

»Möge Eure Hoffnung nie sinken, Herrin.«

»Fast wäre sie es, mein lieber Freund, fast wäre sie es. Möge die Eure zur Sonne Eures Lebens werden.«

Der Herzog begrüßte auch den Reichsverweser und den Ersten Kanzler. Dann sagte er aufgeräumt: »Täusche ich mich, oder bin ich gerade zur rechten Zeit gekommen?«

»Kein Zweifel«, pflichtete ihm Borst bei. »Ihr scheint ein großes Heer um Euch geschart zu haben, so wie die Hunde gerannt sind.«

Qujibo grinste. »Es hätte größer sein können, aber ich will mich nicht beklagen. Nachdem Hilko geflohen ist, untersteht mir die stromländische Armee. Leider haben sich einige Generäle nicht so schnell von ihrem Treueschwur lösen wollen und hecken jetzt vermutlich mit ihrem alten Oberbefehlshaber einen Bürgerkrieg aus.«

Die Mitteilung sorgte für einhelliges Staunen in der Runde. Múria machte den Vorschlag, die Unterredung im Saal des Bundes fortzusetzen.

»Gerne«, sagte der Herzog. »Ich könnte auch eine Stärkung vertragen. Doch beim Tor wartet jemand, der darauf brennt, Euch zu sehen.«

Sie furchte die Stirn. »Und wer? Warum habt Ihr ihn nicht gleich mitgebracht?«

»Lasst Euch überraschen.« Er gab einem seiner Soldaten einen Wink. Der Mann lief zum nördlichen Ende des Hauptgebäudes zurück und winkte jemanden heran.

Stille kehrte ein. Múria hörte leichte Schritte. Ihr Herz begann heftig zu schlagen. »Fajim?«, flüsterte sie.

Im nächsten Moment kam der Sirilo auch schon um die Ecke.

Múria vergaß alles um sich herum, die Edelmänner, die Schrecken des Tages, die Sorge um den Ausgang des Soodlandkrieges. Sie begann zu laufen wie ein kleines Mädchen. Jazzar-fajim blieb stehen. Selbst er schien mit einer derartigen Reaktion der sonst so beherrschten Herrin der Seeigelwarte nicht gerechnet zu haben. Als Múria ihn jedoch umarmte, vergaß er alle Zweifel und ließ sich von ihr küssen.

Qujibo räusperte sich, sah die umstehenden Männer mit einem verschmitzten Lächeln an und sagte: »Meine Herren, was haltet ihr davon, wenn wir schon mal vorgehen und den Wein probieren?«

Während die führenden Köpfe der Allianz die Kampfpause zur Stärkung des Leibes nutzten, frischte Múria ihre Psyche auf. Als sie sich von Jazzar-fajim gelöst hatte, war ein Moment der Verlegenheit eingetreten. Beide fühlten sich von der ungestümen Begrüßung plötzlich peinlich berührt, Múria, weil sie Falgon nach wie vor liebte und sich selbst der Untreue bezichtigte, und der Sirilo, weil er sich immer noch der Zuneigung Inimais unwürdig fühlte.

»Ich bin übrigens nicht allein gekommen«, sagte Jazzar-fajim scheinbar beiläufig, doch in Wirklichkeit, um die unangenehme Stille zu vertreiben. Er trat zur Seite, womit er Múria den Blick auf das Tor freigab.

Dort stand eine Gruppe von außergewöhnlichen Bogenschützen. Sie trugen nicht die schweren Rüstungen der soodländischen Krieger, sondern luftige Gewänder in den Farben Grün, Ocker und Braun. Die meisten hatten sonnengelbes Haar, waren schlank und hoch gewachsen. Jazzar-fajim hob den Arm und winkte jemandem zu. Dieser Jemand löste sich aus der Gruppe und kam, leicht wie ein Krodibo, herbeigelaufen.

Múria starrte den Sirilo mit großen Augen an. »Lohentuvim?«

Der Majordomus von Saphira lächelte. »Mein Herz strömt über vor Freude, dich nach so vielen Jahren wiederzusehen, Inimai. Und es ehrt mich, dass du dich an mich erinnerst.«

Sie umarmte auch ihn, wenngleich weniger innig als Jazzar-fajim. »Wie könnte ich einen so wagemutigen und klugen Sirilo je vergessen? Auch ich bin erfreut, zumal du einige Gefährten mitgebracht hast.«

»Ja, dreihundert meiner besten Bogenschützen und Schwertkämpfer, alles Freiwillige. Bároq-abbirím hatte darauf bestanden, niemanden zu drängen.«

»Ergil hat mir davon berichtet.«

»Hast du neue Nachrichten von ihm?«, fragte Jazzar-fajim.

Sie nickte. »In Xk hat er die Rezeptur sowie die Zutaten für das Lebenselixier gefunden. Inzwischen ist die Gemeinschaft des Lichts wohlbehalten in Susans Hauptstadt eingetroffen und Ergil hat den weiblichen Ginkgo bestäubt. Die Früchte gedeihen. Er schreibt, sobald das Wasser von Silmao hergestellt sei, werde er mit einer Wolkenqualle heimkehren.«

»Das sind wahrhaft gute Nachrichten.«

»Und wie seid Ihr so schnell nach Soodland gekommen?«

Jazzar-fajim berichtete kurz, wie die dreihundert Freiwilligen in behelfsmäßigen Booten vom Sternenspiegel aus aufgebrochen waren. Unterwegs begegneten sie Bombo und der *Silberginkgo.* Sie habe sich wie ein Lachs die Wasserfälle von Seltensund emporgeschwungen. Mit dem Sirilimschiff seien sie dann förmlich den Groterspund hinabgeflogen. In Bolk habe man Qujibo an Bord genommen.

Eine ganze Flotte sei dann nach Seltensund gefahren und habe dem Taktieren Hilkos ein Ende gemacht. Der König selbst konnte fliehen und Qujibo übernahm einstweilen die Amtsgeschäfte in der Hauptstadt. Sein erster Erlass galt dem Beistand Soodlands. Reguläre Truppen aus der Stromlandarmee verstärkten sein eigenes Heer. Als er anschließend mit der Armee weiterzog, habe er jedoch einen mehr als instabilen Zustand hinterlassen. Es sei nicht auszuschließen, dass der schlitzohrige Hilko sich mit seinen Getreuen den Thron zurückerobere, schloss Jazzar-fajim.

Lohen-tuvim fügte hinzu: »Unser heutiger Erfolg wird nicht von Dauer sein, Inimai. Ich schlage vor, die Festung unverzüglich zu evakuieren. Wir haben genug Schiffe, um alle Flüchtlinge nach Kimor in Sicherheit zu bringen.«

Múrias eben noch zuversichtliche Miene wurde hart. »Wir dürfen die Sooderburg nicht aufgeben.«

Wenig später wiederholte sie ihre Beurteilung im Saal des Bundes und fügte hinzu: »Ergil muss an diesen Ort zurückkehren. Nur von hier aus kann er durch die Falten von Zeit und Raum zu seiner Mutter vordringen. Wenn die Achsenherren sich hier häuslich einrichten, könnte das unmöglich werden. Dann würde sich Magos' Fluch erfüllen. Vania müsste sterben und Mirad in der Dunkelheit versinken. Ich bleibe hier. Wie steht es mit Euch, König Borst?«

Der pandorische Recke legte eine Hähnchenkeule auf seinem Zinnteller ab und ließ sich auffallend viel Zeit damit, seine Finger abzulecken. Nachdem er einen langen Blick mit seinem Adjutanten gewechselt hatte, antwortete er: »Jeder, der nicht kämpfen kann oder will, soll die Sooderburg verlassen. Seht zu, dass auch von denen, die in die Berge geflohen sind, so viele wie möglich in Sicherheit gebracht werden. Mein Schicksal soll jedoch nicht die Flucht sein. Ich bleibe hier.«

27

DER REBELL VON OSTRICH

Als die Sonne über Susan unterging, war das riesige Quallenwesen schon viele Meilen weit geflogen. Einige an »Bord« der *Argo* genossen das Farbenspiel am westlichen Himmel, andere hatten sich ein stilles Plätzchen gesucht und hingen ihren eigenen Gedanken nach. In der Gemeinschaft des Lichts herrschte eine melancholische Stimmung, und das lag vor allem an Ergil.

Er hatte die Steuerung der Wolkenqualle Nisrah überlassen. Der Netzling klebte irgendwo unter der Decke. So konnte sich Ergil ganz darauf konzentrieren, Trübsal zu blasen. Er vermisste Nishigo. Sein Verstand erklärte ihm unablässig, wie vernünftig es war, sie in Silmao zurückgelassen zu haben, aber sein Herz benahm sich ziemlich begriffsstutzig. Es sehnte sich nach der Prinzessin, wie er noch nie etwas herbeigesehnt hatte.

Nachdem die Sonne untergegangen war, landete die *Argo* auf einem Feld und schaufelte Zuckerrüben in sich hinein. Die Reisenden mussten sich in aller Eile in den vom Maul abgewandten Bereich des Rings zurückziehen. Auch das Gepäck wurde vor den Rüben in Sicherheit gebracht.

Weil Ergil nicht der Sinn danach stand, sich die Füße zu vertreten, setzte er sich auf eine der Kisten und ließ die Beine baumeln. Schekira gesellte sich zu ihm, war jedoch taktvoll genug, ihn nicht mit durchsichtigen Ablenkungsmanövern in seiner Schwermut zu behindern. Anstatt ihm mit Geplappere auf die Nerven zu fallen, zeigte sie ihm ihre Anteilnahme. Sie saß in ihrer wahren Gestalt auf seinem Knie und schaukelte ebenfalls mit den Beinen.

Etwa anderthalb Stunden später hob die Wolkenqualle wieder ab, voll gestopft bis an den Rand. Das Tier war noch nicht sehr hoch gestiegen, als Ergil unter sich ein Rumpeln bemerkte, er fühlte es mehr mit dem Gesäß, als dass er es hörte. Wie von der Brockenspinne gestochen schnellte er von seinem Sitz. Schekira wurde dabei im Bogen durch den Ring geschleudert und brachte sich mit hörbarem Brummen in eine stabile Fluglage.

»Hast du Flöhe im Hintern?«, fragte Tusan.

Ergil deutete auf die Kiste. »Da ist was drin.«

Der Stromländer grinste. »Du meinst Lebendfutter?«

»Was weiß ich! Wir haben uns vom Mazar sowieso viel zu viel Zeug aufdrängen lassen.«

Tiko, der sich gegen den sicheren Verbleib in seiner Heimatstadt und für die gefährliche Reise nach Soodland entschieden hatte, fühlte sich wohl verpflichtet, für seinen Herrscher ein gutes Wort einzulegen. »Sollte mit der *Argo* irgendetwas passieren, könnten wir froh sein, dass die Vorräte nicht zu knapp bemessen sind. Ich schau mal nach, was in der Kiste ist.«

Er nahm *Biberschwanz*, setzte die Spitze des Breitschwertes am Deckel an, hebelte ihn auf, lüpfte ihn vorsichtig und warf einen Blick in den Holzkasten. Sofort schlug er den Deckel wieder zu und wurde kalkweiß. Seine Mandelaugen waren um das Doppelte ihrer normalen Größe gewachsen, als er damit den König anstarrte.

»Was ist da drin?«, fragte Ergil argwöhnisch.

»Das schaust du dir besser selbst an.«

»Irgendetwas, das mich anspringen könnte?«

»Geh mal davon aus.«

Jener Teil von Ergils Wesen, der den Wagemut seines Bruders angenommen hatte, drängte sich vor. Er kehrte zur Kiste zurück und hob behutsam den Deckel an.

Das Erste, was er im vielfarbigen Quallenlicht sah, waren feuerrote Haare. Dann wandte sich ihm ein besorgtes Gesicht zu. Nishigos Gesicht! Im nächsten Moment schnellte ihr Oberkörper aus der Kiste und sie schlang ihre Arme um Ergils Hals.

»Au Backe, das gibt Schwierigkeiten!«, sagte Popi.

Harkon stieß Tiko in die Seite und kicherte. »Du hast Recht gehabt. Es hat ihn wirklich angesprungen.«

»Bitte sei nicht böse mit mir«, flehte die Prinzessin.

Ergil hatte diese Möglichkeit noch gar nicht in Betracht gezogen. Er war viel zu durcheinander. Einerseits freute er sich, Nishigo wiederzusehen, andererseits rührte sich bereits seine Sorge um sie. Er löste sich aus ihrer Umklammerung. »Was hast du dir nur dabei gedacht?«, sagte er schließlich, weil es ihm ziemlich vernünftig erschien.

»Ich will nicht mehr ohne dich sein.«

Er spürte, wie sein Gesicht so heiß wurde, als würden die Blicke seiner Freunde von Ölflammen gespeist. »Nishi«, sagte er sanft, aber nichtsdestotrotz eindringlich, »man läuft nicht so einfach vor seiner Verantwortung davon.«

»Welche Verantwortung denn? Mein Platz ist an deiner Seite und sonst nichts.«

Harkon verschränkte die Arme vor der Brust und schob sein Hinterteil auf eine noch ungeöffnete Kiste, um den zweiten Akt des Dramas etwas komfortabler verfolgen zu können.

Unterdessen fuhr Ergil schweres Geschütz auf. »Du musst aber auch an deinen Vater denken. Er wird mich in kleine Stücke zerhacken und diese den Hunden zum Fraß vorwerfen, wenn er von der Sache Wind bekommt.«

Sie funkelte ihn an. »Ist dein Respekt vor ihm größer als die Liebe zu mir?«

»Nein«, beteuerte er. Nie hatte er auch nur geahnt, wie schwierig es sein konnte, gegen weibliche Logik anzureden. »Sieh es doch mal so, Nishi. In Soodland erwarten dich ein Krieg und Gefahren, die deine Vorstellungskraft übersteigen …«

»Deine etwa nicht?«, fiel sie ihm ins Wort.

Er starrte sie mit offenem Mund an. »Doch«, räumte er ein. »Aber in Silmao bist du sicher.«

Sie stampfte mit dem Fuß auf. »Geht denn das in deinen Dickschädel nicht hinein? Ich brauche nicht die Leibgarde meines Vaters, sondern *dich,* Ergil. Bei *dir* fühle ich mich geborgen. Wenn dir etwas passiert, will ich auch nicht mehr leben.«

Da war er wieder, der morbide susanische Hang zur Selbstaufopferung. Ergil wusste, dass er dagegen nicht ankam. »Wir landen und du steigst aus«, sagte er lahm.

»Niemals. Ich bleibe bei dir«, beharrte sie.

Er seufzte, nickte mit schwerem Haupt und schloss sein Mädchen wieder in die Arme.

Die Zuckerrüben bereiteten der *Argo* Verdauungsprobleme. Anscheinend gärten die überreifen Feldfrüchte in ihrem Gedärm. Nisrah beklagte eine bis dahin unbekannte Störrigkeit des Tieres. Er meinte, die Qualle sei betrunken. Abgesehen davon hörte man im Ring immer wieder posaunende Geräusche, die von einer jähen Geschwindigkeitszunahme begleitet waren. Danach fiel die Wolkenqualle wieder langsam in ihr normales Tempo zurück. Bis zur nächsten Blähung.

Im Schlingerkurs überflog die *Argo* die fruchtbare Ebene des Ban und stieß am zweiten Tag der Reise auf das Gebiet von Ostrich vor. Nicht ohne Sorge verfolgte Ergil die Menschentrauben am Boden, die sich immer dann bildeten, wenn der Schatten der Wolkenqualle über Dörfer, Städte oder die Zeltlager von Nomaden hinwegzog. Als der Abend nahte, tauchte am Horizont eine größere Stadt auf. Es dauerte einige Momente, bis Ergil begriff, wohin das widerspenstige »Luftschiff« sie gebracht hatte: nach Ostgard. Ausgerechnet zur Zeit der Dämmerung passierte die *Argo* die südlichen Randbezirke der ostrichischen Hauptstadt. Rasch verband er sich mit dem Netzling.

Es ist zu gefährlich, hier zu landen, Nisrah!

Erklär das diesem sturen Riesengespinstling. Ich hab's der Qualle gesagt, aber sie hört nicht auf mich. Dürfte immer noch beschwipst sein, die Matrone, oder ihr Hunger ist größer als der Verstand. Vermutlich trifft beides zu.

Na gut. Wenn wir's schon nicht ändern können, müssen wir uns wenigstens wappnen. Ich sag den anderen Bescheid.

Während Ergil seine Freunde ins Bild setzte, sank die *Argo* rasch tiefer. Sie hatte ein Hirsefeld entdeckt.

Nach kurzer Beratung entschied man sich, die Nahrungsaufnahme still abzuwarten. Vermutlich hatte in Ostrich noch nie jemand eine Wolkenqualle gesehen und die Menschen würden ihr nur staunend beim Fressen zusehen.

Das war jedoch ein folgenschwerer Irrtum.

Kurz nachdem die *Argo* damit begonnen hatte, die Hirse in sich hineinzuschaufeln, kreuzte eine Schar Reiter auf. Ergil genügte ein Blick durch die Gallerte, um die Uniformen von Godebars Garde zu erkennen. Die Soldaten umzingelten das Tier und machten ihre Bogen schussbereit.

Harkon sagte: »Hatte ich eigentlich schon erwähnt, dass den Männern von Ostrich die Jagd ebenso heilig ist wie den Susanern der Ginkgo?«

Ergil sah den Abenteurer erschrocken an. »Sie werden doch nicht ein so riesiges Tier wie die *Argo* angreifen!«

»Ehre und Mut eines Ostrichers messen sich an der Größe seines Gegners. Wenn ein so riesiger Klumpen Ehre vor ihnen auftaucht wie gerade jetzt, dann dürfte ihr Verstand auf die Größe eines Senfkornes schrumpfen.«

»Beim Herrn der himmlischen Lichter …!« Ergil sparte sich den Rest und feuerte Nisrah an. Sieh zu, dass wir hier wegkommen.

Ich tu mein Bestes. Leider hört die Qualle nicht auf mich.

Ergil gab den Stand der Dinge an seine Freunde weiter.

»Selbst wenn man uns ziehen ließe, was ich nicht glaube,

würden wir ohne die *Argo* Wochen brauchen, um nach Soodland zu gelangen«, stellte Tusan fest.

»Dann muss ich die Wolkenqualle weiter nach Westen versetzen. Wird mich vermutlich für mindestens einen Tag außer Gefecht setzen, aber egal.« Er schloss die Augen und konzentrierte sich, um mit den Gefährten und der *Argo* durch die Falten von Zeit und Raum zu springen. Die Qualle begann in grünlichem Licht zu flimmern.

Harkon ließ die gezwirbelte Spitze seines Schnurrbarts los und sagte: »Hatte ich eigentlich schon erwähnt, dass eine Wolkenqualle, die sich bedroht fühlt …?«

In diesem Moment schossen die Soldaten ihre Pfeile ab und was darauf geschah, überraschte jeden. Selbst die Qualle.

Von den unerwarteten Nadelstichen aufgeschreckt, stülpte sie ihr Innerstes nach außen. Die Leibgardisten des Königs von Ostrich wurden mit Hirse und einigen vorübergehend entbehrlichen Eingeweiden beworfen. Auch Ergil und seine Gefährten spie die *Argo* aus. Nachdem sie sich dieserart entleert hatte, trat sie die Flucht nach oben an.

Die Kerker von Ostrich entsprachen nicht dem hohen Standard, den stromländische Gefangenenhäuser hatten. Zumindest traf dies auf das Loch zu, in das man Ergil geworfen hatte. Im Grunde störte ihn weder das nasskalte Verlies im Allgemeinen noch der auf dem Boden liegende faulige Strohsack im Besonderen. Auch die durch ein Türgitter hereinfallende unruhige Beleuchtung nahm er klaglos hin. Zur Einreichung einer förmlichen Beschwerde fühlte er sich ohnehin viel zu zerschlagen.

Wie er in die Zelle mit der eisenverstärkten Holztür und dem finsteren Lichtschacht gekommen war, wusste er nicht. Als die *Argo* ihre Passagiere ausgespuckt hatte, war er von etwas am Kopf getroffen worden und ohnmächtig geworden. Danach musste man ihn so richtig in die Mangel genommen haben. Oder der unplanmäßige Ausstieg war an den Schmerzen schuld, die er vom großen Zeh bis in die Haarspitzen zu spüren glaubte. Ächzend richtete er den Oberkörper auf.

Dann schrie er ungefähr eine Viertelstunde lang, bis die Qualen ein erträgliches Maß erreichten. An dem Schmerzgewitter in seinem Leib gab es auch etwas Gutes. Wie so oft bei heftigen Unwettern hatte es eine reinigende Wirkung. Seine Gedanken waren erstaunlich klar. Ehe ihm die Freude darüber zu Kopf steigen konnte, wurde die Zellentür aufgerissen.

Ein massiger Mann mit freiem Oberkörper und mehrere andere in den Rüstungen der ostrichischen Leibgarde traten ein. Ersterer hatte einen Busen wie eine Frau, besaß ansonsten aber eher weniger weiblichen Liebreiz. Er war kahl, fast zahnlos, schmutzig, nicht gerade wohlriechend und ziemlich unhöflich.

»Sagte ich doch, dass er wieder aufwacht«, grunzte er in Richtung der Gardisten und streckte die Hand aus.

Ergil sah einen klimpernden Beutel den Besitzer wechseln.

Der Kerkermeister grinste. »Man dankt. Das nächste Mal hört lieber auf einen alten Folterknecht. Ich weiß besser als jeder andere, was einer aushält.« Nach dieser Belehrung wandte er sich dem Gefangenen zu. »Wer seid Ihr?«

Ergil überlegte, ob es sinnvoll war, mit der Wahrheit hinter dem Berg zu halten. Würde er sich als König von Soodland zu erkennen geben, dürfte ihm ein längerer Aufenthalt im Kerker gewiss sein, andernfalls womöglich ein langsamer, schmerzvoller Tod. Er entschied sich für die Möglichkeit Nummer eins.

»Ich bin Ergil von Sooderburg, Sohn Torlunds des Friedsamen.«

Der Massige stieß keuchend die Luft aus. »Der König von Soodland? Dann hat uns das wabbelige Wesen ja gleich zwei Hoheiten in die Arme gespuckt. Das nenne ich mal einen Glückstag. Herzlich willkommen im Palast Seiner Majestät König Godebars I.«

»Wie ein Palast sieht mir das aber nicht aus. Ich möchte den König sprechen.«

Der Kerkermeister lachte. »Und ich will ein schwimmendes Schloss auf dem Ban.«

»Habt Ihr schon vergessen, wer im Frühjahr vielen Eurer Mitbürger das Leben gerettet hat?«

»Nein. Aber bildet Euch nicht zu viel darauf ein. Seitdem singen die Leute Spottlieder auf Seine Majestät den König, weil nicht *er* die Wasserwalze vertrieben hat, sondern Ausländer.«

»Ihr könnt meinen Bruder und mich kaum für die Art und Weise bestrafen, wie Godebar sein Reich regiert.«

Der Kerkermeister grinste. »Nö. Kann ich nicht. Deswegen bleibt Ihr ja auch hier, bis Seine Majestät der König wieder aus dem Soodlandfeldzug zurück ist.« Er wandte sich zum Gehen und schob die Gardisten nach draußen.

»Halt!«, rief Ergil.

Der Dicke grunzte abermals und drehte sich wieder um. »Was?«

»Wie geht es meinen Begleitern?«

»Ich habe gewettet, dass es alle überstehen werden.«

Ergil schloss kurz die Augen. »Und … Ihr habt eben von zwei Hoheiten gesprochen, die Euch – äh – in die Hände gefallen sind.«

Der Kahlkopf nickte. »Die Tochter des Mazars hat's besser getroffen als Ihr. Lädierte Prinzessinnen bringen nicht einen so guten Preis, wisst Ihr? Deshalb kümmert sich der Leibarzt des Königs um sie.«

Ergil atmete auf. Wenigstens lebte Nishigo. »Ist sie schwer verletzt? Wo befindet sie sich?«

»Sie klagt über ihre blauen Flecken. Der Ort ist geheim.« Damit war die Redseligkeit des Mannes erschöpft. Der kahle Kerkermeister trat auf den Gang hinaus und warf hinter sich die Tür ins Schloss.

Ergils erster Versuch, aus dem Kerker herauszuspringen, war fehlgeschlagen. Er erreichte damit lediglich das Wiederaufflackern der mörderischen Schmerzen. Erschöpft hatte er sich einem unruhigen Schlaf anvertraut.

Als er die Augen erneut aufschlug, war im Lichtschacht noch immer kein Licht. Etwas anderes hatte ihn aufgeweckt, ein rosafarbenes Mäuslein, dessen Tasthaare an seinen Ohren kitzelten.

»Na endlich!«, sagte Schekira mit piepsiger Stimme.

Er drehte den Kopf und sah in zwei schwarze Knopfaugen. »Schön, dich zu sehen, kleine Schwester.«

»Jetzt redest du schon wie ein richtiger Sirilo.«

»Ich gebe mir Mühe, einer zu werden. Aber im Moment steht's mit der Alten Gabe nicht zum Besten. Beim letzten Ausbruchsversuch habe ich versagt.«

»Gönn dir etwas Ruhe. Die anderen hat es offenbar nicht so schwer getroffen wie dich. Bis auf Nisrah …«

Ergil richtete sich trotz der Schmerzen mit einem Ruck auf. »Was ist mit ihm?«

»Entschuldige«, beruhigte sie ihn. »Ich habe mich falsch ausgedrückt. Der Weberknecht ist verschwunden.«

»Also beruhigend finde ich diese Nachricht gerade nicht.«

»Ich nehme an, er war der Einzige, den die *Argo* nicht abschütteln konnte. Das wäre ein Glücksfall. Nach dem Besuch bei dir wollte ich mich gleich auf die Suche nach den beiden machen.«

»Mir wäre es lieber, du würdest dich zunächst nach Nishigo umsehen.«

»Die hat die Garde in Godebars Harem eingesperrt. Ich kann dich zu ihr führen, sobald du hier raus bist. Die junge Dame ist ein bisschen fuchsig wegen der blauen Flecken und dem Ort ihrer Gefangensetzung, aber sonst geht es ihr den Umständen entsprechend gut.«

»Der Allmächtige sei gepriesen!«

»Du liebst sie wirklich, nicht wahr?«

Er schlug die Augen nieder und nickte. »Ich wollte es Nishi gegenüber nicht offen aussprechen, aber mir geht es wie ihr: Ein Leben ohne sie kann ich mir einfach nicht mehr vorstellen.«

»Lass es sie bei Gelegenheit wissen. Frauen lieben solche Geständnisse, vor allem wenn sie von jenen kommen, an die sie ihr Herz verloren haben.«

Ergil streichelte über das Fell der rosa Maus. »Du bleibst natürlich meine Freundin.«

Sie kicherte. »Das will ich doch schwer hoffen. Und jetzt ruh dich noch ein bisschen aus, mein Retter. Ich schlüpf derweil aus diesem Pelz und suche nach unserer *Argo*. Solange es dunkel ist, dürfte das nicht sehr schwer sein.«

»Kira!«, hielt er sie zurück.

»Ja?«

»Ich bin so durchgewalkt, dass ich Tage brauchen werde, um wieder zu Kräften zu kommen. Hast du eine Ahnung, wie wir ohne die Alte Gabe aus diesem Kerker fliehen können?«

»Nein. Aber bis dahin fließt noch einiges Wasser den Ban hinab. Hab einfach Vertrauen, mein Freund. Wie heißt es doch so schön? Kommt Zeit, kommt Rat.«

In der Stunde vor Sonnenaufgang drangen laute Geräusche aus dem Lichtschacht. Wenn sich das Gefängnis, wie es der Kerkermeister angedeutet hatte, in Godebars Residenz befand, dann tobte darin ein Tumult, der jeglicher Vorstellung von militärischer Disziplin hohnsprach. Ergil hörte unzweifelhaft das Klirren von Schwertern. Auch wurde ziemlich viel geschrien. Er quälte sich von seinem Lager hoch und taumelte auf wachsweichen Beinen zu dem Schacht.

Dieser war gerade breit genug, um den Kopf hineinzustrecken, aber zu schmal, ihn darin umzudrehen. Ergil musste daher rückwärts an die hohe Mauernische herantreten, um nach oben spähen zu können. Alles, was er über sich sah, war ein schweres Eisengitter und flackerndes Fackellicht. Plötzlich fiel jemand scheppernd auf die Lichtöffnung und blieb reglos liegen.

Ein Blutstropfen fiel auf Ergils Stirn.

Er zuckte zurück. Was war los da oben? Etwa eine Palastrevolte? Seine Beine begannen zu zittern, wohl weniger aus Angst, sondern eher weil Schmerz und Erschöpfung an ihm zerrten. Er stolperte wieder zum Strohsack, sank darauf nieder und lauschte.

Der Kampf dauerte nicht sehr lange. Bald wurde es stiller im Lichtschacht. Nur noch vereinzelte Befehle hallten zu Ergil herab, zu undeutlich, um sie zu verstehen. Mit einem Mal hörte er Schritte im Zellengang, dann das Klappern von Schlüsseln. Während er sich wieder auf die Beine kämpfte, wurde der erste in das Schloss seiner Zelle gestoßen, dann noch einer und so wurde das Bund durchprobiert, bis schließlich ein Schlüssel passte. Die Tür flog auf.

Ergil erblickte einen großen, schlanken Mann, allerdings lediglich als Schattenriss, weil er nur von hinten beleuchtet wurde, wo zwei Krieger mit Fackeln standen. Sie sahen nicht wie Gardisten aus, sondern eher wie Nomaden. Die Silhouette im Vordergrund kam Ergil irgendwie bekannt vor: die stolze Haltung, der Hut mit der pelzbesetzten Krempe …

»Tantabor?«, flüsterte er. Ihm wurde schwindelig.

Der Mann trat rasch in die Zelle, um ihn am Arm zu packen. »He, he, Majestät! Es braucht Euch nicht gleich von den Beinen hauen, nur weil Ihr Euch über unser Wiedersehen freut.«

Die Männer mit den Fackeln traten ein. Jetzt erkannte Ergil auch ihre Gesichter. Sie gehörten zu Tantabors Rebellentruppe. »Habt Ihr den Lärm da oben veranstaltet?«

»Wohl eher Godebars Leibgarde. Wir haben ihnen nur den Anlass gegeben.«

»Ist es das, was ich vermute?«

Tantabors Lippen kräuselten sich amüsiert. »Ich habe nur Euren Rat befolgt, Majestät.«

»Soweit ich mich erinnere, stand in dem Brief, den ich Euch von Saphira aus geschickt habe, nichts von einem gewaltsamen Umsturz. Ich bat Euch lediglich, Godebars Selbsterhaltungstrieb anzustacheln, damit er seine Truppen von Soodland abzieht.«

»Dieser fette Tyrann hat längst den Rückhalt im Volk verloren. Als Ihr und Euer Bruder dem Volk gezeigt habt, was ein guter König zu bewirken vermag, sägtet Ihr – vielleicht ohne Euch dessen bewusst zu sein – an sämtlichen Beinen seines Throns. Ich brauchte heute nur noch kurz dagegen zu treten, um ihn zu stürzen.«

»Dann hat mich der neue König von Ostrich aus dem Kerker befreit?«

»Sagen wir, der neue Regent. Sobald wir Godebars habhaft geworden sind und die Ordnung in unseren Reichen wiederhergestellt ist, soll das Volk darüber entscheiden, wem es zukünftig die Krone anvertraut.«

»Und wie stellt Ihr Euch den Weg zu diesem Ziel vor?«

»Ich verschicke Briefe an alle Generäle und Admiräle, die sich auf dem Soodlandfeldzug befinden. Darin mache ich ihnen klar, dass sie die Wahl haben, als Helden oder Verräter in ihr Heimatland zurückzukehren. Es dürfte sich als hilfreich erweisen, dass Godebar unter den Anführern seines Heeres nicht sonderlich beliebt ist. Vielleicht werde ich sie nicht alle überzeugen, aber es dürfte in der Armee von Ostrich für genügend Unruhe sorgen, um sie zu schwächen.«

»Ihr müsstet diese Männer nur so schnell wie möglich benachrichtigen. Soweit mir bekannt ist, gibt es hier nirgends Botenfalken.«

»Múria hat mir kürzlich einen geschickt, als Antwort auf Euren Brief, den ich an sie weitergeleitet habe – sie empfahl mir übrigens, die Abwesenheit des Königs zu nutzen, um die Machtverhältnisse in Ostrich neu zu ordnen. Mit ihrem Vogel kann ich sie bitten, die Nachricht vom Umsturz in Ostgard über ihre Gewährsleute unter Godebars Truppen verbreiten zu lassen.«

»Sollte ich mein Transportmittel wiederfinden, werde ich vermutlich vor dem Falken auf der Sooderburg eintreffen. Aber es kann trotzdem nicht schaden, die Botschaft auf zwei verschiedenen Wegen zu versenden.«

»Zwei? Ich habe die Absicht, eine Schar von Meldegängern loszuschicken. Ostrich verfügt über ein Netz von Stationen, in denen regelmäßig die Pferde oder nötigenfalls auch Reiter gewechselt werden. Auf diese Weise dürften meine Briefe binnen etwa zwei Wochen direkt in die Hände der Generäle gelangen und gleichzeitig wird die Nachricht vom Machtwechsel in allen Provinzen des Reiches verbreitet.«

»Bleibt nur zu hoffen, dass Euer Erfolg von heute Nacht sich nicht als Eintagsfliege entpuppt.«

»Keine Sorge. Godebar hat sich selbst sein Grab geschaufelt. Er wird nicht mehr zurückkehren.«

»Ist denn der Palast bereits vollständig unter Eurer Kontrolle?«

»So gut wie. Das haben wir Eurer kleinen ›Eule‹ zu verdanken …«

»Kira?«

Tantabor nickte. »Unser Plan war verraten worden und die Palastwache hatte uns einen Hinterhalt gelegt. Aber zufällig entdeckte uns die Elvin – sie war gerade auf irgendeinem Erkundungsflug. Dank ihrer Warnung konnten wir den Spieß umdrehen und die Gardisten überwältigen. Leider nicht ganz ohne Blutvergießen. Doch nun kommt, Majestät. Dies ist kein angemessener Ort für einen König.«

Während Ergil, gestützt auf den Rebellen, die Zelle verließ, sagte er: »Wir müssen noch meine Freunde befreien.«

»Schekira hat uns die Lage sämtlicher Kerkerzellen verraten. Meine Männer kümmern sich gerade um Eure Gefährten. Ihr werdet sie oben treffen.«

Am Ende des Gangs fiel Ergils Blick in eine offene Zelle. Darin lag der Kerkermeister, angekettet an eine Wand. Auf seiner Glatze prangte eine enorme Beule. »Tantabor, da gibt es noch etwas, um das ich Euch bitten muss. Nicht alle meine Begleiter sind hier im Verlies eingesperrt gewesen. Offenbar hat man einer Person eine Sonderbehandlung angedeihen lassen.«

»Die Elvin hat uns auch von Prinzessin Nishigo erzählt. Leider ist sie noch nicht frei.«

Ergil blieb abrupt stehen und sah den Rebellen entsetzt an. »Was meint Ihr damit?«

Ein gequälter Ausdruck lag auf Tantabors Gesicht. »Nun ja, wie gesagt, der Palast ist noch nicht ganz in unserer Hand. Einige Gardisten haben sich im Harem verschanzt. Sie benutzen die Frauen und ihre Kinder als lebende Schutzschilde.«

28

DAS ENDE DER GLÜCKSELIGKEIT

Godebar hatte knapp dreihundert Frauen und Konkubinen, die mit ihren jüngeren Kindern in einem verbotenen Bezirk des Palastes untergebracht waren. Das von einer fünfzehn Fuß hohen Mauer eingefasste Gebiet verdankte seinen Namen dem achteckigen Hauptgebäude: *Dari Saadet*, dem »Haus der Glückseligkeit«. Nur der König, einige Eunuchen und die Dienerinnen durften sich innerhalb der Umfriedung aufhalten. Damit kein anderer Mann die Gemahlinnen und Gespielinnen des Monarchen zu sehen bekam, wurden sämtliche Tore gewöhnlich von Posten bewacht. Das hatte sich im Verlauf von Tantabors Umsturz insofern geändert, als jetzt an jedem Torgitter zusätzlich vier bis fünf Frauen angekettet waren und die Wächter nicht mehr vor, sondern hinter selbigem standen.

Im König von Soodland regten sich Gefühle, von denen er wusste, dass sie ob ihrer Heftigkeit verkapselte Zornissen wecken konnten. Allein deshalb bewahrte er, wenn auch mühsam, die Beherrschung. An den Traditionen von Ostrich lag ihm im Grunde wenig. Sie erschienen ihm falsch. Nicht in dem Sinne falsch, wie er Menschenopfer oder ähnliche Bräuche ablehnen würde, sondern sie kamen ihm einfach heuchlerisch vor. Er war der festen Überzeugung, dass Regeln, die nur dazu dienten, sich über andere zu erheben oder sonstiges Unrecht zu entschuldigen, nichts wert seien. Und diese Meinung sprach er auch aus.

»Ich dachte, den Männern von Ostrich ist nichts heiliger als ihre Ehre. Wie können sie sich da hinter wehrlosen Frauen und Kindern verschanzen?«

Mit seinen befreiten Gefährten sowie Tantabor und einer Hand voll weiterer Rebellen kauerte er hinter einem Fenster in einem Gebäude, das dem Haupttor des Harembezirks gegenüberlag. Seiner Ansicht nach verliehen die bunten Glasfüllungen der grausamen Szenerie einen unangemessen heiteren Anstrich.

»Diese so genannten Königstreuen würden Euch vermutlich antworten, die Ehre eines Mannes sei mehr wert als das Leben einer Frau oder eines Kindes. Etwas anderes wäre es gewesen, wenn Godebar im *Dari Saadet* seine Pferde untergestellt hätte«, antwortete Tantabor.

Ergil bedachte ihn mit einem finsteren Blick.

Der Rebell wechselte schnell das Thema. »Ihr habt Euch einen Eindruck von der Lage machen wollen, damit wir eine Strategie zur Erstürmung abstimmen können. Mittlerweile sind dreihundert meiner Männer im Palastbezirk. Mehr als die Hälfte davon wird gegen das *Dari Saadet* vorrücken, wenn ich den Befehl dazu gebe. Aber ich will kein unnötiges Blutvergießen – weder auf unserer Seite noch unter den Gegnern. Wenn Ihr also einen guten Vorschlag habt, Majestät, dann wäre jetzt ein passender Zeitpunkt, ihn auszusprechen.«

Ergil hatte zuvor mit der Alten Gabe den verbotenen Bezirk erforscht. Dabei war ihm Folgendes aufgefallen: Die Umfriedung besaß keinen Wehrgang, weshalb die Verteidiger im Garten nur darauf warten konnten, wer von den Angreifern draußen seinen Kopf über die Mauer steckte, um diesen dann unter Beschuss zu nehmen. In einer besseren Position waren jene Haremsbesetzer, die sich im Frauenpalast verschanzt hatten. Das achteckige, turmähnliche, mit einem Flachdach versehene Gebäude besaß acht Stockwerke, die sich in Stufen nach oben verjüngten. Von den oberen konnte man über die etwa vierhundert Fuß entfernte Mauer hinwegsehen und -schießen.

Ergil schätzte diese Tatsache als »ziemlich beunruhigend« ein, weil Tantabor ihm während ihres Ritts nach Ostgard einiges über die in Ostrich gebräuchlichen Reiterbogen erzählt hatte. Diese unterschieden sich stark von den in Soodland üblichen und auch von Ergil bevorzugten Langbogen aus Eibenholz. Weil die Nomaden traditionell ihre Beute – oder die Gegner – vom Pferd aus zur Strecke brachten, waren ihre geschwungenen Waffen vergleichsweise kompakt, aber enorm durchschlagskräftig. Die Herstellung eines solchen Reflexbogens konnte bis zu zwei Jahre beanspruchen. Aufwändig wurden verschiedene Schichten von Holz und Tierhorn verleimt und mit Sehnen umwickelt. Das Ergebnis war Furcht einflößend, konnte man mit den Waffen doch, leichte Pfeile vorausgesetzt, mehr als zweitausendfünfhundert Fuß weit schießen.

Das »Haus der Glückseligkeit« erfüllte somit alle Voraussetzungen, um für die Eroberer, sollten sie aus den oberen Stockwerken unter Beschuss genommen werden, zu einem Haus des Todes zu werden.

Eine Feststellung, die Ergil nicht nur als erfreulichen Zufall einstufte, betraf den Faltenwurf aus Zeit und Raum. Er war während seiner Erkundung auf eine jener Abkürzungen gestoßen, wie sie Twikus einmal beim Schuss auf einen hoch fliegenden Tarpun benutzt hatte. Hier handelte es sich um ein schmales »Nadelöhr«, das mitten durch eine der Frauen ging, die ans Haupttor gekettet waren, und dessen Austrittsstelle sich etwa zwei Schritte hinter ihr befand, wo einer der Palastwachen stand. Nicht zum ersten Mal fiel Ergil auf, dass solche unsichtbaren Kanäle genau zwischen zwei Lebewesen verliefen (Twikus hatte seinerzeit ja auch auf Popi gezielt, um den Vogelspion vom Himmel zu holen). Womöglich gab es da einen Zusammenhang, den Múria noch nicht kannte. Ergil nahm sich vor, das Phänomen bei Gelegenheit zu erforschen.

Während seines Streifzuges durch den Frauenpalast hatte er knapp einhundert Gegner gezählt. Davon befanden sich nur etwa drei Dutzend im Garten. Die Mehrzahl lauerte hinter den Fenstern im Palast. Die Frauen und Kinder saßen, verängstigt aneinander geklammert, im Zentrum des Gebäudes. Im oberen Stockwerk hielten sich nur fünf Personen auf: vier Gardisten und Nishigo.

Neben all diesen Beobachtungen musste Ergil noch zwei weitere Gesichtspunkte in seine Antwort an den Rebell mit einbeziehen: Erstens fühlte er sich nach wie vor so schlapp wie ein Sack gedroschenen Korns und zweitens hatte er keinen Nisrah dabei, der ihn unterstützen konnte.

»Zwei Sachen sollte ich noch wissen«, sagte er. »Wann wurde das *Dari Saadet* errichtet?«

»Meines Wissens vor ungefähr tausend Jahren.«

»Aha. Vor tausend Tagen wäre mir zwar lieber gewesen, aber irgendwie schaffe ich das schon. – Gibt es in Ostgard hin und wieder Nebel?«

Schon die erste Frage hatte Tantabor irritiert, jetzt sah er mehr als nur verwirrt aus. Er wandte sich einem seiner Gefährten zu. »Du bist hier geboren, Wilfir.«

Der Gefragte war ein kleiner gedrungener Mann mittleren Alters ohne erkennbare Körperbehaarung, aber mit zwei schweren goldenen Ohrringen. Er sagte: »Wir haben hier öfter Nebel, als uns lieb ist. Er kriecht im Frühjahr und Herbst regelmäßig vom Alten Ban in die Gassen der Stadt.«

Ergil nickte zufrieden. »Das hatte ich gehofft. Nun, dann schlage ich vor, wir machen es folgendermaßen …«

Entschlossen erörterte er seinen Plan. Mit keinem Wort ließ er irgendwelche Zweifel an seinen Fähigkeiten erkennen. Lieber wollte er sterben als zuzulassen, dass Nishigo Leid zugefügt wurde.

Überraschung, Verwirrung und Angst – das waren die drei Säulen, auf denen der König von Soodland seinen Plan zur Eroberung des »Hauses der Glückseligkeit« aufgebaut hatte. Das Unternehmen ohne Nisrahs Hilfe anzugehen war ein Wagnis. Doch Ergil spürte keine Müdigkeit mehr. Die Liebe zu Nishigo war ein Feuer, das alle Zweifel wegbrannte.

Zwei Personen näherten sich dem Haupttor des verbotenen Bezirks: Ergil und Tusan. Ersterer trug neben seinem »gläsernen Gürtel« einen Langbogen samt Köcher. Die Bewaffnung des Fährtensuchers bestand aus drei Blasrohren unterschiedlicher Länge und etlichen kleinen Pfeilen, deren verschiedenfarbiges Gefieder ihm verriet, ob ihr Gift tödlich oder nur betäubend war.

Während die beiden an das Tor herankamen, sahen sie die von Furcht und Verzweiflung verzerrten Gesichter der Festgeketteten. Es waren fünf Frauen, alle jüngeren Alters. Sie trugen lange luftige Gewänder, vorzugsweise in Türkis, Rot und Gelb, die in der Morgenbrise flatterten. Die Füße der Gefesselten steckten in dünnen Stoffschuhen ohne Schaft und feste Sohle, was in einem Harem ja bequem sein mochte, hier aber mit unsäglichen Qualen verbunden sein dürfte, weil sie mit ihrem ganzen Körpergewicht auf sehr schmalen Querstreben stehen mussten.

Eine Frau hatte schon die Besinnung verloren und hing schlaff in den Ketten, die um ihren Leib geschlungen waren. Die anderen wimmerten leise vor sich hin.

»Halt!«, brüllte der Gardist, der sich hinter der mittleren Frau verschanzt hatte. Sie war bei seinem Ruf zusammengezuckt, starrte die zwei Fremden wie Geister an und begann um Hilfe zu schreien. Der Soldat stieß ihr von hinten das stumpfe Ende seiner Lanze in den Leib, woraufhin sie wieder in ihr leises Wimmern verfiel. Mit seinem Sirilimsinn »sah« Ergil vier weitere Posten, die hinter den steinernen Torpfeilern versteckt waren. Der König und sein stromländischer Freund blieben ungefähr dreißig Schritt vor dem Tor stehen.

»Wir sind Unterhändler von Tantabor, dem neuen Regenten von Ostrich«, rief Tusan. Er war der Ältere und mit seinem roten

Vollbart hinreichend Respekt einflößend, um von dem Frauenschinder ernst genommen zu werden.

Der Soldat schnaubte verächtlich: »Wir verhandeln nicht mit Rebellen. Schert Euch weg, oder unsere Bogenschützen werden Euch mit Pfeilen spicken.«

Tusan flüsterte: »Nichts als Säbelrasseln. Sie wissen, dass sie sich nicht ewig im *Dari Saadet* verschanzen können.« In Richtung Tor rief er: »Im Palast befinden sich Frauen und Kinder. Tantabor will kein Blutvergießen. Er gewährt allen Straffreiheit, die sich ihm anschließen.«

»Ich bin nicht befugt, mit Euch darüber zu verhandeln.«

»Dann nennt uns den Namen und Rang Eures Anführers!«

»Ysga hat hier das Sagen, der Kommandant der Haremswache.«

Ergil verschluckte sich vor Schreck an seiner eigenen Spucke.

Tusan warf ihm einen fragenden Blick zu. »Gibt's da was, das ich wissen sollte?«

»Du kennst ja die Geschichte mit Kaguans Wasserwalze. Damals war dieser Ysga ein Hauptmann der Hafengarde und beanspruchte den Ruhm für die Rettung Ostgards mehr oder weniger für sich. Wenn du mich fragst, ist er ein falscher Hund. Anscheinend hat ihn Godebar befördert.«

Der Fährtensucher nickte. Wieder an den Posten gewandt, rief er: »Ist Ysga abkömmlich, damit wir ihn sprechen können?«

»Nein. Er kümmert sich um das Wohlbefinden einer susanischen Prinzessin.« Der Posten grinste unverschämt. »Davon abgesehen hat der Kommandant gesagt, dass wir hier so lange bleiben, bis die Rebellen sich ergeben.«

Ergils Hand klammerte sich so fest um den Bogen, dass seine Knöchel elfenbeinern schimmerten.

Tusan lachte. »Das kann nicht Euer Ernst sein, Mann. Tantabor hat – abgesehen vom *Dari Saadet* – den Palast unter Kontrolle. Ihr könnt nicht gewinnen.«

»Das wird sich zeigen. Ihr werdet kaum alle Kasernen von Ostgard in Eurer Hand haben. Bald bekommen wir Hilfe und dann wendet sich das Blatt.«

»Ihr überschätzt die Treue Eurer Kameraden. Sie kehren Godebar in Scharen den Rücken.«

»Ihr lügt! Außerdem, wenn Ihr das *Dari Saadet* stürmt und Euer Anführer damit das Leben von unschuldigen Frauen und Kindern opfert, wird das Volk seine Meinung schnell ändern.«

»Das reicht!«, zischte Ergil. Seine Rechte legte sich langsam aufs Gefieder eines Pfeils.

Tusan versuchte ein letztes Mal, die Situation friedlich zu klären. »Benutzt Euren Verstand, Soldat. Jeder im Herzland weiß, dass Godebars Regierungsübernahme ungleich blutiger war, als es die Eroberung dieses Harems je sein könnte. Das Volk hat nur darauf gewartet, dass sich einer wie Tantabor gegen diesen Tyrannen erhebt. Fragt Ysga, ob er lieber heute in einem sinnlosen Kampf sterben oder in einem besseren Ostrich eine ehrenvolle Aufgabe wahrnehmen will.«

Ehe der Posten etwas sagen konnte, zerbrach im obersten Stockwerk des Turms ein buntes Glasfenster und ein bärtiges Gesicht erschien, das Ergil sofort erkannte.

Ysga schrie: »Was wollt Ihr hier, König von Soodland? Hört endlich auf, meinen Soldaten mit Eurer Doppelzüngigkeit den Verstand zu verdrehen. Ich lasse mir von Euch kein zweites Mal den Ruhm stehlen. Fort mit Euch, sonst …«

Der Kommandant verstummte, weil veränderte Umstände den Rest seiner Drohung plötzlich hinfällig machten. Ergil hatte blitzschnell einen Pfeil aus dem Köcher gezogen, auf die Bogensehne gelegt, gespannt und geschossen. Alle, die seine Aktion beobachteten, nahmen Folgendes wahr:

Der Pfeil zischte auf die mittlere Frau am Tor zu. Sie stieß einen schrillen Schrei aus. Es herrschte Uneinigkeit darüber, ob sie schon gekreischt hatte, bevor das Geschoss ihren Leib durchlöcherte oder erst danach. Jedenfalls bohrte sich die eiserne Spitze hiernach in den Gardisten, durchschlug dessen Schulterblatt und flog anschließend noch ein Stückchen weiter. Der Mann stimmte in das Geschrei der Frau mit ein, ließ seine Lanze fallen und sackte auf die Knie.

Damit hatte Ergil die erste Säule seiner Eroberungsstrategie errichtet: die Überraschung.

Im verbotenen Bezirk wurde dieser Schuss nämlich als ein unmissverständliches Signal verstanden, das eigentlich nur eine, völlig unerwartete, Deutung zuließ: Unsere lebendigen Schutzschilde sind wertlos geworden, denn die Rebellen werden die Frauen nicht schonen; sie wollen uns alle umbringen; rette sich, wer kann.

Dass die vermeintlich durchbohrte Gespielin des Königs am Tor immer noch aus Leibeskräften schrie und gar nicht blutete, fiel niemandem auf. Für eine solche Beobachtung hätte es ohnehin nur wenig Gelegenheit gegeben, denn nun zog Ergil Säule Nummer zwei hoch: die Verwirrung.

Unvermittelt legte sich ein dichter Schleier über das *Dari Saadet*: Nebel. Es war derselbe Nebel, der ein halbes Jahr zuvor schon einmal den Palast eingehüllt hatte, aber weil niemand sich die Mühe macht, Nebel wirklich gründlich anzuschauen, fiel das keinem auf. Ergil saugte, um bildlich zu sprechen, die dicke Brühe aus der Vergangenheit ins Hier und Jetzt. Die Verteidiger im Frauenturm sahen mit einem Mal nichts mehr; von freiem Schussfeld konnte keine Rede sein.

So entging ihnen auch, dass sich die Schutzmauer an zwei Stellen auflöste oder genauer gesagt, sich in jenen nicht vorhandenen Zustand versetzte, in dem sie sich vor ungefähr tausend Jahren befunden hatte. Leise, aber nicht gänzlich lautlos drangen Tantabors Männer in den verbotenen Bezirk ein.

Das Klappern ihrer Waffen und der Nebel ließen langsam die dritte Säule emporwachsen: die Angst. Selbst wenn im *Dari Saadet* niemand ahnte, dass die Wolke ausschließlich über dem verbotenen Bezirk hing, musste es den Verteidigern doch recht eigenartig erscheinen, dass die für sie schlimmste aller anzunehmenden Wetterlagen so genau mit dem Angriff auf das Haupttor zusammenfiel. Waren da etwa übernatürliche Kräfte im Spiel? Schon einmal hatten die Könige von Soodland ja ihre Macht über die Elemente bewiesen. Und was klapperte da? Etwa eine Armee aus Skeletten? Oder Geister, die glatt durch Wände gehen konnten?

Welche Überlegungen innerhalb des umfriedeten Bezirks genau zum Ausbruch der Panik geführt hatten, ist nicht überliefert. Jedenfalls versagte die militärische Disziplin von Ysgas Truppe jäh und umfassend. Im Turm herrschte ein heilloses Durcheinander. Obwohl der Kommandant keinen entsprechenden Befehl ausgegeben hatte, folgte so gut wie jeder der Devise: »Nur raus hier, sonst kommen wir alle um!«

Ein Sturm auf die Ausgänge setzte ein, bei dem mancher zu Tode getrampelt wurde. Die Fliehenden warfen Leuchter um. Hier und da begannen kleine Flammen wie Schlangen über Teppiche zu züngeln und schnell größer zu werden. Keiner der Mannsbilder kümmerte sich um seine Schutzbefohlenen. Frauen und Kinder klammerten sich jammernd oder schreiend aneinander, während ihre Wächter sie umwogten wie eine kopflos flüchtende Hammelherde.

Der Einzige, dem der Ernst der Lage noch nicht bewusst zu sein schien, war Ysga.

»Der Kommandant und seine drei Männer rühren sich nicht von der Stelle«, flüsterte Ergil. Gerade hatte er die Ketten der ans Tor gefesselten Frauen zu Rost zerfallen lassen. Die Wachen waren im Nebel verschwunden.

»Sie sind ganz oben«, gab Tusan zu bedenken. »Kann es sein, dass sie noch gar nicht mitbekommen haben, was sich unter ihnen abspielt?«

»Ysga ist ein Feigling. Schon bei der Wasserwalze hat er sich und seine Untergebenen unnötig in Gefahr gebracht. Ich werde wohl oder übel in den Turm springen müssen.«

»Was heißt hier ›ich‹? Wir haben abgemacht, die Sache gemeinsam zu Ende zu bringen.«

»Bist du sicher? Mir ist jetzt schon ganz schwummrig im Kopf. Ich kann dir nicht versprechen …«

Tusan ergriff Ergils Rechte. »Deshalb weiche ich dir ja auch nicht von der Seite. Jetzt bring uns endlich da hoch!«

Und so sprangen sie.

Um nicht den Kopf zu verlieren oder ohne Füße im Frauenturm anzukommen – beides wäre für Nishigo wenig hilfreich gewesen – hatte Ergil unter Einhaltung einer gut bemessenen Sicherheitszone den zerknautschten Raum durchquert. Der Schutzbereich schloss auch einige Pflastersteine mit ein, die sich unter seinen und Tusans Sohlen befanden. Obwohl er die Stelle, an der er die Falte zu verlassen gedachte, mit Bedacht gewählt hatte, wollte sich das am Vorabend untreu gewordene Glück nicht so schnell wieder mit ihm versöhnen. Zwar landeten sie punktgenau auf den Stufen, die zum achten Geschoss hinaufführten, doch während er und sein Gefährte umgehend und lautlos nach oben strebten, polterten die Pflastersteine auf der Treppe unüberhörbar nach unten.

Ein brenzliger Geruch lag in der Luft. Ergil keuchte, weil der Sprung einen Großteil seiner Reserven gekostet hatte. Im nächsten Moment hörte er über sich eine Stimme, die wie Grind in seiner Erinnerung klebte.

»Was war das?«, fragte Ysga. Seine Stimme wurde von den farbigen Stoffbahnen gedämpft, die überall von der Decke hingen. Ergil hatte sie schon mit seinem Sirilimsinn wahrgenommen. Sie dienten wohl zur Unterteilung des großen, achteckigen Raums in mehrere Wohnbereiche, vielleicht auch als Schmuck. Oder beiden Zwecken zugleich.

»Woher soll ich das wissen?«, antwortete ein anderer.

»Nimm Tunigu mit und seht gefälligst nach! Mundbert bleibt bei der Prinzessin.«

»Hilfe!«, schrie Nishigo.

»Mist! Sie haben uns gehört«, zischte Tusan.

»Bleib dicht bei mir und beweg dich nicht«, flüsterte Ergil.

Am Ende der Treppe erschienen zwei Männer und spähten nach unten. »Niemand da, Kommandant«, meldete einer der beiden. Ergil hatte sich und Tusan ein kleines Stück in die Zukunft verschoben, wodurch sie für die Wachen unsichtbar geworden waren.

»Und woher kommt der Krach?«, bellte Ysga.

»Nichts Schlimmes. Da liegen nur ein paar Pflastersteine auf den Stufen.«

»Bist du närrisch, Tunigu? Wo sollen hier denn plötzlich Pflastersteine herkommen?«

»Keine Ahnung, Kommandant.«

»Bestimmt steckt dieser Soodländer dahinter. Behalte die Treppe im Auge, Tunigu. Lennbar, geh da rüber und schieß auf alles, was sich bewegt – außer uns natürlich. Wenn nötig, macht ihr mit der susanischen Prinzessin einfach kurzen Prozess. Habe ich mich klar und deutlich ausgedrückt?«

Ein mehrstimmiges »Ja, Kommandant!« ertönte.

Tunigu lehnte sich lässig an die Außenmauer und heftete seinen Blick auf die – vermeintlich leeren – Stufen.

Mit seiner Alten Gabe erkundete Ergil erneut den über ihnen liegenden Raum, um die Position der übrigen Gardisten festzustellen. Dann teilten er und Tusan die Gegner unter sich auf. Obwohl seine Stimme im Hier und Jetzt nicht hörbar war, flüsterte er.

Der Fährtensucher wiederholte die Anweisungen bis zu der Stelle, an der sein Freund gesagt hatte: »Sobald ich deinen Arm drücke, geht's los.« Danach stopfte er einen gelben Pfeil in sein mittellanges Blasrohr. Gelb bedeutete: »Leg dich hin, schlaf die nächsten acht Stunden und wache anschließend mit rasenden Kopfschmerzen, einem metallischen Geschmack im Mund und ganz üblem Brechreiz wieder auf.«

Dann wartete Ergil. Obwohl er sich mit Tusan einen Schritt weit in der Zukunft befand, war sein Bewusstsein auf die Gegenwart gerichtet, damit er den richtigen Augenblick für den Angriff abpassen konnte. Deshalb hörte er auch leise das Stimmengewirr flüchtender Soldaten sowie das Wimmern von Frauen und Kindern aus den Tiefen des Turms nach oben dringen. Mit einem Mal verlagerte der Gardist seine Aufmerksamkeit von der Treppe auf irgendetwas anderes.

Blitzartig ließ Ergil sich und seinen Freund in die Gegenwart zurückschnappen und drückte dessen Oberarm. Sogleich presste Tusan die in seinen Lungen eingeschlossene Luft heraus und mit kaum wahrnehmbarem Geräusch schoss der kleine Pfeil aus dem Blasrohr.

Ehe Tunigu mitbekam, dass sich nicht etwa der Stachel irgendeines Insekts in seinen Hals gebohrt hatte, war er auch schon gelähmt. Ungünstigerweise sank Tunigu nicht einfach an der Mauer zusammen, sondern kippte Richtung Treppe.

Die zwei Eindringlinge sprangen vor, fingen den schlaffen Körper auf und ließen ihn zu Boden gleiten. Am liebsten hätte sich Ergil gleich daneben gelegt, so erschöpft war er mittlerweile, doch die Sorge um Nishigo ließ das nicht zu. Er mobilisierte seine letzten Kraftreserven und betrat mit Tusan die Arena, in der sie noch drei weitere Gegner unschädlich machen mussten.

Weder die Gardisten noch Nishigo waren zu sehen. Die schneeweißen, von der Decke hängenden Seidentücher versperrten die Sicht. Sie bewegten sich, großen Fahnen gleich, im Luftzug, der wie durch einen Kamin im Gebäude aufstieg. Plötzlich ertönte irgendwo unten eine Explosion. Menschen schrien. Flammen fauchten und saugten gierig die Luft an. Dadurch wehte eine regelrechte Bö durch das Gebäude und bauschte die feinen Gewebe auf.

Für einen langen Moment begegneten sich die Blicke der Angreifer und Verteidiger.

Rechts von Ergil, genau in der Mitte des Raumes, saß Nishigo auf einem Diwan. Hinter ihr stand ein grobschlächtiger Kerl, der einen Krummdolch an ihre Kehle hielt. Ergil ließ seinen Pfeil von der Sehne schnellen. Im selben Augenblick verließ ein deutlich kleineres, leuchtend gelbes Geschoss Tusans Blasrohr.

Der längere Pfeil traf Mundbert mitten in die Stirn. Nicht die Zornissen hatten Ergil dieses Ziel auswählen lassen – obwohl ein gewisser Groll auf die anwesenden Herren durchaus gerechtfertig war –, sondern sein Gespür für das Dort und Gleich: Der Gardist hätte nicht gezögert, sein Faustpfand umzubringen. Es spricht für die Geistesgegenwart der Prinzessin, dass sie sich sofort aus Mundberts Griff losriss, als dieser sich lockerte, und seine Dolchhand von sich stieß, sonst hätte die scharfe Klinge des tot zu Boden sinkenden Mannes womöglich trotzdem ihren Hals aufgeschlitzt.

Tusans Giftstachel flog etwas langsamer, was die ganze Situation nicht eben vereinfachte. Lennbar hätte seinen Pfeil womöglich noch in Nishigos Herz lenken können, aber glücklicherweise war er viel zu verblüfft über die plötzlich aufgetauchten Gegner. Anstatt weisungsgemäß auf alles zu schießen, was sich bewegte, staunte er etwas zu lange und war nun selbst, obwohl er sich überhaupt nicht gerührt hatte, zur Zielscheibe geworden. Der Giftzwerg mit dem gelben Federbüschel bohrte sich in den offenen Mund des ostrichischen Bogenschützen, der sich gründlich daran verschluckte. Wie ein nasser Sack kippte er um und schlug auf das Parkett.

»Fehlt noch die Nummer vier«, sagte Tusan hustend. Er war von dunklem Rauch eingehüllt, der aus den unteren Stockwerken nach oben stieg. Man konnte fühlen, wie es wärmer wurde, und hören, wie das verzehrende Feuer sich ausbreitete.

Ergil näherte sich mit aufgelegtem Pfeil der Prinzessin. Sein Sirilimsinn war jedoch weniger auf sie gerichtet, sondern suchte nach dem Kommandanten. Er hatte seine Position verändert und … Ergil erschrak.

»Lasst sofort den Bogen sinken, Ysga!«, rief er. Aus den Augenwinkeln sah er, wie Tusan näher kam und sich hektisch umblickte, aber ihm fehlte die Gabe, durch Seidentücher zu sehen.

»Woher wisst Ihr, dass ich in Eure Richtung ziele?«, geiferte der Kommandant. Er schien wild entschlossen, sich kein zweites Mal von dem jungen König übertrumpfen zu lassen.

»Ich kann es mit derselben Gewissheit sagen, mit der ich Mundbert getötet habe. Wollt Ihr der Nächste sein?«

»Ihr könnt mich nicht sehen.«

»Doch. Außerdem haben wir keine Zeit für Eure Spielchen, Ysga. Jeden Moment können die Flammen uns erreichen oder das ganze Gebäude stürzt zusammen. Legt Eure Waffen nieder und kommt zu mir. Dann retten wir Euch und Eure betäubten Männer.«

Ysga ließ eine Disharmonie aus Lauten erklingen, die gleichzeitig aus Lachen, Husten und Röcheln bestand. »Das soll ich Euch glauben? Ihr wollt Euch doch bloß wieder auf meine Kosten als Held aufspielen. Nichts da! Ihr seid ein Verschwörer, ein Verbündeter von Rebellen. Und Prinzessin Nishigo ist eine Spionin ihres Vaters, dessen Truppen schon an unseren Grenzen stehen und nur auf ein Zeichen warten, um in Ostrich einzumarschieren. Aber das werde ich nicht zulassen. Ich werde für König Godebar …«

Der Kommandant keuchte, als ein Pfeil seine linke Schulter durchschlug und hinter ihm in der Wand stecken blieb. Die Wucht des Aufpralls hatte ihm den Bogen aus der Hand gerissen. Einen Moment war er zu geschockt, um etwas zu sagen, geschweige denn etwas zu fühlen.

Ergil machte seiner Verärgerung Luft. »Ich habe keine Zeit für Euer Geschwätz. Ihr …«

»Wenn wir nicht schnell hier abhauen, werden wir ersticken«, unterbrach ihn Tusan.

Einen Moment war Ergil starr vor Schreck. Hatte er sich eben von dunklen Empfindungen übermannen lassen? Mit einem Mal fühlte er sich unendlich erschöpft. Ehe er einen weiteren Gedanken fassen konnte, hatte sich Nishigo ihm an den Hals geworfen.

»Ergil! Ich wusste, dass du mich nicht im Stich lassen würdest.«

Obwohl ihre Hände auf seinem geschundenen Körper ausnahmslos blaue Flecken drückten und damit den Schmerz um einiges steigerten, war er über die Maßen froh, sie in die Arme schließen zu können. Zärtlich küsste er ihr rotes Haar. »O Nishi! Ich habe mir solche Sorgen um dich gemacht! Haben sie dir wehgetan?«

»Im Vergleich zu dem, was die *Argo* mich hat fühlen lassen, waren ihre Grobheiten unbedeutend.«

Eine Flammenzunge fauchte die Treppe empor.

»Jetzt wird's aber höchste Zeit«, drängte Tusan.

Ergil nickte. »Ich brauche frische Luft, um wieder zu Kräften zu kommen.«

»Da drüben ist eine Treppe, die zum Dach hinaufführt«, sagte Nishigo und deutete auf eine große Stoffbahn.

Tusan legte sich Ergils rechten Arm über die Schulter. »Dann nichts wie los!«

Nishigo stützte ihren Liebsten von der anderen Seite. Gemeinsam führten sie den König durch den Raum. Immer wieder mussten sie Seidentücher zur Seite schieben. In Ergils Kopf drehte sich alles. War es der Rauch? Oder hatte er sich zu viel zugemutet? Endlich erreichten sie die Treppe. Nach einigen Stufen vernahm er dumpf Tusans Rufen.

»Wir verlassen das Haus, Ysga. Wenn Ihr mitkommen wollt, dann ist das Eure letzte Gelegenheit.«

»Eher verbrenne ich«, krächzte irgendwo hinter den wehenden Tüchern der verletzte Kommandant. »Seid verflucht, verdammte Soodländer!«

»Ich bin aus dem Stromland«, antwortete der Fährtensucher

gleichmütig und schleppte seinen Freund mit Nishigos Hilfe weiter die Treppe hinauf.

Kurz darauf erreichten sie einen kleinen Pavillon, der auf eine Terrasse hinausführte. Die Hitze in dem Raum war unerträglich. Tusan stieß die Tür auf. Rasch stolperten die drei ins Freie.

»Weg vom Eingang!«, ächzte er und zog seine beiden Gefährten zum Rand des Daches.

Der Turm verwandelte sich durch die neue Öffnung an seiner Spitze in einen riesigen Schlot. Das Feuer in den unteren Stockwerken zischte wie eine Schlange nach oben. Im Achteck unter dem Dach vergingen zahllose Seidentücher in den Flammen. Und nicht nur sie allein.

»Dies wäre ein guter Moment zu verschwinden«, sagte Tusan, nachdem sie einige Baldachine und Kübel mit kleinen Bäumen umrundet hatten.

Um Ergil herum drehte sich alles. Trotzdem versuchte er sich für den Sprung zu konzentrieren. Eine Welle der Übelkeit stieg in ihm hoch und ihm wurde schwarz vor Augen.

»Was ist mit dir?«, hörte er Nishigos Stimme aus weiter Ferne.

»Ich … kann nicht«, ächzte er.

»Das habe ich befürchtet«, sagte Tusan. Nicht vorwurfsvoll, sondern erstaunlich gefasst.

»Ich bin so müde«, lallte Ergil. Er spürte seine Beine nicht mehr.

»Lassen wir ihn runter«, hörte er Tusans hallende Stimme.

Ein Stöhnen ging durch den Bau. Im Verein mit dem Fauchen der Flammen hörte es sich an wie ein asthmatischer Drache, der unter Alpträumen litt.

»Aber wir können nicht hier bleiben. Das Haus hält dem Feuer nicht mehr lange stand«, jammerte Nishigo.

Ergil schloss die Augen, weil sie so furchtbar brannten. Während ihm die Tränen über die Wangen liefen, lächelte er und murmelte: »Habt … einfach Vertrauen …«

»Ich glaube, er halluziniert«, bemerkte Tusan.

»Wie heißt es doch so schön? Kommt Zeit, kommt Rat«, beharrte Ergil leise, aber voller Zuversicht.

»Ja«, sagte Nishigo. »Er redet wirr.«

»Ich …« Ergils Mund war so trocken, dass ihm beim ersten Anlauf die Stimme versagte. »Ich wiederhole … wiederhole nur, was Kira gesagt hat.«

Die susanische Prinzessin und der stromländische Herzogssohn wechselten über den König von Soodland hinweg einen besorgten Blick.

Eine gierige Lohe schoss von unten in den Pavillon und sprengte sämtliche Fenster. Splitter rasten in die Topfpflanzen und zerfetzten Sonnensegel. Ehe sie die Gefährten an der Dachkante erreichen konnten, war ihre Wucht verpufft.

Ein Moment der Ruhe trat ein. Vielleicht kam es Ergil auch nur so vor, weil sich sein Bewusstsein zunehmend von den Ereignissen überfordert sah. Aber plötzlich drang deutlich das Flattern von Vogelschwingen an sein Ohr, er spürte einen angenehm erfrischenden Luftzug im Gesicht und dann einen sanften Druck auf der Brust. Schließlich hörte er eine helle und zugleich volle Stimme, die für ihn ungemein beruhigend klang.

»Na, das nenne ich knapp!«

Er zwang sich, die Augen aufzuschlagen und nahm vor sich das verschwommene Bild eines Falken wahr. »Kira!«, krächzte er.

»Hast dir wieder mal einen ziemlich großen Brocken aufgeladen, was?«

»Na ja, mir … mir ist auf die Schnelle nichts Besseres eingefallen, um Nishi zu retten …« Ein Hustenanfall schnitt ihm das Wort ab.

»Du bist eben durch und durch ein Retter. Jetzt bleib ruhig liegen. Gleich kommt Hilfe.«

Ergils viel zu schweres Haupt sank auf den Boden zurück. Nishigo nahm seine Hand und drückte sie ganz fest, als wolle sie damit Schekiras Worten Nachdruck verleihen. Doch er war viel zu aufgeregt, hatte nur Kraft gesammelt, um erneut den Falken anzublicken.

»Wie …?«, keuchte er, während er von einer neuerlichen Hustenattacke geschüttelt wurde.

Schekira nahm ihre Elvengestalt an, stemmte die Arme in die Seiten und sah ihn streng an. »Du hast für heute genug getan und bist jetzt still. Im Übrigen solltest du ›Wer?‹ fragen. Die Antwort lautet Nisrah. Da kommt er, um euch aufzunehmen. Das Wie erübrigt sich ja wohl.«

Ergils Augen richteten sich an Schekiras Zeigefinger aus, der schräg nach oben deutete. So bekam er den riesigen Leib der Wolkenqualle zu sehen, der sich im langsamen Sinkflug näherte.

Ein neuerliches Stöhnen ging durch den Turm.

»Die ›Glückseligkeit‹ bricht gleich zusammen«, stellte Tusan vielsinnig fest.

Abermals schoss eine Lohe in den Pavillon und sprengte ein Loch ins Dach. Irgendwo unten krachte es – vermutlich war ein Stockwerksboden eingestürzt. Schekira schnellte in die Höhe. Trümmer prasselten überall herab, aber wie durch ein Wunder wurde keiner der Freunde getroffen.

Nishigo presste mit beiden Händen Ergils Finger zusammen, legte ihre linke Wange an seine rechte und flüsterte: »Ich habe Angst.«

»Vertrau mir«, gab er ebenso leise zurück. Der beißende Qualm trieb ihm wieder die Tränen in die Augen. Zwischen den äußeren Schichten von Nishigos wirbelndem Haar hindurch konnte er einen riesigen Schatten wahrnehmen, der das Blau des Himmels verdunkelte.

Ein grauenvolles Ächzen und Knirschen ließ den Bau erzittern.

»Herr der himmlischen Lichter, steh uns bei«, flüsterte Tusan.

Es folgte ein Krachen, als würden sie sich mitten in einer Gewitterwolke befinden. Dazu passte, dass plötzlich der Boden unter ihnen verschwand.

Nishigo kreischte.

Einen Moment lang hatte Ergil das Gefühl, schwerelos zu sein. Aber ehe er hinab in die Trümmer der eingestürzten »Glückseligkeit« fallen konnte, wurde er von starken Tentakeln aus der Luft gepflückt und in die entgegengesetzte Richtung gehoben.

29

VERRAT

Múrias Blick schweifte über den Soodlandbelt hinweg in die Ferne, so als könnte sie weit im Osten die Staub- und Aschewolken des einstürzenden Frauenturms in Ostgard erkennen. In Wirklichkeit sah sie nicht einmal Bjondal.

»Suchst du die Flotte von Silmao? Die wird so schnell nicht kommen«, sagte Borst. Sie standen auf dem nördlichen Ende der inneren Mauer, dort, wo die Klippe steil ins Meer abfiel und man vor feindlichen Scharfschützen relativ sicher sein konnte. Die Ruhe hier oben war trügerisch. Man musste der Hufeisenform des Wehrgangs nur ein wenig weiter nach Nordwesten folgen, um in die hässliche Fratze des Krieges zu blicken.

»Nein, das wäre zu früh«, antwortete sie. Bombo war mit der *Silbergingko* erst vor wenigen Tagen der von Ergils Botenfalken angekündigten susanischen Flotte entgegengesegelt. Zuvor war er unermüdlich zwischen Soodland und Kimor hin- und hergependelt, um hunderte von Menschen, die sich wochenlang in den Bergen versteckt hatten, in Sicherheit zu bringen. Daneben hatte Qujibo so viele Wasserfahrzeuge, wie er entbehren konnte, zur Evakuierung der Insel bereitgestellt. Die Achse tat natürlich – zu Wasser und zu Lande – alles, um niemanden entkommen zu lassen. Trotzdem hatten der Herzog von Bolk und sein Heer den Korridor südlich der Sooderburg lange genug offen halten können, um vielen, darunter auch den Frauen und Kindern, die sich in die Festung geflüchtet hatten, das Leben zu retten.

Als vor zwei Tagen der Ansturm der feindlichen Heere übermächtig wurde, befahl Borst den strategischen Rückzug. Nur in der Sooderburg harrten jene Freiwilligen aus, die für Vanias Rückkehr ins Hier und Jetzt kämpften und damit für den Erhalt der ganzen Welt. Darunter auch Qujibo mit fünfhundert seiner auserlesensten Krieger sowie die dreihundert Bogenschützen der Sirilim, deren legendäre Treffsicherheit maßgeblich dazu beigetragen hatte, den wiederhergestellten dritten Verteidigungsring im ersten Ansturm der Achse zu halten.

Der Pandorier brummte etwas Unverständliches, um dann deutlicher hinzuzufügen: »Ich sehe doch, dass dir etwas auf der Seele brennt, Múria. Spuck's einfach aus.«

Sie riss ihren Blick von der Unendlichkeit los und sah ihn direkt an. »Ich mache mir Sorgen um Torbas.«

Er runzelte die Stirn. »So?«

»Ja. Ich habe ihn gestern während der Schlacht beobachtet. Er kämpfte wie rasend, ohne Rücksicht auf sich selbst.«

»Torbas ist für seine Tollkühnheit bekannt. Mehr als ein Mal hat er mir das Leben gerettet. Deshalb habe ich ihn auch von den gefährlichsten Zonen der Kampflinie fern gehalten.«

»Für mich sah das gestern aber anders aus.«

»Er und seine Männer bekamen Deckung von Sirilimschützen, damit sie einen Abschnitt der Palisade sichern konnten, an dem der Feind fast durchgebrochen wäre. So konnten wir den Zaun reparieren.«

Múrias Blick schweifte wieder nach Osten ab. Leise sagte sie: »Ich finde trotzdem, dass Torbas sich verändert hat.«

»Ist das in diesen Zeiten verwunderlich?«

»Hast du damals, als du mit ihm in den Kerker zu Kaguan hinabgestiegen bist, irgendetwas beobachtet, das ich noch nicht weiß?«

Borst packte sie am Arm und zog sie grob herum. »Bitte sieh mich an, Múria, wenn du irgendwelche Verdächtigungen gegen mich aussprechen willst.«

»Vergiss einmal für einen Augenblick deinen Kriegerstolz«, sagte sie kühl, »und denke nach. Da du es offensichtlich normal findest, wenn Torbas sich auf dem Schlachtfeld wie ein Berserker aufführt, frage ich dich, ob er sich in letzter Zeit sonst irgendwie auffällig benommen hat. Oder hast du damals im Kerker etwas Schwarzes in seiner Armwunde, den Ohren, Nasenlöchern oder Augen verschwinden sehen?«

»Nein! Wie oft soll ich dir das noch sagen?«

Múria sah ihn forschend an. »Und wie steht es mit dir, Borst?«

Er hielt ihrem Blick stand, zögerte aber, ehe er antwortete: »Keines der Viecher ist mir auf die Pelle gerückt. Und sollte ich zu dem Eindruck gelangen, dass Torbas mich hintergeht, dann wird das nicht ohne Folgen für ihn bleiben. Bist du jetzt zufrieden?«

Sie nickte. »Ja, das genügt mir.«

»Ist er nun auf unserer Seite oder ist er es nicht?« Kaguans Antlitz sah aus wie eine Maske aus schwarzem Glas. Seine Gesichtszüge glichen denen seines Gegenübers vor dem Gitter aufs Haar.

»Er hat mir in letzter Zeit sehr aufmerksam zugehört, Herr. Ich denke, wir haben Borst für uns gewonnen«, sagte Torbas ausweichend. Seine Stimme war leise, damit ihn die Wachen am Ende des Tunnels nicht hörten.

Der Zoforoth ließ sich Zeit mit seiner Antwort, so wie er in den vergangenen Wochen nichts überstürzt hatte. Andere Gefangene hätten vielleicht alles darangesetzt, den Kerker zu verlassen, aber ihn störte das unwirtliche Quartier nicht wirklich. Er war es gewohnt, unter der Erde zu hausen.

Schließlich erlöste er seinen Spießgesellen und sagte: »Gut. Es wird nicht zu deinem Schaden sein, den Reichsverweser für unsere gemeinsame Sache zu gewinnen. Hast du inzwischen den Nachschlüssel für meine Zelle besorgt?«

Torbas zögerte. »Nein, Herr.«

Die Schuppen auf dem schwarzen Körper des Chamäleonen fingen den Geruch von Angstschweiß auf. Der Waffenmeister log. Kaguan hatte damit gerechnet. Das war der Nachteil der Zornissen: Sie zerstörten jegliche Integrität, jede Spur von Loyalität. Vermutlich hatte Torbas längst eigene Pläne, um *sich* anstelle seines Herrn zum Großkönig zu erheben.

»Du weißt, was jetzt zu tun ist, mein Freund«, sagte Kaguan mit einschmeichelnder Stimme. »Um den Kampf um Sooderburg für uns zu entscheiden und unbesiegbar zu werden, fehlt uns nur noch eine Kleinigkeit: das Schwert *Schmerz*. Ich habe es auf der anderen Seite des Soodlandbelts in einer Höhle am Strand versteckt. Was ich von dir verlange, ist gefährlich und schwierig, aber kannst du die Meerenge überqueren und das Schwert für uns besorgen?«

»Wo genau befindet sich die Kristallklinge, Herr?«

Kaguan zögerte. Wenn er jetzt einen Fehler beging, war alles verloren. Aber hatte er denn überhaupt eine Wahl? Nein, die gab es nicht. Außerdem spürte er, dass die Zornissen sich in Torbas schon weit entwickelt hatten. Bald würde der Schattenfalter aus dem Kokon schlüpfen und sein Wirt ganz der Dunkelheit verfallen. Dann hätte Torbas das letzte Stadium erreicht, den Zustand, in dem weder Vernunft noch Verlockungen ihn länger beeinflussen konnten. Kaguan hatte sich vorgenommen, es nicht so weit kommen zu lassen. Doch bis er sich des Mannes entledigte, würde er noch einmal seine Dienste in Anspruch nehmen, musste ihn glauben machen, er würde zu seinem eigenen Vorteil handeln.

Der Zoforoth gab dem Waffenmeister eine genaue Beschreibung des Verstecks und ließ ihn danach jede Einzelheit wiederholen. »Wirst du das Schwert finden?«, fragte er schließlich.

Torbas verzog das Gesicht. »Ich stamme aus der Ebene von Pandor, Herr. An den Küsten und Klippen von Soodland kenne ich mich nicht aus.«

Kaguan unterdrückte eine missbilligende Äußerung, die ihm auf den Schuppen lag. »Du schaffst das. Notfalls nimmst du unter einem Vorwand jemanden aus der Gegend mit – aber vergiss nicht, ihn zum Schweigen zu bringen, sobald du *Schmerz* gefunden hast.«

»Das halte ich für keine gute Idee ...«

»Torbas!«, zischte Kaguan und er legte seine ganze, auf Menschen so beklemmend kalte Ausstrahlung in die Stimme. »Wenn du glaubst, dass ein großer Führer in dir steckt, dann beweise es mir und langweile mich nicht länger mit deinen Bedenken. Andernfalls könnte ich mir überlegen, einen fähigeren Mitkämpfer zu erwählen.«

Sogar im Licht der Öllampen konnte der Zoforoth erkennen, wie seine Worte Wirkung zeigten. Das Gesicht des Waffenmeisters wurde mit einem Mal fahl und wächsern. Die Zornissen ließen nicht zu, dass seine Gier nach Anerkennung und Ruhm einen solchen Dämpfer bekam. »Tut das nicht!«, rief Torbas. »Ich werde das schwarze Schwert finden. Verlasst Euch darauf.«

Eisige Kälte umschlich die Sooderburg wie ein unsichtbares Raubtier. Was immer das Klima vorübergehend hatte milder werden lassen – Gondo war als Höhlenbewohner in Fragen des Wetters keine Koryphäe –, schien sich nun umzukehren. Besonders garstig war der Wind, der über das Schollenmeer wehte. Der Zwergling fluchte leise, weil ihm unter dem zwiebelförmigen Helm das Hirn einzugefrieren drohte. Trotzig schlang er den zottigen Mantel um seinen gedrungenen Leib.

Es wäre ihm lieber gewesen, an der windgeschützten, weniger steilen Nord- oder Westflanke der Klippe nach dem geheimen Eingang zu suchen, sein untrüglicher Instinkt sagte ihm jedoch, dass er dort kaum mehr finden konnte als den Tod durch einen Sirilimpfeil. Aber ehe er nicht seinen gerechten Lohn bekommen hatte, war er nicht bereit zu sterben.

Graf Waltran ... Nein. »*Herzog*!«, wisperte Gondo verächtlich. Entrin hatte den General wegen seiner Verdienste im Soodlandfeldzug doch tatsächlich mit einem weiteren Titel dekoriert und ihn, den tapferen, unerschrockenen, treuen … na ja, vielleicht nicht immer ganz so treuen, aber zumindest raffinierten Kohortenführer wieder einmal leer ausgehen lassen. Wie auch immer, jedenfalls war Waltran mit seinem noch grünen Herzogentitel zu Gondo gekommen, hatte ihn auf die Seite genommen und einen übertrieben verschwörerischen Ton angeschlagen.

»Du erinnerst dich doch an unser Gespräch von letztens über Spione, mein lieber Gondo?«

»Ja, Herr General.«

»Ich habe mir deine Worte dann noch lange durch den Kopf gehen lassen. Das tue ich immer, wenn meine beste Spürnase etwas sagt.«

»Ich dachte, das sei Euer Grottenhund, Herr General.«

»Das war auch metaphorisch gemeint, mein Lieber.«

»Bitte was, Herr General?«

»Ist nicht so wichtig. Du hattest jedenfalls von Gerüchten über einen ›geheimen Zugang zur Festung‹ gesprochen. Daraufhin habe ich mich ein wenig umgehört und so kam mir eine nette Geschichte zu Ohren. Du kennst die Legende von der Eroberung der Sooderburg?«

»Nur die Version, die man sich unter Zwergen und Waggs erzählt.«

»Nun, worauf ich hinauswill, mein Guter: Es heißt, Wikander sei tatsächlich durch einen Geheimgang in die Festung gelangt und konnte sie so von innen … *knacken.*« Das letzte Wort hatte Herzog Waltran mit einer Inbrunst ausgesprochen, die Gondo zusammenzucken ließ.

»Ja und, Herr General?«

»Ich möchte, dass du für mich den Geheimgang findest.«

»Sollte ich nicht nach Spionen suchen?«

»Das hatte ich so nicht gesagt.«

»Aber für die gibt's eine Belohnung.«

»O Gondo! Was glaubst du, wird geschehen, wenn du uns den Sieg über diese vermaledeite Festung ermöglichst? Man wird dir Denkmäler bauen.«

»Die kann ich nicht essen.«

»Sei versichert, mein Lieber, auch daran wird gedacht werden. Wie dir bekannt ist, kann niemand den Strand unter der Festung betreten oder verlassen, ohne von unseren Scharfschützen in ein Nadelkissen verwandelt zu werden. Bei dir mache ich eine Ausnahme.«

»Das ist äußerst gnädig, Herr General.«

»Damit du für mich … ich meine natürlich für König Entrin den geheimen Zugang aufspürst. Es soll nicht zu deinem Schaden sein, mein Lieber.«

»Das will ich hoffen, Herr General.«

Gondo fand immer noch, dass er mit seiner letzten Antwort sehr kühn gewesen war. Ein bisschen hatte sie wie eine Drohung geklungen. Welcher gewöhnliche Kohortenführer konnte sich so etwas schon erlauben?

Seine lichtempfindlichen Augen richteten sich wieder auf die Steilküste südlich der Klippe. Es war Nacht und die Wolken öffneten Mond und Sternen gerade genug Lücken, um den kleinen Späher nicht völlig blind über den felsigen Strand stolpern zu lassen. Für die eigentliche Suche nach dem geheimen Zugang war seine Sehfähigkeit von untergeordneter Bedeutung. Zwerglinge konnten, ähnlich wie manche Tiere, Wasser wittern oder die Beschaffenheit von Stein fühlen. Mit einem natürlichen Gespür nahmen sie Spalten, Erzadern oder Hohlräume wahr, ohne sie zu sehen.

»Autsch!« Gondo fluchte. Nachteil der Gabe war, dass sie die ganze Aufmerksamkeit erforderte, wollte man sich in so unebenem Terrain nicht die Beine brechen.

Inzwischen war er der Klippe schon ganz nahe gekommen und genoss den Schutz des toten Winkels – solange nicht irgendein Sirilo auf dem Knochenturm stand und nach Zwerglingen Ausschau hielt. Aber das war nicht anzunehmen. Auch die Verteidiger wussten, dass der Strand abgeriegelt war. Niemand konnte ihn betreten, ohne … Gondo stutzte. Dann ging er tief in die Hocke.

Zwischen den schroffen Klippen, nur aus der Nähe sichtbar, lag ein Segelboot. Jemand hatte es mit dem Bug halb auf den Strand gezogen und mit einer Leine an einer Felsnase befestigt. Es war ein kleiner Einmaster. Das ideale Fahrzeug für einen Kundschafter, um bei Nacht die Küstenabsperrungen auf dem Meer zu umfahren, in irgendeiner versteckten Bucht wieder anzulanden und die vereinigten Armeen auszuspähen.

Gondo glaubte, das Gewicht einer fetten Belohnung in seiner Faust zu spüren, aber als er den Blick senkte, sah er keinen Sack mit Goldstücken, sondern nur einen runden, vom Meer glatt geschliffenen Stein, den er unbewusst aufgehoben hatte. Plötzlich hörte er ein schabendes Geräusch wie von einer Stiefelsohle, die über einen Stein strich. Rasch zog er sich in die Deckung eines Felsens zurück.

Eine dunkle Gestalt näherte sich dem Boot. Sie war hoch gewachsen, breitschultrig, zweifelsohne wehrhaft. Aber Gondo hatte keine Angst vor großen Kriegern. Leise zückte er die einzige Waffe, die er mitgenommen hatte, einen Krummdolch, der im Vergleich zu seinem Körper allerdings wie ein Säbel anmutete. Dann wartete er.

Der Schemen löste die Leine von der Klippe und machte sich daran, das Segelboot ins tiefere Wasser zu schieben. Das war der Moment, in dem Gondo aus der Deckung schoss.

Der Spion musste ihn gehört haben und wollte herumfahren, aber zu spät. Gondo war ihm schon auf den Rücken gesprungen, klammerte sich am Hals des Kriegers fest und drückte ihm die scharfe Schneide seines Dolches an die Kehle.

»Eine Bewegung und du kannst deinen Kopf unter dem Arm tragen«, zischte er dem Hünen ins Ohr. Der Mann war vor

Schreck erstarrt. »Du bist ein Spion, habe ich Recht?«, fragte der Zwergling nach einer Weile. Er konnte den triumphierenden Unterton in seiner Stimme nicht ganz unterdrücken. Vorfreude (auf eine saftige Belohnung) war eben die schönste Freude.

Der Mann zögerte. »Sag mir erst wer … nein, *was* du bist.«

Gondo kicherte vergnügt. »Merkst wohl, dass es kein Kind ist, das dir den Hals durchschneiden will, was?«

»Ich würde eher sagen, man riecht es.«

»He, werd nicht frech! Ich bin ein Zwergling und habe in diesem Feldzug schon viel Größere als dich abgemurkst. Meine Belohnung kriege ich sowieso, ob du nun tot oder lebendig bist.«

»Aber ein Spion, der nicht mehr sprechen kann, bringt längst nicht so viel.«

Das stimmte. Der Kerl kannte sich aus. Gondo überlegte, ob er die Differenz verschmerzen konnte. »Dann gibst du also zu, ein Spitzel zu sein?«, baute er dem Mann an seinem Dolch eine goldene Brücke.

»Ja«, krächzte der. »Könntest du mir etwas mehr Luft lassen? Ich ersticke gleich.«

»Geht nicht. Dann falle ich runter.«

»Du kannst mich ruhig loslassen. Wir beide stehen auf derselben Seite.«

»Ja, ja, und ich bin ein Sirilo mit goldblondem Haar.«

»In der Armee der Achse kämpfen keine Sirilim, ebenso wenig wie es in der Allianz Zwerglinge gibt. Mein Name ist Torbas. Ich bin Pandorier, genau wie König Entrin.«

»Du wolltest sagen, genau wie Borst und seine berüchtigten Rebellenkrieger.«

»Lass mich endlich Atem holen, Zwergling!« Der Hüne schwankte. Seine Stimme klang so heiser, dass sie kaum noch zu verstehen war.

»Mein Name ist Gondo. Übrigens habe ich gehört, dass wir

tatsächlich auf der Sooderburg einen Spitzel haben. Kannst du beweisen, dass du derjenige welcher bist?«

»Ja, aber nicht hier«, ächzte Torbas.

»Das ist schlecht für dich. Warum schleichst du dich aus der Burg?«

»Um einen Schatz zu holen. Er ist in irgendeiner Höhle versteckt und wird den Ausgang des Krieges beeinflussen …«

Das Zauberwort »Schatz« lockerte Gondos eisenharten Griff.

Torbas reagierte sofort. Er packte die Dolchhand des Zwerglings, drückte sie von seiner Kehle weg, wirbelte gleichzeitig herum und schleuderte Gondo so in hohem Bogen Richtung Strand. Während der Kleine noch in der Luft war, zog der Große sein Langschwert und setzte ihm nach. Gondo landete wie eine Katze auf allen vieren, den Rücken seinem Gegner zugewandt. Seinen Dolch hatte er nicht verloren. Blitzschnell fuhr er herum, aber ehe er wieder festen Stand bekommen oder seine Waffe einsetzen konnte, traf ihn Torbas' Stiefel an der Brust.

Der Zwergling keuchte, flog ein weiteres Stück den Strand hinauf, verlor nun doch seine Waffe und landete unsanft am Boden. Ohne den Helm hätte er sich vermutlich den Schädel aufgeschlagen. Wieder versuchte er sich hochzurappeln, aber der Pandorier war ein zu erfahrener Kämpfer, um das zuzulassen. Er hielt nun seinerseits dem Gegner die Waffe an den Hals.

Gondo bemerkte, dass der Hüne in Wut geraten war und entweder jeden Moment platzen oder zustechen würde. »Wollt Ihr mich töten? Wir kämpfen beide für Entrin«, jammerte er, nicht ohne auf eine etwas untertänigere Anrede zu achten.

Torbas lachte rau. »Entrin und Godebar sind Schwächlinge, genauso wie du. Sie zanken um den Vorsitz im Sechserbund wie Kinder, die sich um ein Holzschwert streiten, das keinem von ihnen gehört. Wenn je einer das Zeug zum Großkönig gehabt hat, dann Borst. Aber ich finde, mir würde der Titel auch nicht schlecht stehen. Letztlich wird es darauf ankommen, wer das Wohlwollen der wahrhaft Mächtigen genießt.«

Der Zwergling stöhnte. *Titel!* Alle Welt gierte nur nach Titeln. Als wenn man sich damit den Ranzen voll schlagen könnte! »Für mich seht Ihr wie ein tadelloser Großkönig aus.«

»Das sagst du nur, damit ich dich am Leben lasse. Aber dazu habe ich keine Lust, hörst du? Mir steht eher der Sinn danach, dich in Stücke zu hauen und an die Fische zu verfüttern.« Torbas setzte dem Zwergling den Fuß auf die Brust und hob das Schwert.

Gondo gelangte zu dem Schluss, dass er sich nun ernsthaft Sorgen um seine Belohnung machen musste. »Ich kann ja nachempfinden, wenn Ihr mir den Schädel spalten möchtet«, sagte er in beschwichtigendem Ton, »aber möglicherweise seid Ihr drauf und dran, den gleichen Fehler zu begehen, den ich eben fast gemacht hätte. Ihr habt von den ›wahrhaft Mächtigen‹ gesprochen. Vielleicht bin ich ja genauso deren Freund wie Ihr.«

»Du? Ein *Zwergling* soll Kaguans Freund sein?« Torbas lachte, diesmal schon etwas heiterer als zuvor, was ihn nicht davon abhielt, noch weiter mit dem Schwert auszuholen.

»Kaguan? Der Zoforoth ist der Herr, von dem Ihr sprecht?«, stieß Gondo hervor.

Die Waffe sackte ein kleines Stück herab. »Ihr kennt den Chamäleonen? Wahrscheinlich habt Ihr die Geschichte vom Kampf auf dem Kitora gehört.«

»Tausendmal. Aber ich kannte Magos' rechte Hand schon, als Ergil ihr noch durch Ostrich folgte. Ich bin nämlich Kaguans Diener.«

»Jetzt mach aber mal halblang.«

»Doch! Hör mich an.« Gondo erzählte hastig, wie er und seine Räuberkumpanen westlich des Zungenwaldes von dem Zoforoth gedungen worden waren, um die Könige von Soodland aufzuhalten, die dem Chamäleonen dicht auf den Fersen waren. Dabei streute er geschickt ein paar Einzelheiten ein, welche in die gängigen Erzählungen über die Gemeinschaft des

Lichts und ihre Jagd nach dem Schwert *Schmerz* noch nicht Eingang gefunden hatten. Unerwähnt ließ er hingegen, dass er sich von Kaguan hintergangen fühlte, weil die vom Zoforoth erhaltene Anzahlung kaum ein passender Gegenwert für den Verlust einer gut ausgebildeten Räuberbande, für die längsten dreißig Tage seines Lebens (im Zungenwald) und für die sich anschließenden unzähligen entgangenen Belohnungen war.

Torbas zeigte ein gewisses Verständnis, schien dem Zwergling sogar zu glauben, aber irgendetwas in ihm verlangte nach Blut. »Gut und schön«, sagte er, »doch Kaguan wird ja nicht erfahren, wenn ich dich umbringe.« Er holte wieder aus.

»Und was tut er mit Euch, wenn Ihr das schwarze Schwert nicht findet?«, kreischte Gondo. Seine schnell herausgestoßene Antwort war ein Schuss ins Blaue, das Ergebnis einiger Mutmaßungen, die sich zusammensetzten aus: erstens den Legenden über die Jagd nach dem Schwert *Schmerz,* welches offenbar spurlos verschwunden war; zweitens dem Wort »Schatz«; drittens dem Umstand, dass dieser nach Torbas' – oder Kaguans? – Auffassung »den Ausgang des Krieges beeinflussen« könne; und viertens der auffallend vagen Beschreibung des Pandoriers über das Versteck.

Die Schwertspitze kreiste eine Weile in Habt-Acht-Stellung, währenddessen Torbas jedes einzelne Wort des Zwerglings auf einer Goldwaage abzumessen schien. Nach einer quälend langen Bedenkzeit fragte er: »Ich habe mal gehört, Zwerglinge leben normalerweise in den Bergen. Bist du gut im Aufspüren von Höhlen?«

Múria stieg nicht gerne aus den Krankenquartieren zu Borsts Befehlsstand hinauf. Andererseits wollte sie wissen, wie die Verteidigungsschlacht um die Sooderburg sich entwickelte. Also nahm sie hin und wieder den deprimierenden Anblick von Kriegern in Kauf, die nichts Besseres mit ihrem Tag anzufangen wussten, als sich gegenseitig die Schädel einzuschlagen, einander Pfeile in die Körper zu schießen, sich in Brand zu stecken oder sonst wie zu verstümmeln.

Ein weiterer Anreiz, sich dem Wahnsinn des Krieges auszusetzen, war Jazzar-fajim, der mit Lohen-tuvim und den anderen Sirilim auf seltsam ruhige Art unter den Feinden Ernte hielt.

»Tun dir die Menschen, die deine Pfeile töten, nicht Leid?«, hatte sie ihn einmal gefragt.

»Doch«, entgegnete er. »Mit jedem Schuss stirbt auch ein Teil von mir.«

Man kann sich vorstellen, dass Múria von dieser Antwort nicht besonders begeistert war und sie ihr den täglichen Gang auf die Zinne der Mauer noch mehr vergällte. Sie hatte nämlich entdeckt, dass von der Liebe, die sie einst für den Sirilo empfunden hatte, noch eine Menge vorhanden – oder wieder neu erblüht – war. Es bereitete ihr Kummer, dass dieser Mann sich scheibchenweise das Leben nahm.

Borst stand auf der Zinne des Nordwestturmes des inneren Verteidigungsrings, den er nur noch bei Dunkelheit verließ, wenn die Angreifer sich zurückzuziehen pflegten. Sein Gesicht war schmutzig vom Rauch der Flammen, die ständig irgendwo aufloderten und wieder gelöscht wurden. An seinem linken Unterarm trug er einen Verband – das Andenken an einen Scharfschützen der Achse, der inzwischen einem Krieger der Allianz zum Opfer gefallen war.

»Wie geht es Eurer Verletzung?«, fragte Múria. Sie hatte die Verwundung eigenhändig versorgt.

»Der geht es prima. Zieht und juckt, wie es sich gehört«, knurrte Borst, ohne sie anzusehen.

»Das freut mich. Und wie steht es sonst?«

»Da man in Gegenwart einer Dame keine unflätigen Worte benutzen sollte, würde ich sagen: ›bescheiden‹.«

»Du darfst ruhig etwas ausführlicher werden, mein Lieber. Die Dame hat heute schon acht Beine und sechs Arme sowie einige kleinere Gliedmaßen amputiert. Von all den Wunden, die sie zugenäht hat, einmal abgesehen. Sie kann die Wahrheit vertragen.«

Der alte Recke atmete schnaufend aus, sah sie endlich an und deutete zum Schlachtfeld hinab. »Du siehst es ja selbst, Múria. Wir tun, was wir können.«

»Das habe ich nie infrage gestellt, mein Freund.«

»Aber neulich hast du an meiner Loyalität gezweifelt.«

Sie schloss die Augen, holte tief Luft und sagte betont langsam: »Ich erkläre es gerne noch einmal: An meinem alten Wegbegleiter Borst zweifle ich nicht. Aber ist jemand untreu, wenn ihn ein Pfeil tötet? Oder zweifelst du an Vanias Lauterkeit, weil der Inhalt eines Giftkelchs ihren Geist gefangen hält?«

»Das ist doch Unsinn!«, schnaubte Borst.

»Siehst du. Und aus diesem Grund würde ich auch niemanden verachten, dem eine Zornisse den Verstand verdunkelt. Trotzdem darf man einem Kranken nicht erlauben, mit seiner Schwäche eine Gefahr für Leib und Leben anderer zu sein. Er gehört unter Quarantäne.«

»Du hast mir mal erklärt, dass die Viecher nicht bei jedem gleich wirken. Ein Mensch, der sein dunkles Wesen nur mühsam verbirgt, wird ihnen leichter zum Opfer fallen als einer, der reinen Herzens ist.«

»Das stimmt.« Múria musste unwillkürlich an Ergil denken. »Wo ist eigentlich dein Adjutant?«, wechselte sie rasch das Thema.

Borsts dunkle Augen funkelten bedrohlich. »Ich weiß es nicht.«

Múria beging nicht den Fehler, »Wundert dich das?« oder etwas Ähnliches zu sagen. Sie wartete einfach.

»Er ist schon seit zwei Tagen verschwunden«, fügte Borst denn auch nach kurzem Brüten hinzu. »Vielleicht ist er gefallen.«

»Wir sammeln in jeder Nacht unsere Toten ein. Er war nicht darunter.«

»Oder in Gefangenschaft.«

»Die Wachen am Fuß der Klippe haben mir gesagt, dass er vorgestern Nacht den Geheimgang benutzt hat und nicht wieder aufgetaucht ist.«

»Was? Wieso erfahre ich das erst jetzt?«

»Mir wurde es selbst eben erst gemeldet. Der Posten sagte, Torbas habe den Feind auskundschaften wollen. Angeblich sei ihm von einem unserer Spione ein Hinweis gegeben worden, der zur entscheidenden Wende in der Schlacht führen könne. Aber in der Festung befinde sich ein Verräter. Deshalb sollten die Wachen mit niemandem über seine ›Rettungsaktion‹ reden.«

»Rettungsaktion? Das soll er gesagt haben?«

»Ja. Ich bin froh, dass die Männer nicht ewig gezaudert, sondern die Befehle Eures Waffenmeisters in den Wind geschlagen und mir Bescheid gegeben haben.«

»Und wenn er wirklich einer Verschwörung auf der Spur ist?«

»Ich fürchte eher, dass dein Adjutant ein wesentlicher Teil dieser Verschwörung sein könnte.«

Borst nickte. »Danke, Múria.« Mit nachdenklicher Miene wandte er sich von ihr ab und widmete sich wieder ganz der Schlacht.

Die beiden Bruchstücke des Schwertes *Schmerz* lagen auf dem Boden des kleinen Segelschiffes. Sie waren eingewickelt in ein schmutziges Tuch, das auf dem Webstuhl einmal weiß gewesen sein mochte, jetzt hingegen eher grauschwarz aussah und sich damit hervorragend mit der Nacht verband. Wenngleich nur der Zwergling mit seinen Katzenaugen das fast unsichtbare Bündel sehen konnte, musste es Torbas trotzdem unentwegt anstarren. Nur ab und zu hob er den Blick, um die Feuer des Feldlagers anzuvisieren und an der Pinne den Kurs zu korrigieren.

Es war die dritte Nacht nach dem Aufbruch vom Fuß der Sooderburgklippe. Torbas hatte sich letztlich doch entschlossen, den Zwergling am Leben zu lassen, weil dessen besonderes Gespür für Höhlen ihm nützlich erschien. Da er alles andere als ein guter Segler war, zog er zunächst jedoch aus einer weiteren überraschenden Fähigkeit seines neuen Verbündeten Nutzen. Der Zwergling hatte sich während der Seeblockade ein gesundes Halbwissen über die Seefahrt angeeignet, welchem sie letztlich die unbeschadete Überquerung der Meerenge verdankten. Tatsächlich war es dann auch Gondo zuzuschreiben, dass sie das Versteck des Kristallschwertes so schnell gefunden hatten.

Am Morgen waren sie von der Küste zwischen Bjondal und dem Mondkap aus wieder in See gestochen und hatten den Soodlandbelt mit endlosem Kreuzen überquert. Noch ehe das Land in Sicht kam, erblickten sie die vom Schlachtfeld aufsteigenden Rauchwolken. Bis zum Einbruch der Dunkelheit hatten sie auf dem Meer gewartet und sich später an den Feldfeuern orientiert.

»Habt Ihr es auch gespürt?«, fragte Gondo unvermittelt.

Torbas musste sich erst aus seinen dunklen Gedanken befreien wie aus einer Decke, in die man sich im Schlaf verheddert hatte. »Was?«

»In der Höhle, als ich euch die beiden Stücke des Schwertes gereicht habe, da kam es mir irgendwie … lebendig vor.«

»Du bist ein Zwergling. Vermutlich fühlt ihr bei jedem Kristall so etwas«, wiegelte Torbas ab. Er hatte auch etwas empfunden, das zu beschreiben er aber, wenn überhaupt, nur mangelhaft in der Lage war: eine Macht, die alle seine Vorstellungen sprengte, ein dunkles Ziehen, gegen das die Zornissen nichts als lästige Blutsauger waren, ein Verlangen, das weder Gold noch die Liebe von Frauen zu stillen vermochte … Er schüttelte den Kopf.

»Ihr habt es also auch bemerkt«, sagte Gondo. »Wollt Ihr das Schwert tatsächlich wieder aus der Hand geben? Was wäre, wenn wir die beiden Stücke unter uns aufteilen?«

Torbas grunzte. »Was dann wäre? Kaguan würde dich aufspüren und dir deine Hälfte in den Leib rammen – egal ob es das spitze oder stumpfe Ende ist.«

»Ich denke, der Zoforoth sitzt im sichersten Kerker der ganzen Festung.«

»Es ist nur noch eine Frage von Tagen, vielleicht von Stunden, bis die Sooderburg fällt. Dann kommt Kaguan wieder frei und er wird sich erinnern. Erinnern an alle, die ihm ergeben waren, und auch an die Übrigen, die ihn hintergangen haben.«

Der Zwergling verfiel in Schweigen.

Einige Zeit später schabte der Kiel des kleinen Bootes an den Felsenstrand. Gondo hüpfte sofort hinaus, um die Leine an einer Klippe zu befestigen. Allerdings hatte Torbas das Gefühl, der Zwergling meide auch die Nähe seines Langschwertes. Er konnte dessen Argwohn durchaus nachvollziehen, achtete doch auch er auf jede Bewegung des Kleinen. Bedächtig hob er das schmutzige Bündel auf, begab sich zum Bug, kletterte aufs Dollbord und sprang an den Strand. Dabei federte er sich so tief ab, dass er mit der rechten Hand den Boden berührte.

»Und Ihr gebt mir Euer Wort, dass Ihr nach dem Sieg an meine Belohnung denkt?«, vergewisserte sich der Zwergling nun wohl schon zum hundertsten Mal.

»Ich habe dir mein Wort gegeben, Gondo.« Torbas glaubte das Funkeln des Misstrauens in den bärlauchgrünen Augen des Kleinen zu sehen, was angesichts der dürftigen Lichtverhältnisse aber nur auf Einbildung beruhen konnte. Er streckte die Linke aus. »Willst du, dass die Flut mein Schiff fortträgt? Du hast es ja gar nicht richtig festgebunden.«

Der Zwergling drehte sich um, damit er dem Missstand abhelfen könne, und stutzte – einen Moment zu lang –, weil die Leine alles andere als locker saß. In dieser Zeit umfasste der Waffenmeister das Bündel mit dem linken Arm und holte mit dem rechten aus. Während Gondo sich wieder umdrehte, schleuderte Torbas den faustgroßen Stein, den er nach dem

Sprung aus dem Boot unauffällig aufgehoben hatte. Dabei verwendete er eine Technik, die er in langen Jahren des Untergrundkampfes im Grotwallgebirge zur Vollendung gebracht hatte, hauptsächlich um sich Entrins Schnüffler auf fast lautlose Weise zu entledigen. Seine Würfe waren berüchtigt. Auf zehn Schritt konnte er damit jeden Mann töten. Der Zwergling war nur vier entfernt.

Krachend zerschmetterte das Geschoss Gondos Nase. Er verdrehte die Augen und schlug lang auf den steinigen Boden.

Der Pandorier zückte sein Schwert, trat an den Zwergling heran und richtete die Spitze auf sein Genick. Er stieß ihn mit der Fußspitze an. Es war ein Gefühl, als trete er in einen Sack voll Grütze. »Wozu die Mühe?«, sagte Torbas, zuckte die Achseln und steckte sein Schwert wieder in die Scheide. Sollten sich die Wachen um den »Spitzel kümmern, den ich im letzten Moment unschädlich machen konnte«. Ja, mittels dieser Lüge konnte er zwei Fliegen mit einer Klappe schlagen. Er grinste, drehte sich noch einmal zu dem reglosen Körper um und sagte: »Danke, Gondo, für diesen letzten Dienst. Und übrigens: Ein Helm mit offenem Visier ist wie ein Schirm ohne Bespannung. Hast du nie das *Handbuch des siegreichen Heerführers* gelesen?«

Der ehemalige König von Pandorien stand, Torbas saß. Borst hatte darauf beharrt, seinen Waffenmeister zunächst allein zu verhören. Er war sichtlich erhitzt.

»Ihr hättet beinahe alles zunichte gemacht«, wetterte der alte Recke.

»Das lag nicht in meiner Absicht, Majestät«, antwortete Torbas, wobei er kaum die Zähne auseinander bekam. Seine Fäuste lagen vor ihm auf dem Tisch. Äußerlich wirkte er völlig ruhig – ungefähr so wie ein Vulkan kurz vor dem Ausbruch. Trotzig wiederholte er: »Und ich bin überzeugt, dass es auch nicht der Wahrheit entspricht. Ihr habt unten die Leiche des Zwerglings gesehen, den der Feind losgeschickt hat, um den geheimen Zugang zur Klippe aufzuspüren. Wäre ich dem Hinweis unseres Spitzels nicht nachgegangen, hätten die Truppen der Achsenherren vermutlich längst die Klippe erstürmt.«

Borst starrte seinen Waffenmeister an, als wolle er ihn mit Blicken durchbohren. Unvermittelt fiel die Maske der Strenge von ihm ab und sein Mund begann sich zu einem Grinsen zu verziehen. »Wie Ihr den Wicht mit einem einzigen Steinwurf außer Gefecht gesetzt habt, das ist schon beachtlich!«

Torbas wagte ein kleines Lächeln. »Dann glaubt Ihr mir, Majestät?«

Der König wurde wieder ernst. »Bis morgen früh bleibt Ihr unter Arrest. Danach werden wir sehen, ob Ihr wieder kämpfen dürft oder vorläufig in dieser Zelle bleibt. Es geht nicht an, dass Ihr Euch einfach für zwei Tage von der Truppe verabschiedet, ohne mich vorher gefragt zu haben.«

»Aber ich habe Euch doch erklärt, dass ich aufgehalten …«

»Ich will nichts mehr davon hören, Torbas!«, unterbrach Borst seinen Adjutanten barsch. »Morgen früh teile ich Euch meine Entscheidung mit. Ich wünsche Euch eine gute Nacht.« Der König ging zur Tür.

»Bitte wartet, Majestät!«, stieß Torbas hervor.

Borst fuhr herum. »Was ist denn noch?«

»Habt Ihr über unser letztes Gespräch nachgedacht?«

»Du meinst das über einen möglichen Entlastungsangriff? Vergesst es, Torbas.«

»Ich rede von unserer Unterhaltung über die Zukunft. Eure Zukunft. Als Großkönig. Zufällig habe ich bei meinem … Ausflug etwas aufgeschnappt.«

»Zufällig?«, echote Borst in eher zweifelndem Ton.

»Nun ja, ich habe dem Zufall ein wenig nachgeholfen. Es gibt einen Weg, wie wir Entrin und Godebar auf einen Schlag loswerden können. Hjalgord ist zwar hintertrieben, aber gegen einen guten Schwertstreich vermag wohl auch er nicht viel auszurichten. In wenigen Tagen könnte Euer Name über dieser Festung ausgerufen werden, als Retter und Bewahrer des Sechserbundes.«

»Das kann niemand garantieren.«

»Doch, Majestät!«

»So? Wer denn?«

Torbas schluckte. Er ließ sich viel Zeit, ehe er leise antwortete: »Ich. Euer langjähriger, treuester Diener.«

»Ihr, mein treuester Diener«, wiederholte Borst. Er musterte den Arrestierten aus zusammengekniffenen Augen. Mit einem Mal kehrte er bedächtig zum Tisch zurück, zog sich den zweiten Schemel heran und ließ sich ächzend darauf nieder. »Ihr habt tatsächlich einen Plan, wie wir diesem Drachen, der uns mit seinem Leib umklammert hält, die Köpfe abschlagen können?«

Torbas nickte.

Das Grinsen kehrte auf Borsts Gesicht zurück. »Darüber würde ich gerne mehr erfahren.«

Brandpfeile schwirrten wie feuriger Hagel durch die Luft. In diesen »Schwarm des Verderbens«, wie Borst sich bissig ausgedrückt hatte, flogen auch etliche von Katapulten abgeschossene Speere und flammende Pechkugeln mit. Sie schlugen in allen drei Verteidigungsringen ein, weil die Schützen der Achse mittlerweile unmittelbar vor dem Palisadenzaun standen. Dieser brannte bereits an so vielen Stellen, dass an ein Löschen nicht mehr zu denken war. Man konnte den erneuten Fall des äußeren Bollwerks höchstens noch hinauszögern.

»Mir scheint, sie haben ihre Soldaten von überall herbeigeschafft, um uns heute das Genick zu brechen«, brummte Borst. Er, Múria, Fürst Halbart Bookson von Grotsund, Quondit Jimmar Herzog von Bolk, Jazzar-fajim und Lohen-tuvim hatten sich zu ihrer morgendlichen Lagebesprechung im Nordwestturm eingefunden.

»Meine Brüder können sie auch treffen, wenn sie hinter dem Zaun stehen«, sagte der Majordomus von Saphira.

Borst nickte. »Ich weiß, Lohen-tuvim, aber auch du hast bereits Verluste zu beklagen.« Er meinte die einunddreißig gefallenen Sirilim.

»Ich vermute, Ihr habt längst einen Plan ausgeheckt, alter Bursche, und wollt uns nur eine Weile schmoren lassen, um uns unsere Unfähigkeit in strategischer Kriegsführung spüren zu lassen«, merkte der Erste Kanzler mit süffisantem Lächeln an.

»Ihr solltet nicht von Euch auf andere schließen«, versetzte Borst.

Halbarts eben noch offener Mund klappte zu.

»Euch, Fürst, habe ich dazugebeten, weil Ihr Euch nicht ganz ungeschickt um die Versorgung unserer Truppe gekümmert habt und nun eine neue Herausforderung auf Euch wartet. Ich komme gleich darauf zu sprechen.«

»War das eben ein Kompliment?«, erkundigte sich der Kanzler.

»Das überlasse ich Euch.« Borst wandte sich den beiden Sirilim zu. »Mit Euren Bogenschützen habe ich heute etwas Besonderes vor. Mein Plan sieht folgendermaßen aus …«

»Dürfte ich, bevor Ihr Euch in Eurer Taktik verliert, noch ein anderes Thema ansprechen«, ging Múria dazwischen.

»Muss das sein?«, brummte der Pandorier.

»Ja«, antwortete sie unerbittlich. »Es geht um deinen Adjutanten. Obwohl ich mich zu erinnern glaube, dass wir gestern etwas anderes besprochen haben, sehe ich ihn heute wieder frei herumlaufen.«

»Ja. Und?«

»Er ist drei Nächte lang untergetaucht und du findest das normal?«

»Das habe ich nicht behauptet.«

»Und woher sollen wir wissen, ob wir ihm noch trauen können? Sag jetzt nicht, weil unten im Klippenlabyrinth ein toter

Zwergling liegt. Wie der hierher gelangen konnte und warum man seine Leiche nicht sofort den Fischen zum Fraß vorgeworfen hat, ist ein Thema, über das wir gleich auch noch reden müssen.«

»Dafür ist jetzt wirklich nicht die richtige Zeit, Múria. Ich war schon immer ein Mann, der Unrecht ebenso verabscheut wie Verrat.«

Fürst Halbart kniff sein linkes Auge zu. »Auch, wenn es sich um Eure rechte Hand handelt, Wertester?«

Borst verdrehte die Augen. »Wie schön wäre das Leben, wenn Ihr mir nicht ständig irgendwelche unlauteren Absichten unterstellen würdet, Herr Kanzler! Unter meinem Kommando hat es noch nie zweierlei Recht gegeben. Jeder bekommt, was er verdient. Darf ich jetzt mit meiner Strategiebesprechung fortfahren?«

Halbart breitete die Hände aus. »Tut Euch keinen Zwang an. Ich bin schon ganz erpicht darauf zu erfahren, welche Aufgabe Ihr mir zugedacht habt.«

Borst ließ seinen Blick in die Runde schweifen, um sich der ungeteilten Aufmerksamkeit aller zu versichern. Dann sagte er: »Der Plan ist im Grunde ganz einfach: Wir geben sofort die äußeren beiden Wälle auf und ziehen uns in den inneren Verteidigungsring zurück ...«

Am Fuße des Festungsberges hatten Feldboten den Generälen der vereinigten Armeen aufregende Neuigkeiten überbracht. Waltran war in seinem Zelt überrascht worden. Er nahm sogar das parfümierte Spitzentüchlein von der Nase, als er die Meldung vom Fall des Palisadenzauns hörte. Über den Gestank von verwesenden Leichen, Exkrementen, Blut und Rauch hinweg meinte er mit einem Mal den warmen Hauch der Geschichte zu verspüren. An diesem Tag würde er sich endgültig verewigen in Liedern und Heldenepen. Vielleicht würde sich später niemand mehr dafür interessieren, ob er ein Graf in der pandorischen Provinz Gorm oder ein Herzog war, aber den Namen des »Eroberers der Sooderburg« würde jedes Kind kennen. Der Sieg war in greifbarer Nähe.

»Die Ratten ziehen sich in ihre Löcher zurück«, hatte der Meldegänger gesagt.

Damit meinte er die Flucht der Verteidiger in den inneren Ring. Eine lächerliche Verzweiflungstat, die den endgültigen Fall der Sooderburg nur hinausschieben, aber nicht verhindern konnte. Natürlich hatten Waltran und die anderen Generäle gleich das Kommando zum Nachsetzen gegeben. Um bei der Wahrheit zu bleiben: Eigentlich hatten sie nur durchgereicht, was an Befehlen von Entrin, Godebar und Hjalgord gekommen war. Jedenfalls würden jetzt endlich die schweren Steinschleudern zum Einsatz kommen. Keine Mauer konnte auf längere Zeit dem Dauerbeschuss durch Felsbrocken standhalten.

Schade nur, dass es nicht einfacher ging. Waltran hatte um seine gefallenen Soldaten geweint. Weil jeder Tote ein Kämpfer weniger war. Steter Tropfen höhlt den Stein, sagte ein susanisches Sprichwort. Man mochte von den Susanern halten, was man wollte, aber da hatten sie Recht. Frei wiedergegeben könnte es auch heißen: Stetes Sterben schwächt das Heer. Oder den Heer*führer*. Diese verdammten Hexenschützen! Man hätte die Stromländer auf keinen Fall den Blockadering durchbrechen lassen dürfen.

Die Hoffnung, dass der Zwergling den geheimen Zugang zur Festung doch noch fand und dieses unappetitliche Hauen und Stechen vorzeitig endete, hatte der General aus Gorm inzwischen aufgegeben. Vermutlich war Gondo geschnappt und umgehend dem Henker zugestellt worden. Einerseits tat es Waltran um den findigen Wicht Leid, andererseits gab es nun einen unverschämten Burschen weniger auf Mirad, was auch kein allzu großer Verlust war.

Vier Stunden später, es war mittlerweile früher Nachmittag, berieten sich die Feldherren der vereinigten Armeen an einem

Tisch unter freiem Himmel über das weitere Vorgehen. Waltran nahm in dieser Runde seit seiner Erhebung zum Herzog den Vorsitz ein, wann immer die Könige und Hjalgord nicht anwesend waren. So wie jetzt. Sie hatten sich zu »geheimen Besprechungen« zurückgezogen und wollten nicht gestört werden – vermutlich, um wieder einmal darüber zu streiten, wer von ihnen demnächst der Großkönig werden sollte.

Ein Meldegänger stolperte herbei und keuchte aufgeregt: »Herr General, sie haben das Tor nicht richtig verschlossen. Sie verlieren die Köpfe ... Äh ... Ich meine nicht buchstäblich ... Eigentlich nur einer. Er hat sich heldenhaft gewehrt, aber jetzt ist er hin.«

»Mann, drück dich gefälligst klar und deutlich aus!«, blaffte Waltran.

Der Bote nahm sofort Haltung an. »Der zweite Verteidigungsring fällt, Herr General.«

»Siehst du! Es geht doch, wenn man sich am Riemen reißt. Und ist der erste Ring inzwischen fest in unserer Hand?«

»Jawohl, Herr General.«

»Gut. Dann meldet den Hauptleuten, dass ich auf dem Weg zu ihnen bin. Ich möchte mir nicht nachsagen lassen, die Schlacht vom grünen Tisch aus gewonnen zu haben.«

»Auf welcher Seite kämpfst du eigentlich, Borst?«, schnaubte der Herzog von Bolk wie ein wütender Stier.

Torbas übte sich in Gleichmut. Innerlich triumphierte er. Endlich hatte er den um seinen Thron beraubten König von Pandorien überzeugt. Anders konnte man Borsts letzten Befehl nicht deuten. Freiwillig zwei von drei Verteidigungsringen aufzugeben, das kam fast einer Kapitulation gleich. Verständlicherweise war diese Strategie unter den anderen im Rat auf Unverständnis gestoßen. Aber Borst, dieser alte Fuchs, hatte sie irgendwie beschwichtigt.

Nur Qujibo nicht. Gerade als Torbas sich im Nordwestturm

die Tagesbefehle seines Herrn abholen wollte, war die Ehrfurcht gebietende Statur des Herzogs von Bolk wieder aufgetaucht, hatte sich vor dem Reichsverweser aufgebaut und ihm die eben vernommenen Worte an den Kopf geworfen.

Borst blieb ruhig. »Wie darf ich deine Frage verstehen, Quondit?«

»So, wie ich sie gestellt habe. Ich habe auch schon manch siegreiche Schlacht geschlagen, aber noch nie zwei Drittel meines Schutzraumes ohne Not an den Feind verschenkt.«

Der Pandorier warf seinem Adjutanten einen Blick zu. Gleich darauf fixierte er wieder den Herzog und antwortete beherrscht: »Wenn du ein bisschen meine Strategie in diesem Krieg verfolgt hast, Qujibo, dann wird dir aufgefallen sein, dass wir den Feind damit mehr ermüdet haben, als wenn wir ihm erlaubt hätten, einen Triumph nach dem anderen zu feiern und unsere Vorratshäuser zu plündern.«

»Aber die Sooderburg ist unsere letzte Bastion!«

»Eben«, erwiderte Borst mit einer Abgeklärtheit, die Torbas beeindruckte. »Seitdem die vereinigten Armeen wieder gegen die Festung anrennen, ist fast eine Woche vergangen. Die Männer sind ausgelaugt, von den Verletzten und Toten gar nicht zu reden. Während die Achse aus dem ganzen Besatzungsgebiet hier seine Truppen zusammenzieht und immer neue Kämpfer in die Schlacht wirft, werden wir von Tag zu Tag schwächer. Machen wir uns nichts vor. Unsere Kräfte reichen nicht mehr aus, um *drei* Wälle zu verteidigen. Wir müssen uns auf *einen*, auf den stärksten konzentrieren und sie hier unsere ganze wilde Entschlossenheit spüren lassen. Geht das denn in deinen Dickschädel nicht hinein?«

Torbas fand es sehr unterhaltsam, wie die beiden Recken, die allein durch ihre körperliche Präsenz eine ungeheure Autorität ausstrahlten, funkensprühende Blicke aufeinander abschossen. Schließlich gab der Herzog von Bolk nach. »Also schön. Meine Männer und ich sind keine feigen Hunde, die die Schwänze einziehen, wenn's brenzlig wird. Ich werde ihnen befehlen, an der Südwestflanke ihre Stellungen zu beziehen.«

Borst legte ihm die Hand auf die Schulter. »Danke, Qujibo.«

Der Herzog trat auf die Mauerzinne hinaus und entfernte sich.

Torbas atmete demonstrativ aus. »Puh, ein ziemlich harter Brocken, der Herzog! Ihr habt ihn geschickt kaltgestellt, Majestät.«

»Findet Ihr?«

»Unbedingt! Ich wollte Euch auch noch einmal danken, Majestät.«

»Wofür?«

»Dass Ihr mich nicht im Arrest verrotten lasst. Ich möchte den Ausgang der Schlacht auf keinen Fall verpassen!«

»So?« Der König musterte den Waffenmeister unter seinen buschigen grauen Augenbrauen. »Also gut. Dann sollten wir dieses hässliche Spiel zu Ende bringen, oder was meint Ihr?«

»Ist mir nur recht. Wie lauten Eure Befehle?«

»Ihr nehmt Euer Schwert und geht mit drei Dutzend Freiwilligen in den mittleren Ring hinunter.«

»Was?« Torbas schnappte nach Luft. »Ich dachte, Ihr wollt ihn aufgeben.«

»Will ich auch. Aber Ihr habt ja Qujibos Reaktion miterlebt. Wir dürfen auf keinen Fall eine Meuterei gegen mich aufkommen lassen. Deshalb muss der Rückzug für den Herzog, die Sirilim, für Múria und die anderen auch so aussehen, als hätten wir alles unter Kontrolle. Dem Feind vermitteln wir natürlich genau den gegenteiligen Eindruck. Alles klar?«

Torbas krauste die Stirn. »Ehrlich gesagt, nein, Majestät.«

»Na, ist doch ganz einfach. Wir tun so, als würden wir die Generäle der Achse an der Nase herumführen, damit sie unvorsichtig werden. Das sieht verdammt listig aus und wird mir für eine Weile unbequeme Fragen vom Leib halten. Du gehst hinunter zwischen die Mauern und sorgst dafür, dass dort der

Eindruck eines heillosen Durcheinanders angerichtet wird, so als hätten wir uns kopflos zurückgezogen. Wenn der Feind sich am zweiten Ring ein wenig verausgabt hat und von der Ernsthaftigkeit unserer Gegenwehr überzeugt ist, lässt du ihn herein. Es muss so aussehen, als hätten wir vor lauter Angst das Tor zum Palisadenring nicht richtig zugemacht. Wenn du in die Festung zurückkommst, bleibst du beim inneren Tor. Das werden wir nach Einbruch der Dunkelheit öffnen.«

»Raffiniert«, sagte Torbas, obwohl ihm seine Rolle in diesem Ränkespiel nicht ganz behagte. »Kann nicht ein anderer das äußere Tor aufmachen?«

»Ich brauche da unten jemanden, auf den ich mich ohne Wenn und Aber verlassen kann. Hast du in der Burg noch jemanden eingeweiht, der dafür infrage käme?«

»Nein.«

»Oder fürchtest du dich? Ich meine, das könnte ich verstehen, wo …«

»Ich habe keine Angst!«, zischte Torbas. Er spürte, wie die Zornisse sein Blut zum Kochen brachte. Außerdem, so schlecht war Borsts Plan nun auch wieder nicht. Ein Scharmützel zwischen den Mauern konnte eine anregende Abwechslung sein.

»Dann ist es ja gut. Du kannst mir ruhig genauso vertrauen, wie ich dir vertraue. Was soll dir schon geschehen?«, sagte Borst, um die letzten Zweifel seines Adjutanten zu zerstreuen, und grinste. »Wir beide kennen doch den großen Plan, nicht wahr?«

Die Ausführung von Borsts Befehl war ein riskantes Unternehmen, weil pausenlos vielerlei Geschosse auf seinen Adjutanten und die drei Dutzend Freiwilligen niederregneten. Die echten Verteidiger hatten sich längst in den inneren Ring zurückgezogen.

Torbas und seine Männer verteilten alles, was sie finden konnten, über dem Boden. Er ließ sogar einige Speere, Schwerter und Äxte herbeischaffen, um den Eindruck eines überstürzten Rückzugs noch zu verstärken. Am überzeugendsten fand er allerdings die Leichen. Die gefühlsduseligen Soodländer waren dafür bekannt, dass sie ihre Gefallenen nie zurückließen. Wenn der Gegner zwischen die Mauern stürmte und all die Toten sah, würde er vor Siegesgewissheit heulen. Sollte er ruhig, denn bald würde ihm die Festung ohnehin gehören. Wichtig war nur, dass man Borst nicht auf die Schliche kam.

Die Baumeister der Sooderburg hatten sämtliche Zugänge für Katapultgeschosse unerreichbar gemacht, weil sie von vorspringenden Mauerteilen weit überwölbt und zudem schräg angeordnet waren. Man konnte den Toren nur mit Rammböcken zu Leibe rücken, setzte sich dabei aber der Gefahr aus, durch Pechnasen mit siedendem Öl begossen zu werden. Ungeachtet dieses Umstands hörte man am äußeren Tor ein regelmäßiges Donnern. Der Gegner wollte es also wissen. Aber die Riegel waren stark. Ohne Hilfe von innen würde er sie nicht sprengen können.

Der Waffenmeister blickte an der inneren Mauer empor und sah seinen Herrn. Der weiße Vollbart in der schmalen, senkrechten Schießscharte ließ keinen Zweifel aufkommen, dass es Borst war. Torbas reckte den Daumen hoch und der König winkte.

Als das Durcheinander überzeugend genug hergerichtet war, begann das Warten. Borst wollte, damit seine List bis zum Schluss für die Verteidiger glaubhaft blieb, das äußere Tor erst im letzten Tageslicht öffnen. Das sah dann so aus, als locke er den Gegner mit einem vermeintlichen Erfolg in die Nacht hinein – bisher hatten die Kämpfe nur tagsüber stattgefunden. Der alte Fuchs war wirklich schlau!

Schließlich gab Borst das Zeichen.

Torbas befahl seinen Männern in den inneren Ring zurückzukehren. Jetzt war er nur noch allein zwischen den beiden Mauern. Er ging, den Schild fest über sich haltend, zum äußeren Tor und öffnete alle bis auf einen Riegel. Den Blick starr auf dieses letzte Querholz gerichtet, zog er sich zurück, erst langsam, dann immer schneller.

Er war noch ein gutes Stück vom inneren Tor entfernt, da krachte der eiserne Widderkopf am Ende des Rammbocks erneut gegen das Außentor und der Sperrbalken zersplitterte. Torbas drehte sich um. Höchste Zeit, sich in Sicherheit zu bringen. Er lief auf das offene Portal zu. Aber während er sich diesem näherte, geschah etwas Merkwürdiges. Jeder seiner Schritte schien das Tor ein Stückchen weiter zu schließen. Als er es endlich erreicht hatte, war es ganz zugefallen.

Torbas hämmerte dagegen »Was soll das? Habt ihr mich vergessen? Macht sofort auf!«

»Das können wir nicht«, hallte dumpf eine Stimme von innen.

Irgendwie kam sie dem Waffenmeister bekannt vor, aber vor lauter Wut und Verzweiflung und weil der Schlachtenlärm fast alles übertönte, konnte er sie keinem Besitzer zuordnen. Stattdessen rief er: »Was? Wieso denn nicht?«

»Weil der Feind schon den zweiten Kreis betreten hat und keiner in die Burg gelassen werden darf.«

Torbas blickte gehetzt zum äußeren Tor, das ungefähr sechzig Schritte weit entfernt und wie erwähnt seitlich in eine Bastion eingelassen war. Eine muntere Schar von Soldaten stürmte laut schreiend hindurch. Jeden Moment mussten sie ihn entdecken. Er trommelte mit den Fäusten gegen das Tor. »Was heißt hier Feind, ihr Hornochsen? Ich bin doch einer von euch! Lasst mich gefälligst rein!«

»Nein«, antwortete es von innen. »König Borst hat Wert darauf gelegt, vor allem dich nicht hereinzulassen.«

Ein kalter Schauer lief über Torbas' Rücken. Jetzt erst wurde ihm der Sinn dieser Worte bewusst. Das Tor war nicht von ungefähr zu früh zugefallen. Borst hatte es so angeordnet. *Ich bin für ihn der Feind!*

Mit einem Mal bekam vieles, was der König gesagt hatte, einen anderen Sinn. Wie er in der letzten Nacht im Karzer plötzlich so aufmerksam geworden war – alles nur Täuschung. Und wie er am Morgen ganz unschuldig gefragt hatte, ob sein Adjutant in der Burg noch jemanden eingeweiht habe? Nichts als ein geschicktes Verhör des alten Fuchses. Das Interesse am Thron des Großkönigs war nur vorgetäuscht, um ihn, Torbas, auszuhören und das ganze Ausmaß der Verschwörung zu ergründen. Und er war darauf hereingefallen.

Ein zischendes Geräusch brachte Torbas in die Wirklichkeit zurück. Gleich darauf bohrte sich schnarrend neben seinem Kopf ein Pfeil ins Tor. Als hätte ihm das Geschoss einen Schleier vom Verstand gerissen, fiel ihm jäh der Name des Mannes auf der anderen Seite der eisenbeschlagenen Holztür ein.

Wütend brüllte er: »Ihr seid ein Verräter, Herzog!«

»Ich glaube, da bringt Ihr etwas durcheinander«, antwortete Qujibos voll tönende Stimme von drinnen.

Zwei weitere Pfeile machten Torbas auf das Nahen der Eroberer aufmerksam. Er stemmte sich vom Tor weg und lief in den von Trümmern und Leichen übersäten Innenring zurück, weg von den Soldaten. Als er einigen Abstand zur Mauer gewonnen hatte, drehte er sich noch einmal um und blickte zum Nordwestturm hinauf.

Ergils Reichsverweser war auf die Mauerzinne herausgetreten und sah mit versteinerter Miene zu ihm hinab.

Torbas zog mit feierlicher Bedächtigkeit sein Langschwert aus der Scheide und streckte es dem König von Pandorien entgegen. Borst erwiderte die Geste.

Sodann stürmte der Waffenmeister den Soldaten Entrins, Godebars und Hjalgords entgegen, angetrieben von einem Zorn, der nicht sein eigener war. Er forderte von seinen Gegnern einen hohen Blutzoll, ehe er sie aufs innere Tor vorrücken ließ.

Als Waltran in Begleitung einer zwölfköpfigen, von seinem alten Weggefährten Brist angeführten Eskorte zu Pferd die schwelenden Überreste der Palisade erreichte, war es bereits dunkel. Fast zweihundert seiner Männer hatten im Kampf gegen einen einzigen Verteidiger ihr Leben gelassen. Die Neugierde des Generals war geweckt. Ein wenig abseits von seinen Leibwächtern zeigte ihm ein Soldat das Haupt des tapferen Recken. Es baumelte an zwei Zöpfen. Ein Pandorier! Ein Landsmann! Waltran erlitt einen Schock, drückte sich sein parfümiertes Spitzentüchlein an die Nase und dachte intensiv nach.

Konnte es sein, dass der Mann ebenjener Spion war, von dem Entrin gesprochen hatte? Wollte er womöglich gerade in die Sicherheit seiner eigenen Armee fliehen und war aufgrund unglücklicher Umstände dabei umgebracht worden? Aber warum hatte er nichts gesagt? Man bringt doch nicht so einfach zweihundert seiner Kameraden um. Andererseits, hätte ihm irgendjemand der vom Erfolg der vorangegangenen Eroberungen trunkenen Männer überhaupt zugehört?

»Vergrabt das Haupt«, befahl Waltran.

»Ihr meint, wir sollen den Landsmann beisetzen?«, vergewisserte sich der Soldat mit dem Kopf.

»Unsinn! Ich möchte, dass Ihr es irgendwo verscharrt. Niemand soll es je finden.«

»Jawohl, Herr General«, sagte der Mann und trollte sich.

Waltran blickte sich um. Wenn die kurze Unterhaltung über die Kriegstrophäe überhaupt jemandem aufgefallen war, dann nur seinen Leibwächtern, auf deren Verschwiegenheit er sich verlassen konnte, und ein paar Soldaten, die wirklich Besseres zu tun hatten, als sich darüber Gedanken zu machen. Die anderen Generäle waren am Fuß des Festungsberges geblieben. Einige hatten sogar davon abgeraten, die Kampfhandlungen in die Nacht auszudehnen, aber Waltran konnte sich mit seiner Meinung bei den Königen und Hjalgord durchsetzen.

Der Schlachtenlärm lenkte seine Aufmerksamkeit zurück auf den dritten Ring. Er war mittlerweile fest in der Hand der Eroberer. Waltran begab sich wieder in den Schutz seiner erfahrenen Krieger. Gemeinsam durchquerten sie eine Bresche im Palisadenzaun. Einer der Hauptleute, ein Mann wie ein Baumstumpf mit Namen Hork, näherte sich ihnen vom Tor des zweiten Rings.

»Herr General, ich hörte schon, dass Ihr Euch der Truppe zeigen wollt. Das wird die Männer beeindrucken.«

»›Es ist die Pflicht eines jeden Kommandanten, sich um das Wohl seiner Leute zu kümmern‹, mein lieber Hork.«

»Sehr klug, Herr General.«

»Das stammt nicht von mir. Es ist ein Satz aus dem *Handbuch des siegreichen Heerführers.*«

»Aber klug ist es trotzdem, Herr General.«

So viel Speichelleckerei in Anwesenheit seiner hartgesottenen Leibwächter war Waltran peinlich. »Wie geht die Eroberung der Burg voran, Hork?«

»Nach Plan. Der zweite Ring gehört uns. Unser Rammbock knackt gerade das innere Tor. Gegenwehr gibt's so gut wie keine mehr.«

»Nicht mal von den Hexenschützen?«

»Scheinbar haben wir so viele von ihnen umgebracht, dass sie jetzt mit sich selbst beschäftigt sind.«

»Das ist wahrhaft frohe Kunde, mein lieber Hork! Möglicherweise bereiten die Verteidiger ihre Flucht vor. Schickt einen Meldegänger zum Fuß der Klippe hinab. Man möge den Strand abriegeln. Kein Soodländer soll uns entkommen.«

»Jawohl, Herr General.« Der Hauptmann schickte sich an, den Befehl auszuführen.

»Halt!«, bellte Waltran.

Hork verharrte.

»Habe ich Euch etwa schon entlassen?«

»Ich bitte untertänigst um Verzeihung, Herr …«

»Ist ja schon gut. Eine Frage habe ich noch. Kann ich mich gefahrlos durch das nächste Tor begeben, um – äh – der Eroberung der Festung persönlich beizuwohnen?«

Der Mann starrte seinen Kommandanten an, als sei er ein sprechender Ochse. »Wollt Ihr von mir eine Garantie? Die kann ich Euch nicht geben, solange die Schlacht noch andauert.«

»Eine ehrliche Einschätzung genügt mir.«

»Wenn Brist Euch mit seinen Männern unter die Fittiche nimmt, solltet Ihr sicher sein.«

»Danke, Hork. Ihr dürft Euch entfernen.«

Das ließ sich der Truppenführer nicht zweimal sagen.

Waltran stieg vom Pferd, seine Leibwächter ebenfalls. Hauptmann Brist befahl er, einen Baldachin aus Schilden zu bauen, um nicht durch einen dummen Zufall erschlagen zu werden, falls jemand auf der Mauer versehentlich irgendetwas fallen ließ. In dieser Formation näherten sie sich dem steinernen Bollwerk des zweiten Verteidigungsringes.

Der durch das Tor dringende Kampflärm wurde bei jedem Schritt lauter und Waltran überlegte, ob er nicht auch als Eroberer der Sooderburg gelten würde, wenn er sich mehr im Hintergrund hielt. Das *Handbuch des siegreichen Heerführers* machte dazu einige widersprüchliche Angaben. Durch Ritzen zwischen den Schilden spähte er zur Mauerzinne empor. Sie war menschenleer. Der heutige Angriff musste auf diesen Verräter Borst ja einen mächtigen Eindruck gemacht haben. Waltran rang sich dazu durch, den Besuch der kämpfenden Truppe doch nicht zu verschieben.

Als er mit seinen Männern das Tor durchquerte und zwischen die beiden mächtigen Steinwälle trat, schlug ihm der Lärm wie eine donnernde Woge entgegen. Der vielleicht fünfzig Schritt breite Streifen, der die beiden Ringe trennte, war voll gestopft mit Kriegern.

Viel zu voll, dachte Waltran. Sicher, auf den Gegner mochte es ziemlich imposant wirken, wenn hunderte von Soldaten gegen seine Bollwerke anrannten, aber eigentlich behinderten sich die Männer nur gegenseitig. Immerhin war der Widerstand noch nicht gänzlich erlahmt. Die Angreifer auf den Sturmleitern wussten die Verteidiger noch recht wirksam abzuwehren.

»Nicht zu nah, Herr General, sonst kommen wir in die Reichweite ihrer Siedepfannen!«, warnte Brist. Der Hauptmann spielte auf die Sturzbäche kochenden Öls an, die auf seine Kameraden herniederfielen.

Waltran winkte einen anderen Hauptmann heran und befahl, die Zahl der Soldaten in dem Zwischenraum um die Hälfte zu reduzieren, die Sturmleitern fürs Erste wegzulassen und dafür mehr Brandpfeile abzuschießen. Der Mann eilte fort, um die Anweisung unter seine Kameraden zu verbreiten.

In diesem Moment rief einer der Leibwächter: »Das ist eine Falle ...« Weiter kam er nicht, ein Pfeil steckte ihm in der Brust. Waltran wunderte sich, weil das Geschoss weder den erhobenen Schild noch den Panzer des Mannes durchschlagen hatte. Es schien aus dem Nichts gekommen zu sein.

Unvermittelt regnete es rings um sie herum Pfeile. Das Geschrei der Soldaten, das zuvor hauptsächlich ein Ausdruck ihrer Angriffslust war, schlug jäh in panisches Angstgebrüll um.

Waltran drehte sich um, spähte durch den Ring seiner Leibwächter hindurch nach oben und erschauderte. Auf der äußeren Mauerzinne, die eben noch verlassen gewesen war, standen Seite an Seite dunkle Gestalten.

»Die Sirilim!«, hauchte er.

»Wir sollten schnellstens hier verschwinden, Herr General«, drängte Brist.

Aber Waltran starrte nur wie versteinert zur Hexenarmee nach oben, die, so viel hatte man ihm gesagt, kein Licht brauchte, um ihre Ziele zu treffen. Er wurde das Gefühl nicht los, einer der Schützen blicke ihm direkt in die Augen. Als von irgendwo ein Lichtschimmer den Mann auf der Zinne streifte, sah der Herzog dessen pechschwarzes Haar und wunderte sich ein letztes Mal, weil er immer gedacht hatte, alle Sirilim seien blond.

Dann ließ der Schemen seine Bogensehne los, und als habe der Pfeil die Luft überhaupt nicht durchquert, durchbohrte er im selben Moment General Waltrans Herz.

30

DAS HIMMELS-PHÄNOMEN

Auf der Spitze des Knochenturms spürte man früher als anderswo, dass die milde Witterung der vergangenen Wochen ausklang. Die Rückkehr der Sirilim hatte zwar die unnatürliche Kälte, die in Magos' Fluch begründet lag, für kurze Zeit eingedämmt, sie aber auf Dauer nicht besiegen können. Múria lehnte an Jazzar-fajims Brust, während sie nach Osten blickten, wo der Horizont sich blutrot zu verfärben begann.

Das Schlachten hatte fast die ganze Nacht hindurch angedauert. Borst mochte dieses Wort nicht, er sprach lieber vom »Kampf ohne Gefangene«. Nicht ganz zu Unrecht verwies er darauf, dass man sich in einer belagerten Festung mit sehr beschränkten Vorräten keine Arrestanten leisten könne und zudem jeder fliehende Soldat im Handumdrehen wieder zum angreifenden Soldaten würde, aber diese Feldherrenlogik erschloss sich Múria nur zum Teil. Am Ende hatten jedenfalls mehr als tausend tote Soldaten der Achse zwischen den beiden Wällen in ihrem Blut gelegen, was die Heilerin doch sehr an ein großes Schlachten erinnerte. Und sprachen nicht selbst die stolzen Heerführer bei jedem Waffengang, der größer als ein Scharmützel war, von einer *Schlacht*?

Es hatte Múria auch überhaupt nicht getröstet, von einem General zu hören, der Lohen-tuvims Schießkunst zum Opfer gefallen war. Als sie sich später den Toten ansah, erkannte sie ihn sofort wieder. Es war Waltran, dieser pandorische Graf, der ihr und ihren Gefährten während der Verfolgung Kaguans einige Umstände bereitet hatte, bis das Possenspiel dann von Tantabor beendet worden war. Bei Waltrans Leiche lagen sein Hauptmann – Brist, soweit sie sich noch an seinen Namen erinnerte – und einige andere viel zu junge Gesichter, die ihr bekannt vorkamen.

Eine heftige Bö blähte ihren Mantel und weckte Jazzar-fajims Beschützerinstinkt. Sie fühlte ihren Rücken von starken Armen noch fester gegen seine Brust gedrückt. Er schmiegte seine Wange an die ihre, sein Kinn lag auf ihrer rechten Schulter.

»Wie geht es dir, Liebes?«, fragte er.

Es gefiel ihr, wenn er »Liebes« zu ihr sagte. Trotzdem lautete ihre Antwort: »Schlecht.«

»Dann sind wir ja schon zwei. Wir sollten uns zusammentun.«

»Haben wir das nicht schon?«

»Ich weiß nicht. Sag du es mir.«

Unwillkürlich musste sie wieder an Falgon denken. Was würde er wohl empfinden, wenn er sie hier oben, vor den Augen von Freund und Feind, in den Armen eines anderen Mannes sähe?

»Du fragst dich bestimmt gerade, was Falgon davon halten würde, wenn er uns so sähe«, sagte Jazzar-fajim.

Ihre Muskeln verhärteten sich. »Woher weißt du das?«

»War nur geraten. Und um die Beobachter unter uns mach dir mal keine Sorgen. Es ist noch zu dunkel, um uns deutlich erkennen zu können – abgesehen für meine Brüder vielleicht.«

Sie wand sich aus seiner Umklammerung, hielt sich mit einer Hand am Fahnenmast fest und drehte sich zu ihm um. »Ich mache mir im Moment um ganz andere Dinge Sorgen, Fajim. Dieses sinnlose Morden muss endlich aufhören.«

»Das hätten wir schon vor vier Wochen haben können, als Bombo und Qujibo kamen, um uns hier herauszuholen. Ich glaube mich zu erinnern, dass du es warst, die uns ermahnte, die Sooderburg nicht aufzugeben.«

»Bist du etwa anderer Ansicht? Ergil braucht diesen Turm hier, um Vania in der Zwischenwelt zu finden.«

»Das habe ich nie bestritten, Liebes.«

Sie ließ sich wieder von ihm in den Arm nehmen und bettete ihre Wange auf seine Schulter. »Warum können Menschen und Zwerge, Sirilim und Waggs, Elven und wie sie alle heißen nicht in Frieden miteinander leben, Fajim? Wieso müssen sie immer wieder Krieg gegeneinander führen?«

»Ich glaube, solange es Böses gibt, wird es auch immer wieder Leid über Mirad bringen.«

»Gäbe es doch nur weniger Dämonen in der Welt und dafür mehr gute Geister, die sich von der Liebe und ihrem gesunden Denken leiten ließen.«

»Ergil hat es in der Hand, das von Magos in die Dunkelheit gestoßene Pendel wieder ins Licht zu lenken.«

»Ich hoffe nur, er kommt bald. Der Sieg dieser Nacht wird das gegenseitige Abschlachten nicht beenden.«

»Nein. Aber er bedeutet immerhin eine Verschnaufpause. Die Achsenherren werden für die Schmach dieser Nacht Vergeltung fordern. Ihre Soldaten kommen wieder. Vermutlich eher und zahlreicher, als die meisten von uns vermuten. Trotzdem könnte der Zeitgewinn, den wir Borsts List verdanken, sogar den Krieg für uns entscheiden. Jeder gewonnene Tag …«

Múria merkte, wie Jazzar-fajim sich plötzlich in ihren Armen versteifte. Sie war in den letzten Wochen schreckhaft geworden und fuhr unwillkürlich zusammen. Als sie ihn ansah, leuchtete sein Gesicht rot von der gerade aufgehenden Sonne. »Was ist mit dir?«

»Schau nur!«, antwortete Jazzar-fajim.

Sie folgte seiner deutenden Hand mit den Augen.

»Da kommt etwas auf uns zugeflogen. Kannst du es erkennen?«, fragte der Sirilo.

Múria schüttelte ungläubig den Kopf. Sie hatte nie dergleichen gesehen, und das wollte bei ihr schon etwas bedeuten.

Das Wort »Fliegen« beschrieb eigentlich nur unzureichend, was dieses Gebilde tat. Es schien eher durch die Luft zu gleiten. Wie ein riesiges Schiff, das vom Wind durchs Meer getrieben wird. Obwohl sie die Entfernung zu dem merkwürdigen Ding schlecht abschätzen konnte, schien es riesig zu sein. Es verdeckte vollständig den Sonnenball und wurde trotzdem von dem feurigen Licht durchdrungen. Oben glich es einer umgestülpten Glasschüssel mit undefinierbarem Inhalt, aber unten hingen zahlreiche Fäden herab, die sich entgegen der Flugrichtung bogen.

Plötzlich hörte Múria ein gewaltiges Krachen. Sie fuhr herum und sah eine große Rauchwolke am Haupttor des zweiten Verteidigungsrings. »Was war das?«

»Ich weiß nicht genau«, antwortete Jazzar-fajim. »Scheinbar versuchen sie das verlorene Terrain mit irgendwelchen Sprengmitteln zurückzugewinnen.«

Plötzlich stieg aus dem Bereich des geschliffenen Palisadenzaunes ein riesiger Schwarm von Brandpfeilen auf. Einige Katapultgeschosse flogen bis in den inneren Schutzwall. Eines hielt direkt auf den Knochenturm zu. Múria verfolgte es mit den Augen, bis es unter ihr entschwand. Sie trat an den Rand der Plattform und spähte in den Burghof hinab.

»Das musste ja irgendwann passieren.«

»Was?«

Sie deutete steil nach unten. »Die Holztreppe des Turmes hat Feuer gefangen. Jetzt sitzen wir hier oben fest.«

Mit einem Mal fiel beiden wieder das seltsame Himmelsphänomen ein. Gleichzeitig gingen ihre Blicke nach oben. Jetzt erst bemerkte Múria ein vielfarbiges Leuchten in dem Gebilde, das sich direkt auf sie und Jazzar-fajim herabsenkte.

In gewisser Hinsicht war die Klippe, auf der die Sooderburg stand, wie ein Kamin: Die Luft wurde unten beim geheimen Zugang angesaugt und trat im Knochenturm wieder aus. Wegen der labyrinthischen Verzweigungen und zahllosen Hohlräume des Vulkangesteins war dieser ständige Luftstrom aber so schwach, dass selbst der feine Rauchfaden einer eben erloschenen Kerze ihn nicht sichtbar gemacht hätte. Menschen waren schon gar nicht in der Lage, ihn wahrzunehmen. Aber Zwerglinge.

Allerdings hatte Gondo für geraume Zeit – er wusste nicht, wie lange – ganz andere Dinge im Kopf gehabt als Unternehmungslust und Entdeckergeist. Nur im Schneckentempo kehrte sein Bewusstsein zurück, versuchte zu begreifen, was mit ihm geschehen war. Man hatte ihn wohl am Strand gefunden und für tot gehalten. Anders war es nicht zu erklären, dass die Verteidiger der Burg ihn ins Innere der Klippe geschleppt und achtlos liegen gelassen hatten. Rasselnd atmete er die kühle Luft ein. Er schmeckte das Meer. Offenbar war er dem Eingang sehr nahe. Sein Gesicht lag auf nacktem Fels. Der erste Versuch, den Kopf zu heben, endete für Gondo mit dem Gefühl, von einem Blitz getroffen worden zu sein.

Da waren nichts als Schmerzen, elende, pochende Schmerzen. Der Stein, den Torbas auf ihn geschleudert hatte, schien ihm direkt ins Hirn geflogen zu sein, um dort einigen für das Wohlbefinden unverzichtbaren Teilen das Blut abzudrücken. Als sich Gondo stöhnend auf den Rücken wälzte, gelangte er zu dem Schluss, dass sein Kopf immer noch genauso viele Löcher hatte wie früher. Die Schädel von Zwerglingen waren nämlich ungleich strapazierfähiger als die anderer Lebewesen. Als Höhlenbewohner besaßen sie eine Art natürlichen Schutzhelm, der sich nur mit einer scharfen Klinge abnehmen ließ.

Gondo hatte nie wirklich gründlich über diese Vorteile nachgedacht, die ihm nun das Leben gerettet hatten. Nun erst, während sich die Nebel in seinem Bewusstsein allmählich auflösten, nutzte er die Gelegenheit. Mit einem Mal hörte er Schritte aus der Ferne. Vielleicht war ja doch jemand zu dem Schluss gekommen, dass selbst ein ziemlich tot aussehender Zwergling noch eine Gefahr darstellen mochte. Gondo entschloss sich dazu, dem süßen Nichtstun zu entsagen, und verschwand lautlos im Gängegewirr der Klippe.

Dort verbrachte er viele Stunden, vermutlich sogar Tage, mit der Erforschung des Labyrinths. Es war kein sinnloses Hin- und Herirren, sondern eine sehr gezielte Suche, bei der er in dem steinernen Irrgarten immer höher stieg. Gondos Gedanken drehten sich dabei fast pausenlos um das Schwert *Schmerz*. Er wollte es haben. Das war der »Schatz« – so hatte Torbas es ja selbst genannt –, der ihn für all das entschädigen würde, was er seit der Niederlage im Zungenwald an Demütigungen, Schmerzen und Enttäuschungen hatte erleiden müssen.

Manchmal, wenn er auf seinem Weg nach oben das Ohr ans poröse Gestein legte, glaubte er Kampflärm zu hören. Was immer Torbas also mit der schwarzen Klinge hatte bewirken wollen, es war noch nicht getan. Die Schlacht wurde offenbar mit unverminderter, ja, mit noch heftigerer Stärke fortgesetzt.

Je höher Gondo kam, desto häufiger musste er Menschen ausweichen. Sie schleppten Kisten, Fässer, große Korbflaschen, Krüge, Feldbetten, Decken, Waffen und allen möglichen anderen Kram nach unten. Es ließ sich nicht übersehen, dass man sich in den Höhlen häuslich einrichtete, was dem Zwergling bizarr vorkam: Menschen und Sirilim waren Geschöpfe des Lichts und der Luft, die Unterwelt gehörte Zwergen, Waggs und deren Nachkommen. So hatte es Melech-Arez eingeteilt, so war es richtig.

Wann immer sich Menschen näherten, verzog sich Gondo in dunkle Winkel, von denen es in der Klippe glücklicherweise eine reichhaltige Auswahl gab. Trotzdem ließ er es sich nicht nehmen, sie zu beobachten. Des Öfteren sah er einen betagten Mann, der den anderen Befehle erteilte, obwohl er keine Rüstung trug. Noch so eine Merkwürdigkeit. Sogar Hjalgord hatte sich nach seiner Ankunft auf der Insel ordentlich gepanzert. Wahrscheinlich handelte es sich hier um irgendeinen Würdenträger, der die Höhlen für den Tag des Rückzugs der Verteidiger vorbereiten sollte. Der schmächtige Alte mit dem grauen Schnurrbart trug immer kostbares Tuch. Besonders auffällig waren die enormen Mengen Fuchsfell, die seinen dürren Hals umwogten.

Als Gondo den Greis wieder einmal beobachtete, bekam er einige Anweisungen mit, die einem jungen, ziemlich langen Soldaten galten, der blass wie ein Höhlenlurch war.

»Das wäre alles, Ricklund, danke. Ihr und Eure Kameraden könnt Euch jetzt wieder bei Euren Einheiten melden. Borst meint, der heutige Angriff sei der schlimmste im ganzen Krieg. Die Achsenherren seien wild entschlossen, uns vor Sonnenuntergang von der Klippe zu fegen. Deshalb braucht er jeden Mann, der ein Schwert halten kann.«

»Aber was ist mit dem Chamäleonen?«

»Der hat lange genug eine Sonderbehandlung bekommen, meint Borst. Er möchte, dass du deinen Kameraden, die auf den Zoforoth aufpassen, Bescheid gibst, damit sie sich dir anschließen. Den Gefangenen sollt ihr im Dunkeln sitzen lassen. Wenn ihr heute Abend noch am Leben seid, könnt ihr ihm etwas zu essen bringen. Und nun ab mit Euch, mein Junge. Danke noch einmal und … passt auf Euch auf.«

Im Laufe des kurzen Gesprächs war in Gondo ein Entschluss gereift. Er musste dem Gardisten Ricklund folgen, denn der einzige Weg zum Schatz führte über Kaguan.

Es war nicht ganz leicht, sich an die Fersen des Soodländers zu heften, ohne entdeckt zu werden, aber ein richtiger Zwergling ließ sich von einer solchen Herausforderung nicht schrecken. Aus sicherer Entfernung beobachtete Gondo, wie der junge Soldat einen schmalen Tunnel betrat und wenig später mit vier seiner Kameraden wieder herauskam. Als sie verschwunden waren, schnappte er sich eine Öllampe und lief in den gekrümmten Gang hinein. Bald tauchten vor ihm Gitterstäbe auf, die das Licht matt reflektierten. Die karge Zelle lag verlassen da.

Gondo hätte am liebsten laut geschrien. Seine Kopfschmerzen wurden wieder stärker. Schnaubend wie ein gehetztes Tier trat er an das Gitter und starrte in das leere Verlies. Er weigerte sich zu glauben, dass man ihn schon wieder um seine Belohnung geprellt hatte. Kaguan musste geflohen sein …

Aber hätten dann die abziehenden Gardisten nicht aufgeregter gewirkt? Sie waren ganz ruhig – oder bedrückt? – aus dem Tunnel gekommen. Während Gondo noch die so widersprüchlichen Beobachtungen miteinander in Einklang zu bringen versuchte, fuhr plötzlich eine dunkle Kralle wie aus dem Nichts zwischen den Gitterstäben hindurch, packte ihn am Hals und hob ihn hoch. Der ausgeprägte Greifreflex des Zwerglings verhinderte, dass er seine Öllampe fallen ließ. Nachdem ihn die dunkle Kralle hinreichend lang hatte zappeln lassen, hörte er eine überaus freundliche, aber trotzdem kalte Stimme.

»Wie klein die Welt doch ist! Von allen enttäuschenden Begegnungen der letzten Monate hätte ich am wenigsten damit gerechnet, ausgerechnet dich hier wiederzusehen, mein kleiner Freund.«

»Kaguan … Meister …«, krächzte Gondo und strampelte weiter mit den Beinen, bis der Griff des schwarz schimmernden Chamäleonen sich ein wenig lockerte.

»Du kennst mich also noch. Das ist gut.«

»Wie könnte ich Euch je vergessen, Meister?« Ihr schuldet mir noch die Belohnung!, fügte der Zwergling in Gedanken anklagend hinzu.

Als habe der Zoforoth ihn gehört, antwortete er: »Meinen letzten Auftrag hast du leider nicht zur Zufriedenheit erfüllt.«

»Euer Befehl lautete, die Könige von Soodland zu fangen. Das habe ich getan.«

»Und sie wieder laufen gelassen. Ich wollte, dass du sie umbringst oder zumindest festhältst. Aber lass uns nicht darüber streiten, mein kleiner Freund. Irren ist zoforothisch. Ich will dir eine zweite Chance geben. Wenn du mich diesmal nicht enttäuschst, soll deine Belohnung um vieles größer ausfallen als der Lohn, den ich dir bei unserer letzten Begegnung versprochen habe. Was hältst du davon?« Der Zoforoth drückte den Hals wieder zu.

»Klingt wunderbar!«, krächzte Gondo. Er hatte das Gefühl, die Warzen in seinem Gesicht könnten jeden Moment platzen und seine Augen aus den Höhlen quellen.

Unvermittelt wurde er fallen gelassen.

»Ich muss dich warnen«, sagte Kaguan, immer noch freundlich. »Wenn du glaubst, du könntest dich davonstehlen und mich hier sitzen lassen, wirst du diesen Irrtum nicht überleben.«

»Das leuchtet mir ein, Meister«, beeilte sich der Zwergling zu beteuern.

»Gut. Dann hör mir genau zu. Zwei Dinge sind es, die du für mich tun musst …«

Das Auftauchen der Wolkenqualle über der Sooderburg sorgte für ehrfürchtiges Staunen auf beiden Seiten der Kampflinie. Die Angreifer vergaßen eine Zeit lang anzugreifen und die Verteidiger sich zu verteidigen. Nachdem der erste Schreck überwunden war, zogen die noch lebenden Generäle der Achse schnell ihre Truppen in sichere Stellungen zurück.

»Vermutlich denken sie, wir haben eine neue Geheimwaffe«, brummte Borst. Er befand sich auf der inneren Mauer neben seinem Befehlsstand. Qujibo hatte sich gerade zu ihm gesellt und wirkte vergleichsweise gelassen.

»Ich habe diese Tiere schon einmal im Süden des Stromlandes gesehen, an der Grenze zu Xk. Dort scheinen sie zu Hause zu sein.«

»Im Königreich der Maden? Dann muss das die Wolkenqualle sein, von der Ergil uns berichtet hat. Mir fällt ein Stein vom Herzen! Hätte dieses fliegende Troddelkissen Múria und Jazzar-fajim einfach so verschluckt, dann wäre ich ziemlich sauer gewesen.«

Große Teile des »Troddelkissens« schwebten gerade über dem Burghof. Von der mittlerweile restlos abgebrannten Holztreppe des Knochenturms ging keine Gefahr mehr aus. Die kleineren Brandherde im inneren Verteidigungsring waren inzwischen gelöscht. Gerade setzte eine der Quallententakel eine junge Frau mit feuerroten Haaren ab. Die beiden alten Recken fragten sich, wer diese Quallenreiterin wohl sein mochte.

»Wir sollten uns vielleicht hinunterbegeben und die Ankömmlinge begrüßen«, schlug der Herzog von Bolk vor.

Borst nickte. »Ja. Sollten wir wohl. Aber vorher wollte ich Euch noch etwas sagen, alter Freund. In den letzten Tagen war ich ziemlich beschäftigt und …«

»Spuck's schon aus, Borst«, sagte Qujibo in ungewohnter Vertrautheit. Der Pandorier betrachtete dies als Einladung, um auch endlich das enge Wams der Förmlichkeit abzustreifen.

»Ich möchte dir danken. Du weißt schon. Wegen Torbas. Als wir beide ihm hier oben etwas vorgespielt haben.«

»Was gibt's da zu danken? Du hast selbst gesagt, dass du keinerlei Unrecht dulden wirst und jeder das bekäme, was er verdient. Und genauso ist es auch gekommen. Wäre er kein Verräter gewesen, hätte er uns durchschaut. Aber so hat er genau das gehört, was er hören *wollte.*«

»Wenigstens wissen wir jetzt, dass er der einzige Spion war.«

Einige Atemzüge lang verfolgten die beiden alten Krieger das Schauspiel über dem Burghof. Ohne den Blick davon abzuwenden, sagte Borst: »Múria meint, die Zornissen hätten ihn zum Verräter gemacht. Ich habe ihn bis zuletzt geliebt wie meinen eigenen Sohn.«

»Der treueste Hund kann dir, wenn er Tollwut hat, an die Kehle gehen und dich umbringen.«

»Torbas war ein *Mensch,* Qujibo. Er hat mir mehrmals das Leben gerettet.«

Der Herzog drückte die Schulter des Pandoriers. »Entschuldige. War nicht so gemeint. Gekämpft hat dein Waffenmeister jedenfalls wie einer von uns. Er dürfte in seinem Tod mehr Feinde erschlagen haben als die meisten anderen auf dieser Burg zu Lebzeiten. Wenn du mich fragst, wird er trotz seines Verrats einen Platz in unseren Heldenliedern bekommen.«

Borst nickte grimmig. »Besser ein tragischer Held als gar keiner …« Seine Augen wurden schmal, während er angestrengt in den Burghof spähte. »Sag mal, ist das Ergil, der da gerade von dem Troddelkissen herabgelassen wird?«

Qujibo konnte auch nicht mehr so gut sehen, aber nach reiflicher Überlegung sagte er: »Seine Kleidung kommt mir ein bisschen exotisch vor, aber sonst würde ich dir zustimmen.«

»Und schau mal da! Der Nächste könnte dein Sohn …« Borst hielt unvermittelt inne, weil Qujibo mit einem Mal herumgewirbelt und losgestürmt war.

Ergil fühlte sich aufgewühlt wie wohl niemals zuvor. Alles wirbelte durcheinander. Er war endlich wieder zu Hause, aber der Geruch des Todes hing über der Sooderburg wie ein Leichentuch. Ihm lächelten vertraute und lange vermisste Gesichter entgegen, doch in deren Augen sah er tiefe Traurigkeit, Erschöpfung und wohl sogar Hoffnungslosigkeit. Es war ein bittersüßer Empfang.

Die dramatischen Ereignisse von Ostgard lagen drei Tage zurück. Nachdem Nisrah und die *Argo* ihn, Tusan und Nishigo vom Dach des einstürzenden Frauenturmes gerettet hatten, war er völlig erschöpft zusammengebrochen. Tantabor ließ einen Heiler kommen, aber der machte über Ergils Zustand ungefähr genauso unklare Aussagen wie ein Sternendeuter über die Zukunft. Nishigo jagte den Quacksalber weg und nahm sich der Pflege ihres Liebsten selbst an.

Popi spielte vorübergehend mit dem Gedanken, seinem Herrn das Lebenselixier einzuflößen, was sich ja schon einmal als sehr hilfreich erwiesen hatte. Er brachte zu diesem Zweck sogar die Phiole mit dem bernsteinfarbenen Ginkgosaft an sich, wurde aber von den anderen Gefährten überwältigt, die glücklicherweise die Nerven behielten.

Am nächsten Tag ging es Ergil schon besser. Obwohl er aus eigener Kraft nicht einmal auf seinen Beinen stehen konnte, beharrte er auf der Fortsetzung der Reise. Er rief Tantabor zu sich und die zwei tuschelten eine Weile miteinander. In dem Gespräch ging es einerseits um eine möglichst effektive Verwendung des Botenfalken, über den der Rebellenkönig verfügte. Man kam überein, das Tier zunächst nach Susan zu schicken. Am Hof des Mazars gab es einige der gefiederten Meldegänger und von dort könnten Nachrichten an Dormund und die susanische Flotte, an Múria (was Ergil für weniger vorrangig hielt, weil er ohnehin vorher in Soodland eintreffen wollte) sowie an den einen oder anderen Spion geschickt werden, der das Gerücht vom Machtwechsel in Ostrich unter Godebars Truppen ausstreuen konnte. Und nicht zuletzt ließ sich mit dem Falken einem besorgten Vater die Nachricht überbringen, dass es seiner Tochter gut gehe, sie Ergil über alles liebe und ihn bei passender Gelegenheit zu heiraten beabsichtige, sie überdies aus freien Stücken in die Wolkenqualle gestiegen sei und daher kein dringender Bedarf an irgendwelchen Befehlen bestehe, welche die Ermordung des soodländischen Königs zum Inhalt hätten.

Inzwischen hatte sich Ergil gut erholt, sah man einmal von dem mulmigen Gefühl in der Magengrube ab, das ein wenig seinen Elan dämpfte. Dieser unangenehme Druck rührte von seiner Sorge um Nishigo her, die sich noch einmal dramatisch gesteigert hatte, als bei Sonnenaufgang unter der *Argo* das Schlachtfeld in Sicht kam.

Leider war die Prinzessin in Ostgard nicht zu bewegen gewesen, die Gemeinschaft des Lichts zu verlassen. Sie hatte sich sogar, als Ergil am Abend nach ihrer Rettung wieder auflebte, davongestohlen, war in den Palastgarten geschlichen, wo die Qualle gerade die Grünanlagen abweidete, und hatte sich wie ein Wurm in einem Apfel mit der Nahrung in das Tier befördern lassen. Dort blieb sie dann. Mit bestechender Logik versuchten die männlichen Angehörigen der Gemeinschaft sie zum Aussteigen zu bewegen, aber alle guten Worte waren in den Wind gesprochen. Nishigo hatte sich entschieden, einzig und allein ihrem Herzen zu vertrauen.

»Wenn du mich loswerden willst, Ergil, dann nur mit Gewalt«, sagte sie trotzig. Dazu liebte er sie zu sehr und gab sich geschlagen.

Jetzt bereute er seine Nachgiebigkeit.

Nachdem Múria und Jazzar-fajim vom Knochenturm gerettet worden waren, hatte es zunächst ein freudiges Wiedersehen gegeben. Ergil stellte dem Urgroßoheim die Tochter des Mazars Oramas III. vor. Seine Meisterin begrüßte die Prinzessin mit einer Herzlichkeit, die ihn misstrauisch stimmte.

Das Absetzen im Burghof erfolgte gewohnt routiniert. Weil Ergil die *Argo* nicht im Bereich des Schlachtfeldes zurücklassen wollte, ließ er sie von Nisrah ins bewaldete Innere der Insel fliegen. Dort hatte sie ausreichend Futter und Schekira würde sie bei Bedarf schnell aufspüren können. Irgendwann würde er sie nach Xk zurückbringen, aber daran war vorerst nicht zu denken.

Während die Wolkenqualle langsam an Höhe gewann, fielen sich im Burghof Freunde und Verwandte in die Arme. Es war herzzerreißend mit anzusehen, wie Qujibo seinem Sohn Tusan die Rippen einzudrücken versuchte und dabei wie ein Schlosshund heulte. Ganz anders Múria. Sie wirkte auf eine anrührende Weise scheu, während sie leise mit ihrem Urgroßvater Harkon Hakennase sprach. Ergil empfand vor allem Dankbarkeit, als er Lohen-tuvim wiedersah und von der Unterstützung der Sirilim erfuhr. Aber was er in knappen Sätzen über den Verlauf des Krieges erfuhr, beunruhigte ihn zutiefst.

»Wir müssen uns dringend beraten«, sagte Borst. Der Reichsverweser wirkte erleichtert, dem König von Soodland außer einem großen Haufen Scherben dennoch eine wehrtüchtige Festung zurückgeben zu können.

»Später«, antwortete Ergil und seine Hand legte sich um die Phiole mit dem Wasser von Silmao. »Zuerst muss ich das Leben meiner Mutter retten.«

31
KALTES FEUER

Der Anblick seiner Gemächer ließ Ergil schaudern. Nicht, weil darin irgendetwas zerstört worden wäre. Ganz im Gegenteil waren es gerade der Luxus und die Stille, die ihn abstießen. Nur einen Bogenschuss entfernt türmten sich die Leichen. Mirad drohte in der Dunkelheit zu versinken und hier war alles ruhig, sauber und makellos. Ein paar hilfreiche Geister hatten für den heimgekehrten König sogar schon wieder das Feuer im Kamin angezündet.

»Alles in Ordnung?«, fragte Múria. Sie war als Einzige mit hereingekommen. Popi wachte vor der Tür.

Ergil hatte gedankenverloren mit dem Fläschchen gespielt, das er um den Hals trug. Jetzt ließ er es los, drehte sich zu seiner Ratgeberin um und nickte. »Wir dürfen keine Zeit verlieren. Mutter braucht das Wasser von Silmao. Fangen wir an.«

Sie gingen zu der Bank, die seitlich vor der Feuerstelle stand, und ließen sich darauf nieder. Ohne zu zögern ergriff Ergil die Hand der Heilerin.

»Wirst du ohne Nisrah zurechtkommen?«, fragte sie.

»Du würdest staunen, was ich in letzter Zeit alles ohne Nisrah geschafft habe, Inimai«, antwortete er nicht ohne Stolz.

»Wozu brauchst du dann noch mich?«

Er lächelte. »Sagen wir, aus alter, lieb gewordener Gewohnheit.«

Ergil fühlte sich alles andere als sicher bei dem, was er jetzt vorhatte. Er musste seine Mutter aus der Zwischenwelt zurückholen. Mit der Stadt Saphira war das Gleiche geschehen. Aber Bároq-abbirím hatte sich dabei auf den Rat des Lichts stützen können.

Ergil umschloss Múrias Hand noch ein bisschen fester. Es kam ihm so vor, als sei sie härter geworden, seit sie das letzte Mal so dagesessen hatten. Er senkte die Augenlider, um sich ganz auf seine Aufgabe zu konzentrieren. Fast sofort bildete die Alte Gabe das Zimmer in seinem Geist ab. Das orangerote Kaminfeuer erschien ihm unangenehm hell. Und merkwürdig kalt. Anscheinend war es doch etwas anderes, bei den Spaziergängen durch Zeit und Raum auf die Hilfe des Netzlings zu verzichten. Man nahm die Dinge anders wahr. Alles wirkte irgendwie gröber. Ihm wurde sogar ein bisschen übel. Diese ganzen Begleitumstände hatte er in Ostgard vermutlich nicht bemerkt, weil er vor lauter Sorge um Nishigo nicht recht bei Sinnen gewesen war.

Immerhin, es ging auch ohne Nisrah, machte er sich selbst Mut und wanderte im Geiste durch den labyrinthischen Palast, hinaus auf den Burghof und am Knochenturm empor. Das uralte Bauwerk der Sirilim war ein Fixpunkt, an dem er sich festhalten und in die Zeit zurückwandern konnte, in der seine Vorväter den strahlenden Palast aus dem Hier und Jetzt genommen hatten. Seine freie Hand wanderte wieder zu der Phiole, als könne das darin eingefangene Lebenselixier ihm zusätzliche Kraft geben und die immer stärker werdende Übelkeit vertreiben, doch als sich die Finger auf den kühlen Kristall legen wollten, spürte er, dass ihm schon jemand zuvorgekommen war.

Ganz kurz nur hatte er etwas berührt, das so hart und glatt wie Metall war, sich aber auf eine lebendige Weise warm anfühlte. Im nächsten Moment spürte er einen schmerzhaften Ruck am Hals, als die Goldkette entzweigerissen wurde. Er zuckte vor Schreck zusammen. Ehe er die Augen geöffnet hatte, hörte er einen dumpfen Schlag. Múrias Finger entglitten seinem Griff. Mit leerem Blick sah er sie neben sich auf den Teppich fallen.

»Inimai!«

Er wirbelte herum, die Hand schon am Griff des gläsernen Schwertes, und erstarrte. Hinter der Bank stand eine hohe, ihm nur allzu vertraute dunkle Gestalt und grinste ihn mit seinem eigenen Gesicht spöttisch an. Sie war so schwarz wie der Kratersee des Magos. Ergil konnte nur ein Wort herauswürgen.

»Kaguan!«

Die Ewigkeit ist dehnbar. Nie hatte der König von Soodland das stärker empfunden als in diesem Moment. Er sah den Zoforoth an und der musterte wohl auch ihn. Wie viel Zeit darüber verging, wusste er nicht. Dann endete dieser nur dem Schein nach endlose Moment und Ergil riss jäh am Griff seines gläsernen Schwertes.

Kaguan streckte blitzschnell den Arm mit der Phiole hoch. »Noch eine Bewegung und das Wasser von Silmao vergeht in den Flammen des Kamins.«

Der König erstarrte.

Ein paar Schritte und der Zoforoth stand vor dem prasselnden Feuer.

»Nein, tu das nicht!«, schrie Ergil, wohl wissend, dass mit dem Lebenselixier auch jede Hoffnung auf die Rettung seiner Mutter, ja der ganzen Welt verloren ginge.

Kaguans falsches Gesicht erschuf ein Abbild von Belustigung. Ohne ein Wort bückte er sich, nicht aber zur Vernichtung des Kristallgefäßes, sondern um aus dem Kamin etwas mithilfe einer Kohlenzange herauszuholen. Ungläubig beobachtete Ergil, wie die zwei Hälften des Schwertes *Schmerz* den Flammen entrissen wurden.

Jetzt war ihm klar, warum die Alte Gabe ihm den Schein der Flammen in gleißendem Orangerot gezeigt und er die Übelkeit empfunden hatte. Die Ursache all dieser Wahrnehmungen … nein, *Warnzeichen* war nicht Nisrahs Abwesenheit gewesen, sondern die *Anwesenheit* der schwarzen Kristallklinge. Kaguan hatte das Schwert mit dem einfachsten Trick der Welt getarnt, hatte Feuer in Feuer versteckt.

Der Chamäleone benutzte zwei Hände, um die beiden Hälften der Waffe aufzuheben. Die andere Klaue hielt weiter drohend das Kristallfläschchen hoch. »Wunderst du dich nicht, wie ich die Bruchstücke von *Schmerz* anfassen kann, obwohl sie doch eben noch im Feuer gelegen haben?«

Ergil drehte sich zu Múria um. Sie lag immer noch mit verdrehtem Körper am Boden, von ihren Augen war nur das Weiße zu sehen. Atmete sie noch?

»Ich will es dir sagen«, versprach der Zoforoth, weil die Reaktion des Königs ausblieb. »Der Kristall kann mit keinem normalen Feuer geschmiedet werden. Er wird nicht einmal richtig heiß, wenn er darin liegt. Der Vater deines jungen Freundes hat mir gezeigt, dass nur das ›Kalte Feuer‹ die Bruchstücke wieder zusammenfügen kann.«

»Dann tu's doch!«, stieß Ergil zwischen zusammengebissenen Zähnen hervor.

Kaguans Schuppen rasselten vom Scheitel bis zur Sohle. »Ich habe nicht behauptet, mir wäre das geheime Rezept in allen Einzelheiten bekannt. Zumal dieses Schwert auf dem Kitora doch so auffällig leicht zerbrochen ist, findest du nicht? Tiko Bartarin wird mich lehren, es diesmal richtig zu machen.«

»Das bezweifle ich«, knurrte Ergil.

»Sollte er sich weigern, wird deine Mutter nie wieder ins Hier und Jetzt zurückkehren. Sie wird in der Zwischenwelt sterben. Einsam. Und langsam.«

Ergil schloss die Augen. Er ahnte, dass Kaguan die Zornissen beschwor, die sich in ihm verkapselt hatten. Brächen sie erneut hervor, wäre er dem Zoforoth wehrlos ausgeliefert.

»Was tust du da?«, fragte Kaguan gereizt.

»Ich bewahre die Ruhe.«

Der Chamäleone lachte leise. »Du hast viel gelernt, seit wir uns das letzte Mal begegnet sind. Also schön, Sohn der zwei

Völker. Schaffe Múria ins Schlafzimmer. Dann rufst du deinen Knappen. Er soll den jungen Bartarin holen. Aber kein falsches Wort! Ich kann die Phiole jederzeit in meiner Faust zerdrücken.«

Ergil war froh, sich endlich um die Verletzte kümmern zu können. Eine kurze Untersuchung ließ ihn aufatmen. Der Schlag hatte seiner Meisterin nur die Besinnung geraubt, nicht das Leben. Behutsam hob er sie vom Boden auf und wunderte sich, wie leicht sie war. Sanft legte er sie auf sein großes Bett, strich ihr eine blonde Strähne aus dem Gesicht, küsste ihre Stirn und wisperte: »Ich komme bald wieder.«

»Beeil dich!«, verlangte der Zoforoth mit kalter Stimme.

Ergil kehrte in das Kaminzimmer zurück und rief nach Popi.

»Kein falsches Wort«, wiederholte Kaguan und seine Gestalt nahm die Musterung eines Wandteppichs an.

Der Ratgeber-Kammerdiener-Adjutant des Königs betrat den Raum und sah sich verwundert um. »Wo ist …?«

»Múria«, unterbrach ihn Ergil, wobei er den Namen betont in die Länge zog, »hat sich hingelegt. Die letzten Stunden waren anstrengender für sie, als sie sich selbst eingestehen wollte. Solange Múria schläft, möchte ich einige Dinge mit Tiko besprechen. Könntest du ihn bitte für mich rufen?«

Ergil bemerkte einen unschlüssigen Ausdruck im Gesicht seines Freundes, so als wolle er noch etwas fragen, und drängte: »Es eilt, Popi. Aber sag Tiko bitte, er möchte leise sein, damit er Múria nicht weckt.«

Der Ritter drehte sich um und verließ den Raum.

»Du machst das sehr gut«, lobte Kaguan.

Wenig später öffnete sich die Tür. Tiko kam herein. Er wirkte besorgt. Von Popi war auf dem Flur nichts zu sehen. Ergil atmete auf. Dem jungen Ritter schien also aufgefallen zu sein, dass sein Herr nicht ohne Grund wiederholt von »Múria« gesprochen hatte, obwohl er sie sonst immer »Inimai« nannte.

»Was ist?«, fragte der Schmied. Für Ergil hörte es sich an wie:

»Popi hat mir gesagt, dass etwas passiert ist, weiß aber nicht, was. Erklär du es mir.« Also versuchte er es.

»Es tut mir unendlich Leid, Tiko, aber …« Weiter kam er nicht, weil neben dem Susaner der Zoforoth erschien und das Reden übernahm.

»… unpassenderweise hat Kaguan meine Pläne über den Haufen geworfen. Er will unbedingt ein Schwert schmieden.«

Der junge Bartarin starrte Ergil fassungslos an.

»Er hat gedroht, das Lebenselixier zu vernichten«, sagte Ergil niedergeschlagen.

»Da ich in den letzten Wochen viel Zeit hatte, mich mit dem Waffenmeister des ehemaligen Königs von Pandorien zu unterhalten«, erklärte Kaguan genüsslich, »weiß ich auch, dass es unter dem Knochenturm eine Waffenschmiede gibt. Vor einigen Jahren soll Dormund dort im Geheimen einen neuen Griff für das Schwert *Zijjajim* erschaffen haben. Torbas war so nett und hat an diesem Ort eine Menge von den Zutaten zusammengetragen, die Kubuku Bartarin beim letzten Schmieden des Kristallschwertes benutzt hat. Sollte noch etwas fehlen, dann wird Ergils Wort genügen, es zu besorgen. Du, junger Bartarin, wirst mir zeigen, wie ich Magos' Klinge neues Leben einhauchen kann.«

»Auf keinen Fall«, antwortete Tiko ohne Zögern und machte mit geballten Fäusten einen Schritt auf den Zoforoth zu.

Blitzschnell wich Kaguan zur Seite aus, näherte sich Ergil und drückte ihm das abgebrochene – aber keinesfalls stumpfe – Ende der unteren Schwerthälfte an den Hals. »Ich brauche keine Spitze, um ihn zu töten. Willst du dich davon überzeugen?«

Schon die Nähe des Schwertes hatte Ergil Übelkeit bereitet, aber die Berührung raubte ihm fast die Besinnung. Der eisige, ziehende Schmerz machte ihm das Atmen schwer. An eine Gegenwehr mit der Alten Gabe war schon gar nicht mehr zu denken.

Tikos geballte Hände öffneten sich und er trat wieder zurück.

»Gut so«, lobte Kaguan den Schmied. »Ihr beide habt nichts zu befürchten, solange ihr mich nicht enttäuscht. Merkt euch das gut, denn niemand enttäuscht mich zweimal.« Er wandte sich wieder dem König zu. »Eine Kleinigkeit noch, Sohn der zwei Völker. Ich möchte in der Schmiede keine anderen Waffen haben außer *Schmerz*. Leg *Zijjajim* ab, aber langsam, *ganz* langsam, hörst du?«

Die Worte, die der Zoforoth im Hinblick auf Dormunds Anstrengungen zur Erneuerung des *Himmelsfeuers* gesagt hatte, rumpelten immer noch wie Geröll durch Ergils Kopf. Sie legten einen Gedanken frei: *Teilen und vereinen …*

Kaguan verstärkte den Druck auf das abgebrochene Schwert und rasselte: »Ich wiederhole es nur noch einmal: Leg – deine – Waffe – ab.«

Ergil gehorchte. Weil ihm die eisige Kristallklinge unter dem Kinn die Sicht versperrte, tat er es, ohne nach unten zu sehen. Er öffnete den »gläsernen Gürtel« in der ihm befohlenen Bedächtigkeit. Seine Hände legten sich um den Blütengriff, zogen ein bisschen daran herum, dann ließ er hinter sich die schlaffe Klinge samt Heft zu Boden gleiten.

»Noch andere Wünsche?«, knurrte er.

Der Zoforoth lächelte hämisch. »O ja! Jetzt begeben wir uns in die Schmiede. Wir haben noch viel zu tun. Aber zuerst …« Sein falsches Gesicht wandte sich der bewusstlosen Heilerin zu.

Es war nicht schwer zu erraten, welche Gedanken Kaguan beschäftigten. Für ihn bedeutete eine lebende Inimai ein Risiko, eine tote dagegen nicht. Ergil war klar, er musste sofort handeln. »Ich schwöre dir, wenn du Múria auch nur anfasst, kannst du dein Schwert alleine schmieden«, sagte er drohend.

Der Chamäleone lachte. »Du kannst mir nicht drohen, Sohn der zwei Völker.«

»Das werden wir ja sehen«, entgegnete Ergil trotzig, packte Tiko am Ellenbogen und zog ihn aus dem Zimmer.

Kaguan war ihnen hinterhergeeilt, ohne Múria etwas anzutun. Er konnte es sich nicht leisten, seine Zeit mit der Jagd nach den zwei Davongelaufenen zu verschwenden – darauf hatte Ergil spekuliert. Im Grunde war die Heilerin Kaguans geringste Sorge. Auch wenn er nichts von Ergils stiller Warnung an Popi ahnen mochte, dürfte der Zoforoth trotzdem wissen, dass er nicht lange unentdeckt bleiben würde. Torbas' Name war gefallen. (Von dem Verrat des einstigen pandorischen Waffenmeisters zu erfahren, hatte Ergil, trotz seiner diesbezüglichen Befürchtungen vor Antritt der Expedition, schockiert.) Borsts Adjutant dürfte dem Chamäleonen von den Sirilimschützen erzählt haben. Ihre Pfeile waren schneller als jeder Zoforoth, weil sie durch die Falten von Zeit und Raum flogen. Kein Wunder, dass sich Kaguan nach den unterirdischen Tunneln sehnte.

Erstaunlicherweise kannte er sogar den geheimen Ausgang aus dem Palastlabyrinth, den Ergil schon einmal als Gefangener durchquert hatte. Von dort zum Knochenturm waren es nur wenige Schritte. Rauchschwaden trieben durch den Burghof. Ab und zu verirrten sich einzelne Brandgeschosse hinein. Der Lärm der Schlacht war, wenn auch gedämpft von den beiden Mauerringen, unüberhörbar.

Auf dem Weg zum Knochenturm machte Ergil einigen aufgeregten Soldaten klar, dass sie hundert Schritt Abstand zu Kaguan halten sollten und ihm auf keinen Fall auch nur *eine* Schuppe krümmen durften, weil er etwas in seiner Hand hielt, das ihrer aller Leben bedrohte. Trotz dieser ziemlich ungenauen Beschreibung des Sachverhalts wurde dem Wort des Königs Beachtung geschenkt. Unbehelligt erreichten sie die lange Sturmleiter, die man mittlerweile als Ersatz für die abgebrannte Treppe an den Turm gelehnt hatte. Während Ergil und Tiko sich dem Eingang Sprosse für Sprosse entgegenarbeiteten, kletterte Kaguan behände an der Wand hinauf.

Drinnen ging es dann erst einmal ziemlich weit nach unten. Auch in den Gängen und Gewölben kannte sich Kaguan erstaunlich gut aus. Sein Spion Torbas hatte ganze Arbeit geleistet. Bald erreichten sie die Schmiede, die Vania einst für Dormund eingerichtet hatte, um den Blütengriff für *Zijjajim* herzustellen und beide Teile miteinander zu vereinen.

Teilen und vereinen.

Es war schon seltsam, dass zwei Schwerter, die gegensätzlicher nicht sein konnten, in ein und demselben Raum zusammengefügt werden sollten. Dormund war damals gescheitert. Erst das Elvenschwert hatte aus dem Blütengriff und der gläsernen Klinge ein Ganzes gemacht.

Die Schmiede besaß ein sauber aus dem Fels geschlagenes Tonnengewölbe. Die Breite betrug ungefähr acht Schritte, die Länge mindestens doppelt so viele. In der Mitte befand sich eine viereckige gemauerte Feuerstelle von etwa vier Fuß Höhe und einer Seitenlänge von sieben oder acht Fuß; ein etwa zwei Handspannen breiter Sims aus gebrannten Tonziegeln umfasste ein großes Kohlenbecken. Darüber hing eine Esse, deren Kupferblech im Laufe vieler Jahre grün geworden war. Wie so tief unter der Burg der Zug erzeugt wurde, der das Schmiedefeuer mit Luft versorgte und den Rauch aus dem Raum leitete, wusste Ergil nicht.

Tiko entzündete mit einer Fackel die Reihe von Ölleuchtern, die an Ketten von der rußgeschwärzten Decke hingen. Weil jede Lampe mehrere Flämmchen hatte, erfüllte bald ein gelbes Licht den Raum. Danach untersuchte der Schmied die bereitliegenden Werkzeuge und Zutaten. Er vermisste einiges.

Kaguan ließ ihn die Ingredienzien auf ein Blatt schreiben und sagte: »Eure Freunde sind bestimmt ganz in der Nähe und brennen darauf, mich umzubringen. Erinnere sie an den Sicherheitsabstand, den der König ihnen befohlen hat. Ich zähle jetzt bis hundert. In dieser Zeit überbringst du die Liste und kehrst zurück. Solltest du mich enttäuschen, stirbt der König und das Lebenselixier wird vernichtet.«

Der Susaner bewältigte die Aufgabe mit knapper Not. Ergil

konnte an seinen Blicken ablesen, dass die Schmiede von Gardisten umstellt war. Er vermutete, dass auch Jazzar-fajim oder andere Sirilim die Falten Mirads durchwanderten, um einen Pfeil in Kaguans Herz zu lenken. Es würde ihnen nicht besser ergehen als ihm, dem Sohn der zwei Völker. Sobald er in der Nähe des schwarzen Schwertes die Alte Gabe zu gebrauchen versuchte, spürte er den ziehenden kalten Schmerz. Die Kristallklinge schützte Kaguan.

Bis zum Mittag wurden die fehlenden Zutaten herbeigeschafft. Dann begann Tiko mit seiner Arbeit. Genauer gesagt war es der Zoforoth, der jeden wichtigen Handgriff ausführte. Dem jungen Bartarin erlaubte er nur Anweisungen zu geben.

Ergil sah meist tatenlos zu. Als Faustpfand erfüllte er zwar seinen Zweck, sonst konnte er sich aber kaum nützlich machen. Hin und wieder durfte er irgendetwas herbeischleppen, eine Zange oder ein Gefäß mit irgendeinem Pulver, das für die Herstellung des Kalten Feuers benötigt wurde. Sein Aktionsradius war ohnehin eingeschränkt, weil Kaguan ihm eine Fußfessel mit einer nicht sehr langen Kette angelegt hatte.

Schnell wurde ihm bewusst, wie wachsam der Zoforoth alles in der Schmiede beobachtete. Ja, er musste tatsächlich mit jeder einzelnen seiner Körperschuppen sehen können. Als er einmal mit dem Rücken zu Ergil stand, versuchte dieser verstohlen nach einem Hammer zu greifen. Die Hand war noch gar nicht richtig ausgestreckt, als Kaguan drohte: »Tu das nicht, Sohn der zwei Völker! Oder willst du mich enttäuschen?« Rasch zog Ergil den Arm wieder zurück und fragte sich, ob der Chamäleone es auch bemerken würde, wenn Schekira in Gestalt einer Maus in die Schmiede geschlichen käme. Vielleicht ließe er den kleinen Nager unbeachtet, wenn er nicht gerade im rosafarbenen Pelz anspaziert käme. Aber die Elvin ließ sich nicht blicken.

So zogen sich die Stunden endlos dahin und Ergil wurde immer verzweifelter. Jetzt war er kreuz und quer durch das

Herzland gereist, hatte das Geheimnis des Wassers von Silmao gelüftet und es wieder neu hergestellt, nur um hier in einem Loch tatenlos zuzusehen, wie all die Anstrengungen zunichte gemacht wurden. Wenn er das Schmieden der Kristallklinge verhinderte, dann würde Kaguan das Lebenselixier vernichten und Magos' Fluch konnte sich gänzlich entfalten. Ließ er den Zoforoth hingegen sein Werk vollenden, um die Phiole zu retten, dann würde sich der dunkle Gott durch das Schwert *Schmerz* erneut in den Faltenwurf Mirads einweben können. Ergils Zwickmühle hätte nicht größer sein können.

Die Herstellung des Kalten Feuers war eine langwierige Prozedur. Tiko beschrieb dieses als ein dunkles, wolkenartiges Gebilde, das den schwarzen Kristall geschmeidig machen würde, sodass man ihn wie Waffenstahl schmieden konnte. Anfangs sah Ergil aber nur ganz normale glühende Kohlen. Kaguan musste unter Zuführung von Hitze in etlichen Tiegeln Substanzen mischen. Offenbar war die Einhaltung einer präzisen zeitlichen Abfolge jedes einzelnen Arbeitsschrittes sehr wichtig. Auch auf das richtige Mischungsverhältnis der Zutaten achtete Tiko peinlich genau. Während im Fortgang des Verfahrens die verschiedenen Stoffe zueinander fanden, nahm die Anzahl der Tiegel ab und ihre Größe zu.

Bald wurde es in der Schmiede unerträglich stickig. Dem Zoforoth schien das nichts auszumachen. Er nahm – zumindest erkennbar – keine Nahrung zu sich. Ergil und Twikus dagegen verlangten ab und zu eine Unterbrechung der Arbeit. Sie tranken Unmengen von Wasser. Zwischendurch stärkten sie sich auch mit Zwieback und Käse, die mit auf Tikos Liste gestanden hatten. Als sie einige Stunden Schlaf forderten, wurde Kaguan sehr ungehalten. Doch der junge Schmied machte ihm klar, dass der kleinste Fehler das Schwert zerstören konnte. Schließlich gab der Chamäleone nach. Er kauerte sich wie eine Statue vor den Ausgang und sagte: »Drei Stunden.«

Während der Ruhepause, die Ergil auf Decken in einem Winkel der Schmiede verbrachte, bekam er tatsächlich Besuch. Eine graue Maus kletterte über ihn hinweg. Schon um Kaguan nicht zu reizen, verhielt er sich völlig still. Das kleine Tier arbeitete sich bis zu seinem Ohr vor und es überraschte ihn nicht allzu sehr, als es zu flüstern begann.

»Ich bin's, Kira. Wenn du wach bist, beweg dich.«

Ergil rümpfte einmal die Nase, als würde sie kitzeln.

»Gut. Jetzt hör mir zu. Múria geht es gut. Sie hat nur furchtbare Kopfschmerzen. Die Schlacht tobt unvermindert weiter. Borst meint, morgen, spätestens übermorgen, fällt der zweite Verteidigungsring. Und jetzt zu euch: Kaguan kommt hier nicht lebend raus. Jazzar-fajim hat drei seiner Brüder abgestellt, die nur darauf warten, ihn zu Gesicht zu bekommen. Dann können sie ihn auch ohne die Alte Gabe töten …« Schekira verstummte, weil Ergil ganz hektisch mit der Nase wackelte.

»Willst du mir erklären, dass er das Lebenselixier hat?«

Er antwortete mit einmaligem Rümpfen.

»Das wissen wir. Múria hatte es gerade noch mitbekommen, weil du zusammengezuckt bist, als der Zoforoth dir die Phiole entrissen hat. Sie will es dir überlassen zu entscheiden. Wenn wir den Zoforoth bei der ersten sich bietenden Gelegenheit angreifen sollen, dann wackel einmal mit der Nase. Andernfalls, wenn wir warten sollen, bis du wieder im Besitz des Wassers von Silmao bist, rümpfe sie zweimal.«

Ergil tat Letzteres.

»Hab der großen Schwester schon gesagt, dass du so entscheiden wirst. Also gut. Der Zoforoth ist mir ein wenig zu schnell, um mich an ihm vorbeizustehlen. Ich warte, bis der Ausgang frei ist, ehe ich hinausschlüpfe. Passt auf euch auf, ihr zwei. Und vergesst nicht: Wir sind bei euch, auch wenn ihr uns nicht seht.«

Um sich zu bedanken, seufzte Ergil wie ein Träumender. Die kleine graue Maus krabbelte wieder über seine Decke und verschwand.

Mit viel Arbeit und wenig Schlaf verbrachten die Freunde und ihr Peiniger eine Nacht, einen ganzen Tag und auch noch die nächste Nacht in der Hitze der Schmiede. Ab und zu, wenn Tiko einmal der Geduldsfaden zu reißen drohte, drückte der Zoforoth dem König ein Stück des Kristallschwerts in den Leib, das genügte in der Regel, um den jungen Schmied wieder gefügig zu machen. Wenn er sich allzu widerspenstig zeigte, hob Kaguan eine seiner drei Fäuste und drohte damit, die Phiole zu zerquetschen und das Lebenselixier zu verschütten. Danach wurde die Arbeit dann erneut eine Weile ohne Murren fortgesetzt.

Gegen Morgen des dritten Tages ließ Tiko alle heißen Feuer löschen. Die Kohlen wurden von Ergil, ehe sie ganz verglüht waren, in eine große Eisenkiste geschaufelt, um das Becken unter der Esse für das Kalte Feuer freizuräumen.

»Bei deinem Vater hatte alles viel länger gedauert«, sagte Kaguan in einem schwer zu deutenden Tonfall.

»Er war schon alt«, antwortete Tiko, während er den großen Tiegel an einem Flaschenzug über dem leeren Becken in Stellung brachte. Seine Antwort ließ den wichtigsten Grund für die damalige Verzögerung ungenannt, wie Ergil wusste. Kubuku hatte das Schmieden des Schwertes *Schmerz* so lange wie möglich hinausgezögert, um seine Familie vor dem Zoforoth und seinem Gapa Kizmoh zu retten.

Kaguan gab ein rasselndes Geräusch von sich. »Ich bin enttäuscht von deinem Vater. Hoffentlich bist du klüger als er.«

Mit Ergils Hilfe wurde der Tiegel gekippt und, so sah es aus, eine dunkle Wolke ergoss sich in das Kohlenbecken. »Ist das nun Kaltes Feuer oder nicht?«, fragte der Schmied gereizt.

»Es sieht zumindest so aus«, antwortete der Zoforoth.

Tiko deutete auf das wabernde Schwarz unter der Esse. »Die beiden Bruchstellen müssen ins Kalte Feuer getaucht werden, bevor das Schwert geschmiedet werden kann. Aber nur so lange, wie ich es sage!«

»Und wenn ich es länger drin lasse?«

»Nur zu! Dann zerstörst du das Schwert.« In Tikos Antwort schwang die ganze Verachtung, die er für den Mörder seines Vaters, seiner Brüder, Vettern und Oheime empfand.

»Ich traue dir nicht. Der alte Bartarin hatte mich auch betrogen und *Schmerz* nur scheinbar wiederhergestellt.«

»Du kannst selbst eine Probe machen, nachdem die beiden Hälften zusammengefügt sind.« Tiko deutete auf einen großen Amboss, der auf der anderen Seite des Kohlenbeckens stand. »Du bist doch stark. Schlage die Klinge mit dem flachen Blatt da drauf, so fest wie du kannst. Wenn die Verbindungsstelle wieder aufbricht, kannst du mich töten. Sollte sie aber halten, dann hast du dein Schwert und kannst Ergil die Phiole geben.«

Kaguan hatte längst sein Gesicht abgelegt – sein Kopf glich einem großen, schwarzen, geschliffenen Kieselstein –, deshalb war es für die beiden Männer schwierig, sein Zögern richtig einzuschätzen. Dann aber sagte er: »Also gut. Dann fangen wir mit dem Schmieden an.«

Tiko erklärte dem Zoforoth genau, wie er die beiden Teilstücke übereinander legen, mit dem Schmiedehammer fest verbinden, die Verdickung durch anhaltende Schläge strecken und die Klinge schließlich wieder in ihre ursprüngliche Form bringen konnte. Dabei sei es wichtig, hin und wieder das *ganze* Schwert in das Kalte Feuer zu tauchen, um den Kristall geschmeidig zu halten.

Still vor sich hin brütend verfolgte Ergil den Fortschritt der Arbeit. Mit einem Teil seines Herzens wünschte er, sein Freund hätte dem Chamäleonen nicht so kundige Anleitung gegeben. Kaguan war tatsächlich stark. Wozu ein gewöhnlicher Schmied viele Stunden brauchte, das schaffte er in viel kürzerer Zeit. Zumal es Tiko auch noch Vergnügen zu bereiten schien, seinen schwarzen Gesellen zur Eile anzutreiben.

»Das genügt!«, sagte der susanische Schmied unvermittelt.

Ergil zuckte zusammen. Ihm war klar, dass die Zeit ablief. Wenn er Kaguan aufhalten wollte, dann durfte er nicht länger zögern. Der Gedanke kehrte zurück, der sich beim Ablegen des »gläsernen Gürtels« eingestellt hatte.

Teilen und vereinen.

»Lege das Schwert noch einmal ins Kalte Feuer, damit sich der Kristall entspannen kann«, forderte Tiko den Zoforoth auf.

Kaguan tat es.

Ergil trat einen halben Schritt vor, stemmte beide Arme in die Seiten und beugte sich vor. Er brauchte den aufmerksamen Beobachter nicht zu spielen. Trotzdem half die natürliche Geste, das zu verbergen, was er mit den Fingern aus seinem Hosenbund zog.

»Jetzt kannst du es herausnehmen«, erklärte der Schmied.

Kaguan war vorsichtig genug, dazu eine Zange zu benutzen. Er legte das schwarz glänzende Schwert auf den Mauersims, der das Kohlenbecken umgab. Es sah aus wie neu. Allein es anzusehen, bereitete Ergil körperlichen Schmerz. Das Bild des Zweikampfs mit Magos wehte durch seinen Geist. Seine Muskeln verhärteten sich.

»Immer schön ruhig bleiben!«, sagte der Zoforoth drohend. Auch ohne Gesicht hatte er Ergils Anspannung bemerkt.

Tiko glättete die Wogen, indem er sagte: »Inzwischen müsstest du es anfassen können, Kaguan. Ich bin müde und würde gerne wissen, ob die Plackerei ein Ende hat. Zeige uns, ob das Schwert hält, was es verspricht.«

Ohne sich vom Fleck zu bewegen, streckte Kaguan die linke Haupthand aus und berührte zaghaft das schwarze Heft. Als ihm die Kälte nicht die Schuppen vereiste, packte er fester zu und nahm das Schwert vom Sims. Er zielte mit der Spitze auf eine der Öllampen und blickte prüfend an dem glatten Kristall entlang.

»Sieht gut aus«, sagte er.

Tikos Gesicht blieb wie versteinert. »Und jetzt die Probe, Kaguan. Leg so viel Kraft in den Hieb, wie dir angemessen erscheint, um den Wert deiner Arbeit einzuschätzen.«

Die pechschwarze Gestalt mit dem Schwert machte einen Schritt auf den Amboss zu, wodurch sie mit dem Rücken zu Ergil zum Stehen kam. Gleichwohl war sich Letzterer bewusst, dass es im Hinblick auf die Wahrnehmung bei Chamäleonen kein Hinten und Vorne gab – bestimmt fixierte Kaguan ihn weiter mit seinen Schuppen. Aber würde er das auch noch im Moment des Hiebes tun?

Der Zoforoth umfasste das Heft zusätzlich mit den Klauen des zweiten Hauptarms und hob das Schwert über den Kopf. Ergil warf dem Schmied aus den Augenwinkeln einen Blick zu, weil er auf irgendein Zeichen hoffte. Er glaubte zu spüren, dass sein Freund etwas im Schilde führte, hatte aber trotz aufmerksamsten Beobachtens während der letzten beiden Tage nicht die geringste Ahnung, was es sein konnte. Ergils immer noch in die Seite gestemmte Hand war mittlerweile zur Faust geballt. In ihr hielt er einen dünnen spitzen Dorn. *Teilen und vereinen.* Er kniff die Zähne zusammen, überwand den Schmerz, als die Alte Gabe seinem Geist einen winzigen Ausschnitt der allernächsten Zukunft zeigte.

Kaguan spannte die Muskeln. In dem Augenblick, als er seine ganze Kraft und Aufmerksamkeit in den gewaltigen Hieb legte, sprang Ergil. Während er sich durch die Luft bewegte, schnellte seine Hand vor. Zwischen seinen Fingern blitzte ein kleines Elvenschwert. *Teilen und vereinen.* Ja, er hatte *Zijjajim* wieder in Griff und Schwertblatt geteilt, indem er unauffällig den silbernen Dorn herauszog, der beide verband.

Die nadelfeine Satimspitze bohrte sich dicht unterhalb von Kaguans Hinterhaupt in dessen Hals.

Dann prallte Ergil mit seinem ganzen Gewicht gegen den Rücken des Zoforoths. Der taumelte. Seine sämtlichen Schuppen stellten sich auf und rasselten auf Furcht erregende Weise. Er zitterte am ganzen Leib. Ergil hatte nicht ernsthaft gehofft, das riesenhafte Geschöpf mit einer so kleinen Waffe wie einem Elvenschwert zu fällen, sich aber zumindest erhofft, ihm mit Stich *und* Rempler die Kristallklinge entwinden zu können.

»Tiko!«, rief er seinen Freund um Hilfe und setzte schon zum nächsten Sprung an, um irgendwie doch noch an das schwarze Schwert zu gelangen. Doch ehe er dazu kam, nutzte ein anderer die Gunst des Augenblicks, jemand, mit dem niemand gerechnet hatte.

Gondo kam wie ein Kugelblitz hinter dem gemauerten Sockel hervorgeschossen. Seine kurzen, aber kräftigen Beine katapultierten ihn in die Höhe. Während er auf des Zoforoths immer noch erhobene Arme zuflog, schrie er: »Mein Schwert, mein Schatz, meine ...!« Dann stieß er mit Kaguan zusammen. Spätestens als er diesem dann auch noch das Heft entriss, war allen klar, wie sehr der unerwartete Verlauf der Geschehnisse den Chamäleonen überrascht hatte.

Auch Ergil steckte das unverhoffte Wiedersehen mit dem Zwergling nicht so leicht weg. Verblüfft starrte er den hässlichen Wicht mit dem vergleichsweise riesigen Schwert *Schmerz* an.

Der Kleine sah reichlich ramponiert aus. Am Hals hatte er Kratzspuren, die tief ins Fleisch gingen. Außerdem waren sein Helm, sein Gesicht und offenbar auch sein Verstand verbeult. Er schrie immer wieder sein irres »Mein Schwert, mein Schatz, meine Belohnung!«, während er Kaguan mit der dunklen Klinge zurückzudrängen versuchte. Aber genau das Gegenteil war der Fall. Der Zoforoth wirkte zwar angeschlagen, aber er trieb Gondo trotzdem auf die hintere Ecke der Schmiede zu.

»Was soll denn das, Gondo? Gib mir das Schwert«, sprach Kaguan, trügerisch ruhig, auf den Zwergling ein.

»Ihr habt mich schon wieder um meinen Lohn betrügen wollen«, geiferte dieser zurück. »Es ist *mein* Schwert, *mein* Schatz, *meine* Belohnung ...«

Gondo verstummte, weil mit unfassbarer Plötzlichkeit der

Chamäleone auf ihn gesprungen war. Das Schwert fiel klirrend auf den Steinboden. Ergil traute seinen Augen nicht, als eine der Parierstangen – jener Handschutz über dem Griff, der dem Schwert das Aussehen eines Kreuzes verlieh – in tausend Splitter zerbarst.

Irgendetwas stimmte mit Kaguan nicht. Er mochte ja überrascht und abgelenkt sein, aber warum reagierte er nicht auf diesen sonderbaren Umstand? Oder tat er etwa genau das? Er hockte wie eine riesige schwarze Gottesanbeterin über seinem Opfer und sagte mit auffallend zitternder Stimme: »Niemand enttäuscht mich ungestraft.« Dann holte er blitzschnell mit seinen Hauptarmen aus und schlug Gondo sämtliche zwölf Klauen in den Hals.

»… meine Belohnung …«, seufzte der Zwergling noch einmal. Hierauf wurde sein Blick glasig und der Kopf sank schlaff zur Seite.

Unterdessen hatte Ergil den Schreck überwunden und machte sich nun seinerseits daran, den Kampf mit dem Zoforoth aufzunehmen. Im Vorwärtsstürmen hatte er die lange Schmiedezange aus dem Kohlenbecken gezogen und holte damit zum Schlag aus. Dabei bemerkte er rechts von sich eine Bewegung.

Es war Tiko. Er hatte sich schneller wieder in der Gewalt gehabt und in der Deckung der eisenen Kohlenkiste an die beiden Kämpfenden herangepirscht. Jetzt hechtete er vor und rollte sich seitlich hinter dem Zoforoth am Boden ab. In dieser Bewegung klaubte er das Schwert *Schmerz* auf und während er sich mit dem Schwung dieser Bewegung – jetzt versetzt *vor* Kaguan – wieder erhob, holte er mit dem Schwert aus.

Ergil traute seinen Augen nicht, als die unversehrte Nebenhand des Zoforoths hinter dessen Körper erschien. Ein glitzernder Gegenstand löste sich aus der Krallenhand. Die Phiole mit dem Lebenselixier! Der König stemmte die Beine gegen den Schwung an, um sich irgendwie in die Flugbahn des Kristallgefäßes zu werfen. Während seine Stiefelsohlen über den Felsboden schlitterten, haftete sein Blick an dem sich entfernenden funkelnden Fläschchen. Als es in die wabernde Schwärze unter der Esse fiel, kam es ihm so vor, als sei er selbst ins Kalte Feuer getaucht.

Mit einem noch nicht erstarrten Rest seines Bewusstseins nahm er hinter sich ein glitschendes Geräusch wahr und gleich darauf einen dumpfen Schlag. Dann hörte er Tikos Stimme.

»Du hättest dich nicht mit den Bartarin anlegen sollen, Kaguan.«

Ergil meinte, sein Körper sei zu Eis erstarrt. Alles ist umsonst gewesen, dachte er. Irgendwie schaffte er es aber doch, sich umzudrehen.

Tiko stand mit der schwarzen Klinge über dem reglosen Zoforoth. Dessen schuppiger Leib sah seltsam stumpf aus, als bestehe er aus dunkler Asche. Unter ihm ragten noch die kurzen Beine des Zwerglings hervor. Ein Stückchen weiter links lag Kaguans Kopf.

»Er hat meinen Vater ermordet«, sagte Tiko mit bebender Stimme. Seine Augen glänzten von Tränen, die sich nicht länger zurückhalten ließen.

Ergils Blick löste sich vom Gesicht des aufgewühlten Freundes und heftete sich an das schwarze Schwert. »Wir müssen es zerstören, Tiko.«

Jetzt sah auch der Schmied hinab. Er hob die Klinge nur ein Stück, als sei sie mit einem Mal schwerer geworden. »Meinst du? Kaguan ist tot. Magos vertrieben. Vielleicht sollten wir es behalten?«

»*Tiko!* Merkst du nicht, dass dieses verfluchte Ding schon damit beginnt, dich zu umgarnen? Niemand kann das Böse beherrschen und daraus etwas Gutes machen. Mein Oheim Wikander ist den Verführungen dieser Klinge erlegen und den toten Zwergling da scheint es auch in den Wahnsinn getrieben zu haben. Wie können wir *Schmerz* vernichten?«

Der junge Schmied blinzelte, als sei er gerade erst erwacht.

»Du hast Recht. Das Schwert ist trügerisch. Werfen wir es in das Kalte Feuer.«

»Genügt das, um es zu zerstören?«

Ein diebisches Grinsen stahl sich auf Tikos Gesicht. Er stemmte das Schwert auf Augenhöhe hoch, deutete auf die abgebrochene Parierstange und antwortete: »Sieh selbst. Der Kristall ist enorm spröde geworden. Wenn Kaguan die Klinge auf den Amboss geschmettert hätte, wäre sie in Myriaden und Abermyriaden von Splittern zerborsten.«

»Wie das?«

»Zum einen habe ich ihn zur Eile angespornt. Jeder gute Waffenschmied weiß, dass man einen Stahl lange mit dem Hammer bearbeiten muss, damit er die richtigen Eigenschaften annimmt. Wichtiger ist jedoch, dass ich die überlieferte Rezeptur abgewandelt habe. Wäre das Schwert aus Eis, könnte es auch nicht zerbrechlicher sein. Weil die Klinge so enorm scharf ist, konnte ich Kaguan trotzdem damit töten (ich hatte ihm eigentlich die Spitze ins Herz treiben wollen). Würde ich sie jetzt einfach fallen lassen, ginge sie vermutlich auch zu Bruch. Aber das Kalte Feuer ist sicherer.«

»Dann wirf es hinein«, sagte Ergil.

Tiko lief zum Kohlenbecken und hielt das Schwert auf den ausgebreiteten Händen darüber. »Bist du sicher?«

»Vernichte es!«, wiederholte der König.

»Halt lieber ein bisschen Abstand, damit du keine Spritzer des Kalten Feuers abbekommst.« Der Schmied ließ erst die Spitze der Klinge in das wabernde Schwarz sinken, dann zog er schnell die andere Hand zurück und das ganze Schwert tauchte ein.

»Gut«, sagte Ergil. Während er zusah und zuhörte, wie das Schwert *Schmerz* mit zischendem Geräusch verging, verflüchtigte sich auch das Unbehagen, das ihn stets in der Nähe des schwarzen Kristalls geplagt hatte. Doch zugleich kehrte auch das Bewusstsein des riesigen Verlustes zurück, den er gerade erlitten hatte. Sein Kinn sank auf die Brust und er schüttelte verzweifelt den Kopf. Gerne hätte er um seine Mutter geweint, aber seine Seele war zu ausgebrannt, um auch nur eine Träne aufzubringen.

»Wo ist eigentlich die Phiole?«, fragte Tiko unvermittelt.

Ergil hob den Blick. »Soll das ein Scherz sein? Hast du nicht gesehen, dass Kaguan sie in das Kalte Feuer geworfen hat?«

»Beim Allmächtigen! Nein. Ich war ... zu abgelenkt.«

»Ich schätze, selbst wenn wir nach Silmao zurückfliegen und das zweite Fläschchen holen, können wir Vania nicht mehr retten. Múria sagte vorhin, die Kälte käme mit aller Macht zurück. Das kann nur eines bedeuten: Meine Mutter stirbt.«

»Halt mal!« Tiko ballte seine Rechte zu einer Faust und klappte, unter Zuhilfenahme des Daumens der anderen Hand, den kleinen Finger wieder auf. »Sie ist eine Sirila.« Er öffnete den Ringfinger. »Und du bist mit der Hälfte deines Blutes, aber bestimmt mit deiner ganzen Kraft ein Sirilo.«

»Worauf willst du hinaus?«, knurrte Ergil. Er fühlte sich selbst von dieser einfachen Aufzählung schon überfordert, weil alles in ihm wie eingefroren war.

Tiko drückte mit dem Daumen den Mittelfinger heraus und fuhr unbeirrt fort: »Dank der Alten Gabe konnte sich deine Mutter im Faltenwurf der Welt einen Schlupfwinkel suchen, um die tödliche Wirkung des Gapagiftes zu verlangsamen.« Nun streckte er den Zeigefinger. »Und du besitzt wie sie die Fähigkeit, Zeit und Raum zu durchqueren. So hast du damals Falgon ins Leben zurückgebracht.« Der Blick des Susaners wanderte zum schwarzen Wabern im Kohlenbecken.

Unbewusst hatte Ergil seinen Daumen abgespreizt und betrachtete ihn nachdenklich. Allmählich begann er zu nicken. Warum war *er* nicht darauf gekommen? Nun ja, weil er die Nerven verloren hatte, nachdem die Phiole ins Kalte Feuer gefallen war. Er hatte nur das kalte Ziehen des Schwertes gespürt und gewusst, dass er dagegen nicht ankommen konnte, war sich hilflos vorgekommen, weil vor seinen Augen alle Hoffnungen in der schwarzen Wolke vergingen.

Aber jetzt war die Macht des dunklen Kristalls gebrochen.

Ergil trat an den Rand des Kohlenbeckens und streckte den Arm darüber aus.

»Halt! Nicht so! Willst du deine Hand verlieren?«, rief Tiko.

»Dann gib mir eben eine Zange«, antwortete Ergil ungeduldig.

Kopfschüttelnd holte der Schmied das Greifwerkzeug von einem Tisch, auf dem mehrere Schmiedeutensilien lagen.

Ergil nahm es ihm ab und bedankte sich. Dann schloss er die Augen.

Schnell hatte er den Faden der Zeit zurückverfolgt, der ihn zu dem Moment führte, wo die Phiole in das Kalte Feuer gefallen war. Das schwarze Wabern leuchtete nun grün, ebenso wie das darin liegende Gefäß. Nur eine kurze Zeit trennte es von der Gegenwart. Er senkte die Zange und stieß sie behutsam durch die Falte vom Jetzt ins Gerade-eben. Für Tiko musste es so aussehen, als tauche diese mitten in das brodelnde Schwarz. Als sie wieder erschien, klemmte die Phiole zwischen den Backen der Zange.

»Ist sie unbeschädigt?«, erkundigte sich Ergil aufgeregt. Die Frage war nicht ganz unbegründet, weil das Kristallglas nicht mehr klar, sondern milchig aussah.

Tiko beugte sich über das Fläschchen, sorgsam darauf bedacht, es nicht mit der Nasenspitze zu berühren. »Die Flüssigkeit da drin ist jedenfalls gelblich. Und die Wachsversiegelung scheint auch keinen Schaden genommen zu haben.« Er richtete sich wieder auf, strahlte seinen Freund an und bemerkte: »Meiner belanglosen Meinung nach hast du es genau im richtigen Moment aus dem Kalten Feuer gerettet.«

32

SCHWARZE TRÄNEN

Die wenigsten von denen, die oben gekämpft hatten, ahnten auch nur, was während der zwei Tage und drei Nächte unter der Sooderburg geschehen war. Borst hatte darauf bestanden, die Kampfmoral nicht durch Geschichten von entlaufenen Chamäleonen und einem gefangen genommenen König zu schwächen. Etwas Unmut war aber doch aufgekommen, als Ergil nach seiner Ankunft vermeintlich nur durch Abwesenheit geglänzt hatte. Unter solchen Umständen gedeihen Gerüchte. Einige wollten ihn schon tot wissen, andere meinten, das seltsame Flugwesen habe bloß einen Doppelgänger im Burghof abgesetzt. Als der König sich den Verteidigern endlich vom Nordwestturm aus zeigte, brach Jubel aus.

Sein Herz indes verkrampfte sich beim Anblick des Schlachtfeldes. Die Schreie verletzter und sterbender Kämpfer verstärkten die Beklemmung noch. Am vergangenen Tag war der zweite Verteidigungsring gefallen. Jetzt standen die Bogenschützen der Achse auf der äußeren Mauerkrone und schossen Brandpfeile in den Burghof. Ganze Scharen von Kriegern rannten gegen das innere, das letzte Bollwerk an.

»Wie lange können wir ihnen noch standhalten?«, fragte Ergil den Reichsverweser, während er den Umhang ordnete, unter dem sich wieder der Netzling verbarg. Seine Rechte kraulte das Gefieder eines kleinen Falken, der auf seiner Schulter saß und auf den Namen Schekira hörte. Abgesehen von den Genannten waren Múria, Harkon Hakennase, Tusan, Tiko, Popi,

Jazzar-fajim, Lohen-tuvim, Quondit Jimmar Herzog von Bolk und Fürst Halbart Bookson von Grotsund zugegen.

Borsts schmutziges, müdes Gesicht verzog sich zu einer Grimasse. »Sie werfen uns alles entgegen, was sie noch haben, und wir werden immer schwächer. Ich fürchte, die morgige Lagebesprechung werden wir nicht mehr hier oben abhalten können.«

Ergil nickte verstehend. »Ist alles für den Rückzug in die Klippe vorbereitet?«

»Schon seit drei Tagen«, antwortete der Erste Kanzler.

»Die Verletzten werden bereits nach unten gebracht«, fügte Múria hinzu. Um die Stirn trug sie einen weißen Verband. »Es ist nur etwas schwierig, sie über die Sturmleitern in den Turm hinaufzuschaffen.«

»Wir werden noch froh sein, dass es so schwierig ist«, murmelte Ergil und zupfte an seiner Unterlippe.

Múria seufzte. »Worüber denkst du nach?«

»Über eine Treppe, die sich rasch auf- und wieder abbauen lässt, damit die Letzten von uns sich blitzartig in den Turm zurückziehen können.«

»Borst braucht jeden Mann für die Verteidigung, mein Lieber. Wir können niemanden entbehren, um irgendwelche aufwändigen Konstruktionen anzufertigen.«

Ergil griff in die Tasche, zog ein braunes Säckchen hervor, öffnete es und ließ einige gelbe Böhnchen in seine Handfläche rieseln. »Unsere fleißigen Helferlein hier werden eine ganz besondere Treppe für uns bauen.«

Einige im Kriegsrat nahmen die Bemerkung des Königs zum Anlass, sich über seinen geistigen Zustand Sorgen zu machen.

»Das sind Zimmermannsschoten«, erklärte Harkon und als auch er sich damit argwöhnische Blicke einhandelte, fügte er hinzu: »Man nennt sie auch Wandellinge. Die *Silberginkgo* besteht aus Wandellingen. Ergil hat in Xkisch einige dieser Bohnen binnen weniger Stunden zu einer Hebe- und Transportvorrichtung für eine Nase wachsen lassen.«

»Eine Hebevorrichtung für eine Nase, aha«, wiederholte Qujibo tonlos.

Der Abenteurer nickte eifrig. »Ja. Sie war ziemlich groß und schwer, weil so viel Schleim …«

»Vielleicht sollten wir diese Geschichte ein andermal erzählen«, unterbrach ihn Ergil. Er hatte an den Mienen der Nichteingeweihten abgelesen, wie ihr Unverständnis sich mit jedem Wort ungefähr verdoppelte, und wollte keine Zeit mit umständlichen Erklärungen vergeuden. Sein Blick wanderte zu Múrias Kopfverband. »Ich würde jetzt gerne dort fortfahren, wo wir vor drei Tagen unterbrochen wurden, Inimai. Fühlst du dich schon wieder stark genug oder sollen Nisrah und ich allein …?«

»Mach dir um mich keine Sorgen«, unterbrach sie ihn beinahe schroff. »Es *muss* gehen, und wenn Vania erst einmal im Hier und Jetzt ist, braucht sie vor allem eine gute Heilerin.«

Den Burghof gefahrlos zu durchqueren war nicht mehr möglich. Leibgardisten schützten den König und seine Gefährten mit Langschilden vor den ununterbrochen in den Burghof prasselnden Pfeilen. Einige Nebengebäude brannten. Das große Haupthaus hatte noch kein Feuer gefangen, weil es ganz aus massiven Steinblöcken errichtet war. Aber Borst hatte gesagt, der Gegner schaffe bereits schwere Katapulte herbei. Bald würden kürbisgroße, mit Pech gefüllte Brandsätze das Dach des Palastes bombardieren. Kein Bauwerk hielt solch einen Beschuss auf Dauer aus.

Am Fuß des Knochenturmes speichelte Ergil sechs Wandellinge ein und legte mithilfe der alten Gabe seinen Bauplan in sie hinein. Einige leicht verletzte Soldaten waren von Borst zum Löschen von Brandherden abgestellt worden. Der König schärfte ihnen ein, dass dem Gebilde, das in den nächsten Stunden aus den Zimmermannsschoten entstehen würde, nichts passieren dürfe. Bei der Brandbekämpfung habe es absoluten Vorrang, weil das Leben aller Verteidiger davon abhängen könne. Die Männer versprachen, ihr Bestes zu geben.

Wenig später saß er mit Múria wieder in seinem Kaminzimmer. Sie hielt in ihrer Rechten das birnenförmige Kristallgefäß, das Ergil aus dem Kalten Feuer gerettet hatte. Die Versiegelung aus Wachs war bereits entfernt, damit das Wasser von Silmao sofort benutzt werden konnte. Der Durchdringer und seine »Wegbereiterin« waren allein in den königlichen Gemächern. Auf dem Flur draußen wachte diesmal nicht nur Popi, sondern auch Jazzar-fajim, Tiko und Tusan. Auch die alte Hakennase hatte sich nicht davon abhalten lassen, zur Begrüßung der Königinmutter anwesend zu sein.

Múrias und Ergils Hände legten sich ineinander.

Er atmete tief durch. »Ich bin aufgeregt, Inimai. Wir haben nur einen einzigen Versuch. Der kleinste Patzer könnte das Todesurteil für Mutter bedeuten.«

Sie schenkte ihm ein aufmunterndes Lächeln. »Es steckt mehr in dir, als du denkst, mein Lieber.«

»Ja. Das sagst du immer.«

»Weil es stimmt. Erst heute hat mir Fajim ein kleines Detail von deinem Kampf gegen den Zoforoth erzählt, das du mir bisher verschwiegen hattest.«

»So? Was denn?«

»Fajim hat dir doch das Elvenschwert zurückgebracht, das in Kaguans Leichnam steckte. Kannst du dich noch genau an die Stelle erinnern, wo du zugestochen hast?«

»Irgendwo hinten im Hals.«

»Nicht irgendwo. Es war dicht unter dem Hinterhaupt.«

»Meinetwegen. Es hat ihn nicht sonderlich gestört.«

»Da ist Jazzar-fajim anderer Meinung. Du weißt, dass mein Verlobter ausgezogen war, um Magos von Mirad zu verbannen. Zu diesem Zweck bekämpfte er jene, die dem dunklen Gott als Augen, Ohren und Hände dienten …«

»Die Zoforoths. Er hat sie alle getötet. Alle bis auf Kaguan.«

Sie nickte. »Ich muss dir nicht erklären, wie schwer es ist, einen Zoforoth zu besiegen. Sie sind unglaublich schnell und ihre Schuppenhaut schützt sie vor leichteren Waffen. Aber Fajim erklärte mir, sie hätten eine einzige empfindliche Stelle. Würden sie dort von Pfeil, Dolch oder Schwert getroffen, fallen sie ohne einen Mucks tot um.«

»Sag jetzt nicht, diese Stelle befinde sich in ihrem Genick.«

»Doch. Fajim hatte es irgendwann herausgefunden, als er einen Zoforoth mit seinem Sirilimsinn durchdrang. Von da an machte er sich immer unsichtbar – du weißt ja inzwischen besser als ich, wie das geht – und ist von hinten über sie gekommen wie ein lautloser Tod.«

So wenig Ergil für Chamäleonen übrig hatte, so sehr missbehagte ihm die Vorstellung, eine ganze Art auszurotten. Múria hatte ihm erklärt, dass Waggs und Zoforoths Geschöpfe des Bösen seien. Magos habe ihren Sinn verblendet. Er wünschte sich eine Welt, in der jedes vernunftbegabte Geschöpf nicht nur einen freien Willen *besaß,* sondern diesen auch *benutzen* konnte, um selbst zwischen Gut und Böse zu wählen. Sollte er je lebend aus diesem Krieg herauskommen, würde er sich dafür stark machen.

»Worüber denkst du nach?«, fragte Múria.

Er blinzelte. »Ach, nichts …«

»So sah mir das aber nicht aus.«

»Was meine instinktive Weisheit anbelangt, musst du dich irren. Kaguan hat nach meinem Angriff mehr als nur einen Mucks von sich gegeben. Er war sogar noch ziemlich munter.«

»Ja, weil dein Dorn ein bisschen zu kurz war, um ihn zu töten. Aber hat er sich danach noch völlig normal benommen?«

»Nein. Er zitterte ganz schauerlich. Aber du selbst hast oft genug gesagt, dass wir einen Zoforoth nicht nach unseren Maßstäben beurteilen können.«

»Warum versuchst du mit aller Macht, deine Tat herunterzuspielen? Mit Sicherheit hat ihn dein Angriff so sehr mitgenommen, dass dieser Zwergling und Tiko ihn bezwingen konnten.«

»Und warum erzählst du mir das ausgerechnet jetzt?«

»Um dich einmal mehr daran zu erinnern, dass die Alte Gabe auch in dir wirkt, selbst wenn du dir dessen nicht immer bewusst sein magst. Du hast schon oft instinktiv das Richtige getan. Deshalb mach dir keine Sorgen über das, was dir jetzt bevorsteht. Zweifle nicht an dir. Tu einfach so, als wäre es bereits geschehen, und es *wird* geschehen.«

Er betrachtete nachdenklich Múrias müdes Gesicht. Der Ausdruck darin war der einer besorgten Mutter. Aus einem Impuls heraus küsste er sie auf die Wange.

»Wofür war das?«, fragte sie lächelnd.

»Um dir zu sagen, dass ich dich liebe, Inimai. Und dass ich dir für alles danke, was du seit unserem ersten Zusammentreffen für Twikus und mich getan hast. Vielleicht werde ich mich in nächster Zeit sehr viel um meine Mutter kümmern müssen. Du sollst dann nicht denken, ich hätte dich vergessen.«

Sie lachte. »Ich bin nicht so schnell eingeschnappt wie Nisrah.«

Das habe ich gehört!, meldete sich der Netzling.

Ergil schöpfte noch einmal tief Atem. Dann sagte er: »Lasst uns beginnen, meine Lieben.«

Diesmal glitt er mit einer geradezu Schwindel erregenden Leichtigkeit durch den Faltenwurf von Zeit und Raum. Er hangelte sich, ausgehend vom Knochenturm der Gegenwart, bis zu jener fernen Vergangenheit zurück, in der die Sirilim ihren Palast in der Zwischenwelt versteckt hatten. Von diesem Ereignis aus wanderte sein Sinn in einer anderen Falte wieder zurück bis zu dem Ort, der seiner Mutter als Refugium diente. Sein Herzschlag beschleunigte sich, als er in *Bethgan,* das »Haus des Gartens«, eintauchte.

Und dann war er in Vanias Pavillon.

Im ersten Moment sah alles unverändert aus: die gebauschten, doch erstarrten Vorhänge, die siechende Königin auf ihrem Diwan. Aber beim zweiten Hinsehen bemerkte Ergil dann doch Veränderungen. Vor allem im Gesicht seiner Mutter. Es war so blass, als sei alles Leben aus ihr gewichen. Kam er zu spät?

Er spürte, wie sich sein Herz in einen harten Knoten verwandelte und ihm die Verzweiflung die Kehle zuschnürte. Schon als kleiner Junge hatte er von seiner Mutter geträumt. Immer war sie ihm nahe. Er liebte sie. Liebte sie so sehr!

Tränen liefen über seine Wangen. Er spürte die warme Flut auf dem Gesicht, obwohl der größte Teil seines Geistes in anderen Sphären schwebte. Als er sich unbewusst mit der Zunge über die Lippen fuhr, schmeckte er sie sogar. *Bitter?* Sollten sie nicht salzig sein? Die Verwunderung war nur ein flüchtiger Gedanke. Dann hatte er sich wieder in der Gewalt.

Du gibst nicht auf, ehe du endgültig verloren hast!, befahl er sich. Was hatte Múria gesagt? Es stecke mehr in ihm, als er glaube? *Zweifle nicht an dir. Tu einfach so, als wäre es bereits geschehen, und es* wird *geschehen.* Er drängte den Kummer und die Bedenken an den Rand seines Bewusstseins, nahm alle Kraft zusammen, die ihm durch das Blut zweier Völker gegeben war, und umfasste im Geiste seine Mutter.

»Komm mit mir!«, sprach er in seiner und in der Zwischenwelt. Dann spürte er die Anstrengung, als er Vania ins Hier und Jetzt hinübertrug.

Múria öffnete die Augen.

Im Kaminzimmer entstand ein grünes Flimmern. Für einen Moment wurden zwischen der Bank und dem gegenüberstehenden Sessel lediglich die Umrisse eines Diwans erkennbar, auf dem eine Gestalt lag. Aber bald verdichtete sich das lichte Gebilde zu greifbarer Materie. Das leuchtende Grün wurde von blassen Farben verdrängt, dem Fliederton des Bettes, dem silbrigen Schimmer des langen duftigen Gewandes und dem fahlen Ton von Elfenbein im Gesicht der Königin.

Schwer atmend stemmte Ergil die Augenlider hoch. Seine Mutter lag direkt vor ihm. »Ist sie …?« Er wagte nicht, das Furchtbare auszusprechen.

Múria setzte sich neben Vania auf den Diwan und fühlte ihren Puls. »Sie ist noch warm.«

»Und das heißt?«

Die Heilerin hielt einen kleinen Spiegel unter die Nase der Königin, wartete einen Moment und schüttelte dann den Kopf.

»Sag etwas, Inimai! Ist sie tot?«, schrie Ergil. Jetzt rannen ihm die Tränen wie Sturzbäche über die Wangen.

Er fühlte sich von Múria auf eine unerklärlich fragende Art angesehen, dann blinzelte sie und schüttelte den Kopf. »Sie ist eine Sirila. Solange sie noch warm ist, steckt noch Lebenskraft in ihr. Hilf mir, Ergil. Schnell! Nimm ihren Kopf und öffne ihren Mund!«

Schnell lief er um den Diwan herum, hob Vanias Oberkörper an und bettete ihn an seine Brust. Zärtlich strich er über ihre blonden Locken. Aber nur ein Mal. Dann machte er sich am Unterkiefer seiner Mutter zu schaffen. Er kam sich enorm ungeschickt vor.

Múria hatte längst den Kristallstöpsel aus der Phiole gezogen, wartete aber geduldig, bis er so weit war. Ohne Hast ließ sie das Wasser von Silmao durch den langen schlanken Kristallhals in Vanias Mund fließen. Sie achtete sorgfältig darauf, keinen Tropfen zu verschütten.

Vor Anspannung vergaß Ergil zu atmen. Hatte Mujo, der Leibarzt des Mazars, den Ginkgosaft und den pulverisierten Xkschleim im richtigen Verhältnis gemischt? Konnte das Wasser von Silmao seine Mutter ins Leben zurückholen? Oder war es zu spät, waren alle Mühen umsonst …?

Mit einem Mal hob sich Vanias Brust über einem tiefen Atemzug. Danach hustete sie. Und schließlich öffnete sie die Augen.

»Inimai!«, sagte sie mit schwacher Stimme.

Jetzt musste auch Múria weinen. Sie schob sich noch weiter auf den Diwan, schlang ihre Arme um Vanias Hals, küsste sie stürmisch auf beide Wangen und wiederholte immer wieder die Worte: »Meine Schwester! Meine liebe Schwester!«

Auch der König bebte vor Freude. Am liebsten hätte er laut geschluchzt vor Glück. Stattdessen ließ er seine Mutter behutsam auf das fliederfarbene Kissen zurücksinken. Jetzt erst trafen sich ihrer beider Blicke. Er sah sie allerdings nur sehr verschwommen durch seinen Tränenschleier hindurch.

Sie lächelte ihn liebevoll an. »Wie groß du geworden bist! Ein richtiger Mann. Du bist Ergil, nicht wahr?«

Er nickte und ehe er sich's versah, hatte Vania ihn zu sich herabgezogen, um ihn zu küssen, ihn zu umarmen und ihm mit der Hand durch die blonden Haare zu fahren. Er kam sich wie ein kleiner Junge am Busen seiner Mutter vor und es fühlte sich wunderbar an. Zärtlich rieb er ihr mit dem Ärmel einen dunklen Schmutzfleck von der Wange – Ruß aus der Schmiede, dachte er. Hiernach wischte er sich selbst mit dem Handrücken Tränen und Rotz aus dem Gesicht, bevor er sagte: »Ich habe deinen Brief gelesen. Woher wusstest du, dass ausgerechnet ich ihn finden würde?«

»Ich weiß nicht. Wärst du damit zufrieden, wenn ich dir sagte, dass du schon immer der Findigere von euch beiden gewesen bist?«

Ergil wechselte einen Blick mit Múria, ehe er antwortete: »Es hätte doch auch ein ganz anderer kommen können.«

»Ja. Aber ich war überzeugt, dass nur einer meiner Söhne mich finden wollte und *konnte*. Wenn du willst, dann kannst du es Mutterinstinkt nennen. Wir Sirilim wissen manchmal, dass Dinge richtig sind, ohne sie erklären zu können. Haben Twikus und du das nie festgestellt?«

Ergil unterdrückte den Impuls, wieder seine Meisterin anzusehen.

»Wie geht es deinem Bruder?«, fragte Vania.

Sein Herz hörte auf zu schlagen. Entsetzt starrte er sie an, hatte er doch geglaubt, ihre mütterliche Intuition hätte ihr bereits die ganze traurige Wahrheit verraten. Aber das war offensichtlich nicht der Fall. Erneut wurde er von seinen Gefühlen durchgeschüttelt. Er presste mit aller Kraft die Augen zu, konnte aber nicht verhindern, dass neue Tränen sich ihren Weg bahnten. »Er ist tot! Magos hat ihn ermordet«, würgte er schließlich heraus.

Tiefe Stille trat ein.

Ergil kam sich vor, als fiele er in einen dunklen Abgrund. Er wünschte sich blind zu sein, um nicht die Trauer im Gesicht des Menschen zu sehen, der ihm so unendlich viel bedeutete. Eben erst war sie ins Leben zurückgekehrt und schon konfrontierte er sie mit dem vielleicht Schlimmsten, das einer Mutter widerfahren konnte: dem Tod ihres eigenen Kindes ... Plötzlich spürte er eine warme Berührung an der Wange. Er öffnete die Augen.

Es war Vanias Hand, die ihn tröstete. Er spürte, wie ihr Daumen über sein Gesicht wischte. »Schwarze Tränen?«, sagte sie.

Zunächst verstand er sie nicht. Aber dann zog sie ihren Arm zurück und zeigte ihm den Handteller und die abgespreizten Finger. Sie waren feucht und so schwarz wie Ruß.

Überrascht betrachtete er seinen eigenen Handrücken, mit dem er sich gerade noch übers Gesicht gefahren war. Das gleiche Bild: schwarze Tränen. »Was hat das zu bedeuten?«

»Etwas Dunkles«, antwortete sie. »Etwas Dunkles, das in dir war, aber von deinen Tränen hinausgewaschen wurde. Ich habe diese Art von Tränen in meinem Leben nur einmal gesehen, bei einem Sirilo, der sich ein Menschenalter lang der Meditation über das Licht gewidmet hatte.« Ihr Blick wechselte zu Múria und die Heilerin nickte.

»Die Zornissen?«, entfuhr es Ergil.

Vanias Hände griffen nach seiner Rechten und sie antwortete: »Ja, mein Junge. Das Böse wohnt nie ewig in einem Körper. Irgendwann verlässt es ihn wieder. Entweder, nachdem es ihn zerstört hat, in der Gestalt eines Schmetterlings oder, wenn es besiegt worden ist, als schwarze Tränen.« Sie drückte seine Hand. »Magos hat einen Fluch ausgesprochen, der Mirad ins Dunkel stürzt, wenn ich eines gewaltsamen Todes sterbe. Ich dachte, mir wäre ein schweres Schicksal beschieden gewesen, aber was du und Twikus habt erleiden müssen, war wohl weit mehr als das. Danke für deine Liebe, Ergil. Sie hat nicht nur mich gerettet, sondern wohl auch unsere Welt. Und auch dich, mein Junge.«

»Mich?«

Sie nickte. »Seit die Feuerraupen dich befallen haben, musst du wahrhaft Großes geleistet haben, sonst hättest du sie nicht in so kurzer Zeit besiegen können. Ich bin gespannt, alles von dir zu erfahren. Aber eines weiß ich jetzt schon, nachdem ich deine schwarzen Tränen gesehen habe: Du hast *alles* gegeben, was dir möglich war. So etwas nennt man die ›vollkommene Liebe‹.«

Ergil fehlten die Worte. Das alles war zu viel für ihn. Nicht nur das Abfallen der Anspannung, weil er sich nicht mehr um seine Mutter und Magos' Fluch sorgen musste, sondern so unverhofft auch die Nachricht vom Sieg über die Zornissen. Einen Moment lang vergaß er sogar, dass außerhalb des Palastes die erbittertste Schlacht tobte, die Soodland je gesehen hatte. Aber dieses unbeschwerte Glück wurde schnell fortgeblasen.

Von einer gewaltigen Explosion, die den ganzen Palastbau erschütterte.

»Was war das?«, fragte Vania.

Múria legte ihr die Hand auf den Arm. »Wir müssen dich so schnell wie möglich von hier fortbringen, Schwester.«

Weil die Zimmermannsschoten noch nicht ganz ausgewachsen waren, musste Vania auf einer Trage liegend an Seilen in den Knochenturm gehievt werden. Ergil beschützte sie unter Einsatz der Alten Gabe. Er umhüllte seine Mutter mit einer Glocke friedvoller Vergangenheit, die kein Geschoss durchdringen konnte. Das war auch nötig, denn der Ansturm gegen die innere Mauer hielt mit unverminderter Heftigkeit an. Die Luft war gesättigt mit Pfeilen.

Und mittendrin flog Schekira, ein brauner Blitz mit weißen Sprenkeln. Sie landete auf Ergils Schulter. Seit ihrer Ankunft auf der Sooderburg bevorzugte sie die schlichte Gestalt eines kleinen Falken, weil sie das farbige Gefieder des Eisvogels für zu fröhlich hielt, wenn ringsherum Menschen, Sirilim und andere Geschöpfe starben. Vania durchschaute die Verkleidung der Elvin jedoch mit der gleichen Sicherheit wie einst Múria und begrüßte ihre »kleine Schwester« mit einem anerkennenden Seitenblick auf ihren Sohn.

»Mirad dankt dir deine Rückkehr mit Wärme, große Schwester«, sagte Schekira.

Schneller als ihr Sohn verstand Vania, worauf die Elvin anspielte. »Wenn die Witterung plötzlich milder wird, dann liegt das weniger an mir als am Scheitern des Fluches unseres Widersachers.«

»Die Witterung?«, wiederholte Ergil verwundert. Ihm war beim Verlassen des Haupthauses zwar ebenfalls ein lauer Luftzug aufgefallen, aber der Feind hatte ja auch das Dach des Hauptgebäudes mit mehreren explodierenden Geschossen in ein Flammenmeer verwandelt. Kein Wunder, wenn man da ins Schwitzen kam. Die Löschtrupps leisteten schier Übermenschliches, aber gegen die zahlreichen Feuer würden sie auf Dauer nicht ankommen.

»Sicher«, bestätigte Schekira. »Der Wetterumschwung muss in dem Moment gekommen sein, als du deine Mutter gerettet hast. Falken haben ein sehr feines Gespür für solche Veränderungen.«

»Heute ist der letzte Tag des elften Monats, Kira. Sogar vor Magos' Fluch gab es hier um diese Jahreszeit oft schon Schnee.«

»Du darfst der kleinen Schwester ruhig glauben«, mischte sich Múria ein. »Als du die Sirilim zurück ins Hier und Jetzt geführt hattest, war es ganz ähnlich gewesen. Wie viel mehr wird der Faltenwurf der Welt sich jetzt aufblähen, um die letzten Reste des eisigen Banns abzusprengen. Bis der gute alte soodländische Winter zurückkehrt, werden sicher noch ein paar Wochen vergehen.«

Er schüttelte den Kopf. »Das klingt zwar tröstlich, aber im Moment wäre klirrende Kälte oder dichtes Schneetreiben wohl der bessere Schutz für uns. Lasst uns unten weiterreden. Da ist es sicherer.«

Vania wurde hinab in die *Gandarin-hélél* gebracht – so nannte sie die »Halle des schlafenden Glanzes«. Einst hatten Ergil und Twikus hier Wikanders Wächter besiegt, jetzt war daraus der letzte Zufluchtsort der Verteidiger der Sooderburg geworden.

Nishigo wartete bereits in der Tropfsteinhöhle. Sie hatte Ergil seit dessen Entführung durch Kaguan nicht mehr gesehen und begrüßte ihn entsprechend stürmisch. Vania beobachtete die innige Umarmung der beiden jungen Leute interessiert und brannte darauf, das Mädchen kennen zu lernen, das ihrem Sohn den Kopf verdreht hatte. Die Prinzessin begegnete der Mutter ihres Liebsten mit einer Mischung aus susanischem Respekt und stromländischer Herzlichkeit, was Vania auf Anhieb gefiel. Ergil hatte das Gefühl, die beiden würden sich gut verstehen – sofern Oramas der gemeinsamen Zukunft seiner Tochter und des Königs von Soodland keinen Riegel vorschob.

Múria ließ einen Sichtschutz aus Decken an den Tropfsteinen befestigen, um Vania dahinter gründlich zu untersuchen. Nishigo bat darum, der Heilerin zur Hand gehen zu dürfen, war es doch seit langem ihr Wunsch gewesen, kranken Menschen zu helfen. Gegen den Willen ihres Vater hatte sie bei dessen Leibarzt Mujo manche geheime Lektionen gelernt. Offensichtlich war sie talentiert, denn als Ergil wieder zu seiner Mutter durfte, lobte Múria das Geschick der Prinzessin.

Die erfahrene Heilerin gelangte zu der Einschätzung, dass Vania nicht ganz so schnell zu Kräften kommen würde, wie sich Ergil weiland vom Kampf mit Magos erholt habe. Zwar sei ihre Lebenskraft durch das Wasser von Silmao erneuert worden, aber bis ihr Körper das Gapagift völlig besiegt hätte, könnten noch zwei bis drei Tage vergehen.

»Mach dir um mich keine Sorgen«, sagte Vania zu ihrem bekümmert dreinblickenden Sohn. Sie lag auf einem Feldbett, trug wieder ihr silbriges Gewand und war mit einer warmen Wolldecke zugedeckt. Er hatte sich neben ihr auf die Knie sinken lassen und hielt ihre Hand.

»Sehe ich denn so aus?«

Sie streichelte seine Wange. »Ja, Lieber. Sehr ernst. Sehr besorgt. Du erinnerst mich an deinen Vater.«

Er lächelte. »Ah! Also doch.« Ergil senkte den Blick. »Was ist wirklich damals passiert, als Wikander …?«

»… deinen Vater getötet hat?«, erriet sie seine Gedanken. Ihr Gesicht schien zu versteinern. Sie schöpfte tief Atem. »Wikander und seine Krieger waren durch den geheimen Zugang am Fuß der Klippe in die Burg eingedrungen. Torlund bestand darauf, dass Múria seine Söhne und mich in Sicherheit bringt. Aber ehe es dazu kommen konnte, war sein Bruder durch die geheimen Gänge und Türen, von denen es im alten Palast unzählige gab, in die Gemächer eingedrungen. Ich spürte mit einem Mal ein kaltes Ziehen und hörte hinter mir ein Geräusch. Erschrocken drehte ich mich um und sah Wikander mit einem Pfeil auf deinen Vater zielen. Ich wollte seine Waffe mit der Alten Gabe unschädlich machen, aber der eisige Schmerz wurde dadurch nur noch schlimmer. Irgendetwas schützte deinen Oheim vor meiner Macht.«

»Das Schwert *Schmerz*. Es stammt nicht von dieser Welt. Magos hat es ihm geliehen, um für seine Rückkehr den Boden zu bereiten. Heute früh wurde die Kristallklinge ein für alle Mal zerstört. – Was passierte dann, Mutter?«

Vania musste sich erst sammeln, ehe sie fortfahren konnte. »Nachdem mir klar geworden war, dass ich gegen Wikander nicht ankam, schrie ich irgendetwas …«

»Du hast ›Nein!‹ gerufen.«

»Richtig! Woher weißt du das?«

»Magos hat es Twikus und mir auf dem Kitora gezeigt, in seinem schwarzen Kratersee. Er wollte damit unseren Willen brechen. Aber Twikus hat ihn trotzdem vertrieben. – Und weiter?«

»Wikander schoss. Dein Vater brach sofort zusammen. Der Pfeil hatte ihn mitten ins Herz getroffen. Ich lief zu ihm. Weinte. Irgendwann wurde ich von ihm weggerissen. Wikander drückte einen Dolch an meine Kehle. Andere Männer kamen und hielten mich fest. Ich dachte, er würde auch mich auf der Stelle töten. Doch er hatte sich für mich – die Hexe, wie er nicht müde wurde zu wiederholen – einen langsameren, qualvolleren Tod ausgedacht. Ich musste Gift trinken.«

»Aus dem Kristallkelch, den ich in der Zwischenwelt bei dir gefunden habe?«

Vania nickte. »Wikanders Bosheit war meine Rettung. Ich bin eine Nachfahrin des großen Jazzar-siril. Die Alte Gabe ist stark in unserer Familie. Deshalb gelang es mir, mein eigenes Blut zu verjüngen. Zwar konnte ich die zerstörerische Wirkung des Giftes nicht mehr ganz aufhalten, aber wenigstens habe ich sie abschwächen können. So besaß ich noch genug Kraft, um dir den Brief zu schreiben und in den alten Knochenpalast unserer Vorväter zu fliehen. Dort, wo die Zeit nahezu stillsteht, wollte ich auf dich warten.« Sie lächelte. »Und du bist gekommen.«

Ergil hörte ein Räuspern. Als er sich umdrehte, entdeckte er Popis Kopf zwischen zwei Decken hindurchlugen – er sah aus wie eine Jagdtrophäe an der Wand.

»Kann ich dich sprechen?«, fragte der Jungritter.

Ergil entschuldigte sich und trat vor den Sichtschutz. »Was gibt's?«

»Die Schlacht. Es steht nicht gut.«

»Was bedeutet das?«

»Du hast es ja selbst gesehen: Dein Palast ist in Flammen aufgegangen. Auch die meisten anderen Gebäude im inneren Verteidigungsring haben schon Feuer gefangen. Borst sagt, dass er die Mauer nicht mehr lange halten kann.«

»Wie viel Zeit bleibt uns noch?«

»Ein paar Stunden. König Borst meint, wenn du dich deinen Männern zeigst und ihnen Mut machst, vielleicht bis morgen.«

»Jede Stunde zählt«, sagte Múrias Stimme hinter Ergil.

Er drehte sich um. Sie und Nishigo waren vor den Sichtschutz getreten. »Wir sollten die Burg evakuieren und alle hier herunterbringen, Inimai.«

»Niemand würde diesem Vorschlag lieber zustimmen als ich, mein Lieber. Aber oben können wir uns wenigstens noch verteidigen. Wenn wir erst einmal in der Klippe sind, bleibt uns nur noch Hoffen und Warten.«

»Hoffen? Worauf?«, fragte Nishigo.

»Ich habe Bombo, einen treuen Freund und klugen Kapitän, mit der *Silberginkgo* nach Norden geschickt, um die Flotte deines Vaters hierherzuführen.«

»Ich denke, die Umschiffung von Elderland ist nicht möglich, weil das Schollenmeer im Norden zugefroren ist?«

»Abgesehen von den letzten paar Tagen hatte Soodland wochenlang Tauwetter. Außerdem erzählte mir Bombo davon, wie das Sirilimschiff durchs ewige Eis nach Westen gefahren ist.«

»Ja, aber es hat sich hinter der *Silberginkgo* gleich wieder geschlossen«, wandte Ergil ein.

Múria lächelte. »Wer sagt denn, dass es so sein *muss*. Ich habe Bombo gebeten, etwas auszuprobieren. Wenn es funktioniert und das Schiff stark genug dazu ist, könnte es eine ganze Flotte durchs Eis führen.«

»Das ist eine sehr vage Hoffnung, Inimai.«

»Im Moment ist es die einzige, die wir haben.«

Er seufzte. »Ich glaube, es kann nicht schaden, wenn ich mich meinen Männern zeige und ihnen zur Seite stehe.«

Nishigo fiel ihm um den Hals. »Bitte geh nicht, Ergil!«

Er tätschelte ihren Rücken und sah an ihrem Kopf vorbei in Múrias blaue Augen. »Es wird alles gut, meine kleine Prinzessin, wenn du für mich etwas sehr Wichtiges tust.«

Sie schniefte. »Ich? Was kann ich schon machen?«

»Magos' Fluch ist zwar gebrochen, aber er könnte sich trotzdem noch erfüllen, wenn meine Mutter eines gewaltsamen Todes stürbe. Du musst für mich auf sie aufpassen.«

»Ich?«

Er nahm sie an den Oberarmen und schob sie sanft von sich. »Ja, du, Nishi. Inimai muss sich in den kommenden Stunden um viele Verletzte kümmern, aber sie sagte, in dir stecke eine große Heilerin. Deshalb vertraue ich dir das Wohl meiner Mutter an. Wirst du sie für mich pflegen, bis sie wieder ganz bei Kräften ist?«

»Ja. So, als wäre es meine eigene Mutter.«

Ergil streichelte Nishigos Wange. »Danke, meine kleine Prinzessin.«

33

SCHATTEN AUS DER VERGANGENHEIT

Der Eingang des Knochenturms lag hoch genug, um Ergil den Ernst der Lage vor Augen zu führen. Er war nicht ganz zwei Stunden bei seiner Mutter in der Halle des schlafenden Glanzes gewesen und trotzdem hatte sich die Sooderburg schon wieder verändert. Nicht zum Vorteil.

Aus sämtlichen Lichtöffnungen des Haupthauses schlugen Flammen. Zahlreiche Nebengebäude waren bereits zusammengestürzt. Eine schwarze Rauchsäule stieg zum Himmel empor. Hier und da sah man Kämpfende auf der Mauer. Noch schafften es nur wenige Angreifer bis zur Krone, aber das würde sich wohl bald ändern. Während der Feind immer neue, frische Krieger in die Schlacht schickte, konnten die Verteidiger sich kaum erholen. Es sah alles danach aus, dass nur noch ein Wunder die Allianz um den König von Soodland retten konnte.

Ergil ließ sich von Popi zu Borst bringen. Auf dem Weg zu seinem Reichsverweser machte er immer wieder Halt, um seinen Leuten Mut zuzusprechen. Er kam sich seltsam in der Rolle des väterlichen Feldherrn vor, war er doch selbst kaum mehr als ein Knabe, aber die Männer dankten es ihm. Überall, wo er auftauchte, hellten sich ihre müden, schmutzigen Gesichter ein wenig auf.

Einige Male reckte er auch sein Schwert *Zijjajim* in die Höhe. Anders als in Xk, wo er es gegen gutherzige, aber verwirrte Wurmlinge gezückt hatte, gehorchte es ihm wieder. Als es auf der Mauerkrone grün erstrahlte, ging ein furchtsames Raunen durch die Schlachtreihen der Achse und die Kämpfer aus Soodland, Kimor, Yogobo, Pandorien, Saphira, Stromland und den Weststeppen jubelten.

Borst war in den Nordostturm umgezogen, weil sein altes Hauptquartier von einem Brandgeschoss getroffen und in Flammen aufgegangen war. Ergil ließ sich von ihm auf den neuesten Stand bringen.

»Sagt mir, wodurch wir Zeit gewinnen können«, fragte er schließlich geradeheraus.

»Ihr habt eben Euren Männern neuen Mut eingeflößt. Das allein wird uns schon ein paar Stunden bringen«, antwortete der Reichsverweser.

»Das könnte zu wenig sein. Wie sind die Heere der Achse zu bezwingen?«

»Mit Mut, Entschlossenheit und Kampferfahrung allein können wir sie nicht in die Knie zwingen. Dazu sind es einfach zu viele. Ohne die Sirilimschützen hätten sie uns längst geschlagen.«

»Aber?«

Borst grinste diebisch. »Schon mancher Krieg wurde durch eine List entschieden.«

»Ich nehme an, Ihr denkt an etwas Bestimmtes?«

»Ohne Entrin und Godebar würde es keine Achse geben. Wenn wir sie in unsere Gewalt brächten, dann wäre das Ungetüm kopflos.«

»Und Hjalgord?«

»Der ist ein Kaufmann, kein Krieger. Múrias Gewährsleute sagen, nicht einmal seine eigenen Soldaten nehmen ihn ernst.«

Ergil nickte verstehend.

Der Pandorier schien seine Gedanken zu erraten, denn er sagte sogleich: »Niemand kommt an die Könige heran. Schon gar nicht, seit die Sirilim einen ihrer Generäle in eine Falle gelockt und getötet haben.«

Ergil zupfte sich an der Unterlippe. Múria hatte ihm von

Waltran berichtet, aber er beabsichtigte nicht, Borsts Kriegslist zu wiederholen. »Wenn meine Bündnispartner nicht zu mir kommen«, sagte der junge König grübelnd, »dann muss ich mich eben zu ihnen bemühen.«

Sie blieben dicht beieinander, um Kräfte zu sparen. Ergil hatte Jazzar-fajim und Lohen-tuvim nicht allein deshalb ausgewählt, weil sie die nötige Besonnenheit für solch ein gefährliches Unternehmen besaßen, sondern auch weil ihre Fähigkeiten über die anderer Sirilim hinausgingen. Nisrah bildete den Vierten im Bunde. Gemeinsam durchstießen sie eine Falte der Welt, um zum Fuß des Festungsberges zu gelangen. Zuvor hatte Schekira das Terrain erkundet und auch jetzt kreiste sie über den Zelten der Könige von Pandorien und Ostrich.

In den vergangenen Tagen und Wochen seien die Achsenherren täglich umgezogen, hatte Borst erzählt. Diese Erkenntnis hätten jedenfalls die Sirilim gewonnen, die auch schon auf den Gedanken gekommen waren, sich der Rädelsführer des Komplotts zu bemächtigen. Auch der begabteste Sirilo tut sich schwer damit, jemanden oder etwas zu finden, wenn ihm jeglicher Anhaltspunkt fehlt. Sogar Ergil hatte seine Mutter nur entdeckt, weil er sich am Knochenturm entlang in die Vergangenheit getastet hatte und von dort in die Zwischenwelt vorgestoßen war. Da eine aufwändigere Suche zulasten der Verteidigung gegangen wäre, hatte man den Plan schließlich aufgegeben.

Wenn man über eine Kundschafterin verfügt, die das feindliche Feldlager unauffällig aus der Luft beobachten kann, dann ändert sich manches. So war es letztlich auch Schekiras Hilfe zu verdanken, dass man die beiden Könige entdeckte. Offenbar spürten auch die Achsenherren, dass die Entscheidung der Schlacht kurz bevorstand, denn sie hatten ihre Zelte geradezu tollkühn in Sichtweite der Burg aufbauen lassen.

Ergil und seine Gefährten landeten unweit von Entrins Feldquartier. Obwohl es noch heller Nachmittag war, bemerkte keiner der Leibwächter die Eindringlinge, denn sie verbargen sich in Mirads Faltenwurf, waren Schatten aus der Vergangenheit. Wenn jemand sie je entdeckt hatte, dann im Sommer des vergangenen Jahres. Die drei Gestalten wären ihm wie eine Luftspiegelung vorgekommen. Oder wie die Nachwirkungen des Rausches der letzten Nacht.

»Hier müsste es sein«, sagte Lohen-tuvim. Sie standen auf einer grünen Wiese, nordwestlich des Festungsberges. Die Sooderburg beherrschte die Umgebung wie ein Adlerhorst. Unweit war die Straße zu sehen, die in die Unterstadt und zum Hafen führte.

Ergil nickte. Er hatte kurz zuvor seinen Sirilimsinn in Entrins Zelt eindringen lassen und den pandorischen König über eine Karte gebeugt gesehen. »Stellen wir uns Rücken an Rücken und machen unsere Bögen bereit. Sollten wir bei unserer Rückkehr ins Hier und Jetzt angegriffen werden, ziehen wir uns sofort wieder in die Vergangenheit zurück. Alles klar?«

Die beiden Sirilim nickten.

»Dann los!«

Die Landschaft um sie herum verwischte. Für einen Moment tauchte alles, sogar der wolkenlose Himmel, in ein sattes Grün. Dann standen die Gefährten in Entrins Zelt. Es war eine punktgenaue Landung. Nur leider glänzte der König von Pandorien durch Abwesenheit.

»Hattest du nicht gesagt, er würde Karten studieren?«, erkundigte sich Jazzar-fajim leise bei seinem Urgroßneffen.

Ergil knirschte mit den Zähnen. »Er muss sein Zelt gleich danach verlassen haben. Wartet mal …« Rasch ließ er seinen Sirilimsinn nach draußen schweifen. In unmittelbarer Umgebung des Zeltes hielten sich mindestens einhundert Krieger auf, aber auch dort fand er Entrin nicht.

»Vielleicht ist er mal kurz für kleine Könige …«, hob Lohentuvim an, wurde aber jäh von Ergil unterbrochen.

»Da kommt jemand!« Er hatte einen Mann entdeckt, der ein Tablett mit Speisen und einem Weinkrug trug und sich direkt auf das Zelt des Pandoriers zubewegte.

»Dann schnappen wir uns eben zuerst Godebar. Ich kann ihn in seinem Zelt sehen«, flüsterte Jazzar-fajim.

Im Geiste vereinten sie sich mit dem Netzling und sprangen, kurz bevor der Soldat Entrins Quartier betrat, ins Zelt des ostrichischen Monarchen.

Auch dort war offenbar Essenszeit. Godebar hatte die enorme Masse seines Körpers einem eigens für ihn angefertigten Feldthron anvertraut, um sich gebratenes Geflügel und andere Delikatessen einzuverleiben, von denen seine ausgehungerten Soldaten nicht einmal zu träumen wagten. Er steckte sich gerade einen saftigen Hühnerschenkel tief in den Mund, um das Fleisch in einem Rutsch vom Knochen zu lösen, als unvermittelt drei Bogenschützen vor seiner Tafel erschienen.

»So schnell sieht man sich wieder«, sagte Ergil lächelnd und in Anspielung auf ihre letzte Begegnung in Ostgard.

Vor Schreck verschluckte Godebar das Hühnerbein. Seine Augen wurden groß.

Die drei Eindringlinge wechselten betretene Blicke.

Godebar begann zu röcheln.

Lohen-tuvim, nach wie vor den gespannten Bogen haltend, wagte eine erste Diagnose. »Das Bein steckt dem Fettwanst im Schlund.«

Vor Beginn des waghalsigen Unternehmens hatten die Beteiligten einige Phantasie darauf verwendet, sich ein paar ziemlich ausgefallene Problemfälle auszudenken, wohlwissend, dass man nie alle Unwägbarkeiten vorausahnen konnte. Nun waren sie aber doch ein wenig überrascht.

Der König von Ostrich deutete mit den dicken Wurstfingern in seinen offenen Mund, gab weiter japsende Laute von sich und lief rot an.

»Er wird ersticken«, prophezeite der Majordomus von Saphira.

»Tot nützt er uns nur halb so viel«, sagte Jazzar-fajim. Er trat hinter den König und befahl ihm aufzustehen.

Der Mann mit dem Hühnerbein in der Luftröhre gehorchte nicht.

»Majestät?«, drang plötzlich eine Stimme von draußen herein.

Godebar schlug mit den flachen Händen auf den Tisch, katapultierte seinen Teller in die Luft und röchelte noch ein bisschen lauter.

Ein Mann in ostrichischer Uniform stürzte ins Zelt. Ungläubig starrte er zuerst die drei Fremden an, dann seinen sich allmählich blau verfärbenden Oberbefehlshaber. Der Anblick war für ihn offenbar hinreichend überraschend, um ihn einige Herzschläge lang erstarren zu lassen. Zeit genug für Jazzar-fajim, den zinnernen Weinkrug zu packen und dem Mann an die Stirn zu schleudern. Der Leibwächter verdrehte die Augen zur Zeltdecke und brach besinnungslos zusammen.

Ergil legte den mitgebrachten Brief auf die Tafel und sagte: »Schaffen wir den König weg von hier.«

Godebar zitterte am ganzen Leib und verlor die Kontrolle über seine Blase. Während deren Inhalt zu Boden tropfte, packten die beiden Sirilim ihn links und rechts unter den Achseln, Ergil legte ihm die Hände auf die Schultern, dann konzentrierten sie sich. Nur einen Augenblick später verschwanden sie samt König und Thron aus dem Zelt.

Im selben Moment landeten sie vor Borsts Füßen im Nordostturm.

Der Pandorier runzelte die Stirn.

»Godebar hat ein Hühnerbein verschluckt«, erklärte Ergil.

»Und jetzt erstickt er«, fügte Lohen-tuvim hinzu.

»Hm«, sagte Borst. »Besser wäre, er würde leben.« Er zog sein Langschwert und fällte mit einem mächtigen Hieb zwei Beine des Throns. Godebar, inzwischen veilchenblau, krachte nach unten. Der Stuhl zerbrach. Der hünenhafte Pandorier trat hinter ihn, umfasste seinen Leib und hob ihn unter einigem Ächzen in die Höhe. Ergil bewunderte Borsts körperliche Kraft. Das ganze Getue um seine Altherrenleiden war augenscheinlich immer nur Theater gewesen.

Borst drehte Godebar herum und schüttelte ihn ordentlich durch. Mit einem Mal war ein Zischen zu hören, gefolgt von einem dumpfen Schlag. Der König von Ostrich erschlaffte. Borst merkte sofort, dass etwas nicht stimmte. Keuchend ließ er seine Last zu Boden sinken.

Betroffen sahen alle auf den fetten König herab. Ein Pfeil steckte in seiner Brust. Er war durch eine Schießscharte hereingeflogen. Dem Gefieder nach handelte es sich um ein ostrichisches Geschoss.

Die Schlacht um den letzten Wall der Sooderburg wurde bis zum Abend mit unverminderter Heftigkeit fortgeführt. Um sich etwas Luft zu verschaffen, hatte Borst eine Maßnahme vorgeschlagen, die in dem im Nordostturm tagenden Kriegsrat nicht nur Zustimmung fand. Vor allem Ergil und Múria sprachen sich dagegen aus, Godebars Leichnam außen an der Mauer aufzuhängen. Sie fanden es schändlich.

»Was ist Euch lieber, Majestät, der Tod vieler braver Männer oder die schmähliche Zurschaustellung eines toten Königs, der zu Lebzeiten von seinem Volk gehasst wurde, weil er gemordet, geschändet und zahllose Menschen um ihre Existenz gebracht hat?«

Ergil wusste darauf nichts zu antworten. Er hatte Godebar wahrhaft nicht geschätzt, aber trotzdem fühlte er sich schuldig an seinem Tod.

Qujibo kraulte sich im Kinnbart. »Ich bin auch dafür, tapfere Krieger in Ehren zu begraben, selbst wenn sie auf der Gegenseite gekämpft haben. Aber trotzdem muss ich Borst in diesem Fall Recht geben. Einerseits kenne ich keine einzige Geschichte – auch nicht während dieses Krieges –, die von Godebars Mut berichtet. In seiner feigen Hinterhältigkeit ist er wie Entrin. Und andererseits könnte es die einfachen Soldaten aus Ostrich ziemlich beeindrucken, wenn wir ihnen zeigen, wozu wir imstande sind.«

Tusan stimmte seinem Vater mit einem Nicken zu.

Ergil sagte: »Wir haben einen Brief in Godebars Zelt zurückgelassen. Wenn seine Generäle ihn lesen, wissen sie, wohin ihr König verschwunden ist. Außerdem erfahren sie aus dieser Mitteilung, dass inzwischen Tantabor in ihrer Heimat regiert und jeden hart bestrafen wird, der gegen Soodland das Schwert zieht. Eigentlich müsste das doch genügen, um ihre Kampfmoral zu untergraben, oder?«

»Wird nicht einer von Godebars Getreuen den Brief zuerst finden? Was ist, wenn er ihn verschwinden lässt?«, wandte Borst ein.

Am Ende lief es darauf hinaus, dass Ergil sich der Erfahrung des Pandoriers beugte. Borst hatte im Soodlandkrieg aus mancher verzweifelten Lage das Beste gemacht. Es wäre nicht richtig gewesen, seine Autorität ausgerechnet zu diesem Zeitpunkt infrage zu stellen.

So endete der einst stolze König von Ostrich als abschreckendes Beispiel an der Außenmauer des letzten Verteidigungsringes.

Danach ruhte die Schlacht fast bis zum nächsten Morgen.

Durch Lügen und Täuschung hatten es Entrin und Hjalgord geschafft, die Angst ihrer Soldaten in trotzigen Zorn umzuwandeln. Der im Fackellicht vorgenommene Sturm war in seiner Heftigkeit beispiellos. Hunderte von Sturmleitern wurden gegen die Mauer geworfen. Zahllose Brandgeschosse brachten eine feurige Saat über die Festung aus. Fast pausenlos flogen Pfeile so dicht wie große Starenschwärme durch die Luft. Das Haupttor brannte. Trotzdem droschen drei Rammböcke gleichzeitig darauf ein.

»Wir sollten uns zurückziehen, ehe sie in den Innenhof einfallen«, erklärte Borst dem jungen König. Gerade ging die Sonne auf.

Ergil hatte kurz vorher von der Spitze des Knochenturms sehnsüchtig nach Norden geblickt, aber nur die Segel der Belagerer ausmachen können. Von Susans Flotte fehlte nach wie vor jede Spur. Er fügte sich dem Druck der Umstände. »Ich bin Eurer Meinung, Borst. Ziehen wir uns in die Klippe zurück. Unsere Gegner werden keine Gelegenheit haben, ihren Sieg zu genießen. Dafür werde ich mit meiner letzten Überraschung schon sorgen.«

»Wollt Ihr das wirklich tun, Majestät?«

Der junge König nickte mit ausdrucksloser Miene.

Kurz darauf stand er mit Popi und zwei von Lohen-tuvims Sirilimkriegern im Burghof. Die anderen Gefährten waren größtenteils auf den Mauern verteilt, um den geordneten Rückzug zu überwachen. Schekira suchte nach Entrin und Hjalgord – vielleicht konnte man der Achsenherren ja doch noch habhaft werden. Harkon hatte sich von seiner Urenkelin dazu überreden lassen, in der Halle des schlafenden Glanzes den Schutz der Königinmutter und der Prinzessin von Susan zu übernehmen. Múria selbst kümmerte sich um die Verletzten.

Während die beiden Sirilim Ergil und seinen Ratgeber-Kammerdiener-Adjutanten vor Geschossen aller Art schützten, überprüfte der König das Werk der Wandellinge. Die Zimmermannsschoten hatten sich seit dem Vormittag des vergangenen Tages zu etwas ausgewachsen, das wie ein rechteckiges Podest anmutete. Die Farbe entsprach, aus gutem Grund, jener des Knochenturms. Ergil kletterte auf die »Bühne« und ließ seinen Willen hineinfließen. Mit einem Mal begann die Plattform in die Höhe zu wachsen und sich gleichzeitig um den Turm zu winden wie eine Schlange, die an einem Stab emporklettert. Unter ihm entfaltete sich etwas, das anfangs wie ein Leporello aussah, aber als der wie bei einem Blasebalg zusammengefaltete Körper an der Schwelle des Turmeingangs zum Halten kam, sah man eine breite Treppe.

»Au Backe, das hätte ich jetzt nicht gedacht«, staunte Popi im Burghof.

Ergil kam die Stufen hinab und bedeutete den beiden Sirilim, die Treppe mit der alten Gabe vor Brandgeschossen zu schützen.

Vom Tor hörte man ein rhythmisches Krachen wie von einer riesigen Kriegstrommel. Bisher hatten die Angreifer mit ihren drei Rammböcken willkürlich auf das Tor eingehämmert, doch jetzt musste irgendein gescheiter Anführer einen Gleichtakt befohlen haben.

»Uns bleibt nicht mehr viel Zeit«, rief Ergil seinem Freund zu. »Ich sehe nach, wie's mit dem Rückzug am Südwestabschnitt der Mauer vorangeht. Nimm du dir die andere Seite vor. Aber *bitte* Popi, benutze deinen Schild – ich möchte dich nicht als Spickbraten wiedersehen. Sag jedem, den du triffst, dass er über die Treppe in den Turm fliehen soll. Wir treffen uns später in der Halle des schlafenden Glanzes.«

Popi machte ein nicht eben glückliches Gesicht, gehorchte aber. Er hielt sich seinen Langschild über den Kopf und lief zu einem der Wehrtürme, durch die man auf die Mauerkrone gelangte.

Ergil wandte sich nach links und lief um die rauchenden Ruinen des Labyrinthpalastes herum. Wenig später stieg auch er durch einen der Verteidigungstürme zur Mauer empor. Von oben kamen ihm ununterbrochen Soldaten entgegen. Wann immer ihm Sirilim begegneten, bat er sie um ihre Unterstützung beim Schutz der Fliehenden.

Endlich erreichte er die Mauerkrone. Um sich gegen den Beschuss zu schützen, bat er Nisrah um Hilfe.

Ich spanne mit meinen Sinnen ein loses Netz, das mich warnt, wenn wir zwei angegriffen werden. Wenn du dich darauf konzentrierst, kann ich meine Aufmerksamkeit anderen Dingen widmen.

Netz?, echote der Weberknecht. *Klingt wie Musik in meinem Lebensknoten. Dann will ich mal die Spinne spielen, die an den Fäden lauscht. Ich melde mich, wenn Gefahr im Verzug ist.*

Ergil bedankte sich und ließ seinen Blick über den hufeisenförmigen Südwestabschnitt der Mauer schweifen. Etwa einen halben Bogenschuss von ihm entfernt ragte ein weiterer Wehrturm auf. Dahinter setzte sich der Wall noch einmal so weit fort, bis er in einem abschließenden Schalenturm über der Klippe endete. Auf diesem Teilstück sah er Recken aus Kimor, die mit ihren Langschwertern auf Säbel ostrichischer Soldaten einhieben.

»Ergil! Ist das vernünftig, dich hier oben blicken zu lassen?«

Der König wandte sich dem jungen Mann zu, der sich so um sein Wohl sorgte. Es war Tiko. Auch der Bartarin schützte sich mit einem schweren Langschild gegen die Pfeilschwärme. Er sah müde aus, hatte er sich doch trotz der Strapazen in der Schmiede nicht geschont. Ergil antwortete: »Ich bin nicht wie Godebar oder Entrin. Mir liegt viel am Wohl jedes einzelnen meiner Männer. Bist du in Ordnung?«

Tiko klopfte mit der freien Hand auf den Bogen, den er sich um die Brust gehängt hatte. »Ich kämpfe, solange Atem in mir ist.«

Der König verdrehte die Augen zum Himmel. »So eine Antwort kann nur von einem Susaner kommen. Was macht der Rückzug?«

»Ich habe König Borsts Befehle weitergegeben. Die Männer rücken zuerst von den äußeren Enden der Mauer ab, damit wir unsere Kräfte bei den Wehrtürmen in der Mitte zusammenziehen können. Natürlich nutzt der Feind diese Blöße. Es gibt bereits die ersten Kämpfe auf den Wehrgängen.«

»Ich hab es gesehen.«

»Lange können wir diesem Ansturm nicht mehr …«

Angriff von rechts oben!, rief plötzlich Nisrahs Gedankenstimme.

»Vorsicht!«, gab Ergil lautstark weiter. Während Tiko und alle, die seine Warnung gehört hatten, die Köpfe einzogen, konzentrierte er seinen Willen auf eine brennende Pechkugel, die wie ein fauchender Drache direkt auf sie zugerast kam. Mit Geschossen wie diesem hatte die Achse den Palast eingeäschert. Sie zerplatzten beim Aufprall und verspritzten ihre brennende Fracht in einem weiten Umkreis. Ergil ließ den kürbisgroßen Feuerball blitzartig altern. Mitten im Flug verwandelte er sich in eine Kugel aus Asche, die zerplatzte und wie schwarzer Schnee vor der Mauer zu Boden rieselte.

»Puh! Das war knapp«, sagte Tiko.

»Deine Aufgabe ist hier beendet. Begib dich in die Höhlen. Ich komme gleich nach.«

»Aber es sind noch nicht alle Männer …«

»Tiko!«, unterbrach der König seinen Freund und blickte ihn ernst an.

Der Susaner gab nach und verschwand in dem Wehrturm.

Ergil blieb noch eine Weile auf der Mauer, um die abrückenden Getreuen zu schützen, ihnen Anweisungen zuzurufen und den Sirilim ihre speziellen Aufgaben zuzuteilen. Bald lag der äußere Mauerabschnitt bis zum ersten Wehrturm fest in Feindeshand. Dann schlug unvermittelt ein Brandsatz in das Bauwerk ein und überzog es mit Flammen. Dadurch hatte sich der Feind unfreiwillig selbst ein Hindernis in den Weg gelegt und den Verteidigern den Rückzug erleichtert. Als der Wehrgang geräumt war, zog sich Ergil in den Mauerturm zurück und lief zum Burghof hinab.

Auf dem Weg zum Knochenturm umrundete er die Ruine des ausgebrannten Labyrinthhauses. Sogleich fiel sein Blick auf den nördlichen Abschnitt der Mauer. Auch dort mussten die Pechbomben eingeschlagen sein, denn vom Nordostturm stiegen Flammen und schwarzer Qualm auf. Ergil entdeckte Jazzar-fajim am Fuße der Wandellingtreppe. Rasch lief er zu ihm und deutete zur brennenden Mauer hinauf.

»Ist da oben noch irgendjemand?«

»Mir wurde mehrfach bestätigt, der Abschnitt sei geräumt.«

»Wo ist Lohen-tuvim?«

Jazzar-fajim deutete zum Nordende der Palastruine. »Da kommt er gerade.«

Ergil wandte sich um. Der Sirilo mit den rabenschwarzen Haaren lief mit der Anmut eines Krodibos durch den Pfeilhagel, als seien es nur Schneeflocken. Als er den König und seinen Urgroßoheim erreicht hatte, meldete er die Räumung seines Mauerabschnitts und fügte hinzu: »Der Lärm vom Torturm gefällt mir nicht. Jeden Moment werden die Rammböcke durchbrechen.«

»Dann sehen wir zu, dass wir hier verschwinden. Sobald die letzten Männer im Knochenturm sind, werde ich ihnen die Wandellingtreppe folgen lassen.«

»Und wir drei kümmern uns um den Rest?«, erkundigte sich der Majordomus von Saphira.

Ergil nickte. »Ja, aber denkt dran: Wir müssen warten, bis so viele Feinde wie möglich im Burghof sind. Deshalb verstecken wir uns eine Weile im Knochenturm. Geht schon mal vor. Sobald die Treppe geborgen ist, komme ich nach und verschließe die Tür. Vermutlich wird man versuchen, den Bergfried über Sturmleitern einzunehmen, deshalb müssen wir den richtigen Moment abpassen, um uns zur Spitze hinaufzubegeben. Von dort werden wir den Möchtegerngroßkönigen Entrin und Hjalgord eine Überraschung bereiten, die sie ihren Lebtag nicht mehr vergessen.«

34

ABGESCHNITTEN

Tusan fand seinen Vater am Nordostabschnitt der Mauer. Obwohl er sich fast die Kehle aus dem Hals schrie, reagierte Qujibo nicht. Der ohrenbetäubende Lärm machte jede mündliche Verständigung über eine Entfernung größer als ein paar Schritte unmöglich. Also lief der Sohn des Herzogs von Bolk noch weiter auf die Mauer hinaus.

Qujibo koordinierte nicht nur den Rückzug seiner Einheit, sondern griff auch eigenhändig in den Kampf ein. Mit Schild und Langschwert ging er gegen jeden vor, der es wagte, seinen Kopf über die Mauerkrone zu stecken. Als Tusan nur noch zehn Schritte von seinem Vater entfernt war, brüllte er abermals: »Jetzt komm endlich!«

Der Herzog hörte es nicht, weil er gerade mit seinem Schwert auf einen Helm einschlug, welcher zwischen zwei Zinnen aufgetaucht war.

Plötzlich bemerkte Tusan eine gedrungene Gestalt mit einem schmutzigen Mondgesicht, die von Qujibos stattlicher Statur verdeckt worden war. Der Rüstung nach war es ein Pandorier, der hinter dem Herzog unbemerkt die Mauer erstiegen hatte und sich diesem vorsichtig näherte. Gerade ergriff der Soldat mit beiden Händen den Schaft einer Streitaxt und holte zum Schlag aus.

Tusan presste den Inhalt seiner Lunge ins längste Blasrohr, das er mit sich führte. Ein kleiner Pfeil mit rotem Federbusch schoss am Herzog vorbei in den Hals des Angreifers. Dieser schlug mit einer Hand nach der Einstichstelle, als wolle er sich eines lästigen Insekts entledigen, trieb damit das Geschoss aber nur noch tiefer in sich hinein. Sein Blick wanderte zu dem jungen Schützen. Überraschung zeichnete sich in das runde Antlitz, dann brach der Soldat zusammen.

Als die Axtklinge hinter Qujibo auf den Boden klapperte, riss dieser sein Schwert hoch und fuhr gleichzeitig herum. Einen Wimpernschlag lang starrte er den toten Pandorier an, dann drehte er sich zu seinem Sohn um. »Warst du das?«

Tusan zuckte die Achseln. »Hätte ich tatenlos zusehen sollen, wie er Kleinholz aus dir macht?«

»Danke, mein Sohn, aber ich hätte ihm schon gezeigt, dass man eine stromländische Eiche so leicht nicht fällen kann.«

»Gewiss, Vater. Deshalb schlägst du ja hier auch Wurzeln, während der Großteil deiner Kämpfer längst in Sicherheit ist. Ich komme, um dich abzuholen.«

Qujibo riss seinen Schild hoch. Zwei Pfeile hämmerten dagegen. Einer blieb stecken, der andere prallte ab. Er duckte sich hinter eine Zinne und brüllte: »Ich gehe nicht, ehe alle unsere Männer in Sicherheit sind.«

Tusan deutete auf drei Soldaten, die mit eingezogenen Köpfen an ihnen vorbeirannten. »Das sind die letzten.«

Der Herzog blickte sich verwundert um. Tatsächlich waren bis zum nordwestlichen Schalenturm, der den Mauerabschluss über der Klippe bildete, keine Kämpfer der Allianz mehr zu sehen. Dafür krochen in großer Zahl Krieger der Achse zwischen den Zinnen hindurch wie stachelige Insekten auf Futtersuche.

Tusan umfasste den Oberarm seines Vaters. »Komm bitte!«

Zu seiner Erleichterung gab Qujibo endlich nach. Gemeinsam flohen sie zwischen den Zinnen hindurch vor den nachrückenden Feinden. Vor ihnen ragte die Krone des Nordwestturmes auf. Borsts ehemaliger Befehlsstand war rußgeschwärzt seit einem Volltreffer durch eine Pechkugel. Er war völlig ausgebrannt und der Sandstein unter der Hitze des Feuers weich wie ein Schwamm geworden. Über kurz oder lang würde der Turm einstürzen. Tusan war schon auf der Suche nach seinem Vater hindurchgelaufen und jetzt durchquerte er mit ihm das mürbe Gemäuer ein zweites Mal. Obwohl er mit dem Schlimmsten rechnete, brach es nicht unter ihnen zusammen.

So erreichten sie den nächsten Mauerabschnitt und rannten auf den Nordostturm zu, der noch weitgehend unbeschädigt war. Ihre Flucht glich einem Spießrutenlauf – ständig flogen Pfeile durch die Schießscharten. Auch von oben prasselten sie auf die beiden Recken herab. Manchmal wusste Tusan nicht, wo er seinen Schild zuerst hinhalten sollte. Als sie etwa die Hälfte des Weges zurückgelegt hatten, erblickte er aus den Augenwinkeln einen Kugelblitz. So jedenfalls sah das feurige Geschoss aus, das in einer sauberen Wurfbahn durch die Luft fauchte und rasch an Höhe verlor.

»Achtung!«, schrie Tusan und warf sich flach auf den Boden.

Die Pechkugel traf genau eine der Schießscharten des Nordostturmes, zerplatzte und ergoss ihren Inhalt in dessen Inneres. Im Nu stand das Obergeschoss des Gebäudes in Flammen.

»Den Weg können wir vergessen. Wir müssen zurück«, rief Qujibo. Er kauerte hinter einer Zinne und hielt sich den Schild über den Kopf.

»Aber der Nordwestturm ist so morsch wie ein toter, wurmzerfressener Baum.«

»Hast du einen besseren Vorschlag?«

Tusan blickte durch eine Schießscharte in den Innenhof hinab. Dichte Rauchschwaden, die von dem Feuer herüberwehten, erschwerten ihm die Sicht. Trotzdem glaubte er am Fuße des Knochenturmes Jazzar-fajim zu sehen. Dann entdeckte er auch Ergil, der gerade auf den Sirilo zugelaufen kam, und überlegte, ob er das Kriegshorn seines Vaters benutzen sollte, um sich bemerkbar …

»Der Feind rückt von der anderen Seite des schwarzen Turmes vor. Wir müssen uns beeilen«, drängte Qujibo.

Tusan nickte und lief mit seinem Vater zurück.

Kurz darauf betrat er zum dritten Mal das marode Bauwerk. Durch die offene Tür sahen sie eine Gruppe von Soldaten. Einer deutete in den Turm.

»Sie haben uns entdeckt«, sagte Qujibo. Er deutete die schwarzen Steinstufen hinab. »Schnell, runter in den Burghof.«

Der Herzog bestand darauf, seinem Sohn den Vortritt zu lassen, weil er ihm den Rücken decken wollte. Tusan hatte sich das zwar genau umgekehrt vorgestellt, ließ sich angesichts der nahenden Gefahr aber auf kein Streitgespräch ein. Rasch lief er die rußgeschwärzte Wendeltreppe hinab.

Auf seinen Streifzügen durch den Grotwall hatte er sich oft auf harschigem Schnee über Berghänge hinwegbewegt, manchmal nicht wissend, ob er jeden Moment einbrechen und in eine Gletscherspalte fallen würde. Genauso fühlte es sich jetzt an, als er über die brüchigen Stufen lief. Er spürte, wie die Kanten unter seinen Sohlen wegbrachen. Sein Vater folgte dichtauf. Als sie etwa ein Stockwerk tiefer waren, hörten sie über sich Stimmen.

»Sie sind nach unten gelaufen. Schnell! Wenn wir uns beeilen, kriegen wir sie noch.«

Es bedurfte keines Wortwechsels zwischen Vater und Sohn, um sie zu noch größerer Eile anzuspornen. Über sich hörten sie die Schritte mehrerer Verfolger, untermalt vom leisen Rieseln der sich auflösenden Treppe. Als sie die letzten Stufen des Untergeschosses erreicht hatten, ließ sie ein Schauder erregendes Knirschen jäh zusammenfahren.

Tusan wusste sofort, was das Geräusch zu bedeuten hatte. Blitzschnell sah er sich in dem ausgebrannten Wachzimmer um. Seine Hand packte den Vater am Arm, zerrte ihn hinter sich her. Dann brach die Wendeltreppe krachend zusammen.

Als hätte ein schwarzes Ungetüm geniest, schoss eine gewaltige Staubwolke aus dem Eingang des Wehrturmes und verbreitete sich fächerförmig im Burghof. Gerade eilten die letzten Verteidiger die Wandellingtreppe hinauf, um im Knochenturm Schutz zu suchen. Am Haupttor bohrte sich der erste von drei Widderköpfen durch das Holz.

Die besonders dicken Steinwälle des inneren Verteidigungsringes waren unten hohl. Üblicherweise dienten diese Kasematten der Lagerung von Pech, Öl, Waffen, Vorräten und anderem kriegswichtigen Material. Die gegen den feindlichen Beschuss sicheren Räume waren in den letzten Tagen und Wochen auch oft ein Zufluchtsort für erschöpfte und verletzte Krieger gewesen. Jetzt hatten sie Tusan und Quondit das Leben gerettet.

Während die poröse Wendeltreppe in die Tiefe gerauscht war und sämtliche Verfolger zermalmt hatte, konnten sich Vater und Sohn mit knapper Not in die Kasematten retten. Der Rückweg war ihnen allerdings versperrt. Die Trümmer füllten den ganzen Innenraum des Wachzimmers aus. Nur durch ein paar kleine Ritzen tröpfelte ein wenig Tageslicht in den Schutzraum.

»Das war ziemlich gescheit von dir«, lobte der Herzog seinen Sohn.

»Danke. Fragt sich nur, wie wir hier wieder herauskommen sollen.«

»Die einzelnen Wehrtürme sind durch die Kasematten untereinander verbunden. Wir müssen bloß zum nächsten gehen, um in den Burghof zu gelangen.«

»Aber der nächste Ausgang befindet sich im Torturm. Wenn ich den Lärm von dort richtig gedeutet habe, dann steht der Gegner kurz vor dem Durchbruch. Wie sollen wir's bis in den Knochenturm schaffen, wenn es im Burghof von feindlichen Soldaten nur so wimmelt?«

Qujibo schnaubte. »Darüber zerbrechen wir uns den Kopf, wenn es so weit ist.«

Das eisenbeschlagene Haupttor der Sooderburg hatte dem Gegner erstaunlich lange getrotzt. Sein hölzerner Kern war von Flammen allmählich in Kohle verwandelt worden. Und die Schutzbleche hatten sich in der Hitze sowie unter dem stundenlangen Hämmern der drei Rammböcke verformt. Schließlich war erst einer der Widderköpfe durchgebrochen und dann hatten die zwei anderen den Todeskampf des Tores mit einem gemeinsamen Schlag beendet.

Mit triumphierendem Geheul besetzte das Sturmkommando die Zitadelle. Auf Gegenwehr stießen die Soldaten der Achse im Innenbereich der Festung nicht mehr. Sie sahen gerade noch, wie ein merkwürdiges Gebilde, das zuvor wie eine elfenbeinerne Treppe ausgesehen hatte, sich einer Schlange gleich am Knochenturm emporbewegte und in einer vier oder fünf Stockwerke hoch gelegenen Tür verschwand, welche daraufhin zufiel. Die Stufen oberhalb des Eingangs veränderten sich nicht.

Baron Nartoz durchquerte das Portal und lief an der Ruine des Haupthauses vorbei, bis er einen unverstellten Blick auf den Knochenturm hatte. Als oberster Spion Pandoriens interessierte er sich brennend für Geheimnisse. Vor allem für solche, die der Feind vor ihm verbarg. König Entrin hatte befohlen, bei der Einnahme der Sooderburg möglichst nichts zu zerstören, das ihm Erkenntnisse über die Allianz liefern konnte. Den Grund nannte er nur im Flüsterton: »Denn wenn Ergil erst einmal besiegt ist, werden wir Helvik von Kimsborg, Yabun Balkasar I., Quondit Jimmar Herzog von Bolk sowie all seine anderen Verbündeten in die Knie zwingen. Und zum Schluss nehmen wir uns diesen Hjalgord vor.«

Zum Unwillen der Generäle hatte der König den Baron für den Fall einer Einnahme der Sooderburg mit umfangreichen Vollmachten ausgestattet. Nartoz bekleidete jetzt den Rang eines Gouverneurs der eroberten Festung. Das kostete er nun aus.

»Durchkämmt den ganzen Burghof und alle Gebäude nach Feinden. Wenn möglich, lasst sie leben. Ich will wissen, wie wir am einfachsten diesen bleichen Bergfried einnehmen können.« Er deutete zum Knochenturm.

Sein Befehl wurde durch die Hierarchie gereicht, Soldaten schwärmten aus und ein großes Suchen begann. Unterdessen strömten immer weitere Kämpfer in die Burg, um diese zu sichern. Nach einiger Zeit kam Entrins Adjutant und nahm vor Nartoz eine stramme Haltung an.

»Der König wünscht dringend die Sooderburg zu besichtigen, Baron.«

»Das kann er gerne tun, Palaban. Wenn wir hier fertig sind«, antwortete Nartoz.

»Fürchtet Ihr eine Falle?«

»Man kann nie wissen.«

»Seine Majestät, der König, hält es für äußerst unwahrscheinlich, dass der Feind uns seine Festung überlässt, um ihm einen Hinterhalt zu legen.«

»Unwahrscheinlich ist nicht unmöglich. Bedenkt, was mit Godebar geschehen ist.«

»Das habe ich Seiner Majestät auch gesagt, aber er antwortete darauf, als der König von Ostrich entführt wurde, sei die Sooderburg noch fest in Ergils Hand gewesen. Jetzt habe er sich mit seinen Leuten im Bergfried verschanzt.«

Nartoz seufzte. Er kannte Entrin zu gut, um seine wahren Beweggründe nicht zu durchschauen. Von Godebar hieß es, er sei ein Feigling gewesen. Er, der zukünftige Großkönig des Sechserbundes, wollte sich diesen Makel nicht anheften lassen. »Also schön. Dann richtet Seiner Majestät aus, dass wir bis jetzt keinen einzigen Feind im Burghof oder in den Gebäuden des Palastes gefunden haben. Wenn der König unter diesen Umständen kommen will, dann steht ihm das natürlich frei.«

Der viereckige Torturm war größer als die anderen Wehrbefestigungen an der inneren Mauer. Er verfügte über ein geräumiges Wachzimmer und eine separate Stube für den Hauptmann der Palastgarde. Letztere besaß einen Zugang zu den Kasematten sowie zwei gegenüberliegende Lichtöffnungen: ein Fenster zum Burghof und einen engen Schlitz, der Ausblick auf den Graben zwischen den beiden Wällen gewährte.

Während des Dauerbeschusses der vergangenen Tage hatten wiederholt Brandgeschosse ihren Weg durch die schmale Öffnung in diese Kammer gefunden. So wurde sie gleich mehrmals ein Raub der Flammen. Zum Schutz der in den Kasematten lagernden Ausrüstung hatte man vor dem Zugang Steinquader aufgeschichtet, eine geschlossene Mauer vom Boden bis zur Decke.

Trotz eines Feuerschildes vor dem Schlitz kam es zu weiteren Bränden, weil der notdürftige Schutz von den Angreifern schnell wieder abgefackelt worden war. Schließlich hatte man die Stube aufgegeben.

Als die Eroberer den Raum inspizierten, sahen sie nur ein leeres, von Rauch geschwärztes Gelass, in dem ein beißender Brandgeruch hing. Niemand bemerkte, dass die Mauer gegenüber dem Eingang nur aus lose aufgeschichteten Steinen bestand. Aus Steinen, die jetzt Quader für Quader abgetragen wurden.

Tusan und Qujibo hatten nicht viel Zeit, sich aus den Kasematten zu befreien, denn in anderen Wehrtürmen waren die Zugänge weder verschüttet noch verbarrikadiert. Man würde also schnell dahinterkommen, dass sich auch zwischen dem Nordwest- und dem Torturm ein Hohlraum in der Mauer befand. So leise wie irgend möglich schufen sie eine Öffnung, die gerade breit genug war, um den nicht mehr ganz schlanken Herzog von Bolk durchzulassen. Tusan hatte vorgeschlagen, zwei Soldaten des Achsenheeres zu überwältigen und sich ihrer Rüstungen zu bemächtigen. So konnten sie vielleicht unbemerkt zum Fuß des Knochenturmes gelangen. Alles Weitere würde sich zeigen.

Lautlos schlüpften sie in die Stube des Hauptmannes. Tusan

zog alle Blasrohre aus seinem Köcher und bestückte sie mit Betäubungspfeilen. Dann schlich er zur Tür.

Vom Gelass des Wachhabenden gelangte man entweder durch eine weitere Tür in den tunnelartigen Mauerdurchlass oder über eine schmale Treppe in die oberen Räume des Turmes. Hier gab es, wie Tusan wusste, eine andere Treppe, die zum südlicher gelegenen Aufenthaltszimmer der Posten hinabführte, das wiederum über einen Zugang zu den Kasematten auf der anderen Seite des Tores verfügte.

Auf Zehenspitzen arbeiteten sich Vater und Sohn die Stufen hinauf. Der Raum über dem Tor war leer. Sie durchquerten ihn und betraten die Südtreppe. Tusan hörte Stimmen von unten. Er drehte sich zu seinem Vater um, legte den Zeigefinger an die Lippen und schlich weiter Richtung Wachzimmer. Links erblickte er durch eine offene Tür ein kleines Stück des Torweges. Soldaten strömten in Zweierreihen in die Festung. Tusan deutete nach rechts.

Von der Treppe aus spähte er ganz kurz in das Wachzimmer. Wieder drehte er sich zu seinem Vater um und zeigte ihm zwei Finger – ein wahrhaft glücklicher Umstand. Noch einmal vergewisserte er sich vom ordnungsgemäßen Zustand seiner Blasrohre, dann beugte er sich wieder vor und schoss den ersten Pfeil in den Nacken des ihm am nächsten stehenden Soldaten. Dessen erschrockene Reaktion lenkte den Blick des anderen in Richtung Tür. Während der Getroffene in sich zusammensank, begegneten sich die Blicke der beiden Gegner. Tusan zielte unter das Kinn des Soldaten und blies ins Rohr. Auch der zweite Posten sackte zusammen.

Wenig später steckten der Herzog und sein Sohn in Rüstungen, die ihnen nicht ganz passten, aber das würde niemandem auffallen. Ihre roten Bärte waren unter Spitzhelmen verborgen, die Visiere hatten sie heruntergeklappt. Nun hieß es, sich unauffällig unter die anderen Soldaten zu mischen, und zwar bevor die beiden Bewusstlosen im Wachzimmer entdeckt wurden.

Qujibo übernahm die Führung. Er lehnte wie ein gelangweilter Posten am Türholm, spähte in den Torweg und winkte ab und zu den vorbeimarschierenden »Kameraden« zu. Sein Sohn wartete daneben auf der Treppe. Im Mauerdurchlass hallte Hufgeklapper. Das war insofern ungewöhnlich, als die überwiegende Zahl der Eroberer zu Fuß hereinkamen. Mit einem Mal ging ein Ruck durch den Herzog von Bolk, sein Helm schob sich vor und sein ganzer Körper versteifte sich.

»Was ist?«, raunte Tusan.

»König Entrin«, flüsterte Qujibo. Seine Hand legte sich auf den Schwertgriff.

»Was, beim Allmächtigen, hast du vor?«

»Na was schon? Ich werde tun, was Ergil missglückt ist. Der König von Pandorien ist die treibende Kraft im Soodlandkrieg. Ich mache diesem Wahnsinn ein Ende.« Während der Herzog dies sagte, streifte er sich den Gurt über den Kopf, an dem das Kriegshorn von Bolk hing.

Entrins Pferd schritt an der Tür vorbei.

Ehe Tusan seinem Vater widersprechen konnte, hatte dieser ihm das Horn zugeworfen und war im Torweg verschwunden. »Verdammt!«, zischte er und schlich die Treppe hinab.

»Majestät, auf ein Wort!«, drang von draußen Qujibos Stimme herein.

Tusan hängte sich das Signalhorn um und spähte aus dem Halbdunkel des Torturmes hinaus. Er konnte den breiten Rücken seines Vaters sehen.

»Soldat?«, ließ sich eine nicht unangenehme, leicht vibrierende Stimme vernehmen. Das musste der König von Pandorien sein.

»Ich habe eine Botschaft für Euch, Majestät.«

»Eine Botschaft? Von wem?«

»Ich glaube, sie ist geheim, Majestät. Sie stand auf einem Zettel, den ich eben in einem Versteck, hier im Wachzimmer gefunden habe. Wartet …«

Der Herzog verschwand aus dem Türausschnitt. Tusan hielt den Atem an. Plötzlich hörte er, wie Entrins Pferd wieherte. Jemand schrie. Dann schepperte etwas auf das Pflaster des Torweges. Unzählige Stimmen brüllten durcheinander. Männer stürzten mit gezückten Schwertern an der Tür vorbei.

»Wollt ihr euer Leben für eine tote Natter opfern?«, rief Qujibo.

Waffen klirrten.

Tusan lief hinaus.

Was er in dem überwölbten Durchgang sah, ließ ihn für einen Moment erstarren. Ein fetter Mann lag mit dem Rücken am Boden, in einer Lache aus Blut. Zwischen Brustpanzer und Achsel ragte der Griff eines Langschwertes heraus. Seine Augen starrten leer zur Decke. Gleich daneben stand Tusans Vater. In seiner Hand hielt er das Heft einer anderen Klinge, vermutlich hatte er sie dem König abgenommen. Sieben oder acht Leibwächter griffen ihn an. Andere kamen schon herbeigelaufen.

Tusan fällte drei mit seinen Blasrohren, dann hob er das Kriegshorn von Bolk an seine Lippen und blies mit aller Kraft hinein. Der Klang des Instruments wurde von dem hallenden Gewölbe vielfach verstärkt. Die überraschende Aktion sorgte für einen Augenblick der Verwirrung, gerade Zeit genug für Tusan, um das eigene Schwert zu zücken.

Während er sich gegen die Pandorier zur Wehr setzte, sah er immer wieder zu seinem Vater hinüber. Qujibo kämpfte wie ein wilder Stier. Er schlug mit der fremden Waffe um sich und brachte drei oder vier Gegner zu Fall, ehe er selbst die erste Verletzung erlitt: eine Stichwunde in die Seite, dort, wo der zu kleine Brustpanzer des betäubten Postens ihn nicht schützen konnte. Er keuchte, wankte einige Schritte nach hinten.

»Vater!«, schrie Tusan.

Der Herzog riss sich den Helm vom Kopf, brüllte, als wäre er wahnsinnig geworden, stürzte sich auf seine Gegner und füllte den Torweg mit Toten und Verletzten. Tusan war sich nicht sicher, ob sein Vater tatsächlich den Verstand verloren hatte oder sich nur wie toll aufführte, um seine Widersacher einzuschüchtern. Es blieb dem jungen Fährtensucher auch keine Zeit, darüber nachzudenken, musste er sich doch selbst unablässig zur Wehr setzen.

Weil er durch das schmale Visier des fremden Helmes kaum etwas sehen konnte, entledigte auch er sich der Kopfbedeckung. Zwar gewann er dadurch einen besseren Überblick, aber der zeigte ihm nur, wie aussichtslos dieser Kampf war. Von beiden Seiten drängten Soldaten in den Mauerdurchlass. Nur die Enge des Torweges hatte vermutlich verhindert, dass sie nicht längst umzingelt oder von Bogenschützen erschossen worden waren.

Irgendwo brüllte jemand: »Ich will sie lebend!« Aber niemand schien den Rufer zu beachten. Qujibo hatte sich nahe dem Ausgang zum Burghof an die Wand zurückgezogen, um wenigstens den Rücken frei zu haben. Fünf oder sechs Gegner versuchten sich gerade durch seine mörderischen Hiebe hindurchzuarbeiten. Bald lagen sie zu seinen Füßen und wurden von mindestens ebenso vielen Angreifern ersetzt.

All das gewahrte Tusan nur bruchstückhaft, so als beobachte er den Kampf in einer nur gelegentlich von Blitzen erhellten Nacht. Plötzlich hörte er das Getrappel eines Pferdes. Jemand schrie: »Aus dem Weg!« Tusan verschaffte sich mit einem gewaltigen Hieb etwas Luft, gerade genug, um einen weiteren Blick auf seinen Vater zu werfen. Von rechts sah er einen Reiter erscheinen. Der Ritter hielt eine lange Lanze. Die Soldaten spritzten auseinander. Qujibo riss das Schwert hoch, um den Angriff zu parieren, doch zu spät. Die eiserne Spitze traf mit solcher Wucht auf seinen Brustpanzer, dass sie ihn glatt durchschlug. Der Herzog wurde nach hinten geworfen und förmlich an die Wand gespießt. Beim Aufprall zersplitterte der hölzerne Schaft der Pike.

Qujibo wandte den Kopf und warf seinem Sohn einen Blick zu, der voller Bedauern war. Dann brach er tot zusammen.

»Neiiinnnn!«, schrie Tusan. Alles Leid und alle Trauer, die sich im Soodlandkrieg zu einem himmelhohen Berg aufgehäuft hatten, schienen sich in diesem einen verzweifelten Ausruf Gehör zu verschaffen. Er glaubte, den Seelenschmerz nicht ertragen zu können, und holte mit dem Schwert aus, um den Tod auch auf sich zu ziehen. Wie anders konnte er Linderung erfahren? Aber ehe er den nächsten Streich führen konnte, spürte er einen dumpfen Schlag am Hinterkopf. Dann wurde ihm schwarz vor Augen und er versank in eine friedvolle Ruhe.

35

AUF MESSERS SCHNEIDE

Der Klang des Kriegshorns von Bolk drang gedämpft in den Knochenturm. Trotzdem erkannte Ergil es sofort wieder. Überrascht sah er Jazzar-fajim an.

»Hast du das eben gehört?«

Der Sirilo nickte. »Es ist dasselbe Horn, das Tusan am Kitora geblasen hat.«

»Jetzt trägt es aber wieder sein Vater. Die beiden müssten eigentlich in der Tropfsteinhöhle in Sicherheit sein.«

»Vielleicht hat der Herzog sein Horn verloren.«

»Und wenn nicht? Wenn er noch irgendwo da unten ist und uns um Hilfe ruft?« Ergil drehte den Kopf, um den kleinen Falken auf seiner Schulter anzusprechen. »Kira, kannst du herausfinden, woher der Ton gekommen ist?«

»Er hat irgendwie hohl geklungen, wie aus einem Haus. Oder eher noch aus einem Gewölbe. Ich werde mal nachsehen.«

»Wenn du etwas findest, dann flieg zur Spitze des Knochenturmes. Jazzar-fajim, Lohen-tuvim und ich warten dort auf dich.«

»Ist gut.« Die Elvin verwandelte sich in einen unauffälligen Spatzen, schoss in die mannshohe Nische rechts neben der Tür und hinaus durch das quadratische Fenster auf den Burghof.

Ergil sah die beiden Sirilim an. »Seid ihr bereit?«

Sie nickten.

Er streckte die Hände aus und sie bildeten einen kleinen Kreis, wie Kinder, die Ringelreihen spielen wollen. »Dann lasst es uns zu Ende bringen.«

Im nächsten Augenblick standen sie oben auf dem Knochenturm. Der leere Fahnenmast ragte genau zwischen ihnen auf.

Aus der Höhe konnte man gut das ganze Ausmaß der Zerstörung sehen. Sämtliche Gebäude der Sooderburg waren geschwärzt vom Rauch der zahllosen Feuer. Der Labyrinthpalast hatte sein Dach verloren. Die Fenster erinnerten an leere dunkle Löcher im Schädel eines vieläugigen Ungetüms. Über allem hing ein Staubschleier, eine sich nur langsam verflüchtigende Reminiszenz an das Unglück im Nordwestturm. Dieser war in eine gefährliche Schieflage geraten. Vermutlich würde er in Bälde ganz einstürzen.

Ergil interessierte sich jedoch mehr für das lebhafte Treiben im Burghof. Überall wimmelte es von Soldaten der Achse. Eine auffällige Zusammenballung gab es beim Haupttor. Anstatt den Eingang zur Festung zügig zu durchqueren, liefen die Männer dort wie aufgescheuchte Hühner durcheinander. Offenbar hatte sich irgendetwas Außergewöhnliches in dem tunnelartigen Mauerdurchlass zugetragen.

Dann fiel Ergil nahe dem Torbogen ein Anführer auf. Es konnte nur ein General oder jemand von ähnlich hohem Rang sein, so sauber und funkelnd, wie seine silberne Rüstung aussah. Im ersten Augenblick musste er an König Entrin denken, aber von dem hieß es, er sei nicht viel schlanker als Godebar. Selbst aus der Höhe konnte man erkennen, dass der Geck da unten an Körperlänge mit den meisten ihn umgebenden Kriegern nicht konkurrieren konnte. Er trug auch keinen Helm. Sein Haar war grau. Etwas schien ihm Sorgen zu bereiten, denn er schüttelte immer wieder den Kopf und lief unruhig hin und her.

Unvermittelt drehte der kleine Kommandant sich um und deutete zum Eingang des Knochenturmes. Was immer er befohlen hatte, es versetzte einige Soldaten in Laufschritt. Sie verschwanden im Torweg. Ergil hatte ein mehr als ungutes Gefühl. Er überlegte, ob er seinen wandernden Sinn aussenden sollte, aber das war riskant. In den letzten Stunden hatte er seine Kräfte nicht eben geschont und was er mit Jazzar-fajim und Lohen-tuvim vorhatte, würde ohnehin an die Grenzen ihrer Möglichkeiten gehen.

Ein Soldat kam aus dem Mauerdurchlass gelaufen und rief dem Anführer etwas zu. Daraufhin enteilte dieser mit hektischen kleinen Schritten in den Torweg. Ergil wartete noch eine Weile, aber der Graue tauchte nicht wieder auf. Der Blick des jungen Königs schweifte über das Schollenmeer hinaus nach Norden. Wenn doch nur endlich die susanische Flotte käme!

»Das sieht nicht gut aus«, sagte mit einem Mal der Majordomus von Saphira und deutete zum Tor hinab.

Mehrere Sturmleitern wurden in den Hof getragen. Die Soldaten liefen damit geradewegs auf den Knochenturm zu.

»Ich habe mich sowieso schon gefragt, warum sie damit so lange zögern«, murmelte Jazzar-fajim.

»Die Eingangstür wird einem Angriff kaum lange standhalten können. Uns bleibt nicht mehr viel Zeit«, sagte Ergil. Unvermittelt hörte er das Geräusch flinker Flügel. Das Spätzchen Schekira landete auf seiner Schulter.

»Sie haben Tusan!«, piepste sie aufgeregt.

Ergil schloss die Augen. Seine Knie fühlten sich auf einen Schlag wachsweich an. Rasch umklammerte er den Fahnenmast. »Auch das noch! Dann hat doch er das Horn geblasen.«

»Wo ist er jetzt?«, erkundigte sich Jazzar-fajim.

»Im Torhaus. Da gibt es eine ausgebrannte Stube, in die man ihn geworfen hat. Gefesselt. Er ist besinnungslos, hat aber bis auf eine Beule am Hinterkopf keine sichtbaren Verletzungen. Und dann habe ich noch etwas entdeckt«, sagte Schekira. »Zuerst war ich in die Tür auf der linken Seite des Torweges geflogen. Im Wachzimmer liegt auf einem Tisch ein großer, schwerer Mann. Aus seiner Seite ragt Qujibos Schwert.«

Ergil erschrak. »Bist du sicher, dass es sich um die Klinge des Herzogs handelte?«

»Ich habe ein sehr gutes Gedächtnis, mein Retter. Abgesehen davon befindet sich das Wappen von Bolk auf dem Knauf.«

»Aber Qujibo konntest du nirgends ausfindig machen?«

Sie breitete die Schwingen aus und schüttelte ihr Gefieder. »Nein.«

»Vielleicht hat Tusan das Schwert seines Vaters ausgeliehen«, murmelte Ergil, wohl wissend, dass er sich damit nur etwas vormachen könnte.

»Der dicke Mann auf dem Tisch«, hakte Jazzar-fajim nach. »Wie hat der ausgesehen, Prinzessin?«

»Tot. Mausetot. An seinen prankenartigen Händen habe ich keinerlei Schmutz gesehen. Wenn ihr mich fragt, hat der sich vor jedem Kampf gedrückt. Auch seine blanke Rüstung war makellos. Sie hatte goldene Verzierungen, lauter kleine Bären.«

»Das pandorische Wappentier!«, sagte Ergil und blickte in die Gesichter der beiden Sirilim. »Denkt ihr auch, was ich denke?«

Jazzar-fajim nickte sacht. »Dass der Tote König Entrin ist? Die Beschreibung würde passen.«

»Wir müssen Tusan da rausholen und herausfinden, ob man auch seinen Vater irgendwo gefangen hält.« Ergil wandte den Kopf zur Seite. »Und du, Schekira, sagst bitte Múria Bescheid. Möglicherweise sind im Turm ihre Künste als Heilerin gefragt. Sie soll sich beeilen.«

»Bin schon unterwegs.« Der Spatz nahm flimmernd die Gestalt einer Fledermaus an und flatterte davon.

Lohen-tuvim trat an den Rand der Plattform und spähte nach unten. »Sie legen gerade die Sturmleitern an.«

»Warum stehen wir dann noch hier herum?«, antwortete Ergil.

In der ausgebrannten Stube des wachhabenden Hauptmannes schwebte eine grün schimmernde Wolke. Rasch verdichtete sich diese zu drei Schemen. Im nächsten Moment standen der König von Soodland, sein Urgroßonkel und der Majordomus von Saphira im Raum. Lohen-tuvim und Jazzar-fajim übernahmen mit gezückten Schwertern sofort die Sicherung der Tür. Ergil kniete sich zu Tusan.

»He! Wir sind hier, um dich abzuholen«, flüsterte er.

Der Bewusstlose reagierte nicht.

Ergil schüttelte ihn und gab ihm kleine Ohrfeigen, aber auch das brachte den Fährtensucher nicht zur Besinnung.

»Ich höre Schritte im Torweg. Acht ... nein, zehn Soldaten. Sie kommen direkt auf uns zu«, raunte Jazzar-fajim.

Ergil staunte nur einen Augenblick lang über die Genauigkeit der Angabe. Sein Oheim war eben unverkennbar ein Sirilo. »Lasst uns mit Tusan in den Turm springen. Am besten gleich ins untere Stockwerk, da wo es ins Verlies hinabgeht.«

Die drei fassten sich wieder über den Körper ihres Freundes hinweg an den Händen. Das grüne Flimmern hüllte sie ein. Im nächsten Moment waren sie verschwunden.

Im Innern des Knochenturmes unternahm Ergil einige weitere Anstrengungen, um seinen Freund zu Bewusstsein zu bringen, aber es wollte ihm nicht gelingen.

Plötzlich ertönte von oben ein Krachen.

»Sie versuchen durch die Tür zu brechen«, bemerkte Lohen-tuvim. »Wenn du deinen Plan immer noch durchführen willst, Ergil, dann sollten wir nicht länger warten.«

Der König warf ihm einen verzweifelten Blick zu. »Aber wir wissen noch nicht, was mit Tusans Vater ist.«

»Möglicherweise wartet er in der *Gandarin-hélél* längst ungeduldig auf seinen Sohn.«

Wieder drangen dumpfe Schläge durch die offenen Luken herab.

»Für mich hört sich das nach Axtschlägen an. Wie lange wird die Tür ihnen wohl standhalten?«, sagte Jazzar-fajim sehr ruhig.

In diesem Moment flatterte eine kleine Fledermaus herbei,

hängte sich kopfunter an die Decke und erklärte mit Schekiras Stimme: »Múria und zwei Helfer sind mit einer Trage auf dem Weg. Sie werden gleich hier sein.«

Ergil seufzte erleichtert. »Dann überlassen wir Tusan solange deiner Obhut, Kira. Múria und die Männer sollen ihn sofort nach unten schaffen. Sicherheitshalber schließen wir über euch die Luke, aber es dürfte hier trotzdem gleich ziemlich ungemütlich werden.«

Die Eroberer fielen über die Sooderburg her wie Ameisen über ein Honigbrot. Überall im Burghof liefen Soldaten geschäftig hin und her. Zwischen dem inneren und dem zweiten Verteidigungsring wurden Zelte aufgeschlagen. Ergil graute bei dem, was er vorhatte.

Er blickte von der Spitze des Knochenturmes geradewegs nach unten. Fünf Sturmleitern lehnten an dem uralten Bergfried. Die mittlere endete direkt unterhalb der Tür. Darauf stand ein kräftiger Soldat, der sich mit einer Streitaxt Zugang zu verschaffen suchte. Zu seiner Rechten wie zur Linken wurde er von Kameraden gesichert, die auf den anderen Leitern standen und schussbereite Bögen hielten. Im Burghof warteten weitere Bewaffnete. Augenscheinlich sollten sie, sobald der Axtschwinger die Tür aufgesprengt hatte, über die Leiter ins Turmzimmer stürmen.

»Das sieht nicht gut aus. Sie können jeden Moment durchbrechen.« Die Lagebeurteilung kam von Lohen-tuvim.

Ergil schluckte, nickte und sagte: »Dann fangen wir an.«

Wieder ergriffen sich die drei um den Fahnenmast herum bei den Händen und schlossen die Augen. Als Vierter im Bunde flocht Nisrah seinen Geistesfaden in die ineinander verschlungenen Sinne. Trotz des von unten heraufdringenden Hämmerns der Axtschläge nahmen sie sich Zeit, die Sooderburg von den äußeren Mauern bis zur Ruine des Labyrinthhauses zu umfassen. Sie mussten gleichsam jeden einzelnen Stein durchdringen. Die Sorgfalt war durchaus angebracht, denn sie konnten sich keinen Fehlversuch leisten. Niemand von ihnen hatte je dergleichen getan. Der kleinste Fehler und sie würden alle sterben.

»Bereit«, flüsterte Ergil schließlich.

»Bereit«, wiederholten Jazzar-fajim und Lohen-tuvim leise.

Schon längst, sagte Nisrahs Gedankenstimme.

»Auf drei«, raunte der König und begann langsam zu zählen. »Eins ... Zwei ... *Drei*!«

Einige Atemzüge schien nichts zu geschehen. In der Festung unten ahnte niemand, dass die Fundamente der Mauern und Gebäude mit einem Mal rasend schnell alterten und dabei die Konsistenz von losem Sand annahmen. Ohne die geringste Vorankündigung brach der, ohnehin morsche, Nordwestturm in sich zusammen. Im Burghof kam Unruhe auf. Soldaten liefen panisch vor den Staubwolken davon. Die drei Männer auf der Spitze des Knochenturmes vernahmen die aufgeregten Stimmen unter sich nur als leises Gemurmel. Aber keiner öffnete die Augen. Ihr Werk war noch nicht vollendet.

Plötzlich erbebte die Klippe unter einem gewaltigen Donner. Es war mehr als ein Krachen, wie es ein Blitzeinschlag verursacht hätte, es war ein sich steigerndes Getöse. Dann stürzten, als hätte ein unsichtbarer Riese mit seiner Pranke auf die Klippe geschlagen, sämtliche Bauwerke zusammen und begruben jeden unter sich, der sich in ihrer Nähe befand.

Eine gigantische Staubwolke breitete sich wie ein graues Leichentuch über das Felsplateau. Nur der Knochenturm ragte noch daraus hervor.

Ergil fühlte sich unendlich müde, während er in die Halle des schlafenden Glanzes hinabstieg. Er wurde von Jazzar-fajim und Lohen-tuvim begleitet, die auch ziemlich erschöpft wirkten. Zwei andere Sirilim, deren Namen er nicht kannte, trugen den immer noch bewusstlosen Tusan auf einer Trage durch die

Tunnel. Außerdem gehörten noch Múria und Schekira zu der kleinen Truppe.

Mechanisch streichelte Ergil das Federkleid der kleinen Eule auf seiner Schulter. Er fühlte sich so leer. So schuldig! Warum hatte man ihn nur gezwungen, diese schreckliche Tat zu verüben! Gerne hätte er um die Opfer geweint. Nicht nur um die hunderte, vielleicht sogar tausende, die er persönlich mit dem Einsturz der Festung aus dem Leben geworfen hatte, sondern auch um die vielen anderen, die seit Wikanders Verrat gestorben waren. Aber er konnte es nicht. Es waren keine Tränen mehr übrig. Keine Gefühle mehr. Nur eine entsetzliche Leere.

Irgendwie kam er sich selbst vor wie ein lebender Toter, der in sein Grab hinabstieg. Keiner von denen, die oben überlebt hatten, würde ihn und seine Getreuen so schnell ausgraben. Der Zugang zu den Gewölben war fest verschlossen. Mithilfe Nisrahs und der beiden Sirilim hatte er den Fels unter dem Knochenturm in einen uralten Zustand zurückversetzt – zuletzt war er vor dem Bau des Turmes so massiv gewesen.

Schließlich erreichten sie *Gandarin-hélél,* die Halle des schlafenden Glanzes. Nishigo kam Ergil entgegen und umarmte ihn. Bei dieser Gelegenheit bemerkte er, dass doch noch nicht alles in ihm erstorben war. Gemeinsam begaben sie sich zu Vania. Inzwischen hatte man ihr eine benachbarte Höhle als Privatgemach hergerichtet. Sie saß aufrecht auf ihrem Feldbett. Als sie ihren Sohn erblickte, wirkte sie erschrocken. Er löste sich aus Nishigos Umklammerung, setzte sich zu seiner Mutter und ergriff ihre Hand.

»Was ist geschehen?«, fragte Vania.

Er berichtete es ihr.

Sie zog ihn zu sich heran, damit er seine Wange an ihre Brust legte, und streichelte sein Haar. »Ich wünschte, diese schreckliche Erfahrung wäre dir erspart geblieben, mein Sohn.«

Ergil begann haltlos zu weinen. Nishigo setzte sich neben ihn und tätschelte seinen Rücken.

»Ich bin ein Mörder«, schluchzte er.

»Nein«, widersprach Vania. »Du hast das Leben all der Menschen und Sirilim gerettet, die hierher geflohen sind.«

»Aber ich habe die Soldaten in der Burg getötet. So viele!«

»Sie sind nicht nach Soodland gekommen, um mit dir zu speisen, Ergil. Nicht du bist der Verräter gewesen. Wenn jemand die Verantwortung für all das Blutvergießen trägt, dann Entrin, Godebar, Hjalgord, Hilko – und jener böse Geist, von dem sie sich haben aufstacheln lassen.«

»Ich bin nicht würdig, ein König zu sein«, widersprach Ergil müde.

Seine Mutter nahm seinen Kopf zwischen die Hände, blickte ihm fest in die Augen und sagte: »Wenn nicht du, mein Sohn, wer dann?«

Achthundertfünfundzwanzig. Das war das Ergebnis, das Borsts Zählung der Überlebenden ergeben hatte. Einhundertachtundsechzig gehörten dem Volk der Sirilim an – fast die Hälfte der Freiwilligen, die Lohen-tuvim und Jazzar-fajim um sich geschart hatten, waren bei der Verteidigung der Festung umgekommen. Die überwiegende Zahl dieses Überrestes bestand aus Männern, aber auch zweiundzwanzig Frauen – Múrias mutiges Heer von Hilfsheilerinnen – zählten dazu. Wie alle, die in der Halle des schlafenden Glanzes und in den umliegenden Höhlen einem ungewissen Schicksal entgegenblickten, waren sie Freiwillige.

Tusan erlangte etwa zwei Stunden nach dem Zusammensturz der Festung das Bewusstsein wieder. Auch ihn hatte Múria in einem separaten Höhlenraum unterbringen lassen, damit er die für seine Heilung unerlässliche Ruhe bekam. Er klagte über mörderische Kopfschmerzen. Und er klagte um seinen Vater. Die Trauer des Freundes half Ergil ein Stück weit aus dem eigenen Tief heraus.

»Mit seiner Tat hat dein Vater vielleicht die Achse zerbrochen«, versuchte er Tusan zu trösten. »Entrin war die treibende Kraft im Soodlandkrieg. Ich glaube nicht, dass Hjalgord die vereinigten Armeen noch lange zusammenhalten kann. Zumal im Heer von Ostrich inzwischen die Nachricht von Tantabors Machtübernahme kursieren dürfte.«

»Trotzdem wäre es mir lieber, meinen Vater noch zu haben.«

Ergil nickte traurig. Mit glasigem Blick starrte er auf das flackernde Öllicht, das Tusans Quartier nur dürftig erhellte. Er musste an Falgon denken.

Schekira kam herbeigeflattert. Sie hatte auf Borsts Bitte hin einen Erkundungsflug gemacht. Während sie draußen als Falke unterwegs gewesen war, bevorzugte sie in den Höhlen die Gestalt einer Fledermaus. Sie hängte sich über Tusan kopfunter an die Decke.

»Die Sooderburg brennt!«, lauteten ihre ersten Worte.

Der König furchte die Stirn. »Wozu denn das? Es ist doch sowieso alles zerstört.«

Borst erschien am Eingang der Krankenhöhle. In seinem Schlepptau brachte er eine Menge besorgter Gefährten mit, die sich nach Tusans Wohl erkundigen wollten: Tiko, Popi, Harkon Hakennase, Jazzar-fajim und Lohen-tuvim. Die Besucher drängten in den kleinen Raum. Sogar Fürst Halbart Bookson von Grotsund setzte sich der beklemmenden Enge aus.

»Wie geht es unserem Helden?«, fragte der Pandorier. Obwohl er leise zu sprechen versuchte, dröhnte seine Stimme immer noch. Tusan verzog das Gesicht.

Ergil hob den Zeigefinger an die Lippen. »Pscht! Er braucht Ruhe. Inimai sagt, er habe eine Gehirnerschütterung.«

»Habe ich da eben richtig gehört?«, versuchte es Borst noch ein bisschen leiser. »Die Sooderburg brennt?«

Schekira berichtete von ihrem Rundflug über die Klippe. Die Soldaten der Achse hatten das Trümmerfeld mit Öl übergossen und es in Flammen gesetzt.

»Alte, in Pandorien sehr beliebte Methode: Sie wollen uns ausräuchern«, sagte Harkon.

Borst nickte zustimmend und machte eine vage Geste, die ungefähr bei Lohen-tuvim begann und bei Ergil endete. »Glücklicherweise habt ihr alle Luftlöcher über uns verschlossen. Unangenehm dürfte es allerdings werden, wenn sie am Strand ähnliche Feuer anzünden.«

»Das wäre unser Ende«, sagte Múria unvermittelt. Sie und Nishigo standen am Eingang. Abgesehen von der Fledermaus unter der Decke hatte niemand im rund um Tusans Bett versammelten Kriegsrat ihr Kommen bemerkt.

Ergil nickte zustimmend. »Die ganze Klippe ist porös, wie ein großer Kamin: Unten strömt die Luft herein und durch unzählige winzige Löcher tritt sie wieder aus. Wenn sie am Ufer ordentlich Qualm machen, wird er durch den geheimen Eingang ziehen: Wir müssten alle ersticken.«

»Und wenn wir den Zugang verschließen?«, fragte Popi.

»Ersticken wir vermutlich auch«, sagte Múria. »Es sind zu viele Menschen in der Höhle, um sie durch die haarfeinen Öffnungen im Vulkangestein mit Luft zu versorgen.«

»Wir Sirilim könnten ein paar zusätzliche Löcher schaffen«, schlug Ergil vor.

Múria betrachtete ihn lächelnd. *»Wir* Sirilim?«

Er räusperte sich verlegen. »Ich meinte, wir, die wir über die Alte Gabe verfügen.«

Sie hob das Kinn und lächelte wissend. »Ah!«

»Aber wenn wir den geheimen Zugang auch noch verschließen, dann sind wir doch in diesen Höhlen gefangen«, beklagte sich Popi.

»Ein Sirilo, der bei Sinnen ist, kommt überall heraus«, bemerkte Lohen-tuvim mit unbewegter Miene.

»Ein paar Luftschächte können wir ja trotzdem machen«, schlug Jazzar-fajim vor.

»Überlegt euch das gut«, warnte Múria. »Sie könnten den

ganzen Festungsberg in ein Flammenmeer verwandeln, und dann erreichen wir mit den Luftlöchern genau das Gegenteil.«

»Ich habe Hjalgord entdeckt«, sagte Schekira mit einem Mal.

»Wo?«, fragte Ergil. Er ahnte, was seiner kleinen Freundin durch den Kopf ging.

»Er versteckt sich in einem Haus am Stadtrand.«

»Wie hast du ihn gefunden?«

»Ich bin einem Reiter hinterhergeflogen, der von vierundzwanzig pandorischen Gardisten eskortiert wurde. Ein kleiner Mann mit silberner Rüstung und silbernem Haar. Er hat Hjalgord in dem Haus einen Besuch abgestattet.«

»Ich glaube, ich weiß, von wem du sprichst«, sagte Ergil. »Hab ihn oben vom Knochenturm aus gesehen, bis er irgendwann verschwand. Jemand hatte ihn weggerufen. Das scheint ihm das Leben gerettet zu haben. Hast du ihn und Hjalgord belauscht?«

»Nur kurz. Der Stromländer hat den Pandorier übrigens Nartoz genannt.«

»Baron Nartoz. Er ist der Kopf von Entrins Geheimdienst«, brummte Borst.

»Was hast du gehört?«, fragte Ergil die Elvin.

»Der Baron meinte, die Schlacht stehe auf Messers Schneide. Mit der Sooderburg sei auch die Kampfmoral in der vereinigten Armee zusammengebrochen. Vor allem unter den ostrichischen Verbänden herrsche viel Unruhe. ›Ein Tropfen und das Fass läuft über‹, sagte er.«

»Hat sich Hjalgord, dieser falsche Hund, irgendwie dazu geäußert?«, ächzte Tusan mit schmerzverzerrtem Gesicht.

»Er sagte, der einfache Soldat sei zu dumm, um die großen Zusammenhänge zu begreifen. Deshalb müsse man ihn beschäftigt halten und ihm klar machen, dass Ergil und seine Verräterbande an den Rückschlägen der letzten Tage schuld seien. Wenn erst dessen Kopf auf einem Spieß stecke, dann stimme es auch wieder mit der Kampfmoral.« Die Knopfaugen der Fledermaus wandten sich dem soodländischen König zu. »Entschuldige, mein Retter, aber genau das hat Hjalgord gesagt. Danach habe ich mich auf den Rückweg gemacht.«

Er nickte. »Danke, Kira. Du bist und bleibst meine beste Kundschafterin.« Mit versteinerter Miene wandte er sich hierauf Jazzar-fajim und Lohen-tuvim zu. »Wärt ihr bereit, nach einer Verschnaufpause mit mir hinauszugehen und die Scharte auszuwetzen, die wir uns gestern mit Godebars missglückter Entführung eingehandelt haben?«

»Ja«, sagten die beiden Sirilim wie aus einem Munde.

Ergils ausgebrannter Körper war nicht ganz so wild entschlossen, den letzten Achsenherrn zu fangen, wie sein glühender Geist. Die seinen Gefährten angebotene Verschnaufpause galt nicht zuletzt ihm selbst, der noch immer am Rande der Erschöpfung stand. Trotzdem machte er sich mit Jazzar-fajim und Lohen-tuvim eher, als es vernünftig erschien, auf den Weg zum Fuß der Klippe. Schekira war schon etwas früher losgeflogen, um noch einmal Hjalgords Schlupfwinkel auszukundschaften. Man wollte die Fehler des Vortags nicht noch einmal wiederholen.

Als die vier Gefährten (Nisrah soll an dieser Stelle nicht vergessen werden) den Fuß der Klippe erreichten, waren ihre Nerven zum Zerreißen angespannt. Die Schlacht stehe auf Messers Schneide, hatte Baron Nartoz gesagt. Jeder spürte, wie zutreffend diese Einschätzung war.

Ergil trat als Erster ins Tageslicht. Vorsichtig spähte er hinter einem Felsen hervor, um nach feindlichen Soldaten Ausschau zu halten. Zu seiner Überraschung entdeckte er dabei ein kleines Segelschiff. Der Einmaster war mit einer Leine an einem vorspringenden Stein festgebunden.

»Könnte Torbas gehört haben. Oder dem Zwergling«, sagte Jazzar-fajim hinter ihm.

Plötzlich kam ein kleiner brauner Federblitz herangeschossen, breitete kurz vor den Gefährten die Flügel aus und landete auf einem halb im Wasser liegenden Stein. »Vergesst den Plan!«, sagte Schekira.

Ergil riss die Augen auf. »Was? Wieso …?«

»Es lohnt nicht mehr. Kommt auf den Strand hinaus und seht selbst.«

»Aber wenn wir entdeckt …«

»Keiner wird euch bemerken. Und wenn, wird's niemanden kümmern. Jetzt kommt schon!«

Der König und seine Begleiter folgten der Aufforderung nur zögerlich. Als ihre Blicke nach oben schweiften, sahen sie dunkle Rauchwolken: die brennende Festung. Von feindlichen Soldaten fehlte allerdings jede Spur. Das gleiche Bild am Ende des Strandes, dort, wo man vom Knochenturm aus den undurchdringlichen Sperrgürtel der Gegner gesehen hatte. Zwar standen die Barrikaden noch, aber sämtliche Belagerer waren verschwunden.

»W-was … hat das zu bedeuten?«, stammelte Ergil.

Schekira hüllte sich in eine irisierende Wolke. Im nächsten Moment schwebte sie als schmunzelnde Elvenprinzessin vor seiner Nase. »Geht noch ein paar Schritte weiter. Am besten dort drüben auf die Felsen und schaut aufs Meer hinaus. Dann wisst ihr es.« Sie deutete in die besagte Richtung.

Ergil ahnte, was geschehen war. Aufgeregt rannte er ein Stück weit aus dem Schatten der Klippe, sprang auf einen glatt geschliffenen Stein und wandte sich nach Nordosten.

Eine lange Reihe von Segelschiffen hielt auf die Insel zu. Die weiße Perlenkette reichte bis zum Horizont. Ganz vorne, schon mit bloßem Auge deutlich erkennbar, fuhr ein strahlend heller Viermaster.

»Die *Silberginkgo* und die ganze susanische Flotte!«, hauchte Ergil.

Schekira landete auf seiner Schulter. »Dem Feind scheint der Anblick weniger zu gefallen als dir, mein Retter. Die Soldaten fliehen Hals über Kopf. Viele haben einfach ihre Waffen fallen gelassen, um schneller laufen zu können. Hjalgord ist ebenfalls auf und davon. In seinem Schlupfwinkel fand ich nur noch Baron Nartoz vor. Mit einem dünnen Stilett im Arm.«

»Tot?«

»Ja. Wie es aussieht, waren die beiden sich uneins darüber, wie man auf die neue Bedrohung reagieren sollte. Da hat Hjalgord den Baron vermutlich vergiftet.«

»Dann ist die Achse zerbrochen und das Töten hat ein Ende.«

Jazzar-fajim sprang mit einem eleganten Satz an die Seite seines Urgroßneffen. Er sah mit ernster Miene auf das Schollenmeer hinaus zu den Schiffen, als er sagte: »Du hast nicht vergeblich gekämpft, Ergil.«

»Keiner von uns hat das getan, Oheim.«

»Das stimmt. Hätten wir gestern aufgegeben, sähe die Welt heute wohl anders aus. Wie man sieht, lohnt es sich, entschlossen für das Licht einzutreten.«

Ergil schwieg. Er musste an die schwarzen Tränen denken, die er beim Wiedererwachen seiner Mutter geweint hatte.

Jazzar-fajim legte ihm den Arm um die Schulter. »Jetzt komm, Neffe! Lass dir die Zukunft nicht von den Schatten der Vergangenheit verdunkeln. Blicke nach vorne.«

»Die Zukunft?«, murmelte Ergil. Scheinbar bewirkten die Worte seines Oheims genau das Gegenteil, denn er wandte sich um zu der Stelle, wo sich der geheime Eingang zur Klippe befand. Mit einem Mal lächelte er und wiederholte die Worte: »Die Zukunft.«

Dann sprang er von dem Felsen und rannte, so schnell ihn seine Beine trugen, zu Nishigo.

EPILOG

Die Chroniken von Mirad, 23. Buch, 37. Kapitel

Die ersten vier Monate nach dem Ende des Soodlandkrieges waren nach Ansicht vieler eine Zeit voller Wunder. Die Gelehrten streiten darüber, ob es sich dabei um echte Wunder handelte, aber zumindest vertrieben die Geschehnisse im Volk von Soodland jegliche Zweifel an dem jungen König, wie eine frische Brise die dunklen Wolken nach einem Sommergewitter fortweht.

Allein der Sieg über die vereinigten Armeen der Achse kam so manchem unglaublich vor. Aus abertausenden von tapferen Soldaten beider Parteien waren über Nacht wieder friedliche Bauern, Handwerker und andere ganz normale Menschen geworden, die sich nichts sehnlicher wünschten, als in ihre Heimat zurückzukehren. Ergil ließ sie ziehen. Er wollte das Töten, Verstümmeln und Zerstören um keinen einzigen Tag verlängern. Man hatte seinen Vater Torlund einst den Friedsamen genannt und so wollte auch er in die Geschichte eingehen, als ein Herrscher, dessen Regentschaft für Frieden und Verständigung stand. Wenngleich dem jungen König das besser gelingen sollte, als mancher es ihm zugetraut hatte, ging er doch unter einem anderen Beinamen in die Geschichte ein: »Ergil der Große«.

Mit solchen Ehrentiteln ausstaffierte Menschen haben sie selten wirklich verdient. Auf Ergil traf das nicht zu. Er hatte nicht nur einen Krieg gewonnen, sondern eine ganze Welt gerettet. Dafür musste er einen hohen Preis bezahlen: Um Magos zu besiegen, hatte er eine Hälfte seines gespiegelten Herzens –

seinen Bruder Twikus – hergeben müssen. Das Opfer war nicht vergebens. Es führte zur Einigung des Herzlandes und ein Zeitalter des Friedens begann. Ergil setzte sich unermüdlich dafür ein, die Wunden des Krieges und der Gewaltherrschaft seines Oheims zu heilen. Auch den unterlegenen Reichen enthielt er seine Hilfe nicht vor. Sie wurden zu gleichberechtigten Partnern in einem neuen Bund, über den noch zu sprechen sein wird. Die Verschwörer dagegen waren bald vergessen, nur noch ein dunkles Kapitel in den *Chroniken von Mirad.*

Das Schicksal des letzten Achsenherrn ist ungewiss. Hjalgord wurde nicht mehr gesehen. Unbestätigten Gerüchten zufolge sei er aufs Schollenmeer hinausgeflohen, aber weil sein Schiff aus grünem Holz gezimmert worden war, sei es nicht dicht gewesen. So ging es unter und mit ihm der reichste Mann des Stromlandes. Einige meinten, die Geschichte habe eine tiefere Moral. Zum einen für die Schiffsbauer, damit sie sich in Geduld üben und für ihre Fahrzeuge gut abgelagertes Holz wählen, vor allem aber für all jene, die sich von Unrast und Gier durchs Leben treiben lassen. Am Ende dieser Hatz steht jeder mit leeren Taschen da.

Bombo von Bolk jedenfalls – der sich von nun an nur noch Rundar nannte – weinte Hjalgord keine Träne nach. »Er hat meine Familie auf dem Gewissen«, erklärte er dem jungen König Ergil. »Vielleicht habe ja sogar *ich* ihm mit der *Silberginkgo* den großen Schreck eingejagt, der ihn ein leckendes Schiff besteigen ließ. Ein schlechtes Gewissen habe ich deshalb jedenfalls nicht. Eher so ein Gefühl von dem, was man landläufig ›ausgleichende Gerechtigkeit‹ nennt.«

An dieser Stelle sollte erwähnt werden, dass es bei Isgard zu einer historischen Seeschlacht gekommen war, in deren Verlauf Ostrich einen großen Teil seiner Schiffe verloren hatte. Hunderte von Seeleuten ergaben sich. Anschließend gelang es Bombo alias Rundar, die susanische Flotte durch das Eis vor der elderländischen Küste zu lotsen. Genau wie es Múria ihm vorgeschlagen hatte, verband er sämtliche Segler mit Tauen. Die *Silberginkgo* behandelte daraufhin die ganze Kolonne wie einen Teil von sich und schloss das Eis erst wieder hinter dem letzten Schiff. So wie eine Herde Elefanten – Rüssel an Schwanz, Rüssel an Schwanz – fuhr die Flotte des Mazars durch eine eisfreie Rinne bis in das Schollenmeer.

Mit der Vertreibung der Achsenarmee war die Aufgabe der größten Seestreitmacht von Mirad aber noch nicht beendet. Während die Verlierer auf ihren unzuverlässigen Wasserfahrzeugen fluchtartig die Insel verließen, brachten die Schiffe aus Susan die evakuierte Bevölkerung wieder an die Küsten ihrer Dörfer und Städte zurück. Kimor und das Stromland beteiligten sich ebenfalls an dieser Aktion, die auch den Transport von Getreide und anderen Gütern einschloss. Dadurch konnte eine neuerliche Hungersnot in Soodland verhindert werden. Mithilfe der befreundeten Reiche wurde darüber hinaus ein beispielloses, fast zehnjähriges Wiederaufbauwerk in Angriff genommen. Zunächst galt es indes, vor der erwarteten großen Kälte warme Unterkünfte für die Menschen bereitzustellen. Aber der strenge Winter blieb in diesem Jahr aus. Auch das war für manchen ein Wunder.

Eines, das nach Ansicht vieler diesen Namen wirklich verdiente, trug sich bereits kurz nach dem Einsturz der Sooderburg zu. Ergil und einhundertachtundsechzig Sirilim bildeten rings um die Klippe einen losen Kreis. Sie tauchten ein in die Zwischenwelt, umfassten den Knochenpalast des Alten Volkes wie eine große Torte und brachten ihn ins Hier und Jetzt zurück. So erfüllte sich auf unerwartete Weise der Traum, in dem Ergil und Twikus einst das strahlende Schloss ihrer Vorväter hoch über der Insel erblickt hatten.

Heute gilt der strahlende Sirilimpalast, der vor Urzeiten aus den Gebeinen von Drachen errichtet worden war, als Weltwunder. Für Ergil bedeutete sein neues Zuhause aber weit mehr. Seine Mutter hatte in *Bethgan* einen tückischen Anschlag überlebt. Schon allein deshalb sollte das »Haus des Gartens« zum wichtigsten Gebäude seiner neuen Residenz werden. Es war in so vielerlei Hinsicht das genaue Gegenteil des engen labyrinthischen Palastes, den einst sein Oheim Wikander gebaut hatte. Hier, in den großen Gärten seiner Vorväter, wollte er fortan mit Nishigo leben. In gewisser Weise war diese Entscheidung auch ein Akt der Dankbarkeit.

Ganz ähnlich empfand er für die Ginkgodame Goldpflaume. Als daher eines Morgens auf dem Knochenturm das neue Banner von Soodland gehisst wurde, nickten viele seiner Gefährten und sagten leise: »Na klar!« Das Wappen zeigte auf elfenbeinernem Grund ein zweilappiges, silbernes Ginkgoblatt. Der Sirilimpalast war zu diesem Zeitpunkt gerade erst ins Hier und Jetzt zurückgekehrt und noch niemand hatte die Alabasterscheibe in der großen Kuppelhalle erblickt. Sie zeigte genau das gleiche Symbol. Schon seit Urzeiten.

»So verbindet sich auf wundersame Weise die Vergangenheit unseres Volkes mit der Zukunft Mirads«, erklärte Ergil seiner Mutter. Wie der Leser schon bemerkt haben mag, redete er in diesen Tagen sehr viel von der Zukunft.

Er war der Sohn der zwei Völker. Darin hatten Magos und Kaguan die Wahrheit gesprochen. Doch nicht der Untergang von Menschen und Sirilim wurde durch ihn und Twikus besiegelt, sondern ein neuer Anfang. So erfüllte sich, was die Propheten der Altvorderen geweissagt hatten.

Obwohl Ergil Großes erreicht hatte, blieb er bescheiden. Er bat Múria, ihm weiter mit Rat und Tat zur Seite zu stehen, und so blieb sie noch mehr als ein Menschenalter lang die Chronistin von Mirad.

Schekira erbat sich etwa ein Jahr nach Kriegsende von ihrem »Retter« einen Urlaub und besuchte ihre Familie im Großen Alten. Danach aber kehrte sie nach Soodland zurück, heiratete später einen Prinzen der dort heimischen Bergelven und wurde selbst Königin.

Tusan trat die Nachfolge seines Vaters an. Nun hieß er mit vollständigem Namen Tusan Jimmar König von Stromland und Herzog von Bolk. Weil diese Anrede seinen Untertanen zu mühsam war, nannten sie ihn bald liebevoll Tujibo.

Auch an einem anderen Stromländer vollzog sich ein erstaunlicher Wandel. Die Rede ist von Bombo. Nachdem Hjalgord verschwunden war, hängte der kleine Kapitän, der ja nun Rundar hieß, die Piraterie endgültig an den Nagel und wurde wieder Kaufmann. Tusan schenkte ihm vierzig Schiffe, die Hjalgord gehört hatten. Mit dieser Flotte erwarb sich Rundar innerhalb weniger Jahre ein beachtliches Vermögen, sodass man sagte, er sei mindestens so reich wie der König. Wichtiger aber war die Wiedergutmachung, die er an all jenen übte, die Hjalgord einst ihrer Existenz beraubt hatte.

Popi blieb in Ergils Diensten. Bald fragte keiner mehr, ob der kleine Ritter nun der Ratgeber, Kammerdiener oder Adjutant des Königs sei. Man kannte ihn nur noch als dessen treuen Freund. Auch wurde er von niemandem mehr Hasenfuß genannt. Er entwickelte sich zu einem Mann mit vielen Fähigkeiten. Als Verfasser eines Buches über menschliche Gefühle erlangte er sogar Weltruhm. Unter entsprechenden Gelehrten wurde er als Erfinder der »Popi-Skala« bekannt. In diesem Ordnungssystem werden sämtliche Gemütsregungen, die mit irgendeiner Art des Zitterns einhergehen, Farben aus dem Lichtspektrum gegenübergestellt.

Als Ergil seine Absicht kundtat, Nishigo zu heiraten, wurde dies im Kreise seiner Freunde überwiegend positiv aufgenommen. Nisrah tat sich damit jedoch schwer. Er fürchtete, sich einen neuen Gespinstling suchen zu müssen. In einem Gespräch, das ungefähr eine Nacht lang dauerte, konnte ihn Ergil jedoch schließlich beruhigen.

Nishi bewohnt mein Herz, aber du darfst weiter auf meinen Schultern hausen, hatte der König erklärt.

Nisrah war nicht sofort überzeugt gewesen. *Für immer?*

Ja, mit Unterbrechungen. Es gibt Zeiten, in denen ein Mann und eine Frau lieber allein sein wollen.

Ich störe euch bestimmt nicht.

Ganz allein, Nisrah!

Hab schon verstanden. Hauptsache, du lässt mich nicht irgendwo hängen.

Sei unbesorgt. Wir sind doch Freunde.

Dabei blieb es dann auch. Obwohl der Weberknecht von anderen Personen selten wahrgenommen wurde, blieb er doch Ergils anhänglichster Begleiter.

Die Hochzeit des Königs von Soodland mit der Prinzessin von Susan war in jeder Hinsicht ein Großereignis. Bereits Wochen vorher befand sich der Hof im Ausnahmezustand. Gekrönte Häupter aus sieben Reichen hatten keine Strapazen gescheut, um den Festlichkeiten beizuwohnen.

Natürlich gehörte der Brautvater, Mazar Oramas III., dazu. Er hatte, nachdem sein Zorn auf den vermeintlichen Entführer seines einzigen Kindes verraucht war, der Verbindung seinen Segen gegeben. Auch die neuen jungen Könige waren gekommen: Tantabor aus Ostrich und Tusan aus dem Stromland. Die alten Verbündeten – Helvik aus Kimor und Yabun Balkasar I. aus Yogobo – durften natürlich ebenfalls nicht fehlen. Borst musste erst seine Befürchtungen überwinden, bei längerer Abwesenheit von seinem geliebten Pandorien einmal mehr entthront zu werden, traf dann aber doch rechtzeitig ein. Und sogar Bároq-abbirím verließ den allmählich wieder grünenden Grünen Gürtel, um an der Seite seiner Tochter Vania dem Freudentag des Enkels beizuwohnen.

Das Zusammentreffen so vieler Monarchen hatte noch einen anderen Grund: die Wahl des neuen Großkönigs im »Bund der Sieben«. Ja, dies ist kein Schreibfehler, sondern erlebte Geschichte, festgehalten in den *Chroniken von Mirad*. Oramas III. hatte sich entschlossen, dem Staatenbündnis beizutreten. So wurde am Tag vor der Hochzeit seines neuen Schwiegersohnes der »Siebenerbund« gegründet.

Anschließend fand besagte Abstimmung statt. Ergil plädierte dafür, Borst zum Großkönig zu wählen, weil der die größte Erfahrung habe, aber der Pandorier lehnte mit der Begründung ab, dass man in ein neues Haus keine morschen Balken einziehen solle. Danach schlug Ergil seinen künftigen Schwiegervater vor, doch Oramas III. hielt es in einem überraschenden Anfall von Bescheidenheit für unangemessen, als jüngstes Mitglied des Bundes gleich die Führerschaft zu übernehmen. Schlussendlich gab Ergil dem Drängen der versammelten Monarchen nach und ließ sich von ihnen zum Großkönig wählen, dem jüngsten, den das Bündnis je gesehen hatte. Danach hielt er eine Rede.

Künftig würden die Vertreter der sieben Reiche in Sooderburg an einem *runden* Tisch sitzen, sagte er feierlich. Zu diesem Entschluss sei er gekommen, nachdem Oramas ihm seine Tochter nicht vorenthalten hatte und die Vergrößerung der Allianz für ihn schon so gut wie vollzogen war. Schon im Vorfeld der Gründungssitzung hatte er eine neue Tafel anfertigen lassen. (Der sechseckige Tisch und der alte Saal des Bundes waren ja mit der Sooderburg zerstört worden.)

Ein runder Tisch, erklärte er in seiner Antrittsrede, spiegele den Geist der Offenheit für Erweiterungen und der Gleichberechtigung aller Bundesgenossen noch besser wider als ein sechseckiger. Ihm schwebe, so führte er weiter aus, zunächst ein Bündnis mit den Sirilim des Grünen Gürtels und dann mit Bakus vor. Als Fernziel wolle er auch Xk mit an die Tafel holen. »Die Maden?«, hatte Borst angewidert ausgerufen. Ergil nahm den Einwurf verständnisvoll zur Kenntnis. Das werde nicht leicht sein und fordere manchem ein Umdenken ab, räumte er ein. Aber ohne neue Gedanken könne es keine neue Zukunft geben. Deshalb habe er Harkon Hakennase gebeten, die *Argo* nach den Hochzeitsfeierlichkeiten wieder ins Reich der Wurmlinge zu überführen und sich für den Siebenerbund als »Botschafter des Friedens« zu verwenden.

Dem Urgroßvater der Chronistin war diese Bitte gerade recht gekommen, juckte ihn doch schon wieder das Fernweh. Mit Freuden nahm er die Herausforderung an und ohne den folgenden Kapiteln der *Chroniken* allzu sehr vorzugreifen, darf schon an dieser Stelle erwähnt werden, dass seine Mission trotz einiger bizarrer Schwierigkeiten letztlich erfolgreich verlief.

Doch zurück zu dem Ereignis, dem Ergil nun schon seit vier Monaten entgegenfieberte, genau genommen seit dem Erscheinen von Susans Flotte. Mit einem Mal hatte er nur noch an Nishigo denken können. An ihrer beider Zukunft. Und so war er zu ihr in die Höhle gelaufen und hatte um ihre Hand angehalten, im Beisein von Vania, Múria und vielen anderen, die zunächst ergriffen lauschten, dann jubelten und sich schließlich vor Freude in den Armen lagen.

Damals hatte man noch mit dem Nahen eines strengen Winters gerechnet, aber nun war der Tag der Frühjahrs-Tagundnachtgleiche gekommen, und als habe Der-der-tut-was-ihm-gefällt dem Paar ein besonderes Hochzeitsgeschenk machen wollen, freute man sich über den ersten sommerlich warmen Tag des Jahres 6002. Die Blumen blühten und die Insekten summten. Man mochte kaum glauben, dass Soodland so lange im Griff eines eisigen Fluches gefangen war.

Die Rotunde mit der mächtigen Kuppel bildete den prachtvollen Rahmen für die Eheschließung und die dazugehörigen Festlichkeiten. Durch die bunten Glasfenster fiel ein bezauberndes Licht in die runde Halle, beinahe so, als seien alle Regenbögen der Welt zur Trauung erschienen. Die uralten Gemälde der Sirilim verliehen der Zeremonie zusätzlichen Glanz. Musiker aus dem Stromland und aus Saphira webten einen Hochzeitsteppich aus traumhaften Klängen. Den schönsten Schmuck aber stellten für Ergil und Nishigo all die glücklichen Gesichter ihrer Freunde dar.

Unter den Gästen befanden sich zahlreiche Paare, die selbst bald in den Stand der Ehe treten wollten. Jazzar-fajim und Múria hatten ihre Verlobung erneuert. Und sogar Dormund trug sich mit Heiratsabsichten. Im ersten Moment war Ergil ein wenig erschrocken gewesen, als ihm Tjelma vorgestellt wurde, denn in jenem Teil seines Erinnerungsspeichers, den er einst mit Twikus geteilt hatte, war sie mit ihrem hübschen Gesicht und ihrer wallenden schwarzen Mähne in der Abteilung »leichte Mädchen« eingelagert. Er kannte Tjelma noch aus einer Zeit, als sie Männern mit keckem Augenaufschlag »ein Bett für die Nacht« angeboten hatte. Aber seitdem war so vieles anders geworden, auch mancher Mensch lebte ein neues Leben, und das gefiel Ergil. Er wünschte Dormund und seiner neuen Liebe ein langes Glück und versprach, ihnen ein rauschendes Hochzeitsfest auszurichten.

Die Feiern anlässlich der Vermählung des Königs und der Königin von Soodland sollten sieben Tage dauern. Der Bräutigam überraschte die Braut jedoch schon wenige Stunden nach der Trauung mit einer seltsamen Ungeduld. Inzwischen war es draußen dunkel geworden, das Bankett in der großen Rotunde beendet. Fröhlichkeit sprengte den steifen Rahmen des Protokolls. Die Menschen tanzten über den vielfarbigen spiegelnden Steinfußboden und sogar Fürst Halbart Bookson von Grotsund begann in weinseliger Laune zu singen. Nur wenige bemerkten, wie sich Ergil und Nishigo heimlich aus dem Festsaal stahlen.

»Ich weiß nicht, ob ich das kann«, sagte die frischgebackene Königin von Soodland kurz darauf.

Ergil lachte. »Du bist mit der *Argo* quer durchs Herzland geflogen. Das hier ist ein Klacks dagegen.«

»Und wenn mich der Wind von der Treppe weht?« Der Hinweis war nicht ganz unbegründet, weil das lange, weite, elfenbeinfarbene Kleid ziemlich viel Angriffsfläche bot. Aber Ergil blieb unerbittlich.

»Dann ändere ich die Zeit für dich und hole dich in meine Arme zurück.«

Von da an erhob Nishigo keine Einwände mehr. Er nahm sie bei der Hand und führte sie über die Freitreppe zur Spitze des Knochenturms hinauf. Dort stellte er sich mit ihr an den Fahnenmast. Über ihnen knatterte das Ginkgobanner. Sanft umschlang er sie von hinten mit den Armen. Sie schmiegte sich an ihn.

Er spürte wie sie zitterte. »Hab keine Angst«, flüsterte er zärtlich in ihr Ohr.

»Nicht wenn ich bei dir bin. Es ist nur ein bisschen frisch hier oben.«

»Soll ich dir einen Stern vom Himmel holen, der dich wärmt?«

»Nicht nötig. Es ist viel schöner, wenn du das tust.«

Das machte er dann auch. Nachdem sie eine Weile auf das Schollenmeer hinausgeblickt hatten, küsste Ergil ihr Ohr und flüsterte: »Jetzt kannst du dich umdrehen.«

Sie wandte den Blick nach Westen, schnappte nach Luft und seufzte: »Oh, wie wunderschön!«

»Eine kleine Hochzeitsüberraschung. Ich habe Nisrah und Schekira gebeten, sie vorzubereiten. Für dich ganz allein.« Ergil sprach von der *Argo*. Sie schwebte über einer Weide am Stadtrand von Soodland und leuchtete auf Wolkenquallenweise nicht nur schöner als jedes Feuerwerk, sondern auch stiller.

Nishigo drehte sich zu Ergil um und wiederholte leise: »Für mich ganz allein?«

Er nickte. »Nur ein kleines Dankeschön. Du hast mich nach den furchtbaren Erlebnissen des Krieges wieder zum Licht zurückgeführt. Ich dachte, mit diesem Geschenk könnte ich dir ein wenig davon zurückgeben.«

Sie legte ihre Arme um seinen Hals, zog sich an ihm hoch und drückte ihre warmen Lippen lange auf seinen Mund. Die Zeit schien stillzustehen. Als der Kuss schließlich endete, fühlte Ergil sich wie ein anderer Mensch. Und in gewisser Hinsicht war er das nun wohl auch.

Nishigo stemmte sich nochmals auf die Zehenspitzen hoch und flüsterte: »Jetzt möchte ich gerne mit dir ins Gartenhaus gehen, in unseren Hochzeitspavillon.«

»Und das Fest?«, fragte er.

»Das Fest ist schon Vergangenheit«, wisperte ihr warmer Atem. »Willst du nicht wissen, was uns die Zukunft bringt?«

Von Ralf Isau sind auch folgende Romane
bei Thienemann erschienen:

Die Neschan-Trilogie:
Die Träume des Jonathan Jabbok
Das Geheimnis des siebten Richters
Das Lied der Befreiung Neschans
Das Museum der gestohlenen Erinnerungen
Das Echo der Flüsterer
Das Netz der Schattenspiele
Der Kreis der Dämmerung I–IV
Pala und die seltsame Verflüchtigung der Worte
Die unsichtbare Pyramide
Der Leuchtturm in der Wüste
Die Chroniken von Mirad:
Das gespiegelte Herz
Der König im König

Isau, Ralf:
Die Chroniken von Mirad: Das Wasser von Silmao
ISBN 13: 978 3 522 17747 4
ISBN 10: 3 522 17747 9

Umschlaggestaltung, Vorsatzkarte und Kapitelvignette: Claudia Seeger
Umschlagtypografie: Michael Kimmerle
Schrift: Rotis und Triplex
Satz: KCS GmbH, Buchholz/Hamburg
Reproduktion: immedia 23, Stuttgart
Druck und Bindung: Friedrich Pustet, Regensburg

5 4 3 2 1* 06 07 08 09

www.thienemann.de
www.isau.de

Ralf Isaus phantastische Welten

THIENEMANN

Der Leuchtturm in der Wüste
208 Seiten · ISBN 3 522 17663 4

Die Chroniken von Mirad – Das gespiegelte Herz
640 Seiten · ISBN 3 522 17745 2

Die Chroniken von Mirad – Der König im König
544 Seiten · ISBN 3 522 17746 0

Die Träume des Jonathan Jabbok
464 Seiten · ISBN 3 522 16896 8

Das Geheimnis des siebten Richters
560 Seiten · ISBN 3 522 16901 8

Das Lied der Befreiung Neschans
560 Seiten · ISBN 3 522 16945 X

Die Neschantrilogie
Sonderausgabe · 1584 Seiten · ISBN 3 522 17653 7

Das Museum der gestohlenen Erinnerungen
672 Seiten · ISBN 3 522 17120 9

Das Echo der Flüsterer
672 Seiten · ISBN 3 522 17193 4

Das Netz der Schattenspiele
528 Seiten · ISBN 3 522 17257 4

Pala und die seltsame Verflüchtigung der Worte
432 Seiten · ISBN 3 522 17432 1

Die unsichtbare Pyramide
800 Seiten · ISBN 3 522 17594 8

DAS HERZLAND VON
MIRAD
KIMOR
SOOD-
LAND
Kimsborg
Neu-
Selten-
sund
Grotwall
Soodlandbelt
Grotsund
Kandenblood
Katarakte
von Seltensund
Seeigelwarte
Selten-
sund
DIE
WESTSTEPPEN
STROMLAND
Bolk
Westblund
Der
Keil
Ostblund
Groterspund
Fendenspund
Tarabant
Sissgpund
Ogard
Ugard
Welten-
bruch
Namenlose
Sümpfe
Sternen-
spiegel
Saphirat
Der Grüne Gürtel
(Bilath-berdeor)
XK
Xkisch